ハヤカワ・ミステリ

马 伯庸

両京《りょうきょう》十五日 I

凶 兆

两京十五日

馬《ば》 伯庸《はくよう》

齊藤正高・泊 功訳

A HAYAKAWA
POCKET MYSTERY BOOK

日本語版翻訳権独占
早 川 書 房

两京十五日
by
馬伯庸 (MA BOYONG)

Translated by
MASATAKA SAITO and KO TOMARI
First published 2024 in Japan by
HAYAKAWA PUBLISHING, INC.
This book is published in Japan by
arrangement with
CHINA SOUTH BOOKY CULTURE MEDIA CO., LTD.
through BARDON-CHINESE MEDIA AGENCY.

装画／ヤマモトマサアキ
装幀／水戸部 功

両京《りょうきょう》十五日 I

凶兆

主な登場人物

朱瞻基《しゅせんき》　北平（北京・京城）から金陵（南京・留都）に遣わされた明の皇太子

呉定縁《ごていえん》　金陵の捕吏《ほり》（罪人を捕らえる役人）。〝ひごさお〟と綽名《あだな》されている

于謙《うけん》　金陵・南京行人司につとめる行人《こうじん》（各地に朝廷を代表して派遣される官僚）

蘇荊渓《そけいけい》　医者（大夫《たいふ》）。朱卜花《しゅぼくか》の担当医

呉不平《ごふへい》　〝鉄獅子〟と称される南京の捕頭《ほとう》（捕吏たちの頭目）。呉定縁《ごていえん》の父

呉玉露《ごぎょくろ》　呉定縁《ごていえん》の妹

紅玉《こうぎょく》　南京の遊郭にいる琴の名手

朱卜花《しゅぼくか》　騎馬を管理する南京駐在の太監（宦官）。禁軍（近衛軍）である勇士営を率いて守備を担当する

昨葉何《さくようか》　暗躍する白蓮教徒

梁興甫《りょうこうほ》　〝病仏敵《びょうぶってき》〟の異名を持つ、白蓮教徒の男

老龍頭《ろうりゅうとう》　南京の盗賊集団〝白龍掛《はくりゅうかい》〟の頭目

郭芝閔《かくしびん》　南京に赴任した御史（監察官）

郭純之《かくじゅんし》　儒学者。郭芝閔《かくしびん》の父

汪極《おうきょく》　揚州《ようしゅう》の大塩商の当主

洪熙帝《こうきてい》　明の第四代皇帝。朱瞻基《しゅせんき》の父

張《ちょう》**皇后**　洪熙帝《こうきてい》の皇后。朱瞻基《しゅせんき》の母

張泉《ちょうせん》　皇后の弟。朱瞻基《しゅせんき》の叔父

序

今夜の金陵《きんりょう》の城《まち》はどこかちがう。

秦淮《しんわい》河の柳がザワザワと細い枝をふるわせていると、雨花台《うかだい》の色とりどりの石がぶつかりあい、こすれて、小刻みな悲鳴をあげる。同じ頃、城北にひろがる後湖《こうこ》の黒々とした水面になぜか一つ、まるい漣《さざなみ》がたつと、城壁と欽天山《きんてんざん》の端にそっと打ちよせた。欽天山の頂きに建つ北極閣では、北極星のように万世不動のはずだった鋳銅《ちゅうどう》の渾《こん》天儀が四隅の鉄鎖をジャラジャラとふるわせる。

うす暗い月明りのもと、金陵内外の美しい光景は一つまた一つと烽火《のろし》台となり、次々と不吉な兆候を伝えていく。鶏鳴《けいめい》寺、清涼陟《せいりょうちょく》寺、大報恩寺、そして朝天宮（朝廷の儀礼を学ぶ場所）の鐘が見えざる巨大な手にゆり動かされ、撞《つ》く人もなく鳴りだす。鐘の音はせくように鳴り乱れ、瞬く間に城《まち》じゅうに響きわたった。

住民が寝ぼけ眼《まなこ》もあけぬ間に、大地がいきなり震《ふる》えだす。

仏の説法には大地も六つの相に震えたそうだ――すなわち動《どう》、起《き》、湧《ゆう》、震《しん》、吼《く》、撃《げき》。この六つの相があろうことか一度に爆発した。まるで蹄鉄《ていてつ》を打った数千頭の暴れ馬が城《まち》を疾駆《しっく》するように、たちまち鍾山《しょうざん》は震え、秦淮は流れを乱す。長安街の両側に並ぶ役所、西水関の鈔庫《しょうこ》（紙幣倉庫）や民家、皇城の三大殿や龍江提挙司の造船所、聚《しゅう》宝門の甕城《おうじょう》（城門を囲む要塞）や大報恩寺の境内《けいだい》に建てていた琉璃《るり》塔、すべてがこの激しく御《ぎょ》しえぬ力の前にガタガタと震える。

大明《だいみん》随一の壮麗な巨城はこの時、地にひれ伏した囚人のように、首《こうべ》を垂れて天威の杖刑《じょうけい》を受けていた。地鳴りのなか、奉天殿にすえられた金メッキの水時計が轟音とともに倒れた。その浮きが永遠にとまったのは、大明洪熙《だいみんこうき》元年（一四二五年）、五月十八日（丁亥《ていがい》）、子時《しじ》（午前〇時ごろ）であった。

第一章

チロチロ……チロチロ……

艶やかな蟋蟀《こおろぎ》がヒゲをゆらして軽く清《す》んだ音をたてる。高く盛りあがった頭に、赤味を帯びたヒゲと真っ黒なアゴ、ひと眼で勇将だとわかる。それは細長い舷《はぎ》壁《つけ》の上をはい、意気揚々と周囲を見回していた。

　この山形の壁は長さ五丈《じょう》（一丈は十尺、一尺は三十二センチメートル、ここは十六メートル）、蟋蟀《こおろぎ》にはまちがいなく大きいが、巨大な楼船では船尾右側の一角にすぎない。船の全長はゆうに三十丈もあり、黒と紅の漆《うるし》でぬられ、底は鋭く上は広い。太い柱に幅広の帆をはった姿は三保太監鄭和《ていわ》が西洋下りに使った宝船《ほうせん》（全長一二五メートル、あるいは全長五〇メートル等、諸説がある）を思わせる。

だが、本物の宝船は二本の帆柱の間に平屋があるだけなのに、この船ときたら同じ位置に四階の望楼《ぼうろう》がそそり建ち、みごとな彫刻と彩色がほどこしてあった。屋根は母屋《おもや》造り、軒先はそりかえり、鱗のように並んだ瓦が陽光をうけてキラキラと輝いている。造りは本物の宝船よりずっと立派だが、ちょっと海に出ればたちまち浪《なみ》に揉まれ、半日ももたずにあっけなく転覆するだろう。

　幸いなことに、今この船は海上になく、頭を西にむけて長江に浮かんでいた。長江のささやかな波はこの莫迦《ばか》に大きな船をゆらしはしない。だから、この小さな蟋蟀も暢気《のんき》に壁の上をはっていられ、だだっ広い長江にむけて悠長に鼓《つづみ》を聞かせていられる。

　ふいに金糸を編んだ小さな網が天から降ってきて、しっかりとかぶさった。網の一角がそっと持ちあがる。びっくりした蟋蟀は思いきり跳ねたが、とうに待ちかまえてあった紫砂《しさ》の鼓罐《こかん》（茶色の筒形陶器）にとびこんだ。

「はは、やった！」

朱瞻基《しゅせんき》はすばやく蓋をしめ、銅銭の穴のような息抜き穴を指でなでると、ニコニコと笑って甲板から立ち上がった。

　この蟋蟀《こおろぎ》には〝賽子龍《さいしりゅう》〟（『三国志』の趙雲に匹敵するの意）という立派な名がある。朱瞻基《しゅせんき》が旅の途中にじっくり調教してきた気に入りだ。この賽子龍、〝身は曹操の陣にあれど心は漢にあり〟と、自分を大将軍関羽《かんう》と勘違いしたかどうかは知らぬが、先刻ふいに罐から逃げだした。朱瞻基《しゅせんき》は大船の上をずいぶん探しまわって、こうしてやっと陣営に連れもどしたのだ。喜びのあまり、朱瞻《しゅせん》基《き》は左手に鼓罐《こかん》を載せたまま、右手の指をそろえて役者の手ぶりをまね、口からは台詞《せりふ》がついて出た。

「三軍に伝えよ。わしは活《い》ける趙雲をもとむ。死せる子龍（趙雲）は要らぬのじゃ」

　決め台詞の語尾を気持ちよく伸ばしていると、つけ襟と貼裏《ティエリ》（交領長袖の長衣で下部は車襞）をまとった老宦官《かんがん》が倒《こ》けつ転《まろ》びつ駆けよってきて、声を震わせて大声で叫ぶ。

「千歳爺《せんさいや》……千歳爺、船べりに近こうございます。長江の河面は風強く、ゆれでもして水に落ちれば、わたくしめ、万死するともつぐなえませせぬ」

ははっと朱瞻基《しゅせんき》は笑いとばす。

「大伴《じい》、お前はほんとうに見識がないな。この二千料（料は体積の単位など諸説ある。一説に一料は約〇・五立方メートル）の宝船が長江の水ごときでゆれるものか」そう言うと、鼓罐を高く挙げた。

「見よ！　賽子龍が陣にもどった」

「はいはい、ひっとらえて連れ帰るのは結構なことですとも」老宦官はそそくさと歩みより、満面に笑《え》みを浮かべた。「すぐに彩楼《さいろう》にお戻りを。東宮師傅《とうぐうしふ》（東宮は皇太子、師傅は先生の意）の方々よりいくどにもわたる催促なのです。どうぞ御支度をなさるようにと」

それを聞いて朱瞻基《しゅせんき》は眉間にしわをよせた。「あの者らは何を急《せ》いておる？」

老宦官は言い聞かせる。「まもなく南京に着きまする。百官勢ぞろいで埠頭にて御待ち申しあげておるのです。さあ、御支度をなさりませ」太子の顔色が暗く沈んでいくのを見て、老宦官はあわてて慰めた。「殿下、すこしの辛抱でございます。南京城に入ってしまえば思う存分遊べます」

朱瞻基《しゅせんき》が長江の波打つ水面をながめているうちに、その顔から先刻の笑いがゆっくりと消えていく。

「南京に着けば、なおさら気ままに出歩く時間もなくなるであろう……残るこの数時辰《じしん》（時辰は現在の二時間、一日は十二時辰）、もう少し楽しませてはくれぬか」

その口ぶりは憐《あわ》れをさそい、老宦官も思わず同情を禁じえなかったが、考えを改めてストンと跪《ひざまず》いた。

「このたび、南京に参りますのは大明《だいみん》の社稷《しゃしょく》（国家）に関わることにございます。殿下は身に皇命《こうめい》を帯びておられます。そのような我儘《わがまま》はなりませぬ！」

それを見て、朱瞻基《しゅせんき》は苦笑して首をふると、もう何も言わなかった。老宦官の言うことはすこしも間違ってはいない。だが、まさにその通りなのだから憂悶が倍にもなる。

　この皇命は朱瞻基《しゅせんき》の祖父、永楽帝《えいらく》から説き起こされねばならない。

　永楽十九年、永楽帝《えいらく》は大明の京城《けいじょう》（首都）を金陵《きんりょう》から北平《ほくへい》に遷《うつ》し、この時から二つの国都ができた——正都北京（北平）と留都《りゅうと》南京（金陵）である。三年後、永楽帝が崩御《ほうぎょ》して、廟号《びょう》が太宗《たいそう》に定まると、順調に太子の朱《しゅ》高熾《こうし》が即位して、翌年〝洪熙《こうき》〟と改元された。

　洪熙帝《こうき》はずっと国都を南京に遷そうとしていたが、事業の規模が大きく、国論は終始定まらなかった。洪《こう》熙《き》元年四月十日、天子はふいに詔書《しょうしょ》を下す。皇太子朱《しゅ》瞻基《せんき》をして留都に南下せしめて監国《かんこく》とし、かの地を守らしめるとともに軍民を慰撫《いぶ》する、と。この詔書が出るや、朝野は急に騒がしくなった。それは陛下がついに再度の遷都を決心したことを示す、きわめてはっきりした信号だと誰にも分かったからだ。

　今回の太子南下は遷都の露払いでなければならず、決して簡単な務めではない。

　かつて永楽帝《えいらく》が北平に遷都した後も南京には朝廷の枠組みが残してあった。六部《りくぶ》（吏、戸、礼、兵、刑、工からなる官署）、都《と》察院《さついん》（監察機関）、通政司、五軍都督府《ととく》（前後中左右の軍の統率機関の総称）などの官署は一応そろっていて、体制も北平と変わりない。天下の税は大半が江南から徴収されるが、その地方には実力者や豪族の利害がからみあい、局面は複雑をきわめる。髪を一本引き抜けば全身が動くように、この地が乱れれば天下が震撼する。

　二十七歳の太子は一人で政治を行うのは初めてだった。今回の事は小さく言えば、天子が太子の資質を試みるのであり、大きく言えば、大明《だいみん》百年の盛衰に関わる節目だ。天下の人々はみな眼をぬぐって、果たして太子が留都を掌握できるのかを見きわめようとしている。老宦官の思いもここに及んで、覚悟の忠告のふりなどして見せたのだ。

　朱瞻基《しゅせんき》は遊び好きだが、事の軽重はわきまえていた。

太子は蟋蟀の罐につぶやく。

「子龍よ、お前は自分を閉じこめる一寸四方の地を嫌うが、わたしとて何が違う？　まあ、よかろう、お前と知り合ってわずかだが、わが片割れだけでも気ままに生きよ……」

そう言って太子は蓋を開けようとしたが、周囲を見ると茫々《ぼうぼう》たる川霧のほかに何もなく、蟋蟀が放たれたところで行く場所などあろうはずもない。

「どうだ、そこを脱けだしたところで何ができる？　外もまた十重《とえ》二十重《はたえ》の籠《かご》にすぎぬ。脱けだすことなどできようか？」――そう言っていると、突然、北の岸から三発、軽い破裂音がした。

パン！　パン！　パン！

びくっと朱瞻基《しゅせんき》の手が震え、あやうく蟋蟀の罐は甲板に落ちそうになった。やや苛立って太子がふり返ると、空には黄褐色の花火が三つ、しだいに綻《ほころ》んで風に散らされ、消えていくところだった。花火の下は風になびく真っ白な葦原、打ち上げた者は見あたらない。沿岸の民家で嫁娶《よめと》りでもあるのか？

音は船から数里（一里は一八〇〇尺で約五八〇メートル）も離れているから気にするほどのものではなかった。朱瞻基《しゅせんき》は迷ったすえ、やはり蟋蟀を放してやらぬことにして、罐を手に載せたままイライラと老宦官の後について彩楼《さいろう》に戻った。

二人は知らぬが、帆柱の上では頭に羅《あやぎぬ》を巻いた黒衣の船夫も三発の花火を見ていた。

この男、肌は浅黒く、顔立ちも普通の船夫と何ら異なるところはない。片手を横杆《さお》にかけ、もう一方の手を眼の上で日よけにして、無表情で空を見ている。花火が消えてしまうと、男は索具《さくぐ》を引きよせて器用に帆柱を滑って甲板に降りた。

似たような船夫は百人近くもいて、甲板のあちこちで操船をしていた。彩楼に近づきすぎなければ衛兵たちも一々注意を向けない。立ち働く男たちにまぎれ、この船夫は彩楼からの視線を慎重に避けると、まっすぐに船首右舷の甲板に近づいていく。

そこには小さな鉄の取手があった。男が屈《かが》みこんでそっと持ちあげると、四角い入り口があらわれ、一本二列の梯子《はしご》が下に伸びていた。船夫は両手で梯子をつかむと、ゆっくりと船腹へ降りていく。

この船は形こそ宝船にならっているが、万事享楽第一で作られている。だから船腹は巨大で、甲板から船底まで四層に分かれていた。甲板のすぐ下は厨房と宴会に使う食器を納める倉庫、二層めは船夫が休む寝棚と漕ぎ口、三層めは資材と食料の大倉庫、底層には底荷の石塊を数百も積みこんであって船を安定させている。

一層を下るごとに空間は狭まり、光は弱くなる。男は船底を目指して降りていった。周囲はもはや暗闇で、湿ったカビと朽ちた木材、むせかえるような石灰の臭いが満ちていた。近くに人影はない。大修理でもなければ、こんな気味の悪い場所に長居する者などいない。

そこは十数の閉ざされた部屋に仕切られていた。その一つ一つが獣のねぐらのようにうす暗く、大きな石塊が伏しているのがやっと見えた。船夫は方向を見定めると、右側三番目の部屋に入っていった。暗闇の中、どこからか怪しい軋《きし》みが聞こえ、おまけに何やら低い呟きも聞こえてくる。それは何かの祈禱《きとう》のようだった。

線香一本が燃えつきるほどの時間（三十分《ほど》）がすぎ、船夫は足取りも軽く仕切り部屋から出てきた。そして、もう一度甲板の上に戻ると、忙しく働く船夫たちにまぎれこむ。この男が持ち場を離れたことを見とがめた者はいない。

ちょうどその時、風見役が気配を見てとり、ただちに合図をした。船夫たちがすばやく帆の向きを変え、吹きつける風を帆の正面でうけとめる。船尾の舵取りがいくらか速度も上がったかと感じると、「ヨーホー、ヘイ」、「ヨーホー、ヘイ」という掛け声がわきあがり、漕ぎ手たちも速度をあげ、大船は一路南京にむけてひた走る。

同じ掛け声が南京城でも響いていた。

「ヨーホー、ヘイ！」

十数本の腕が同時に引きしまって太い梁を持ちあげた。梁の下には瓦礫《がれき》と家具の破片が散乱し、中央に血だらけの死体が横たわっていた。頭と半身が潰れ、血と脳漿《しょう》が飛び散って固まり、眼をそむけたくなるようなドロドロの汚泥となっていた。

周囲から口々に悼《いた》む声がした。昨晩、突然襲った地震で家屋が倒壊し、屋根から外れた梁が斜めにすべり落ちて、寝台でぐっすり眠っていた不運な男に命中したのだ。

呉不平《ごふへい》はこの惨状を見つめ、しかめ面で黙りこんでいる。

この家は南京城太平門の御賜廊《ぎょしろう》に位置し、一帯の官舎は洪武年間（一三六八年〜一三九八年）に都察院が建てたものだ。死者は丸襟の青い袍《ほう》（錦で作った長い着物）を着て、胸の刺繍は七品の獬豸《かいち》（不正を角で突くという伝説の獣）だから、誰が見ても監察御《ぎょ》史《し》であることは明らかだ。

昨晩の地震で多くの家屋が倒壊した。工部《こうぶ》の大工だけでは手が回らないので、応天府（南京の地方政府）は緊急に三班差役《さえき》を動員し、災害の救援にあたらせていた。呉《ご》不平《ふへい》は総捕頭《そうほとう》だから各所を巡回して火事場泥棒ににらみを利かせていたが、ここで御史が死んだと聞いて駆けつけてきた。

呉不平《ごふへい》は六十二歳、いつも丸襟の黒い公服を着て、平頂巾をかぶり、腰帯に鉄尺《てっしゃく》（三叉の十手）と錫牌《すずはい》をはさみ、どっしりとした雰囲気をただよわせて歩く。応天府の皂隷《そうれい》（警護）・民壮《みんそう》（警備）・快班《かいはん》（刑事）の三班をたばね、これまで何度も難事件を解決してきた。北方の生まれではあるが、南京で知らぬ者などいない。役所では〝呉の頭児《かしら》〟と呼ばれ、江湖（法外民の世界）では〝鉄獅子《てつしし》〟と恐れられ、庶民は本名が大好きだった――〝不平ある所、不平無しあり〟というわけだ（呉と無は同音。呉不平は〝不平無し〟の意）。

近所の住人に訊ねたところ、監察御史は郭芝閔《かくしびん》という名で揚州府泰州の人、南京広東道の監察御史として単身赴任しており、親類は同行していない。気の毒な郭《かく》御史は引っ越してきたばかりなのに、昨夜の地震で無残な死に方をしたことになる。

　事故であることは明々白々、捜査するまでもない。中庭の死体はとりあえず動かせないが、呉《ご》不《ふ》平《へい》は下役たちに庭で廃墟の片づけをさせていた。

　五月の陽気にはすでにいくらかムッとする暑さがあった。若い下役が白帯の先で汗をぬぐい、低い声で不平をもらす。

「呉《ご》の頭児《かしら》、老天爺《ろうてんや》（天のこと）はまだ気がすまないんですかね。オレたちの金陵《きんりょう》はいったい何べんゆれるんです？」

　永楽《えいらく》帝が遷都してから、南京の人々には口に出さぬ怨みがあり、日頃から自分たちの京城《みやこ》を〝南京〟ではなく、〝金陵〟と呼んでいた。この質問に呉《ご》不《ふ》平《へい》は答えなかったが、周囲の同僚がわっと議論をはじめた。

　もちろん、昨晩の地震が最初ではない。今年になって、何か邪《じゃ》にでも憑かれたように南京は何度も地震に見舞われた。そのたびに家屋が広範囲にわたって倒壊し、官府《かんぷ》は忙殺され、上も下も不安におののいている。
　十三、四回だと言う者もあれば、十七、八回だろうと言う者もいた。最後に年寄りの下役が首をふって自慢げに言った。
「オレの兄弟が工部で書記をしているんだが、あそこにゃ、ちゃんと記録があってよ。先月、金陵あたりが何べんゆれたと思う？　五回だ。三月は？　何と十九回！　その前の二月も五回！　昨晩のあれを合わせたら春節からこっち、たっぷり三十回もゆれているんだぜ！」

　三十回！

　常識をこえた数に一同が絶句し、廃墟に沈黙が下りた。誰かが一言つぶやく。

「オレたちの金陵がこんなにゆれたことがあったか？

まさか真龍が動いたんじゃ？」

　これに答えようとする者はいなかった。洪熙《こうき》に改元されて最初の年、それも正月を過ぎたばかりなのに、南京では地震がうちつづき、巷《ちまた》に大逆不道の噂がささやかれていた。今の皇帝は真の天命を受けた天子ではなく、帝位を盗んでいる。だから真龍の怒りをかったんだ。真龍が怒って動きだせば、ちょっと身動きするだけで地震にもなるはずでは？

　この謡言《ようげん》を誰が言いだしたか？　そんなことは誰にも分からない。いずれにしろ民は怪力乱神を好むから噂が一人歩きして、ここの下役ですら公然と議論している。

「おい、その真龍も頭が悪いな。北平をほっといて、オレたちの金陵ばかりしごきやがる」

「ここが京城《みやこ》になれば、こんなごたごたなんか起こらねえ！」

「そりゃちがう。オレの見るところじゃ、場所が悪いんじゃなくて……」

「野郎ども！　どいつもこいつもそんなに首が痒いか？　さっさと働かねえか！」

　呉不平《ごふへい》が一喝すると、危うい話題を口にしていたことが怖くなり、下役たちは無駄口を叩くのをやめて仕事に没頭した。

　呉不平《ごふへい》が周囲を見て、考えに沈んでいると、ふいに酒のにおいが漂ってきた。門のほうを見ると悠々と入ってきた人物が眼に入った。痩せて背が高く、細い眉に突き出た鼻、白い面《おもて》は読書人風だが、足取りはふらふらして両眼はぼんやりと定まらず、顔つきにはしまりがない。

「親父《おやじ》、来たよ」

　そう言って、この人物は大きく欠伸《あくび》をした。強烈な酒くささは襟もとについた染みから漂ってくる。ひと眼で大酒を飲んで宿酔《ふつかよい》がぬけていないと判る。呉不平《ごふへい》は眉を跳ねあげ「ああ」と苦々しく返事をした。

「父上は朝ごはんを召し上がっていないのと妹のやつが言って、焼きたての炊餅《おやき》を持たせてくれたんだが……」若い男は懐《ふところ》をさぐり、何かに気づいて頭を打つ。

「あ、忘れてきちまった」

「かまわん、腹なぞへっていない」と呉不平《ごふへい》は答えた。

瓦礫の片づけに精を出している下役たちは軽蔑の色を隠しもしない。

　これも金陵の話題の一つと言っていい。呉《ご》捕頭と言えば泣く子も黙る男だ。街の悪タレだろうが、南京の外にひろがる南直隷《なんちょくれい》（南京の直轄地江蘇省・安徽省）の強盗だろうが、その名を恐れぬ者などいない。知府《ちふ》（知事）のオヤジでさえ丁寧に茶を出すこの大物《おおもの》が家族には恵まれず、でき損ないの倅《せがれ》を育て上げちまった。

　呉《ご》捕頭は妻に先立たれ、息子が一人、娘が一人いる。娘の呉玉露《ごぎょくろ》は今年十五歳、息子の呉定縁《ごていえん》は今年二十七歳だ。この呉定縁《ごていえん》、性格はひねくれ、だらしない生活が板についていて、今まで嫁の来手《きて》もない。人の噂では何でも癲癇《てんかん》持ちらしく、時々発作を起こす。一日中、親父から金をせびって飲んだくれ、妓楼《ぎろう》を冷やかしているので、みな陰《かげ》では〝ひごさお〟と呼んでいる——竹ひごは細くて軟らかい。船を支える長竿にしようにも使える場所などない。虎から犬が生まれるとは何とも気の毒な話だ。

　応天府は呉不平《ごふへい》の面子を立て、呉定縁《ごていえん》を快班《かいはん》に採用して捕吏《ほり》の列に加えていた。しかし、この薄鈍《うすのろ》は日頃から顔も見せないくせに、俸禄《ほうろく》だけはちゃっかりもらっている。今日も全員出動の厳命があったはずだが、きっと家で酔いつぶれていたにちがいない。

　呉不平《ごふへい》も自分の息子がどれほど〝徳行〟に優れているかを知っているから、手ぶりで中庭に行けと命じて待機させた。そこにはまだ立派な棺桶には入っていない死体のほかに人はいない。死者の不運が息子に取り憑いたところで、生者の前で恥をさらすよりましだ。

　呉定縁《ごていえん》も嫌とは言わず、だらだらと中庭に入って行った。ほどなくして嘔吐《おうと》の音が聞こえ、酸っぱい臭いが漂ってきた。外で働いていた下役たちは顔を見あわせ、あの莫迦が死体にゲロを吐き、さらなる惨状にした光景を思い浮かべた。

そうこうしていると、連絡役が一人、あわただしく路地から駆けこんできた。

「呉《ご》捕頭、府からの知らせです。太子の船が外秦淮《そとしんわい》に入ったそうです」

「ああ」と一言、呉不平《ごふへい》はすぐに全員を呼び集めた。中庭にむかって怒鳴るのも忘れない。

「定縁《ていえん》、こっちに来い！　点呼だ」しばらくして呉定《ごてい》縁《えん》がのろのろと出てきて、ほかの者から離れ、折れた柱のそばにだらだらともたれかかった。

呉不平《ごふへい》は周囲に集まった一人ひとりを見て、落ち着いた声で言った。

「手のかかる野郎ども、次のお役目だ。旗竿をみがけよ。太子到着についちゃ、守備衙門《がもん》（所役）のオヤジ連中が厳命を下した。名簿に役目が書いてあるから何がなんでも持ち場を守って、東水関から宮城《きゅうじょう》まで蚊一匹通しちゃならねえ」

またお役目だと聞いて、手下から口々に不満が出た。呉不平《ごふへい》はそれを冷笑する。

「怠けたいならそれもいい。あとで三千里は流されるから道々ゆっくり行け！」

ピシャリと手下が黙ったのを見て、呉不平《ごふへい》は麻紙《あさがみ》をひろげて持ち場の手配をはじめた。はじめに呼んだのは自分の息子だった。

「呉定縁《ごていえん》、東水関の扇骨台《せんこつだい》に行け」

この指示を聞いて手下たちは一斉に唸った。

東水関は南京城東南にある唯一の閘門《こうもん》（水位を調節する堰）埠頭で、南北の商人が集まる繁華の地だ。太子の船は長江から外秦淮に入り、東水関に停泊して、南京百官が埠頭で入城を出迎える。

この扇骨台は秦淮東岸に隣接し、東水関とは河を隔てて向かいにあった。名こそ風雅だが、じつは禿《は》げあがった小高い丘にすぎず、付近に扇子を作る家があったからこんな名がついているだけだ。あそこは陽《ひ》をさえぎる草木に乏しいから昼時に張り番をすれば暑さがこたえる。持ち場のうちじゃ、下《げ》の下《げ》のハズレくじだ。呉不平《ごふへい》が自分の息子を最悪の場所に割りふったのだから、あとの配置がどうであれ、手下たちは何も言えない。呉定縁《ごていえん》は集まりの後ろで酒くさいゲップをしただけで、何食わぬ顔をしていた。

手配が終わると下役たちは自分の持ち場に散っていき、わずかの間にすっかりいなくなった。呉不平《ごふへい》はやさしい眼で息子を見た。

「定縁《ていえん》、地震で大変だが、この役目からは逃げられん。しばらく我慢しろ」

「地震が怖くて城隍《じょうこう》（土地神）を祭るなら、人が多くても役には立たねえよな？　幽霊の兵隊でもつけてやらねえと」

呉定縁《ごていえん》は肩をすくめて皮肉を言い、それを呉不平《ごふへい》が真顔で咎めようとする。そこに呉定縁《ごていえん》が勢いよく詰めよって声を低めた。

「あの郭御史《かくぎょし》、梁に潰されて死んだわけじゃねえ」

それを聞いて、呉不平《ごふへい》は一瞬啞然《あぜん》とした。呉定縁《ごていえん》は続ける。

「昨夜の地震は深夜の子時、官服を着て寝る奴なんていねえ」

この指摘で呉不平《ごふへい》もはっと悟った。死者のあの身なり、刺繡つきの青い袍《ほう》は公務の時に着る服、帰宅すれば脱がねばならない。御用の官服を着て寝台に上がるなど、もってのほかだ。呉定縁《ごていえん》はさらに続ける。

「たまたま見たことがあるんだけど、生きている者が圧死すると血気がまだ動いているから傷口まわりに充血がある。だが、あの割れた頭には充血が見あたらねえ。だから……」

呉不平《ごふへい》が後を続けた。「……死役に寝かされたということか？」

「後は任せるぜ。張り番に行く」呉定縁《ごていえん》はにっと笑い、立ち去ろうとして歩きだしたが、すぐにふり返った。

「扇骨台までの道すがら杏花楼《きょうかろう》を通るんだ。あそこじゃ近ごろ無錫《むしゃく》の蕩口鎮《とうこうちん》から焼酒《しょうしゅ》（蒸留酒）を仕入れたんだ」

みなまで言わせず、呉不平《ごふへい》は腰の袋から束ねた宝鈔《ほうしょう》（紙幣）を十貫ばかり取りだし、複雑な表情で息子にわたそうとした。だが、呉定縁《ごていえん》は受け取らない。「あそこじゃ現物の銀しか受け取らねえ」呉不平《ごふへい》が銀の小粒をいくつか取りだすと、呉定縁《ごていえん》は遠慮のそぶりもなく懐《ふところ》に押しこんで悠々と歩きだした。

「すこしは酒をひかえろ。気血を傷《やぶ》る」と呉不平《ごふへい》が怒鳴る。

呉定縁《ごていえん》はふり返りもせず、右の拳を握って腕を伸ばした。心配無用の合図だ。鉄獅子は息子の後ろ姿を見送ると、首をふって長々と嘆息した。その心に何を心配しているのか。

＊＊＊

「傘をたため！」

力強い声が東水関の埠頭に響きわたった。その瞬間、繻子《しゅす》で縁《ふち》取った羅《ら》の大傘が数十、一糸乱れずにたたまれ、毒々しい日光が色あざやかな朱と紫の間に射しこんだ。

埠頭に立つ最前列はわずかに二人、その一人は襄《じょう》城《じょう》伯の李隆《りりゅう》で、青で縁取った赤羅の衣裳をつけ、七梁冠（梁は冠の耳、七梁は侯伯を指す）をかぶっている。〝傘をたため！〟の一声はこの人物の口から発せられたものだ。その隣に立つのが、言わずと知れた三保太監鄭和《ていわ》。同じ装束だが、猩々緋《しょうじょうひ》の羽織《はおり》が多い。この二人はともに永楽朝の老臣であり、現在も南京守備と南京守備太監の地位にあって留都の両巨頭だった。

　二人の背後には十数列にわたって南京高官が並んでいる。雉尾《しび》や金蟬《きんせん》をつけた冠、雲鳳《うんほう》の刺繍に錦《にしき》の綬《くみひも》（高官の装飾）、見わたすかぎり黄、緑、赤、紫などの貴色ばかりで眼もくらむほどだ。その外側に大旗、旌旗《せいき》、黄扇《こうせん》（長柄つきの扇）、金瓜《きんか》（儀礼用の武器、先がウリ型）などからなる儀仗《ぎじょう》、それに護衛、楽団、舞団、車馬に御者など、内に三層、外に三層、ぐるりと周囲を取り囲んでいる。さすがの東水関も足の踏み場もないほどだ。

　南京官界の大半がこの場に集まっていた。日頃は一歩外に出れば先触れが大声で道をあけさせ、民の通行をさえぎる高官たちが、この時ばかりは肩と肩を並べてずらりと整列し、身につけた朝服がどれほど暑苦しくても身動き一つしない。壮大な雅楽《ががく》のなか、全員が直立不動で息をひそめ、近づいてくる船影をじっと見つめている。

　巨大な帆を張って、宝船はまさに飛ぶように埠頭に近づいてくる。

　太子は彩楼の窓から両岸の堤《つつみ》を見ることができた。堤の高さはそろえてあり、その上には一列の楊柳が植わっている。植えっぱなしの柳は街路のものほど世話をされてはいないが、濃密に茂って、ほとんど隙間なく城壁の下までつづいている。まるで秦淮をふちどる緑の刺繍糸だ。

　長江に程近い外秦淮《そとしんわい》はやや構図に欠けるとはいえ、野趣《やしゅ》がなくもない。これが城内の内秦淮《りちしんわい》ともなれば、十里もつづく歌楼や舞台、宵《よい》の頃には櫂《かい》の音に提灯《ちょうちん》の影、いっそう風光秀麗と言われる。寒さ厳しく味気ない京城《けいじょう》と比べれば、まるで仙境だった。だが、残念ながら朱瞻基《しゅせんき》に風景をながめる余裕などない。

昨晩、また地震があったと知らされたばかりだった。

　これまで留都に地震など起こらなかったが、父皇《ふこう》の即位以来——とくに遷都《せんと》の議が起こってから——つづけざまに三十回も地震があった。いつも東宮師傅《しふ》から瑞祥《ずいしょう》や災異が人の行為と関係するという天人感応《てんじんかんのう》を教えられている。その説によれば非常識の極致とも言える連続地震は、父皇《ふこう》の顔を三十回も引っ叩いているも同じだ。

とくに昨晩の地震は太子が南京に到着する前夜に起こった。これは何を暗示している？　まさか父子の徳が帝位にふさわしくないと老天爺《ろうてんや》が糾弾しているのか？

じつはとうに答えを見つけていた。ただの偶然にすぎない、くよくよ悩む必要などない。しかし、船が秦淮深くに入ると、柳を植えた堤に点々と民家が現れ、まるで色彩を塗った絵に墨をたらしたように、その三分の一は倒壊して瓦礫となっていた。この墨が眼に入るたびに朱瞻基《しゅせんき》の心に薪《たきぎ》を一本くべる。

朱瞻基《しゅせんき》は落ち着きのない性格のせいか、陰日向で〝人君らしからぬ〟と批評された。こんな無形の圧力が蓄積すると、喉に魚の骨が刺さったように感じて、そんな時は虫を闘わせて気をまぎらわすしかない。南京に到着するまでにもう一度地震が来るとは予想外で、老天爺が自分も叱責しているかのように思い、憂悶はまたいくらか重くなった。

「千歳爺、もうすぐ着きまする。わたくしめが御手伝い致しますので、曳撒《えいさん》（交領長袖の長衣で下部は側面に襞がある）を御脱ぎになって袍《ほう》と冕《べん》（飾りつきの冠）に御召《おめ》しかえください」

そう言って、老宦官は満面に笑みをたたえた。背後に侍女が二人ひかえていて、一人は蟠龍《ばんりゅう》の袍《ほう》、もう一人は翼善《よくぜん》の冠を捧げ持っている。それを無視して朱瞻《しゅせん》基《き》は蟋蟀の罐を懐にかかえ、ぼうっと外を見ていた。

恐る恐る老宦官が催促をする。その途端、だしぬけに朱瞻基《しゅせんき》の怒りがみなぎり、鼓罐《こかん》を思い切り床に叩きつけると、「バン！」という音とともにそれは粉々に砕けた。侍女たちが叫び声をあげ、手にした衣冠をあやうく取り落としそうになる。

自由を取りもどした蟋蟀は床でヒゲを揺らしていたが、状況をよく分かっていないようだ。老宦官がすぐに跪いて、丸々と太った指でつかまえようとするが、これに驚いた蟋蟀は猛然とひと跳び、窓の格子《こうし》をすりぬけて彩楼から飛びだしていった。

朱瞻基《しゅせんき》は呆気《あっけ》にとられ、顔をくもらせて外に出ていこうとする。老宦官があわてて袖をとらえる。

「どちらに行かれるのです?」

「賽子龍《さいしりゅう》をつれもどしに行く!」

老宦官は驚いた。

「ですが、もう東水関に着きまする」

「ゆえに、すぐに探さねばならん! 船が土にふれれば逃げてしまう!」

「では、わたくしめが利口な僕童《ぼくどう》を遣わしましょう」

老宦官はまだ阻《はば》もうとしていた。朱瞻基《しゅせんき》はイライラと脚を踏みならす。

「下らぬことを言いおるイヌブタめ、この薄鈍《うすのろ》、お前など信じられぬ!」

「百官が勢ぞろいして御出迎えですのに、たかが蟋蟀ごとき……」

その一言で朱瞻基《しゅせんき》の心に名状しがたい炎が燃えあがり、眼が凶暴な色を帯びた。

「あの者共を少し待たせるくらいがどうした? わたしが南京につかねば何もできぬわけではあるまい!」

老宦官はこの怒りに驚いて、びくっと体を震わせると、もう阻もうとしなかった。それを太子は鼻で笑うと、袖を払って部屋を飛びだしていく。

この時、東宮師傅《しふ》はみな儀式の点検に余念がなく、彩楼の上で起こった一幕を知る由《よし》もなかった。あらい息づかいで太子は階段を降り、忙しく立ち働く船夫たちの間をすりぬけ、彩楼に近い甲板まで来た。

そこは窓から飛びだした賽子龍《さいしりゅう》が一番居そうな場所だった。朱瞻基《しゅせんき》はまず深く息を吸い、胸に燃える怒りの炎を押さえつけると、腰を曲げて熱心に探しはじめた。まるで賽子龍《さいしりゅう》が見つかりさえすれば心の安定を取り戻せるとでも思っているように。しばらく周辺を探してみて、蟋蟀が乾燥した場所を好むと思い出した。ここの湿気はひどい。きっと船尾の方に跳ねていったにちがいない。前回逃げ出した時と同じだ。

鐘《しょう》と磬《けい》（金属と石の打楽器）を打ち鳴らす雅楽《ががく》の音が聞こえてきた。朱瞻基《しゅせんき》が腰を伸ばすと、もう埠頭の上空に翩々《へんぺん》とはためく五色の旌旗《せいき》と鱗のように並んだ傘がぼんやりと見えた。

ゆっくりと宝船は帆綱を巻き取り、舷側に並んだ八十対の櫂《かい》で低速に抑えつつ最後の望水楼を通過した。それを見て、物見台にいる見張りが飛龍旗を振り、宝船が間もなく到着することを告げる。

のこされた時間は少ない。太子は唇をかむと後には引けぬ覚悟で船尾へ走った。

時を同じくして袴の裾をまくり上げた裸足が一つ、宝船内部の梯子《はしご》を踏んでいた。分厚いたこが横木にあたり、ほとんど音もしない。もう一方の足がすぐに下の段を踏むが、爪先《つまさき》をかけただけで足の裏は大半を空中に残している。これは船夫たちが緊急時に使う梯子の踏みかただ。通常よりもだいぶ速い。

両足が交互に降りて音もなく梯子を下る。頭に羅《あやぎぬ》を巻いた船夫は、ふたたび船底の部屋の前に立っていた。

船底は依然として迫ってくるような漆黒だが、外の喧騒が壁を通してかすかに聞こえ、船が東水関に接近したことを知らせていた。船夫は中腰になり、懐《ふところ》から火折子《かせきし》（携帯用火種）の竹筒を取り出して、栓をぬいて短く息を吹き込むと、たちまち小さな炎がゆらめいた。船底の湿った空気がその微光を滲ませ、船夫の影が壁にゆらめく。まるで禍々しい魂魄《こんぱく》が墓石の隙間からぬけ出てきたようだ。

この光で、きちんと積みあげた大石の底荷が見えた。その巨体は仕切り部屋のほとんどを占め、底荷の上には濡れて黒ずんだ藁が隙間なくかぶせてあった。

外の喧騒がさらに大きくなり、船夫は火折子を持ったまま、ゆっくりと歩いてゆく。そして、腕が伸びて、さっと藁の一部を取りのけた……

＊＊＊

瓢《ふくべ》の栓をひねり、呉定縁《ごていえん》は口に酒を流しこんだ。辛口の液体が胃袋に入ると、ブルブルと全身に震えが走る。

太陽がやけに毒々しい。湿気が水面から細かな条《すじ》となって立ちのぼり、河原から扇骨台まで充満している。坂の上はまるで巨大な蒸籠《せいろ》だ。張り番についていると、灼熱に焼かれた牛毛のような細い針が衣《ころも》を突きやぶり、肌をチクチクと刺すような感じがした。新しい酒でもなければやっていられない。

酒は問題を解決しないが、少なくとも問題を考える者を遅鈍《ちどん》にすることはできる。これは呉定縁《ごていえん》の経験から言えることだった。

鐘《しょう》と磬《けい》で奏でられる雅楽が、かすかに河面から聞こえてくる。ふと、呉定縁《ごていえん》は瓢《ふくべ》を置き、眼の前の光景に見入った。ちょうど黒と紅の巨船が扇骨台を荘厳に通過していくところだった。

なんと巨大な船だ。その莫迦げた図体《ずうたい》は河面のほとんど半分を占め、舷側《げんそく》は高々と聳《そび》え、二本の帆柱は競うようにそそり立っている。まるで愚公《ぐこう》が山を移すのを知った天帝が夸娥《こが》氏の子に太行山《たいこうさん》を背負わせたようだ。（『列子』湯問）

この大山が崩れてきて、自分を粉微塵《みじん》に砕いてしまうように思い、呉定縁《ごていえん》は無意識に数歩退いた。船を見あげると、船尾に人影が見えた。四つん這いで何かを探している。

一瞬、二人の視線が合った。その時、まるで細い針をこめかみに刺しこまれたように呉定縁《ごていえん》の頭に痛みが走った。

どういう事情か分からないが、人影は何かをつかまえて走り去っていったようだ。船はゆっくりと扇骨台を離れて埠頭へ向かう。呉定縁《ごていえん》は頭皮をもみ、瓢《ふくべ》をひねって酒をふくんだ。

その辛味も喉にひろがらぬうちに、艶美にして壮麗な情景が眼に入った。

仏教の〝刹那〟によって、この瞬間を分割するなら、呉定縁《ごていえん》が見た場面は次のようになる。

第一の刹那、宝船の喫水線中段の壁が外に向かって湾曲した。船腹は息を吹きこんだように膨れ、ミシミシという悲鳴とともにゆがんで、引きしぼった弓のようになった。

第二の刹那、板材の湾曲が限界に達し、磁器の表面にできる罅《ひび》のように無数の小さな亀裂が走り、たちまち船腹全体に広がっていく。構造を固定している折れ釘、ヘラ釘、鎹《かすがい》などが圧力を受けきれずに次々に飛びだしてくる。

第三の刹那、束縛を失った力が船内から急速にあふれだし、深紅の力が際立ってくる。それは伝説にいう燧人《すいじん》氏の心血、祝融《しゅくゆう》の神器《じんぎ》、閼伯《あっぱく》の憤怒（いずれも火神）、すなわち灼熱無比の火炎だ。この力は漕ぎ口から噴出して右舷四十対の櫂は秩序を失った。その一部は猛然と前を向き、一部は高々と跳ねあがり、のこりは慣性にしたがって後ろを向く。

第四の刹那、船腹は完全に裂けた。それでも火炎の怒気をおさめるには十分でない。狂暴な火炎が船底から起ちあがって天を衝《つ》く。これによって竜骨《りゅうこつ》中軸、翼《よく》梁《りょう》、中舷《ちゅうげん》が撃砕された。帆柱も傾き、櫂も折れる。中央部が限界まで持ちあがり、船首と船尾が同時に沈みこむ。まるで朱色の巨大な手が強引に船をへし折ろうとしているようだ。

第五の刹那、宝船が中央から裂けて前後に分断された。華麗な彩楼は突如、よって立つ基礎を失い、まず後ろに傾いたが、沈みこむ前半部に引きずられて戻ってきた。こうしてゆれ動く間に火炎がよじのぼってきて、木造の彩楼は燃えあがる松明《たいまつ》となり、焼け焦げた人影がバラバラと落ちてくる。

第五の刹那が過ぎさると、岸に立っていた呉定縁《ごていえん》は一陣の強風を鼻先に感じた。瞳孔が急速に収縮し、極度の緊迫感が気落ちしていた表情を吹き飛ばした。

その一瞬で呉定縁《ごていえん》は真っ白な痴呆《ちほう》状態になり、全世界が凝《こ》り固まったように感じた。ただ眼の前の艶麗にして残虐な炎だけが舞踏をやめない。それは鋭い長矛《ながほこ》のように頭蓋をつらぬき、時ならぬ癲癇《てんかん》の発作が襲ってきた。

呉定縁《ごていえん》は痙攣《けいれん》しながら背後に反りかえった。そこに強烈無比な衝撃波がすさまじい速さで襲ってきて、体を思いっきり地面に叩きつける。腰にさげた瓢《ふくべ》がポンという音とともに破裂し、半分残っていた酒はこぼれ、砂地にすばやく吸いこまれる。

それは名状しがたい奇怪な絵だった。体の麻痺《まひ》した男が一人、まるで妖怪に祟《たた》られたように黄褐色の河岸で四肢を舞わせ、白眼を剝《む》いている。その傍らを流れる大河では黒と紅の巨船がもうもうと燃えあがり、紺碧の水にゆっくりと呑まれていく。

痙攣はしばらく続いたが、ゆっくりと収まってきた。呉定縁《ごていえん》が砂地で身を起こすと、口角から涎《よだれ》がダラダラと流れ、全身は汗でぐっしょりと濡れていた。癲癇の発作がおさまると、恐るべき光景が再び脳裏に浮かんだ。

太子の宝船が……爆発した？

ここに考えが及ぶと、涎をふこうともせず、必死に起ち上がった。視力と聴力はまだ完全には回復していないが、硝煙《しょうえん》の臭いが鼻をついた。その刺激が直接に結論をみちびく。

火薬が爆発したのか？

五つの刹那に宝船を破壊できる手段といえば、地震をのぞけば船倉に保管してある大量の火薬によるしかない。以前、南京で柏川橋《はくせんきょう》の外にあった火薬庫が爆発し、数里内の家屋がなぎ倒された。あの現場のにおいと全く同じだ。

だが、あれは太子の乗っている宝船、それほど大量の火薬を積んでいるものだろうか？

視力がゆっくりと回復してきて、眼の前にひろがる光景は再び鮮明になった。秦淮の河面にはまだ両断された船首と船尾が残っている。二つとも高く跳ねあがって水面との角度が大きくなり、直立に近づいていく。間もなく水中に完全に消えるだろう。中央部と彩楼は一歩先に水底に沈んでいた。大量の衣服、帆布《はんぷ》、木っ端《こっぱ》、いくつにもへし折れた帆柱が水面に浮き、河面をほとんど覆いつくしている。

誰もいない。

これほどの規模の爆発、助かった者などいるはずもない。

耳鳴りが収まるにつれて音が聞こえてきた。埠頭から聞こえていた雅楽はやみ、かすかに泣き叫ぶ声が聞こえてきた。爆発は東水関にも及んだらしい。あそこは宝船から近く、人も密集していたはず、恐怖の光景は扇骨台より十倍も凄まじかっただろう。

こんな凄絶な大事件に直面して、だらしない態度だった呉定縁《ごていえん》も心の底から震撼し、茫然としていた。ぼんやりと河面を見回すと、はるか遠くの水面に黒い点が見えた。必死にもがいているようだ。

呉定縁《ごていえん》はやや躊躇《ちゅうちょ》したが、それでも音をたてて河に飛びこむ。水は慣れたものだ。何度か抜き手を切り、黒い点の近くに泳ぎつく。溺れている者はまともに助けようとしてはならない。付近に浮かんでいた板切れを引きよせ、相手が攀《よ》じのぼるのを確認して一方の端を引いて岸に泳いだ。

のめりこむように二人は岸にあがり、呉定縁《ごていえん》は身をよじって、幸運な奴をながめた。

若い男で、顔は真っ黒、髪は半分以上焼け、衣服も焦げ跡だらけ、やっとボロボロの短い曳撒《えいさん》だとわかる。この男は岸に着くや否や、這いつくばって死ぬほど嘔吐し、鼻を刺すような酸っぱいにおいを発する反吐《へど》を山ほど吐きだした。

息を整え、開口一番、呉定縁《ごていえん》は男の身分を問いただした。だが、この若い男は口を開いても〝あ、あ〟という音を出すだけだ。どうやら爆発で声帯が麻痺してしまったらしい。手ぬぐいを出して河の水で湿らせ、顔をふいてやった。そうしてふいていると突然、こめかみに刺すような痛みが走り、意識が遠のきそうになる。

あやうくまた癲癇の発作を起こすところだった。呉定縁《ごていえん》は眉間にしわをよせ、もう一度この男の顔をよく観察した。四角い顔、まっすぐな鼻、それに恐怖に見開いた眼……その顔を見ていると、また頭痛が襲ってくる……一体どうした？　見た覚えなどない顔なのに……

いや、見たことがある！

突然の痛みで呉定縁《ごていえん》は気がついた。宝船が扇骨台を通過した時、見上げた船にこの顔が見えた。二人は眼が合って、こいつはすぐに船尾に姿を消した。船尾は爆発の影響が最もおそい。水中に吹き飛ばされて九死に一生を得たのだろう。

頭が少しずつはっきりしてくると、呉定縁《ごていえん》はさらに観察した。

こいつの曳撒《えいさん》は湖州《こ》（浙江省）の綾織《あや》りだから、船夫の類《たぐい》ではなく、護衛や僕童《ぼくどう》でもない。船での地位は低くないはず。宝船が埠頭に到着するという時、道理から言えば誰もが船の前方で太子の卜船に備えていたはず。それがなぜ人気《ひとけ》の少ない船尾にいた？　しかも爆発の直前に？

まさか……逃げようとしていたのか？

そう言えば、さっき板切れに攀《よ》じのぼった時も左手と右腕を使っていた。右手は今もしっかり握って、拳をひらきもしない。右腕を引っぱってみたが、男は何か嗄《しわが》れた叫びを発して、見せようともしない。呉定縁《ごていえん》は鉄尺をぬき、男の肘にこつんと一撃を加えてやった。みじめな声をあげ、五指がゆるんで、一匹の蟋蟀が掌《てのひら》から砂地に跳びだした。

あっけにとられて呉定縁《ごていえん》は一歩退いた。その時、靴底でぷちっという音がして、蟋蟀だった液体が四方に飛び散った。うお！　と男は悲鳴をあげ、どこからそんな力が湧いたのか、怒りにまかせて突っかかってきた。呉定縁《ごていえん》は憎らし気に片足を跳ねあげ、鳩尾《みぞおち》に蹴りをいれて土に転がした。そして、腰に下げた牛筋《ぎゅうきん》の紐を取りだすと、てきぱきと男の両腕を後ろ手に縛りあげた。

男は必死に抵抗した。その表情は憤怒の極みだった。たぶんめちゃくちゃに騒ぐだろう。呉定縁《ごていえん》はついでに麻核《まかく》（クルミ大の麻のさね）を取りだし、男の口に押しこんだ。これでもう、うーうーという呻《うめ》きしか聞こえなくなった。男の顔をもう一度よく見ると、やはり頭痛がする。呉《ご》定縁《ていえん》は瓢《ふくべ》を入れておいた布袋を腰からはずし、縫い目を解いて遠慮なく男の頭にかぶせた。

もう顔が見えないから頭痛もしない。

こうして面倒をひとつ解決すると、呉定縁《ごていえん》は秦淮《しんわい》の対岸をながめた。埠頭では大勢が走りまわり、泣き叫ぶ声は天をふるわせている。大量の旗が東に倒れ、西に傾き、まったく鍋で煮える粥《かゆ》のような大混乱だ。南京官員が埠頭に勢ぞろいし、儀式の人員や楽団、護衛や見物の庶民まで集まっていたのだ。その群衆が至近距離で爆発を受けたのだから負傷者や死者もきっと相当な数にのぼるはずだった。

埠頭でさえこの状態なら、船にいた太子や東宮《とうぐう》付きの者はとうに粉微塵《こなみじん》となっているにちがいない。呉定縁《ごていえん》の表情が険しくなる。これは明朝《みんちょう》はじまって以来の大惨事だ。これから南京、南直隷、そして朝廷がどれほど震撼するか、想像にあまりある。呉定縁《ごていえん》は男を見下ろした。こいつは唯一の生き残りだ。この第一級事件を調べる唯一の手掛かりかも知れねえ。

当面の仕事はこの犯人をできるだけ早く親父のところに連行することだ。応天府総捕頭の呉不平《ごふへい》は遅かれ早かれ事件を調べることになる。はやく犯人を送り届ければ、それだけ事件の解決も早い。早く事件を解決すれば褒美も多いというわけだ。

そう考えて呉定縁《ごていえん》は男を引き起こし、扇骨台の下に突き飛ばしながら歩きだした。男は抵抗したが、呉定《ごてい》縁《えん》が脛《すね》を蹴りまくるので、よろめきながら歩くしかない。

扇骨台を下り、押したり突き飛ばしたりしながら、二人は岸に沿ってまっすぐ北へ歩いた。だが、半里も行かぬうちに呉定縁《ごていえん》は紐を強く引いて、歩みを停めた。正面から兵が二人歩いてくる。一人は背が高く、一人は低い。青縁《ふち》の小袍《しょうほう》の下に鎖帷子《くさりかたびら》を着こんでいる。腰には雁翎刀《がんれいとう》（先端が反っている刀）を白い平紐でさげ、留守左衛の旗兵《きへい》（南京守備兵、衛は五千六百人の兵の集団）のように見えた。

今度の太子入城では各署の守備担当が犬の歯のように入り組んでいるから、ここに旗兵が現れても不思議ではない。だが、呉定縁《ごていえん》の心には疑惑がひろがっていた。大爆発があったばかりなのに二人は狼狽《ろうばい》するどころか、周囲で何かを探しているようだ。

二人もこちらに気づき、停まれと鋭く命じた。呉定《ごてい》縁《えん》が錫牌《すずはい》を見せる。

「応天府快班《かいはん》の御用だ」

背の高い方がたじろいだが、すぐに笑顔を見せて拱《きょう》手《しゅ》をした。

「鉄獅子《てつしし》の公子と御見受けするが？」

背の低い方がそれを聞いて、眼にかすかな軽侮《けいぶ》の色を浮かべた。〝ひごさお〟の綽名《あだな》を聞いたことがあるようだ。

呉定縁《ごていえん》の声と表情に動揺はない。一礼を返して言う。

「犯人を護送して役所に帰る。同行はできねえ。許してくれ」

話しこみたくはなかったが、二人はゆっくりと歩みよってきた。背の高い方が言う。

「先ほど何か爆発音が聞こえましてね。公子はそちらから来られた。ちょっとオレたちにも犯人を見せてくれませんか？」

相手はそう言いながら、呉定縁《ごていえん》の左にすり寄ってきた。背の低い相棒が犯人の頭にかぶせた袋を剝《は》ぎ取ろうとする。その瞬間、呉定縁《ごていえん》の鋭い眼光が閃き、ひそかに握っていた鉄尺が袋にかけた手首を打つ。

これは警告でもあり、探りでもある。

もし手柄を横取りする気なら、鉄尺が面倒な相手だと思い知らせてやる。もし……呉定縁《ごていえん》は仮定を続けることはできなかった。雪のように輝く白刃《はくじん》が左から肋《あばら》を刺しに来たからだ。

第二章

殺す気だ！

カン、呉定縁《ごていえん》は無造作に引き戻した鉄尺の面で切っ先を阻んだ。そして、もう何の躊躇《ちゅうちょ》もなく左に回転すると、右の拳を襲撃者の顔面に叩きこむ。大兵《だいひょう》は反撃がこれほど迅速とは思っていなかった。鼻から鮮血を流して後ろへ倒れる。

一撃で相手を片付け、その勢いで右肩をぶつけると、犯人を小兵《こひょう》に押しつけた。両手を縛られている犯人はよろよろと前にのめって、小兵《こひょう》の懐《ふところ》に倒れこむ。

二人が揉みあっている間に、呉定縁《ごていえん》は反転を終え、すばやく接近して小兵の腰から佩《はい》刀を抜き、ブチッという音とともに胸に突き入れ、すぐに刀を抜きにかかる。犯人と兵は同時に倒れた。大兵はやっと起き上がり、雄叫《おたけ》びをあげて斬りかかってきた。だが、その時には呉定縁《ごていえん》も刀を抜きさり、ふり返りざま刃《やいば》を受けとめた。

二本の白刃が交わって火花が散る。大兵は呉定縁《ごていえん》など酒色《しゅしょく》で弛《たる》みきった廃物だとタカをくくっていたが、この瞬間、じつは技量を隠した使い手だったと驚きとともに気づいた。

その一瞬の困惑で呉定縁《ごていえん》には十分だった。雁翎刀《がんれいとう》の防御はもとより陽動にすぎず、隙をついて左手の鉄尺を陰《かげ》から送りこみ、相手の腰眼《ようがん》（背骨の両側の窪み）を正確に突いた。その痛みに耐えかね、大兵はうっと一声もらして、型がくずれ、つづいて惨《みじ》めな悲鳴をあげた。雁翎刀が深々と首に溝を刻んで、鮮血が数尺噴きだした。

仕掛けから終わりまで数呼吸、まさに行雲流水《こううんりゅうすい》の滑らかさと言えた。だが、呉定縁《ごていえん》は河岸の砂に刀を突き立て、片膝をついて喘いだ。酒びたりの生活が長いせいで、体力が続かなかった。相手の軽蔑に乗じたにすぎない。本気で立ち合ったら、一人で二人を相手にするなど勝算があろうはずもない。

この二人は船を爆破した者の仲間で、沿岸に生存者がいれば、口をふさぐ気だったにちがいない。敵はもう絶命したが、呉定縁《ごていえん》の顔に喜びはなく、色濃い後悔の念が浮かんでいた。

背の高い方は呉不平《ごふへい》を知っていた。それは爆破犯が南京の者を少なからず買収していることを意味する。つまり、これから行く道でどんな相手に出会っても爆破犯の手先かも知れないのだ。よく知った相手でも斬りかかってくるかも知れない。一体仲間がどれだけいる？　どう見分ければいい？……今の呉定縁《ごていえん》には一つも答えがない。

太子の宝船さえ爆破した凶徒が、唯一の生き残りに手加減するはずがない。きっと排除しにくる。

付近の城壁を呉定縁《ごていえん》は見やった。はるかに続く城壁の背後から無限の悪意がわきあがり、暗雲が留都の空をおおっていくように見えた。そして、一時の同情で助けた男が自分を泥沼に引きずりこんだと悟った。

だが、いまさら後悔してもおそい。もう二人を殺した。犯人を置き去りにして逃げたところで、きっと多くの刺客が襲ってくる。そう考えると、もう嫌気がさして、呉定縁《ごていえん》はあの男を見下ろした。犯人はまだ兵の死体の上に倒れていた。頭に袋をかぶせられていても、血のにおいに耐えかねるようで、恐怖でもがいている。

そうと知っていれば、秦淮で溺れさせておいたんだが……呉定縁《ごていえん》は残念でならなかった。

だが、世に後悔につける薬などない。呉定縁《ごていえん》は溜め息をつき、二人の死体を水中に放りこんで、犯人を立たせた。もう賞金なんてどうでもいい。こいつは無数の刺客を呼びよせる疫病神だ。焼けた山芋からはなるだけ早く手を引くに越した事はねえ。

つまるところ、やはり親父を探すのが先決だ。

呉不平《ごふへい》は長安街を巡回しているはず、そこは皇城に入るには必ず通る道だ。扇骨台から長安街までの最短経路は北に歩いて通済門《つうせいもん》から城内に入ればいい。通済門は埠頭に近く、十三ある城門の一つ、それを通って城内に入れば、街並みが内運河と並んで北上していて、右に折れるとすぐ長安街だ。

だが、いま埠頭は機能していない。もちろん通済門周辺も大混乱にちがいない。遠くからながめても無数の人が出入りしていて、蜂の巣を爆破したような騒ぎのように見える。通りぬけることはむろん、近づくことさえ危険だろう……敵は宝船に火薬をしかける奴らだ。埠頭にも手を回しているにちがいねえ。

呉定縁《ごていえん》は大逆犯を東に連れていくことに決めた。東に三里迂回《うかい》すれば正陽門《せいようもん》という別の城門がある。そこをぬければ皇城の南に出る。長安街からそれほど離れていないし、皇家も通る御街《ぎょがい》の正門だ。相手の勢力がこちらの予想より大きくても、門衛をすべて買収することなどできるはずはない。

犯人は先ほどの血腥《ちなまぐさ》い格闘で肝をつぶしたのだろう。もう抵抗せず、おとなしく呉定縁《ごていえん》に押されて歩いた。二人は堀にそって東にむかい、すぐに正陽門の前に着いた。

このところの地震で、正陽門は門楼の拱頂《きょうちょう》（アーチ）が崩れ、城門も閉められぬありさま、まさに修理のさなかだった。濃い灰色の城門付近にびっしりと竹の足場が組まれ、門廊には泥を盛った鉢《はち》と、青煉瓦（緑がかった灰色のレンガ）が積みあげられ、軸から外した大きな鉄門が二枚、壁に立てかけてあって、ぽっかりと大穴があいている。

守備兵と大工たちは城門の前に集まり、驚いた顔をよせあって、何かを話している。監督や城門部隊の将軍も心穏やかというわけにはいかず、ずっと西をながめていた。あの巨大な爆発音を聞いたのだろう。ただ、事件がどれほど深刻なのかはまだ知らない。

呉定縁《ごていえん》は錫牌《すずはい》を見せ、犯人を護送して城内に入ると告げた。

「ほかの城門に回れねえかな。ここはちいと面倒でよ」と、検問《けんもん》の老兵が言った。

「だめだ。この犯人はすぐに役所に連行しねえと、遅れは許されねえ！」

まさかこの老兵も敵の刺客か、呉定縁《ごていえん》は無意識に鉄尺を握っていた。まだ老兵が忠告しようとするので、呉定縁《ごていえん》は鋭く言う。

「太子暗殺に関わる事件だ。護送に手間取ったら同罪になるが？」

そんな一大事を聞くことになるとは思わなかった老兵は、ふるえる手であわてて錫牌を返して道をあけた。

「そんなに言うなら仕方ねえ、何かあっても怨むなよ」

衛兵と大工たちが不審の眼を向けるなか、呉定縁《ごていえん》は犯人をつれて真っ黒な城門に入った。

遷都の前、正陽門は皇城外郭の正門だったから普請も格別だ。二輌の車が並んで通れるほどに広く、石畳が敷かれ、壁には青煉瓦が貼ってあり、天井にも青石が使ってある。だが、今は修理中で建築資材がうずたかく積み上げられ、光をほとんど遮っていた。

七、八歩も入ると周囲が暗くなり、あたりは地下深くの隧道《すいどう》（トンネル）のようだった。外は五月の陽気だが、門洞に入るとひんやりと冷たく感じる。陰気が敷石の隙間から細い糸となって吹きだし、脚に纏わりつく。

門洞の中程まで進むと、呉定縁《ごていえん》はふと何かを感じて上を見あげた。そして、老兵の態度が異常だったわけを理解した。

長さ三丈、幅一丈の大石がぶら下がっている。それはまだ拱頂《きょうちょう》にはめこまれておらず、麻縄で空中に吊られていた。大石の真下には足場の残骸が散らばっている。先刻の爆発で足場がくずれ、大石が空中に取り残されたというわけだ。いつまた揺れが襲ってきて、下敷きになるのかわからないから、大工たちは城門の外に退避していたのだった。

この青灰色の巨石は南京北部の幕府山から採掘したもので、角は鈍《なま》っているが、重厚そのものだった。こんな巨大な物が薄暗いなか、まるで釣り鐘のように空中でゆっくりとゆれている。そのいつ圧《の》しかかってくるかも知れない恐怖は戦慄を誘った。だが、なぜか呉《ご》定縁《ていえん》は身もかわさず、意味深長な苦笑を漏らした。

日も射さぬ城門の中、来た道も行く道も暗くて先など見えぬのに、頭上には生死が一本の縄にかかっている。それは何か皮肉な意味がある凶兆を帯びていた。死の脅威に直面すると人は視線をそらすことができず、かえってそれを凝視してしまうそうだ。この自分を圧《お》し潰《つぶ》して肉塊に変えてしまう想像に、呉定縁《ごていえん》は言い知れぬ恐怖を感じたか、興奮を感じたか、思わず鳥肌がたった。

連れの犯人は視界を奪われ、どれだけ危険な場所にいるかということなど露知らず、おとなしくその場に立っていた。どれだけ時がたったか分からない。男が不安そうな声をあげ、呉定縁《ごていえん》を死の連想から現実に引き戻した。頭上の巨石を一瞥《いちべつ》して首をふり、呉定縁《ごていえん》は犯人をつれて歩き続けた。

城門を抜けると、すぐに光が現れた。城内に入った。正陽門の北に東西に走る大通りが横たわり、ここが崇《すう》礼《れい》街、西の端で長安街と交差している。

崇礼街も今や太平ではない。多数の官署の所在地で宝船爆破の衝撃は近辺も混乱させていた。歩兵や騎兵が衛屯地から飛びだすと、東水関へ狂ったように駆けだし、無数の馬蹄と革靴が黄土を巻きあげる。役人や書記たちも門から顔を出し、砂塵の中で茫然と立ちつくしている。

この救援部隊を見ていて、自分が過ちを犯したことに呉定縁《ごていえん》は気づいた。

こんな大事件が起これば、総捕頭が長安街にとどまるはずがない。きっと東水関に駆けつける。

しかし、いま東水関には絶対に近づいてはならない。しばらく考えて、呉定縁《ごていえん》はいっそ犯人を応天府に連れて行こうかと思った。だが、やはり考えを改めた。現実的ではない。府の役所は西にある。ここから遠いことは別にしても、途中で何が起こるかわからない。それに役所に辿りついたところで応対する者もいない。応天府の高官たちは東水関で太子に諂《へつら》うために埠頭に勢揃いしていたのだから全員が生死も知れない状況だ。

ほかの役所にも同じ問題がある。

南京城の治安組織はすこぶる複雑だ。五城兵馬司《ごじょうへいばし》は南京兵部《へいぶ》の所管、十八衛所親兵《じゅうはちえいしょしんぺい》は五軍都督《ととくふ》府の統括、応天府は三班を指揮し、守備《しゅび》衙門《がもん》は城門を掌握し、皇城には年初に京城から配置転換になった禁軍（宮殿守備軍）が駐留している。

この防衛組織はそれぞれに所管があり、日頃からいがみ合っている。だが、あの爆破は各署の高官たちをそろって吹き飛ばしたのだから、どの役所も〝群龍首なし"（『易』乾卦）の状態にちがいない。目下、南京全体が麻痺している。

この手に大逆犯《たいぎゃくはん》を握っているのに、護送するところがなかった。

呉定縁《ごていえん》は周囲を見まわして、崇礼街の北側に眼をとめた。欽天監《きんてんかん》と行人司《こうじんし》の間に朱門白壁の役所があった。扁額《へんがく》（看板）もなく、門の柱は漆色、ほかにはない粛然《しゅくぜん》とした佇まいだ。これを見て、考えが浮かんだ。

南京錦衣衛《きんいえい》（特務機関）鎮撫司《ちんぶし》、南京のいかなる部門の干渉も受けず、京城の錦衣衛指揮使《しきし》に報告義務があるだけ。だから、扁額を掛けず、牌面《はいめん》（身分証）も発行しない。南京官界にあって、その地位は超然としている。

チッと舌打ちし、残念でなくもないが、手を焼く山芋を錦衣衛に護送しようと呉定縁《ごていえん》は決めた。錦衣衛がどれだけ褒美をくれるかは知れたものではないが、少なくとも大きな面倒からは手を引ける。面倒が一番嫌いだ。こんな仕事はさっさと片付け、家に帰って妹に酒を温めてもらい、さっぱりした気分でくつろぎたい。

呉定縁《ごていえん》は犯人を連れて鎮撫司の大門を叩いたが、意外なことに鍵はかけられておらず、門を押すと開いた。中に入ると、だしぬけに大声が聞こえてくる。

「国難の際、知らぬふりを決めこむおつもりか？」

その声は鐘のように響きわたり、屋根瓦が反響しておんおんと唸りをあげた。呉定縁《ごていえん》が犯人を連れて眼隠しの壁を回りこむと、そこは広々とした四方正院で浅《あさ》緑《みどり》の袍《ほう》を着た若い官員が門前に立っていた。まっすぐ両腕を伸ばし、一列にならんだ錦衣衛を阻もうとしている。

この官員は二十七、八歳だろう。背は高いとは言えないが、鼻筋は硬そうでまっすぐ、眉尻が跳びあがっている。とくに顎《あご》がちょっと見ないくらいに角ばっていて、口を結んだ顔はまったく岩のような面構えだ。

顎髭に白いものがまじった老千戸《せんこ》（百戸百十二人を十隊束ねる長）が繍春刀《しゅうしゅんとう》（軍刀）の柄《つか》を叩いて威嚇している。

「われらは埠頭に上官を救援にいくのだ。それを知らぬふりとは無礼であろう？」

若い官員は一歩前に進み、眼を怒らせた。

「東水関の事は守備衙門《がもん》に御対応、これあり。錦衣衛の職責は救援にあらず、すぐに奸凶《かんきょう》を探しに行かれよ！」

脇にひかえていた副千戸が嘲笑した。

「行人《こうじん》ごときが大学士（国政顧問）気取りか！　おとなしく隣に引っ込んでおればよいものを、わざわざ出しゃばり騒ぎたておって！」そう言って道をあけさせようとする。

相手が近づいてくるのを見て、この官員は顔を紅潮させ、ますます胸をそらせて怒鳴った。

「錦衣衛が蜂のように埠頭に押しかければ、賊は混乱に乗じて逃げさるのみ。機を失すれば東宮《とうぐう》太子が危うい！　留都も危うい！　それが……なぜ分からぬ！」

相手の強情さを見て、押しのけようとする副千戸の手に躊躇が生じた。行人は正八品の胡麻粒みたいな小官だが、進士《しんし》（官僚登用試験合格者）でなければ任命されない。武官の一人として文官に本気で手荒なまねはできなかった。両者は一時その場に固まった。

呉定縁《ごていえん》は様子を見ていて、大体の察しをつけることができた。この官員は南京行人司の行人だ。宝船爆破の報を聞きつけて、わざわざ隣の錦衣衛までやって来て、埠頭に救援に行かずに犯人の捜査にかかるように要求しているといったところだ。

錦衣衛から見れば、確かにおかしな話だ。行人司の職掌は詔勅《しょうちょく》の頒布、外藩《がいはん》への使節だから、ここで指図するとは一体どういうつもりだというわけだ。だが、錦衣衛の長官は埠頭の混乱にいるはずだから、千戸や副千戸を指揮する者がおらず、この小行人《しょうこうじん》に門で阻まれて戸惑っている（大行人は賓客の接遇をし、小行人は各地に使者として派遣される）。

正直に言えば、呉定縁《ごてい えん》もあの小行人の判断に賛同だった。錦衣衛が埠頭に駆けつけて混乱をひどくするより、その時間で手掛かりを探したほうがいい。だが……そんな事は知ったことじゃねえ。

南京行人司は閑職だ。配属されたらもう出世は見込めず、無駄飯を食いながら死を待つほかねえ。南京には高官が山ほどいるのに、お前みたいなお寒い小官《ろくまい》が国事を憂うだと？　どうやらあの小行人は長年禄米を食ってきて、頭がぶっ壊れちまったらしい。

押し問答を聞いているのが莫迦らしくなり、呉定縁《ごていえん》は大きく咳払いをした。

小行人と錦衣衛たちが同時にふり向いた。眼に訝《いぶか》しむような色がある。

呉定縁《ごていえん》は犯人を一歩前に押し出した。

「オレは扇骨台を守備していた応天府の捕吏です。太子宝船から跳び下りた疑わしき者を捕らえて、こちらに連行してきました」

それを聞くと、周囲はたちまち大騒動になった。呉《ご》定縁《ていえん》は犯人の眼隠しを取り、膝裏を蹴って跪《ひざまず》かせた。

錦衣衛の連中は眼をむいた。連行されてきた男は満面煤《すす》だらけ、憔悴《しょうすい》しきってオドオドした表情をし、頭はずぶ濡れ、髪は乱れて顔に貼りつき、頭のてっぺんには屑や千切れた紐がからんでいる。

呉定縁《ごていえん》は扇骨台で遭遇したことを一通り話した。面倒だったので二人の刺客の件は省略した。錦衣衛の連中は捕物には手慣れている。すぐにこの者が怪しいと理解した。老千戸が犯人をよく見ようとすると、あの小行人が割って入ってきて、眉間にしわをよせて観察し、おもむろに麻核《まかく》を犯人の口から取りだした。

その瞬間、長く鬱積してきた憤懣《ふんまん》が犯人の口から猛然と噴出した。

「お前ら、このアナグマの咥《くわ》えてきた死に損ないが！　ロバイヌの金玉ども！　わたしは大明《だいみん》の太子だ！　大明の太子である！　はやく縄を解け！　解かねば三族を誅殺する！　いや、九族、十族だ！」

小行人は眼光一閃、すぐに相手を助け起こし、両手を縛る縄を解いた。そして、袍《ほう》の裾を払って跪く。

「殿下」

この思わぬ一幕に周囲の錦衣衛はついていけなかった。老千戸が疑わしそうに言う。

「小行人ごときが何で太子殿下の御尊顔を知っておる？」

若い官員が顎を傲然《ごうぜん》と突き出す。

「吾輩は永楽十九年の進士である。かつて殿試（皇帝による試験）で親《した》しく太宗皇帝に拝謁し、眼の前でこちらの御仁を見た。まさにあの時の御仁である！」

周りの者はまだ信じられない様子だった。

朱瞻基《しゅせんき》は首にかけた青蓮雲形《せいれんうんぎょう》の玉佩《ぎょくはい》をつかみ、怒気をみなぎらせて高く掲げた。

「ものども見よ！」

この玉佩は陣中で祖父永楽帝から下賜《かし》された品で、〃惟《た》だ精、惟《た》だ一〃（『尚書』大禹謨）の文字が彫ってある。肌身離さず持っていたもので、天下みな太子の持ち物だと知っている。錦衣衛たちもこの証拠を見て、すぐに疑いを解いて、ばらばらと跪いた。

呉定縁《ごていえん》は一人、全身を硬直させ、愕然と立ちつくしていた。

この爆破犯が大明の皇太子だと？

そんな……あまりに理屈にあわねえ。宝船はたしかに東水関に接近していた。太子は幕僚と下船の準備をしていたはず、それがなぜ一人で船尾にいた？

呉定縁《ごていえん》が我に返ると、誰かが両腕をつかんでいた。錦衣衛の小旗《しょうき》（十人隊長）が数人、飛びかかってきて、賊を引き倒し、身動きができないように押さえつけていた。

ヘッと呉定縁《ごていえん》は自嘲にも似た声を出し、抵抗もせずにゆっくりと頭を垂れた。

こやつをここに留めておけば、太子に気まずい思いをさせるだろう、そう老千戸は考え「内獄へ放りこんでおけ！　あとで取り調べる！」と命じた。小旗《しょうき》たちは声をそろえて返事をし、呉定縁《ごていえん》を奥へ連行した。無礼者が消えたのを見て、老千戸は自分で椅子を持ってきて、しばし御掛け下さいと機嫌をとった。

朱瞻基《しゅせんき》は腰を下ろし、両眼でぼんやりと眼隠しの壁をながめた。まだ興奮で胸が上下している。頭は今でもはっきりしない。すべてが突然だった……まず肉を焼き骨を熔《と》かすような大爆発、そして氷のような水で溺れかけ、つづいて誰かに眼隠しされ、蹴られ殴られ、血のにおいまで嗅いだ……これが悪夢なら今こそ醒《さ》めよ。

小行人は地面から玉佩《ぎょくはい》を拾いあげ、破損がないか確かめてから、恭《うやうや》しく両手で朱瞻基《しゅせんき》に返した。朱瞻基《しゅせんき》は視線をあげてつぶやいた。

「いったい……何が起こった?」

周囲の者はたがいの顔を見た。一体どうなっているのか、誰にも分からない。だが、小行人は大声で答えた。

「御座船《ござせん》は賊に爆破され、東水関埠頭にいた百官に被害が及びました」

周囲の千戸、副千戸が鋭く息を吸いこむ。なんと大胆な、情勢がはっきりしないのに、こうもはっきり断言するとは。その言葉に責任が持てるのか?

朱瞻基《しゅせんき》は小行人の眼を見た。頭に袋をかぶせられていた時、この声が「東宮太子が危うい」と言っていたのを聞いて好感を持っていた。

「名は何という」

「微臣《わたくしめ》、南京行人司の行人、于謙《うけん》と申します」声は大きく、眼には明るい光がある。

老千戸は心中で毒づいた。三十にもならぬ身で年寄りの閑職連中にまざっておる小物《こもの》が何をほざくか。

朱瞻基《しゅせんき》はうなずくと、「お前はいい奴だ」と言って、ふと黙りこんだ。

于謙《うけん》がこの機をとらえて言う。「現在、城中は安《やす》からず。殿下におかれましては暫時《しばし》ここに留まり、襄城伯《じょうじょうはく》、三保太監の御返事を待たれても遅くはないかと存じます」

朱瞻基《しゅせんき》は軽く眉間にしわをよせて問うた。

「あの者らはいま何処におる？」

「両名は東水関埠頭にて殿下を御迎えにあがりましたが、目下状況は……ええ、詳《つまび》らかならず。殿下は万金の御体《ぎょたい》にして天より独り愛される身、使者をつかわして御訊ねになり、両名鎮守《ちんじゅ》が出向いて来られるのを待つのが順当かと存じます」

于謙《うけん》は姿勢が良く、話す時にはまっすぐに相手を見るので説得力があった。朱瞻基《しゅせんき》は于謙《うけん》の言うことを聞くことにし、まずは錦衣衛で情勢を見ることにした。それが老千戸にはいまいましく、風向きを変えようと進みでて、太子に自分の名を告げた。

老千戸に朱瞻基《しゅせんき》はいい顔をしなかった。この年寄りには于謙《うけん》を遠ざけたいという態度が見えたからだった。老千戸は何か雲行きが怪しいと気づいて、ここは自分が奮戦して埠頭で状況を探って参りますと言うと、急いで走りだした。

老千戸が行ってしまうと、どうぞ顔と髪を御清め下さいと、役所の者が井戸水を汲んできて差しだした。錦衣衛は犯人の扱いには慣れているが、貴人に仕えるとなるとまるで不器用なものだ。朱瞻基《しゅせんき》はしかたなく井戸水で顔を洗うと、椅子にもたれかかって両手をだらりと肘掛けの上に置いた。

普段ならこんな面倒は伴《とも》の者が手伝ってくれた。だが、賽子龍《さいしりゅう》もふくめて、あの者らは粉骨砕身してしまい、たった一人残された……ここに考えが及ぶと、果てしない悲哀がこみあげてきた。悲哀が深まるにつれ、心臓の動悸がし、その一つ一つに伴う感情が鞭となって脳の神経を引っ叩き、あの爆発の場面がよみがえってくる。

于謙《うけん》は太子をそっとしておいた。次々に大変な目にあい、静かにそれを整理する時間が必要だと考えたからだ。副千戸の一人に熱い茶を持っていくようにと言いつけ、驚嘆を鎮める酸棗《さんそう》（ナツメ）か、柏子仁《はくしじん》（コノテガシワの種）をそえるのが良かろうと言っておいた。副千戸は眼を怒らせ、どこのネギとも知れぬ奴が指図するかと不満だったが、太子が〝いいやつだ〟と言ったことを思い出して、しぶしぶ手配をした。

　内獄の場所を于謙《うけん》は問い、太子を連行してきた者に会いたいと申し入れた。副千戸はこの申し入れをはねつけようと思ったが、刃《やいば》のように冷たい于謙《うけん》の眼光に恐れをなし、しかたなく応じた。だが、小旗《しょうき》を一人呼んで監視につけ、余計なことはさせるなとも言いつけておいた。

　小旗の後について于謙《うけん》は二の堂に入っていった。垂《すい》花門《かもん》（二の門、中庭の門）の背後に彫刻がほどこしてある〝回〟の字型の廊下があった。内側は二重庇《ひさし》になっている。北が寅賓廳《いんひんちょう》（応接室）、両側には簽押房《せんおう》（署名室）、録事房（記録室）、値吏廨《ちりかい》（宿直所）、架閣庫（倉庫）が並び、内獄はちょうど真南、廊下の突きあたりにあった。

　そこは犯人を一時的に留置しておく牢獄で、ほとんど空《から》だった。やや汚れてはいるが、牢獄にありがちな怨念がこもっている雰囲気はない。小旗は牢の前で注意をうながした。

「話す時は離れていた方がいいです。〝ひごさお〟はちんぴら根性が染みついていますから」

「あの者を知っているのか？」

　つい口をついて出るお喋りは人類の天性と言えよう。この小旗は応天府の内情を熟知していて、呉定縁《ごていえん》の綽《あだ》名《な》のわけを一通り話した。于謙《うけん》はそれを聞き終わると、黙って最後の部屋に近づき、柵を隔てて有名なドラ息子を眼にした。

　呉定縁《ごていえん》は木の十字架に縛られていた。胴体は柱に縛られ、両手は横木に固定され、身動きもままならない様子だった。これは大逆犯に対する措置だ。背後の石壁は分厚く、掌《てのひら》くらいの大きさの息抜き穴があるだけ、その穴にも鉄の柱が二本はまっている。穴を通して射しこむ日光が三本に分かれるから、金の長刀が三本、四人の背に当てられているようだ。呉定縁《ごていえん》は顔を伏せてぴくりとも動かず、首を垂れて処刑を待っているように見える。

だが、あわただしい中での処置だから錦衣衛も簡単に縛りつけただけで、身に着けた衣服は剝ぎ取らず、麻《ま》核《かく》も口に入れていなかった——話ができる。まあ、この内獄で何か叫んだところで誰が聞くだろう？

于《う》謙《けん》は牢門を開けるように言うと、呉《ご》定《てい》縁《えん》に近寄った。于《う》謙《けん》は背丈が低いので見上げなくてはならないが、呉《ご》定《てい》縁《えん》の顔を見ることができた。

「おぬしに救《きゅう》駕《が》の功があることは承知している。危急の事ゆえ、かりに措置を取らざるを得なかった。状況が安定すれば、わたしが太子に冤《えん》罪《ざい》の釈明をしよう」

于《う》謙《けん》は落ち着いた声でそう言った。

「オレがあいつを河から救いあげて自分で苦労を背負いこんだんだ。どうせ自業自得だ。冤罪なんざ何処にある？」

呉《ご》定《てい》縁《えん》は顔を伏せたまま、嗄れた声で答えた。この刻薄な返事に于《う》謙《けん》は眉間にしわをよせた。さらに一歩近づいて言う。

「様々な事がふりかかって太子は本来の心持ちが回復しておらぬ。故意におぬしを害そうとしたのではない。太子が水に落ちた前後の事を詳しく聞かせてくれぬか。何も遺《い》漏《ろう》のないように」

呉《ご》定《てい》縁《えん》は面倒くさそうに顔をあげた。

「取り調べは錦衣衛がするんじゃねえのか？　お前みたいな小《しょう》杏《きょう》仁《じん》が匙加減できるわけじゃなし、余計なことに関わるんじゃねえよ」

呉《ご》定《てい》縁《えん》はわざと〝小行人〟を〝小杏仁〟と発音した。于《う》謙《けん》は額にさっと青筋をたてたが、かろうじて怒りを抑えた。

「都城は動揺している。君の禄《ろく》を食む者それぞれに難に赴《おもむ》き、危うきを救う責があるのだ。余計な事も余計でない事も区別があろうか？」

呉《ご》定《てい》縁《えん》はニヤリと笑った。「ああ、そうかい。皇帝や太子はそんな話を聞くのが好きだろうぜ。お前も機会がめぐって、一つ出世して小杏仁じゃなくなるってわけだろ」

これには于謙《うけん》も侮辱されたと思い、呉定縁《ごていえん》の襟をつかんで大声で怒鳴った。

「誰もがお前のように卑しい考えをすると思うな！この于謙《うけん》、官は微賤なれど地位を盗むような輩ではない！」

于謙《うけん》は銭塘《せんとう》于氏の出身で、人に取り入る小人と言われることに我慢がならない。もともと大声だが、興奮すると一層大声になり、天井につもった塵《ちり》が糸を引いて落ちてくる。呉定縁《ごていえん》はそれを嘲笑し、横目で見ただけで何も言わなかった。

于謙《うけん》は取り乱したことに気づき、相手の襟を放して冷たく笑った。

「莫迦《ばか》のふりはやめたらどうだ。応天府の捕吏が御座船爆破の犯人らしき者を捕らえたのに、自分の役所に引き渡して功績にするでもなく、みすみす錦衣衛に連行してきた。つまり、性命《いのち》にかかわる恐れがあって、早く手を引きたかった。そのくらいのことは分かる。先ほどは言わなかったことがあるはずだな。そうではないか？」

呉定縁《ごていえん》は唇をゆがめた。この〝小杏仁〟はなかなか鋭い。一度で要点を突いた。

于謙《うけん》は息づかいも荒く、相手の眼を見つめながら言った。

「まったく、お前のような愚か者は見たことがない。太子が水に落ちた時には身分も知らず、苦労も厭《いと》わずに救出しておきながら、身分を知った途端に何としても関わりを避けようとする。この個副藤頭絲《コフトントウス》が！」

前半は官話《かんわ》（共通語）で話していたが、最後は感情が高ぶって銭塘方言になった。その形容を呉定縁《ごていえん》は多少知っていた。〝良し悪しを知らぬ〟とか〝頑固で執拗な者〟という意味だ。

この罵倒で呉定縁《ごていえん》は父を思い出した。親子で協力して大事件を解決すると、表立って功績を見せびらかす気になれず、金をもらって酒を飲み、妓楼《ぎろう》を冷やかしに行く。親父が金を渡す時、いつも〝死孫《スースン》〟と罵る——北方の言葉だが、意味は〝個副藤頭絲〟とほとんど同じだ。

自分の父親を思うと呉定縁《ごていえん》は考えをめぐらせた。いま東水関は大混乱だが、呉不平《ごふへい》は必ず捜査をさせられる。万一、解決しなければ官府の性《さが》で身代わりに罰せられるかもしれない。どうせ南京の治安はお前の責任だというわけだ。

ここまで考えると、呉定縁《ごていえん》は溜め息をついた。

「わかった。どうやら話さなくちゃならねえみてえだな」

そして、呉定縁《ごていえん》は自分が遭遇した事を詳細に話した。扇骨台をどう見張っていたか、宝船の人影を見つけて、どうやって太子を救ったか、殺意に満ちた旗兵二人にどのように遭遇したか、自分がなぜ錦衣衛に犯人を護送することにしたのか。

話を聞き終えると、于謙《うけん》はだらしない捕吏を刮目《かつもく》して見た。話し方こそ粗野だが、事件の分析は簡潔にして正確、長年の経験がある役人にもこれほどの見識はないだろう。あの小旗《しょうき》が口にした〝ひごさお〟は深く才能を隠した者だったのだ。

危険に出会うと他に責任をなすりつけるやり方を于《う》謙《けん》はきわめて卑しいと考えた。しかし、その判断には同意した——この事件の背後で画策している者は明らかに太子と南京官界を一挙に抹殺しようとしている。その野望の大きさ、計画の緻密さ、手段の悪辣《あくらつ》さは驚くべきものだ。

不幸中の幸い、太子は奇跡的に助かり、呉定縁《ごていえん》が錦衣衛に護送することに考えを改めた。この一連の出来事は神仙も知らぬ。御座船を爆破した賊どもにはなおさらだ。

ともあれ太子は少なくとも今は安全だ。

于謙《うけん》の眉が開いたのを見て、その考えを見透かしたように呉定縁《ごていえん》はへっと笑った。

「苦労して船を爆破したんだ。一発で終わりってわけじゃねえだろ？」

「何だと！」

「今日はまだ終わっちゃいねえ」呉定縁《ごていえん》は瞼《まぶた》をあげ、どうでも良い事のように付け加えた。

于謙《うけん》の眉がひと跳ねする。

しまった！　老千戸が東水関で状況を探っている。万一、太子を守っていることを言いふらせば、賊の偵察にかからずにはいまい。そこに考えが及ぶと、于謙《うけん》はもう呉定縁《ごていえん》に説明もせず、すぐに内獄を飛びだして、スタスタと前院に歩いていった。その可能性が多少なりともあるならば、すぐにも防備を固めなければならない。

于謙《うけん》が戻ると、椅子は空《から》で太子は消えていた。傍らにいた副千戸もいない。于謙《うけん》は驚き、留守番の小旗に一体どうしたのかと訊ねた。

小旗は起こったことをすべて話した。于謙《うけん》が内獄に行くとすぐ、埠頭の老千戸から知らせがあった。良い知らせと悪い知らせの二つだ。悪い知らせは襄城伯《じょうじょうはく》が重傷を負ったというものだ。埠頭の最前列にいたので衝撃が最も強く、まだ眼を醒ましていない。良い知らせは三保太監が無事だという知らせだ。爆発の直前、羽織が落ちかけたので侍従が体の前で留め紐をいじっていた。その侍従たちが身代わりとなって衝撃をやわらげた。

三保太監は突発事に慣れている。危険をものともせず、埠頭で指揮を執った。その指示で東水関と南京諸署は秩序を回復し、一糸乱れず救援にあたっている。そこに老千戸が太子の居所を知らせに駆けつけた。みずから御迎えにあがると鄭和《ていわ》は返事をして、先刻太子を連れていったばかりだった。

太子出迎えの時、内獄に居た于謙《うけん》に知らせはなかった。老千戸の小細工だろう。

于謙《うけん》は太子を連れていったのが鄭和《ていわ》だと聞いて、安堵の息をもらした。鄭和《ていわ》は永楽の老臣、その人となりは忠直耿介《こうかい》、六韜三略《りくとうさんりゃく》の兵法を心得ており、いくども西洋に下るという壮挙で巨大な名声があった。あの山岳のような御仁《ごじん》が健在なら南京は大丈夫だ。

しかし、まだ安心するのは早い。呉定縁《ごていえん》が遭遇した二名の旗兵による襲撃が重要だと于謙《うけん》は考えた。できるだけ速く上層に伝えたほうがいい。そして、紙と筆を所望した。

于謙《うけん》の筆は流暢だ。瞬く間に巧みな台閣体《だいかくたい》の文章を仕上げる。太子と三保太監にむけて書信にしたためた内容は、城内の敵がいまだ除かれず、迅速な調査を必要とし、ゆるがせにできぬ事態であるというものだった。最後に呉定縁《ごていえん》の情状《じょうじょう》を汲《く》んで頂けるようにとも書き添えた。貴人は物事を忘れやすい。

文章を書き終え、息を吹きかけて墨を乾かし、丁寧に折り畳んで懐《ふところ》に入れると、于謙《うけん》は歩いて錦衣衛の門を出た。

崇礼街の住民も予測にたがわず混乱していた。大通りに並ぶ店の幟《のぼり》の下、運河の傍ら、木陰などに人があふれ、それぞれに不安そうな表情を浮かべている。先刻は巨大な音が聞こえただけで理由が分からなかったが、宝船が爆破されたとの知らせが東水関から伝わると、動揺がひろがっていた。もう荷造りをして老人子供を連れて避難しようとする者までいる。

太子と三保太監の居所を于謙《うけん》は知らなかった。だが、情勢から判断すればまず南京守備崗門《がもん》に行くはずと考えた。そこが留都で最も安全な場所だからだ。

南京守備崗門は皇城の西南角にある。太子を擁《よう》した行列がどの道から入るにしても、皇城西の西華門《せいかもん》を通る。崇礼街から通済門大路をぬけ、北に折れて西皇城の城壁南大路を通り、西華門外の玄津橋《げんしんきょう》まで行けば行列の前に出られるはずだ。

于謙《うけん》は頭巾を手で軽く押さえ、革の腰帯をちょっと持ちあげると、動揺した人々をすり抜け、小さな巷《ちまた》に入っていった。南京に赴任して数年、城内の地理は軽《けい》車《しゃ》で熟路を行くがごとしだ。どこに近道があるかは承知している。線香二本ほどが燃えつきる時間で、于謙《うけん》はもう西皇城城壁南大路の中ほどに着いた。

大路に出ると首を伸ばして北を見た。ここからでは土煙しか見えないが、前方百数歩のところを行列が足早に移動しているようだ。

行列の構成は、これが太子を護衛する行列かと問うも愚かだった。鎧兜《よろいかぶと》の親兵もいれば、短い着物を着た貴家の家僕もあり、腰に弓矢をさげた者もいれば、手に金瓜《きんか》を持つ者もいる。つまり、雑多な寄せ集めだった。東水関爆破の被害者は甚大な数にのぼり、この人数を臨時に掻き集めたにすぎない。

最も眼を引くのは青海産《せいかい》の棗紅馬《そうこう》だ。鞍上《あんじょう》の人は頭に高麗冠《こうらい》をつけ、猩々緋の羽織を着ていて、馬体がどんな揺れても双肩が動かない。その隣を黄絹《きぎぬ》の輿《こし》が行き、担いでいるのは鮮やかな衣装を着た楽人だった。

馬上の大きな人影がきっと三保太監鄭和《ていわ》だろう。その傍らの大きな輿《こし》に乗っているのは今の太子朱瞻基《しゅせんき》にちがいない。

行列の移動は速く、先頭が橋の鎮守である石獅子《せきじし》に到着していた。まさに玄津橋に差し掛かっている。于《う》謙《けん》は息を弾ませながら、歩く速度をあげて追いつこうとした。

玄津橋は白石で造った三眼拱橋《きょう》（眼鏡橋）で、両端は坂となり、中央は盛り上がっている。秦淮内河をまたいで対岸が西華門だ。かつて南京が京城だった頃、百官が皇城に出入りするにはこの玄津橋を渡り、西華門を通らなければならなかった。一度は南京で最も繁盛した道だ。

この玄津橋の最大の特徴は橋の両端にそれぞれ石獅

子が二体ずつ鎮座していることだった。悪邪を祓《はら》うためとも言われるが、じつは交通の圧力を緩和するためだ。これによって石橋の入り口は三本の狭い通路に分かれ、車馬が一度に通るのを防いでいる。

　だから、この行列が橋にさしかかると変形せざるを得ない。前方にいた護衛が道を譲ってひしめきあい、三保太監と輿《こし》を中央の狭い通路に入れると、残る行列は両側の通路を追いかける。

　だが、この急ごしらえの行列は連携が十分とはいえず、分離の際に混乱が生じて衝突し、先頭をゆく二名の要人と距離があきすぎた。何とか行列の最後に追いついた于謙《うけん》だったが、自分の背丈では、高麗冠と絹の輿が橋をのぼって、ゆっくりと最高点に進んでいくところしか視界に入らない。

　その時、まるで毒蛇の牙が心臓に深く突き立ったように、不吉な予感がよぎった。于謙《うけん》の耳もとで呉定縁《ごていえん》の淡々とした声が響いた。

「今日はまだ終わっちゃいねえ」

　于謙《うけん》は歯を食いしばって袍《ほう》の裾をまくり上げると猛然と加速した。一瞬で三、四名のしんがりを追いぬき、大声で「退《ひ》け！　退け！」と叫ぶ。これに〝行列を乱す者あり〟と思ったか、近くにいた衛兵が于謙《うけん》の腰を抱え、雑作《ぞうさ》もなく小さな文官をねじ伏せる。

　于謙《うけん》は押さえつけられて身動きもできないが、その大声を押しとどめることなど誰にもできない。「退け！」と叫ぶ声は石獅子から玄津橋の頂きにとどいた。その声を三保太監も聞いたが、背後をふり返っただけで前に進み続ける。だが、隣を進んでいた輿《こし》の簾《れん》（カーテン）はサッと引かれた。

朱瞻基《しゅせんき》は顔を出して不審そうに後方をながめた。声の主を覚えていた。錦衣衛にいた小行人にちがいない。なぜここまで追ってきた？

　太子は簾《れん》を開けると、担ぎ役に停まれと命じた。この停止で鄭和《ていわ》との間に馬半頭分の距離があく。「早う致せ」と鄭和《ていわ》が催促しようとする。

その時、奇妙な臭気がした。

鄭和《ていわ》は長い航海でその臭気をよく嗅いだ。それは毎回戦場の記憶と密接に関係している。つい先刻も東水関に同じ臭気が充満していた。

三保太監の反応は極めて迅速だった。手綱を引いて騎乗のまま後ろの蹄《ひづめ》を跳ねあげ、輿を高々と蹴りつけた。青海産の馬は生まれつき剽悍《ひょうかん》だ。鉄を打った漆黒の巨大な蹄が破城槌のように、輿の上部についたコウモリ型の飾り銅板を蹴りつける。輿の担ぎ役は四散し、巨大な衝撃に押され、輿は石橋の斜面を滑り落ちていく。

これと同時に、橋の下からくぐもった爆破音が伝わってきた。石橋全体が震え、橋の中央部に大きな亀裂が走る。亀裂はすみやかに溝となり、溝は深い谷となり、橋がばらばらと崩落をはじめる。飛び散った石塊は無数の大口をあけ、その内部に残された三保太監は騎乗のまま秦淮河に落ち、巨大な水しぶきを上げた。

第三章

この突発事に玄津橋にいた人々はみな茫然となった。訓練を受けている守備衙門《がもん》の親兵《しんぺい》は三分の一のみだが、彼らは上官を救出しようと橋を駆けあがる。のこる三分の二は寄せあつめの楽人、旗もち、門番、傘差しや使い走りにすぎない。口々に叫び声をあげて四散し、できるだけ遠くに逃げだそうとする。だが、バラバラの方向に逃げようとするから三本の通路はたちまち大混乱となった。

于謙《うけん》は力をふりしぼって失神した兵をふりほどくと、滑り落ちてきた輿の前に駆けつけた。太子を救出しようと手を伸ばしたが、意外にも朱瞻基《しゅせんき》は自分で這《は》いだしてきた。眉を寄せた狂暴な眼つきで、メラメラと両眼に殺気がみなぎっている。

朱瞻基《しゅせんき》は宮殿の奥で育てられた軟弱な皇子ではない。かつて祖父に従い北元（モンゴル帝国）を討ち、その骨に悍《かん》勇《ゆう》の気を秘めていた。わずか一時辰にもみたぬ間に二度も思わぬ襲撃にあい、しかも、それが大明腹心の南京の地で起こったのだ。この限度をこえた暴挙はかえって朱瞻基《しゅせんき》の心に火をつけた。

まず地面にしゃがみこんで泣き叫んでいる旗手を蹴り飛ばすと、周囲に鋭く命じた。

「水に落ちた者を救え！」

親兵が夢から醒めたように、次々と甲冑を脱ぎ、軍刀を抛《ほう》り投げ、水に落ちた鄭和《ていわ》を救いに飛びこんでゆく。

太子の名において健在な者はその本分を尽くせと、傍《かたわ》らにいた于謙《うけん》も声を張った。于謙《けん》の声は朱瞻基《しゅせんき》よりもずっと大きく、まるで大鐘のように聞く者の鼓膜を震わせた。その間にも于謙《うけん》は不安に駆られた人々を順番に後退させるべく指揮をする。もう〝断橋〟と言わねばなるまいが、橋の情勢はゆっくりと秩序を取りもどしつつあった。

水中の救出はたちまち成果をあげた。猩々緋の羽織を着た人物が泳ぎの得意な兵によって水中から支え上げられた。行列にいた医官が走りより、すばやく診断を下す。鄭和《ていわ》の呼吸はまだあり、めだった外傷はないが、突然の衝撃のために両眼はしっかりと閉じて呼びかけに答えることはできないとのことだった。

救助が功を奏しても于謙《うけん》は気をゆるめず、しっかりと朱瞻基《しゅせんき》の前を守っていた。だが、その眼は玄津断橋の残骸を見つめて、何か手掛かりを探し求めている。

洪武爺《や》が金陵に入城した時、元《げん》の残党がまだ抵抗を続けていた。だから、城門、甕城《おうじょう》、内外の城壁、要路や橋には蔵兵洞《ぞうへいどう》（兵士や武器の隠し場所）が設《しつら》えてある。この玄津橋の三つの拱橋の下にも工匠たちの苦心で、弓なりの構造を利用した巧妙な洞《ほら》が作られている。大明の世が安定してから蔵兵洞は使われなくなり、一つまた一つと封鎖されていたはずだ。

橋を爆破した火薬は橋の下の蔵兵洞に仕掛けられたものにちがいない。幸いにも火薬を仕掛けた場所に湿気があったので爆発は半分の規模となり、石橋の構造を崩しただけだった。もし完全に爆発していたら、三保太監をふくめ、周囲にいた全員は骨も残らなかっただろう。

しかし、ひとつ于謙《うけん》には腑に落ちないことがあった。宝船の航路は計画されている。だから、賊が事前に準備もできる。だが、太子一行が玄津橋を通過する時刻など予測できるはずがない。なのに、どうしてあれほど多量の火薬を仕掛けられた？

まちがいない……

あらかじめ計画された追撃だ。爆発で死を免れた高官がいれば、できるだけ早く皇城に入ろうとするはず、そして、この玄津橋は必ず通る道だ。ここに待ち伏せの一手を打っておけば、網から逃げた魚に確実に打撃をくわえられる。

それほどまでに襲撃者による一連の布石は綿密なのだ。まさに必殺の覚悟と言える！

この驚愕を無理やり抑えこんで、于謙《うけん》は別の問題を考えた。この一手は確かに巧みだが、発動の時間を予測できない。だから、橋の下に手先が潜《ひそ》み、目標の到達を待ちかまえて点火しなければならない。つまり、この爆発は行列の通過を見て点火したはず、したがって、点火した者がまだ付近にいる！

于謙《うけん》は顔をあげて河面に眼を走らせた。すぐに玄津橋の右、五、六十歩のところに黒い点のような影が浮き沈みしているのが見えた。眼を細めてよく見ると、誰かが流れを下って泳ぎ去ろうとしている。

「賊はそこだ！」

すぐに親兵を呼び、岸沿いに追わせた。于謙《うけん》の声を聞き、朱瞻基《しゅせんき》もその方向を見やる。そして、引きしまった表情で親指を伸ばして距離を測り、誰が落としたのか分からぬ開元弓《かいげんきゅう》（耐久性の高い長弓で辺境守備軍が用いた）を拾いあげ、護衛の弓袋から長箭《ちょうせん》を一本つまみだすと、弓につがえて満月のように引きしぼる。

　それは軍中でよくみられる弓術だった。弓弦《ゆみづる》が鳴ると矢は虚空を貫き、流星のように黒い点に飛んだ。惜しいかな、狙いがやや甘く、矢は頭半分のところをかすめて前方の水中に落ちた。朱瞻基《しゅせんき》の眼から一層殺意があふれ出し、再び矢をつがえて狙いを定める。

「殿下、生け捕りにすべきです！」于謙《うけん》は注意をうながした。だが、その言葉と同時に弓弦も唸る。矢は怨念と殺意をのせ、秦淮の水を越え、黒い点の中心を正確に射ぬいた。人影が前にのめり、二度もがくと水中に沈む。そこへちょうど河岸に到着した親兵が竿を伸ばして河岸に影を引き寄せた。

　于謙《うけん》は急いで駆けつけたが、背後から右胸を射ぬかれて即死した死体を見ただけだった。あの弓術は非凡だが、この結果は惜しくもあった。賊につながる唯一の手掛かりだったかも知れない。

　死体は二十《はたち》にもならぬ男だった。髪は梳《す》いて小さく結い、網をかぶせてある。上から下まで青い布の衣服、足には靴をひっかけている。どこにでもいる南京の庶民だ。于謙《うけん》は男の体をさぐったが、火鎌《かれん》（着火用の小刀）のほかに何もない。気が進まなかったが、死者の襟を開くと、だしぬけに左腋に刺青《いれずみ》されていた白蓮花《びゃくれんげ》が眼に入った。蓮《はす》の花は三つの花弁に分かれ、火炎が集まったような形をしていた。

「白蓮教！」于謙《うけん》は思わず眼を瞠《みは》った。

　それは朝廷がふり払えぬ夢魘《むえん》の一つだ。宋代に勃興したこの教団は、いつの日か弥勒《みろく》が降臨して白蓮が業《ごう》火《か》となって世を清めると教えている。ややもすれば民衆を煽動して叛乱を起こし、それが連綿数百年も続いているのだ。宋から元、そして、大明にいたるまで歴代王朝は懸命に白蓮教を封殺しようとしてきたが、あいにく民間の帰依《きえ》が盛んで、しばしば禁じきれない。

最近は永楽十八年だった。山東で白蓮教徒が大叛乱を起こし、太宗がやっと鎮圧したのだが、その手強さは世に知られていた。

白蓮教と朝廷は海のように深い敵どうしと言える。彼らの仕業ならば太子と百官を死地に突き落とした狂気も理解できる。

その時、朱瞻基《しゅせんき》が死体の傍らにやって来て、低い声で訊ねた。

「これは誰だ？　手掛かりは見つかったか？」

于謙《うけん》は刺青《いれずみ》を指さして声を殺して説明した。朱瞻基《しゅせんき》も息を呑む。その邪教の名は耳にしていた。思わず頭がしびれる。

「これは……奴らがしたことなのか？」

「情勢は依然不明です。すべては可能性の域を出ません」そう言うと、于謙《うけん》は不安げに左右を見た。今もどこかに凶徒《きょうと》が潜《ひそ》んでいるかも知れない。屋外にいれば危険が増すばかりだ。

「賊の企ては極めて大きく、後に続く手段があることは必定《ひつじょう》、殿下におかれましては迅速に皇城に御戻りになり、今一度人心を糾合《きゅうごう》なさりませ」

それを聞いて朱瞻基《しゅせんき》は苦笑をもらした。〝人心を糾合〟するだと？　東宮付きの面々はすでに微塵と化した。留都で信頼できる両巨頭、李隆《りりゅう》と鄭和《ていわ》も重傷を負い、執務などできない。瞬く間に罠が張りめぐらされ、朱瞻基《しゅせんき》はその中で孤立無援、見知った者さえいないのだ。滔々《とうとう》と流れる秦淮のほとりで、堂々たる大明の皇太子は茫然と立ちつくした。

それについて于謙《うけん》は何もできなかった。ただ親兵を呼び、教徒の死体を最寄りの義舎《ぎしゃ》に運んで調査を待つようにと命じ、朱瞻基《しゅせんき》をつれて玄津橋に引き返した。

まるでへし折られた指の骨のように、橋は上り坂の橋頭だけになっていた。通行することなど全くできない。玄津橋を断たれた以上、竹橋《ちくきょう》まで北上するか、大《だい》通橋《つうきょう》まで南下するか、どちらにしろ大変な回り道となる。

だが、この状況で二つの橋に刺客が潜んでいないと誰が断言できる？　橋が無事に通れるとしても途中の経路は？　一帯は商店、酒楼《しゅろう》、民家が林立しているから刺客が十数人隠れることなど容易《たやす》い。

最良の選択は今いる場所にとどまり、有力な官員の来援を待つことだろう。そう于謙《うけん》は考えた。ただ南京で多少なりとも高位の官はみな東水関で被害を受け、生死も定かではない。誰に来てもらうかは思案が必要だった。

その時、鄭和《ていわ》の親兵が進言した。事件が起こるとすぐに三保太監は皇城に伝令を走らせ、朱卜花《しゅぼくか》に城門を閉じ、賊の襲撃を防ぐように指示を出したのでつつがなく実行されているはずとのことだった。

それを聞いて朱瞻基《しゅせんき》は眼を輝かせた。その朱卜花《しゅぼくか》を知っていた。この男は京城御馬監《ぎょばかん》の提督太監で、年初に京城から南京に赴任したばかり、勇士営の禁軍一隊を連れ、南京皇城の守備にあたっているはずだ。

その部隊は他の禁軍とやや異なる。永楽年間に創設された部隊で、主な成員は草原から帰還した漢族男子、一人ひとりが騎馬に堪能だった。洪熙帝《こうき》はこの部隊を太子の腹心とすべく何かと心を尽くしていた。

宝船が爆破された時、朱卜花《しゅぼくか》は皇城を守っていたので被害はない。朱瞻基《しゅせんき》はその場で親書をしたため、禁軍をつれて迎えに来るように命じ、人に持たせて皇城に送りだした。

この命《めい》を受けて親兵が出発したものの、やはり于謙《うけん》は安心できなかった。人手をさいて橋頭を中心に守備を百歩外にひろげ、力の強い者に付近の店舗の屋根に登らせ、弓弩による襲撃に備えた。

于謙《うけん》は小行人にすぎないが、その指示は一糸乱れぬものだった。それに太子の虎の皮を借りていることもあり、護衛も錦衣衛も荷担ぎ人夫も楽人も、于謙《うけん》の命令にしたがった。そうして指示を出しているうちに橋頭に風も通さぬ本陣ができた。もう白蓮教が鉄騎を突撃させないかぎり太子の身に脅威が及ぶことはない。

　騒乱がようやく収まると、付近の店舗から庶民が顔を出し、好奇の眼で様子をうかがうようになった。朱《しゅ》瞻基《せんき》は狼狽《ろうばい》した姿を見せたくなかったので、石獅子の間の階段にふらふらと歩いていき、腰を下ろした。その眼は捨てられた小犬のようだ。

　于《う》謙《けん》は手配を終えると、太子の前に進みでた。何も言わせず、朱瞻基《しゅせんき》は顔を上げて問う。

「なぜ白蓮教が玄津橋で待ち伏せておると分かった？」この小官が橋で大声を張りあげていたのを覚えていた。自分がその声でためらわなかったら、水に落ちた者は三保太監だけではなかっただろう。

　于《う》謙《けん》は懐から手紙を出して恭《うやうや》しく差し出した。

「殿下が錦衣衛を離れて後、臣は城中に罠あることを察知しました。そこで殿下に危害が及ぶやもと思い、追いかけて参ったのでございます。また宮中に憚《はばか》りあることを思い、書信にしたためましたので、人を通してお伝えしようとしたのですが、ただこのような結果になるとは……」

　手紙を広げて眼を通すと、朱瞻基《しゅせんき》の胸に熱いものがこみあげてきた。百官がそれぞれ職分を尽くすのは当然の務めであるとはいえ、この小行人がよくぞここまで考えてくれたものだと思った。真に忠純《ちゅうじゅん》の臣と言うべきだろう。

「意見を聞こう。次はどうすべきだ？」

　太子はいつの間にか、八品の小官を参謀のように扱っていた。

「この度《たび》の事、禍《わざわい》は天をも焦がし、幹や枝となるべき殿下の輔臣《ほしん》は断たれ、じつに開国以来未曾有《みぞう》の局面です。臣、思いますに当面の急務として実力ある腹心の者をつかわし、追跡に着手すべきかと存じます。賊の計略のきわめて周到なるを知るにつけ、決断を遅らせれば、真相を得る機会がなくなるやも知れませぬ」

于謙《うけん》は急いで錦衣衛に事件の捜査をさせるようにとうながしたのだが、それもやや遅きに失した感がある。多くの手掛かりがすでに跡形もなく消えていた。

朱瞻基《しゅせんき》は首をふった。それこそ問題の核心だった。腹心の者に事件を調べさせる？　いま自分は孤立無援なのだ。どこにそんな腹心が？　于謙《うけん》もその点をわきまえており、急いで付け足した。

「殿下、御心配には及びませぬ。五軍都督府、南京守備衙門、五城兵馬司、応天府、錦衣衛、それぞれに捕《とり》物《もの》に熟練した者がおります。みな殿下の命《めい》を待っております」

朱瞻基《しゅせんき》はやや沈黙し、やっと言葉をしぼりだした。

「いや、信じきれぬ……」

于謙《うけん》は戸惑ったが、それもよく分かった。

太子の現状は弓に驚いた鳥だ。白蓮教が宝船に忍びこんで火薬を仕掛け、留守左衛の旗兵が沿岸で口をふさごうとしていた事も知った。皇城と眼と鼻の先の玄津橋にも待ち伏せがあった。官府に内応する者がいないと誰が断言できる？　事実、白蓮教が根絶できない原因の一つは、常に官府に内応する信徒がいるからであり、その中には少なからぬ高官も含まれていた。

この南京に白蓮教と関わりがないと断言できるものなど一人としてあるまい。

驚天動地の大事件をすみやかに調査しなければならない一方で、すべての者が疑わしく信じられる者がいない。二人は期せずして同時に溜め息をつき、滔々《とうとう》と流れる秦淮を隔てて皇城をながめた。

すでに午《ご》時は過ぎたが、暑さは少しも弱まらず、皇城の朱塗りの壁にふいた琉璃《るり》瓦が陽光を映して輝いている。その色彩は眼を奪うもので、たとえようもなく堂々した佇まいだった。ただ光が強いほどに対比も強く、櫛の歯のように並んだ巷《ちまた》と橋の間に暗い地面がくっきりと見えた。それは都城の肌理《きめ》に深く入りこみ、言い知れぬ悪意を発しているように見えた。

しかし、宮城の壁の縁《へり》にまだ灰色の部分が残ってい た。そこは明暗が移り変わるところ、黒でもなければ白でもなく曖昧な色調だ。その光景をながめていると、于謙《うけん》の脳裏に突然一人の姿がひらめいた。

「臣、推挙したき人物を知っております。この任に堪えられるかと」

「誰だ？」太子の眉が上がった。

「扇骨台で殿下を救った応天府の捕吏、姓は呉《ご》、名は定縁《ていえん》です」

その名を聞くと、朱瞻基《しゅせんき》の手はブルブルと震えだし、恥辱と懊悩と憤怒が一気に噴き出してきた。そうだ。あいつは命を救ってくれた恩人にはちがいない。だが、大明の太子を侮辱した男でもある。これまでの人生であれほどの虐待を受けたことはない。あの者を殺さずに生かしておくことが、もはや途方もない恩恵だ——

于謙《うけん》、何を考えている？

于謙《うけん》は太子が癇癪《かんしゃく》を起こしそうだと見て取ったが、ゆっくりと言った。

「殿下、よく御考え下さい。現状、留都に白蓮教と関わりがないと確かに言える者が果たして何人おりますか？」

朱瞻基《しゅせんき》は唸った。この南京で最も疑わしくない者と言えば、たしかに呉定縁《ごていえん》をおいて他にない。呉定縁《ごていえん》が白蓮教徒ならば太子を秦淮で溺死させればよかった。何もあれほど手間をかけることはない。

朱瞻基《しゅせんき》が黙りこんだところを見計らって、于謙《うけん》が言葉をつぐ。

「臣はあの者と牢獄で話しました。性格はひねくれておりますが、その眼光は卓越しております。臣が玄津橋に来られたのも殿下の危機がまだ除かれていないと、あの者が注意をうながしたからです。有能な人物と考えます」

「あの男がそれほど有能なら、なぜに一介の捕吏にとどまっておる。捕頭になっていてもよいであろう？」

「殿下の眼力、恐れ入ります。呉定縁《ごていえん》の父こそ、まさに応天府捕頭、呉不平《ごふへい》なのです。家学《かがく》の淵源《えんげん》浅からず、虎の父から犬の子が生まれましょうや？」

于謙《うけん》は呉定縁《ごていえん》の〝名声〟を隠した。いたずらに太子の心配を増すこともあるまい。

「ほかに手段がないのか。あのような者が何を探し出せるというのだ？」

朱瞻基《しゅせんき》は口をゆがめた。やはり、心に傷を残しているようだ。

「白蓮教の耳目は多く、近衛を四方に出せば、草を打って蛇を驚かすことになるやも知れず、城狐社鼠《じょうこしゃそ》の君側の奸《かん》、さらには鶏鳴狗盗《けいめいくとう》の輩《やから》もこれに呼応することもあるかと」

朱瞻基《しゅせんき》がまだ何か理由を探そうとしているので、于《う》謙《けん》は突然色を正して言った。

「昔、管仲《かんちゅう》は斉《せい》の桓公《かんこう》に弓を引きましたが、桓公は前非を問わず、かえって重く用いて中原に覇《は》を称えたのです（『史記』斉太公世家）。殿下、聡明英断をもってよろしく史《し》をもって鑑《かがみ》となさるべし」

朱瞻基《しゅせんき》は于謙《うけん》をじっと見た。この顎が大きい小官は年の頃では自分と似たようなものなのに、詹事《せんじ》府の老《せん》師《せい》のような口ぶりで物を言う。朱瞻基《しゅせんき》はやや戸惑ったが、とうとう溜め息をついて言った。

「わかった。本日、本王《わたくし》は汝《なんじ》を右春坊右司直郎《うしちょくろう》に抜擢する。良き様に計らい、事を行え」

右司直郎は行人より一品高いだけだが、太子の左右に侍《はべ》る職で、弾劾や科挙を行う。前途は行人よりずっと洋々としていた。だが、朱瞻基《しゅせんき》は于謙《うけん》に一つ名分を与えただけで、呉定縁《ごていえん》の事は口にしなかった。やはり、心にわだかまりがあるようだ。于謙《けん》もそれは承知していた。太子は自分に呉定縁《ごていえん》の仕事を監視させるつもりだ。于謙《うけん》は地面に伏して一拝した。

「殿下の託するところ、臣、定かに負えず」

朱瞻基《しゅせんき》は不満げに鼻をそびやかして言う。

「たがいに今日より正しき道を選び……」

その言葉が終わらぬうちに、遠く馬蹄の轟きが聞こえ、すぐに土煙が見えるようになった。鎧兜もきらびやかな禁軍が飛ぶように近づいてくる。先頭の騎士は大きな顔の男だが、顔を白い綿布で覆っていて、ほとんど表情は分からない。ただ細い眼だけを出している。ちょっと見たら、凶悪な賊のようだ。

だが、左右の旌旗《せいき》はまさしく皇城守備太監朱卜花《しゅぼくか》その人だと告げていた。この男はもともと雲南に住んでいたモンゴル人で、本名は脱脱卜花《トクトアブハ》だった。朱瞻基《しゅせんき》はそう記憶していた。のちに宮殿につかえ、朱《しゅ》姓を賜り勇士営を任された。太宗の腹心の一人だ。

三保太監と襄城伯《じょうじょうはく》が不在の今、朱卜花《しゅぼくか》はなりゆきで皇城の責任者となっている。

朱瞻基《しゅせんき》は石段に立ちあがり、この難局もやっと一段落だと表情をゆるませた。そして、腕を垂らしたままそっと手で合図をする。この動作で太子がこの件を秘密にしておきたいのだと于謙《うけん》は察し、すぐに退《さが》って周囲の人に紛れこむ。

瞬く間に勇士営の騎馬隊は玄津橋に到着した。草原で錬磨された精鋭たちが馬を駆れば、その気勢に人は驚き、息もできない。

馬をとめるのも面倒と、朱卜花《しゅぼくか》は鞍《くら》から転がり落ち、太子の前に馳せ参じて罪を謝した。また、顔に腫れ物ができ、御前で恐れ多いので布で隠しておりますとも説明した。

朱卜花《しゅぼくか》はこの奇妙な病のせいで東水関に行けなかったことが幸いし、災難から身をかわすことができたのだった。朱瞻基《しゅせんき》は無表情で慰労の言葉をかけ、あとは皇城に入ってから話すと言った。朱卜花《しゅぼくか》は何度か叩頭すると、太子を鞍の上に支えあげ、昏睡している鄭和《ていわ》を分厚い幕で覆った馬車に乗せた。周囲の騎士がすぐさまその周囲をびっしりと固める。

馬上の朱瞻基《しゅせんき》は鞭で于謙《うけん》を指し、朱卜花《しゅぼくか》に告げた。

「この者に聖駕《せいが》守護の功がある。馬と牌《はい》を取らせよ」

かつて太宗が帝位にあった時、功臣に馬と牌を下賜《かし》するのが好きだった。「馬」とは紫錦の手綱がついた官馬のことで、城内を走ることが許されている。「牌」は城内を通過するための鉄牌で〝過城〟と浮彫りがしてある。この二つがあれば皇城の禁苑のほかに行けぬところはない。この褒美は祖先にならったもので、その場の思いつきではなかった。

だが、朱卜花《しゅぼくか》の考えはちがった。この小官は偶然に太子を救うことになったのだろうが、太子もあまり関わりたくないので、この恩情で終わりにするつもりなのだろうと理解した。そこで近くにいた騎士に言いつけ、雑色の馬を引き出し、腰につけた鉤《かぎ》から鐘型の鉄牌を取り外して、この二つを于謙《うけん》に与えた。

于謙《うけん》が太子にむかって叩頭すると朱卜花《しゅぼくか》はすぐに騎乗した。大隊の人馬は朱瞻基《しゅせんき》を擁して蹄の音も高く走り去っていく。玄津橋に残された人々はたがいに顔を見合わせた。

于謙《うけん》もその場を去ろうとしたが、やや気まずい事に気がついた——馬に乗れないのだ。

銭塘育ちだから舟や帆の扱いなら慣れたもの、ロバやラバにも乗り慣れている。だが、馬は初めてだ。于《う》謙《けん》は周りの視線を避けたかったが、ここで人を待たせる時間などない。誰の屋敷のものか分からぬ上馬石をつかって不器用に鞍の上によじ登る。

馬は訓練を受けているので鞍に重みがかかると前に歩きだした。于謙《うけん》はまだ鐙《あぶみ》に両足を入れておらず、あやうく落馬しそうになった。

乗馬のコツは股緊臀虚《こきんでんきょ》と言われる。つまり股《また》はきつく挟むが、尻はどっかりと座ってはならず、体を前に伏せる。こうすると重心が低くなって平衡を保てる。しかし、そんなコツなど于謙《うけん》は知らないので、まったく反対のことをした。両足を大きく開いて尻はしっかりと鞍に乗せた。だから、絶えず体が左右にゆれ、両手は溺れる者が藁をつかむように手綱を握りしめている。馬もどうしたらいいか分からないようだ。

一人と一頭がこんな風に左右にゆれながら大路を南に歩いていく様子はたしかに滑稽だった。しかし、馬上の狼狽より于謙《うけん》の胸中は激しくゆれていた。太子に危険を知らせようとしただけなのに、おかしな具合に詹事府《せんじ》に入ってしまい、太子の御役目を拝命してしまった。

この役目は決して簡単ではない。宝船が爆破された一件から見ても敵の凶悪さと狡猾さは想像をはるかに超えている。現在、朝廷は一時的に無力で何の支援もない。まさに蟷螂《とうろう》の斧をもって万斤《ばんきん》の車を阻《はば》もうとするも同然、勲功の褒賞などもらう前に粉骨砕身してしまうだろう。

于謙《うけん》は権勢のない小官にすぎないが、突然こんな重圧を背負うことになり、もちろん胸は恐怖でいっぱいだった。ただ生まれつき頑固だから危険があると分かれば、身を挺して前に出てしまう。そうでなければ最初から行人司を飛び出して錦衣衛に行くはずがない。

〝任を敗軍の際に受け、命を危難の間に奉じて……〟

于謙《うけん》は馬上で低く吟《ぎん》じた。諸葛亮『出師《すいし》の表』で一番好きな一節だった。こうして口ずさんでいると、心が落ち着いてきた。昔の人は志は言葉にしたがって起こり、意は文にしたがって述べるものだと言ったが、嘘ではなかった。于謙《うけん》はひそかにそう思い、眼にいくぶん光が戻ってきた。しっかりと手綱を握っていた両手からゆっくりと力が抜けていく。

ゆるんだ手綱から馬も主人の心を読みとり、ゆったりと歩きだした。

こんな人馬が西皇城城壁南大路をぬけ、まもなく錦衣衛に帰ってきた。于謙《うけん》は慎重に馬から下りて中庭に入った。小旗や人足が走り回って大騒ぎとなっていた。埠頭から知らせを持ち帰った老千戸も古びた繡春刀を握りしめ、せわしそうに歩き回っている。

先ほど埠頭から確かな知らせが来たばかりだった。南京錦衣衛の正副両名の長官は東水関で災難にあった。いま鎮撫司は「群龍首なし」で、この混乱も無理はない。

老千戸は于謙《うけん》がまたやって来たのを見て、怒鳴りつけて追い返そうとしたが、于謙《うけん》が背後に牽《ひ》いている馬に眼をとめた。手綱に紫錦が巻いてある。こやつ、きっと太子の恩顧を受けたにちがいない。そう考えて口角を引き攣《つ》らせて愛想笑いを作り、応対に出た。

于謙《うけん》は挨拶ぬきで玄津橋の事件を伝えた。老千戸は驚いて顔色を失い、音を立てて古びた刀を取り落とした。襄城伯《じょうじょうはく》が昏睡状態なのに三保太監までも不測の事態にあった。では、わしは誰に報告すればいい？　誰の命令を聞けばいい？　次に何をすべきか？

老千戸の茫然とした表情を見ていると、于謙《うけん》は軽蔑の念を禁じえなかった。南京には無駄飯喰らいの官員が山ほどいるが、どうやら錦衣衛も例外ではないらしい。ここの者も臼《うす》をひくロバと同じで、鞭で打たれなければ自分で歩くこともできないのだ。

「東宮はすでに皇城に帰還されました。追って正式な文書を下されましょう」

そう言って安心させると、于謙《うけん》は〝過城〟の鉄牌を見せた。

「太子の命《めい》を受け、罪人呉定縁《ごていえん》に会わねばなりません。千戸に御案内を請いたい」

老千戸はただ恭しく従うしかないが、太子がこの小官に錦衣衛を任せるつもりではあるまいなと心中でつぶやいた。

そんな小さな思惑など、于謙《うけん》は知りもしなければ関心もなく、すたすたと内獄に入っていき、まっすぐ一番奥の部屋まで来た。老千戸を外で待たせて一人で牢に入っていく。

すぐにあの投げやりな声が聞こえてくる。

「小杏仁《しょうきょうじん》、外でまた事件があったんだろ？」

自分をからかう言葉を聞き流し、于謙《うけん》は真剣な顔つきで玄津橋の事件を話して聞かせた。呉定縁《ごていえん》は今さら何を言っても遅いと舌打ちをして黙りこんだ。

息抜き穴から射しこむ三本の淡い光はゆっくりと西に移動していた。于謙《うけん》は時が貴重であることを知り、単刀直入に言った。

「東宮は何度も凶行にあわれ、留都は危機にある。太子は御旨《ぎょし》を下し、我らで首謀者を探るようにとの思し召しだ」

プッと呉定縁《ごていえん》は笑いをもらした。「〝我ら〟かよ？」

「そうだ。お前とわたしだ」呉定縁《ごていえん》が信じていないと思い、于謙《うけん》は鉄牌を見せた。

「殿下は馬と牌を下賜なさり、お前とわたしを詹事府《せんじ》に召《め》した。特別の計らいだ」

「そうか、行人司の冷えた汁が詹事府の焼き豚に化けたな。小杏仁にも運がめぐってきたというわけか」

「この身分は役目のための方便、見せびらかすようなものではない」

于謙《うけん》はこいつと話していると怒鳴りつけてやりたい衝動を抑えられなくなる。

呉定縁《ごていえん》は眼を細めて相手を観察し、そして首をふった。

「よく分からねえ。南京じゃ役人は秦淮の妓楼《ぎろう》の客より多いのに、何でオレじゃなきゃ駄目なんだ？」

于謙《うけん》は声を低くして言う。「それは太子が留都で信じられる者がわたしとお前の二人だからだ。分かるか？　二人だけなのだぞ！」

それ以上説明をしなくてもこの男なら察するだろうと信じていた。だが、呉定縁《ごていえん》はフンと鼻を鳴らした。

「嘘をつくんじゃねえ。太子はオレの金玉を引っこ抜いて、サオを嚙みちぎりたいくらい憎んでいるはずだ。それが何で〝ひごさお〟に調べさせる？」

この野卑な言葉に、于謙《うけん》は思わず眉をひそめたが、辛抱して続けた。

「呉定縁《ごていえん》、おぬしは〝胸中に丘壑《きゅうがく》ある〟（黄庭堅「題子瞻枯木」）者だろう。池に入れられて大人しくできる性分ではない。だが、なんでそれほど物を見ようとしない？　日頃からなぜ自分を汚しているのかは知らぬが、いま朝廷はおぬしの爪牙《そうが》を必要としている。身を危うきに置くとも上命を奉ずべし。臣子たる者また推托《すいたく》（他人に任せること）できようか？」

この慷慨《こうがい》の台詞は荒波のように打ちよせ、その声の力は人を驚かせるほどだった。しかし、打ちよせられた〝断崖〟の方はびくともしない。そんな上品な言葉など分からんと表情が告げていた……牢獄に気まずい沈黙が流れる。于謙《うけん》はやや絶望的になって言った。

「要するに、太子がお前に調べてほしいのだ。どうしてうんと言わん？」

呉定縁《ごていえん》は破顔一笑した。

「じゃあ、趙元帥《ちょうげんすい》にかわってくれ、ちょっと話がしたい」

〝趙《ちょう》元帥〟というのは財神趙公明《ちょうこうめい》のことだ。このがさつな〝ひごさお〟がどうしてこんな変な要求をするのか、于謙《うけん》には皆目見当がつかなかった。

「お前は応天府の捕吏《ほり》であろう。賊を捕らえるのが役目、どうして金が要る？」

呉定縁《ごていえん》はそんな理屈など無視した。「小杏仁、お前、任官初日ってわけじゃねえだろ？　県の守衛が村で人探しをするのだって、いくらか手当の補助があるもんだぜ。太子だって腹を空かせた兵隊を差しむけることはできねえだろ？」

「この役目を果たせば太子が褒美をしぶることは絶対にない。そう急ぐな！」于謙《うけん》は四角い顎を震わせた。

自分が菱角《りょうかく》（ヒシの実）の市の婆さんにでもなって、銅銭一枚を値切っているような気分になった。呉定縁《ごていえん》は口をへの字に曲げて眼を閉じてしまい、どうでもよいと不貞腐《ふてくさ》れている。

まるでどこかで見たような巷《ちまた》でゴネる無頼のやり口だ。于謙《うけん》は屋外から射してくる光を見て、時が移るのをひしひしと感じ、奥歯を嚙みしめて言うしかなかった。

「いくら要る？」

「八成紋銀《もんぎん》三百両、十沈で頭取りだ」

「八成」は銀の含有量八割、「十沈」は全て現物、宝《ほう》鈔《しょう》（紙幣）や別の物品にするなということ、「頭取り」は一括先払いという意味だ。于謙《うけん》はこれを聞いて堪忍袋の緒が切れた。

「ふざけるな！　死にたいのか？」

永楽以来、朝廷は民間の金銀取引を禁止して、宝鈔《ほうしょう》を使わせていた。違反者は厳罰に処される。だから呉《ご》定縁《ていえん》の要求は公然たる違法行為だった。ところが、呉《ご》定縁《ていえん》は眼をクルッと回して、嘲りをこめて答えた。

「そんな法を守るなんざ、お前、三仏斉《さんぶっせい》（シュリビジャヤ。スマトラ島にあった国）から来た外国人か？」

いま、宝鈔はひどく値を下げていて、民間でもなかば公然と金銀で取引をしている。官府も本気で取り締まってはいない。この小杏仁はとんでもなく世情にうといらしい。

相手が黙りこんだのを見て、于謙《うけん》はすこし焦った。こいつがどうして銀にこだわるのか分からない。本当にこの事件を解決できたら功績は天にも昇り、将軍の職で報いられる可能性もある。そんな小銭と比べものにならないではないか？　もしや自分の眼が狂っていて、こいつは本当に目先の事しか見えない莫迦なのか？

しかし、今となっては後悔してもおそい。もう太子に胸を叩いて保証してしまった。于謙《うけん》はしかたなく言い聞かせるしかなかった。

「一度にそんなたくさんの銀をもらってどうする。もらったところで二十斤もある物を担いで仕事をするわけにもいかんだろう？」

呉定縁《ごていえん》は斜めに相手を見た。「誰が自分で持っていくと言った？　場所を書くから人足二人に運ばせればいい。銀子《ぎんす》が用意できたら仕事を始めよう」それは他人に仕事を言いつける口ぶりで、知府閣下が言うよりも板についていた。于謙《うけん》は言葉が出ないくらい頭にきて、袖を払ってその場を去った。

　この事件の大きさに比べれば、呉定縁《ごていえん》の提示した金額など高くはない。だが、于謙《うけん》は八品の小官、一年の俸禄は六十石《こく》（十六世紀中頃の麦一石が〇・三両ほど）の糧食にすぎないのだ。三百両の銀など工面できる当てはない。ひどい話だが、やはり錦衣衛から捻出するしかない。

　于謙《うけん》が内獄を出ると、老千戸が外で待っていた。そこで老千戸に歩みよって訊ねた。

「銀子はありますか？」

「いくら入り用ですか」老千戸は懐からくしゃくしゃの袋を取り出した。于謙《うけん》は相手の手を押さえる。

「太子の御用で三百両、八成紋銀でお借りしたい」その数字に老千戸は驚いて身震いし、そんなに要るのですかと問い返した。于謙《うけん》ははっきりと言うこともできず、ただ虎のような顔をするしかない。「太子の御役目で要るのです。信頼できぬなら鉄牌をここにお預けいたしましょう」

　老千戸もそれ以上小細工はせず、司庫《しこ》主事を呼んだ。主事に訊ねると折よく銀があった。数日前、龍江塩倉批験所が私塩（密造された塩）を押収したのだが、その摘発に錦衣衛も手を貸したので分配を得ていた。批験所は一部を銀にして鎮撫司に支払った——金銀の禁令は民間だけで、官府の取引は例外だ。

　于謙《うけん》は老千戸の心痛を眼にして、詹事府の名義で借用書を書くと、もう遠慮なく庫から三百両の白銀を出させた。それは一つ二十五両の金花銀元宝で、あわせて十二錠あった。白く清《す》んだ輝きは純度も十分、底に「龍江塩倉検校《けんこう》批験所」と刻んであり、きちんと木箱に並べられていた。

ちょうどそこへ呉定縁《ごていえん》が縄を解かれて内獄から出てきた。木箱の前に来ると腫《は》れた手首をぶらぶら振りながら、キラキラ光る宝銀を手に取って爪を押し当てた。

于謙《うけん》は不機嫌に言った。

「上等な二四宝銀だ。銀舗《ぎんほ》で紋銀にすれば一つ三十両にはなる。好きにしろ。どこに送る？」

主事が一尺二枚の白い封条を準備して、筆を上げて待っていた。呉定縁《ごていえん》は口を開いた。

「十二錠を二つに分け、一つは鎮淮《ちんわい》橋西北、糖坊《とうぼう》楼の中巷《こう》五番、妹の呉玉露《ごぎょくろ》にあててくれ。もう一つは武寧《ぶねい》橋、富楽院三曲八院の童外婆《どうわいぽ》あてだ」

それを聞いて于謙《うけん》は歯を食いしばった。最初の宛て先は呉家の住所で妹に受け取らせるのだから、それはいい。だが、もう一つの宛て先はまるで話にならない。

富楽院を南京で知らぬ者などいない。前は武寧橋に接し、後ろは鈔庫《しょうこ》街に続き、秦淮河畔の最も繁華な場所だ。名義上は楽人が演奏を披露する場だが、じつは豪奢淫靡《ごうしゃいんび》な遊郭で、歌舞の盛んな場所だった。毎夜、妓《ぎ》女《じょ》が出ていて、「欲界の仙都、泰平の楽国」などと呼ばれる。

南京の妓楼では客は老鴇《ろうほう》（遣り手婆）を〝外婆《わいぽ》〟と呼ぶ。呉定縁《ごていえん》の言った「童外婆《どうわいぽ》あて」は富楽院の顔見知りの老鴇《ろうほう》を通じて、女に渡すのであろう。

この〝ひごさお〟は銀に執着しているが、まさか妓楼に送るとは！　あの小旗のしていた噂によれば酒乱で妓楼狂いという話だが、于謙《うけん》は心のどこかでその噂を否定していた。だが、実際の行動を目のあたりにすれば、まったく噂の通りだった。富楽院に出入りするのは身分の高い者ではなく、大商人や名士たちだ。一介の捕吏がそこに交ざるとなると大金が必要だ。どうりで父親から金をせびっていたはずだ。

だが、今となっては呉定縁《ごていえん》が、たとえ師を欺《あざむ》き先祖を滅ぼす恥知らずでも辛抱せねばならない。主事は十二錠の銀子を二つの山に分け、二本の細長い木箱に詰めこむと封をした。そして、老千戸が人足四名を呼び、錦衣衛の旗印を立てさせ、銀箱を送り出した。

その出発を見て、于謙《うけん》は「満足か？」と訊ねた。呉《ご》定縁《ていえん》は鉄尺を腰に差しなおして、一つ大きな欠伸《あくび》をし「行くか」と言った。老千戸は傍らで茫然としていた。この捕吏にどうして運がむいてきたのか皆目分からない。何とか聞きだそうと世間話をふってみたが、二人ともさっさと外院に出ていき、ついでに錦衣衛のロバを一頭連れて行った。

崇礼街にでると、于謙《うけん》は面倒なことに気が付いた。官《かん》と吏《り》の間にはあきらかな身分の区別がある。だから、右司直郎《うしちょくろう》たる自分が馬に乗り、応天府の捕吏がロバに乗るべきだった。しかし、于謙《うけん》にとって騎馬は頭痛の種で、じつは乗り物を交換したいのだが、体面を失うのも嫌だった。そんな板挟みに悩んでいると、呉《ご》定縁《ていえん》はもう手綱をつかんで遠慮もなく官馬《かんば》に身を翻《ひるがえ》していた。于謙《うけん》はひとつ長い息をもらすと、ちょっとした腹立たしさを感じながらロバの背にまたがり、不機嫌な声で言った。

「どこに行くのだ？」

呉《ご》定縁《ていえん》は腕を伸ばして西南を指した。

「まずは東水関埠頭だ」

太子の宝船を除けば、埠頭は被害が最も激しい場所だ。調査に着手するなら、むろん見に行かねばならない。

崇礼街から東水関までは遠くはない。錦衣衛の衙門《がもん》から西に一里半も行けば通済門《つうせいもん》、南北に伸びる通済街と交差する。東水関はその辻《つじ》の西南にあり、通済門西側の城壁と秦淮河道の中間に位置して、留都でただ一つ水門があるところだ。

馬とロバが大通りを小走りに駆けると、通行人は次々に道をゆずる。混乱はまだ鎮まらず、無数の車馬が土煙を舞いあげ、いつまでも落ちてこない。まるで黄色い薄絹に街が覆われたようだ。だから、吏が馬に乗り、官がロバに乗るという奇景に誰も注意を払わなかった。

東水関に近づくほど、路の両側に倉庫が増えてきた。すべて大商人の所有だ。倉庫の周囲にちらほらと黒衣の下役や、五城兵馬司の褐色の衣を着た巡丁《じゅんちょう》がうろうろしている。この近辺の見張りに回されたのだろうが、別命がないので、体から抜けだした魂のように持ち場を彷徨《さまよ》っている。

于謙《うけん》と呉定縁《ごていえん》が通済門の城壁まで来ると、そこで群衆に阻まれた。埠頭の入り口だ。四本柱の地味な牌楼《はいろう》が立ち、間口三つほどの大きさがあり、皇帝の御筆《ぎょひつ》で〝東水関〟と書いてある。彩色された牌楼の下は通路になっているが、その通路は暗い灰色の棘囲《きょくい》（イバラで作った柵）で封鎖され、守備衙門の衛兵が鉄の穂先をつけた長矛《ながほこ》を持ち、あらゆる者を睨《にら》みつけて警戒している。

棘囲《きょくい》の前は空き地になっていたが、そこには大量の馬車、輿《こし》、駕籠《かご》、そしてあらゆる人々が集まっていた。各所から知らせを聞きつけてきたようだ。憤慨して叫ぶ者、泣きわめく者、哀願する者、大声で罵る者……無数の負の感情が集まり、騒々しい蟻の群れとなっている。この中に本当の関係者、埠頭にいた高官の門弟や部下、親族や友人がどれだけいるのか知りたいものだ。

だが、棘囲が冷酷に封鎖しているので、こうした人々は閉め出されている。

これは三保太監が東水関を離れる前に下した厳命だった。埠頭と外側を隔離し、医者、人足、荷担ぎ人夫等が入ることを許される。その他の人々は囲いの外で待つほかなかった。時々中から人が運ばれてくる。そして、出迎えられるか、救助されるか、埋葬されるか、いずれかに決まる。

この棘囲は秋の科挙に応天府の会場を囲うもので、今は守備衙門が持ちだして、ここに据えている。急場の知恵だろう。

この囲いがなければ、おそらく埠頭の光景はもっと混乱していたかも知れない。

于謙《うけん》と呉定縁《ごていえん》は苦心のすえ、前に割りこんで鉄牌を見せた。衛兵は疑わしそうに一通り調べたが、どうにか通行させることにしたようだ。二人は群衆の罵声をあびながら、囲いをくぐり、ロバや馬の糞があちこちに落ちている狭い通路を進んだ。その先が南城外郭と秦淮河の間にある空き地で、壁は別の城壁の一部に回り込んでいる。つまり、東水関埠頭だった。

東水関は「通済水関」とも呼ばれ、じつは秦淮の越水要塞でもある。その巍々《ぎぎ》たる城壁は高さ約七丈、下は板石を積みあげ、上は青煉瓦を積んであり、末広がりのどっしりとした型をしている。外に三層、都合三十三の白石で作った迫持《せりもち》が伸び、その姿はまるで青い面《つら》の凶獣が真っ白な牙を剝《む》いているようだ。

城壁の中央は半円状の偃月《えんげつ》水洞で、秦淮の分岐する水路の上をふさいでいた。洞の上には黒い鉄関があり、城壁のように分厚く、日照りや水害に応じて開閉され、内外の水位を調整している。遠くながめると水関は二本足で踏ん張る武士のように見えた。「南北に津《しん》を通じ、金を載せ銀を流す」と言われる東水関はこの武士の眼前に広がっていた。

埠頭は不規則な細長い河岸で、南北は長さ四百歩（一歩は唐以後五尺、一・六メートル）、東西は一番広いところで百二十五歩、打ち固めた黄土で築かれている。平素は帆が日を遮り、商人たちが往来し、日の出から閉門の太鼓まで一刻も静かな時などない。だが、于謙《うけん》と呉定縁《ごていえん》が埠頭に入ると、その変わり果てた景色が眼に入った。

旗は倒れ、鉦鼓《しょうこ》は散乱し、数も知れない金銀と革の帯、錦《にしき》や組み紐がうち棄てられている。埠頭の地面であるはずの黄土は一片も見えず、びっしりと人の軀《からだ》で覆われていた。その軀はごたごたと横たわり、上品の緋や紫から下品の黒まであらゆる服を着ていたが、誰の呻きも泣き声も同じように凄惨だった。転げまわり、もがき苦しみ、宝巻《ほうかん》（仏教を通俗的に解釈した物語。歌と合わせて語る）に描かれた泥犁《ないり》地獄もこれ以上ではあるまい。

宝船が爆発した時、ここには出迎えの南京官員と侍従《じじゅう》や儀仗《ぎじょう》でいっぱいだった。全員が狂風の吹きぬけた後の稲のように、強烈な衝撃でばたばたと倒れた。運よく手足が折れただけの者もいれば、表面は無事に見えても五臓六腑が攪《ま》ぜあわされ、大口をあけて吐血している者もある。頭が奇妙な方向にねじれ、もう息をしていない者もいる。あの優雅に暮らしていた国士たちは、ほとんど一瞬で泥に塗《まみ》れていた。

二十数名の短い上着を着た人足が弧を描いて立ち、ゆっくりと人混みの中を捜し、まだ息がある者を見つけて、青石の堤《つつみ》に持ちあげている。臨時に徴用された青い袍《ほう》の医者たちが治療を行っている。息をしていない者は袍《ほう》の前の裾をめくられて顔を覆われ、堤の下に横たえられる。その遺体を担ぎ夫たちが担架で一体ずつ外に運び、外で待っている人々に確認させる。

官袍《かんぽう》を着た者を優先的に救助するようにと、救援者は指示を受けているようだ。その他の旗持ち、楽士、走り使いなどは放置され、哀願や叫びを上げるままにされている。

この惨状を見て、于謙《うけん》は顎の顫《ふる》えをどうすることもできず、涙をこぼしそうになった。呉定縁《ごていえん》も眉間にきつくしわをよせ、この人間《じんかん》地獄を見回している。ふと、呉定縁《ごていえん》が何かを見つけた。速足で追いつくと一人の人足の腕をつかんだ。

相手は呉定縁《ごていえん》と同じ色の袍を着ているから応天府三班の者で、臨時に労役に駆り出された者だった。遠慮なく呉定縁《ごていえん》は訊ねた。

「親父を見かけなかったか？」

相手は大汗をかいていて疲労の極みにあり、〝ひごさお〟をちらりと見て、煩《わずら》わしそうに答えた。

「いや」

「ここには来ちゃいねえのか？」

「知らん！」相手はぶっきらぼうに言い捨てたが、〝ひごさお〟と呉《ご》の頭児《かしら》が親子だったと思い出したのか、やや語気をやわらげた。「事件の後で駆りだされたんだ。ずっと呉《ご》の頭児《かしら》は見ちゃいないが……」そう言うと視線をさまよわせる——その視線の意味は明白だった。お前の親父が埠頭にいたなら、この死傷者の中にいるかも知れないぞ。

呉定縁《ごていえん》は胸騒ぎがして、すぐに相手を放すと、人の山を見て回った。呉不平《ごふへい》の服装は黒に朱辺《あかへり》の短袍だから目立つはずだ。しかし、埠頭をくまなく回っても父の姿はない。呉定縁《ごていえん》は石堤の付近を調べた。負傷者にもいない。死者にもいない。遺体が引き取られたことはありえない。

奇妙だ。まさか、埠頭に来ていないのか？　それもあり得ない。自分は親父を一番理解している。あの責任感の強い役人がこんな混乱に平気でいられるわけがない。必ずすぐに駆けつけるはず。まさか別の事件に出動したのか。だが、これより重大な事件があるだろうか？

呉定縁《ごていえん》の様子がおかしいと気づき、于謙《うけん》は爪先立ちで肩をパンパンと叩いた。

「父上を救わんとする心、切なるは分かる。孝心、よしとすべし。だが、我らも御命《ぎょめい》を奉じて事件を調べておる。公事に私情をすてねばならぬぞ」

呉定縁《ごていえん》は冷笑して言う。「知るか！　親父は応天府総捕頭だ。留都一府八県を管轄している。南京で事件を調べるなら親父がいないと話にならねえんだよ！」

それを聞いて于謙《うけん》はいきなり怒りだした。

「東水関に来たのは現場を確かめるためではなく、御父上を探すためだったのか！　何度も言ったはずではないか？　太子の思し召しなのだ。お前とわたしを除いて第三者が関わることはならん……」そう言い終えぬうちに、ごつっと音がした。呉定縁《ごていえん》が于謙《うけん》の襟をつかんで背を石の堤に押しつけていた。

「小杏仁、お前の太子は仏爺《ほとけ》でも道祖（道教の祖。老子）でもねえ。それなのにちょっと思し召せば、この世の事は願いのままか？」皮肉につけたす。「金陵は天下第一の大堅城、人口は百万、オレたち二人で調べてたら長江からゴマ粒を掬《すく》うのと大差ねえ！」

于謙《うけん》は首を伸ばして昂然《こうぜん》と答えた。

「朱子に言うあり。〝天下の事に為すべからざるはなし。ただ人に在りては自ら強《つと》むること如何なるのみ〟（『朱子文集』「許順之に答う」）。始めもせぬうちから、どうして駄目だと分かる？」

呉定縁《ごていえん》はまるでここに莫迦を見つけたように襟を放した。于謙《うけん》がまだ何か言おうとしていると呉定縁《ごていえん》は疲れたように遠くの水面を指さした。

「小杏仁、よく見ろ。二千料の宝船が一度に爆発したんだぞ。虎硫《こりゅう》火薬なら千斤《きん》でもそれくらいの威力はある……だが、警戒の厳しい太子の宝船に千斤の火薬を運びこむなんざ、一体どんな手段をつかったっていうんだ？　永楽十八年の後、白蓮教は喪家《そうか》の犬も同然、やつらにそんな神通力があると思うか？」

于謙《うけん》の眉が思わずつり上がる。「白蓮教が朝廷の高官と結んでいるのか？」

呉定縁《ごていえん》は口に嘲りを浮かべ、広々とした秦淮の河面に眼をむけた。視線の先、波は穏やかで痕跡はわずかもない。あの驚天動地のよすがは水底深く沈んでいた。

「いや、反対だ。白蓮教の方が朝廷の大人物に買収されたんだ」

その瞬間、于謙《うけん》は全身が阮翁仲《げんおうちゅう》（匈奴と戦った秦の巨漢）の石像と化したように感じた。

＊＊＊

その頃、南京城の西門の外、深衣《しんい》（丈の長い着物）に大きな帽子をかぶった鋪兵《ほへい》が官道を飛ぶように駆けていた。

ぶ。

「京城より八百里加急、太子宛て信書、まかり通る！」

手には用心棒を持ち、腰の革帯につけた鈴をカランカランと響かせている。この鈴の音で通行人は急逓鋪《きゅうていほ》の信使だと知り、次々に道をゆずる。

鋪兵の背には汗が流れているが、脚は片時も休むことがない。その胸には黄漆《きうるし》の魚筒《ぎょとう》が斜めに下がっている。魚筒には斜めに三枚竹札が貼ってあり、札は筒口から半寸伸びていた……それは〝八百里加急〟の表示で、最高級の公文書配送を意味する。いかなる遅滞も許されない。

魚筒の外にかろうじて〝会同〟の文字が読み取れた。つまり、この文書は水馬の急送駅の起点である京城会同館から来たものだ。京城会同館から南京応天府まで全四十の駅を経由し、その行程は二千二百三十五里、こんな鋪兵が一駅ずつ交替して疾走してきた。

その長い旅も終わりに差しかかっていた。この鋪兵は城門からわずか二十里の龍江駅から走ってきた。すぐに南京西の江東門に着くと、城内にむけて大声で叫

第四章

温かい茶が喉をすべりおりると、朱瞻基《しゅせんき》は白磁の茶杯を置き、濁った息を吐きだした。

周囲は静かで、外の音はほとんど聞こえない。かすかな香《こう》が金メッキの博山炉《はくさんろ》（霊峰を模した香炉）から漂いでて、それがからんとした殿中にえがく煙は雲か龍を思わせる。銅鶴《どうかく》と螺鈿屏風《らでんびょうぶ》の間をめぐり、いくえもの薄絹の簾《れん》を流れてゆく様子はまるで神仙の住み家のようだ。ここに身を置けば、誰であれ俗世の煩悩を忘れることなどたやすい。

だが、朱瞻基《しゅせんき》の気分は晴れなかった。

南京皇城は二重構造になっている。外周の皇城は百官の官署、内側は紫禁宮城、つまり天子が平素生活する場だ。いま、太子は長楽殿に身を置き、禁軍に囲まれて金城湯池《きんじょうとうち》に身を置いている。だが、ある種の恐怖が心に喰いついたダニのようにどうしても離れなかった。

朱卜花《しゅぼくか》はここにはいない。長楽殿に太子を落ちつかせると、そそくさと出ていった。襄城伯《じょうじょうはく》と三保太監が昏睡から醒めず、六部高官も生死不明では、鎮守太監輔佐である朱卜花《しゅぼくか》には山のような仕事があり、太子の身辺に侍《はべ》ることなどできなかった。

ゆるりと御休み下さいと朱卜花《しゅぼくか》は言っていた。じつは朱瞻基《しゅせんき》にも分かっていた。自分の務めは殿中で心身を休めることではなく、生き残った臣下を集めて情勢を安定させることだ。朱卜花《しゅぼくか》は蒙古出身の内臣《ないしん》（宦官など皇帝の家内づきの臣下）だから、できぬ事も多い。太子が顔を出さねばならないこともあるだろう。

だが、実際にやってみるのは、口で言うよりずっと難しい。

朱瞻基《しゅせんき》も祖父や父の見習いで政治を処理したことはある。自分がいつか即位した時にどう政治を行うかも想像していた。しかし、自分の手で執り行うとなると政治というものはじつに複雑だと気がついた。

現状は救援を優先すべきか、賊の追跡を主とすべきか？　どの官署に責を負わせるべきか？　その官署が機能しているとして、兼任者を抜擢《ばってき》すべきか？　官の欠員待ちから補充すべきか？　臨時の印章を授けるべきか？　正式な印章を授けるべきか？

それはおくとしても、軍の派遣、民の安撫《あんぶ》、国庫の支出、防御の手配など煩雑をきわめる事務があり、考えただけで朱瞻基《しゅせんき》の頭は爆発しそうだった。一番面倒なのは京城の生活物資が江南からの漕運《そううん》（運河輸送）に頼っているという事実だった。南京が乱れれば南直隷と浙江布政使司《せっこうふせいしし》に影響が及び、これによって南北水運を断たれれば大明帝国全体が大混乱となるだろう。

于謙《うけん》と呉定縁《ごていえん》に真凶を追わせてはいるが、これとて安心はできない。二人とも身元は確かだが、能力は定かではない。事件にどう手を付けたらいいか難渋するだろう。

痛みだしたこめかみをもんで、朱瞻基《しゅせんき》はまた一口茶をすすったが、渋味と苦味しか感じなかった。詹事府《せんじ》の先生はいつも帝王の政道を説いていたが、監国の仕事を始めた矢先、そんなぼんやりした道理など一つも役に立たないことに気がついた。本当に気を使うのは煩瑣《はんさ》な雑務ばかりなのだ。

皇帝になど、なるものではないなあ。

考えれば考えるほど胸が苦しくなる。殿中のすべてが気に入らない。金の柱、彩色井桁《いげた》組みの天井、柱を貫く横木、その一つ一つが鳥籠を思い出させる。この金碧《きんぺき》に輝く大殿に自分を閉じ込め、窒息させようと迫ってくるのだ。正直に言えば、こんな立派な宮殿など好きではない。祖父といっしょに広々とした草原にもっと行ってみたかった。世間の果てしない変化もこの眼で見てみたい。以前、東宮師傅《とうぐうしふ》が史書を講じた時、一生皇城を出なかったという前朝の皇帝をどうしても理解できなかった。彼らは嫌にならなかったのか？

「父皇、どうしたらよいでしょうか……」朱瞻基《しゅせんき》は寝台の上で呟《つぶや》いた。

洪熙帝《こうき》の念願は苦寒の地から南京に遷都する事で、息子にその事業を完成させようとした。なのに、南京に入城もしないうちに、こんな手の付けられない有り様だ。父上はどう思うだろう？

気がふさいできたので思い切って立ち上がり、すこし外を歩こうと決めた。どうせ皇城は禁軍が押さえているのだから危険などあるはずがない。

宦官と侍女たちは外殿の軒下にひかえていた。彼らは太子が今日一日どんな経験をしたかを知っているから声もたてない。まるで呼吸のしかたを誤ればとんでもない災いを招くと恐れているようだ。朱瞻基《しゅせんき》が長楽殿の入り口に出ると、若い宦官が二人、あわてて走りよってきて、どうか寝台で御休みくださいと懇願した。手を伸ばそうとして袍《ほう》の袖を引っぱるが、かえって袍のしわを増やしている。

朱瞻基《しゅせんき》は二人を見た。南京の宦官は間抜けぞろいか、一番簡単な侍衣も満足に扱えぬではないか。

もちろん彼らを責められぬ。永楽帝の北遷から南京の宮城には住む人もなく、直殿監《ちょくでんかん》が定期的に掃除をしているだけだ。この二人も直殿監の奉御《ほうぎょ》（備品係）にすぎず、貴人に仕えたことなどまるでない。あの大伴《じい》とは比べものにならない。

粉骨砕身した大伴《じい》に思いが及ぶと、朱瞻基《しゅせんき》の心はまた一層沈んだ。物心ついてからずっと左右に侍《はべ》っていて、父皇や母后よりも親《ちか》しい者だった。最後の会話で癇癪《かんしゃく》をぶつけてしまったことが何よりも悔やまれた。懊悩と痛惜が一度に押しよせてきて、静かに流れだそうとする。ただ傍らに人がいることを思い、軟弱なところを見せまいと、深く息を吸いこんで無理やり涙をこらえた。

「惜薪司《せきしんし》はどこにある？　見てみたい」太子はふいに口を開いた。

二人の奉御はやや戸惑った。どうしてそんな願いを太子が口にするのか分からなかった。朱瞻基《しゅせんき》は何も説明せず、ただ無表情で要求を繰り返した。二人は逆らいもせず先に立って歩きだす。

惜薪司は内務二十四衙門《がもん》の一つ、宮中の薪や炭の購入や貯蔵を管轄している。だが、宦官たちには別の役割があった。洪武帝の祖訓で宮人が香を焼くことを厳しく禁じていた。だから、宦官や宮女の身内が世を去っても、この規則のために宮中で焼香《しょうこう》もできず、惜薪司の傍らにこっそりと位牌を置くことしかできない。

惜薪司は毎日薪や炭を燃やしているから、位牌を付近に置いてせめてもの供養とするのだった。

長い時間をかけて、そこは非公式の宮人祭祀の場となっていた。宦官たちの間では惜薪司は〝奉忠廟〟と言われている。忠と孝を二つながら全うするのは難しい。肉親の孝に生きられなかった宮人は忠に生きたとされるのだった。

かつて一度、大伴《じい》と話をして、朱瞻基《しゅせんき》は宮中にそんな規則があることを知った。大伴は溜め息をついて、こう言っていた。

「内臣（宦官つまり去勢された男性）には息子も娘もおりません。死後はひと掬《すく》いの黄土となるだけです。わたくしめもそれで何の心残りもありません。ただ宦官ごときに御心《みこころ》をかけて下さるならば奉忠廟に位牌を置いて下さり、いくらか煙でもあれば、福禄これにすぐるものなしというところでございましょう」

朱瞻基《しゅせんき》が惜薪司に行くことにしたのは、まずは大伴《じい》の願いを叶《かな》えてやろうと考えたからだった。

それは祖父永楽帝から教えられた秘訣でもある。すぐに手をつけられない状況に臨んだら、まずは小事をやり遂げよ。小事から大事へ、一つ一つ解きほどくうちに、いつの間にか混乱を解決できる状態になっている。古人が事に臨んで魚を釣り、戦《いくさ》に臨んで碁を打つのもこの道理なのだと。

宮城の惜薪司は西華門にあり、内運河に隣接している。薪や炭など大量の貨物は内運河から直接宮中の倉庫に運びこまれる。朱瞻基《しゅせんき》は長楽殿を出てトントンと西へ歩いた。二人の奉御が畏《かしこ》まって道案内に立ち、その後ろから宮女や護衛がついていく。ガランとした宮殿をこの奇妙な行列が通りぬけると、宮城にいくらか奇異な生気を添えた。

しばらく歩くと西華門に着いた。それは城門左の壁に貼りついた数間《けん》の続き部屋だった。門の前の階段と窓格子には塵がつもり、朱塗りの壁は雨で剝げおちて傷みもひどい。宮城に久しく住む人もなく、薪や炭の使用も稀《まれ》になったので惜薪司もさびれてしまったようだ。

この時になって朱瞻基《しゅせんき》は位牌を準備してこなかった事を思い出した。宦官数名を呼び、白木の牌を持ってこさせようとしたが、彼らは顔を見合わせて苦笑した。宮庫にそのようなものはございません、内官監に言って取り寄せねばなりませんと答えた。

朱瞻基《しゅせんき》は叱りつけようとしたが、ふと見ると西華門のわきに薪が一山積んであり、その上に大きな黒鍋がかぶせてあった。守備兵が炊事をした時のものだろう。北京とちがい、ここでは誰もが火をおこせるので管理がおろそかになり、だらしない事になっているのだ。

だが、ちょうどよい。薪の山から幅広の薪を一本引き抜いて、すこし加工すれば簡素な位牌になる。大伴《じい》にはすまないような気もしたが、急な事なので致し方ない。留都が安定したら正式に祭っても遅くはあるまい。

二人の奉御が戸惑っているので朱瞻基《しゅせんき》が自分で木材を選びに行くことにした。

やや西華門に近づくと、門外の喧騒が聞こえてきた。

口論のようだ。入ろうとする者が衛兵に阻まれている
ようだ。

大胆な奴め、宮城に闖入《ちんにゅう》しようとしているのか？　まさか白蓮教の賊ではあるまいか？　そう思いながら朱瞻基《しゅせんき》がゆっくり近づくと、大門の外に通政司の官服を着た典簿《てんぼ》（事務官）が一人立っていた。斜めに黄漆の魚筒をかけて、是が非でも宮中に入らねばならぬと言い張っているが、戟《ほこ》をもった禁軍が阻んでいて、両者は険悪な雰囲気だった。

通政司は内外の文書を管轄する官署で、南京と北京に一カ所ずつある。典簿は南京通政司の古株の吏員、禁軍兵士は朱卜花《しゅぼくか》が北京から連れてきた新参、ここを守るようになってわずか数カ月だ。両者は配属が異なることもあり、たがいに対する態度は良いものではない。

「そこで何を騒いでおる？」朱瞻基《しゅせんき》が口を開いた。禁軍は太子の声を聞き、ばらばらと片膝をつく。典簿もあわてて跪いた。一体どうした事だと朱瞻基《しゅせんき》は訊ねた。

典簿が答えた。「一刻ほど前、京城八百里加急の文書が通政司に到達いたしました。わたくしめは手間取ってはならぬことゆえ、急ぎ宮城に参りましたところ、この者たちに阻まれております。朱《しゅ》太監の許可がなければ何人《なんぴと》も宮城内には入れぬとの一点張りでございます！」

守門の将があわてて弁明する。「宮城外の情勢はいまだ穏やかならず、また、皇城も久しく防備なきゆえ、賊を防ぐために御心を騒がすことがあってはならぬと、朱《しゅ》太監の厳命で四門を堅く閉じております」

朱瞻基《しゅせんき》は小さく頷いた。

「通政司に遅滞なからんとする心あり、守門に警戒を厳とする意あり。両者ともに職分を尽くしておるゆえ、過誤はない。どちらも正しい」その場にいた全員がほっと息をつき、一斉に感謝を述べた。心中、朱瞻基《しゅせんき》は得意だった。自分の処置もなかなか仁君の風格がある

ではないか。いつか史書の逸事に書き入れられるかも知れぬ。そして手を伸ばした。

「朱卿《けい》の命《めい》に背くことはならぬ。門を隔てて渡してはくれぬか」

典簿がいそぎ魚筒を外し、守門の将軍に渡す。守門の将軍がまた恭《うやうや》しく両手で朱瞻基《しゅせんき》に手渡した。〝軽い〟と手に取ってみて朱瞻基《しゅせんき》は思った。通信文は厚いものでない。筒の口を調べてみる。入れ違いの歯に塗られた蜜蠟《みつろう》は一体で、開封された形跡はない。筒のあわせ目に〝皇帝親親之宝〟の玉璽《ぎょくじ》が捺されている。

「京城を離れてそれほどたたぬのに、父皇には何か急用があるのだろうか？」

朱瞻基《しゅせんき》はやや興味をそそられた。だが、ここでは周囲の眼がある。魚筒を腰に結び、長楽殿に帰ってから開封することにした。薪を探して位牌を作り、大伴《じい》を祭ってやらねば——まずは小事からだ。


***

一大事だ。太子は知らぬ事だが、この時、東水関の二人は頭を痛めていた。

「白蓮教が朝廷の大人物に買収されただと？」于謙《うけん》の声は抑えきれない衝撃を帯びていた。

呉定縁《ごていえん》は肩をすくめる。

「まだそうと決まったわけじゃねえ。ただ、盗人がいれば犬が吠えるし、幽霊がいれば鶏が鳴く。よくある道理から推断したまでだ」

于謙《うけん》も莫迦ではない。そこに深い暗示を読み取った。太子の死によって利を得る貴人がどんな身分の者か？南京百官が壊滅している隙に獲る利はどれほど巨大なものか？　どうやらいつの間にか底知れぬ水域に入りこみ、水面が口もとまで上がっているようだ。想像していたよりもずっと巨大な影が深淵の底をゆっくりと泳いでいる。

「どうする？　やっぱり調べるか？」呉定縁《ごていえん》は眉を上げる。

「調べる！」于謙《うけん》は顎をつきだした。「何者であろうが、こんな狂気の沙汰をしでかした以上、天下共にこれを討たねばならぬ！」

　この小官のきっぱりした決意を見て、呉定縁《ごていえん》は内心そら恐ろしくなったが、口には出さなかった。官《かん》がみな此奴《こいつ》みたいに命知らずなら、衙門《がもん》はとうに死に絶えている。そして、耳をほじくりながら言った。「まず言っておくが、三百両の銀子《ぎんす》じゃ、一応明白にするってところまでだぜ。本当に深いところまで調べるのはオレみたいな捕吏の仕事じゃねえ」

「まず調べてみようではないか。首謀者がどれだけ大きな相手だろうと、太子を凌《しの》ぐことはあるまい？　太子の後ろには天子がおわす！」于謙《うけん》はこう言うと、胆《きも》がすわってきたようだ。「だが、おぬしの父上が見つからぬでは……手掛かりを探す方法があるまい？」

　于謙《うけん》がわざと刺激すると、呉定縁《ごていえん》は顎をなでて笑った。

「方法ねぇ……ないこともない」埠頭の惨状を見わたしながらゆっくりと続ける。「白蓮教だろうと、どんな貴人だろうと、やつらの神通力でも勘定にいれられねえもんがある」

「何だ？」

「昨晩の地震だ」

　ふと呉定縁《ごていえん》の視線がとまり、つられて于謙《うけん》もその方向を見た。埠頭東の城壁に沿って伸びている広い通路だ。道幅は二輌の車が並んで通れるほどだが、百歩も行かぬ先で地面から生えた巨大な瘤《こぶ》が遮断していた。瘤は大小不揃いな様々な色の布で覆われ、まるで坊主の着る継《つ》ぎはぎだらけの百納衣《ひゃくのうい》、砕けた青煉瓦や瓦礫が隙間から見えている。

「あれは東水関埠頭から城内に通じる正道だ。昨晩の地震で城壁が崩れちまって路を封鎖しているんだ。太子の到着が迫っていたのに片付けが間に合わなかったんだろうぜ。どんな賢い奴が考えたのか知らねえが、布を買って覆い隠したというところだ。チッ、金陵の他の問題と同じだ」呉定縁《ごていえん》の口ぶりには鋭い皮肉があった。

「では、先刻入ってきた道は正道ではないのか？」

「あれは荷担ぎや掃除の者が使うロバ用の道だ。地震で大通りが塞《ふさ》がっちまったから官府が臨時に通路にしただけだ」

それが事件と何の関係があるのか、于謙《うけん》にはまだ分からなかった。

「正道は城壁に沿って作られていて、通済門大路につながっている。あの辺りは平民が家を建てることはできねえ。だが、ロバ道にゃ埠頭の商売でメシを食っている屋台や小店があって何かと眼がある」

「つまり、その者らが白蓮教の形跡を見たかも知れないということか？」

「そうだ」

「しかし、埠頭に出入りする者は多い。どうやって見分ける？」

「ちょっとそこらの店に聞くだけでいい。爆発の直前に埠頭を離れたやつが一番あやしい！」呉定縁《ごていえん》は腕をひろげて重々しく振り下ろした。白蓮教の行動は神出鬼没だが、昨晩の地震が埠頭から脱出する道を変更し、綿密な計画に意外な破綻があるかも知れなかった。

このがさつな男は口でこそ責任逃ればかり言うが、やはり事件を分析すれば鋭いと于謙《うけん》は思った。まるで仕事が好きでたまらないのに無理に抑えこんでいるようだ。一体何を経験したのだろうか？　その身に絶学を秘めているのに自らを汚《けが》し貶《おとし》めている。詮索好きとは言えない于謙《うけん》でさえ思わず好奇心を覚えた——むろんそれはこの事件が解決してから話しても遅くはあるまい。

二人は埠頭を離れてロバ道に戻った。道の両側に並んでいるのは日干し煉瓦に苫《とま》屋根の小さな店ばかりで、竹竿《たけざお》を組んだ棚《たな》を店先に出して商売をしている。簡素で狭く、おまけに薄汚れてはいるものの、繁盛はしているようだ。銅の大壺で屑茶を煎《い》れる茶店、いろいろな麺を出す店、鍋で肉を煮込んでいる屋台……荷担ぎたちが日頃茶をのみ、飯をくらい、暑さを避けて一息つき、二、三ヵ所ある露店の賭場で暇もつぶせる。

爆発と封鎖で一帯の店は戸をぴたりと閉め、いまは青い暖簾《のれん》をさげていた。だが、窓紙に時おり人影が映るところを見ると、店内の者が白蓮教の手下を見たかも知れず、何か興味を持ったかも知れないと思われた。呉定縁《ごていえん》は手分けしようと言うので、それぞれが道の片側を担当し、片端から調べていくことにした。

一人は捕吏、もう一人は官なのだから、何も遠慮することはない。直接戸を叩けばそれですむ。大部分の店主は庶民だから大人しく戸を開けて応対するしかない。だが、惜しいことに今日は埠頭に出入りする人が多く、官府が早々に店を閉めさせたから、ほとんどの店主は路上を見ていなかった。

二十軒も聞きまわって于謙《うけん》が占いの屋台にあたった。ここの店主は国子監《こくしかん》の貢生《こうせい》（科挙の受験資格をもつ士の一員）で古びた青《せい》袍《ほう》に帯を垂らしていた。五十歳を過ぎて科場《かじょう》（科挙の試験）に望みはないと諦《あきら》め、ここに占いの屋台を出して口過ぎにしていた。宝船爆破の後、埠頭が封鎖されて、この場を離れられなくなり、店の後ろでビクビクと震えていた。

読書人はたがいに話が通じるものだ。この老貢生は于謙《うけん》が若いのに官となっているのを見ると、ぺこぺこと御辞儀をし、ひとしきり羨《うらや》ましがった。于謙《うけん》もいくつか慰めの言葉を言い、折を見て、爆発の前に埠頭を離れた者はいないかと問うた。老貢生はやや考えてから一人しか見ていないと答えた。

当時、老貢生は屋台の前に座って『百中経《ひゃくちゅうけい》』（撰者不詳、占いの書物）を読んでいた。その時、埠頭の方向から来た誰かがうっかり店の幡《はた》を倒した。その者は幡を立て直すと、謝りもせずにあわてて立ち去った。

　陰陽先生《うらないし》をやるには人物の観察こそ肝要だ。だから、老貢生はその人物を細かに述べることができた。着物は青い単衣《ひとえ》の曳撒《えいさん》、腰には黒い平紐、頭に丸帽子、左の肩に小さな薬王《やくおう》箱をかけ、医者のように見えたと言う。だが、その面相となるとはっきり言えなかった。

　于謙《うけん》は眉をひそめた。その人物はたしかに疑わしい。もう一度問うと老貢生は苦労して薬王箱に〝普済《ふせい》〟と書いてあったことを思い出した……医館の名にちがいない。たしか、夫子廟の北、常府街にある。ここで目撃された医者は普済館に籍を置く医者だろう。

　その文字を于謙《うけん》は問うた。老貢生は屋台の下から占断を書きつける麻皮《まひ》紙を取りだし、字体を模倣した。そして、こっそりもう一枚、紙を取りだした。自分が国子監で書いた文章だった。科場に蹉跌《さてつ》すること久しく、進士に会うことなど難しい。一つ二つでも文章を指南してもらえれば、これ以上の幸運はない。

　だが、于謙《うけん》に文章を評している余裕など何処《どこ》にある？　いそぎ礼を述べると紙を引ったくり、去っていった。老貢生は茫然とその場に立ちつくし、去っていく官袍《かんほう》をながめながら、もう何も言わなかった。

　呉定縁《ごていえん》も麺の店で同じことを聞き、すぐにその人物が怪しいと感じた。

　南京の医者には三種ある。良医、遊医、館医である。良医は医術に精通した国手で、診察を求めるのは高官や貴人、邸宅で診察をする。遊医は鈴を鳴らして薬を売り歩く郎中《ろうちゅう》で、貧乏人の頭痛や発熱、捻挫《ねんざ》や傷を治す。大通りや巷《ちまた》が商売の場所だから決まった場所になどいない。館医は郎中にまじるのも潔《いさぎよ》しとしないが、名声も良医には及ばず、数人で共同して繁華な場所に医館を開き、患者が来るのを待っている。

　太子の臨駕《りんが》を百官が出迎えたのだ。埠頭には思わぬ事故に備えて医者が詰めていたはず、良医がその場に招かれていたかも知れない。だが、館医は絶対にない。だから東水関に館医が現れるのはじつに不自然だ。

「その年寄りは他の者を見てねえのか？」

于《う》謙《けん》は首をふった。あの老貢生は一人しか見ていないと言っていた。

「普済医館にはオレも行ったことがある。あそこは衙《が》門《もん》と関係がいいんだ。公差《こうさ》の連中は打ち身や傷を負ったらあそこに行く。膏薬《こうやく》もタダでくれるしな」

呉《ご》定《てい》縁《えん》はそう言うと、もう馬に飛び乗って手綱をひとふり、出発しようとする。

「ほかの店は調べずともよいのか？」于《う》謙《けん》が後ろで不器用にロバによじのぼる。先を行く呉《ご》定《てい》縁《えん》は拳を握って突きあげ、安心しろという合図をした。

東水関を離れ、馬とロバの二人組は秦淮内河を北に走った。宝船爆破の漣《さざなみ》は東水関から拡散して遠く城区に及んでいた。店をたたんだ梨や棗《なつめ》を売る屋台、そそくさと北へ漕《こ》ぎさる烏船《からすぶね》、大通りで泣きわめいている子供、ひそひそと言葉を交わす見回りの兵、こっそりと戸板をはめている湖州緞子《どんす》の商店、さまざまな民の姿が通りすぎてゆく。

一体何が起こったのか、大部分の庶民は知らないだろう。だが、群れ鳥のように鋭く何かを感じとっていた。このような漠《ばく》とした恐慌は事実よりも速く伝わるもので、城下で一つまた一つと飛沫《しぶき》を上げ、そのたびに波は一層高さを増していく。

于《う》謙《けん》はロバの背からこの光景を見ていて、ひそかに嘆《なげ》いた。

三保太監が事故にあう前は東水関の善後策が功を奏していたが、それでも街の防備を指示する暇《いとま》はなかった。年初から頻発している地震で民が怯えていたところへ、新たに強い衝撃が加わり、ややもすれば南京中が混乱するかも知れない。南京に暴動が起これば南直隷が影響を受けぬことは難しい。南直隷が乱れれば必ずや漕運《そううん》が断たれる。漕運が断たれれば京城に冬の物資が入らなくなる。そして、京城が乱れれば天下は……

……その先は考えまい。ここで迅速に全容を明らかにし、太子が留都を掌握して秩序を回復することに賭けるしかない。

なのに、馬上の呉定縁《ごていえん》は泰然自若として、街の異常も見ていない。于謙《うけん》は注意をうながそうかとも思ったが、やめておいた。太子の頼みすら三百両の値をつけた男だ。他人に関心など持つはずがないではないか？

そうこう考えているうちに二人は復成橋にたどり着いた。そこから西に折れ、運河を渡ると、行く手に五色の花《か》牌《はい》楼が見えた。楼の中央に〝忠武開平〟と書いてある。

この街はもともと常遇春《じょうぐうしゅん》（明初の武人、一三三〇年～一三六九年）の開平王府だった。だから〝常府街〟と名がついている。牌楼《はいろう》は洪武帝が命じて建てさせたもので、〝忠武〟は常遇春の諡号《しごう》（死後に与えられる尊称）、〝開平王〟は爵位だ。残念なことに、常遇春は早くに亡くなり、その息子が靖難《せいなん》の役《えき》（一三九九年～一四〇二年、建文帝と永楽帝の戦い）で立場を誤ったために、一族は遠く雲南に流されて開平王府はすたれた。広大な邸宅や庭園は切り売りにされ、そのために街は繁華になったのだが……

普済医館は花牌楼の斜《はす》向かい、二階建ての建物だった。屋根には杏《あんず》色の瓢簞《ひょうたん》をねかせて描いた看板がかかり、瓢簞には〝普済〟の二字が書いてある。その書体は老貢生が描いたものとそっくり同じだった。午後の陽気が盛んで診察の最も忙しい時刻、入り口にはひっきりなしに人が出入りしている。

医館に入ると、薬王騎虎像に出迎えられた。像の前には五色の果物が供《そな》えられている。左の部屋は薬を調合する店で、右が医者のいる部屋のようだ。十名ばかりが忙しそうに立ち働き、館班《かんはん》が一人、中心で指示をしている。館班は于謙《うけん》の官服を眼にすると、親切そうな顔で迎えに出て、御役人様はどの大夫《たいふ》（大夫は医者のこと、上に姓をつけて医者を呼ぶときにも使う）をお探しですかと訊ねた。

呉定縁《ごていえん》がまず口を開いた。「普済館には何名の大夫がいる？」

館班は変だなと思った。診療科もきかずに人数を訊ねる患者がいるだろうか？

「八名でございます。ですが、本日在館は五名だけでして」

「五名はずっとここにいたのか？」

「はい。昨晩、地震があったではございませんか？　この近辺の負傷者も少なくはございません。五名は午前から忙しくしており、茶を飲む暇もありません」

「では、残りの三名は？」呉定縁《ごていえん》が質問を重ねた。

館班の笑顔がこわばった。「いったい、どの様な診察を？」

相手を見下ろしながら呉定縁《ごていえん》は言った。

「昼時、南で爆発音がしただろう。聞かなかったか？」

館班はあわててうなずく。「は、はい。わたくしどものところも少しゆれまして、一体何があったのかは存じませんが」

「太子の宝船が爆破され、東水関は負傷者で溢《あふ》れかえっている。守備衙門《がもん》が街中の大夫を集め、救援にあたらせているんだぞ。オレたちは医者を徴発《ちょうはつ》に来た」呉《ご》定縁《ていえん》の話は半分真実で半分嘘だった。館班はそれを聞くとびっくりして、床にへたり込んでしまった。何かあったと噂に聞いてはいたが、それほどの大事とは思ってもいなかった。

呉定縁《ごていえん》が指先でつつくと、于謙《うけん》はあわてて過城の鉄牌を取りだした。

「吾輩は詹事《せんじ》府右司直郎である。太子の御命で医籍にある者はみな徴発を受けねばならぬ。その三名が不在ならば城内におるはず。どのような理由があろうとその者らを連れてこなければならぬぞ！」

右司直郎がどんな役職なのか、そんなことは知らなかったが、太子という大帽子があるので、館班は全力で協力致しますと言うしかない。そして、医者たちにそそくさと知らせに行った。

「小杏仁、次はさっさとやれ。官威《かんい》をふるう時は有無を言わさずにだ」呉定縁《ごていえん》は薬舗の勘定台にもたれ、本気なのか本気でないのかよく分からない教訓を垂れた。

于謙《うけん》はそっぽを向いて言う。「事《こと》急なれば権《ちから》による。大局を重しとすればこそだ。それは判らぬではない。だが、権勢を恃《たの》んで人を欺《あざむ》くなど君子の為すところでは断じてない」

呉定縁《ごていえん》は肩をすくめて何も言わなかった。そんな理屈がどうだろうが、どうせ館班は協力するしかない。それにこの手の嘘は悪事ではない。埠頭に行く医者が増えればそれだけ救える性命《いのち》もふえるだろう。

それほど長くかからず、館班が戻ってきた。五名の医者はすでに診療をやめ、埠頭に救援にゆく準備をしているそうだ。残る三名は松江府《しょうこう》に往診に行った者が一人、喪のために二日前、徽州《き》へ帰った者が一人、もう一人は六十過ぎの老医で城内にいるが、癆咳《ろうがい》を患って床に伏しているとのことだった。

館班が言う三名は老貢生が見た者と一致しない。他に医者はいないのかと呉定縁《ごていえん》が問うと、館班は首をふった。

「では、最近、館を離れた医者はいるか？」

医館と在籍医は雇用関係ではなく、協力関係にすぎない。だから流動性が高い。医者が普済館を離れても古い薬箱を持ち歩くことはありうる。館班はやや考えて、ここで医館を始めてから十名ほどの大夫が出入りしておりますと述べた。話が折りあわずに抜けた者、ほかで高い報酬を得るために移った者、よその土地に転居した者、升榜《しょうぼう》となり医館を抜けた者、理由はいくらでもあった。

于謙《うけん》は剣眉をねじりながら聞いていた。先刻、呉定《ごてい》縁《えん》が自分を嘲笑した理由が分かった。これほど多くの人々の行方《ゆくえ》を一つ一つ調べるなど、二人では絶対に不可能だ。少なくとも十数人を動かさなければならない――呉定縁《ごていえん》が呉不平《ごふへい》を探していたのはこんな理由があったのだ。呉不平《ごふへい》なら応天府総捕頭だから人手を割いて事を進めることができる。

太子と自分は事件の調査について詔令《しょうれい》を出せばすむものと簡単に考えていた。ところが、具体的な実務はこのように煩瑣をきわめるものだった。

自責の念にかられていた于謙《うけん》をふいに呉定縁《ごていえん》が押しやり、館班の背後に眼をやるようにうながした。そこは白木の壁で、上に一列八本の釘が並んでいる。そのうち五本には医者の姓名を漆《うるし》に金字で書いた札《ふだ》がかかっていて、ほかの三カ所は空いていた。在籍医の診察状況が一目瞭然だった。

その一列上にもう四枚札がかかっていた。黄色の紙で名を隠してあるが、姓だけは見えている。

それを見て于謙《うけん》にも分かった。これが〝升榜〟だ。医館の医者で評判を得たり、貴人と関係ができれば、往々医館を出て良医となる。もとの医館は名札を残しておくが、一列上に移して名医が当館出身であることを示して宣伝にする。だが、尊敬の念を表すために名を紙で糊づけにして、姓だけが見えるようにしておく。糊と紙の色は科挙の黄榜《こうぼう》と似ているから〝升榜〟と言うのだろう。

東水関では高官貴人が勢ぞろいしていた。館医はそこに入る資格がないが、良医ならば参列する資格がある。かりに普済館の館医だった者が〝升榜〟して良医となっていたら、もとの大家《おおや》の薬箱をさげて埠頭に行くこともないわけではない。

于謙《うけん》は考えをめぐらせた。たしかによい筋道だが、上列にかかった四枚の名札を見て、また頭痛がしてきた。たとえ四人しかいなくても調べだしたら十分に面倒なのが分かったからだ。そう思って呉定縁《ごていえん》を見ると、もう口を開いていた。

「升榜した大夫はみんな知っているか？」

館班は得意そうに答えた。「わたくしは普済館で十数年医者をまとめておるのですよ。在籍した医者で知らぬ者などいません」

呉定縁《ごていえん》は顎を撫でながら言った。

「では訊《き》くが、その升榜した数名に朱卜花《しゅぼくか》つまり朱《しゅ》太監の覚えめでたい者は誰だ？」

その一言で館班と于謙《うけん》は同時に驚いた。館班が驚いたのは相手が最近自慢の一件を言いあてたからだった。于謙《うけん》が驚いたのは何ら関係のない朱卜花《しゅぼくか》の所に話が飛躍したのが不意打ちだったからだ。

館班は笑った。

「よくぞ、お訊きになりました。皇城の朱《しゅ》太監は年初に北から金陵へ移られたばかり、水土が合わず、面疽《めんそ》を患っておいでだったのです。どれだけ名医にかかっても治せませんでしたが、わたくしども普済館の蘇荊《そけい》渓《けい》――蘇《そ》大夫の妙手によって回春なさりました。蘇《そ》大夫は貴人の眼にとまり、少し前に升榜なさって、お付きの医者となりました。京城の杏林《きょうりん》（名医のこと）と肩を並べたとも言えます。弊館としても栄誉なこと、まあ、京城の杏林（名医のこと）と肩を並べたとも言えますな」

遷都からまだ数年たらず、留都の住民が話をすれば、帝都だった頃の矜持《きょうじ》を忘れず、北の京城はいつも辺鄙《へんぴ》な地と見下している。だが、そんなよくある嫌味を聞きながら、于謙《うけん》は内心の動揺が収まらなかった。また も呉定縁《ごていえん》の予測が的中したからだ。

これは何か自分が知らぬ事を暗示しているのではないか？ つまり、禁衛の首領が謀反《むほん》に関与していると言うことだ！

于謙《うけん》の動揺をよそに、呉定縁《ごていえん》は館班に問いただした。蘇荊渓《そけいけい》大夫は蘇州の出身、その家族も故郷で杏林の名声があり、家学の淵源は深い。年若く二十を出たばかりで、普済館に加わっていたのも数カ月にすぎない。人との付き合いを好まない性格だが、腕は抜群とのことだ。

蘇《そ》大夫は朱《しゅ》太監の顔にできた疽《はれもの》を治した後、普済を退館して成賢《せいけん》街の横町に住んでいた。そこは皇城に近いので朱《しゅ》太監の治療に便利なのだ。

普済医館から出てくると、于謙《うけん》は呉定縁《ごていえん》の袖を引いて質問した。

「なぜ突然朱《しゅ》太監に疑いを抱いた？　何か証拠があるわけではあるまい？」

呉定縁《ごていえん》は肩をすくめる。

「証拠なんぞない。だが、今のところ、南京で生きている官員は全員に嫌疑がある」

「朱《しゅ》太監は禁軍を管轄しているのだから出迎えにいくべきだった。これは疑いがない」于謙《うけん》はうなずいて続けた。「それが最近になって顔に疽《はれもの》ができ、東水関に行けなくなった事はこの眼で見た」

「じゃ、朱《しゅ》太監を治療していた医者が爆発の直前に東水関埠頭を離れたのは偶然なのか？　説明してみろ」

「それは……」

「小杏仁、そんな態《ざま》じゃ事件を調べるなんてできねえぞ」呉定縁《ごていえん》は素人《しろうと》に同情の眼をむけた。「いかなる思いこみからも勝手に判断しちゃならねえ、どんなに受け入れたくない事実でも軽々しく否定しちゃならねえ。要するに、全員が何かやらかすかも知れねえってことだ」

「だが、その一点だけで両者に関係があるとするのも無理ではなかろうか……」

「無理も無理じゃねえも蘇《そ》大夫とやらに訊いてみればいいだろう？　行くぞ、言うことを聞け」呉定縁《ごていえん》は于《う》謙《けん》の傍らを通りぬけざま、頭を軽くポンと叩《はた》いた。

呉定縁《ごていえん》は背が高く、于謙《うけん》よりたっぷり頭一つ抜いている。叩《はた》くのに進賢冠《しんけんかん》がちょうどいい位置にあった。だが、于謙《うけん》は火に焼かれたように跳びあがった。まるで怒った猫が毛を逆立てているように眼を丸くする。

冠冕《かんべん》は朝廷の体面を象徴する。平民が大胆にも官に無礼を働くとは、平時なら板打ち刑になるところだ。

于謙《うけん》は相手がなぜそんな真似をしたのか分からなかった。じつに尊卑の別《べつ》を心得ぬ奴！　それを呉定縁《ごていえん》は笑い飛ばして、少なからず愉快そうだ。〝ナベの飯は美味いが、ナメた口は不味《まず》かろう、官の虎ヒゲを引っぱってやるにゃ、こんな時でもないとな〟と、そんな態度である。

于謙《うけん》がにらみつけているのをよそに、呉定縁《ごていえん》は馬に乗り、悠々と去っていく。

于謙《うけん》は呆然と立っていたが、なんとかロバによじのぼって後を追う。ロバに敷いた毛氈《もうせん》が落ちても拾いもしない。ロバの背は尖っていて毛氈を敷かなければ乗り心地がよいとは言えず、針のむしろに座るようだが、それでも歪んではいまいかと進賢冠をさわっていた。

成賢街は復成橋の西北にあり、秦淮内河の末端に近く、北城壁の外にある後湖からも遠くない。この一帯は武人、宦官、学生が多く住み、家の装飾にも凝っていた。巷《ちまた》の角には揚州の桃と蘭が植えられ、花は碧桃のごとく、葉は茂って香り高く、馥郁《ふくいく》たる気に満ちていた。

蘇荊渓《そけいけい》の住み家は成賢街中段の大紗帽巷《だいしゃぼうこう》にあった。金満家が多く住んでいるようで、門構えは広く、庭は深い。巷《ちまた》を歩いていると両側の黒壁に牽牛《アサガオ》、素馨《ジャスミン》、杜鵑花《ツツジ》などが這わせてあって翠《みどり》と緋《あか》の彩りも美しい。背が高ければ壁の向こうの庭に銀杏《イチョウ》や龍爪槐《リュウノツメエンジュ》も見えるだろう。

まもなく二人は庭園に挟まれた住み家を探しあてた。そこは両隣の塀が壁となり、独立した敷地になっていて、それほど広くはないが〝閑静〟という表現がぴったりとあてはまる。いかにも南京で学ぶ外地の子息が好みそうな家だ。

呉定縁《ごていえん》が馬を下りて門を叩いた。ややあって門内から「どなた？」と女子の声が聞こえてきた。呉定縁《ごていえん》と于謙《うけん》は顔を見合わせた。家に他の者がいる。妻子か女中だろう。

于謙《うけん》が言った。

「詹事《せんじ》府司直の于謙《うけん》と申します。家の者が病にかかったので蘇《そ》荊渓《けいけい》先生にお会いしたいと思い参りました」その声は朗々と響いた。庭でもはっきり聞こえたようだ。

女の声は答えた。「先生は近頃、外来を受けておりません。帰ってください」

「人命は天に関わるもの、症状をお聞き下さり、蘇《そ》先生の意見を頂ければ、それでいいのです」于謙《うけん》の声にはやや焦りが見えた。とても演技には思えない。とにかくこの門を開けさせなければ、南京の大災厄を解決することはできないのだ。

しばらく沈黙が続いて声が聞こえてきた。

「患者の症状を紙に書き、門に挟んでおいて下さい。時間があるときに先生がご覧になります」于謙《うけん》は直接お会いしたいと希望を述べたが、もはや応答はない。

それを見ていた呉定縁《ごていえん》は突然顔色を変えた。

「まずいぞ」

「何だ？」于謙《うけん》は問うた。呉定縁《ごていえん》が声をひそめて言う。

「屋敷にいる医者は宝船爆破の協力者かも知れない。だとすれば、東宮の幕僚が全員灰になったことも知っているはずだ。さっきお前、詹事《せんじ》府司直と名乗っただろ？ きっと疑われたぞ」

于謙《うけん》ははっとした。行人司から詹事《せんじ》府に転任したばかりで細かな配慮を欠いていた。

呉定縁《ごていえん》が掌で猛然と門を叩くと閂《かんぬき》が差してあるのが感じられた。もちろん開くわけはない。すぐに馬の背に乗って壁をのりこえ、庭に入ると門を起こし、于《う》謙《けん》を入れた。

屋敷は十数歩の広さしかなかったが、地面はきれいに掃き清められ、ひとすじの塵もなければ一片の落ち葉もない。庭の中央がひと間きりの家だった。家屋の隅《すみ》には剣蘭《グラジオラス》と剪紅羅《センコウラ》が植えてあり、窓の下にも雁来紅《ガンライコウ》が一鉢置いてある。水甕《がめ》、陶炉《とうろ》、鉄釜《てつがま》、石臼《うす》などが庭に整然と並べてあって、空気には薬を煎《せん》じたであろう、かすかな苦味が残っている。医者の住み家に間違いはない。

物音を聞きつけて家の中から女子が顔をのぞかせた。髪は乱れて襟もとも整《ととの》わず、何やら人に言えない事をしていたようだ。呉定縁《ごていえん》は戸をつかんで開けろと怒鳴った。女子は叫び声をあげて、その場にヘナヘナと倒れこむ。

女にかまわず呉定縁《ごていえん》は部屋に押し入ったが、室内には誰もいない。竹の寝台に脱いだ青い曳撒《えいさん》が掛けてあり、傍らの鉤には長い黒紐が下がっている。そして〝普済〟と書いた薬王箱が隅の戸棚においてあった。

これらは老貢生が目撃した不審な医者が蘇荊渓《そけいけい》だったことを証明している。

呉定縁《ごていえん》が周囲を見回すと裏窓が大きく開いていた。蘇《そ》荊渓《けいけい》の反応は機敏だったらしい。異常に気づくと、すぐに窓から逃げたのだ。于謙《うけん》が部屋に入ってきたのを確かめ、呉定縁《ごていえん》はふり返りもせず、部屋を探しておけと手で合図し、窓をのりこえて出ていく。

跳び下りた途端、足もとがふらついた。この家に厨房はなく、煮炊きはすべて裏窓の下でしていたようだ。呉定縁《ごていえん》が足を下ろしたところにちょうど鍋があった。ガシャンという大きな音がして、大鍋がひっくりかえり、足もとを掬《すく》われて転びそうになる。

呉定縁《ごていえん》は不運を呪い、なんとか体の平衡をとりもどすと顔をあげた。手間取ったせいで前方に人影は見えず、裏庭の土壁しか見えない。その高さは背丈に満たぬ程度、蘇荊渓《そけいけい》はこの土壁をのりこえて隣家の庭に逃げこんだにちがいない。

街に出してしまえば、手間が倍になる。呉定縁《ごていえん》は唇を噛んで必死に追いかけた。この手の捕物には慣れてはいなかった。いつも自分は背後から知恵を出し、親父と虎狼のような役人連中が前に出る。だが目下、小杏仁は頼りにならないし、三百両の銀子の手前、みずから出陣するしかなかった。

助走して壁に飛びのり、すばやく向こう側へ跳びおりる。ベチャッという音がして、長靴がやわらかい泥を踏んだ。念入りに手入れされた庭だ。虞美人草、秋牡丹、西府海棠《カイドウ》など、その名も貴重な十数種の花卉《かき》が小路に植えられ、高雅の極みといった風情だった。

だが、花を愛《め》でる余裕など呉定縁《ごていえん》にはない。まだ犯人が逃げた方向も分からないのだ。すると、あの家から于謙《うけん》の大声が聞こえてきた。

「何をする？　動くな！」

あの女中が逃げようとしているのかと呉定縁《ごていえん》は思った。幸い于謙《うけん》を置いてきたから、蘇荊渓《そけいけい》を見失っても女に問うという手がある。そう思って気持ちが落ち着くと、ふと滴《したた》るような緑の芭蕉に太った斑猫《はんみょう》がとまっているのが眼に入った。

おかしい……誰かがここを走りすぎたなら、虫が驚いて飛び去っているはずだ。

突飛な考えが呉定縁《ごていえん》の脳裏に閃き、次々に気にも留めていなかった細部がつながっていく。

あの腰をぬかした女、髪が乱れ、衣服も着くずれていたが、あの馬面裙《ばめんくん》（側面に襞のあるスカート）に隠した両足に……医者が履く白皮の琴靴《きんか》。しまった。蘇荊渓《そけいけい》はあの女中だ！　あの女だ！

于謙《うけん》の先入観を笑ったばかりなのに、自分も同じ誤りをしていた。医者は男にちがいないと思いこんでいたのだ。事実、江南一帯は女医が少なくない。ただ表に顔を出さないだけ、朱卜花《しゅぼくか》の身分から考えても女医は宦官を診察するのにうってつけで、医者と患者の双方に都合がいいではないか？

呉定縁《ごていえん》は自分の迂闊を呪い、身を翻して帰ろうとする。そこに于謙《うけん》の悲鳴が聞こえ、馬蹄の音が聞こえた。

クソッ。

一歩遅かった。呉定縁《ごていえん》が壁をのりこえて家に戻ると、于謙《うけん》が戸枠によりかかっていた。右の袖が切り裂かれ、鮮血が流れている。

「薬鋏《ばさみ》で刺された。あの女が蘇荊渓《そけいけい》だ！」

大した手並みだ。呉定縁《ごていえん》は驚嘆した。

于謙《うけん》が門で官職を名乗ると、いち早く来意を看破したらしい。すぐに曳撒《えいさん》を脱いで肌着になり、髪をほどいて雲雨（情交）の名残りを仕立てあげた。こんな艶《つや》っぽい光景を見たら、普通の男なら動揺はせずとも警戒は下げる。故意に開けておいた裏窓につられて呉定縁《ごていえん》が出ていくと、隠し持っていた薬鋏で于謙《うけん》を刺し、馬を奪って門から逃げる。この一連の動きは目的も明確なら、誤認を誘う手並みも精確、その臨機応変の素早さに感服するしかない。

呉定縁《ごていえん》は感慨にひたりながら正門を出た。蘇荊渓《そけいけい》は馬に鞭をいれ、巷《ちまた》の出口から大路に出るところだった。呉定縁《ごていえん》は破れかぶれに鋭く二度指笛を吹いた。

勇士営で訓練された軍馬は二度の指笛を聞くとたちまち停まった。蘇荊渓《そけいけい》が鞭をいれ〝駕《ジャ》、駕《ジャ》〟と掛け声をかける。馬は矛盾する命令を聞いて戸惑い、四つの蹄がその場をぐるりと回った。その隙をとらえて呉定《ごてい》縁《えん》が駆け、一気に馬に追いつくと手綱を押さえた。

蘇荊渓《そけいけい》は何も言わず、手に持った鋏で呉定縁《ごていえん》を刺そうとする。呉定縁《ごていえん》はそれを冷笑して身をかわしざま、二の腕に拳を打ちこむ。アッという声とともに蘇荊渓《そけいけい》が鋏を取り落とす。それでもためらいなく、もう一方の手で銀の簪《かんざし》を引きぬくと、喉もとを突きにきた。

とっさに呉定縁《ごていえん》は手でかばったが、その瞬間、呉定《ごてい》縁《えん》の掌に激痛が走った。簪《かんざし》が手を貫いていた。〝この莫迦女！〟心で罵りながら激痛に耐え、女の肩に手をかけ、思いっきり馬から引きずり落とし、鳩尾《みぞおち》に蹴りを入れた。

これは捕物につかう決まった動作で〝龍関を閉じる〟と言う。鳩尾は気の運《めぐ》りの枢要《すうよう》だから強く蹴られると一瞬で窒息し、頭がぼやけて眼がくらみ、あらゆる抵抗ができなくなる。

蘇荊渓《そけいけい》はその道の修練は積んでいなかったようで、蹴り一発で四肢から力がぬけて地面に倒れ、もはや抵抗できなくなった。それを見て、呉定縁《ごていえん》は牛筋の紐を取りだすと、しっかりと縛り上げた。麻核《まかく》は朱瞻基《しゅせんき》に使ってしまったから、プンプン臭《にお》う鞍の敷き布を破り取ると、くしゃくしゃに丸めて口に押しこんだ。

ひと通り女の体を調べると、腰にさげた袋から紙帖《しちょう》が一枚出てきた。

巷《ちまた》の出入り口では通行人が遠巻きにのぞき込んでいた。「応天府の御用だ！」と呉定縁《ごていえん》が凶悪な顔で怒鳴ると、びっくりした野次馬はあわててその場を離れていく。

女を連行して呉定縁《ごていえん》が家に戻ると、于謙《うけん》が自分の傷口に包帯を巻いているところだった。医者の家なのだから、道具や薬に不足はなかったが……傷の手当ては人によって大きく異なる。于謙《うけん》は読書には慣れているが、こういう手仕事にかけては不器用の一言に尽きた。傷薬の粉が至る所にこぼれていることを別にしても、腕はふくらみすぎた饅頭《マントウ》のようになっている。

何も言わずに呉定縁《ごていえん》は蘇荊渓《そけいけい》を部屋に入れると、椅子に縛りつけて出てきた。

呉定縁《ごていえん》の右手から鮮血が滴《したた》っているのを見て、于謙《うけん》はあわてて脂白《しはく》の瓶をわたした。その栓《せん》を口で嚙んで開けると、呉定縁《ごていえん》は薬粉を全て傷にかけて、綿布でグルグルと縛った。

「小杏仁、これで御破算だ」呉定縁《ごていえん》は門の敷居に座りこんだ。すこし息が上がっている。

于謙《うけん》は眉間にしわをよせた。言っていることが分からなかった。

呉定縁《ごていえん》は部屋を指さした。

「言わなかったか？　三百両の銀子じゃ一応明白にするまでだとな。そこに〝明白〟が置いてある。残りはお前が調べろ。オレの仕事はここまでだ」

于謙《うけん》はいきなり立ち上がった。

「百里を行く者は九十を半《なか》ばとす。おぬしは途中でやめられるのか？　あの者から事情を聞けなければ、まだやるべき事があるのだぞ」

呉定縁《ごていえん》は口の端に嘲りを浮かべた。

「お前ら官《かん》ってのは人が生死を賭けるのをいかにも当然だと思っていやがる。オレは一介の捕吏にすぎねえ。この医者を捕まえたのも老天爺の贔屓《ひいき》のおかげだ。水は深く石は硬い、洞穴は長く蛇は多い。捜査を続けるなら命が十個あってもぜんぶ秦淮に沈めちまうぜ」

「太子がおられるのに何を恐れる？」

「その太子がいなくなったら？」

呉定縁《ごていえん》が気楽に放った一言は銀の針となって于謙《うけん》の頂門を刺し、四肢の血脈を断った。「何を言う？」于《う》謙《けん》は鉄錆色の顔で言った。呉定縁《ごていえん》はそっけなく蘇荊渓《そけいけい》の袋から取りあげた紙帖《しちょう》を放りなげた。

それは雲型の縁《ふち》がついた小さな美しい拝帖《はいちょう》で、蝿の頭のような小さな楷書が並んでいる。十八日の施薬を未時《みじ》（午後二時ごろ）に改め、太監が大紗帽まで治療を受けに来るので、蘇《そ》大夫には邸宅を離れぬように願う。そういう内容だった。最後に朱卜花《しゅぼくか》の花押《かおう》がある。

于謙《うけん》には何の事だか分からなかった。この紙帖は来診の時刻を変更しただけではないか、何か不都合でもあるのか？

呉定縁《ごていえん》が続けた。「太子が生きていたら、今日そんな時間があるか？」

于謙《うけん》の瞳孔が収縮した。そうだ。この拝帖は昨日送ったものだ。まだ宝船事件は起きていない。朱卜花《しゅぼくか》は禁軍総領として計画通りに太子出迎えの日程をこなさねばならなかったはず。外出して治療を受ける暇などあろうはずもない。だとすると……太子の身に起こる事件を前もって知っていたとしか考えられない。

そう考えると、于謙《うけん》は居ても立ってもいられなくなった。この推測が事実かどうかはともかくすぐに皇城に行き、警戒するように太子に進言せねばならない。

手間取っている間にも危険は倍増する。太子の身に間違いがあればすべての捜査は意味を失う。

于謙《うけん》は腰から淡い黄色の犀角《さいかく》の如意《にょい》（装飾品）を取り出し、呉定縁《ごていえん》に手渡した。その表面には細密な竹文様が彫ってあり、価値のある品だとひと眼で分かった。

「我が于《う》家に代々伝わる品だ。どんな質屋でも三百貫の宝鈔《ほうしょう》と換えてくれる。これでおぬしの一時辰（今の二時間）を買おう！　あの犯人から真相を聞きだしてくれ！」

呉定縁《ごていえん》はこの男が自分の懐をいためて国のために忠を尽くすとは思ってもいなかった。半日ばかりの付きあいだが、わずかなりとも于謙《うけん》の気性は理解していた。顎が堅く張っている時は大真面目な時だ。呉定縁《ごていえん》は無理をして笑った。

「自分で尋問すればいい。無駄金を使うことはねえだろ？」

于謙《うけん》の語気は厳しかった。

「いそぎ皇城へ行かねばならぬ。帰った時には犯人の名を記した供述書を所望する——如意はおぬしが取ればよい。後日、宝鈔……いや、銀子で受けだそう！」

そう言うと、もう門を出て不器用に馬の背によじのぼっていた。呉定縁《ごていえん》は如意を握ったまま、「おい、まだ承知しちゃいないぞ！」と声をかけたが、于謙《うけん》は聞いていなかった。手綱をひとふりすると体をゆらしながら走り去っていく。去り際、呉定縁《ごていえん》にならって右腕を伸ばして拳をつくった。それきりふり返りもせず、道の先に消えた。

〝あいつは聖人君子だろ、何で人に迷惑をかけるんだよ？〟そう思って呉定縁《ごていえん》は憂鬱になった。だが、呼んだところで于謙《うけん》は戻らない。しかたなく如意を手首に結んで部屋の中に戻った。

蘇荊渓《そけいけい》は木の椅子に縛りつけられていたが、首を伸ばして外の会話を聞いていた。呉定縁《ごていえん》が入ってくると、恐れる様子もなく相手の行動をじっと見つめた。その鋭い眼つきは、まるで夫子廟《ふうしびょう》（南京の孔子廟で繁華街）にいる人に懐《なつ》かぬ野良猫のようだ。

　呉定縁《ごていえん》が室内を見回すと壇木《だんぼく》の方卓に一枚、白い画箋紙が置いてあった。墨もまだ乾いていないところを見ると、筆を擱《お》いたばかりのようだ。書いていたのは晏幾道《あんきどう》『破陣子《はじんし》』の一節「柳の下《もと》、庭院に笙歌《しょうか》す」だった。筆跡は繊細で痩せた線にも力が通り、柳体（唐の柳公権の書体）の精髄と言えるだろう。だが、呉定縁《ごていえん》は公文書に慣れているものの、そんな品物に興味はない。無造作に画箋紙を破ると、極上の湖州の筆をつまみあげる。

　蘇荊渓《そけいけい》は館医にすぎなかったが、使うのは湖州の筆、徽《き》州の墨、歙《きゅう》県の硯《すずり》など上質な品ばかりだ。処方を書くにも特製の蘇州洒金箋《しゃきんせん》を使っていた。そんな風雅な品物も今は〝酷吏《こくり》〟の手に落ち、あわれ、取り調べの俗器となった。

　呉定縁《ごていえん》は低い机を引きよせて蘇荊渓《そけいけい》の向かいに座った。墨をひとわたり磨《す》って、風雅な詞《し》を書きつけた紙を裏返してから、掌で周囲をしっかりとのばす。そして、おもむろに手を伸ばして、鞍布を口から取り出した。

　呉定縁《ごていえん》の質問も待たず、蘇荊渓《そけいけい》が先に口を開いた。

「あなたたち、朱卜花《しゅぼくか》の使いじゃないの？」

第五章

「だまれ、質問するのはオレだ！」呉定縁《ごていえん》は叱りつけた。

まだこの女は主導権を握ろうとするつもりか？　玄人なら知っていることだが、取り調べを順調にやろうと思えば犯人に鼻づらを引き回されてはならない。だが、呉定縁《ごていえん》は相手をどうやって制すればいいのか知らなかった。蘇荊渓《そけいけい》がまた口を開く。

「話はぜんぶ聞きました。太子のために宝船爆破の一件を調べているのですね？」

その口ぶりは落ち着いている。呉定縁《ごていえん》は鼻筋をつまんだ。少しばかり疲れていた。于謙《うけん》の大声のせいで犯人がこちらの手の内をすっかり知ってしまったらしい。

呉定縁《ごていえん》は机を叩いた。「勝手にしゃべるな！　こっちの言うことに答えろ！」

蘇荊渓《そけいけい》は答えた。「朱卜花《しゅぼくか》の使いでなければいいのです。お役人さん、何なりとお答えします。嘘はつきません。でも、ちょっと紐をゆるめてくれません？　すこし身なりを整えたいのです」逃げるときに簪《かんざし》をぬいたので、濡羽《ぬれば》の黒髪はさばけて顔の大半を覆い、ひどく鬱陶《うっとう》しい様子だった。

ここは相手に逆らわずに早くすませた方がいいと呉《ご》定縁《ていえん》は算盤《そろばん》をはじいた。そして、蘇荊渓《そけいけい》の両手の紐をゆるめた。すかさず蘇荊渓《そけいけい》が言いつける。

「その鏡箱に牛角の櫛《くし》が入っているから取って」下男にでも言うような口ぶりだ。

呉定縁《ごていえん》は眉間にしわをよせたが、それでも鏡箱を開けて櫛を手渡してやった。だが、じっと女を見つめ、何か不穏な動きがあれば、鉄尺を突き入れる準備をしている。

櫛を受けとると、蘇《そ》荊渓《けいけい》は落ち着きはらって髪を梳《す》き、ひと房ずつ丁寧に耳の後ろになでつけた。そのゆったりとした仕草は、取り調べをうける囚人のものではなく、これから元宵節《げんしょうせつ》（旧正月十五日）の提灯でも見にいく良家の娘といった風情だ。

この時になって呉定縁《ごていえん》は相手の容貌をしっかりと見た。

年の頃は二十四、五、すずやかな顔だ。眼鼻の輪郭はやや硬く、秦淮あたりの美女と比べれば艶《あで》やかさに欠けるものの、凜々《りり》しさでは勝《まさ》っている。長い髪を梳くと丸みをおびた寛《ひろ》い額があらわになり、艶々と光を帯びている。人相占いなら〝九善の首〟と言い、聡明の証《あかし》とするだろう。男装して館医になっていたのも、いかにもありそうだと思われた。

蘇《そ》荊渓《けいけい》の身支度が終わると、呉定縁《ごていえん》は櫛を受けとり元に戻し、あらためて両手を縛りなおした。

「名は何という？　郷貫《きょうかん》（出身地）はどこだ？」

蘇《そ》荊渓《けいけい》は約束どおりすなおに答えた。「わたしは蘇州昆山《こんざん》の人氏（本籍）、沖川郷《おうせんごう》の蘇《そ》家、三房（三男の家）の出身、名は蘇《そ》荊渓《けいけい》と言います」呉定縁《ごていえん》が書きにくそうにしているのを見て、笑いをこらえてつけたす。「〝荊渓に白石出《い》で、天寒く紅葉稀《まれ》なり〟」（唐・王維の詩「山中」）

詩文を引かれると呉定縁《ごていえん》は頭を抱えてしまう。間がもたなくなって咳払いをした。

「太子宝船の爆破に関わったか？」

「その事件とは無関係です。誤解です」

「そうか」呉定縁《ごていえん》はすこしも驚かなかった。どこに大人しく自白する犯人がいるか。少しくらいは冤罪《えんざい》だと言うだろう。コツコツと筆の軸で机を叩きながら続けた。

「なぜ東水関の埠頭に行った？　なぜ宝船爆破の直前に離れた？」

「未婚の夫を探しに行きました」

「未婚の夫だと？」

「そうです。南京で御史をしていて埠頭にいるはずでした。けれど、見つかりませんでした。朱《しゅ》太監が午後に出かけるなと言っていたでしょ？　だから、急いで家に帰りました。確かに爆発はわたしが離れてすぐだったけれど、それはただの偶然です」

「偶然だと？　それならオレたちが門を叩いた時、何で逃げた？」

「東宮付きの人はみんな宝船にいたのですよ。それなのに、詹事《せんじ》府司直って名のるから、幽霊じゃなければ偽名に決まっています」蘇荊渓《そけいけい》は首をかしげた。「宝船に事故が起こると知っていたら、わざわざ埠頭に行きます？　それって死にたいってことかしら？」

　蘇荊渓《そけいけい》の反問は鋭く、呉定縁《ごていえん》は一瞬沈黙したが、眼を細めて話題を変える。

「朱卜花《しゅぼくか》のことを話せ」

「治療をしている医者というだけです。使用人ではありませんから、あいつのことは知りません」

「じゃあ、単に病を診ていただけだな？」

「もちろん、ちがいます」いきなり蘇荊渓《そけいけい》の両眼が鋭い光を帯びた。「病を治すのはあいつを殺すためです」

　記録を取っていた筆がすべり、紙に大きな黒丸をつけた。とんでもない展開に呉定縁《ごていえん》はやや狼狽して、いったん筆を持っていた手首を持ち上げ、胸一杯の疑惑を抱えたまま質問した。「自分の言っていることが矛盾しているとは思わないか？」

「救うも殺すも医者の一念、区別などありますか？」

蘇荊渓《そけいけい》は答えた。呉定縁《ごていえん》は唸った。この女が話すたびに主導権をもっていかれる。筆に墨をつけなおして言う。

「わかった。では、なぜ朱卜花《しゅぼくか》を殺したいんだ？」

「あいつが手帕《しゅはく》の交わり（手帕はハンカチのこと。女性どうしの親友関係を指す）を殺したので、仇を討ちたいのです」

　これは変だと呉定縁《ごていえん》は思った。京城御馬監の提督太監がなんで蘇州の女子の仇になる？　于謙《うけん》と相談した事とは無関係だが、まずは動機を押さえておかなくてはいけない。そう思って、本題に切りこむ。

「では、お前はどうやって朱《しゅ》太監を殺すつもりだった？　薬に毒でも盛るか？」

　蘇《そ》荊渓《けいけい》は莫迦にしたように言った。「そんな凡夫やごろつきの低劣な手段など、専門家は眼もくれません。岐黄《ぎこう》の道（岐伯と黄帝、医術のこと）はあなた方が想像するよりずっと精妙なのです」

「そうか、続けろ」

「今年初め、朱卜花《しゅぼくか》が南京に来ることを蘇州で知り、すぐに留都に来ました。普済館で身分を得ると、仕事の傍ら、あいつの行動を探りました。朱卜花《しゅぼくか》が南京で一番好きな食べ物は玄津橋の焼き鵞鳥《がちょう》で、毎日主人の樊記《はんき》があいつのために小鍋で新しいタレを煮ていました。それで店員にすこし賄賂を渡して、タレの中に査《さ》頭鯿《とうへん》の肝を投《い》れたんです」

「ヘンって……どう書くんだ？」呉定縁《ごていえん》は困ったように筆の軸で頭を叩いた。概《おおむ》ね文墨に通じてはいるが、それはあくまでも〝概ね〟なのだった。

　蘇《そ》荊渓《けいけい》がクスッと同情の笑いをもらす。「魚偏《うおへん》に扁《へん》です。漢江にいる川魚で肉は柔らかくて味はいいのですが、その肝臓を食べるとすごい腫れ物ができるのです。孟浩然《もうこうねん》も査頭鯿を食べて背中に腫れ物ができて死んだのですよ（孟浩然「峴潭作」に釣って食べたという）……孟浩然は知ってますよね？」

「ああ、知ってる。続けろ」お前を取り調べたら親族に会って確かめてやる。

　呉定縁《ごていえん》が返事をとりつくろったのは、ゴタゴタと言いあいをしたくなかったからだ。

「鵞鳥の肉はもともと腫れ物ができやすい食べ物ですが、鵞鳥の肉を煮たタレがその毒を助け、さらにわたしが査頭鯿の肝を煮た汁を入れたから三つが一斉に攻撃をしたのです。十日もしないうちに朱卜花《しゅぼくか》の顔には癰疽《ようそ》ができ、痒《かゆ》くてたまらなくなったはずです。あいつを診察した凡医はそんな事とは露知らず、当帰《トウキ》や枯梗《キョウ》や皂角《サイカチ》のとげで毒を打ち破ろうとしたようですけど、百に一つも効き目はありません。時機を見計らって、こちらから虎狼膏《ころうこう》を献上したら効果てきめんでした。この膏薬《こうやく》はわたししか調合法を知りませんし、毎日塗らないと痒みが引かない薬です。だから、朱卜花《しゅぼくか》はわたしを医館から召し上げて官府に入れ、専属医にして一日も離れないようにしたのです」

「だが、朱卜花《しゅぼくか》は死んでいないな」

蘇荊渓《そけいけい》はうすく笑った。

「あの男が毒で死んだら、わたしもただではすまないでしょう？　〝ひそかに陳倉に渡る〟（偽装手段のこと。劉邦の臣下韓信が蜀の桟道を修理する裏で敵を奇襲した故事にならう）計略は整えておかないといけません。御役人さんなら知っていると思いますが、癰疽《ようそ》は内と外の二種に分かれます。外疽《がいそ》には芯があり、皮膚にできることが多く、痒いけれど死ぬことはない。けれど、内疽《ないそ》は肌理《きめ》と肉の間にできて、いったんできたら薬石《やくせき》も効き目がないのです」

蘇荊渓《そけいけい》が医学理論を語りだすと滔々と果てしがない。呉定縁《ごていえん》は我慢できず机を叩いた。

「簡潔に言え」

「査頭鯿の肝は朱卜花《しゅぼくか》に外疽を負わせただけです。ですが、わたしが毎日塗っている虎狼膏は藜蘆《れいろ》、生亀板《せいきばん》、全虫《ぜんちゅう》を主な材料とし、表面上は効き目があるように見えて実は疽毒《そどく》を筋骨に押しこみ、ゆっくりと陽を押さえこみ陰に転じ、ついに表面からは見えない内疽に変えるのです。たしかに朱卜花《しゅぼくか》は死んではいませんが、疽毒の力はこの数日で極みまで蓄《たくわ》えられ、わずかな刺激で疽《そ》がやぶれて身を亡ぼします。こうなれば神仙も救うことはできません」

呉定縁《ごていえん》は息を呑んで聞いていた。この悪辣なやり口は見えない手段で朱卜花《しゅぼくか》を殺すだけでなく、自分は嫌疑のかからぬところにいるためのものだ。世間の噂では、むかし魏国公の徐達《じょたつ》も焼き鵞鳥を食べすぎて背中に疽ができて死んだという。朱卜花《しゅぼくか》がそんな事になっても食い意地のせいで徐達《じょたつ》の轍《てつ》を踏んだとしか思われない。医者の処方に悪巧みが隠されていると疑う者などいるはずがない。

まさか宝船爆破事件がこんな奇妙な毒殺事件とつながっているとは……

「だから、わたしは朱卜花《しゅぼくか》の一味の者ではありませんし、宝船事件とも関係がありません」蘇荊渓《そけいけい》は強調した。

「わかった、わかった。お前に〝義を見て勇を為す〟褒賞でも申請してやる。どうだ、それで満足か？」

呉定縁《ごていえん》は冷笑した。この女の意図は明らかだ。宝船事件は重大犯罪だから関与した者は手足を切り落とす凌遅刑《りょうち》でも軽い。いさぎよく朱卜花《しゅぼくか》の毒殺を認めても絞首刑くらいだろう。二つを秤《はかり》にかけて軽い方を取ったというところだ。さらに言えばこれは必ずしも罪状とは言えない。

この女は自分と于謙《うけん》の会話を盗み聞きし、朱卜花《しゅぼくか》に疑いを抱いていることを知っている。そうなると、この供述もある種の賭けだ。万一、朱卜花《しゅぼくか》が本当に不遜を企んでいれば毒殺の罪もなくなり、むしろ賊を誅殺した義士になる。つまり、この女の供述には計略が張りめぐらされている……だが、そんなことはどうでもいい。

自分には関係がない。呉定縁《ごていえん》はそれ以上問わなかった。ただ一つ一つ記録をとり、いっぱいに字を書いた洒金箋をたたむと、蘇荊渓《そけいけい》の背後に回り、右の親指で拇印を捺《お》させた。

「これで終わりなのですか？」蘇荊渓《そけいけい》は戸惑った。

面倒くさそうに呉定縁《ごていえん》は答えた。

「オレは供述を取るだけで、信ずるか信じないかは裁判で決まる。その時になって供述を翻《ひるがえ》すなよ」

于謙《うけん》が要《い》ると言ったのは供述書で、それはもうここにある。蘇荊渓《そけいけい》の言ったことの真偽を調べる義務はない。呉定縁《ごていえん》は封をした供述を懐に入れると、外に出ようとした。それを突然、蘇荊渓《そけいけい》が呼びとめた。

「御役人さん、ここに居てもいいけれど、朱卜花《しゅぼくか》の使いが来たら、都合が悪いことになります」呉定縁《ごていえん》は足をとめてふり返り、疑わしそうに女を見た。

「朱卜花《しゅぼくか》はこの数日、内疽がもう外に溢れて潰れそうになっているので、痛痒くてたまらないはずなのです。だから、いつ診察に来いと言われるか……」

呉定縁《ごていえん》は彼女を見ていると、怒りと嘲りがないまぜになって胸に突きあげてきた。

「お前、本当に正直だな」

「約束したでしょ？　髪を梳いたらすべて正直に話すって」

「フン……」呉定縁《ごていえん》は鼻から不満を噴きだす。

この静かな家で于謙《うけん》の帰りを待ち、供述書を渡したら、さっさと家に帰って酒を飲もうと思っていた。だが、蘇荊渓《そけいけい》の話では事情はまた枝を伸ばしたようだ。万一、朱卜花《しゅぼくか》が使いを出せば、きっと使いと衝突することになる。また関係のない面倒事に巻きこまれる。

どうしてほうっておいてくれないんだ？

この家に居てはならない。だが、ここでなければどこに行く？　呉定縁《ごていえん》は思案をめぐらせて、ついに唇を噛むと、また一枚便箋を取ってきて「家で会おう」と書きつけ、門に貼りつけた。

蘇荊渓《そけいけい》を自分の家に連行することにした。一つ目の理由は鎮淮橋《ちんわい》がここから遠くないからで、二つ目の理由は家には妹しかおらず、邪魔が入らないからだ。紙に書いた文字は朱卜花《しゅぼくか》の使いが読んでも分からないが、于謙《うけん》なら三百両を送った時に住所を見ていたから、どこに行けばいいか分かるはずだ。

一時の迷いで太子を助けなければ、こんな面倒事もなかったはずだ！

呉定縁《ごていえん》は後悔の苦い薬を飲みながら、蘇荊渓《そけいけい》を椅子から立たせ、腰を絞った翠緑《すいりょく》の袍《ほう》をさがして着せた。袖口が広いから蘇荊渓《そけいけい》が手を拱《こまね》いて袖をたらし、ロバの背中に座っているだけなら、手首が紐で縛られていることは誰からも見えず、どこかの人妻が里帰りでもするのだろうとしか思われない。

「場所を変えて待つ。変な気を起こすな。さもないと問答無用で叩き殺す」

呉定縁《ごていえん》は鉄尺をちらつかせて警告した。

蘇荊渓《そけいけい》は笑って答えた。「御役人さんがわたしのためを思ってくださるのです、喜びこそすれ逃げるなんて思いますか?」

呉定縁《ごていえん》は彼女の考えが読めず、それを探るのも面倒だった。これで最後だ。もうこれ以上絶対に関わらないと心に決めた。そして、ロバの尻を打つと蘇荊渓《そけいけい》をつれて家を出て、巷《ちまた》へと入っていった。

すでに巷は暮色に染まり、うす暗い帷《とばり》が一枚また一枚と下りてくる。最後の光が壁を這う藤に絡《から》み、細い蔓《つる》で零落する昼をつなぎとめようとしていた。だが、その努力もむなしく、瞬く間に巷は井戸の底のような闇に落ちた。

大紗帽巷だけではない。内秦淮が流れる彩楼も、まだ騒がしい城壁内外の街も同時に夜になった。広大な宮城の厳重な警備さえ、光を半刻もとどめることはできず、残る暮色はすみやかに後退していった。

絹をはった革靴が最後の暮色を踏み、すぐに跳ね上がる。天の光が完全に消えると同時に、それはゆっくりと長楽殿の門をまたいだ。朱瞻基《しゅせんき》の心は先刻よりやや軽くなっていた。

太宗皇帝の言ったことは確かだった。絡まった糸の最初の問題を片づけた後ではつづく問題はずっと容易になっていた。従者のために奉忠廟に位牌を置き、簡単に拝祭をすませて長楽殿にもどる途中、もう次にする政務がはっきりと考えられた。

重大中の重大事は、まず兵権を掌握することだ。朱瞻基《しゅせんき》は京城を出発する前にもそれを課題としていた。目下、皇城の内部は勇士営が警備している。留都には守備衙門《がもん》、十八衛所親兵、五城兵馬司の巡視と防衛の詰め所がある。城外には龍江船廠水軍、新江口営、浦口営、池河営、孝陵営などがある。それら兵営を掌握すれば南京の秩序は安泰だ。

そして、官員の名簿を見直して、戸部と応天府の機能を回復させることを優先する。南京戸部は江南の地租と漕運を管轄しており、応天府は南直隷の治安を維持している。これは先送りできない。そして、新たに吏部を起ちあげ、工部、兵部、刑部の補塡をさせる。礼部と都察院は急ぐことはあるまい……

祖父の近くで見聞きしたことを実地に示すのだ。一つ一つの事を絡まった糸玉から引き出して分類し、自分の頭の架閣庫《かかくこ》(文書庫)に収める。どうすれば皇帝の執務ができるのか、それが眼の前でゆっくりと形をとってくる。

しかし、すべての前にもう一つ優先しなければならない仕事がある。それは手にしている魚筒のことだった。これは父皇が八百里加急で送ってきた密書なのだ。

朱瞻基《しゅせんき》は左右の者を退《さが》らせ、一人寝台に戻った。魚筒の封条を破って蜜蠟で封をされた歯をねじ開けると、漆黒の筒があらわれた。その中には明るい黄色の紙で裏張りされた手紙が入っていた。

注意深く手紙を取り出し、ゆっくりと紙を伸ばすと、文章が現れてくる。長い手紙ではない。文字も多くはないが、朱瞻基《しゅせんき》の姿勢は固まり、両眼は紙面に釘づけになった。まるでこの短い数十文字を永遠に読み終えられないとでも言うようだ。長楽殿は孝陵(洪武帝の墓所)のように静まりかえり、温度さえ急に下がったように感じられた。

奉御《ほうぎょ》が一人やって来て、おびえながら入り口の前で言った。声が上ずっている。

「太子殿下、朱卜花《しゅぼくか》——朱《しゅ》太監さまが御目にかかりたいと求めておられます」

朱瞻基《しゅせんき》はゆっくりと顔をあげて言った。

「声が小さくて聞こえぬ。こちらへ来て申せ」

奉御は数歩進んで、寝台の前に跪いて言った。

「朱《しゅ》太監が御目にかかりたいそうでございます」

そうかと朱瞻基《しゅせんき》は応じたが、何も動作を起こさず、ただぼんやりと相手を見た。奉御は自分の顔に何かついているのかも知れないと思ったが、袖で払うこともできず、居心地悪そうに跪いているしかない。

すぐに長楽殿の外から重い足音が聞こえてきた。甲冑の音も混じっている。軍装の朱卜花《しゅぼくか》が長楽殿にすごい勢いで歩いてきた。その顔を隠した白い布がゆれ、思わず眼をそむけたくなるような疽《はれもの》がかいま見えた。一粒一粒がてらてらと膿で輝いて今にも潰れそうだ。

朱卜花《しゅぼくか》は一気に殿門まで進むと、そこで止まった。

「千歳爺、臣、朱卜花《しゅぼくか》、特に申し上げたき儀がございます」

殿内から小さく太子の声が聞こえる。

「太監は奔走を辞さず、まことに苦労をかける」

「留都いまだ靖《やす》からず、あえて苦労の二字を言えましょうや」

よくある君臣の挨拶のあと、朱卜花《しゅぼくか》は顔をあげた。

太子は寝台で休んでいるようだ。屏風の隙間に燭の光がゆれて、横になっている人影がぼんやりと見えた。ただ何重にもかかった紗簾《しゃれん》に隔てられ、はっきりとは見えない。

「城中は安定しておるか？　凶徒どもの目ぼしはついたか？　百官軍民の救援はどうだ？」

太子は一息に三つの質問をした。朱卜花《しゅぼくか》にも答えの準備がある。

「城中は禁軍によって要所を押さえました。庶民には動揺がありますが、騒乱にはいたっておりません。各所に精鋭を配置して全域で白蓮教を捜索しております。このほかに東水関についてはすでに初動の調べを行いましたので、千歳爺にどうか御目を通していただきたく」そう言って長靴から折りたたんだ紙片を抜きだして恭しく手で捧げ持った。紙片にはびっしりと人名が書かれ、その一つ一つが物故した官員のものだった。

殿中から嘆きが聞こえる。

「我が大明始まって以来、臣工の負傷死亡すること、かくのごときはあるまい。まことに未曾有の災厄と言うべきであろう」やや間があって声が続いた。「孝陵衛に伝えよ。わたくしは今から孝陵に赴き、太祖に罪のゆるしを請わねばならぬ」

「え？」

朱卜花《しゅぼくか》は戸惑った。孝陵は洪武帝の陵墓で鍾山《しょうざん》の南《なん》麓《ろく》にある。衛所が一つあり、五カ所に五千六百名の護陵軍が駐屯していた。太子が悲しみのあまり祖先の陵墓に参拝するのは咎めるわけにはいかないが、この時辰では……あわてて諫《いさ》める。

「すでに夜色も深く、形勢も明らかではありません。くわえて皇城から鍾山孝陵までは路も山麓に近く、険しゅうございます。殿下は万金の身、軽々に危険を冒すべきではございません」

「だが、この宮城ではぐっすり眠ることはできぬ。では、そちが手配せよ。わたくしが守備衙門《がもん》に行き、襄城《じょうじょう》伯《はく》と鄭《てい》太監を見舞うことにする」

「両名は現在名医が治療を行い、傷も快方に向かい、ただ一時気が閉じて眼を醒まさぬのみ。殿下が親しく見舞われれば、龍威に弱った両名は堪えられず、かえって病を長引かせるやも知れませぬ」

朱卜花《しゅぼくか》が遠まわしに反対すると、殿内にしばらく沈黙が下りた。

「わかった。名簿を置いておけ、あとで見ておこう。その他のことは明日また話す」

朱卜花《しゅぼくか》はひそかにほっと息をつき、紙片を門檻《しきい》の上に置き、身をかがめて一礼して出ていった。

朱卜花《しゅぼくか》が長楽殿を出て数十歩、ふいに廊下の柱からポリポリと咀嚼音が聞こえてきた。朱卜花《しゅぼくか》は不審に思って眉間にしわをよせたが、また歩きだした。しかし二歩進むと、いきなり人影が現れた。

「呼んだのに無視するの？」

それは細葛《さいかつ》の道袍《どうほう》に九華巾《きゅうかきん》をかぶった人物だった。ちょっと見れば生員（学生）のようだが、よく見れば男装の若い女子であることが判る。

「昨葉何《さくようか》、何をしに来た？」朱卜花《しゅぼくか》は相手を知っているようだ。

「ちょっと見に来たんですよ。朱《しゅ》太監がうまくやっているかどうかね」昨葉何《さくようか》は眼を細めて笑った。その間にも腰の袋から、桂花《けいか》の香りをつけて煎った松の実を取り出し、口に放りこんでいる。その袖口が高く上がると、咲きほこる白蓮が一朶《だ》、刺繍してあるのが見えた。

「ふん、お前らの心配することではない。もう静かになった」

昨葉何《さくようか》は嫣然《にっこり》と笑った。「あなたが太子を静かにしたんですかね？　それとも、太子があなたを静かにしたんですか？」

朱卜花《しゅぼくか》が怪訝そうに眉を寄せる。「どういう意味だ？」

昨葉何《さくようか》は長楽殿をあごで指した。「聞いていましたが、太子は探りをいれていましたよ」

朱卜花《しゅぼくか》の膿がやや膨らみ、圧し殺した声で言った。

「でたらめを言うな。あの御方は南京では右も左も分からぬ。わしが皇城にお迎えしたのだ。疑いなど持つわけがあるまい？」

昨葉何《さくようか》は答える。「あんな事件を経験して太子が疑心暗鬼にならないとは言い切れないでしょ。太監も面倒な事はなさらず、さっさと斬ってしまえば万事さっぱりしますよ！」

女子はそう言いながら松の実を噛んでいる。数粒が一度に口に放りこまれ、歯の間ですばやく砕かれていく。

朱卜花《しゅぼくか》は冷笑した。「お前たち白蓮教の不手際で討ちもらしておいて、わしに悪名を着せる気か！」

　昨葉何《さくようか》はどこ吹く風と言った様子で言う。

「悪名？　むかし建文《けんぶん》帝がこの皇城で行方不明になっても、あんたの永楽帝には悪名が着せられましたかね？」そう言い終わらぬうちに朱卜花《しゅぼくか》の手が彼女の肩を鷲づかみにしていた。「もう一度、太宗の名を口にするか？」

「この土壇場で動けずにいる理由が、まだ朱《しゅ》家の恩を気にかけているとはね！」昨葉何《さくようか》は何ら恐れることもなく言い放つ。

　フンと言って、朱卜花《しゅぼくか》は手を放したが、表情は複雑だった。

「君恩は深く重い。一時も忘れた事などない。それが今の君主ではないだけだ……」

　昨葉何《さくようか》の双眸がふいに冷たい光を帯びた。

「この大事は白蓮仏母様とあなた方貴人が手を組んで決めたもの、弓を離れた矢は戻りませんよ。太監もこの船に残りたいなら、その手で他の船を沈めないとね！」

　朱卜花《しゅぼくか》と白蓮教右護法《うごほう》はしばらく睨《にら》みあった。おそらく顔の痛痒さに耐えられなくなったのであろう。ついに朱卜花《しゅぼくか》は肩を落とすと八つ当たりのように吼えた。

「よかろう！　だが、お前もわしと来い！」そう言うと、身を翻して腰に差した長刀を抜き、ふたたび大股で長楽殿に突き進んでいく。

　置いた紙片はなくなっていた。すでに取り去られたのであろう。殿内の燭が屏風を透かして寝台に横になった影を映しだしていた。ちょうど名簿を読んでいるところらしい。朱卜花《しゅぼくか》は深く息を吸うと大声で言った。

「臣、朱卜花《しゅぼくか》、太子千歳に御目通りしたき儀あり」

　太子は声もたてない。朱卜花《しゅぼくか》はまた怒鳴ったが、反応はない。その心に不安がよぎる……まさか昨葉何《さくようか》の言った通りか？　わしに疑心を抱いていると？

　背後で昨葉何《さくようか》が突然口をひらいた。「変ですよ！」

朱卜花《しゅぼくか》が速足で猛然と突き進み、何重もの簾《れん》をかき分けて屏風を蹴倒すと、奉御が一人、光のもとに現れた。口に琉璃の如意を押しこまれ、両腕は金糸の平帯で縛られている。全身をガタガタ震わせ、あの紙片が顔の上にかぶせてあった。

朱卜花《しゅぼくか》は手荒く如意を口から抜き取ると、相手の首をつかんで乱暴にゆすった。「太子はどこにいる？」あわれな奉御は口から血を流し、はっきりと物が言えなかった。

「わ、わたくしめが、太監が御目通り願いたいとの旨を申しあげると、太子様はそこから動くなと申されて、硯《すずり》で殴ったのです。気づいたら……こんなことに」

朱卜花《しゅぼくか》の顔が膨れ上がり、膿汁があふれそうになる。先刻のやりとりで太子はすでに逃げる準備をしていたらしい。一体いつ見破った？　疑問を抱えたまま朱卜《しゅぼく》花《か》は奉御を突き飛ばし、長刀を抜いたまま長楽殿の中を捜しはじめた。長楽殿はそれほど広くない。短い時間で太子が隠れおおせることは不可能だ。

何度か周囲をうろうろと見回り、圊房《せいぼう》（厠）の浄桶《じょうとう》（便器）まで開けてみたが、何もなかった。まさか煮《に》すぎた鶿鳥がみすみす飛び去ったとでも？　昨葉何《さくようか》が周囲を見回して何か思案している。そして突然口を開く。

「服です！」

はっと朱卜花《しゅぼくか》は夢から覚めた。あの奉御は何も着ていなかった。太子はあの者の灰色の袍《ほう》に着替え、宦官に扮して長楽殿を出ていったにちがいない。

まずいと心のなかで呟く。長楽殿付近には守衛を配置し、太子を出してはならんと命令してある。だが、直殿監の下役などを引き留めるはずがない。だとしたら今頃、太子は長楽殿の封鎖を突破して宮城内部を好き勝手に歩いている。

「誰か、わしの命令を伝えろ。皇城宮城に戒厳を敷く。逮捕だ。逮捕……」朱卜花《しゅぼくか》は言いかけたが、その続きを言えなかった。誰を逮捕するつもりだ？　まさか太子を逮捕せよと？

自分の腹心は少数だけ、ほかの勇士営がこの命令を聞くはずがない。その時、昨葉何《さくようか》が床から何かを拾い上げて、朱卜花《しゅぼくか》の前に差し出した。

「奉御を逮捕せよと言うほうが自然ですね」そう言って、かすかに笑う。

見ると、その手にあるのは玉佩《ぎょくはい》で〝惟《た》だ精、惟《た》だ一〟と彫ってあった。

これは永楽帝が聖孫にあたえたもの、おそらく朱瞻《しゅせん》基《き》が衣服を取りかえる時に気づかずに落としたのだ。昨葉何《さくようか》の仄《ほの》めかしは明白だった。これまで朱瞻基《しゅせんき》は江南に来たことがないのだから顔を知っている者などほとんどおらず、いまや身分の証もなくしたのだ。太子を奉御と言い張って、ゆっくり囲んで捕らえればよい。

この計画は細かに検討したものではないが、現状、南京の混乱では疑う者はあるまい。そして今夜のうちに大事を決めてしまえば、本当か嘘かなどどうでもよくなる。

朱卜花《しゅぼくか》はただちに各所に伝令を走らせ、大捜索を始めた。皇城は夜になると四方の門に鍵がかけられる。太子が長楽殿から逃げ出したとはいえ、それは小さな籠から大きな籠に移っただけだ。

命令が伝わるたびに松明が燃え、漆黒の宮城に数百もの光が灯《とも》り、迅速に長短不ぞろいの線を形成した。まるで櫛で闇夜を梳くように奉天殿から文華殿と武英殿まで、華蓋《かがい》殿から謹身殿まで、この寂寥《せきりょう》ひさしい宮殿の間を輝く喧騒がみたす。

だが、成果は出ない。太子は闇に溶けたように影も形もなかった。朱卜花《しゅぼくか》は数名の部下を鞭打ち、内廷および東西の六宮も捜索範囲に入れよと命じた。

焦ってはいたが、それでも朱卜花《しゅぼくか》の禁衛総領としての嗅覚は敏感だった。すばやく坤寧《こんねい》殿の西が怪しいと気づいた。

むかし、洪武帝が宮城を建てた時、燕尾湖を埋めて、乾清と坤寧の二宮を建てた。だから内廷一帯の地形は低く、池を造成することは容易だが、そこに住むのは湿気が多く我慢がならない。この排水問題を解決するため、排水路をめぐらすのは避けがたく、その排水路は諸宮から秦淮河に続いている。

今年に入って、地震で坤寧宮の基礎はひび割れて大きな口を開け、排水路の雨水口が割れ、犬のくぐり戸よりやや大きい穴が空いていた。平素は住む人もないので工部も修繕を急がず、管理する者もないままに放置されていた。

勇士営の兵士がそこを捜索し、穴に入ってみたところ、驚くべきものを見つけた。

朱卜花《しゅぼくか》と昨葉何《さくようか》が坤寧殿に着くと、兵士たちが穴のなかで見つけた物を引っぱりだしているところだった。それは朽ち果てた冠だった。とうに纓《ひも》の類は灰と化していたが、何とか身分を示す十二列の縫い目が見分けられた。そばには数十の玉や真珠が散りばり、玉簪《ぎょくしん》が一本と一対の葵《あおい》にかたどった金簪の通し穴を見分けられた。

「皮弁冠《ひべんかん》！」朱卜花《しゅぼくか》は長く禁中に仕えているのでひと眼で見分けることができた。縫い目をなでてみると鹿の皮はとうにくずれ落ち、金で包んだ竹糸が露出している。まちがいない、天子だけが用いる十二梁の白鹿皮弁冠だ。

ひどく傷んでいるところを見ると太子が落としたとは考えられない。少なくとも排水路に捨てられて十数年は経過している。それは大明が開国して何年の事だろうか？　この皮弁冠を戴く資格があったのは誰か？そして、なぜここに遺《のこ》されていたか？

朱卜花《しゅぼくか》と昨葉何《さくようか》は視線を交わし、たがいに相手の眼に震撼を読みとった。二人の推測に誤りがないなら明の宮廷にまつわる積年の秘密がこの敏感な時に姿を現したのだ。

二十七年前、洪武帝が世を去り、その孫朱允炆《しゅいんぶん》が即位して〝建文〟と改元した。当時まだ燕王だった朱棣《しゅてい》は靖難《せいなん》の兵を起こし、前後四年にわたって戦い、ついに南京を攻め落とした。その時、宮城の内部で突如不審な大火があがり、火勢がやや収まると坤寧宮から焼け焦げた死骸が出てきた。その中から馬《ば》皇后と太子朱《しゅ》文奎《ぶんけい》を見分けられたが、建文帝すなわち朱允炆《しゅいんぶん》は失踪していた。

この人がどうやって何重にも包囲された宮城から逃亡し、その後どこに行ったのかは誰も知らない。燕王が即位して永楽朝の間、捜索は続けられたが、ついに行方は分からずじまいで、永楽帝の死にいたるまでの心痛だった。

この冠から推断すれば、建文帝は坤寧宮から排水路を通って脱出したことになる。排水路が狭いので体を通すために、建文帝は帝王を象徴する十二梁の白鹿皮弁冠を入り口に捨て、どこかに去ったのだ。

だが、朱卜花《しゅぼくか》は往事に思いを致すことなどできなかった。この冠のほかに、士卒たちか細い麻布の白帯を見つけていた。黄の縁取りが一本あるところを見れば、直殿監が着る公服にちがいない。朱瞻基《しゅせんき》がどこから知ったのかは分からないが、皇城を出る抜け道を知っていたのは明らかだ。排水路を通るために奉御から剝ぎ取った帯を解き、あの皮弁冠と同じところに捨てたのだ。

洪武と永楽、二人の天子の孫が二十数年をへだて、同じ状況で同じ抜け道に入った。その偶然と皮肉に感嘆せざるを得ない。

朱卜花《しゅぼくか》は手下に急ぎ水路に入って追跡せよと命じた。だが、手下たちはすぐに後退せざるを得なかった。前方で水路に崩落があるという。それは太子によって故意に崩されたもので、新たに水路を通すには地面を掘るしかなかった。

朱卜花《しゅぼくか》は憤怒で顔にかけた布を引きちぎった。顔中にできた獰悪《どうあく》な面疽《めんそ》は今にも爆《は》ぜそうだ。「誰か、この水路がどこに向かうか知らぬか？　誰か！」周囲の士兵は顔を見合わせた。年初に南京に駐屯になったばかりで、知るはずなどない。

昨葉何《さくようか》が扇子で顔を隠しながら奉御を連れてこいと言いつけた。憐れな奉御はまだ衣服をもらえず、素っ裸のまま連れてこられた。全身が糠《ぬか》をふるうように震えている。朱卜花《しゅぼくか》が膿の流れる顔を近づけただけで、奉御は縮みあがって白状した。

それによると、朱瞻基《しゅせんき》は奉御を縛りつけると、すぐに抜け道を訊ねた。奉御は直殿監の老人たちと世間話をした時、捨てられた水路の件が話題になったので、そう太子に伝えたと言う。水路は坤寧殿から西に伸び、宮城と皇城の西城壁をぬけ、竹橋一帯の秦淮に入っているとのことだった。

「小僧！　先刻は謀《たばか》ったな！」朱卜花《しゅぼくか》は長刀を一閃、喉を切り裂き、鬱憤を晴らした。

目下、唯一の方法はすみやかに太子が水路を這いでるまでに出口をふさぐことだ。

朱卜花《しゅぼくか》と昨葉何《さくようか》たちは宮城を離れ、皇城西側の城壁に登った。守備兵がすでに六尺におよぶ防風の大灯籠を灯《とも》しているので城壁下を流れる秦淮河は明るく照らされていた。騎兵が数隊、城門を駆けだしてゆく。西皇城北街から捜索を行うためだった。

いくばくもなく城壁の見張りが警報を発した。朱卜《しゅぼく》花《か》は気合いを入れ、すぐに駆けつけた。西城壁の中段、大灯籠に照らされた河道にかすかに黒い影が見えた。影の周りで漣《さざなみ》が起ち、懸命に泳ぎ去っているようだ。

朱卜花《しゅぼくか》が城下に出た騎馬隊に逮捕を命じようとすると、昨葉何《さくようか》が傍らで冷ややかに言い放つ。「断たねばならぬなら、今この時に断つだけですね」朱卜花《しゅぼくか》は口の端をひねりあげて、ふり返って吼えた。

「弓を取れ！」

次々に周りの兵士が弓を取りだして弦を掛ける。勇士営は禁中に警護する場合、嫌疑を避けるために小《しょう》稍弓《しょうきゅう》しか装備していない。この弓の腕はやや短く射程は限られているものの、城壁から三十歩離れた目標に射《い》下ろすなら十分有効だ。いま城壁には少なくとも二十数張りの弓がある。一斉に射れば闇夜で狙いが狂っても河面を覆いつくせる。

朱卜花《しゅぼくか》は河面に起伏する影を注視した。内心に軽いやましさが湧きあがってきたが、それはすぐに顔の痛痒さにかき消され、その痛みを紛《まぎ》らわすように力いっぱい腕を振り下ろした……

＊＊＊

朱瞻基《しゅせんき》は氷のように冷たい水を必死にかきながら、四肢が重くなったと感じていた。祖父の北征に従った時、軍中で泳ぎは習ったが、今日ここで使うことになるとは思いもしなかった。

まるで荒唐無稽な芝居だ。爆発でボロボロに吹き飛ばされ、狭苦しい水路を這い進み、皇城の堀で必死にあがいて生を求めている。大明の皇太子でありながらなぜ自分の皇城《いえ》でこんな悲惨な境遇に落ちたか？

朱瞻基《しゅせんき》に深く考える余裕はなかった。はっきりと「弓を取れ」という声が聞こえ、つづいて密集した弦の震動が聞こえてきた。深く息を吸いこむと、猛然と水中に潜る。たちまち無数の矢が水面を破り、凶悪な勢いで突き進んできた。幸い一矢が顔をかすめて淡い鮮血を水中に散らしただけで、残りは水底の泥に突き立った。

絶対に浮き上がってはならないと朱瞻基《しゅせんき》は悟った。射手に狙いを修正する機会を与えるだけだ。すぐに第二陣が来た。狙いなどつけていない。矢の雨で制圧するつもりだ。頭を出せば射殺《いころ》され、じっと堪《こら》えていれば水中で窒息して死ぬ。朱瞻基《しゅせんき》は耐えた。肺が焼けるようだ。実際、もう耐えられそうもない。むりやり水中でふり仰いで鼻の孔を出す。

すでに第三陣が襲いかかっていた。口半分の息を吸いこむと、ただちに深く潜ろうとした。その瞬間、突然右肩が顫《ふる》え、裂けるような痛みが肩甲から急速にひろがり、四肢を痙攣させた。

クソッ、矢に当たった……激痛で眩暈《めまい》がする。だが、同時に痛みが恐怖も駆逐した。生死の境で朱瞻基《しゅせんき》はかつてなく醒めていた。強く舌先を嚙んで絶対に冷静な視点から状況を観察するように自分を仕向け、一縷《いちる》の生きる希望をさがす。

北に落ちる矢が南より疎《まば》らだと気がついた。それにこの矢の雨の範囲は北に移動していることが明らかだった。

京城を出発する前、南京の地図を細かに検討した。いま自分の身は秦淮内河の中段にあり、北に向かって南を背にしている。北には竹橋、南は玄津橋だ。城壁の上にいる弓兵は北に向かって逃げると考えているはず、竹橋のほうが近く、水の流れにもしたがうからだ。

征途に従軍した時、敵が自分にさせたい事をしてはならないと祖父朱棣《しゅてい》に教えられた。この教えを朱瞻基《しゅせんき》は思い出し、もう一度水中に潜りこむと、肩から心臓に刺しこんでくる痛みに耐えて南に向かって泳いだ。

南に泳ぐことは流れに逆らうことになる。だが、前方に玄津橋がある。この橋は白蓮教によって爆破されているから東の岸にいる騎兵たちも迂回するしかない。何とか時をかせげるはず、次にどうすべきかは分からないが、強烈な生への執着が必死に一寸でも生きている時間をつかみ取ろうとする。

この判断は正しかった。いくらか泳いで後ろをふり返ると、シュウシュウと音をたてる矢の雨は北の河面に降っていた。夜色は朱瞻基《しゅせんき》の最も忠実な護衛となった。息継ぎをする時は後頭部から水面に出し、首をひねって呼吸する時は髪で顔を覆い隠す。灯籠のうす暗い明りにたよる城壁の兵士に漆黒の河面に浮かぶ頭を見分けにくくするためだ。

この小技でごまかしながら朱瞻基《しゅせんき》はゆっくりと南に移動した。これほど時がゆっくりと過ぎるのを感じたことはない。数百歩の距離がこれほどに長いと思ったこともない。まるで自分自身が沈みかけの屋形舟のように感じられる。精力と体力が不断に失われていき、視界すらぼやけてきた。一尺水を掻くたびに筋骨がいまにも裂けようとし、骨の間から最後の力を絞りださねばならない。

一度気を失いそうになり、いっそこのまま死んでもいいと思った。だが、生を放棄しようとしたその時、半分だけ残った橋げたの輪郭が眼の前に現れた。今日二度目だ。朱瞻基《しゅせんき》は思わず奮いたち、最後の力を振りしぼって橋げたによじ登ると、欄干をまたいで石獅子の台座の前に倒れこんだ。

ここは石獅子の陰になって城壁からは見えない。台座にもたれかかって大口をあけて喘ぐ。矢はまだ肩に刺さったままだが、ちょうど筋肉が締まっているところだから、血が流れだしていなかった。

しばらくして性命《いのち》の危険が去ると、もう一つの危機が心に浮かんだ。

次にどうする？

身辺にいた者が傷つき倒れたことを別にしても、今や太子の身分すら証明できない。朱卜花《しゅぼくか》が玉佩《ぎょくはい》を手に入れ、文書を捏造することは想像に難くなかった。南京の百官勲貴にいたっては……北京から派遣された禁衛官の首領でさえ叛乱を起こしたのだ。余人をどうして信じられる？　広大な南京で信じてよい者は一人もなく、信じられる者さえ一人もない！

まぎれもなく孤立無援だ。

いや、まだ一人……そうだ、一人半は信頼できる。朱瞻基《しゅせんき》の脳裏に于謙《うけん》の姿が浮かんだが、すぐさま苦笑して首をふった。于謙《うけん》と呉定縁《ごていえん》から何の知らせもない。単身でやっと皇城を逃げ出してきたばかり、見知らぬ土地でどこに行けば、二人を探しだせるかもわからなかった。

朱瞻基《しゅせんき》はずぶ濡れの頭をあげて漆黒の天をながめた。その瞳には天と同じく絶望の色が映っていた。

城壁の喧騒がいくぶん大きくなり、遠くから馬蹄の音も聞こえてくる。これ以上ここにいることはできない。竹橋付近にいないと分かれば、騎馬隊が玄津橋にむかうことは明らかだ。

だが、どこに行けばいい？　この近くには民家が多いが、勇士営は一戸ごとに捜索するはずだ。庶民が疑わしい人物をかくまってくれる希望などなく、むしろ捕らえて褒美を得ようとするかも知れない。視線をさまよわせて周囲を探すと、ある場所が眼にとまった。

それは二百歩先の小屋だった。屋根の上に三本の旗竿が交差して差してあり、中央の竿には白い布がかかっていた。北京で似た場所を見たことがある。城中によくある義舎《ぎしゃ》だ。横死した外地の客商や身よりのない者、弔う親族がない者などの遺体が臨時に安置される場所だった。屋根の旗竿は公儀が孤魂野鬼《こ こんやき》（よるべなき死者）を慰めるために立てたものだ。

そこは普段から近づく者も少なく、夜ともなれば人の気配はまれだ。身を隠すには都合がいい。ほかに選ぶところなどない。朱瞻基《しゅせんき》はほとんど廃物となった体を引きずって、一歩ごとに苦痛に耐えながら、何とか義舎にむかって歩いた。

不浄を避けるために義舎と周りの家屋は数歩の距離が空けてあり、周囲に浅い溝が掘ってある。朱瞻基《しゅせんき》は躓《つまず》きながら進んだが、いきなり溝に足を取られて平衡を失った。最後の力で手を伸ばして体を前に傾ける。

ガタンという音とともに木戸が押し開かれ、室内に倒れこんだ。額が地面にぶつかると思った瞬間、一本の腕が朱瞻基《しゅせんき》の胸を支えた。

「殿下？」

大きく明るい声が朱瞻基《しゅせんき》の耳に届いた。

第六章

「于謙《うけん》？」

その声は独特で、意識が朦朧《もうろう》としていても聞き分けることができた。そして、その声はいつも何か確かな安心感をあたえてくれた。朱瞻基《しゅせんき》の唇から安堵の息がもれ、全身の緊張が解けて体が沈みこんでいく。

于謙《うけん》はあわてて気を失った体を支え、太子をなめらかな石台に下ろすと、陶器の燭台《しょくだい》を持ってきた。そして、太子の状態を見て言葉にできぬほど驚いた。ずぶ濡れで奉御の服を着ていることはまだしも、肩には矢が刺さったまま！　一体すこし見ない間に何があった？　殿下は皇城でしっかりと守られていたのではなかったか？

そんなことを考える暇《いとま》もなく、突然外が騒がしくなり、行きかう足音と叱責、女の叫び声と子供の泣き声が聞こえてきた。于謙《うけん》は太子の方を顧《かえり》みた。まさか賊に追われているのか？　だが賊にしては大胆だ。一軒ずつ捜索しているのか？

突然、戸板を乱暴に叩く音がした。于謙《うけん》が戸を開けると内と外で同時に驚いた。戸を叩いたのは玄津橋で馬をくれた勇士営の小校《しょうこう》（下士官）だった。

小校も于謙《うけん》を覚えていて態度がやわらぐ。

「皇城から逃げ出した奉御を探しているのですが、見ませんでしたか？」

于謙《うけん》は首をふり、ここでずっと仕事をしていたのですと答えた。小校は眉間にしわをよせ、義舎《ぎしゃ》の中に首を入れて、他の者はいますかと訊ねた。

「ほかに誰がいると言われるのですか。玄津橋で射《い》殺した白蓮教徒の遺体が置いてあるので検死をしていたところです」と、于謙《うけん》は答え、体を半分避《さ》けて、石台に寝せてある死体を見せた。于謙《うけん》は実直な顔をしているので人に信じてもらいやすい。小校は死体に眼をやると、それ以上疑いを持たず、邪魔をしたと身ぶりで示して去っていった。

于謙《うけん》は周囲が静かになったのを見計らい、石台に戻ってその死体をひっくり返し、隠れていた朱瞻基《しゅせんき》の顔が見えるようにした。

答えたことは嘘ではない。蘇荊渓《そけいけい》の家を出てから急ぎ皇城へ行ったが、西華門の前で止められた。勇士営は皇城に誰も入らせないようにしていて、鉄牌も効力がなかったのだ。于謙《うけん》はあてもなく彷徨《さまよ》い、この義舎で白蓮教徒の死体を検分し、守備兵を納得させられるような有力な手掛かりを探そうとしていたのだった。

そこに太子が入ってくるとは夢にも思わなかった。

しかも、追手が勇士営とは……一体どうなっているのか、さっぱり想像がつかない。

さしあたり太子は話ができる状態ではないので、説明を求めることもできない。こんな場合、矢を抜いてはいけないと于謙《うけん》は知っていた。まず、外側に出ている矢柄《やがら》を鋸《のこぎり》で切断し、隣家の夜警のところに行くと、生姜《しょうが》を散らした湯をもらってきて、むりやり太子の口に注ぎ入れた。呻《うめ》きがもれ、とにかく太子は息を吹きかえした。

何が起こったのですかと問うと、朱瞻基《しゅせんき》は皇城の異変について話した。于謙《うけん》は思わず眼を丸くした。

「宝船事件はやはり朱卜花《しゅぼくか》と関わりがあったのですか。あの韃靼《だったん》（モンゴル人）め、なんとふてぶてしい！　殿下、御心配には及びませぬ。臣が南京各署に通報し、みなで誅殺《ちゅうさつ》いたしましょう！」

朱瞻基《しゅせんき》は弱々しく首をふった。太子が南京の官僚たちを信頼していないことを思い出し、于謙《うけん》は石台を叩いた。

「では、わたくしめが殿下を御守りして南京城を出て、孝陵衛《こうりょうえい》、龍江水師《りゅうこうすいし》、あるいは中都鳳陽《ほうよう》へなりと御連れいたします。あやつが南直隷《なんちょくれい》全体を買収できるとは思えません。太子の旗が挙がれば四方より勤王の兵が集まりましょう。あの韃靼が堂々たる王師（王者の軍隊）に対抗できましょうや？」

于謙《うけん》の声は義舎の梁《はり》を震わせた。だが、朱瞻基《しゅせんき》は苦笑して答えた。

「だめだ。間にあわぬ……京城に帰らねばならん」

その言葉を于謙《うけん》は理解できなかった。檄《げき》を一枚書けばすむ。なのになぜ、京城に逃げ帰る必要がある？　もう一度説得しようとして、ふと見ると朱瞻基《しゅせんき》の顔に涙が二条《すじ》流れていた。

それは細い流れだったが、すぐに泉のように滾々《こんこん》と流れだした。太子は石台の上で声もなく泣きくずれていた。これまでじっと慟哭《どうこく》を耐えてきたが、それが限界に達して決壊したのだ。

自分の言葉に何か間違いがあったのかと思い、于謙《うけん》はあわてた。朱瞻基《しゅせんき》は泣きながら首をひねると、懐に見えている魚筒《ぎょとう》を指さした。ひと眼で皇家の文書だと判ったので于謙《うけん》はふれることをためらった。だが、朱《しゅ》瞻基《せんき》が見てみろと指で示すので恭しく取り出して、中から手紙を取り出した。

一読して于謙《うけん》の肩は抑えようもなく顫《ふる》えだした。

手紙の内容は簡単だった。

〝五月十一日庚辰、上、不予《ふよ》。太子は即刻帰京せよ〟

落款《らっかん》の日付は五月十二日（辛巳《しんし》）。

天子は肥《ふと》っているので確かに健康に欠けるところがある。だが、南京に着いたばかりの太子を召し戻すとなると、この〝不予〟は些細なことではなく、大行《たいこう》（皇帝死去）の兆《きざ》し……即位して一年もたたぬではないか……

これを読めば、太子がこれほど心を傷《いた》めて泣いているのもうなずける。南京で叛乱にあい、そこへ父皇の病を知らされた。雨漏りの上に連夜の雨とはこのことだ。于謙《うけん》が恐る恐る太子を見ると、太子はもう涙をぬぐっていた。そして、しゃがれた声で言った。「落款を見よ」そう言われて、もう一度手紙を見る。そして、この書簡に不審なところがあるのに気がついた。

　こういった帝位交替にかかわる重要な詔書《しょうしょ》は皇帝が指定した大臣がその下に署名を副《そ》えるものだ。しかし、この手紙の末尾に楊士奇《ようしき》など大学士の名はなく、張《ちょう》皇后の鳳款《ほうかん》しかない……不可解だ。たしかに張《ちょう》皇后は朱《しゅ》瞻基《せんき》の生母だが、太子がすでに成人しているので母が政治を代行する必要はない。まして張《ちょう》皇后はつねづね賢母であると言われているから朝廷の大事を乱すはずがない。

　この手紙は書写、行文、装幀《そうてい》、署名まで端々《はしばし》に焦りとあわただしさが透けて見える。これは内閣の合議ではなく、翰林院《かんりんいん》（皇帝諮問機関）が起草した正式文書でもない。誰かが急変のなかで発したものだ。

　突拍子もない考えが于謙《うけん》の脳裏をよぎった。朱瞻基《しゅせんき》を見ると、その眼にも同様の推測が読み取れた。

　宮中に異変があったにちがいない。張《ちょう》皇后は明確には言えない何らかの理由でこんな間違いだらけの手紙を出し、落款で太子に何かを気づかせようとしている。堂々たる皇后を追いつめるほど京城の情勢は危ういのか？　まさか天子の病も宝船爆破と同様に、偶然ではなく誰かが仕組んだ事であろうか？　于謙《うけん》の脳裏にこんな恐るべき考えが浮かんだ。

　思わず日付をさかのぼって考えた。四月十日に詔《みことのり》が発せられ、五月十一日に天子が突然不予となった。そして七日が過ぎ、五月十八日、留都で御座船が爆破された。天子と太子がほとんど同時に危険に遭遇している。これは単なる〝雨漏りに連夜の雨〟ではなく、一つの大きな陰謀の二つの標的にちがいない。

　そう考えると、于謙《うけん》は手紙から骨を刺すような冷気が指先に伝わってくるのを感じた。皇上が京城で崩御し、太子が南京で遺体も残さず消される。この陰謀の黒幕が作り出そうとしているのは……

空位。

雷鳴の中から両京にまたがる凶悪な巨龍が姿を現した。

朱瞻基《しゅせんき》は苦笑をもらした。皇家の者として権力に敏感なのは生まれつきだ。長楽殿でこの手紙を受け取るとすぐ、自分の身に大きな危険が迫っていることを悟った。しかし、あえて口に出さずに朱卜花《しゅぼくか》に探りをいれ、相手の立場を確かめてから脱出してきた。

その決断は正しかった。そうしなければ今頃朱瞻基《しゅせんき》は宮城に深く埋められた遺体になっていたにちがいない。皮肉を言えば、これを察したから朱卜花《しゅぼくか》が何のために叛乱を起こしたのか判明したのだ。あの宿臣《しゅくしん》を今さら誘惑できるのは帝位の争いくらいだろう。

「于謙《うけん》、どう思う？」朱瞻基《しゅせんき》が突然訊ねた。

于謙《うけん》ははっと我に返り、しばらく迷って答えた。

「臣、臣は璽印《じいん》を見ております」

「璽印？」

朱瞻基《しゅせんき》は戸惑った。いそいで手紙を見直して小さな見落としに気づいた。この書簡の末尾に捺《お》されているのは、意外なことに〝皇帝親親之宝〟で魚筒の封にも同じ印が捺してある。

于謙《うけん》は行人《こうじん》として詔書《しょうしょ》を伝えるのが本職だから、こうした事に敏感だった。大明の宝璽《ほうじ》は全部で十七種あり、それぞれ用途が異なる。たとえば〝皇帝奉天之宝〟は郊祀《こうし》（天地を祭る礼）や祭礼に用い、〝皇帝尊親之宝〟は尊号を奉《たてまつ》る時に用い、〝皇帝之宝〟は詔書の発布と天下に大赦《たいしゃ》を施すときに用いる。そして、この〝皇帝親親之宝〟は天子が各地の藩王《はんおう》（各地に封じられた皇帝の家族の男性）に与える詔諭《しょうゆ》や勅書《ちょくしょ》にだけ用いる。

太子に帰還を命ずる詔書ならば〝天子行宝〟か〝天子信宝〟を用いるべきで、魚筒の外には〝丹符出験四方之宝〟（丹符は皇帝の手紙）を捺すはずだ。この場合に〝皇帝親親之宝〟を使うのはいかにも奇妙だ。

「何のことだ？」と朱瞻基《しゅせんき》が問う。

于謙《うけん》は顔を伏せて言葉を選んだ。

「臣、璽印《じいん》を眼にしますに、あるいは天家の玉牒《ぎょくちょう》かと」

遠まわしな言い方だが、朱瞻基《しゅせんき》には十分だった。玉牒は皇室の宗譜《そうふ》を記録する場合に用い、張《ちょう》皇后が書簡の最後に藩王専用の璽印を用いたのはでたらめではなく、今回の変が藩王の誰かによることを暗示していると読むのが自然だ。

藩王？　朱瞻基《しゅせんき》はそこまで考えると眼をむいた。

洪熙《こうき》帝には太子の他に九人の息子がある。一人は早逝し、一人は病弱、四人はまだ幼い。成長した者は次男の鄭王《ていおう》、三男の越王《えつおう》、五男の襄憲王《じょうけんおう》の三名だが、まだ藩地に赴《おもむ》かず京城に留まっている。そのうち三男の朱瞻墉《しゅせんよう》と五男の朱瞻墡《しゅせんぜん》は朱瞻基《しゅせんき》と同じく張《ちょう》皇后の嫡出子だ。もし洪熙《こうき》帝と太子が死ねば順位から言って、二人のうちどちらかが帝位を継《つ》ぐ。

この両京にまたがる陰謀で最大の利益を得る人物が黒幕だろう。この兄弟間の争いに外臣の于謙《うけん》が口を出せるはずがなかった。だから、遠まわしに指摘するしかなかったのだ。

朱瞻基《しゅせんき》の感情が高ぶった。

「三弟と五弟の年はいくつだ？　二人の人柄から言ってそのような事は絶対になっ……」思わず体が伸びて、矢傷が引き攣《つ》り、痛みで眼の前が暗くなった。于謙《うけん》があわてて体を支える。朱瞻基《しゅせんき》の感情はさらに強烈になった。

「楊士奇《ようしき》はどうした？　楊栄《ようえい》は？　金幼孜《きんようし》、蹇義《けんぎ》ら銀章重臣はいったい何をしている？」

この数名は内閣大学士か、あるいは少師で、日頃から朝廷の枢機《すうき》に関わり、政治を輔佐している。その影響力は朝廷で一、二を争い、洪熙《こうき》帝は〝縄愆糾謬《じょうけんきゅうびゅう》〟（過失を正せ）と刻印した銀章を与え、朝野は〝銀章重臣〟と呼んでいる。

京城にいかなる異変があろうと、この重臣を避けては通れない。いま洪熙帝《こうきてい》が不予となり、皇后が密詔《みっしょう》を発する必要に迫られたとすれば、二人の藩王の行動が疑われ、そして、股肱《ここう》の臣の沈黙が意味するのは簒奪《さんだつ》者《しゃ》に制せられているか、あるいは殺害されたか、陰謀に加担しているか……朱瞻基《しゅせんき》はその先を考えたくなかった。

「殿下、まずは杞憂《きゆう》をおやめください。さしあたり臣が名医のもとにお連れし、この矢を抜き、急ぎ京城に帰りましょう！」

この危機の元凶は南京にあるのではない。真の戦場は遙かかなたの京城だ。太子の帰還が間に合わねば取り返しのつかないことになる。

「だめだ……両京の間は何千里も離れている。間にあわぬ、間にあうわけが……」

朱瞻基《しゅせんき》は落胆して眼を閉じた。胸に何とか燃えていた炎がゆっくりと消えていく。

宝船爆破の驚愕、禁軍叛乱の震撼、秦淮の冷水による疲労、矢傷の激痛、父皇の凶報、これら一連の打撃によって太子はまさに崩れ落ちようとしていた。これまでも心身ともに疲弊していたが、すべて太子の身分であるという自信によって支えてきたのだ。だが、陰謀のすべてが兄弟の争いから出ていることを知り、最後の藁《わら》が駱駝《らくだ》の背に加わり、あらゆる憤怒と尊厳と自信を圧《お》しつぶした。

生き抜こうとする意志など笑いぐさだ。京城の変によって運命は定められていた。これは解決できない局面だった。もうどれだけ努力をしても役に立たない。

于謙《うけん》はあわてた。

「いまだ万策尽きたとは申せませぬ。殿下、諦めてはなりませぬ！」

万策尽きたとは申せませぬだと？　朱瞻基《しゅせんき》の口の端がピクリと引き攣った。殺意満々の叛徒どもに囲まれ、身辺には小行人が一人だけ、身分を示す玉佩《ぎょくはい》さえ失くした。これを万策尽きたと言わずして何が万策尽きたと言うのだ？

「もう行け、放っておけ」太子は無気力に手をふって横を向いて体を丸めた。あらゆる苦難が一度に押しよせ、果てしない絶望が石台の上に広がっている。意識のおよぶところ解決などどこにもない。

そうと知っていれば長楽殿に居たほうが少しは体面を保って死ねた。朱瞻基《しゅせんき》はぼんやりと建文帝のことを思い出した。あの御方も金陵を逃げ出した時、今日の自分と同じ心境だったのだろうか。ゆっくりと手足が冷たくなっていく。これまで過ごした二十七年の歳月が次々と眼の前を通りすぎ、白い光の中で色褪《あ》せて消えていく。遠くから妙《たえ》なる鐘磬《しょうけい》の音が聞こえてくる。

これから行くのは仏家の極楽《ごくらく》世界か、あるいは道家の十方浄土《じょうど》か……。

＊＊＊

呉定縁《ごていえん》は自宅の前に立っていた。その顔色は夜空よりも暗い。

鎮淮《ちんわい》橋の西北、糖坊廊《とうぼうろう》の中段、この一帯は民家が多く、短い庇《ひさし》の家屋に十歩ばかりの小さな庭をもつ家が連なっている。洪武年間に当時の首都の人口を満たすため、朝廷は蘇州浙江一帯から四万数千戸を移住させ、南京城内に数十の官立の廂坊《しょうぼう》（住宅街）を建てた。鎮淮橋もその一つだった。だから、家の造りは画一、配置も整っている。古い家並みのような乱雑さはない。

呉不平《ごふへい》は応天府総捕頭だから、その家はもちろん一番よい一角を占めている。門前から数歩のところに甘い水の井戸があり、裏手には小さな溝が流れている。だが、この時、門は閉ざされ、家の中は墨を流したように暗く、一点の灯《あか》りもない。

呉定縁《ごていえん》は不審に思った。妹の呉玉露《ごぎょくろ》が家にいるはずだ。まだ遊びたい盛りだが、夜まで帰らないことはなかった。もう暮れの太鼓が鳴ったのにどうして帰っていない？

呉定縁《ごていえん》は扉を押した。部屋の中はきれいにしてあり、丁寧に掃除されていることがわかる。四角の卓《つくえ》に刺繍枠が置いてあり、鯉が蓮に戯《たわむ》れている図柄の手帛《しゅはく》が半分だけ刺繍されたまま置いてある。その傍らに広口の銅の香炉が置いてあるが、冷ややかで香は焚《た》かれていなかった。部屋の隅の木箱のところに行って銅の鎖をほどくと、中には銀錠数個と束ねた宝鈔《ほうしょう》が入っていた。

数があわない……今日、錦衣衛から送ったのは百五十両の銀子《ぎんす》だ。妹が用事で家を離れたとしても、この箱に入れておくはず、別の場所に置くことなどありえない。まさか大金に眼がくらんだ何者かが家に闖入《ちんにゅう》したのか？　呉定縁《ごていえん》は心臓がちぢむ思いがしたが、すぐに間違いだと気づいた。賊だとしたら錦衣衛の百五十両を盗りながら銀錠数個と宝鈔を残していくだろうか？

蘇荊渓《そけいけい》は傍らに立っていた。両手は縛られて一言も発しない。だが、その眼はずっと呉定縁《ごていえん》に注がれ、わずかな動作から何かを読みとろうとしていた。扉を押した時の様子から、ここがこの男の家にちがいない。誰かを探しているようだが、妻か、姉妹か、母か？

「その刺繍、金針がまだ蓮の葉のふちに刺してあります」

呉定縁《ごていえん》が取り乱して部屋の中を歩き回っているので、蘇荊渓《そけいけい》は我慢できなくなって口を開いた。「どういう意味だ？」呉定縁《ごていえん》がぼんやりと返事をする。蘇荊渓《そけいけい》はつづける。「三年牡丹に五年梅、荷《はす》は一生為し難《がた》し。荷《はす》の花は一番刺繍しにくい花の一つです。一気呵成にするものではありません。その金針はまだ刺繍枠に留めてあるので、刺繍をしていた人は手を休めただけ、ながく離れるつもりはなかったはずです」

蘇荊渓《そけいけい》がそう言うのを聞いて呉定縁《ごていえん》の表情はさらに暗くなった。ながく離れるつもりはなかったのに、今まで帰っていないなら、いっそう異常なことだ。

沈んだ顔で呉定縁《ごていえん》は蘇荊渓《そけいけい》を部屋の中に入れ、角の柱に縛ると、すぐに隣家の門前に行った。隣は太平府（安徽省）から引っ越してきた箍職人《たが》で、おしゃべりで盗み聞きが好きな女房がいる。自分の家に何かあれば、この女の眼をごまかすことはできない。

呉定縁《ごていえん》は門を叩いた。箍職人と女房は〝ひごさお〟が借金でも申し入れに来たのかと思い、敵に臨《のぞ》むような態度で出てきた。呉定縁《ごていえん》が妹のことを訊ねると、職人はほっと気をゆるめた。

女房が言うには、今朝、鶏に餌をやっている時に呉《ご》玉露《ぎょくろ》とすこし話をして、それぞれの家に帰った。巳時《しじ》（午前十時）の頃、兵馬司の役人が家賃を集めに来て、呉《ご》玉露《ぎょくろ》はその男に付いていったそうだ。

南京の官立廂坊《しょうぼう》では五城兵馬司に家賃を払わなければならない。ただ納入日はふつう毎月十六日のはずだ。さらに言えば呉不平《ごふへい》はとうの昔に家賃を免除されている。呉定縁《ごていえん》は心中何かおかしいと思った。

呉定縁《ごていえん》の脳裏には南京の有名な無頼《ぶらい》や不良少年の顔が浮かんでいた。あの連中がよそ者を騙しても驚かないが、あえて鉄獅子の身内に手出しするだろうか？

呉定縁《ごていえん》は腰の袋から宝鈔を数枚出して、まだ何か見ていないかと訊いた。女房は宝鈔を数えて襟もとに入れると満面の笑みを作って答えた。

「親父さんも帰ってきなすった。午後には二人が重そうな銀鞘《さや》を担《かつ》いできたけど、門のところで玉露《ぎょくろ》さんの名を呼んでも返事がないから帰っちまったね」そう言うと舌打ちをして続けた。「ありゃ何十両って銀子じゃなかったねえ」

呉定縁《ごていえん》は猛然と女房の肩をつかんだ。面相がゆがんで驚くほどだ。

「親父が帰ってきたのか？」

「そ、そうだよ。昼をちょっと過ぎた頃さ。でもすぐにどこかに行っちまった」

呉定縁《ごていえん》は女房を放したが、気が動転していた。昼過ぎと言えば、ちょうど宝船爆破の後、一番混乱していた時だ。総捕頭が家に帰る暇などあるか？　何をしに帰ってきた？　妹の外出と関係があるのか？

　東水関で起こった事について女房は聞きだそうとしたが、呉定縁《ごていえん》は相手にせず、疑惑を抱えたまま家に帰った。

　蘇荊渓《そけいけい》はおとなしく部屋の隅で待っていた。意気消沈して呉定縁《ごていえん》が帰ってくると、何か話は聞けましたかと訊ねた。「だまれ」と面倒くさそうに言いすて、呉《ご》定縁《ていえん》は台所に行って、壺に半分残った酒を見つけ、口に流しこんだ。

「冷酒は脾《ひ》を傷《やぶ》ります。熱してから飲むのがよろしい」と蘇荊渓《そけいけい》が意見をした。その顔をじっと見て、うるさいと罵り、呉定縁《ごていえん》は喉を鳴らして飲んだ。だが、辛い酒を胃袋に入れても不安がなくなるどころか、かえって苛立《いら》ちがつのる。

　父は行方不明、妹もどうなったか分からない。この混乱した南京では手のつけようもない。それに四人を家に連れてくる羽目になり、于謙《うけん》がやって来るのを待たねばならない。諸事紛々《ふんぷん》として酒の力でも麻酔をかけにくい。呉定縁《ごていえん》は自分を恨みたくなった。宝船が眼の前で爆発してから一つまた一つと面倒がとぐろを巻き、もがくほどに渦に呑みこまれていく。

「焦《あせ》っているのは分かります。けれど、お酒で愁《うれ》いを晴らそうとしても〝愁《うれい》は更に愁《うれ》う〟のです（李白、宣州謝朓楼餞別校書叔雲）。やけ酒を飲むより人に話した方がいいのです」

　蘇荊渓《そけいけい》の声がもう一度暗闇の中で響いた。その口調は四人の言葉ではなく、患者をなぐさめる医者の口調だった。

　呉定縁《ごていえん》がそっぽを向いたので蘇荊渓《けいけい》の方がむきになる。

「庭闕《ていけつ》（眉間）に黄が浮いて藩蔽《はんぺい》（両頬）に赤が差している。ひと眼で酒乱と分かります。しかも下極《かきょく》（両眼の中間）

が青く、眉の上が凝っているから憂鬱もありますね」

「何を言ってんのか分からねえ！」

蘇荊渓《そけいけい》は溜め息をついた。

「つまり、あなたの顔から心に重苦しいものを隠していて、それがやり場もなく、長年の間、お酒の力で押さえつけていることが分かるのです。あなたの年でそんなに重苦しい気鬱《きうつ》をためこんでいるのは尋常なことではありません」

「何をごちゃごちゃ、診立《みた》て料なんか払わねえぞ！」

呉定縁《ごていえん》は酒臭いしゃっくりをすると、だらりと戸枠にもたれた。

「先ほど家族がいないことに気づいて、すぐに厨房に行って、お酒を飲みましたね。面倒な事があると酒に逃げることが習慣になっています。そういう気持ちを一体どれだけ隠しているのですか？」蘇荊渓《そけいけい》は面白がって分析をしている。こんなに熱心になるのは一つには職業柄なのだろうが、もう一つには多く事情を握って逃げるためだった。

この分析は呉定縁《ごていえん》の心を刺した。蘇荊渓《そけいけい》をじっと睨《にら》む。

「医者は父母の心で行うらしいが、親父やお袋みたいな口をきくとは言わねえぞ」

それを聞いて蘇荊渓《そけいけい》は心中で喜んだ。話ができれば何かを聞きだせる。

「お酒で愁いを晴らそうとしても本当には悩みを除けません。すこし素直になるのがよろしい。素直に人と向かい合えば心の重みはなくなり、ずっと気分が……」

その先を続けようとしたが、呉定縁《ごていえん》は妹がしていた紗《しゃ》の腰帯を持ってきて、容赦なく蘇荊渓《そけいけい》の口の中に押しこんだ。そして、また戸にもたれて飲みつづける。

どれだけたったたか、突然外から犬の吠える声がした。呉定縁《ごていえん》が立ち上がって外をながめると伝令の一隊が庭の先を駆け抜けていく。すぐに騎兵二隊が続く。

また事件か？　あの部隊は服が様々で異なる衙門《がもん》に

属している。こんな事は滅多にない。そう考えながら壺から酒を一口飲むと、その刺激で少し眼が醒めた。もう面倒に関わってはいられない。〝先祖の墓の前に仙草が生えている〟のだから、他に行く必要などない。于謙《うけん》が蘇荊渓《そけいけい》を引き取りにくるのを待って、妹を探しに行った方がいい。

またしばらく過ぎると、突然、糞尿のような臭いが漂ってきた。だんだん強烈になってくる。ガラガラと変な音も聞こえてきた。呉定縁《ごていえん》が遠くをながめていると、ラバが牽《ひ》く大きな車がゆっくりとやって来るのが見えた。

車の後ろに牽かれていたのは蓋《ふた》をした大きな木桶《きおけ》で、棺桶のような形だったが、それより深く幅広で、蓋の隙間からにおいがもれだしている。あれは紫姑《しこ》車（紫姑は厠の神）、南京の街で住民の糞尿を集めて、城外の田舎に売りに行くものだ。臭気がひどいので通常夜になってから動きだす。

糖坊廊は二日前に集めたはずだが？　訝《いぶか》し気に呉定《ごてい》縁《えん》がながめていると、車が自宅の庭先に突然停まった。ボロボロの短袍《たんぽう》を着て、頭を白い頭巾で覆った糞工《ふんこう》が車を降りると、門を押して入ってきて、低い声で部屋の中に呼びかける。

「呉定縁《ごていえん》？」

「小杏仁？」呉定縁《ごていえん》はあわてて立ち上がった。于謙《うけん》は二、三歩室内に入ってきたが、相手に何も言わせなかった。

「すぐ太子を家に入れてくれぬか」

太子も来たのか？　呉定縁《ごていえん》がたじろぐ。だが、車のそばには誰もいない。有無を言わさず于謙《うけん》は呉定縁《ごていえん》を外に連れだし、二人で車のところに来た。于謙《うけん》が車に飛び乗ってプンプン臭うひっかけ棒で蓋を開ける。

今日一日もう存分に奇妙な光景を見たつもりの呉定《ごてい》縁《えん》だったが、まだ現実の荒唐無稽さを甘く見ていたようだ。何とも形容しがたい肥桶《こえおけ》の汚穢《おわい》に人がまっすぐに寝ていて、生きているのか死んでいるのかもわからない。それが太子だと気づいて、また刺すような頭痛がしてきた。

「急いでくれ！」と于謙《うけん》がうながす。呉定縁《ごていえん》は鼻にしわをよせた。酒を飲んで嗅覚がやや鈍感になっているから、においに仰《の》けぞらずにすんだ。呉定縁《ごていえん》が太子の脚を持ち、于謙《うけん》が頭を支え、二人で朱瞻基《しゅせんき》を肥桶《こえおけ》から出し、なんとか室内に運び入れた。関節の反応からまだ生きていると呉定縁《ごていえん》は判断した。だが、なぜか太子は一言も発せず、二人の為すがままだ。

部屋にいた蘇荊渓《そけいけい》もちょうど騒ぎに気がついて顔をあげたが、にわかに顔をしかめて眼をそむけた。この女は生死も恐れず、権威にも屈しないが、全身糞尿まみれの者と同じ屋根の下にいるのは耐えられないようだった。

「一体何が起こった？」ゼイゼイと喘ぎながら呉定縁《ごていえん》が訊く。

于謙《うけん》が噛みつくように話を断ち切る。

「そんな事は後回しだ。近くに見知った医者はいるか？」

太子は矢に当たった後、自力で数百歩も秦淮を泳ぎ、糞尿でいっぱいの紫姑《しこ》車に長くいたのだ。今も肩には矢柄《やがら》と矢尻が残っている。急いで処置をしなければ朱《しゅ》卜花《ぼくか》の捜索にかかるまでもなく死んでしまう。

呉定縁《ごていえん》は首をふった。「知ってる医者はいるが、頼れる医者はいねえ」

結局、人の心は腹の皮一枚で隔てられ、何を考えているかなど分からない。医者をここに呼んでも、帰りにその足でどこかの役所に密告するかも知れない。

「では、おぬしは矢傷を処置できるか？」

呉定縁《ごていえん》は両手をひろげた。「オレは半人前の捕吏だし、軍にいたこともねえ」

それを聞くと于謙《うけん》は眉をつり上げて袖をまくりあげた。

「おぬしも捕吏なら鋏《はさみ》や綿布、傷薬くらいは家にあるであろう？　わたしがやる！」それをチラリと見て呉《ご》定縁《ていえん》は言った。「あるにはあるが……お前がやるのか？」

「儒者、良《りょう》相《しょう》とはなれずとも、必ずや良医となる。万物の道理は相《あ》い近し。すべての道理は似たようなものだ」と于《う》謙《けん》は張り切っている。呉《ご》定縁《ていえん》は滅茶苦茶だと思ったが、できるだけ面倒には関わりたくなかった。好きにすればいいと言いかけた時、部屋の一角から強烈な咳が聞こえた。

于《う》謙《けん》と呉《ご》定縁《ていえん》は顔を見合わせて蘇《そ》荊渓《けいけい》がそこに居たことに気づいた。苦しそうな表情で頬に赤味がさしている。口につめられた腰帯でうまく呼吸ができず、部屋に漂う糞尿のにおいに耐えかねていたし、自分が無視されているのも我慢ならなかった。

二人の眼が合って同時に閃いた。そうだ、何でこの女を忘れていたんだ？　蘇《そ》荊渓《けいけい》は普済館で升榜《しょうぼう》しているから医術の腕については言うまでもない。しかも、取り調べ中の囚人だから役所に密告する恐れもない。これ以上ない人選だ。

于《う》謙《けん》は呉《ご》定縁《ていえん》を引き寄せ、声を落として訊いた。

「取り調べはしたのか？　この女子は朱卜花《しゅぼくか》の手下なのか？」

呉《ご》定縁《ていえん》は供述書を取り出して簡単に要点を話した。

「あいつは朱卜花《しゅぼくか》を毒殺しようとしていた。一味じゃねえ。オレの尋問じゃ、すくなくとも辻褄《つじつま》はあっているる」

「手下でなければよい！」

たとえ無実であっても今は放免するわけにはいかない。于《う》謙《けん》は蘇《そ》荊渓《けいけい》の前に立つと、口から腰帯を抜き取り、親切と威嚇を取りまぜて言った。

「そなたが心を尽くし、あちらで寝ている貴人を救うならば、本官が責任をもって前科を取り消そう」

蘇《そ》荊渓《けいけい》は顔をあげて、わざと大きく呼吸をしてから言った。

「太子なのでしょう？　偉そうに口止めをしなくても、わたくしにも耳はあります」

これに于謙《うけん》は絶句し、何とも恰好がつかなくなった。ヘッと呉定縁《ごていえん》は笑った。この女は相手を手玉にとるのが得意だ。小杏仁も一本取られたなと思った。

紐を解かれると蘇荊渓《そけいけい》はしびれた手首をさすりもせず、まず鼻をおおって蛾眉《がび》をひそめた。「まず、このにおいをどうにかして。あなたたち、太子を洗いなさい」これで呉定縁《ごていえん》の笑いが一瞬で凍りついた。〝オレの知ったことか〟と心では思ったが、よく考えれば自分の家だ。我慢するしかない。于謙《うけん》といっしょに仕事にかかった。

二人で太子の衣服を脱がせ、井戸水で体をこすり、せっせと働いた。蘇荊渓《そけいけい》の要求はこれにとどまらない。于謙《うけん》には清潔な綿布を数回煮沸させ、呉定縁《ごていえん》には銅の香炉で香を焚《た》かせて臭気をやわらげる。その堂に入った指図はとても囚人とは思えず、二人の方が不器用な薬童《やくどう》といった役回りだ。

しばらく奮闘して、やっと太子は清潔になった。蘇《そ》荊渓《けいけい》はすこしにおいを嗅ぐと、于謙《うけん》に香炉を近づけさせ、おもむろに寝台の傍らに立った。

まずじっと顔色を観察し、ネギのように白く長い指を伸ばして脈をとる。蘇荊渓《そけいけい》の雰囲気がガラリと変わり、精神を集中して心外《しんがい》に物なしといった様子になった。まるで天地の間で彼女と患者しかいないように。

その様子を見ると、于謙《うけん》は安心して傍らに退《の》いた。呉定縁《ごていえん》が厨房から自家製の粽《ちまき》を二つ持ってきて一つずつ分けあった。端午節の残り物だ。今日一日、食事もろくにとらずに駆け回ってきたから二人ともひどく腹が減っていた。

狼か虎のように貪り食うと呉定縁《ごていえん》が訊ねた。

「で、いったい何が起こった？」

于謙《うけん》は頭につけていた白い頭巾を取ると、額の汗をぬぐいながら太子の遭遇したことを話した。引き延ばしもせず省略もない。天子の不予、藩王の叛乱などの機密もすべて率直に話した。それを聞いて呉定縁《ごていえん》は眼を瞠《みは》り絶句し、冷や汗を流した。心の準備はしていたが、これほどとは予想していなかった。

「……現在、勇士営が南京をくまなく探索していて追及は厳しい。わたしとて実際どうしようもなく、義舎の外でたまたま糞工を見つけたから、あの馬を紫姑《しこ》車と衣服とに取り換えて太子を肥桶《こえおけ》に入れて大紗帽巷に運んだのだ。そこでおぬしの残した書置きを見つけ、また車を引いてここまで来た。途中何度か探索の網にかかったが、検問も臭気を嫌って調べもそこそこに放免してくれたのは幸いであった」

そこまで聞いて呉定縁《ごていえん》は同情の眼を向けた。この小杏仁は進賢冠《しんけんかん》にちょっと触れただけであれほど怒るのに、この種の事になると困難を物ともしない。だが、もっと惨《みじ》めなのは錦衣玉食の太子爺《さま》だ。于謙《うけん》が臭気天に薫る肥桶《こえおけ》をガタンと放りすてて逃げていたら、普通よりずっと悲惨な死に方だったろう。

糞《ふん》車から部屋に入るまで呻き声一つなかったが、不思議な事に太子は確かに生きていた。孫臏《そんぴん》（戦国時代の武将、陥れられて両脚切断の刑に処される）の再来か、勾践《こうせん》（戦国時代の越王《えつおう》、臥薪嘗胆して呉に復讐を果たす）の転生か、まさか太子という身分は常人では耐えられない事にも耐えられるものか？

そんなことを考えながら呉定縁《ごていえん》は寝台の方を見た。蘇荊渓《そけいけい》が太子の体を起こして矢尻を抜く方法を考えているところだった。太子は為すがままで首をだらりと垂れているが、瞼《まぶた》がまだ動いている。そして、顔には分厚い死の灰が積もっていた。

理由は分からないが、呉定縁《ごていえん》は太子の顔を見ていると、また頭に刺すような痛みを感じ、いそいで視線をそらした。

于謙《うけん》は窓辺に行き、柳葉《やなぎば》格子から外をながめている。気が気ではないらしい。

「殿下の傷の処置がうまくいけば、我らは急ぎ殿下を御守りして金陵を離れ、京城に向かわねばならぬ！」

「その我ら、我らってのはやめろ……」呉定縁《ごていえん》は迷惑そうに文句をつける。「お前が平地に三尺の波を起こすと、オレは河べりで九丈の坑《あな》を埋めることになるんだ。尻ぬぐいもいっぺんじゃねえぞ。どこへでも好きなところに行っちまえ、オレを引っぱり込むな」

于謙《うけん》は眼を丸くした。「いままさに周囲が敵だらけなのに、ここで放りだすつもりか？　覆《くつがえ》りし巣の下、また完卵《かんらん》あらんや？」

呉定縁《ごていえん》が笑いだす。「お前、読書人だろ。何だよ、いきなり卵《きんたま》、卵《きんたま》って？」

「卵《たまご》を完《まっとう》す、だ！　後漢の孔融《こうゆう》の……」（『世説新語』言語）

「わかった、わかった」呉定縁《ごていえん》はどうでもいいという顔だった。「ちょっと勘定してやるがな、お前が三百両の銀子《ぎんす》を払ったからオレは蘇荊渓《そけいけい》を探してやった。犀角《さいかく》を質草にしたから供述書を取ってやった。太子がオレの家にいるのは自分が招いたことだから請求はしない。おまけってことにしておく。これでオレとお前の間には貸し借りはない。もう関わりあいはねえ」

この勘定を聞いて、于謙《うけん》は顔を真っ赤にして罵った。

「この守銭奴、守銭奴の極みだ！」

呉定縁《ごていえん》は腕を組んで冷笑した。

「オレに説教するより、お前の太子様を見てみろ。そんな気力があるか？」

呉定縁《ごていえん》はあんな眼を牢獄の中で何度も見たことがあった。生きる気力を失い、ただ死を待つのみの眼だ。こんな抜け殻のような状態では、京城に北上するどころか、自分で寝台を下りることも覚束《おぼつか》ない。

「無理でもやらねばならぬ！」于謙《うけん》の声が突然半度高くなり、いきなり激昂した。

「天子が不予となられ、慈闈《じい》（皇后）に危難あり。乱臣賊子が不遜《ふそん》にも簒奪を企んでおる。この一切、乱を撥《おさ》めて正に反《かえ》す（『春秋公羊伝』）のは殿下のみである！」

そう言うと、于謙《うけん》は太子の方を向き、何か返事を期待した。だが、残念なことに太子は何も反応せず、木《で》偶《く》のように蘇荊渓《そけいけい》のなすがままに寝返りを打っている。如何《いかん》ともしがたいので于謙《うけん》は虚勢を張った。

「志ある者、事ついに成る！（『後漢書』耿弇伝）もし事々《ことごと》に顧慮して難に遇い即ち退《しりぞ》けば、昭烈帝（『三国志』の劉備）はいかにして魏呉と天下を三分せしや？　斉《せい》の桓《かん》公はいかにして諸侯を会盟せしや？」

「それ……いったい誰だよ？」

二人の眼にまた口喧嘩の始まりそうな気配がすると、蘇荊渓《そけいけい》が淡々とわりこんだ。

「怒鳴るなら太子が死んでからにして」これを聞いて二人はおとなしく黙るしかない。

蘇荊渓《そけいけい》は患者に注意を戻して右手にやや力をこめ、鋏で太子の肩に残った矢柄《やがら》を引き抜いた。朱瞻基《しゅせんき》の肩が激しく顫《ふる》え、呻き声がもれて鮮血が傷口から噴きだした。蘇荊渓《そけいけい》は用意してあった真っ赤に焼いた烙鉄《らくてつ》で傷口を封じ、傷薬と炭粉をふりかけた。その手際は見事で、綿布を三、四枚用いただけで止血をした。

「成功したのか？」于謙《うけん》が嬉しそうに言う。蘇荊渓《そけいけい》は首を横にふった。

「矢柄は取り除きましたが、矢尻はまだ残っています。こういう矢尻は返しがついていて肉を逆噛《さかが》みしていますから周囲の肉をえぐりとらないと取り出すことはできません」

「大変なのか？」

「うーん……複雑ではないです」蘇荊渓《そけいけい》は額の汗をふいた。「けれど、ここには開刀《かいとう》の用意がありませんし、家に帰って器具をもって来ないと」

「では、切開すれば、すぐに京城に帰れるようになるのか？」

莫迦を見るような眼で蘇荊渓《そけいけい》は言った。

「何を考えているのです？　少なくとも二ヵ月は寝台で静養しなければいけません。そうしないと死なないまでも癒えぬ傷が残ります」

それを聞いて于謙《うけん》は眉間にしわをよせた。目下の情勢で太子がゆっくり静養している余裕などありはしない。于謙《うけん》は再三躊躇して口ごもりながら言った。

「何とか緩和する方法、つまり……その、道を急ぐのに影響しないやり方と言うか、治りが少々遅くても致し方がないのだが……」

太医院でこんな事を言ったら、すぐに引きずり出されて杖刑《じょうけい》で叩き殺されるだろう。

蘇荊渓《そけいけい》はしばらく考えに沈んで、やっと顔をあげた。

「……『劉涓子鬼遺方《りゅうけんしきいほう》』で従軍した郎中《いしゃ》の救急法を読んだことがあります。解骨法とよばれています。将兵が矢に当たって戦場ですぐに切開ができない場合、まず矢柄を鋸で断ちますが、矢尻を肉の中に残しておきます。そして半夏《はんげ》と白蘞《びゃくれん》と酒を毎日服用し、米の研《と》ぎ汁を濾《こ》して傷口を洗い、按摩《あんま》の手技を加えます。こうすれば筋肉が徐々に盛りあがってくるのを待ち、ゆっくりと矢尻を押し出すことができます」

「どのくらいかかる？」

「どうやっても二十日以上ですね。この間、自由に行動できるのですが、毎日、内服薬と洗浄を欠かしてはなりません。按摩も中断できません。肉が盛りあがるときに逸《そ》れてしまうと矢尻を肉の中に封じこめてしまい、後で切開をしなければなりません」蘇荊渓《そけいけい》はさらに注意をくわえた。「これはやむを得ない場合に用いる方法です。矢尻に錆《さび》が浮いていたり、毒に浸してあれば性命《いのち》の心配があるかも知れません。危険は小さくありません」

蘇荊渓《そけいけい》が話し終わっても于謙《うけん》は眉間にしわをよせたままだった。これは確かにやっかいだ。危険は別にしても南京から京城までの道のりには船や車による疲労もある。それに太子が耐えられたとしても、腕のたつ医者に毎日傷口を処置してもらわねばならない。一体どこでそんな医者を見つければよいだろう？

二人が病状について話していると、太子の方はゆっくりと意識が戻ってきた。まだ眼を開けていないが、まず鼻先に軽く柔らかな香りがしてきた。心身ともに疲れた者にとってその香りはまるで霊草《れいそう》か奇花《きか》のようで、全身の毛穴に沁みこみ、体を軟らかにした。宮中で用いる何か貴重な調合の香《こう》よりも心地よかった。昼からずっと張りつめている神経がゆっくりとゆるみ、肩の傷さえも痛みが和らいだ。

思わず深く息を吸い、その香りのする方向へ近づこうとすると、突然体がぐらりとゆれて、危うく寝台から転げ落ちそうになった。もたれかかろうとする太子の肩を蘇荊渓《そけいけい》が身をよけながら支えていた。朱瞻基《しゅせんき》が眼を開けると、翠緑《すいりょく》の袍《ほう》を着た年若い女子が枕辺《まくらべ》にいて、香りは女子のそばにある香炉から漂ってきていた。

その香りは上等なものではなかったが、嗅いでいると宮中の名品より心脾《しんぴ》に沁みる。香炉の平たい横腹も眼に心地よく思われた。朱瞻基《しゅせんき》がもっとよく見ようとすると、于謙《うけん》が遠慮なく視線をさえぎった。

「殿下、万福」

この一言で朱瞻基《しゅせんき》は残酷な現実に引き戻された。思い出したくないことが記憶の底から浮上してきて、突然怒りに変わる。

「もう構うなと言ったではないか！　どうしてまだいる？」

この言葉を聞いて、于謙《うけん》はほめられたと思った。

「臣、君の禄《ろく》を食《は》めば、どこまでも忠を尽くすのみ」すこし間を置いて続けた。「殿下はしばらく安全でございます。臣が万全の策を思案し、すみやかに殿下を御守りして京城に帰還していただきます」

「やめろ、むだだ……」朱瞻基《しゅせんき》はポンと弱々しく寝台を叩いた。「南京はみな叛《はん》し、お前のような行人《こうじん》一人でどうやって京城まで送るというのだ？　情勢がここまで傾けば、もはや挽回はできん。終わりだ。死ぬなら死ぬ」

于謙《うけん》はやや驚いたが、老婆心で諫《いさ》めた。
「御心《みこころ》を強くお持ちください。万事みな為せば成ります」

この言葉は、具体的な方法などなく運まかせにやるに等しいと太子の耳には聞こえた。朱瞻基《しゅせんき》は気落ちして手をふった。「京城に帰ったところで何になる？　あちらではもう即位の大典が準備されているかも知れん。千里の道を帰ったところで、新君の供物《くもつ》になるだけではないか？」
「皇后様が密詔《みっしょう》を御出しになれたのですから仁人志士が必死に局面を支え、殿下の御帰還を待っておられることが判りましょう。京城の事、なおいまだ知るべからず」

そんな話を聞いていると太子は疲労で苛立ちがつのり、その苛立ちが怒りを蓄積し、感情がすみやかに推移していった。だが、于謙《うけん》はまだ話をやめない。
「殿下、大事に臨むには、これを鎮《しず》めるに静《せい》を以てすることこそ肝要で……」

いきなり巨大な浪が大地から起ち上がり、眼の前の小臣に襲いかかった。
「何が〝なおいまだ知るべからず〟だ！　何が〝これを鎮めるに静を以てす〟だ！　そんなもの屁《へ》にもならん。アナグマも嗅がぬ屁だ！　お前はわたしを糞《くそ》の中に隠し、一体何の役に立った！　皇城で死んだ方がまだ体面が保てた！　今は安らかに死んでいきたい。これもいかんと言うつもりではなかろうな！」

だが、小さな体は逃げ出そうとするどころか、背筋を伸ばして真正面から浪を受けとめた。まるでそれは眼を奪う犀利《さいり》な剣が光るようだった。
「だまれ！　太子の身で軽薄な口を利《き》きおって！」

一喝は迅雷のように炸裂し、たちまち凶悪な濁浪《だくろう》を揺るがし消し去った。普段なら朱瞻基《しゅせんき》が癇癪《かんしゃく》を起こせば、大伴《じい》でさえ跪いて許しを請うた。あえて反撃する者がいるなどと考えたこともない。朱瞻基《しゅせんき》は一瞬その場で震えおののき、どうしたらよいのか分からなかった。

その時、于謙《うけん》の剣がふたたび襲ってきた。

「あえて問いますぞ。殿下が死ねば社稷《しゃしょく》をどこに置かれる？　天子を見取るのは何人《なんぴと》なりや？　万民を打ち棄《す》ててどうなさる？」

この三つの質問は三発の平手のように太子の顔を引っ叩いた。その場にいた全員が唖然とした。この品行方正な官員が突然こんな滅茶苦茶な無礼をはたらくとは誰も思っていなかった。

于謙《うけん》の顎は弓のように張って両頬はふくらみ、後には引かぬ覚悟が見てとれる。

「社稷を捨てて身を軽んじるは不忠！　天子を置いて顧《かえり》みぬは不孝！　万民を水火に見棄てるは不仁！　不忠、不孝、不仁、これがあなたの道でありますか？」

「わたしは……」こう言ってみて朱瞻基《しゅせんき》は気づいた。自分は罵られることに経験が不足していて、どう答えたらいいかわからなかった。

「重耳《ちょうじ》は他国にあること十九年、晋の文公として覇業を成就しました。漢の高祖はしばしば敗れしも戦いぬき、大漢の洪基《こうき》を打ち建てました。もし一度負けたくらいで降参し、一度敗れたくらいで弱気になり、一度挫折したくらいで倒れ伏し、一度傷ついたくらいで投げやりになっていたら、晋を覇たらしめ、漢を強くできたか？　あなたは何年も太子をやっておるのにまだ目鼻もついておらん！　何を太子の務めというか知っておられるか？　その行いは天下のもの、その生死は一家の事にあらず！　この死蟹《すは》め！」

于謙《うけん》は興奮すると官話に土語が混じり、罵りながら指をまっすぐに伸ばし、朱瞻基《しゅせんき》の額をぴたりと指《ゆび》さしている。于謙《うけん》の人を罵る腕前は太子のはるか上をいっていた。抑揚は頓挫し、平仄《ひょうそく》もはっきりせず、ややもすれば語の配列などかなぐり捨て、人に応接の暇《いとま》をあたえない。朱瞻基《しゅせんき》はこの小官に罵り殺されるのではないかと思った。

朱瞻基《しゅせんき》が泡を吹いた蟹のようになったので于謙《うけん》は声量をやや落とした。

「殿下、御判《わか》りですか？　臣が卑賤《ひせん》の身でありながら前後に奔走したのは一体何のためか？」

朱瞻基《しゅせんき》は唇を動かしたが、声が出なかった。間違えたらまた罵られるのでは？　と思って怖《こわ》かった。

「臣、今日の乱を画策したものが誰かは知りませぬ。ただその権力奪取の凶悪さ、卑劣かつ残忍な手段を厭《いと》わぬこと、実に徳を喪《ほろぼ》し、道を敗《やぶ》り、天の調和を乱すもの！　このような心根をもつ奸悪《かんあく》の徒が皇帝となれば、必ずや大明民衆の災禍《さいか》となりましょう」こう言うと于謙《うけん》は朱瞻基《しゅせんき》につめよって両眼で凝視した。

「実を言えば、臣が奔走したのは陛下のためでもなければ、殿下のためでもありませぬ。あの賊どもを帝位に上《のぼ》らせず、天下蒼生《そうせい》に禍害《かがい》をもたらさぬがため！」

朱瞻基《しゅせんき》は一瞬失望を覚えた。「わたしに忠を尽くすのではなかったか」

「民を貴《とうと》しとなし、社稷《しゃしょく》これに次《つ》ぎ、君を軽《かろ》しとなす！」

この言葉は朱瞻基《しゅせんき》を驚かせた。

それは『孟子』尽心篇の言葉だ。国初洪武《こうぶ》帝は『孟子』の不敬な言論を好まず、儒臣劉三吾《りゅうさんご》（一三一三年～没年不詳）に命じて〝民、社、君〟をふくむ八十五条を削らせた『孟子節文《せつぶん》』を作った。これより天下の官学私塾ではみなこの『節文』に準拠して教えられている。

于謙《うけん》が口にした一句は大きな危険を冒したものだった。しかし、于謙《うけん》には少しも怯《おび》える色はなく、むしろ太子に一歩つめよった。

「殿下は天子となられるはずの御方、知らぬわけではございますまい、君たる道を？」

朱瞻基《しゅせんき》の唇が不自然に顫《ふる》えた。〝君たる道〟という言葉は楔《くさび》のように心に突き刺さり、于謙《うけん》の罵倒よりもはるかに痛みを覚えた。太子となってから同じような声が明に暗に身辺に渦巻いていた。天性が不純だとか、落ち着きのない性格だとか、遊び好きで浮ついているだとか、すべては太子に相応《ふさわ》しくないという言葉だ。朱瞻基《しゅせんき》はこれに真面目に反論することができなかった。言い返せば〝偏狭で度量がない〟という言葉が飛んでくる。だから、その事についてもはや考えまいと意識の底に深く沈めていた。

積年心の底につもった滓《おり》が于謙《うけん》の雷吼《らいく》によって爆破され、朱瞻基《しゅせんき》の枯れた心に紛々と舞いあがった。その中には不満もあれば困惑もあり、屈辱と憤怒もあった。それが折り重なって極めて複雑な情緒となり、体に奇異な活力を注入した。

于謙《うけん》は裾を払って地に跪いた。

「君たる道を殿下が御判《わか》りになれば、臣、煮湯《にえゆ》にも赴《おもむ》き、火炎をも踏みましょう。万死するとも辞《じ》することなし！　御判りにならぬとあらば首《こうべ》を垂れて刃《やいば》を受けるのみ！　もはや京城へ御帰還くだされと諫《いさ》めもいたしますまい。ただ後世、史家に明察あらば、史書にこう直書《ちょくしょ》いたしましょう。〝廃王、惰弱なり。劉禅《りゅうぜん》の面《めん》縛与櫬《ばくよしん》（三国時代の蜀の二代皇帝が両手を縛り棺を引いて降伏した故事）にならうとも、曹髦《そうぼう》の駆車南闕《くしゃなんけつ》（魏の四代皇帝が臣下の司馬昭と戦い、宮殿南の望楼で鎮圧された故事）に学ばず〟と」

『三国志通俗演義』が流行してすでに久しく宮中にも読者はいた。この二つの故事は朱瞻基《しゅせんき》の一番痛いところを突いた。

「ふざけるな！　そんな事は許さぬ！」拳を握りしめ、朱瞻基《しゅせんき》は思わず怒号していた。

「ならば証明なされい！」一歩も引かず于謙《うけん》は挑発するように太子を見た。

二人は若い。言い争うと君臣の身分も忘れて眼を怒らせて対峙した。朱瞻基《しゅせんき》は熱血がわきあがって、寝台から起ちあがると、蘇荊渓《そけいけい》の傍らの香炉から香をぬき取り、滅茶苦茶に怒りながら、その場で誓いを立てた。

「我、朱瞻基《しゅせんき》、この香炉に誓う。劫難幾重《ごうなんいくえ》たりとも断じて諦めぬ。京城に帰還し、奸賊《かんぞく》どもを成敗する。神《かみ》人《ひと》ともに鑑《かんが》みよ！」

そう言い終えると、荒々しく香を二つに折り、香炉のなかに挿した。だが、いきなり動いたせいで、肩の傷口が動き、呻きをもらすと寝台に倒れふした。蘇《そ》荊《けい》渓《けい》がいそいで血が滲んでいないか確かめる。

「この大根が……」傍らで見ていた呉定縁《ごていえん》が呟いた——

——大根は南京の言葉で莫迦の意味だった。

于謙《うけん》は安堵の息をついた。背中は汗でぐっしょりと濡れていた。大明はもとより元宋唐漢の世までさかのぼっても、これほど太子を罵った小臣がいただろうか？　于謙《うけん》も前代未聞の人だ。しかし、その口舌は無駄にはならず、太子の血気を激しく呼び起こした。この後、太子の心にわだかまりが残るか、あとの清算がどうなるかなど、于謙《うけん》はかまっていられなかった。

太子が再び戦う意志を取り戻したのだから、次は現実問題を解決しなければならない……傷をどうする？　解骨の法で旅に出るにしろ、途中で世話をする医者がいてのことだ。治療は一日も中断できないのだから。

「わたしが蘇《そ》大夫（大夫は医者のこと）から薬方と按摩を教えてもらうしかあるまい。良相となれずとも良医となる。儒家、万物に通じて万物の道理は……」于謙《うけん》が計画を口にすると、突然耳もとで意外な声が聞こえた。

「信じてくださるならば、わたくしめが太子の帰京に付きそいましょう」

それを聞いて朱瞻基《しゅせんき》は眼の前がぱっと明るくなり、于謙《うけん》に言った。

「この医者は一体誰だ？」于謙《うけん》は蘇《そ》荊渓《けいけい》が横から志願してくるとは思いもよらず、やや気まずくなったが、懐から供述書を差し出し、太子に簡単に紹介した。これはすべて彼女から取った供述で、まだ真偽を調査しておりませんともつけ加えた。

朱瞻基《しゅせんき》は最後の一文を見て寝台を叩いて喜んだ。

「朱卜花《しゅぼくか》の奸賊め、なぜ顔じゅうに膿ができたかと思っておったが、そちの筋書きであったか！」蘇《そ》荊渓《けいけい》は襟を正し、頭を下げて認めた。

好奇心から朱瞻基《しゅせんき》は訊ねた。「毒を盛ったのなら静かに果報を待てばよい。わたくしの命がけの旅についてくる必要もなかろう？」

蘇荊渓《そけいけい》の両眼に殺意がよぎる。「朱卜花《しゅぼくか》には疽毒《そどく》を深く植えつけたので、あと一つ刺激を与えるだけなのです。わたくしめが陛下を助けて京城に帰れば、あいつは怒りのあまり必ず死にます。これはわたくしが手を下して仇を討つことになります」

朱瞻基《しゅせんき》は大いに笑った。自分も朱卜花《しゅぼくか》を憎んでいるが、それが憤死すると聞いて、抑えつけてきた鬱屈が晴れ、大いに気分が明るくなったのだった。

「愉快！　愉快！　謝小娥《しゃしょうが》（唐の女性、男装して夫の仇を討った）、紅払女《こうふつじょ》（唐の女性武術家、李靖とともに隋を討ったとされる）にも等しい義士ではないか。冠帯《かんたい》の褒美にあたいする！」

「御戯《たわむ》れを。わたくしめは臆病で弱いのでやむを得ずこのやり方にしたのです。御両名の英傑にはとても及びません」

蘇荊渓《そけいけい》は太子の肩を支え、処置を行いながら口をすぼめて笑った。

于謙《うけん》も口を開いたが、つづく言葉を呑みこんだ。重臣を毒殺しようとした罪を赦免《しゃめん》することで蘇荊渓《そけいけい》に治療をしてもらったが、それを太子自ら〝義挙〟としてしまえばどうやって彼女をつなぎ止めておくのだ？

この女子を于謙《うけん》も軽く見てはいなかった。平気で朱《しゅ》卜花《ぼくか》を毒殺できるのだ。万一、太子に手を下すことがないとも限らない。だが、目下、蘇荊渓《そけいけい》は唯一の選肢だ。于謙《うけん》はどうしたら良いか分からなくなり、探るような眼を呉定縁《ごていえん》に向けた。呉定縁《ごていえん》は素知らぬ顔で酒を飲んでいる。

じつは呉定縁《ごていえん》も話を聞いていた。蘇荊渓《そけいけい》の志願は理由も十分、言い出す時も正確、絶対に計算していたはずだ……だが、それがオレに何の関係がある？　呉定《ごてい》縁《えん》は自分に言い聞かせた。これ以上面倒には関わらねえ。こいつらはさっさと出て行かせるのが一番だ。絶対に因果に染まっちゃならねえ。

だから、わざと于謙《うけん》を無視して酒を飲んでいた。

ふいに窓の外からクックという声が聞こえてきた。妹の飼っている鶏だ。日が落ちてからは巣で寝ているはずだが……突然、呉定縁《ごていえん》の瞳孔が収縮し、酒壺を放りだすと稲妻のように駆けだし、巣箱の後ろの生垣を飛びこえた。

黒い影が生垣から尻を突きだして盗み聞きをしていた。眼を凝らすと、やはり隣の女房だった。于謙《うけん》の大声、このお喋《しゃべ》りに聞かれたにちがいない。

どうしたものかと呉定縁《ごていえん》が黙っていると、隣の女房の方がさきに驚いて跳びあがった。あたしゃ自分の家の垣根でちょっと小用をしていたのさ。この腐れきった色魔、生垣を飛び越えてきて何をするつもりだい。そう言って、亭主に淫賊《いんぞく》を捕まえておくれと声を張りあげる。呉定縁《ごていえん》の顔は鉄錆色になった。付近にいる兵が聞きつけたら、太子が捕まるばかりか、自分まで連行されるにちがいない。やむを得ない。手刀を首に叩きこんで気絶させた。

亭主も家から出てきた。何か叫びながら金づちなぞふりあげて向かってくる。説明しても無駄だから殴り倒すしかなかった。夫婦を一緒に縛り上げて家の中に押しこみながら、心で于謙《うけん》を呪っていた。あの疫病神！　片付けるそばから面倒を増やしやがる。この場を収めるのは難しいぞ。

呉定縁《ごていえん》が沈んだ表情で自分の家に帰ってくると入り口で于謙《うけん》が状況を聞いた。

呉定縁《ごていえん》は不機嫌そうに答えた。「隣の家に箍《たが》をはめた木桶《きおけ》があった。夜も仕事をしていたらしい。朝には誰かが仕事を取りにくる。その時にはもう隠し通せねえ。すぐに出ていってくれ！」

于謙《うけん》はほっと息をついた。

「そうか。蘇《そ》大夫とは話がまとまった。京城まで同行していただく。我らはここを片付けてすぐに出発する」

　呉定縁《ごていえん》の気分はやや良くなったが、于謙《うけん》の表情を見て、何か変だと気づいた。予想通り、于謙《うけん》が指を五本出して、街で商《あきな》いをするように指をふって見せた。

「もう一度取引の話をしようではないか？　これで最後だ。おぬしが太子を南京から送り出してくれれば、五百両の銀子を出そう」

　君子は義に喩《さと》り、小人は利に喩る（『論語』里仁）。この守銭奴の〝ひごさお〟に大義を説くことはとうにあきらめ、于謙《うけん》は金の話を切り出した。じつは助けなど求めたくはないのだが、朱卜花《しゅぼくか》の手下があちこちにいる現状では頼れる者と言えば呉定縁《ごていえん》だけだ。

「取引はしねえ。太子が生きようが死のうが、オレに何のかかわりがある？」呉定縁《ごていえん》は考えようともせずに断った。「それに親父と妹を探しにいかねえと。誰かほかに腕の立つやつを探してくれ」

「長く時間は取らせん。太子が金陵を出ればおぬしの仕事は終わりだ」

　呉定縁《ごていえん》は冷笑した。「太子は大事だが、オレの家族はどうでもいいんだな」

　そう言うだろうと于謙《うけん》は予測していたようだ。

「おぬしが前に言っていたことだが、南京で生きている官員はみな嫌疑があるのであろう？　ちがうか？」

「それがどうした？」

「ならば、おぬしの父、呉不平《ごふへい》も……」皆まで言わぬうちに呉定縁《ごていえん》は眼から怒気をほとばしらせ、于謙《うけん》につかみかかった。于謙《うけん》は避《さ》けようともせず喉をつまらせながら言った。「応天府総捕頭は官ではないが、重要な人物だ。今どこにおられる？」

　呉定縁《ごていえん》の拳が途中でとまった。小杏仁の問いに答えられなかった。太子を迎える時、呉不平《ごふへい》は長安街や東水関を守っていなかっただけでなく、持ち場を勝手に離れ、家に帰っている。この一点でも異常だ。それに妹の奇妙な失踪、この二つを組み合わせれば連想が生まれるのも難しくない。

于謙《うけん》は呉定縁《ごていえん》が黙ったのを見て、図星を指したのだと知り、話をつづけた。

「呉《ご》捕頭の生死にかかわらず、おぬしはやるべきことがあるのではないか」

それ以上聞かなくても意味は明白だった。呉不平《ごふへい》が襲撃されて死亡したなら仇を討たねばならない。生きているなら叛乱に加担している疑いが大きく、太子を守る大功で罪をつぐなう必要がある。その利害は呉定《ごてい》縁《えん》の頭脳でははっきりと考えられなかった。

呉定縁《ごていえん》の額に青筋が浮き、歯を食いしばって拳を下ろした。

「いいだろう。最後の取引だ。金陵城を出たら南にラバを、北に馬を追う。それぞれの道を行くぞ」

「南京を離れれば用なしだ」于謙《うけん》は皮肉を我慢できなかった。

朱瞻基《しゅせんき》は寝台に横になり、于謙《うけん》の話をすべて聞いていた。呉定縁《ごていえん》を引き込むなと口を挟もうと思ったほどだ。あの顔を見ているだけで扇骨台の屈辱を思い出す。それより朱瞻基《しゅせんき》は蘇荊渓《そけいけい》が自分の傷口を処置している姿を鑑賞していた。眉を顰《ひそ》める表情や一つ一つの動きを見ていると、活力がわいてきて傷の痛みさえ忘れられた。

蘇荊渓《そけいけい》は処置を終えると立ち上がって手を拍《う》った。

「できました。六時辰の間、殿下の行動に大きなさまたげはありません。ただし腕に力を込めぬよう」朱瞻《しゅせん》基《き》が試しに動かしてみると、たしかに先刻より軽く動ける。「太医院にもこんな技はないぞ。まさに神仙の技だ。帰京したら典薬局の内使に取りたてよう」

「殿下、御冗談を。わたくしめは一介の女医にすぎません。太医院に入るなどできるはずもありません」

「典薬局は東宮の管轄だ。太医院の人事には触れぬ。わたくしの一存で決まる！」

への字に口をゆがめて蘇荊渓《そけいけい》は言う。

「きっと以前からいる方々に虐《いじ》められます」

「ならば、どこがよい？　安楽堂か？　良医所か？」

太子が有頂天になっているを分かっていたから蘇荊《そけい》は笑って言った。

「殿下が口にすることは国法に等しく金科玉条でございます。ですが、わたくしめは福薄き身の上、しばらく御恩を受けられません。殿下が帰京なさり、即位なさった後、何を御受けするか考えさせていただいても遅くはありません」

「よかろう。一つ借りになるな！」朱瞻基《しゅせんき》は自分の体をさぐったが、何も与えられる物がないので先刻誓いを立てた香炉をとって、これを印として与えた。蘇荊《そけい》は丁重に感謝する。朱瞻基《しゅせんき》は自分が下々の者を御するに巧みだと思った。こうして恩をほどこしておけば、この女医は感激して涙を流し、道中いっそう心を尽くしてくれるだろう。

その時、于謙《うけん》と呉定縁《ごていえん》が部屋に戻ってきた。呉定縁《ごていえん》は朱瞻基《しゅせんき》が眼に入ると、そっぽを向いてこめかみを揉んだ。朱瞻基《しゅせんき》はこの態度が気に入らなかったが、相手にしなかった。于謙《うけん》が進み出て言う。

「殿下、しばらく準備を整え、半時辰後《のち》に出発いたします」

「ここにいる数名か？」朱瞻基《しゅせんき》は問うた。

熱血の小行人が一人、鼻もちならぬ捕吏が一人、女医が一人。何とも心強い組み合わせではないか……

「事は帝位の争いです。南京の文官、武将、勲貴、内臣、みな心を測ることなどできません。殿下は城を離れるに際して、我ら三人のみを御信頼下さい」于謙《うけん》が真剣に言う。

「一人もいかんか？　全員が買収されているとは信じられぬ」

「おっしゃる通りです。ですが、誰が買収されているかもわかりません。おそらく十人に一人ですが、殿下はその危険を冒しますか？」

「錦衣衛はどうであろう?」朱瞻基《しゅせんき》は突然思い出した。彼らは頼りになる。今は一人でも力が欲しい。

それを呉定縁《ごていえん》が遠くでせせら笑う。「さすが殿下は聡明だぜ。錦衣衛は衆目のもと殿下をかくまったが、反賊はどうも莫迦らしいから当然そこで待ち伏せなんかしねえというわけだ」

この皮肉な言い方に朱瞻基《しゅせんき》は少なからず腹を立てたが、やっと怒りを抑えた。

「では、お前はどのように逃げ……いや、どう行く?」

于謙《うけん》が呉定縁《ごていえん》をつつくと、呉定縁《ごていえん》はしぶしぶ絹本の南京城輿図《よず》を持ち出し、卓《つくえ》の上にひろげた。図には染み一つないが、あちこちに線が引かれていて、びっしりと地名が書きこまれている。呉不平《ごふへい》の部屋にあった品で、応天府の捕物はこの地図で指揮していた。

呉定縁《ごていえん》は話をはじめる。

「お前らがここに来る前に外で人馬を四隊見た。兵馬司の伝令、勇士営の騎馬隊、応天府の捕吏、それに守備衙門《がもん》の親兵だ。つまり、これは朱卜花《しゅぼくか》が南京の兵力を掌握したことを示している。だから大通りを行くのはやめた方がいい。巷《ちまた》と水路に賭《か》けるしかねえ」

そして、地図を指し示した。まず糖坊廊の位置からゆっくりと墨の線に沿って移動していく。ここは廃廟の壁をこえて通れる、ここの浅瀬は歩いて渡れるなど、指さしながら説明を加えていく。呉定縁《ごていえん》は南京の一草一木にいたるまで胸におさめてあるようだ。

于謙《うけん》が傍らでうなずきながら聞いていた。品性は下劣で口は悪いが、実務となればこの男は信頼に値する。ただ、なぜ深く才能を隠して〝ひごさお〟の悪名を甘受しているのかは分からないが。

「城隍《じょうこう》の助けで巡回をすべて避けられたとしても一つ難関がある」呉定縁《ごていえん》の指は城壁でとまった。「外城には十三の城門がある。早朝と夜間は出入りできない。

夜になれば開けることも難しい。とくに今日のように大事件があれば厳重に警備されているはずだ」

「どうする？　飛びこえるか？」于謙《うけん》が疑問を挟む。

「高さは六丈五尺（約二十メートル）だ。生まれ変わりたいならやってみろ」

「……水門を行くのは？」

呉定縁《ごていえん》は首を横にふった。「水門の下には網が張ってある。十眼ごとに一つ銅鈴が結んであって、鈴が鳴ったら衛兵が射《い》る」

蘇荊渓《そけいけい》も話にくわわる。「先刻から指先がクルクルと回っていますが、東南方向に何か穴があるのでは？」

呉定縁《ごていえん》は横眼で見た。この女は鋭い。

「夜が明けないうちに金陵を離れるなら、この方法しかない」

そう言いながら指がゆっくりと移動して、地図の右下で停まった。

皇城の真南に八本の視線が集まる。指先が押さえている小さな墨枠には端正な文字が二つ書かれていた。

〝正陽〟と。

第七章

同じ地図をもう一つの両眼が凝視している。

朱卜花《しゅぼくか》は眼前に広げた南京城を見ていた。細い両眼を力いっぱいに見開いて、まるで地図の中から太子を引きずり出そうとしているようだ。

城壁の射手《いて》は〝何かに当たったようだが、はっきりと分からない〟と報告した。つまり、相手は矢に当たったが死んでいないと言うことだ。竹橋の近辺をずいぶん浚《さら》ってはみたが、何も出ない。騎馬隊で秦淮一帯を捜索したが、こちらも収穫はなかった。まるでネズミのように太子は暗闇に入りこみ、跡形もなく消えた。鍋で煮ていた鶩鳥がこんなふうに宮城から飛びさるとは……顔の腫れ物が怒りでいくぶんふくらみ、その尖端から油が滲み、テラテラと光っている。あいにく蘇荊渓《そけいけい》も見つからず、この痛みを抑えられる者がいない。内と外に悩みを抱え、朱卜花《しゅぼくか》の心はあの宝船のように、いつ爆発するか判らなかった。

「中城兵馬司に伝令を出せ。大中橋、淮清《わいせい》橋から冶城《やじょう》、中正街一帯を重点的に調べろ。あの近辺は外地の商人が多いから倉庫一つも見落とすな。邪魔する者は誰であろうと殺してかまわん！」吼えるような勢いで朱卜《しゅぼく》花《か》は重々しく卓を叩いた。傍らの書記がすばやく文書にしたためて、恐る恐る差し出す。

朱卜花《しゅぼくか》はそれを見た。発令は〝東宮の令を奉ず〟だ。ブルブルと頬をふるわせながら自分の花押《かおう》を書き入れる。その文書を勇士営の速馬が受け取ると、馬は飛ぶように守備衙門《がもん》を出ていく。

昼間の宝船爆破は朱卜花《しゅぼくか》に絶好の口実を与えていた。今や太子の名で四方に指示を出し、各処は禁軍の統一指揮に従っていた。官署の責任者は爆死でなければ重傷を負い、まさに〝群龍首なし〟の状況、そこに突然太子の命令があれば従わざるを得ない。

たった一時辰で朱卜花《しゅぼくか》は南京の全防衛力を手中に収めていた。ここにたとえようもなく奇妙な光景が出現した。留都の兵が太子の命で四方から太子を逮捕せんと迫っている。

もちろん、南京において蒙古人の地位は高いとはいえない。早晩、疑問は出る。だが、少なくとも今夜は自分が最高権力者だった。

残念ながら、このかつてない権勢も朱卜花《しゅぼくか》の痛みを緩和してはくれなかった。蘇《そ》大夫の調合する薬だけが一時的に腫れ物の苦しみを緩和できるのだが、奇妙なことに彼女は失踪し、探しに出した使者は何の手掛かりも見つけられなかった。そして、この重大な局面で蘇荊渓《そけいけい》の行方を調べている余裕など全くなかった。

朱卜花《しゅぼくか》は太師椅《たいしい》（肘掛け椅子）に腰かけて痛む両眼を閉じ、しばらく休もうとした。だが、眼を閉じるとよく見知った姿が現れた。その姿はずっと高くにあり、慰めをくれると同時に不安もかきたてた。

　自分の本名は脱脱卜花《トクトアブハ》で雲南蒙古高官の子孫だ。藍玉《らんぎょく》（明初、洪武の将軍）の大軍が昆明《こんめい》（雲南省）を攻めた時、脱脱卜花《トクトアブハ》と鄭和《ていわ》はともに捕虜となって宮中に送られ、内臣にあてられた。その後、二人は北平の燕王のもとに遣《つか》わされ、主人となる朱棣《しゅてい》に出会ったのだった。

　朱棣《しゅてい》は蒙古の血筋など気にせずに信じてくれた。この厚遇は五臓にしみわたり、すべての忠心を捧げてきた。靖難《せいなん》の後、燕王が永楽天子となると、脱脱卜花《トクトアブハ》は朱《しゅ》姓と御馬監提督太監を授かり、勇士禁軍を統率し、宮中で押しも押されもせぬ人物になった。

　永楽帝が崩御され、もうすぐ一年がたつが、今日まで一日たりとも朱卜花《しゅぼくか》の忠心は変わらない。少なくとも自分ではそのように認めていた。

「陛下、わたくしめの致し様には理由があるのです。理由が……」朱卜花《しゅぼくか》は脳裏で向かいあっている人物に呟いた。主人の姿をはっきり見ようとするほど、その輪郭はぼんやりとかすんでいく。はっとして眼を開くと凸凹《でこぼこ》の額には脂汗がにじんでいた。

　脳裏に見えた人影が動いたのは、陛下が御許しになったのだと言い聞かせる。そう考えると、心が落ち着いた。そしてもう一度、地図に眼を落とす。

　そこは鵞黄《がおう》（淡黄色）の線で囲った区域だった。飲虹《いんこう》、上浮《じょうふ》の二橋と三坊巷の貢院《こういん》（科挙の試験場）の間は代々の功臣が住む場所だ。一桝《ます》が一つの邸宅を表し、それぞれ開国の功臣か、靖難の功臣を表している。太子が救援をもとめるなら必ずやここに現れるはず。

　そこは利害が錯綜していて影響も大きい。朱卜花《しゅぼくか》はこれまで捜索に踏みきれず、勇士営を要路に配置してあるだけだった。だが、もはやそんな懸念は捨てねばなるまい。今夜は流血が河となろうとも太子を捕らえるしかない。

　背後から足音が聞こえ、朱卜花《しゅぼくか》がふり返ると、一番嫌な奴だと分かった。昨葉何《さくようか》がブラブラと歩いている。食べかけの杏《あんず》色の海棠糕《ハイタンガオ》（あんこの入った丸い焼き菓子）を持ち、あごが休みなく動いている。

「ずいぶん暢気《のんき》だな」朱卜花《しゅぼくか》が嫌味を言う。

「しょうがないですよ。あたしら白蓮教徒はみな貧乏人の出だから、次はいつ食べられるか分かったもんじゃないんです」昨葉何《さくようか》は一口で残り半分を吞みこみ、ニタリと笑って近づいてきた。「しばらく見ない間に顔の疸《はれもの》がひどくなりましたね。仏母様に病邪祓いの符紙《おふだ》でも頂きに行きましょうか？」

「わしの前で香具師《やし》の口上などやめろ。この大事な時にどこに行くつもりだ？」

昨葉何《さくようか》はかがみこんで、地図を見ながら言った。

「おもしろい事を聞きました」

朱卜花《しゅぼくか》が顔をしかめて怒鳴りつけようとすると、昨《さく》葉何《ようか》は菓子の屑が残った手をパンパンと払って地図の飲虹《いんこう》橋一帯を指でぐるりと囲んだ。

「この一帯は気にしなくていいです」

「なぜだ？」

「西華門の衛兵から聞いたんですよ。午後、太子は惜薪司で宦官を祭ったそうです。その時に通政司から京城八百里の急報を受け取ってます」

朱卜花《しゅぼくか》は驚いた。「そんな事があったのか？」

「ええ、江東門の守備兵からも聞きましたし、通政司の事務官も探しましたよ。話は西華門の衛兵と同じです。駅路の記録も手に入れました」昨葉何《さくようか》は袖から長い巻物を取りだした。びっしりと四十数個の印鑑が捺され、京城から留都まで馬の交換がすべて記録されている。

その記録に朱卜花《しゅぼくか》は眼を走らせ、思わずもう一度凝視した。五月十二日に会同館を出発している。

「この日付……まさか北の計画に不測の事でもあったか？」

「北の事はあたしらが心配することじゃありません。

要するに、太子が密書を見て逃げる気になったってことです。まあ、都合が悪いことじゃありませんがね」

「答えになっておらん！　回りくどい。なぜ飲虹橋の捜査が不要なのだ？」朱卜花《しゅぼくか》はだんだん苛立ってきた。

昨葉何《さくようか》が笑って答える。「密書の内容はわかりませんけど、きっとあたしらの企てと関係があります。考えてみて下さい。太子が帝位の争いを知ったら、功臣なんか探しますかね？　誰が徐輝祖《じょきそ》で、誰が徐増寿《じょぞうじゅ》だか、わかりますか？」

徐輝祖《じょきそ》と徐増寿《じょぞうじゅ》は魏国公徐達《じょたつ》の二子だ。靖難の時、徐輝祖《じょきそ》は兵を率いて燕王に抵抗して最後まで投降しなかった。徐増寿《じょぞうじゅ》は燕王とひそかに通じ、発覚後に建文《けんぶん》帝に誅殺されている。昨葉何《さくようか》がこの二人を譬えに出したのは適切ではあったが、そこに悪意もこめられていて、それが朱卜花《しゅぼくか》を不快にさせた。

「ならば、太子はどこに隠れている？」

昨葉何《さくようか》の指が地図の上を移動する。

「太子が川岸に上ったのは竹橋と玄津橋の間、秦淮の西でしょ。一人ですから遠くへは行けません。地元の者の協力があったはず。思い出して下さい。太子は南京で誰か顔見知りがいますか？　それほど身分が高くない誰か……」

「北で優雅に暮らしていたのだ。南京で交際のある庶民や文士など……」

そう言うと、朱卜花《しゅぼくか》はしばらく黙りこんだ。その変化を鋭くとらえ、昨葉何《さくようか》が問いを発する。朱卜花《しゅぼくか》は顔をかいて、苛立たしそうに言った。

「小事だ。関係はあるまい」

「謀反《むほん》に小事はありません。言って下さいよ」

朱卜花《しゅぼくか》は答えるしかない。「今日、わしが玄津橋に太子を迎えに行くと、そこに小官がいて、何か功績を立てたようだった。太子はその者に馬と牌をやるように言った。おそらく、その場かぎりで後々関わりになりたくなかったのであろうが……」

「功績って何です？」

「太子は言わなかったが、お前ら白蓮教の不手際で太子の一命を救ったのであろう」朱卜花《しゅぼくか》は叱責の一句を忘れなかった。昨葉何《さくようか》は挑発など気にせず、しばし沈思した。

「その小官はどのような職位ですか？」

「知らん。そんな事を気にするか！」

「太子が褒賞をあたえる時、その小官はどこに居ましたか？」

「玄津橋は人だらけだった。覚えているわけがなかろう！」

「ずっと人混みに居たんですね。太子が指さしてから出てきた。そうでしょう？」

「そうだ」

昨葉何《さくようか》は眼を輝かせて手を拍《う》った。「褒美をもらうなら前に出てきて待っているのが本当です。人混みの中にいるわけがない。それはきっと、あなたから馬と牌をだまし取っておいて、しかも二人の関係を知られたくなかったんですね。ひと芝居うったんですよ」

朱卜花《しゅぼくか》は地図の一角を握りしめると、南京が一時しわくちゃになった。

「あの小官を調べにいく！」

昨葉何《さくようか》がそれを押し止める。

「いま城《まち》じゅうを捜索しているんでしょ。太監は大局を見てて下さいよ。こういう小事はあたしらに処理させるのが得策です」

「どういう意味だ？」

「南京の街は大きすぎるんです。官府が把握しているのは明るい部分だけ、暗い部分は見もしません。そういう汚いドブの中は、あたしら仏母様の膝もとの白蓮信徒の方がよく知っているんです」

「いかん！　お前ら頭のおかしい連中に好き勝手に歩かれてたまるか！」

朱卜花《しゅぼくか》は断固反対した。白蓮教には一点も好感を持っていない。数年前に、この反賊どもとは生きるか死ぬかの戦いをしてきた。因縁の運《めぐ》りあわせで今は手を組んでいるが、朱卜花《しゅぼくか》の態度には変化がなかった。

昨葉何《さくようか》は朱卜花《しゅぼくか》を見つめて言った。

「仏母様の御縁をかるく見ておられるようですが、その面子のために太子を逃したら、大計が泡と消えますよ。どうやってあの御方と交代していただくんです？」

朱卜花《しゅぼくか》は地図を握りしめ、また顔の疵《はれもの》がいくつかふくれた。再三躊躇したが、ついには握った手をはなす。

「どうやってその小官を探すつもりだ？」

「いい猟犬がいるんです」昨葉何《さくようか》はうすく笑った。その顔は頬骨が高く、両眼は挑むようにつり上がり、笑うと他に見ないくらい艶《あで》やかで美しいが、眉間からは人をたじろがせるような気勢を発している。

不承不承、朱卜花《しゅぼくか》は命令に署名した。昨葉何《さくようか》はそれを懐に入れると、大手をふって守備衙門《がもん》を出ていった。

あの甲高い声が廊下から聞こえてくる。

「ごちそうの次はお楽しみ、花の南京《みやこ》で太子狩り……」

＊＊＊

「正陽門？」

呉定縁《ごていえん》が指さしたところを見て、于謙《うけん》と蘇荊渓《そけいけい》は同時に疑問の声をあげた。この城門は皇城の真南、つまり承天門《しょうてんもん》、午《ご》門、千歩御道《ぎょどう》と同じ軸線にのる正礼の大門だ。一番厳しく警戒されているところと言えば、まさにここだった。

「小杏仁、埠頭で言ったことを覚えているか？　反賊にどれだけ神通力があっても一つ計算しきれねえもんがある」

「地震か？」

「そうだ」呉定縁《ごていえん》は朱瞻基《しゅせんき》をちらりと見て、すぐに視線を移す。「今日、犯人……いや、太子を護送して、扇骨台から城《まち》に帰ってくる途中、正陽門を通った。あそこは地震で崩れて修理中だ。城門もしっかり閉まっちゃいない。乗じる隙があるかも知れねえ」

朱瞻基《しゅせんき》は鼻を鳴らした。この男が思い出したくない恥辱に触れたからだった。于謙《うけん》は喜びを隠しきれなかった。巷《ちまた》では地震が皇帝と太子を辱めていると噂されるが、その地震が今夜は太子の最大の友なのだ。

呉定縁《ごていえん》は地図をしっかりとたたむと懐に押しこんだ。

「もう宵禁《しょうきん》（夜間外出禁止）だ。四人で出歩くと目立つから、ちょっと準備をしなくちゃならねえ。ここで待ってくれ」

そう言うと太子の許しも請わず、寝室に入って何やらガサゴソやりだした。

呉定縁《ごていえん》がいなくなると、朱瞻基《しゅせんき》はだいぶ気分が良くなった。すぐに始まる新たな逃亡にそなえ、眼を閉じて力を蓄えることにした。蘇荊渓《そけいけい》は竈《かまど》を見つけ、扉ごしに声をかけた。好きにしろと呉定縁《ごていえん》は返事をし、光を外に漏らすなと付けくわえる。

蘇荊渓《そけいけい》は竈の周りを調べた。鍋にはふくらませた生地が半分残っていて、棚には端午節の残りの亀桃《グイタオ》（丸い饅頭）が置いてある。金陵の人が夏に食べる物だ。そして、鉄の土びんを探しあてると、見つけた食材をいっしょくたに放りこみ、赤い板橋《はんきょう》大根と空心菜を刻み、冬搗《つ》き米とまぜ、しばらく煮込むと飩《すいとん》とも汁ともつかぬ粥《かゆ》が煮えた。なんとも珍妙な料理だが、香りが強く、口が潤ってくる。

朱瞻基《しゅせんき》は半夜苦しめられた後で、もう飢えた腸がグルグルと音を立てていた。蘇荊渓《そけいけい》が土びんを持ってくると、碗に盛るのも面倒とばかり、木勺《きしゃく》で口に送り、すすりこむ。食べてみると、これが案外うまかった。

ガツガツと朱瞻基《しゅせんき》が食べていると、ふいにどこからか奇妙な音が聞こえてきた。それが于謙《うけん》の腹の虫だと朱《しゅ》瞻基《せんき》は気がついた。

「失礼いたしました」と于謙《うけん》はあわてて後ろに退《しりぞ》いた。

昼に錦衣衛に駆けこんでから今まで四方に奔走し、粽《ちまき》を一つ食べただけだ。やや躊躇して朱瞻基《しゅせんき》は土びんを押しやり、少し食べよと言った。于謙《うけん》は辞退しようとしたが、腹の虫がまた声をあげる。顔を赤らめながら于謙《うけん》は下《くだ》され物に感謝し、自分で碗を取ってくると遠慮しながら土びんの外側から半碗を削り取って食べだした。

罵りあったばかりで少々気まずくはあったが、わだかまりはこの譲りあいで消えていった。食べ物は力となって朱瞻基《しゅせんき》の全身にすばやく行きわたり、ぽかぽかと体が温かくなる。まるで昇仙したかのような心地だ。満足気に木勺を置くと、于謙《うけん》の碗も空になっていた。本当に腹が減っていたようだ。

満腹で体が温まると考え事をするものだ。この時になって、忠実な小臣が自分のために奔走したというのに、年齢も経歴も知らなかったと朱瞻基《しゅせんき》は思いあたった。この功には報いねばならない。さもないと、臣下の心が離れてしまうだろう。

「そちは何年の生まれだ？」できるだけ気さくに朱瞻《しゅせん》基《き》は話しかけた。

「洪武三十一年、杭州府銭塘《せんとう》県の出身でございます」

なんだ、同じ年の生まれではないかと朱瞻基《しゅせんき》は驚いた。同じ年のはずなのに于謙《うけん》の年よりめいた口ぶりを聞いていると、やはり年上に思えてくる。

「何年の進士だ？」

于謙《うけん》は顔を赤くして短く答えた。「永楽十九年、辛《しん》丑《ちゅう》科でございます」

朱瞻基《しゅせんき》は天井を仰ぎ見て、感慨をこめて言った。

「……あの年か、覚えている。太宗が遷都をなされたばかりだった」

「はい。京城の会試も始まったばかり、貢院《こういん》の部屋も板壁《いたかべ》に蓆《むしろ》でした。二月の寒さはことのほか厳しく、墨も凍りつき、まずは炉で火をおこさねばなりませんでした。大勢の挙子《きょし》（受験生）が火のおこし方も知らず、答案に手間取りました」

「ははっ、その点では京城は留都と比べものにならぬ。道理で国子《こくし》監《かん》の者が国都を戻そうとするはずだ……それで試験はどうであった？」

于謙《うけん》はややバツが悪そうに手を揉んだ。

「臣、幸いにも会元《かいげん》となりましたが、殿試では三甲の九十二名です」

「なんだと！」と朱瞻基《しゅせんき》は一声、これはおかしい。会元は会試の第一位、それほど良い成績なら、たとえ殿試で揮《ふる》わなくても二甲より下らない。どうしてそれほど大きく滑り落ちた？

「殿試の制策《せいさく》（天子出題の政策問題）で上意を得ませんでした」

于謙《うけん》はそう答えただけだった。

朱瞻基《しゅせんき》は于謙《うけん》の口舌の威力を体験したばかり、于謙《うけん》はよく言えば「直言して諱《はばか》らず」だが、悪く言えば「言いたい放題」だ。おそらく殿試でつい時政を批判したのだろう。それで永楽帝の御筆《ぎょひつ》で会元から三甲に落とされた。あれから何年もたつが、愚直な性格はすこしも変わっていないようだ。

祖父朱棣《しゅてい》も殿試で相当腹を立てたのだろうと思うと、朱瞻基《しゅせんき》の口角がにんまりと持ち上がる。

「その後は？　どのような官職を授けられた？」

「北京行人司の行人を授かりました。永楽二十一年、湖広に使者にたち、翌年に帰京し、南京行人司に転属となって現在に至ります」

朱瞻基《しゅせんき》はどうにか于謙《うけん》を理解した。これまでの経歴を問うても于謙《うけん》の態度は飾るところがない。北京行人司は仕途が明るい官署だが、悪を憎むことと仇のごとしという性格のために湖広に使者に出され、また誰かに憎まれたのだろう。南京行人司に異動になったというわけだ。降格というわけではないが、これでは追放と大差はない。

二十七歳の若さでこんなところに捨てられても、まだ闘志を保っていられる者がいるとしたら、それは于《う》謙《けん》くらいだろう。

「まあ、そう気落ちするな。今回順調に帰京したらふさわしい職を用意しよう。えー……うん、えー……」

朱瞻基《しゅせんき》の頭脳は急速に回転した。この大口にはどんな官職がよいだろうか？

「そうだ。都察院で監察御史をやるがいい」と突然閃いた。

監察御史は百官の糾弾や刑罰の審査をする役職だ。何か見過ごせないことがあれば、直接風聞を奏上できる。これ以上の適役はない。朱瞻基《しゅせんき》はすっかり自分に満足した。人を知り、善く用いる。これこそ古代の賢君のやり方だ。

于謙《うけん》はわずかに一礼したが、感動した風でもなかった。そういえば、先刻『孟子』を引いて「君を軽しとなす」とした発言に失望したことを思い出した。ふいに質問してみたくなる。

「この襲撃でわたしが生死不明となり、そちが朝廷の中枢にいれば、どう処理した？」

「越王《えつおう》が簒奪を謀《はか》ったら襄憲王《じょうけんおう》を立て、襄憲王《じょうけんおう》が簒奪を謀ったら越王《えつおう》を立てます」于謙《うけん》は即答した。

「おい……生死不明と言ったのだ。死んだのではないぞ。まずわたしを救いに来ないのか？」

「国は一日として君なきことがあってはなりません。我ら臣たる者、社稷《しゃしょく》の計を優先せざるを得ませぬ」

結局、一番関心があるのはわたしの事ではないのか……朱瞻基《しゅせんき》はひそかに溜め息をついた。于謙《うけん》の厳粛な顔をちらりと見てみたが、何も慰めを言わない。

于謙《うけん》が黙りこんでいるうちに、部屋で何か動きがあって呉定縁《ごていえん》が出てきた。公儀の装束《しょうぞく》に着替え、手には木の枷《かせ》、僧の着る黒い衣《ころも》、そして、包みを一つ持っている。

呉定縁《ごていえん》は朱瞻基《しゅせんき》から視線をそらして、于謙《うけん》に言う。

「オレたちの有利な点は敵が太子の顔を知るだけ、ほかの三人を知らねえってことだ。だが、今夜のような宵禁《しょうきん》の中、四人で一度に出れば目立ちすぎる。だから、事件をでっちあげなきゃならねえ」

包みをひろげると、僧侶の度牒《どちょう》（身分証明書）と槐《エンジュ》の数珠《じゅず》と応天府の牌票《はいひょう》が出てきた。

「親父が二日前に処理した事件だが、法明寺《ほうみょうじ》に参拝した女を騙して不埒《ふらち》を働いた和尚《おしょう》がいた。薛《せつ》長官が逮捕状に署名をしたが、犯僧《はんそう》が気づいて逃走して、この品だけが残っていた。ちょうどいいだろう」

于謙《うけん》が眉をひそめる。「何がちょうどいいのだ？」

呉定縁《ごていえん》は窓枠に挿してあった剃刀《かみそり》を持ってきて、ニタニタと笑った。

「オレは応天府の快班、逃亡中の犯僧を発見し、その場で逮捕した。そして、裁判のために役所に送致する。理にかなっているだろう？　犯僧の身分証も応天府の逮捕状もそろっているしな。誰が尋問しても破綻はねえはずだぜ」

「では、わたしと蘇《そ》大夫は？」

呉定縁《ごていえん》は公文を諳《そら》んじるように言った。「当該犯僧は行人司官員の家人を辱めたが、夫に現場で捕らえられ、官署に送致される。官の名節を顧慮して特に夜間に官署に入れ、記録に供《きょう》することを許可する」

于謙《うけん》と蘇荊渓《そけいけい》は同時に息を呑んだ。呉定縁《ごていえん》の書いた筋書きはあまりに悪辣だった。三人をいっぺんに淫賊《いんぞく》と不貞《ふてい》婦人と緑帽子《みどりぼうし》（妻に浮気された夫）にする気だ。何かの意趣返しではないかと于謙《うけん》は勘ぐった。

「役所に犯人を護送するという計画は良いのだが、もうちょっと……ほかの事件はないのか？」

「そんな都合のいい事件がどこに転がってる？　花婿も糞坑《くそあな》に落ちる……体面《たいめん》か、性命《いのち》か、どっちだ？」

于謙《うけん》は溜め息をついた。体面についてはあきらめた。この筋書きは確かに天衣無縫ではあり、宵禁《しょうきん》に四人が同行する理由はそろっている。

呉定縁《ごていえん》は白く輝く剃刀を握ると、于謙《うけん》と蘇荊渓《そけいけい》を押しのけた。朱瞻基《しゅせんき》は悪意を敏感に察して眼を丸くして拒絶しようとする。

「何をするつもりだ？　身体髪膚《はっぷ》これを父母より受《う》く。やめろ……このロバに小突かれるイヌブタめ！」

だが、太子はすぐにピタリと動かなくなった。氷のように冷たい剃刀が髪の根に当たり、呉定縁《ごていえん》の悪党が眼を閉じたからだった。手元が狂えば傷が開くのだから、全身を硬直させて微動だにできない。

呉定縁《ごていえん》の手つきは素早く、てきぱきと〝龍髪〟を剃りあげ、青々とした頭皮が現れた。仕事を終えると二歩後ろにさがって出来映えをながめ、先刻誓いを立てた香炉から線香を引き抜く。それを于謙《うけん》がすばやく奪い取る。

「戒疤《かいは》はやめよう！　まだ受戒しておらぬ沙弥《しゃみ》ということで……」

堂々たる大明の太子が頭に灸《きゅう》の跡などつけていたら後世の笑いぐさだ。蘇荊渓《そけいけい》が右肩の下に厚い手ぬぐいをあてがって「枷《かせ》は重いので傷に障《さわ》ります」と言う。


これを聞いて朱瞻基《しゅせんき》は感動して泣きそうになった。呉《ご》定縁《ていえん》の羅刹《らせつ》とくらべれば、この娘は菩薩《ぼさつ》に見える。

蘇荊渓《そけいけい》に手伝ってもらい、太子は僧服を着て数珠をかけた。若い沙弥姿があまりにはまっているので、蘇《そ》荊渓《けいけい》がくすくす笑いだす。恥ずかしそうにしている太子を蘇荊渓《そけいけい》が慰《なぐさ》めた。

「大丈夫です。殿下がお召しになると弁機《べんき》和尚みたいですよ」

弁機は大唐の高僧玄奘《げんじょう》の弟子だ。美男だったが、高陽公主と密通して、唐の太宗によって腰斬《ようざん》の刑に処された。蘇荊渓《そけいけい》のやさしい声でこんな追従《ついしょう》を言われると、途端に朱瞻基《しゅせんき》の怒りも喜びに変わった。だが、呉定縁《ごていえん》が枷を持ってくると、好転した感情も谷底に突き落とされた。

呉定縁《ごていえん》は慣れた手つきで、二つの枷板をカチッと合わせて首を固定し、手枷を両手首にかけて鎖をつなぐ。そして、鍋底から煤をとると太子の顔に塗りたくった。

美形の弁機が一瞬でみすぼらしい和尚に変わる。朱瞻《しゅせん》基《き》が抗議の声をあげる間もない。呉定縁《ごていえん》は于謙《うけん》に視線を移した。

「心配するな。引っ掛けてあるだけだ。いつでも自分で外せる」

朱瞻基《しゅせんき》は心中不満だった。自分は太子なのだ。顔に煤を塗る前に一言かけられんのか？　まさか忠言を聞かぬ暗君だとでも言うつもりか？　少なくとも眼くらい合わせるべきだろう。ずっと視線をそらしているのは何のつもりだ？

呉定縁《ごていえん》は冷ややかに続けた。

「みっともない話だが先にしておく。オレは癲癇《てんかん》持ちで眩しい光は駄目だ。見ると病気に障《さわ》る。オレが発作を起こしたら最善の道を取れ。オレにかまうな」

これに興味がわいたようで蘇《そ》荊渓《けいけい》が問う。

「その癲癇は眩しい光を見た時だけ起こるのですか？」

「太子の顔を見るのもちょっとつらい」

この言葉が嘘ではないと朱瞻基《しゅせんき》にも分かったが、どうも変な話だった。

その時、于謙《うけん》が自分の頭を叩いた。

「しまった！　着替えに帰らなければ」

今日着ていた官服はもう捨ててしまい、いま身に着けているのは糞工の短い上着だから官だと言い張るには無理がある。

「家はどこだ？」

「わたしは単身赴任だ。柳樹湾《りゅうじゅわん》の礼部《れいぶ》官舎に住んでいる。長安街の東だから正陽門に近いぞ」

呉定縁《ごていえん》はしばし考えた。南京に于謙《うけん》と太子の関係を知っている者はいない。単独行動でも危険はないはずだった。そう考えて、外の様子に耳をすました。今晩は夜回りが時刻を知らせに来ないが、おそらく戌時《じゅつ》の末から亥《がい》時の初めあたりだろう（午後九時から十時）。

「子《し》時（子初、午後十一時）ぴったりに正陽門内の宗伯巷《そうはくこう》（宗伯は礼部尚書の古名）で会おう」

思わず朱瞻基《しゅせんき》が不安そうな声をあげる。この小臣の罵倒は強烈だが、周囲がみな敵の南京で一番頼りにしている者だ。いま離れていくと思うと、頼みの綱が切れるように思えた。

太子の声を聞くと、于謙《うけん》は深々と一礼した。

「殿下、御心配にはおよびません。すぐに戻って参ります」

そして、呉定縁《ごていえん》を一瞥《いちべつ》して太子を慰める。「この者は金に細かく面倒を嫌いますが、一つ長所があり、約束は必ず守ります。殿下を守って南京を出ると言った以上、必ず満額を手にせずにはいません」

こんな話を眼の前で言われたが、呉定縁《ごていえん》は腕を組んだまま「五百両だぞ、忘れるな」と言っただけだった。フンと一声、于謙《うけん》はそれ以上話もせずに戸を押して出ていった。

だが、すぐに于謙《うけん》は戻ってきた。呉定縁《ごていえん》がイライラと何か忘れたのかときくと、于謙《うけん》は小さな銅の香炉を取り上げ、丁寧に懐にしまいこんだ。

「これは殿下が誓いを立てた礼器ですから、捨て置けぬ。持っていくことにする」

朱瞻基《しゅせんき》の表情が一瞬こわばった。先刻、この香炉の前で何が何でも京城に帰り、絶対にあきらめないと誓いをたてた。于謙《うけん》は道々香炉を持ち出して諫《いさ》めるつもりらしい。

「それは妹の誕生日にオレが贈ったものだ。持っていくなら金を払え」と呉定縁《ごていえん》が口をはさんだ。于謙《うけん》は手をふって、「では五百一両払おう！」と言い、今度は本当に去っていった。

残った三人はすこし片付けをして呉《ご》家を離れた。朱《しゅ》瞻基《せんき》は和尚の扮装で首に枷と鎖をつけて先頭を歩く。頭が重く足が軽いという慣れない姿で、歩いてみるとフラフラするから本当に落魄の犯僧のようだ。呉定縁《ごていえん》が手に気死風灯（風で消えにくい提灯）をさげ、その後ろから時々鉄尺で犯人の脚を打つ。蘇荊渓《そけいけい》は髪を人妻風の高髻《こうけい》に結いあげて額を布で隠し、いかにも顔を見られたくないといった様子で俯《うつむ》きながら付いていく。

すでに外は真っ暗で、墨のような暗雲が星明りと月光をさえぎり、すべての輪郭と細部を塗りつぶしている。通行人が向こうから来たとしても顔を見分けるのも難しい。心中冷や冷やしている逃亡者たちにとって、この闇夜は好都合だった。

たしかに呉定縁《ごていえん》は南京を熟知していた。二人を連れて巷《ちまた》を抜け、板壁の並ぶ書店の間をすり抜け、廃廟《はいびょう》の生垣を突っきり、大手をふって国子監前の琉璃牌《るりはい》坊を通りぬけていく。まるで狡猾な泥鰌《どじょう》が漁師のしかけた網を巧妙にすり抜けていくようだ。

城下にはまだ不安の漣《さざなみ》がゆらぎ、昼間の爆発の余波が残っているように見えた。この時、誰かが南京城を俯瞰できたとしたら、暗闇の中にいくつも明るく輝く点を見つけただろう。その点一つ一つが松明《たいまつ》をかかげた部隊だった。それは獰猛に路地になだれこみ、人家に押し入っている。

一行は七、八回も検問にかかった。それもみな異なる部隊のものだ。事前の準備は十分、文書はそろっている。検問の兵は淫僧を護送すると聞くと、何とも言えぬ表情で蘇荊渓《そけいけい》をジロジロ見て、朱瞻基《しゅせんき》の汚れた顔を見ようともしない。

歩いては停められながら、まもなく正陽門内に到着した。御街《ぎょがい》の正面にあたり、やや西よりに宗伯巷《そうはくこう》がある。礼部尚書《しょうしょ》（長官）、侍郎《じろう》（次官）、郎中《ろうちゅう》（部長）、員外郎（補佐・補充要員）などが住んでいるので、この名があった。一軒一軒みな高い門に広々とした敷地をもち、どっしりとした屋敷の構えはいかにも大邸宅の雰囲気があった。

正陽門は暗闇が覆っていて灯りも見えない。あまり早く行って藪蛇にならぬように呉定縁《ごていえん》は于謙《うけん》が来るまでどこかで待つことにした。今年は炎暑だから通りの入り口に日避けの巻屋根《まきやね》が建っている。一行はこの屋根の下で休んだ。

だが、この巷にも平時の静謐《せいひつ》はない。遠くからかすかな泣き声が聞こえてくる。太子の臨駕を東水関で出迎えるにあたり、礼部の官員たちは最前列に並んでいた。だから、宝船爆発の際、負傷者や死亡者が礼部の官員に一番多かった。宗伯巷《こう》では明日から家々で白い喪章をつけ、喪家の幡《のぼり》を立てるだろう。

朱瞻基《しゅせんき》は屋根の下で泣き声を耳にしてくつろいでなどいられなかった。自分の責任でないとはいえ、大明の英才たち、自分の臣下となるはずだった者が豚か犬のように殺されたのだ。心中の鬱憤は抑えがたい。憂悶を紛らわすために周囲を見回すと、たまたま呉定縁《ごていえん》が眼に入り、相手がまた視線を避けたのに気づいて、ふいに怒りがわいた。

「呉定縁《ごていえん》、なぜわたしを正視せぬ？　お前もまたわたくしが徳薄く君たる道を分かっておらぬと思っているのか？」

ぼんやりと呉定縁《ごていえん》は顔をあげ、二人は見つめあった。あのよく知っている痛みがまた走る。呉定縁《ごていえん》は顔をしかめて視線を避けようとする。その瞬間、朱瞻基《しゅせんき》が一喝した。「眼をそらすな。わたしを見ろ！」

視線をそらさず、三、四回呼吸する間、呉定縁《ごていえん》は太子の顔を見つづけた。こめかみから刺すような痛みが伸びてきて、まるで真っ赤に焼けた鉄で額をゆっくりと切り開き、頭蓋の中を掻きまわされているようだ。ついに呻き声がもれ、呉定縁《ごていえん》は頭を抱えてしゃがみこんだ。

蘇荊渓《そけいけい》がすぐに風府《ふうふ》（後頭部の髪の生え際中央）と天柱《てんちゅう》（後頭部生え際、頸骨の両側）を指圧する。呉定縁《ごていえん》の反応の強烈さに、朱瞻基《しゅせんき》はやや気まずくなり、どうしたら良いのかもわからず、その場に立ちつくした。ゼイゼイと喘ぎながら呉定縁《ごていえん》が立ちあがると、額にまだ青い筋が浮いていた。

蘇荊渓《そけいけい》が立ちあがって太子に言った。

「心配ありません。軽い頭風《ずふう》の発作です。何か刺激でもあったのでしょう」

「刺激だと？　わたしの顔が刺激か？」朱瞻基《しゅせんき》の声には不満と憂悶があった。

「わたくしめは以前よく似た病症を手がけたことがあります。この種の病は多くの場合、患者が何か恐怖を感じた経験があって、似たような対象に出会うと反応が起こるのです。いわゆる〝一朝蛇に咬まれれば、十年井戸の縄を恐る〟です」

「だが、この者に会ったことなどない！」朱瞻基《しゅせんき》は呻いた。

蘇荊渓《そけいけい》は呉定縁《ごていえん》の右手を取り、虎口（手の親指の付け根）を指圧しながら質問した。

「以前、天子のために働いたことはありますか？　それとも誰か宗室に会ったことは？」

呉定縁《ごていえん》は首をふり、彼女の手をふりほどいた。もう枝を生やしたくはない。于謙《うけん》が到着したら、こいつらを送り出して、もう二度と会うことはないのだ。

蘇荊渓《そけいけい》は腰につけた袋から布を取り出すと、呉定縁《ごていえん》のこめかみにきつく巻きつけながら小声で言った。

「そんなに気鬱をためこんで、壺があふれたらきっと大病になります。耐えられない事があったら人に話してしまいなさい」

それを呉定縁《ごていえん》は冷笑する。「茶の熱さは自分で分かる。お前はあちこちで人の打ち明け話を聞くのか、一体どんな了見だ？」

「わたくしは医者です。奇病があれば調べたくなってしまうのです。ほかにどんな了見があると言うのですか？」

「オレは痛くも痒くもねえよ。そんな奇病なんてねえだろ？」

「心の病も病なのです。ただ人はあまり重く見ません。わたくしがこの数年医術を行った経験ですが、言葉を湯薬《とうやく》として、傾聴を処方とすれば、心の病は消えるのです。だから、わたくしは人と会えばじっくり話すのが習慣になっているのです」

呉定縁《ごていえん》は煩わしそうに手をふった。「ちょっと話せば病気を治せるだと？　屋敷の奥でペチャクチャやっている女たちならそうだろうよ」

「お茶の熱さは自分では分からないのですよ」

こう言うと、蘇荊渓《そけいけい》は相手の感情を察したように口をつぐみ、布を巻き終えると、呉定縁《ごていえん》から離れた。呉《ご》定縁《ていえん》は頭をなでてみた。締めつけはきついが、先刻の違和感は確かに減っていた。

「親父が言っていたのは本当らしいな。どんな奴にも取柄《とりえ》があるもんだぜ」呉定縁《ごていえん》は低い声で呟いた。それが感謝だということは蘇荊渓《そけいけい》にも分かった。すこし微笑むと、太子に声をかけた。

水時計の一刻ほどが過ぎると、遠くから足音が聞こえてきた。于謙《うけん》が大急ぎでやって来たのだった。ただ、自宅に残っていた大祀《たいし》の時に着る朝服を着ている。太い袖の真っ赤な羅《あやぎぬ》で、だぶついて身にそぐわない。膝の前には赤白二本の大きな絹帯が垂れ、ヒラヒラとゆれて、今にも足を引っかけて転びそうだ。

「お前……なんて服を着て来るんだ？」呉定縁《ごていえん》には理解できなかった。これから逃げるんだ。天を祭りに行くんじゃねえ。

「驚いたか！」于謙《うけん》は自信満々に答えた。

行人の職責は四方に派遣されて詔勅を頒布することだ。だから、服装は格別華麗に仕立てられている。華麗でなければ朝廷の威儀を体現できないからだ。官の品級など知らない兵や民からみれば、服が派手であればあるほど恐れおおいものだ。とくに于謙《うけん》は本人が厳めしい顔つきなので、朝服を着るといかにも堂々として見えた。

「途中で検問にあったか？」

「いや、わたしがこれを着ているんだぞ。誰が邪魔なぞするか」

呉定縁《ごていえん》はやや戸惑って、うなずいた。そして、しばらく声は出すな、オレが話すのを聞いていればいいと一同に言いふくめる。新たに行列をつくり、淫僧と捕吏は前を行き、行人は妻を介抱しながら後ろにつき、一行は正陽門へ歩いていく。

正陽門は修復中だった。建築資材に引火するかも知れないから篝火《かがりび》をあげていない。衛兵は門洞の両側に松明《たいまつ》をそれぞれ一本ずつ立て、数丈の範囲を照らしているだけだった。周囲には木製の柵《さく》がめぐらせてある。守備兵は誰かが近づいてくるのを見て、本能的に矛《ほこ》を取り、「停まれ」と一喝した。

呉定縁《ごていえん》は他の三人に灯りの範囲ぎりぎりに立つように言いおいて、自分が進み出た。

「応天府の命令で犯人を護送する。行かせてくれ」

そして、牌票と自分の錫牌《すずはい》を見せた。衛兵は字など読めない。牌票の上に捺された印章を見ただけで、疑わしそうに何かブツブツ文句を言った。

「こんな夜更けに城を出るなんて事、よくあんのか？」

呉定縁《ごていえん》は朱瞻基《しゅせんき》をちらりと横眼で見て衛兵に近づき、いかにも因果をふくめるように言った。

「法明寺の〝孔門長老〟（表面上は孔子門下の長老の意味）は知ってるよな？」

これは卑猥な隠語で〝孔〟（一説に授乳の象形で乳首を指す）〝門〟（玉門、女性器の意）〝長〟（年長者の意か）〝老〟（手練れの意あり）の四字にそれぞれ含みがあった。

衛兵も法明寺の生臭《なまぐさ》な噂を聞いていたから、形象そのままの綽名を聞いて、わっははと大笑いした。

「こいつはいいや。寺の和尚を逮捕かよ？」

呉定縁《ごていえん》は牌票をヒラヒラとゆらして声をひそめる。

「ああ、とある行人《こうじん》の奥方が子宝を授かりますようにと、法明寺に香を差しあげに参拝したが、この若い和尚が無上秘法を会得して、金剛杵《こんごうしょ》で御開光して差し上げたって寸法だ。だが、御開光も半分だけだ。帰宅途中の行人にその場で捕まって、官に訴えられたというオチだ」

官の艶聞《えんぶん》になると呉定縁《ごていえん》の話しぶりは下品の極みで、それは老兵の好物でもあった。衛兵二人は男二人と女一人をながめ、へへへッと笑った。

「じゃ、このスケベ和尚は城内の上元県に護送しねえとな。なんで城外へ送り出すんだよ？」と衛兵の一人が言う。

呉定縁《ごていえん》は遠くを指した。

「知府の親父がこの事件についちゃ朝廷の体面を傷つけるから、近隣の句容県《くようけん》でこっそり審決するようにしたんだ。でなきゃ誰が夜中に外に出る？　あの被害者を見てみろよ。朝服まで着ちまって、間抜けが木にかじりついてもって奴だ……ありゃ、とことんやる気だぜ」

この冗談は状況に一致していたから官を間抜けだと嘲笑した以上、頑固なことも真実味を帯びてきて、また衛兵の爆笑をさそった。そして、一人が柵を開けようとすると、もう一人が言った。

「そうだ。守備衙門《がもん》の通行証はあるか？　上からお達しで、勝手に開けちゃならねえのさ」

これを聞いて呉定縁《ごていえん》は地団駄を踏んで喚《わめ》いた。「もう水が流れているのに今さら井戸掘りかよ。守備衙門《がもん》がやっとこさ伝えた命令にこっちの書類が間にあうわけがねえだろ？」

「通行証がねえと城門は開けられねえ」

ガシャンと音を立てて衛兵が柵を閉じた。

「埠頭の騒ぎはお前らも聞いたろ。役所はみんな大混乱だぜ。通行証なんて誰に書いてもらえばいいんだ？」呉定縁《ごていえん》がこう言うと、衛兵は理解を示したものの、依然として柵を開けるつもりはないようだった。

賄賂《わいろ》を試してみるかと思い、呉定縁《ごていえん》が懐の銀子に手を伸ばそうとすると、なんと于謙《うけん》が松明に照らされた範囲に大股で入ってきた。

真っ赤な官服を着た厳しい顔を見ると、衛兵たちは一瞬で萎縮してしまい、態度が恭しくなる。于謙《うけん》は大声で叱りつけた。

「再三邪魔だてするようだが、本官の品級が低いゆえ、嫌がらせをしておるのか？」

衛兵二人は声にならぬ悲鳴をあげた。八品といえども官は官、庶民が盾突くことなどできるはずはない。これも規則ですのでと追従笑いを浮かべるしかなかった。それを于謙《うけん》は冷笑して、懐から過城の鉄牌をだして、衛兵に見せた。衛兵は字など読めないが、この牌を見れば十分だった。二人はしばらく話し合って一人が言った。

「官爺《おやくにんさま》、牌は本物でしょうが、これは昼に城門を通過するもので、夜に城門を開けることはできません」

「ならば問うが、この牌に昼に通過できるだけだと書いてあるか？」于謙《うけん》は大声で言う。

「書いてはないようです。ですが、夜に城門は閉まるもので、あなた様に城門を開く権限がない以上、昼に城門を通れるようになるまでお待ちいただけませんか？」

「ならば、夜に城門が開いておれば、この牌で通れるであろう、ちがうか？」

「おっしゃる事は間違いありませんが、夜に城門は開いておらず……」衛兵は弁解しようとしたが、はっと気がついた。

正陽門は修理中だ。二枚の門扉は軸から外して外壁に立てかけてある。ということは、夜半に城壁を出たいという要求はここ正陽門に限って理屈に合う。衛兵は何か理屈が通らないとは思ったが、于謙《うけん》の要求に破綻を見つけられず、みすみす言いくるめられてしまった。

「そもそも城門を夜間に閉ざすのは賊の侵入を防ぐためであって、住民を閉じこめるためではないのだ。その様な考えに固執するなら、今より本官が守備衙門《がもん》と談判し、行人を阻んだ者が杖刑何等に当たるか問い質すが、どうだ！」

于謙《うけん》は顎を突き出し、声は朗々と力強く、まるで判決を言いわたす裁判官のようだ。にわかに衛兵二人は表情を変えた。行人は小官だが、朝廷を代表して四方に派遣され、その行路を阻んだ者は厳罰に処される。この行人め、権力を私物化しおってと、心で罵ったものの、妻に不貞を働かれ、その上に大っぴらに官威を持ち出してきたのだ。もう後には引かないだろう。そう思って、おとなしく柵を開いた。

于謙《うけん》は得意げに呉定縁《ごていえん》を見て、鉄牌をしまいこんだ。呉定縁《ごていえん》は眼をぱちくりさせて天を見た。こいつは一体何を自慢しているんだろう。

南京を脱出する最後の道がついに開いた。四人は柵を通り抜け、城門の洞《あな》に入っていく。中には灯り一つない。一歩踏みだせば墨の池に沈んでいくようだ。周囲はからみつくような暗闇、路面の石に靴底がふれ、軽く清んだ足音がすると、狭い通路に反響して方向感覚を失わせる。

呉定縁《ごていえん》が無言で先頭を歩いた。この門洞を通るのは今日二度目だった。二十数歩で糊のような暗黒の固まりから脱出できるはずだ。しかし、奇妙なことに出口にむかって歩くほど、たんに落ち着かないだけでなく、不安がつのってきた。いつも暗闇では何か重要なことを忘れているように感じてしまう。

二十数歩がもうすぐ終わるという時、前方からほのかに光線が見えた。城壁の外から松明の光が射しこんでいる。だが……呉定縁《ごていえん》は眼を細めてよく見た。光は散乱していて、光源が一つではない。

衛兵が松明を立てたのでなければ、別の灯籠があるのか？　呉定縁《ごていえん》は思案に沈み、ふいに歩みを停めた。突然の事に、朱瞻基《しゅせんき》は避《さ》けられず、枷板が呉定縁《ごていえん》の背中に当たる。呉定縁《ごていえん》の体がよろめき、その途端、見え隠れしていた心中の疑いが実体となった。

「小杏仁、柳樹湾の自宅から誰にも調べられなかったと言ったな？」

「まず、小杏仁と呼ぶな。そして、いかにもそうだ。それがどうしたのだ？」

「誰かに停められて調べを受けた後で放免されたのか、それとも全く停められなかったのか？」

「もちろん停める者などおらん。いままで道で停められたことなどない。おそらく朝服の威儀に畏怖してのことであろうなあ」

呉定縁《ごていえん》はふり返って暗闇にむかって言った。「尾行《つ》けられたんだ」

「なんだと？」于謙《うけん》が驚く。

「今夜、大捜索が行われているんだぞ。お前のような小行人が何の理由でのんきに来られた。検問にもあわずに？」

蘇荊渓《そけいけい》が次に反応した。「誰にも調べられなかったということは、故意に泳がせ、跡をつけて太子の居所を探ろうとしたのです」

朱瞻基《しゅせんき》が手首の鎖を顫わせた。「そんなはずはない！　誰にも于謙《うけん》の事は言っておらん！」

「ウサギが走れば草が動き、タカが飛べば風が起こる。痕跡をとどめないことなんぞ、この世のどこにもねえ」呉定縁《ごていえん》はそう言いながら鉄尺をぬき、一歩一歩警戒しながら出口の方向に進んでいく。

尾行がいたら最善の計略は尻尾に喰いつくことではない。出口を取り巻いて甕《かめ》の中に鼈《すっぽん》を落としに来るはずだ。前方に見える光は出口の外に少なくとも七、八個の提灯が立っていることを意味している。外には人が集まっているのだろうが、数はそれほど多くなさそうだ。

「どうする？　敵の主力が集まらないうちに突破するか、すぐに後退するか？」呉定縁《ごていえん》は難しい選択に直面した。出口から数歩の距離、こんな風に後退するのはくやしいが、敵が出口を固めていたら突破は死を求めるようなものだ。

心を決めかねていると、向こうに見えていた光が散って城門が数尺ひろがる。相手も洞《あな》に入ってきた！

呉定縁《ごていえん》は鉄尺をふりあげ、歯を食いしばって命懸けの格闘に備える。出口に見えていた光がやや暗くなると、まずどっしりした影が一つ入ってきた。背後の光のせいで相手の顔は見えない。

自分の技は並の兵卒より上だと呉定縁《ごていえん》には自負がある。だが、それも相手に有利な体勢を取らせず、先制できた時だけだ。

先手必勝、いきなり鉄尺をひらめかせ、鷹か隼《はやぶさ》のように打ち下ろし、相手の下半身を攻める。だが、相手も急襲に気づいていた。カンという音がし、鉄尺が鉄尺を受ける。暗闇ですばやく三、四合打ちあって、それぞれに後退した。腕前も近く、武器も同じ。きわどい勝負になる。

その時、相手の応援が門洞に入ってきた。提灯を掲げている奴もいる。洞内は薄暗い黄色の光に照らしだされ、この時、呉定縁《ごていえん》ははじめて相手の顔を見た。そして、相手にも呉定縁《ごていえん》が見えた。

「親父？」

「定縁《ていえん》？」

呉不平《ごふへい》の老いた顔に驚愕が浮かぶ。その驚きは息子の顔に浮かんだそれより小さくはなかった。

第八章

まさか親父とは……呉定縁《ごていえん》は思いもしなかった。

呉不平《ごふへい》は家を出たままの姿だ。平頂巾《へいちょうきん》に黒い丸襟、薄底の靴。この数年いつも南直隷を奔走してきた姿だった。その鉄獅子が今ここに現れたことは意味深長だった。

扇骨台の見張りの差配、長安街の奇妙な欠席、糖坊廊の異常な出現、妹の失踪……無数の断片が脳裏で組みあわさって、一本の大きな梁《はり》となった。

「事件に関わっていたのか」呉定縁《ごていえん》の声は平静だった。

「ちがう。わしは……」弁解しようとして呉不平《ごふへい》は息を呑んだ。息子の眼が清《す》み鋭い。よく知っている眼つきだ。

南直隷で〝神捕《しんぽ》〟と言われる鉄獅子だが、実は事件を解決しているのはいつも背後にいるダメ息子なのだ。これまでに解決した難事件はみな呉定縁《ごていえん》が陰で指図し、表立って動いた呉不平《ごふへい》が名声を得ていた。だから、謎が解けた時にはいつも呉定縁《ごていえん》の眼から霧が晴れて清みわたることを熟知していた。

その眼を見た瞬間、呉不平《ごふへい》はもはや何も言い訳できないと悟った。思いっきり鉄尺をふり、話を避ける。

「後ろにいるのは太子か？」

「そうだ」呉定縁《ごていえん》が答える。

「定縁《ていえん》、こちらにつけ」呉不平《ごふへい》は手を伸ばした。それは懇願《こんがん》にちかい口調だった。太子一行になぜ呉定縁《ごていえん》がいるのかは分からないが、この状況は絶対によくなかった。

呉定縁《ごていえん》はその場に立ったまま返事もしなかった。後ろで見ていた于謙《うけん》は茫然としていた。行く手を阻んでいるのは探していた応天府総捕頭の呉不平《ごふへい》ではないか？　さすがだ。鉄獅子以外の誰が半時辰で自分の住居を探しだし、跡をつけられるだろう。

そして、父親の味方になることを呉定縁《ごていえん》が拒むはずがないと恐れた。

血の繋がりという点で言えば、呉定縁《ごていえん》は家族を大事にして、太子から離れる。利益という点で言えば、〝ひごさお〟は金に執着があるが、忠義を理解していない。身の安全という点から言えば、敵は多く味方は少ない。どう考えても呉定縁《ごていえん》が敵側に走ると于謙《うけん》には思われた。そして、ゆっくりと両腕をあげて、決死の思いで太子を後ろに庇《かば》う。

「親父、玉露《ぎょくろ》は？」呉定縁《ごていえん》が口を開いた。

「知らん」呉不平《ごふへい》の口もとが引き攣る。

それを見て、全てを悟った表情で呉定縁《ごていえん》は溜め息をついた。

「太子なんざ、生きようが死のうがオレには関係ねえ。だから、差し出してもかまわないぜ。だがな、親父も長年役人をしてきて分からねえのか？　太子を渡したらどうなる？　そいつらがオレたちに一家団欒《だんらん》させておくと思うか？」

よくある誘拐《かどわかし》でも金を取っておきながら人質を殺すことがある。ましてやこれは皇位の争いだ。人質を生かしておくはずがない。何者かは知らないが、呉玉露《ごぎょくろ》を誘拐《かどわか》して鉄獅子を脅した以上、用がなくなれば全員口をふさいで禍根を断つに決まっている。

「どうしろと言うのだ！」呉不平《ごふへい》は小さな声で呻いて腰を屈《かが》めた。その顔は十歳は年をとったように憔悴《しょうすい》し、大きな苦悩を抱えていることがわかる。

呉定縁《ごていえん》が一歩踏みだす。「金持ちを助けるより貧乏人を救う方がいい。貧乏人を救うより困っている奴を救う方がいい。親父がこっちについて二人で太子を守って南京を出れば、オレたちにもまだ生きる望みがある」

できるなら呉定縁《ごていえん》もこんな話はしたくない。泥沼から抜けだせると思っていたのに、親父と妹のほうが泥沼に入ってきて、どちらを取るにしろ最低の選択から一つを選ばざるを得ない。

呉不平《ごふへい》は息子の意見を聞いたが、痛々しく首をふった。

「わしに少しでも変な動きがあれば、玉露《ぎょくろ》が終わりだ……」

この時、鉄獅子の背後からバラバラと足音がし、野太い声が聞こえた。

「鉄獅子、見つけたか？」

この催促を耳にして、呉不平《ごふへい》は歯を食いしばって鉄尺をふる。

「定縁《ていえん》、妹を思う心があればひけ。事情は後で話す」

この会話は朱瞻基《しゅせんき》にも聞こえた。そして、おもむろに咳払いをして一歩前に出た。呉定縁《ごていえん》のために局面を打開してやろう。太子の尊顔を拝すれば捕頭ごときはひれ伏すのではあるまいか？　そう思って口を開こうとした途端、「すっこんでろ！」と呉定縁《ごていえん》がふり返りもせずに吼えた。

この声は狭い門洞で雷のように響きわたった。朱瞻《しゅせん》基《き》は恥をかかされ、怒りのあまり声をあげようとするが、于謙《うけん》に肩をつかまれた。

「殿下、ここは危のうございます。御退《さ》がりを」于謙《うけん》の厳しい表情に、太子はしぶしぶ後退するしかない。

于謙《うけん》は太子に後退をすすめ、心配そうに前方をながめた。呉定縁《ごていえん》の竹竿のような後ろ姿が微かにふるえていた。その内心は対峙している父親よりも平静とは言えないだろう。だが、于謙《うけん》は口を挟まなかった。これはほとんど解決不能な問題なのだ。

残念ながら父子《おやこ》にゆっくりと話し合う時間はなかった。鉄獅子の背後に人が現れて野太い声が憎々しげに言った。

「鉄獅子、そいつは誰だ？　何でやっちまわねえ？」

ぼんやりとした灯りでも襟もとに白蓮の刺繍が見え、

呉定縁《ごていえん》に緊張が走った。やつらが堂々とあの服を着ていられるということは、朱卜花《しゅぼくか》と白蓮教が手を組んでいることを意味する。呉不平《ごふへい》は十数回も白蓮教の香壇を破壊しているから、信徒に深く恨まれている。仕事を終えたところで手を引くことはできない。

呉不平《ごふへい》は背後の白蓮教徒から催促され、やむを得ず渾身の力で打ちかかってきた。カンと二本の鉄尺がぶつかる。「引け！」と呉定縁《ごていえん》が叫んで、彼自身戦いながら後退する。

その瞬間、正陽門に混乱が生じた。于謙《うけん》は朱瞻基《しゅせんき》を守り、蘇荊渓《そけいけい》はすばやく後退し、呉《ご》家親子は中央で必死に対決している。白蓮教徒は後ろから提灯を掲げ、呉不平《ごふへい》に迫る。門洞が建築資材で狭くなっているので教徒たちは呉《ご》家親子しか相手にできない。これが不幸中の幸いだった。

二人はしばらく形だけ戦うふりをした。すれ違いざま、呉定縁《ごていえん》が低い声で何かつぶやく。すると、呉不平《ごふへい》の攻勢が眼に見えて鈍り、その表情に微妙な変化が起こった。

門洞の中段まで太子が後退すると、白蓮教徒が喚きながら迫ってきた。呉定縁《ごていえん》は父が手を引いた隙に、突然、鉄尺を上へ放り投げた。手首で回転をかけられた鉄尺は鋭利な刃と化して上昇し、暗闇の中でシャッと縄を断ち切った。

昼間に正陽門を抜けた時、門洞の中段を見上げた。そこには幕府山から切り出した巨大な石塊が浮かんでいた。石塊は麻縄で吊り下げられ、大工たちが拱頂《きょうちょう》を完成させていないからまだ嵌《は》めこまれていなかった。だから、中段に後退して鉄尺で縄を断ち、巨石で通路と白蓮教徒の視線を遮断しようと呉定縁《ごていえん》は計算したのだった。

この状況で唯一の解決法だ。

「気をつけろ！」呉定縁《ごていえん》は縄を断つと同時に声を張り上げた。声と同時に巨大な影が千斤の鉄門のように呉《ご》不平《ふへい》と白蓮教徒たちに圧《の》しかかってくる。

呉不平《ごふへい》は息子の声を聞き、すばやく前進して落ちてくる巨石から逃れた。だが、ほっと息をついた時、巨石が落ちた音がしないことに気づいた。ふり返ると、巨石が城壁から伸びた竹の足場に引っかかり、まだ空中に浮いていた。

石の下にいた白蓮教徒はしゃがみこみ、頭を抱えて死を待っていたが、意外にも死を免れたので命からがら這いだそうとしている。

呉定縁《ごていえん》は計算が外れたと思った。その時、呉不平《ごふへい》が薄闇の中で右の拳を突き出すのが見えた。

幼い頃から見てきた家を出る時の仕草は、無事に帰ることを意味し、長い間で父子の間の暗黙の合図となっていた。呉定縁《ごていえん》の瞳孔が縮む。一瞬で何をするか分かった。

呉不平《ごふへい》は身を翻すと腰を屈めて石の直下に入りこんだ。そして、両腕で巨石を支える足場をゆらす。竹の足場は臨時に打ち付けたもので、それほど頑丈ではない。呉不平《ごふへい》がゆらすと圧力を受けきれずに、ミシッという音とともに割れはじめた。引っかかりを失った巨石は再度落ちていく。呉不平《ごふへい》は退避しようとする。だが、その上半身が出た瞬間、体の動きがぴたりと止まった。白蓮教徒が裾をつかみ野太い声で叫んだ。

「鉄獅子、何をしやがる……」

反射的に蹴りつけるが、同時に巨石が轟然と落下した。

「親父！」漆黒の門洞で心肺を引き裂くような叫びがあがり、呉定縁《ごていえん》は父のもとに走りよった。だが、上半身を抱えただけだった。引っ張り出そうと試みたが、動くはずもない。老人の腰は血まみれで、下半身はしっかりと巨石に挟まり、腰斬に等しい。

鉄獅子の口から鮮血があふれた。だが、その痛みの表情にかすかな慰めがあった。

「これで……これでいい。これならお前たち二人は無事……」

鉄獅子のせいで教徒が石に潰されたところを見られたとしても、呉定縁《ごていえん》との関係を知られはしない。後から来る者が現場に駆けつけたところで、鉄獅子が太子を追うなかで事故にあったと思うだけだ。これで呉玉露《ごぎょくろ》を殺す理由もなくなる。

この状況を解決する唯一の方法は、巨石を落下させることではなく、巨石で呉不平《ごふへい》が死ぬことだったのだ。

「蘇荊渓《そけいけい》！　蘇荊渓《そけいけい》！　来てくれ！」呉定縁《ごていえん》はこれまでの態度など忘れ、父を抱えたまま狂ったように女医の名を呼んだ。蘇荊渓《そけいけい》が走りよるが、ひと眼見て首をふり、助かる見込みがないことを無言で伝えた。

「金か？　いくらでもやる！　朱卜花《しゅぼくか》を殺したいか？　オレがトドメを刺してやる！　だから、助けてくれ……助けてくれ！」絶望した鋭い声が顫える唇から押しだされ、呉定縁《ごていえん》はほとんど錯乱に陥っていた。蘇荊渓《そけいけい》は肩を叩き、そっと言う。

「お父様の息があるうちに……時間を無駄にしてはなりません」

もう一度、呉定縁《ごていえん》は呉不平《ごふへい》を見た。大量の鮮血が石塊と地面の間から湧き、老人の顔は見る間に色褪《あ》せていく。それでも必死に首を支えて息子に言おうとする。

「わ、わしは一つ、お前に言っていないことが……」

「しゃべるな。わかってる。わかっているんだ！」呉《ご》定縁《ていえん》は鉄獅子の頭を抱えた。声が顫えている。「オレは実の息子じゃない。十年前から知ってた！」鉄獅子の眼が一点を見つめ、何かに気づき、それが感慨に変わった。

「そうか、あの時か……ちがう、それじゃない……ウッ！　紅……紅玉《こうぎょく》……」

呉不平《ごふへい》はまだ何か言おうとしていたが、大量の血が喉をふさぎ、声にならない。氷のように冷たくなっていく手を握りしめ、呉定縁《ごていえん》は哀願するように言った。

「親父、いかねえでくれ！　二人で玉露《ぎょくろ》を助けにいかねえと！」

その言葉を聞いてか、鉄獅子は口もとにわずかな安堵を浮かべ、表情を永遠にとめた。呉定縁《ごていえん》は父を抱きしめ、この一刻を押し止めようとしている。于謙《うけん》が傍らに来て、この場を早く離れなければと、声をかけようとしたが、腹中に蓄えた千句の典故も虚しく、慟哭する〝ひごさお〟にかける一言もない。

その時、また足音が聞こえてきた。二つの灯火《ともしび》が洞の外側から照らしている。先刻の衛兵二人が物音を聞きつけ、提灯をもって入ってきたのだった。

朱瞻基《しゅせんき》は眼を細めて灯火の来る方向をながめた。先刻からずっと最後尾にいたが、いまや体勢は逆転し、自分が最前線となった。呉定縁《ごていえん》は顔もあげられない。于謙《うけん》の戦闘力はあてにならない。二人の衛兵を片付けられるのは自分だけだ。

心に湧きあがってきたのはなぜか恐怖ではなく、戦闘の興奮だった。

多くの人が知ってか知らでか、次の点を疎かにしている。朱瞻基《しゅせんき》は宮殿の奥深くで育った軟弱な太子ではない。太宗の北征で実地に叩きあげられている。沙《さ》琿原《こんげん》（内モンゴル自治区長城北の張北県北）では砂嵐に遭遇し、フルン湖（内モンゴル自治区北東、現モンゴル・ロシアとの国境付近）では黄羊（蒙古ガゼル）を射て、逆巻く西陽河《せいようが》（河北省懐安県北、洋河の支流）を単騎わたり、ウラン・ホシュン（ウランバートル北東）ではオイラトの鉄騎を味わった。北方の凶暴な韃靼《だったん》とくらべたら南京の衛兵など軟弱きわまりない。

衛兵たちは明らかに状況を呑みこめておらず、何か事故が起こったぐらいにしか思っていないようだった。提灯を左右にゆらして、まず見えたのは枷をつけられた犯僧が門洞の中央に立っているところだった。その表情は見えない。何か大きな音が聞こえなかったと問うと、坊主はうなずき、拘束された両手で中を指さし、石が落ちてきたと答えた。

門洞に大石が吊り下げられていることは衛兵二人も

知っていたが、まさか自分たちが当直の時に落ちてくるとは。不運を呪う。二人は犯僧の近くまで来て、内部を調べようとした。その時、突然、朱瞻基《しゅせんき》が両腕をふるわせると、手を束縛していた鎖がジャラッと落ち、木の枷が二つに分かれて外れた。右の枷は落ちるままにし、左の枷を左手に握ると、そのまま衛兵の一人に叩きつける。

坊主が反抗するなどとは予想もしていなかった衛兵は、後頭部に大きな楡材《にれ》を叩きつけられ、声をあげて地面に倒れた。もう一人の衛兵がその音でふり返る。朱瞻基《しゅせんき》は灯《ともしび》のゆらめく間に、同じ技を繰り返した。だが、右肩に重傷を負い、左腕に力をこめたせいで、全身の筋肉が引き攣って、もう力が入らなかった。

衛兵は相棒が和尚に気絶させられたのを見て、刀を抜いて打ちかかってきた。朱瞻基《しゅせんき》は身動きがとれない。

〃ロバイヌの金玉が……〃と心中で呪い、眼を閉じて死を待つ。その時、ボコッという音がして衛兵が倒れた。

ふり返ると、蘇荊渓《そけいけい》がもう一方の枷板を放りだし、額にかかった髪をかき上げていた。

惜しいことに打撃は十分に強烈とは言えず、衛兵は気絶していなかった。朱瞻基《しゅせんき》がすばやく、相手のこめかみを蹴りつける。これで仕事が終わった。朱瞻基《しゅせんき》が蘇荊渓《そけいけい》の思い切りのよさを褒めようとすると、蘇荊渓《そけいけい》が黙って別の方向を指さす。

それで朱瞻基《しゅせんき》も悟った。この二人を倒したところで、一時的に危険が去ったにすぎない。門の外の白蓮教徒も城内の勇士営もすぐ駆けつけてくるだろう。ただちに撤退せねば。

「于謙《うけん》？」と声を張る。

「しばしお待ちを」于謙《うけん》は低い声で答えた。

朱瞻基《しゅせんき》は濃い眉をひそめ、傷を手でおおいながら近づく。呉定縁《ごていえん》は巨石の傍らに座りこみ、父親を抱えたまま動かない。于謙《うけん》が何かを言っているが、反応はなかった。

「呉定縁《ごていえん》、わたしを見ろ」朱瞻基《しゅせんき》は怒鳴った。

むごいと于謙《うけん》は口を挟もうとしたが、朱瞻基《しゅせんき》に睨《にら》みかえされた。

「呉定縁《ごていえん》、顔をあげて、わたしを見るのだ！」

ゆっくりと呉定縁《ごていえん》は顔をあげた。人は悲しみが大きすぎると、ほかの感情が消えてしまう。この時、太子を見てもこめかみが数回動いただけで激痛はなかった。

「そちの父は死んだ。わたしの父ももうすぐだ。そちの妹も行方不明だな。わたしの母も生死が知れぬ。今、つらいのは痛いほどわかるぞ。今夜、わたくしはお前より多くを失ったからだ」朱瞻基《しゅせんき》は平静だったが、一つ一つ音を嚙みしめるように重く、歯の隙間から無理やりに押し出す。

呉定縁《ごていえん》は声を出さなかったが、視線を外しもしなかった。

「その醜態《ざま》を見ていると先刻の自分を思い出す。だが、安心しろ。そちには判らぬであろうから于謙《うけん》のように罵ったりはせぬ。意気地なしと言うつもりもない。そういう話は聞き飽いているだろうからな」

朱瞻基《しゅせんき》は嘲るように顎を突き出した。

「ひとつ話をしてやろう。わたしが祖父の北元討伐に同行した時、大砂漠で砂嵐に巻きこまれたことがある。護衛と離ればなれになり、単騎で砂漠を彷徨《さまよ》い、水も食料も尽きたのだ。その時、韃靼の牧民と出会い、二人でともに道を探した。五日五夜、数えきれないほど絶望したが、それでも何とか生きのびる方法を探った。渇《かわ》けば自分の小便を飲み、小便が出なくなったら馬の糞便から水を絞りだした。食料がなくなるとトカゲや牛皮の帯も食った。そうしている時、韃靼が何か呟いていたのだ。あとで大本営に帰って辺境の兵士に訊くと、その意味が分かった。〝長生天（モンゴルの最高神テングリのこと）は贔屓をする。ゆえに狼も羊も必死だ〟とな」

「わたしはそんな拗《ひ》ねた言葉は好《す》かぬ。天道の不公平を改めようとは思うが、人の心は棄てぬ。分かるか？天道は不公平だが、人の心は棄てぬ！」朱瞻基《しゅせんき》は呉定《ごてい》縁《えん》に言っているようだが、実は自分にも言い聞かせていた。「先刻のわたしは今のお前だ。簡単に死んだら賊どもの思うつぼではないか。なぜ、やつらが悪事の限りをつくして我らがその罰を受けねばならぬ？　なぜだ？　老天爺は眼が見えぬ。我らが抗わねば他に希望などあるか！」

　そう言うと、朱瞻基《しゅせんき》は後ろをふり返った。

「香炉をもて！」

　于謙《うけん》は急いで懐から香炉を取り出して地面に置いた。朱瞻基《しゅせんき》が香炉の耳をつかんで、呉定縁《ごていえん》の前に差し出す。

「わたしはこの香炉の前で、劫難幾重たりとも絶対に諦めぬ。悪人どもを成敗すると誓った。お前にその心があるなら、わたしと線香をわけ、この香炉に共に誓おう。どうだ！」

　それは問いかけの形をとっていたが、口調は断固とした命令だった。朱瞻基《しゅせんき》の眼光は灼くように呉定縁《ごていえん》を見つめている。見つめられた相手は呟いていた。

「天道は不公平だが、人の心は棄てぬ。天道は不公平だが、人の心は棄てぬ……」

　恐る恐る鉄獅子の上半身を放し、右手がゆっくりと香炉に伸びていく。

　そうだ。この香炉は数年前の事件で家に来たものだ。暹羅《シャム》から来た商人が風磨銅《ふうまどう》を盗まれた事件だ。自分が背後で指揮して呉不平《ごふへい》が追跡をし、父子二人でたった三日のうちに事件を解決した。商人が感激して銅器を応天府に進呈し、大きな器は知府が取り、呉不平《ごふへい》は香炉を得た。そして、二人で相談して玉露《ぎょくろ》の誕生日の贈り物にしたのだ。

　妹がこれを受け取った時の喜び様《よう》を今でも覚えている。閨密《けいみつ》（女友達）と香遊びをすると言って、毎日ピカピカに磨いて時間があれば香を試していた。部屋にはいつも不思議な香りが漂っていた。自分にはまるで分からないのに、妹にはなぜか香りの違いが分かった。呉不平《ごふへい》もさっぱり分からないと言った顔で、親子二人の永遠に解けない謎だった。

手を香炉に伸ばすと、昔の思い出が頭の中を駆けめぐった。掌が香炉の耳に触れようかという時、突然、呉定縁《ごていえん》は傷を包んでいた綿布を引き裂き、蘇荊渓《そけいけい》に刺された傷をむきだしにし、香炉の鋭利な縁《へり》に押しつけた。鮮やかな赤い血が傷口から流れでて、金木犀のような色をした銅の表面に朱の痕《あと》を残した。

「我《われ》、呉定縁《ごていえん》、血をもって香に代え、ここに誓う。我が父のために仇を討つ……」

呉定縁《ごていえん》は枯れた声で一字ずつ、つかえながら口にし、まるでもっと血を流すことで誓いの言葉に力をもたせようとするかのように、掌を香炉の縁に押しつけた。

朱瞻基《しゅせんき》は香炉をうけとり、呉定縁《ごていえん》の肩を叩いた。

「しかと見た。行くぞ！」

呉定縁《ごていえん》は体をずらして立ちあがり、父の半身をそっと下に置いた。呉不平《ごふへい》の下半身は石に潰されている。むろん屍《しかばね》を持っていけない。そもそも屍をここに残しておかねば呉玉露《ごぎょくろ》が危うい。

蘇荊渓《そけいけい》が傷口を縛りなおそうとしたが、呉定縁《ごていえん》は手をふって拒み、巨石につかまりながら体を伸ばすと、出口の方をながめた。暗闇の中で彼の両眼が光っている。まるで怠惰の殻をみずから脱ぎ去って、鋭利な刃物が抜き放たれたようだ。

「北へ行く」呉定縁《ごていえん》は嗄《しわが》れ声で言った。

「なぜなのだ？」于謙《うけん》が戸惑う。正陽門は留都の最南端で城を出るのにあと数丈だ。また城内に引き返せば時間の浪費は避けられぬではないか？

「時を無駄にしたくはねえだろうが、白蓮教と勇士営の裏をかける」と呉定縁《ごていえん》は言った。于謙《うけん》も承知した。

〝その不意に出で、その備わらざるを攻むる〟（『孫子』計篇）兵法の常道だ。

「けれど、北と言っても広いのですよ。具体的に行くあてはあるのですか？」と蘇荊渓《そけいけい》が問う。

「富楽院だ」呉定縁《ごていえん》は予備で持ってきた鉄尺を取り出すと、腰に差しなおした。

その言葉を聞いて于謙《うけん》の香炉をもつ手が震えた。表情は糊《のり》を塗ったように白い。それは呉定縁《ごていえん》の馴染みの妓楼ではないか？　こんな時にそこに行くのか？　于《う》謙《けん》が意見しようとすると、それを朱瞻基《しゅせんき》が制した。

「やむを得ぬ理由があるのだな？」これに呉定縁《ごていえん》がうなずく。朱瞻基《しゅせんき》は厳しい表情で言った。「そこに行けば脱出する助けが得られるな？」呉定縁《ごていえん》は一瞬戸惑ったが、うなずいた。

「よし、人を用いて疑わずだ。お前について行く！」

朱瞻基《しゅせんき》は決断を下した。于謙《うけん》は太子と呉定縁《ごていえん》を交互に見たが、もう何も言わなかった。

＊＊＊

四人が去ってからしばらくして、昨葉何《さくようか》が正陽門の外に到着した。城門の空洞には大勢が集まって口々に言い争っている。白蓮教徒、勇士営、城門の衛兵、五城兵馬司の者たち、各々が自分たちの縄張りで相互に敵意にみちた視線を投げている。その時、男装の麗人《れいじん》が大手をふって歩いてきたのだから、視線が集まるのも無理はない。

昨葉何《さくようか》は朱卜花《しゅぼくか》が発行した腰牌を見せると、急ぐ様子もなく懐から蓮葉《はすは》の包みを取り出した。ていねいに蓮葉をはがすと、蒸したての糯米《もちごめ》の茶糕《ちゃこう》が出てきた。熱いうちに昨葉何《さくようか》はかぶりついた。ゴマ、クルミ、桂花の香が噴きだし、糯米の香《こう》ばしい甘さとあいまって全身の毛穴が開く。

甘いものは精神の胆《きも》だと幼い頃から堅く信じている。とくに極端に複雑な状況の場合、十分な糖分を摂《と》らねば冷静な決断ができない。

ほんの数口で茶糕《ちゃこう》を食べてしまい、昨葉何《さくようか》は蓮葉を一枚すてると、腰をかがめて城門に入っていく。内部には十数本の提灯が立てられて通路を明るく照らしていた。狭い空間には鼻を刺す血の臭気が充満している。

人命を奪った巨石はすでに一角が梃子《てこ》で持ちあげられ、無理をすれば下の状態を見ることができた。石の下は潰れた血肉で地獄のありさまだ。周囲の者は吐きそうになっていたが、昨葉何《さくようか》は興味をそそられた様子で、しゃがみこんで石の下に頭を入れ、誰のものかも判らぬ潰れた頭蓋を観察している。

「鉄獅子は？」昨葉何《さくようか》は立ちあがった。

「あちらです。半身を潰され、死んでおります」壇主《だんしゅ》が恭しく答える。「鉄獅子に張り付けていた信徒が言うには、正陽門外を封鎖しておりましたところ、門内で戦いになったそうです。鉄獅子が先頭にたち、王壇《おう》主と数名が後についていきました。結局、この巨石が突然落ちてきて全員が潰されて死にました」

「留都の神捕《しんぽ》がそんな醜態《ざま》とは勿体《もったい》ないですね」昨葉《さくよう》何《か》は一言嘆くように言うと、さらに質問をした。「それで相手は逃げたの？　何か残っていないの？」

「ハッ、別の場所で気絶していた衛兵二名を見つけました」

昨葉何《さくようか》は手にした蓮葉で顔を煽ぎながら考えこんでいた。相手は修理に使われる巨石を利用した。これには確かに意表を突かれた。どうも太子の身辺には于謙《うけん》のほかに別の者がいるようだ。その者は南京を熟知していて、格闘の技も悪くない。

太子の旧知か、于謙《うけん》が探しだした助手か？

とにかく細部をもっと見ることにした。昨葉何《さくようか》は仏母座下の護法として人性の妙を深く知っている。相手の身分や性質から推断すれば、肺腑を見透かすように、その行動も予測できるという自信があった。

左右の者に巨石を移動させるように言いつけると、何とか一人が通れる隙間ができた。昨葉何《さくようか》は体がほっそりとしているから、この隙間を通るのにちょうどよかった。そして、巨石の反対側に回った。靴にはジュクジュクと湿った肉泥《にくでい》がベッタリとへばりつき、誰の物とも知れぬ千切れた腸がへばりついた。巨石の反対側では衛兵が数名、松明をかかげていた。この女が血糊を踏んで石の隙間から出てきて、何でもない様子で靴底に貼りついた腸を地面でこそげ落としている様子を見て、衛兵たちに畏怖の表情が浮かぶ。

靴の掃除を終えるとすぐに地面に仰向けに転がっている鉄獅子を見た。両眼が閉じている。上半身は無傷と言っていいが、下半身はぐちゃぐちゃに潰れて形も留めていない。死体の顔を見ながら、昨葉何《さくようか》はいつもの癖で人差し指の爪で自分のこめかみをグリグリと押していた。その微かな痛みが思考を鋭敏にする。

「鉄獅子の死体は動かしたの？」と、昨葉何《さくようか》が口を開く。

「いえ。上からここを見張れと言われただけで、何も動かしていません」衛兵がおとなしく答える。

しばし昨葉何《さくようか》はうつむいて考え、ふいに衛兵にむかって言った。

「巨石の下で信徒の遺骸をいくつか見たけど、どれもうつ伏せで圧死していましたね。鉄獅子が前にむかって追撃していたら、うつ伏せに死んでいるはず。どうして仰向けで死んでいるんでしょう？」

衛兵たちは互いに顔を見合わせた。この女が何故そんな事を問うのか分からなかった。しばらくの沈黙があって衛兵は気づいた。この女は自分たちに話しているのではなく、背後の暗闇にむかって話している。

衛兵たちが後ろをふり返ると、巨漢が一人立っていた。短く薄い衣では隆々と盛り上がった筋肉を隠せていない。大きな傷が額を横切っていて、まるで頭蓋骨を開かれた跡のようだ。さらに恐るべきは、この男の接近に誰も気づいていなかったことだ。

男は昨葉何《さくようか》の質問にすぐには答えず、ゆっくりと歩いて巨石の前にしゃがみこんだ。そして、地面の上で半ば凝固している血に直接手でふれた。薄暗い黄色の光のもとで、血に染まった地面に凹凸があることが判り、足跡を見わけることができた。

「鉄獅子は巨石が落ちてくる前に逃げたが、突然ふり返って駆け戻ったのだ。その後、後退が間にあわずに両脚をつぶされた」

男の声は鐘のように力強く、その胸がオンオンと震えている。

プッと昨葉何《さくようか》は吹きだした。「じゃあ、こいつは邪《じゃ》にでも憑《つ》かれたの？」

「鉄獅子という男を俺もよく知っている。彼奴《あやつ》がそうしたならば理由があったにちがいない」巨漢は二本の指を伸ばした。「足跡は二人だ。その者は鉄獅子と親しい関係かも知れん」

「親しい関係だと、なぜ分かるんですか？」

巨漢は呉不平《ごふへい》の死体を引きずって動かした。肩の後ろに血の手形がついている。

「臨終の時に鉄獅子はその者の懐に抱かれていた」

鉄獅子は南京に長く住んでいるから顔見知りが多い。だが、臨終の時に抱くような関係は普通の顔見知りではない。昨葉何《さくようか》は何か考えているようなので、巨漢は言った。

「鉄獅子の死体は俺がもらう」

昨葉何《さくようか》は細い眉をはねあげて笑った。

「持っていっても構わないですよ。昔の誼《よしみ》で骨を埋めてやるのかい？　それとも、仇の死体を切り刻んで鬱憤を晴らすかい？」

「度化《どか》して恩に報い、すぐに浄土に送ってやる」

巨漢はそれだけを言うと、鉄獅子の半分に切れた死体を抱え起こして肩に担ぎあげた。昨葉何《さくようか》の表情に軽い嫌悪が浮かぶ。この巨漢が言う〝度化〟（この世の苦しみから離れること）が一体どういうことかを知っていたからだ。

「梁興甫《りょうこうほ》、あんたの手足は速いよね。今夜はまだあんたみたいな狂犬に頼らなきゃいけないんだ」

その名を聞くと、周囲の衛兵が蛇に睨まれた鼠のように全身を震わせて道を譲った。〝梁興甫《りょうこうほ》〟と呼ばれた男はすぐに出発し、その声だけが通路に響いた。

「北に逃げた。追いつく」その口調は素っ気なく何でもない事のようだった。

昨葉何《さくようか》はもう一度こめかみを爪で押した。

梁興甫《りょうこうほ》が言った人物は太子と顔見知りで、鉄獅子との関係も浅くない。ということは、太子が宝船から脱出して宮殿に入るまでの事をもう一度整理する必要がある。

朱卜花《しゅぼくか》の愚図《ぐず》のせいで、今晩の骨折りはまだ続く。昨葉何《さくようか》の眼に熾烈《しれつ》な光がやどった。それもいい。こんな風に事態がこじれるほど、聖教の威信も増すというものだ。

漆黒の門洞を見ながら、ふいに昨葉何《さくようか》は太子に逃げ回る時間があっても悪くはないと思った。

＊＊＊

富楽院は特別な存在だ。

南京教坊司には十四の妓楼があるが、ここが最も古い。洪武年間にはすでにあった。武寧橋の隣、裏手に鈔庫《しょうこ》街、側面は秦淮河に臨み、江南貢院からも一水を隔てるだけ、これ以上なく繁華な場所だ。

富楽院は建てられてから久しく、豪華さという点では永楽年間に建てられた鶴鳴《かくめい》、酔仙《すいせん》、軽煙《けいえん》などの妓楼に及ばないが、一種の格式があって、それはどこの妓楼もこえることはできない。正院の大門には、洪武爺《こうぶや》の御筆《ぎょひつ》になる対聯《ついれん》（門柱に対句を一枚ずつ吊り下げた書）が掛けてある。

此の地に佳《か》山佳水、佳風佳月あり
更に兼ねて佳人の佳事ありて、千秋の佳話を添《くわ》う

世間に痴《ち》男痴女、痴心痴夢多し
況《いわん》や復《ま》た痴情痴意多きは幾輩《いくはい》の痴人か是れなるをや

この対聯《ついれん》は朱漆《しゅうるし》の上に金字で書かれ、まったく堂々とした佇まい、その前に立てば誰でも一瞬身が凜然《りんぜん》とする。読書人から陰口を叩かれることがあるが、洪武《こうぶ》爺《や》には雄才大略にくわえ、こんな文才もあったのだ。しかし、教坊司の管轄にあたる南京礼部が何も言わないから、わざわざ御筆がどうのと無粋を言う者はいない。

普段なら夜ともなれば、富楽院の小院は早々と華麗な旗や牌《ふだ》を上げる。秦淮を行く画船（美しく装飾された遊覧船）からは笛と太鼓が聞こえ、妓楼の中では酒杯が交わされ、それが夜通し続く。だが、今晩は宵禁《しょうきん》のために閑散として、ほとんど客もおらず、緑の鉢巻きをしめた牛太《ぎゅうた》郎《ろう》（亀奴、妓楼の雑役夫）が二人、御聯門《ぎょれんもん》の扁額《へんがく》の下に座って、手持ち無沙汰に小声で話をしていた。

東水関の大きな音について牛太郎たちが話しているところへ、軽く清んだ鈴の音が聞こえてきた。二人は喜んだ。遠くから烏《からす》色の篷《とま》（竹と竹の皮を編んだ覆い）でおおった小舟がゆっくりと河面を漕いできて、船のゆれにあわせて篷《とま》にさがった銅鈴がチリンと音を立てる。

富楽院には秦淮の岸に沿って独立した小院が建てられていて、小院には水面から出入りをする。姑娘《クーニャン》（一般的に若い娘、ここでは妓女）や客人が夜食を摂りたくなったら小舟を出し、酒や食べ物を河に面した門から入れるのだった。この小舟は速度があるので、屋形舟と衝突しないように篷《とま》に鈴をつけている。これを「浮夜鈴《ふやりん》」という。

烏篷《うほう》船は快速で近づいてきた。舳先《へさき》で背の高い男が棹《さお》をつっぱり、力いっぱい漕いでくる。喫水がやや深いから品物を積んでいるらしいが、品が何かは分からない。牛太郎が声をかける。

「どこに用でえ？」

男は笠を深くかぶっているから顔は見えない。

「三曲八院の童外婆《どうわいぽ》だ。高座寺の起麺燙餅《チーミィエンタンビン》（発酵した小麦粉の蒸しパン）が一つ、の蒸篭《せいろ》が二つ、方家の藕絲糖《オウスタン》（細切りレンコンの飴）が一つ、全部で三箱だ」

「そりゃあ、豪勢だな……」牛太郎二人は羨《うらや》んだ。どちらも南京一の御馳走で、めったに食べられるものではない。

「八院は寂しいところじゃねえか。食べきれるはずがねえ。どれ、おいらたちでちょっと助けてやろう」

へへへと笑いながら牛太郎が船に乗り移って、ピカピカの漆箱を開けようとする。

男はあわてた。「冷めた品は要らないって言われてる。開けるんじゃねえよ」

そう言って男は懐から宝鈔《ほうしょう》を数枚出してわたす。牛太郎たちは残念でならなかったが、それ以上からみもしなかった。笑って水門に行くと小舟を入れた。

河道には彩絹《あやぎぬ》を巻いた竹竿《たけざお》がならんでいて、狭い水路になっている。小舟は流れに沿い、一曲、二曲を通りすぎた。水路からは門と建物が見えるだけだが、どこも朱の欄干に竹の簾《すだれ》、綺《あや》張りの窓、絹《きぬ》の屏風、浮靡《ふび》な雰囲気を漂わせている。だが、三曲に入ると、建物は明らかに見劣りがし、八院一帯ともなれば、いっそう簡素で土地も低く、部屋もせまい。

若い姑娘《クーニャン》は一曲に住む者が多い。だが、年を重ねると恩客も変化して、順ぐりに二曲、三曲へ引っ越していく。だから、妓楼の浮き沈みがこの水路を通るとよくわかる。

そして、小舟は狭い庭先に停まった。肥った老婆が月門《げつもん》（円形にあけた門）を開ける。誰がこんな贅沢をしたんだい、浮夜鈴なんて呼んで……とぶつぶつ言っている。

船頭が門前に跳び下りて、笠を取った。

「呉《ご》公子じゃありませんか？」と老婆が驚く。

呉定縁《ごていえん》は右足で門枠をまたぐと、左手で門扉を押さえた。

「童外婆《どうわいぽ》、紅玉《こうぎょく》さんに会いに来た」

外婆《わいぽ》がそれに答えぬうちに、烏篷船《うほう》からぞろぞろと三人が出てきた。一人は官袍《かんほう》を着ていて、もう一人は馬面裙《ばめんくん》の女、最後はなんと和尚だ。三人は一言も言わず、いっしょに庭に入ってきた。

童外婆《どう》は怪訝《けげん》そうな表情を浮かべた。呉定縁《ごていえん》が言う。

「昼間、人をつけて百五十両の銀子《ぎんす》を送ったが、受け取ってくれたかい？」

銭の話になると外婆の顔がほころぶ。

「へえ、へえ、紅玉《こうぎょく》にかわって受け取ってございます」

「紅玉《こうぎょく》さんと話をしたら、すぐに出る。この人たちはオレの友だちだ。部屋で休ませてくれればいい。外婆はつかなくていいぜ。とにかく騒がねえでくれ」

外婆も花柳界に暮らす身だ。呉定縁《ごていえん》の眼に不吉な光を見て取ると、もう何も問わずに一同を屋内に案内した。妓楼に入ると、朱瞻基《しゅせんき》は好奇の眼できょろきょろとあちこちを見回した。はじめて江南の青楼《せいろう》（妓楼、遊郭）に足を踏み入れたのだから、手すりの彫刻や柱の絵、階段の花や池の魚……見る物すべてが新鮮だった。蘇《そ》荊渓《けいけい》はわき眼もふらずに静かに歩いていく。于謙《うけん》だけは顔を真っ赤にし、ダブダブの袖を引っ張って、すぐに官袍《かんほう》をぬげないことを気にしている。

官が朝服を着たまま遊郭をぶらつくなど、大明はじまって以来の醜聞だ。こんなところを人に見られたら、于謙《うけん》は自刎《じふん》する覚悟だった。

すぐに部屋に着く。その時、ふいに朱瞻基《しゅせんき》が指をさした。

「何であれがかけてある？」部屋の白壁に銅の糊壺《のりつぼ》が下げてある。于謙《うけん》が答えに窮していると、蘇荊渓《そけいけい》の眼に微かに光がよぎった。

「殿下はそのような事を知る必要はありません」

そう言われると、朱瞻基《しゅせんき》は好奇心に駆られた。

「知ってはならんことか？」糊壺は卓《つくえ》の上に置いて糊を入れるものだろう？　それがなぜに壁にかけてあ

る？」

扱いきれなくなって蘇荊渓《そけいけい》は答えるしかない。

「では、殿下、まずわたくしに不敬の罪を御許し下さい」糊壺のことを訊ねただけなのに、不敬罪とはまた大袈裟《おおげさ》ではないかと思ったが、朱瞻基《しゅせんき》はしかたなくうなずいた。それを見て、蘇荊渓《そけいけい》が声を落とす。

「本朝で大逆罪を犯した臣下の娘は、この富楽院のような教坊司に落とされるのです。彼女たちは罪籍《ざいせき》となり、大赦《たいしゃ》を受けなければ一生汚《けが》れた体のままです。普通の妓女と区別をするために部屋の外に糊壺をかかげ、罪が貼《は》りついて剝《は》がれないことを示さねばなりません。恩客の中にはそういう所へ通うのが好きな……」

そこまで言うと、蘇荊渓《そけいけい》は眉間に嫌悪を隠しきれず、もう続きを言えなかった。

朱瞻基《しゅせんき》も眉をひそめた。「これから呉定縁《ごていえん》が訪ねる紅玉《こうぎょく》とやらは罪臣の娘なのか？」蘇荊渓《そけいけい》は軽く首をふって、よく分からないと示す。罪臣の娘はほとんど数年で死んでしまう。恥辱に耐えられず自尽するのでなければ、蹂躙《じゅうりん》によって病にかかって身を亡ぼす。三曲に移り住む年齢まで生きられる者は少ない。

そんな話をしている間に、もう八角形の院庁《いんちょう》に入っていた。中央には小さな方卓、隅には蘭《ラン》と虎刺《アリドオシ》の鉢植えがあって、白壁に書画がかけてある。どれも恩客の贈った品物で、それを飾ることで自分の価値を表しているのだ。壁の中央には白眉三郎《はくびさんろう》の神龕《しんがん》（祭壇）があった。白い眉に赤い眼、長い髯《ひげ》に厳《いか》めしい風貌、坊曲で崇拝される楽星神《がくせいしん》だ。

童《どう》外婆は茶を淹《い》れもせず、人を呼びに部屋を出て行く。

すぐに中年の女が入ってきた。紐で束ねただけの下《さ》げ髪で、紅《あか》い絹の襦袢《じゅばん》を着て、とろんとした酔眼をしている。

女は呉定縁《ごていえん》を見て驚いた。

「定縁《ていえん》さん、こんな晩《おそ》くにどうしたんだい？」

その姿をひと眼見ると、呉定縁《ごていえん》のここまで耐えてきた慟哭が一気にあふれ出す。

「紅《こう》おばさん……親父が死んじまった……」ストンと女の前に跪き、声をあげて泣きだした。紅玉《こうぎょく》も雷に打たれたように呆然と立ちつくし、しばらくしてやっと呉定縁《ごていえん》の腕をとって立たせた。

「とにかく小部屋に行って話しましょうかね」

朱瞻基《しゅせんき》、蘇荊渓《そけいけい》はもちろん于謙《うけん》も、やや拍子抜けしていた。みな〝ひごさお〟が酒乱で妓楼狂いだと聞いていたので、富楽院で贔屓《ひいき》の妓女に会うのだろうとは思っていた。だが、この紅《こう》おばさんは目尻に魚の尾鰭《おひれ》のような小じわがあって、少なく見積もっても四十は過ぎている。性格は良さそうだが、容姿もいたって平凡、二人が並んだところはさしずめ母子のようだった。

何の不思議もないと言った顔で外婆が傍らに立っている。この関係を見慣れているのだろう。

「あの二人は一体どういう関係なのだ？」と于謙《うけん》が問う。相手が官袍《かんほう》を着ているから外婆も不敬はできず、いそいでお辞儀をして答える。

「呉《ご》公子の御趣味で……まあ、独特なのでございます。この十数年、我が家の娘をお訪ねくださり、御遊びをするでもなく、御泊りにもなりませんで、ただ顔を見に来て御帰りになられます。お金は吝《お》しまれたことはありません。この婆めもずいぶんと御世話になっております」

「あの男は一体何のためにそんなことを？」がまんできずに于謙《うけん》は問うた。外婆は致し方ないと言った顔で言った。「この婆めは、ただ茶を出し水を運ぶだけでございますので分かるはずもないことでございます。婆めが見ておりますのは娘の紅玉《こうぎょく》だけでして、どうしてこんな上得意さまの御心をつかんだものか、とんと見当もつかぬことでございます」

だしぬけに朱瞻基《しゅせんき》が言った。「壁に糊壺があるが、紅玉《こうぎょく》は罪籍なのか？」

外婆は答えた。「へえ、北から富楽院に参りまして、かれこれ二十何年かになります。あの娘《こ》は顔こそ人並みでございますが、琴は上手に弾くのでございます。帷帳《いちょう》の後ろで曲を弾き、裏では雛児《ひよこ》どもにも教えますし、表の女どもにも琴姑《きんこ》として教えております。そういうわけで三曲暮らしではございますが、ずっと大した苦労もありません」

「なんの罪籍だ？」と朱瞻基《しゅせんき》が訊ねる。

「へえ、それは知らぬことでございます。書類は教坊司にございまして、ここは留め置くだけのこと、昔の事なぞ話したこともございません」

于謙《うけん》と蘇荊渓《そけいけい》は目配せをして沈黙を守ることにした。二十年前に教坊司に送られたならば靖難《せいなん》の役《えき》に関わった罪臣の眷属《けんぞく》にちがいない。昨年十一月、洪熙《こうき》帝は教坊司や浣衣《かんい》局等に落とされた罪臣眷属に大赦を下し、庶民に戻した。しかし、紅玉《こうぎょく》の場合、罪籍をぬけて民となったところで生計を立ててはゆけない。琴の師匠として富楽院にのこる方がよかったのだ。

外婆はわけ知りだから客と余分な話をしない。于謙《うけん》と蘇荊渓《そけいけい》も朱瞻基《しゅせんき》にこの件を指摘できなかった。気まずい思いをすることになるからだ。

この三人の仔細を外婆はそれとなく訊いてみたかった。だが、于謙《うけん》が大袖を払って前をふさいだ。この朱色の朝服はすこぶる威圧感があって、妓楼の空気が一気に冷めてしまう。童《どう》外婆は気づまりになってすこし笑った。

「夜は童子どもが眠っておりますので、この婆めが冷たい果物など見つくろって参ります」

小部屋では、今夜の事を呉定縁《ごていえん》がそもそもの初めから紅玉《こうぎょく》に聞かせていた。紅玉《こうぎょく》は手を胸にあてて聞き、息を喘がせていた。教坊司の琴姑の身で驚天動地の衝撃に耐えられるはずもない。呉不平《ごふへい》が正陽門で死んだところまで聞くと、紅玉《こうぎょく》は呉定縁《ごていえん》の頭を抱きしめて泣きだした。

「かわいそう、かわいそうに……」

ひとしきり紅玉《こうぎょく》が泣くと、呉定縁《ごていえん》は顔をあげた。

「こうなったらぜんぶ話してくれよ、お願いだ」

紅玉《こうぎょく》は絹の手帕《しゅはく》で目尻を押さえて長々と溜め息をついた。

「十年前に口を滑らせたばっかりに、お前さんの将来を台無しにしちまった。いまさら後悔してもおそいけれど……」

「それは違う！」呉定縁《ごていえん》は話をさえぎった。「十年前はオレが知りたかったんだ。十年後の今、オレ自身がはっきりさせたいんだ」

「知ろうが知るまいが、ちがいなんてあるのかい？何でそんなに自分から悩みを抱えこむのかね？」紅玉《こうぎょく》は河窓から夜色を見た。「それに定縁《ていえん》さんの話じゃ、差し迫った仕事があるんだろ。こんなところに長居をしてちゃいけない。すぐに太子様を守って南京を出て、妹さんを探しに行かないと！」そう言うと琴箱の前に行き、中から刺繍入りの小さな袋を取り出した。「ここ数年、くれたお金は院主と童母《どうかあ》さんの分を取りおいて、みんなこの合浦《ごうほ》の真珠に換えてあるんだ。どうか路銀《ろぎん》に使っておくれ」

呉定縁《ごていえん》は袋を受け取らず、かえって怒りをつのらせた。

「親父が死んだのに、まだ言ってくれねえのか？」

紅玉《こうぎょく》は袋を押し付けた。

「ほんの戯言《ざれごと》さ、もう一度なんて言えるもんかね？また、癲癇《てんかん》になって性命《いのち》を縮めたらどうするのさ？」

「あんたが言わなけりゃ、オレが病気にならないとでもいうのか？」

「定縁《ていえん》さん、聞きわけておくれ！」

呉定縁《ごていえん》の感情は激しくゆれ動き、ほとんど絶叫に近かった。

「もう我慢できねえ！　知りてえんだ。何でおばさんの顔を見るだけで、こんなに心が落ち着くんだよ？

あんたと親父はいったいどんな関係なんだ？　何で本当の父さんと母さんの事を言っちゃくれねえ？　オレには知る資格がないのかよ？」

積年の疑惑と抑圧が、まさにこの時、呉不平《ごふへい》の死によって噴出した。幸いにも別院の壁は高く、周囲に柳と槐がびっしりと植わって、どんなに騒いでも隣家に聞こえる心配はない。

呉定縁《ごていえん》の怒りを目の当たりにしても、紅玉《こうぎょく》に狼狽はなく、かえって淡い苦笑を浮かべていた。

「定縁《ていえん》さん、あんた、分かっちゃいないね。罪籍の女として教坊司の苦界で毎日身を焼かれる者《もん》にとって、何が一番恐ろしいか……そりゃ昔の暮らしさ。あれを思い出しちまったら、もっと苦しくなっちまう。ぜんぶ忘れちまえないのを恨《うら》んでいるくらいさ。だから、あんたが知りたい昔の事なんざ、あたしゃ金輪際《こんりんざい》思い出したくないのさ！」

冷水を浴びたように呉定縁《ごていえん》の怒りは消えた。まるで間違いをした子供のように縮こまって頭を垂れている。

「この十年、人の噂も気にかけず、この富楽院に足繁《しげ》くお通いで、あたしの顔を見ると心が安らぐとかどうとか、おかしな仰《おっしゃ》り様《よう》だがね。あたしゃあんたの顔を見るたびに昔の事を思い出しちまって、せっかく痂《かさぶた》のできた傷がもう一度開いちまうのさ。母さんに追い立ててもらおうかと思う時もあるんだよ」

紅玉《こうぎょく》は素っ気なく言ったが、口もとの深いしわが内心の痛苦を物語っていた。

呉定縁《ごていえん》が驚いて顔をあげた。紅玉《こうぎょく》が自分に会いたくなかったとは今まで考えたこともなかった。

眼の周りを赤く腫らした呉定縁《ごていえん》を見て、紅玉《こうぎょく》は心中忍びず、かすかに吐息をもらすと歩みよって抱きしめた。

「昔の種々《くさぐさ》ってのはね、昨日のお葬式みたいなもんさ。もう変えられやしないんだ。お前さんに心があるなら眼の前の大事をやり遂げてから、また会いに来ておくれ。その時にこの紅《こう》おばさんが知っている一切を話してあげるよ。それでどうだい？」

「でもよ……」

紅玉《こうぎょく》が呉定縁《ごていえん》の頭をこつんと叩く。

「〝でも〟は言いっこなしだよ。こんなに長く我慢したんだ。あと何日か待ったって大した違いはないだろ？」

しぶしぶ呉定縁《ごていえん》は口を閉じるしかない。紅玉《こうぎょく》は檀香の扉を細く開けて外の院庁をのぞきこんだ。

「あの汚い和尚が本当に太子なのかい？」

「うん」

「顔は平々凡々だね。龍子龍孫《りゅうしりゅうそん》っていうのは、何かこう、どこか違うところがあると思ってたよ」

「金陵の公子どもに比べたら太子だって悪くはねえさ……」

呉定縁《ごていえん》は正面から太子を評価しなかった。紅玉《こうぎょく》がふり返って含み笑いをする。

「だから、こんなおそくに富楽院に来たというわけだね。ふいに自分の出生を知りたくなっただけじゃないんだろ？」

呉定縁《ごていえん》はすこし気まずくなって頭をかき、部屋の隅を指さした。

「洗月琴《せんげつきん》を借りたいんだ」

紅玉《こうぎょく》はとっくに予想していたようだった。寝台の下からきれいにたたんだ赤い絨布《ビロード》を取り出し、バッとひろげる。

「この琴は壊れやすいから、ちょっと包まないと」紅《こう》玉《ぎょく》が大事そうに琴を包むのを見て、呉定縁《ごていえん》はその耳もとに言った。

「さっきの言葉、忘れないでくれよ……」

于謙《うけん》たちは院庁でじりじりと待っていたが、ふいに扉が開く音がして呉定縁《ごていえん》が出てきた。小ぶりの古琴を斜めに背負っている。琴の外には緋《ひ》色の布も掛けてあった。

「……道々、芸でも売るつもりか？」と于謙《うけん》が問うと、呉定縁《ごていえん》は不機嫌そうに答えた。「今夜、南京を出られるかどうかはこの琴しだいだ……誰か琴は弾けるか？」

呉定縁《ごていえん》はまず蘇荊渓《そけいけい》に眼をむけたが、彼女は首をふった。となりの朱瞻基《しゅせんき》が口を開く。「以前、叔父上に教えてもらって一つ二つなら弾けるぞ」

「一つ二つってどんな曲だ？」呉定縁《ごていえん》が訊く。

「うーん……」朱瞻基《しゅせんき》はやや口ごもる。「〝蒼江夜雨〟と〝獲麟〟は手慣れたうちに入るが、〝広陵止息〟も何とかいける」

紅玉《こうぎょく》のような琴の名手なら、曲名を聞けば腕前のほども判るのだが、呉定縁《ごていえん》にそんなことは判らない。

「まあ、鳴ればいい。行こう」と声をかける。呉定縁《ごていえん》が瓢簞の中からどんな薬を売るつもりなのか、三人には皆目分からなかったが、できるだけ速く出発するのが最善だった。すでに夜も三更《さんこう》を過ぎ、おそくなるほど危険も大きい。

「気をつけるんだよ」と、心配そうな顔で紅玉《こうぎょく》が声をかける。呉定縁《ごていえん》は拳を見せた。安心しろの意味だった。蘇荊渓《そけいけい》はこの一幕を見て、紅玉《こうぎょく》をちらりと見た。この人の顔つき、琴を借りたほかにも何か話したような？　そんな考えがすぐに別のところに飛ぶ。

「外婆は何をしているのです？」蘇荊渓《そけいけい》が疑問を口にした。

呉定縁《ごていえん》がそれを聞いて眉をひそめ、何か話したかと問い質す。

「何も余計なことは漏らしてはおらんぞ」と于謙《うけん》が答えた。

呉定縁《ごていえん》は安心できなかった。外婆は妓楼暮らしが長く、人を見る眼は毒辣だ。一行の件がごまかせるとは思えない。

この生きるか死ぬかの瀬戸際でもう枝はふやせない。

ちょっと見に行こうかと考えていると、紅玉《こうぎょく》が言った。

「とにかく行くんだ。童母《どうかあ》さんのことはあたしが何とかする。心配は無用だよ」

時間がない。そうする他はなかった。呉定縁《ごていえん》は烏篷《うほう》船《せん》に跳びのり、笠をかぶった。ほかの三人も篷《とま》の中に隠れると、来た時のように棹《さお》をさす。外の牛太郎にはもう宝鈔をつかませてあるから文句も言わず、水門をあけて行かせてくれた。浮夜《ふや》の小舟は富楽院の水道を離れ、ゆっくりと秦淮を北へ漕ぎ去る。

小舟が離れてしばらくして、童《どう》外婆が金絲棗《きんしなつめ》をもって院庁に戻ってきた。

「公子はどちらへ?」と紅玉《こうぎょく》に訊ねる。

何でも御役目みたいだね、ちょっと話をして行ってしまったと紅玉《こうぎょく》が答える。外婆が重ねて聞こうとする間に、背後から冷酷な顔つきの百戸と旗兵が五、六人現れた。袖には府軍前衛の印が見える。

百戸は琴の師匠に遠慮などしなかった。「犯人はどこにいる?」と、いきなり恫喝した。気まずそうにしている外婆を、紅玉《こうぎょく》はちらりと見て冷笑した。

「あたしの所に来たのは応天府総捕頭の公子と身分を隠した官爺《おやくにん》さ。何か訊きたいことでもあるのかい?」

それを聞いて百戸が童《どう》外婆の方をふり返る。「本当か?」外婆があわてて答える。「いいえ、いいえ、あと二人いました。一人は女でもう一人は和尚です」それを聞くと百戸は怒って外婆に重い平手打ちを食らわした。

武寧橋一帯で宮城から逃げてきた奉御を探せという命令だった。この老婆が富楽院に疑わしい人物が来たと駆けこんできたから、功を立てる機会だと意気ごんでいたのに、それがまるで見当外れで、みすみす時間を浪費してしまった。

それを紅玉《こうぎょく》は冷たい眼でながめていた。午後、呉定《ごてい》縁《えん》が送ってきた百五十両の銀子で外婆の心は変わってしまった。もう身を売ることもできず、客も取れなくなった琴姑からは外婆だって油を搾《しぼ》れない。でも、罪人を差し出せば、あの百五十両の紋銀が全部自分の懐に入る。そんなことは……富楽院ではよくある。

百戸は怒鳴りちらしていた。童《どう》外婆が顔を押さえながら言いわけをする。

「浮夜船で来たんでございますよ。コソコソと怪しい者たちでした」

だが、百戸はもう一発平手で打って、怒鳴りつけた。

「この阿呆《あほう》が！　どこの官員が隠れもせず女郎屋に来る？　八人担ぎの高輿《たかこし》で乗りつけるとでも思うか？」

童《どう》外婆は顔を押さえて、もう口を利けなかった。

百戸は部屋の中をうろうろと歩き、紅玉《こうぎょく》の容姿が平凡なのを見て、機嫌を取るのも莫迦らしいと、手下を集めて出ていった。

だが、この百戸は職務に忠実だった。富楽院を出ると兵鋪《へいほ》を探して状況を宿直《しゅくちょく》の書記に伝えた。

書記は筆墨を取り出し、この記録を帳面に書き記した。しばらくして、伝令が門を叩く。武寧橋、貢院一帯にある十八カ所の兵鋪から文書を回収しているのだと言う。ここが最後の一つとのことで、背負った籠は文書でいっぱいだった。伝令は帳面を受け取り、背中の籠に放りこむと、すぐに三山街の中城兵馬司に走っていった。

＊＊＊

シュッ。

矢が一本、空《くう》を切って飛んできて胸に突き立つ。錦衣衛小旗の最後の一人が悲痛な叫びをあげて地に倒れた。その傍らにバタバタと十数の飛魚服《ひぎょふく》が横たわっている。死体にはすべてハリネズミのように矢が突き刺さっている。

崇礼街の錦衣衛衙《が》署はまさに流血の修羅場と化していた。

老千戸が庭の中央で片膝をつき、繍春刀《しゅうしゅんとう》をふりまわし、血眼で懸命に叫ぶ。

「我らは錦衣衛である。反賊にあらず！」しかし、前門の屋根と門前に居並ぶ勇士営は心を動かされなかった。数十人の射手は冷静に弓を引きしぼり、最後の命令を待っている。

朱卜花《しゅぼくか》が目隠しの壁の前で腕を組んでいる。顔の腫れ物はふくれあがり、もういつ潰れるか分からず、この痛快な虐殺だけが痛みをやわらげていた。何の躊躇もなく右手をふり下ろす。いっせいに弓弦が鳴り、老千戸は十数本の硬箭《こうせん》に貫かれ、とうに血で汚れていた石畳の上に倒れた。

そこに勇士営がどっと押しだし、官署の内外を捜索しはじめた。朱卜花《しゅぼくか》は一歩も動かず、じっと死んだ老千戸を見つめて、昨葉何《さくようか》の話を考えていた。

先刻、昨葉何《さくようか》が手掛かりを得た。宮城に入る前に太子は崇礼街の錦衣衛に一時とどまった。そこに鄭和《ていわ》が迎えに行ったのだ。太子は皇城から逃げた後、もう一度ここに来たかも知れない。

その知らせを聞くと、朱卜花《しゅぼくか》はただちに部隊を率いて包囲した。錦衣衛の態度は強硬だった。立ち入りが拒否されると、朱卜花《しゅぼくか》はひと思いに〝犯人をかくまった〟罪で攻撃を命じた。投降は許さなかった。ここの錦衣衛は太子の姿を見ている。一人も生かしておけない。

捜索はすぐに終わった。太子に関する手掛かりは何も出ない。朱卜花《しゅぼくか》は首をふり、馬に乗ると三山街にある中城兵馬司に戻った。

今回の大捜索の司令部は中城兵馬司に設置されていた。すべての情報は定期的にここに集まってくる。だから、衙門《がもん》にはつねに人が出入りして騒々しい。しかし、この奔走する吏員の表情はみな微妙な戸惑いを浮かべていた。正堂に座っているのが都指揮や副都指揮ではなく……二人とも東水関で罹災したのだが……書生姿の女子なのだ。

何かを食べていないことは滅多にないが、彼女は送られてくる帳面を読みふけっていた。その姿はまるで職務に忠実な都督のようだ。

朱卜花《しゅぼくか》がドカドカと正堂に入ってくると、左右をさがらせてから皮肉を言った。

「正陽門の巨石に阻まれたそうではないか？　白蓮仏母の神通力は広大だが、分からぬこともあるとはな。もう今日は出ぬ方がよいのではないか？」

「太子が京城に着いて、あたしらが天牢（皇帝に対する罪人を入れる獄牢）で怨み事を言いあうことになっても遅くはありませんかねぇ」

昨葉何《さくようか》は淡々と皮肉を返して、文書から眼を離した。

「何か収穫は？」

「ない。錦衣衛には立ち寄っていなかった」朱卜花《しゅぼくか》は数枚の紙を放り出した。「攻撃の前、部下が小旗から事情を聴きだした。自分で見てみろ」顔の痛痒さが耐えがたく、ごちゃごちゃした状況は考えられない。

昨葉何《さくようか》はすぐに眼を通しはじめたが、突然、眼をとめた。しばし考えこんで卓の下の文書箱から記録簿を引っぱりだした。送られてきたばかりのもので墨の色も新しい。紙をめくりながら、もう一方の手で思わずこめかみに爪を立てる。

「言う事があるなら早く言え！」朱卜花《しゅぼくか》が苛々して言う。

「行人司の小官、于謙《うけん》という者が錦衣衛に行ったようですね。しかも、宝船爆破の直後です。玄津橋ではあなたが馬と牌を渡したのでしょう？　そして、また錦衣衛に帰ってきて、罪人を一人連れていったそうです。これ、誰ですか？」

「誰とは？」

「この小旗の供述によると罪人は呉定縁《ごていえん》と言って、綽名は〝ひごさお〟と言うんです。父親は正陽門で死んだ呉不平《ごふへい》です」昨葉何《さくようか》は続けた。「しかも、こいつが水に落ちた太子を救って錦衣衛に連れてきたんです」

「だから、どうした？」朱卜花《しゅぼくか》は落ち着いて事態の断片をつなぎ合わせることなどできない。昨葉何《さくようか》のこういう勿体《もったい》ぶったところが鼻についた。昨葉何《さくようか》は眼を細めて朱卜花《しゅぼくか》の顔を観察している。相手をわざと揶揄《からか》っているようだ。

「正陽門の目撃者によると、太子の身辺に少なくとも三人がいたそうです。一人は于謙《うけん》、もう一人は身分不明の女子、一番手強いのが呉定縁《ごていえん》でしょう。正陽門で呉不平《ごふへい》に遭遇したのは息子だったと思いますよ」

「その呉定縁《ごていえん》は何か人並み優れたところがあるのか？　なぜ太子がそいつを頼った？」

「他の者にも訊いたのですが、こいつは有名な出来損ないで、三十にもなるのに嫁の来手《きて》もなく、毎日飲んだくれて妓楼を冷やかしているそうです。世間では鉄獅子の前世の仇が借金の取りたてに生まれ変わったのだと言ってます」

朱卜花《しゅぼくか》が眉をひそめた。それは妙だ。昨葉何《さくようか》は最後の一枚を抜きだした。

「錦衣衛の司庫が変な事を言っています。于謙《うけん》が呉定《ごてい》縁《えん》を連れだす前、庫《くら》から三百両の紋銀を払わせて、半分を糖坊廊の呉不平《ごふへい》の家に送り、もう半分を富楽院三曲に……」

朱卜花《しゅぼくか》の眼が輝いた。「住み家が分かったのは好都合、すぐに糖坊廊を包囲するぞ！」

昨葉何《さくようか》は額に手を当て、なかば呆れたように言う。

「呉不平《ごふへい》は死んでいます。やつらも莫迦じゃないんですから、こんな時に自宅に帰って網に跳びこみますか？　行くべきは富楽院のほうです」

そう言うと、手に取った帳面を朱卜花《しゅぼくか》の眼の前に出す。

「半時辰前、府軍の前衛が報告しています。富楽院三曲の童《どう》外婆のところに四名の怪しい客があったそうで、すこし滞在して、すぐに浮夜船で出発したそうです。

彼らは気にしなかったようですが、一応報告はしたようですね」

朱卜花《しゅぼくか》はもう余計な事は言わず、兜《かぶと》を頭に載せると大股で出ていった。遠くから「馬を引け！」という怒号が聞こえてきた。昨葉何《さくようか》は悠々と記録簿を閉じ、口の端に狡猾な笑いを浮かべた。

朱卜花《しゅぼくか》には正直に話している。ただ一つの事を除いて。呉不平《ごふへい》の娘、呉玉露《ごぎょくろ》は白蓮教の手のうちにあるのだ。鉄獅子が死んだら呉玉露《ごぎょくろ》は用済みだったが、太子を守っている呉定縁《ごていえん》が出てきたことで、誘拐《かどわか》してきた娘も使い道が出てきた。

昨葉何《さくようか》は側近を呼び、低い声で言いつけた。

「梁興甫《りょうこうほ》に伝えなさい。すぐ仕事です」

そして、水時計に眼をやる。もうすぐ丑時《ちゅうじ》（午前一時頃）だ。

皇暦は洪熙《こうき》元年五月十九日（戊子《ぼし》）になる。

第九章

水に棹《さお》さし、烏《う》篷《ほう》船は音もなくすべる。

小舟は秦淮内河を西に向かっていた。一帯は〝十里秦淮〟とよばれ、煙花《えんか》の地だった。川の両岸はみな彩楼や河部屋で、夜になれば色とりどりの提灯《ちょうちん》が暗い河面に映り、それが銀河の燦《きら》めきのようであった。しかし、今夜の南京は不安に怯え、妓楼も早々に提灯を消し、屋形舟をつなぎ、暗い河面はまるで灰をかぶったようだ。

呉定縁《ごていえん》が外で棹さし、蘇荊渓《そけいけい》が篷《とま》のなかで太子の傷を診ている。正陽門と富楽院の騒ぎで血が滲んでいた。この機に于《う》謙《けん》が指に水をつけて、船板に図を描き、次の逃走路を説明している。

「これより我らは西水関に向かい、外秦淮に入り、一路西へ向かいます。石頭城《せきとうじょう》、清涼山《せいりょうざん》を越え、龍江関《りゅうこうかん》に到着すれば長江に入れます。そうなればもう水を得た魚、朱卜花《しゅぼくか》も悔《くや》しがるしかありますまい。殿下にくつろいでいただく余裕があれば、龍江夜雨《りゅうこうやう》を愛《め》でることもできましょう。留都の名勝にございます」

于謙《うけん》はわざと明るく話しているが、朱瞻基《しゅせんき》は心配そうだった。

「だが、西水関と龍江関にも衛兵はいるであろう？　はたして通れるのか？」

于謙《うけん》は外で舟を操っている痩せた姿を見た。

「呉定縁《ごていえん》がこの道を選んだのですから、何か理由があるはずです」

「信頼しているのだな」

「鶏鳴狗盗《けいめいくとう》も使いようです。臣は孟嘗君《もうしょうくん》の故事にならったまでにございます」

于謙《うけん》は謙遜したが、思い出したように丁重に忠告した。

「王荊公《おうけいこう》（王安石、北宋の政治家、文人、一〇二一年～一〇八六年）に寸評があります。孟嘗君について〝それ鶏鳴狗盗のその門より出《い》ずるは、これ士の至らざりし所以《ゆえん》なり〟（王安石「読孟嘗君伝」）と。すなわち、孟嘗君の門下に優れた士がやって来なかったと言っておられるのです。したがって、殿下におかれましては、これらの小道に溺れてはなりませぬ。やはり、徳を修めることが肝要で、そうしてこそ士を得ることができるのです」

「わかった、わかった。褒めたり、貶したり、一人で言っておれ」朱瞻基《しゅせんき》は眼をぱちくりさせて、うんざりした表情をした。本音を言えば、于謙《うけん》を幕僚にまねいたことを少し後悔しはじめていた。頼りになる者だが、いつも口うるさくて敵《かな》わない。

蘇荊渓《そけいけい》が傷の処置を終え、于謙《うけん》に問うた。

「知っておきたいのですが、これからどれほど行くのですか？　次に停泊するのはどこになります？　薬や器《うつわ》を買わねばなりません」

「長江に入れば、まっすぐ揚州に行きます。揚州の繁華は南京にひけをとりませんぞ。薬にも事欠くことはないでしょう」

于《う》謙《けん》は計画を話した。もう行程をはっきりと考えているようだ。

「よかった」蘇《そ》荊渓《けいけい》がうなずき、やや不快そうに襟をふるった。「ちょうどわたくしも服を換えたいと思っていたのです」

朱瞻基《しゅせんき》は左右に于《う》謙《けん》を見たり、蘇《そ》荊渓《けいけい》を見たり、どうしても訊ねてみたくなった。

「おまえたちは知りたいとは思わんのか？　呉《ご》定縁《ていえん》の親が誰なのか？　そして、あの紅玉《こうぎょく》とはどんな関係なのか？」

正陽門で耳に挟んだのは自分の生まれを憐れんでいただけで、仔細は判らなかった。ほかの二人がこの話題に触れないから、朱瞻基《しゅせんき》が口にするしかないのだ。

于《う》謙《けん》は意見の言い様がないので、しかめ面をして黙っている。蘇《そ》荊渓《けいけい》は口をすぼめて笑った。

「その二人よりも殿下と呉《ご》定縁《ていえん》の関係のほうが、わたくしには気になります」

「もう言ったであろう？　以前に会ったことはないぞ！」

「仰せのように、大明の皇太子と留都で暮らしていた怠け者の捕吏では接点はありません。けれど、殿下を見ると激しい頭痛に襲われるのは必ず何か理由があるはずなのです。医者は判断しがたい複雑な病症を見ると、いつも心躍るもの」

「酒の飲みすぎで虚弱なのではないか？」朱瞻基《しゅせんき》はぼそりと呟いた。

「その可能性もあります。頭は身の元首《げんしゅ》です。六腑の清陽の気と、五臓の精華の血はみなここに会《かい》します。だから、すこし刺激があると頭風《ずふう》を起こすのです」

「〝杯《さかずき》に映った弓が蛇に見える〟と同じだな」

「その通りです！　当時の境遇を理解できて、その〝弓〟を探しだせれば〝蛇〟も自然に消えるのですが……」そう言うと、蘇荊渓《そけいけい》は何か思い当たったようで、すこし驚いたように額を叩いた。「殿下が先ほど仰ったことはこれに関係がありませんか？」

朱瞻基《しゅせんき》は自分が口に任せて個人的な質問をしたことが、こんなふうに呉定縁《ごていえん》の心痛の理由に重ねて解読されるとは思いもよらず、しきりに感嘆した。

二人が会話をはずませているのを聞きながら、于謙《うけん》の心は今乗っている小舟のようにゆれていた。

この女子について少しは知っているつもりだ。果断という点では舟に乗っている三人の男より上だ。臨機応変という点ではこの中の誰よりもすぐれている。恐るべき冷静さを持ち、いつでも一挙一動に明確な目的がある。太子に付き添うのは朱卜花《しゅぼくか》に報復するためだが、于謙《うけん》はそれが事実のすべてではないと疑っていた。

その理由が何であれ、動機不明のむきだしの刃《やいば》が太子の身辺にあるのはよいことではない。于謙《うけん》は袖の中で手をぎゅっと握りしめ、ややあって手をゆるめた。

「蘇姑娘《そクーニャン》、折り入って話したいことがあるのだが、答えにくい問いかも知れぬが……」

「于司直《うしちょく》（司直は官の意味）、どうぞ仰ってください」

「以前、婚約した夫が南京に居ると言っておられた。あなたが東水関に行ったのは夫を探すためだと。もしやあなたの夫は官ではないか？」

このことについて蘇荊渓《そけいけい》は供述をしていたが、呉定《ごてい》縁《えん》がいい加減に扱って詳しく質問をせず、詳細に質《ただ》していなかった。于謙《うけん》は記憶力がよいので、今になって思い出すことができたのだ。

「そうです。南京憲台《けんだい》で御史《ぎょし》をしていて、郭芝閔《かくしびん》と言う名です」

「蘇《そ》大夫は東水関を離れてしばらくして、宝船の爆発音を聞いたのに、まっすぐに自宅に帰られた。これはやや不自然では？」

「え？　どうして不自然なのです？」

蘇荊渓《そけいけい》は質問の意図がよく理解できないようで、すこし困惑していた。于謙《うけん》は言葉につまり、この女子が常識で測れないことを思い出した。

「つまりその……そんな大事件が起こったら、何はともあれ引き返して夫の生死を確認するものではなかろうか？」

朱瞻基《しゅせんき》は不審の眼で于謙《うけん》を見た。あまりに失礼ではないかと思ったのだ。于謙《うけん》は姿勢を正して太子を正視した。「京城への道は困難なものとなりましょう。臣はそれぞれの御仁に二心《ふたごころ》がないか確認する責がございます。ほかに私心はありませぬ」

蘇荊渓《そけいけい》は朱瞻基《しゅせんき》をちらりと見て、しとやかに笑った。「殿下、御怒りには及びません。于《う》司直の御心配はもっともです。はっきり言っておいた方がよいのです」

額にかかった髪をかきあげ、蘇荊渓《そけいけい》はゆっくり話しだした。

「郭芝閔《かくしびん》の父、郭純之《かくじゅんし》と我が家は代々交流があり、早くから婚約は決まっていました。けれど、わたくしは今まで彼に直接会ったことはありません。今回南京に来て夫の身分を利用し、朱卜花《しゅぼくか》に近づこうと考えていたのですが、あいにく揚州に出かけていたのです。昨日の太子御到着には必ず帰ってくるだろうと思い、東水関に行ったのですが、残念ながら埠頭では見つけられませんでしたので、すぐに家に帰ったのです」

この話を聞いても于謙《うけん》の疑惑は去らなかった。蘇荊《そけい》渓《けい》の話には破綻はない。だが、その細部について真偽を確かめる方法もないのだ。

その時、朱瞻基《しゅせんき》が思い出したように言った。

「その郭芝閔《かくしびん》は淮左《わいさ》（淮河東）の大儒（大学者）郭純之《かくじゅんし》の息子であろう？　たしか、南京広東道監察御史ではないか？」

于謙《うけん》と蘇荊渓《そけいけい》が同時に驚いた。そんな小官の名を太子が知っているとは意外だった。

「揚州に着いた時、大塩商の汪極《おうきょく》という者が一席を設《もう》けてな。その郭芝閔《かくしびん》も同席しておった。東宮師傅《しふ》の一人が父の郭純之《かくじゅんし》と知り合いで、引き合わせて推挙しておった」

それは蘇荊渓《そけいけい》の話と図《はか》らずも一致した。蘇荊渓《そけいけい》の冷静な顔つきがやや変化した。

「夫は殿下に何か申しましたか？」

「かねてより敬愛しておりましたとか、御噂はかねがねとか、まあ、よくある挨拶だったが……」朱瞻基《しゅせんき》はそう言うと、言葉をつむぐ速度がにぶり、記憶を呼び起こそうと努力しているようだった。「直接何か言ったのではないが、酒も一巡して彼と汪極《おうきょく》が一献《いっこん》差し上げたいとやって来た。郭芝閔《かくしびん》は酔っていたのであろうが、汪極《おうきょく》を指して冗談を言っていた。たしか……〝何《か》曾《そう》の食万、今ここに見ゆ〟だったか……」

于謙《うけん》と蘇荊渓《そけいけい》の眼が合い、二人の眼の色が同時に変わった。

郭芝閔《かくしびん》が言ったのは西晋《せいしん》（二六五年〜三一六年）の典故《てんこ》だ。当時、朝廷に何曾《かそう》という元老がいて、飲食の奢侈《しゃし》にかけては右に出る者がなく、日に一万銭以上を使い、帝王すらも凌駕すると言われた。晋の武帝が宮殿で食事に招いたが、何曾《かそう》は太官の料理をきらい、一口も食べなかった。結局、武帝は何曾《かそう》に飲食を持参することを許可するしかなかった（『晋書』巻三十三、何曾伝）。

この典故を太子の前で持ち出したのは郭芝閔《かくしびん》の悪意だろう。表面上は酒宴の珍味を称賛しているのだが、暗に汪極《おうきょく》が皇家よりも贅沢であると皮肉ったのだ。

于謙《うけん》が勢いこんで質問する。

「その後はどうでしたか？　その塩商は何か申したのですか？」

「周りは大笑いしておった。汪極《おうきょく》はにやにや笑っていただけだ。しかし、あの笑いは確かに少々気まずい様子であったな……」朱瞻基《しゅせんき》は何の気なしに続けた。

「その後で汪極《おうきょく》が宝船を献上してきてな。あの話をわたしが気に留めないようにと思ってのことであろう」

「え？」聞いていた二人が同時にのけぞった。蘇《そ》荊渓《けいけい》は大丈夫だったが、于《う》謙《けん》の頭はドンという音をたてて篷《とま》にぶつかった。

「あの宝船は汪極《おうきょく》が献上した物だったのですか？」

「おい、おい、京城から宝船で出発したと思っておったわけではあるまいな？　運河は狭いのだぞ。あんな宝船で通れると思うか？」朱瞻基《しゅせんき》は二人がずっと誤解していたのだと気づいて説明した。

「我らは漕船《そうせん》（運河の輸送船）で南下してきた。揚州に到着すると、汪極《おうきょく》が知府に面会して宴会に招待したのだ。場所は邗江《かんこう》に浮かべた遊船の上だ。その船は鄭和《ていわ》の宝船を模しておったが、じつは海に入れぬ川船で、宴会をしたり、長江の遊覧をしたりするためのものだ。宴席が終わった後、汪極《おうきょく》がこの船を皇家に献上いたしますと申し出たのだ。だから、翌日その船に乗って南京に……

……」


そこまで言うと、朱瞻基《しゅせんき》自身も気づいた。

昨日正午の宝船爆破において、最大の疑問は火薬がどこから来たのかという点だ。呉《ご》定縁《しいえん》が分析したように、あの爆発には少なくとも精製した虎硫《こりゅう》火薬一千斤《きん》が必要なはずだった。しかし、どんな神通力があっても、東宮護衛の眼をかいくぐり、それほど多量の火薬を運びこめるものではない。

汪《おう》塩商が宴会に用いた宝船を太子に献上したなら、火薬の出所も説明が得られる。

宴会の前、それは汪《おう》家の船だったのだから、もともと何を積んでいても察知することは難しい。積みこみを行った船夫も汪《おう》家が同行させたのだ。宴会の後、太子は船に乗って南下したのだから、東宮護衛には徹底して検査する時間などなかった。汪極《おうきょく》はまさに細心の注意を払って巧妙な時間差を作りだし、気づかれぬように東宮付きの者を残らず火薬の上に置いたのだ。

こう考えると、汪極《おうきょく》はおそらく朱卜花《しゅぼくか》の一党であり、この両京にまたがる巨大な陰謀に関わっている。郭芝《かくし》閔《びん》がわざわざ揚州に来たのは〝何曾《かそう》の食万、今ここに見ゆ〟の典故を口にして、宝船を太子に献上する理由を作るためだったのだ。

こんなふうに各自が握っていた断片が真相の一角をなしているとは、舟の上の三人は誰一人として思いもしなかった。蘇荊渓《そけいけい》は未来の夫が前代未聞の叛乱に加担しているとは思いもよらず、不安の表情を浮かべている。

朱瞻基《しゅせんき》は蘇荊渓《そけいけい》の心を推し量ったように、手をふった。

「蘇《そ》大夫、何を気に掛けておる。夫とあなたは別だ。それにまだ輿入《こし》れもしておらんのだ。蘇《そ》家が連座することはない」

「はい」蘇荊渓《そけいけい》はやっとそう言った。

「それにしても郭芝閔《かくしびん》が東水関に居なかったのは奇妙だ。爆発を知っていたのだろうか……」と于謙《うけん》が呟き、また蘇荊渓《そけいけい》の方を見た。「蘇《そ》大夫、彼が日頃どこに居たかご存じか？」蘇荊渓《そけいけい》がそれに答える前に、船室の外から声が聞こえた。

「郭芝閔《かくしびん》って奴について知りたいのか？　それなら、オレが知っている」

三人が同時にそちらを見た。呉定縁《ごていえん》が笠を置いて、篷《とま》の中をのぞきこんでいた。

于謙《うけん》が眉をひそめる。「知っているのか？」

「太平門内の御賜廊《ぎょしろう》に住んでいたんじゃないのか？」

蘇荊渓《そけいけい》がうなずく。呉定縁《ごていえん》が舌打ちをして続けた。

「その男は死んだ。昨日の朝、親父のところに御賜廊で御史が圧死したという知らせが来た。オレは現場を見たが、誰かに殺されて寝台にねかされていた。結局、地震で頭を潰された」

于謙《うけん》は横眼で蘇荊渓《そけいけい》を見たが、肩が一瞬震えたのが見えただけだった。

「検死をしたのは、あなたですか？」蘇荊渓《そけいけい》の声はやや低かった。呉定縁《ごていえん》が死体を観察した様子を詳しく話すと、蘇荊渓《そけいけい》は小さくうなずいた。「その判断は正確です。たしかにまず殺されてから、梁に遺体が潰されたのでしょう……」そして、蘇荊渓《そけいけい》は黙りこんだ。その眼には恐れと戸惑いと、いくぶんの失望があったが、悲しみはなかった。

郭《かく》御史はおそらく大きな局面の駒《こま》に過ぎない。用済みとなって情け容赦なく盤面から排除されたのだ。朱《しゅ》瞻基《せんき》は舟の壁を叩き、懊悩した。

「金陵の御史、揚州の塩商、禁軍の内臣……どいつもこいつもなぜ朝廷に盾突く？　背後におる者は一体どんな餌をやった？」

「おそらく……餌は関係がありません」蘇荊渓《そけいけい》が顔をあげた。「殿下は御存じではないかも知れませんが、官員を診療した時に話をしてみますと、彼らは遷都について心中びくびくしておりました」

「なぜだ？　南京がまた京城になるのだ。彼らとて京城の……」朱瞻基《しゅせんき》ははっと気がついて、うなずいた。

大明の官界には南北それぞれに役職がある。国都を南京に戻せば、二つの役職が一つになって官職は半分に減る。だから、遷都が南京官界に引き起こした波紋は京城より大きい。

「そうなのか？」

朱瞻基《しゅせんき》は于謙《うけん》を見た。南京官界に身を置いているのだから于謙《うけん》にも発言権がある。

于謙《うけん》は胸を張った。「臣は地位にしがみつくような輩ではありませぬ！」その意味はほかの者の心はゆれ動いていて、将来を心配しているということだった。

朱瞻基《しゅせんき》は考えに沈んだ。遷都の議論は必然的にある種の人々の利益にふれるが、これほど強烈な反発にあうとは予想外だった。南京の乱の根源はそこにある。もし官員たちに将来に対する恐れが蔓延《はびこ》っていなければ、背後の黒幕も容易に手先を得られるはずがない。

しかし、そこで呉定縁《ごていえん》は篷《とま》を叩いて、三人の話し合いを切り上げさせた。

「話は終わりだ。もう下りるぞ」

于謙《うけん》が陽気な声をあげた。「ずいぶん早く龍江口についたな？」そう言って外を見たが、暗闇には低い屋根の輪郭しかなく、龍江夜雨の気配などありはしない。

呉定縁《ごていえん》が于謙《うけん》を見て言った。

「早とちりだ。まだ西水関にも着いちゃいねえ」

「では、なぜ下船するのだ？」

「朱卜花《しゅぼくか》も莫迦じゃねえ。オレたちが水路を行くと考える。西水関は龍江（南京西部、長江に近い。鄭和の造船廠があった）に面しているから最初に警戒するところだ。はじめからそこは目指しちゃいねえんだ」

于謙《うけん》は顔が熱くなるのを感じた。先刻、したり顔で説明した経路はすべて間違いだった。

「安心しろ。お前らを無事に送り出して、玉露《ぎょくろ》を救いに行かねえとな」

呉定縁《ごていえん》が辛辣でないことは滅多にないのだが、この時は珍しく下船するように急《せ》かしただけだった。一行が足下でゆれる船を出ると、小舟がどこかの河岸の埠頭に着いたことを知った。埠頭と言っても雨風があたる吹きさらしの土手にすぎない。付近の住民が面倒をきらって衣服や野菜を洗いに来るので、長い間に平地になっただけの場所だ。

〝十里秦淮〟の繁華な地区はとうにぬけていて、ここは南京城の西北に近い。埠頭からは人や家畜の足跡でいっぱいの泥道が伸びている。大小の窪みには濁った水がたまり、蠅や蚊の温床となって、いわく言いがたい腐臭が空気に満ちている。

蘇荊渓《そけいけい》が無意識に手の甲で鼻をおおう。呉定縁《ごていえん》がその仕草を見て、口の端を跳ねあげる。

「錦衣玉食の御三人には〝鳳凰、クソつき枝にとまりがたし〟だろうが、これから行く道は注意しろ！」

「何の、わたしとて糞工に……」于謙《うけん》がそう言う先から、ばしゃと左足をぬかるみに踏みいれ、黒い靴にたちまち黄色い泥が飛びちった。朱瞻基《しゅせんき》が堪《こら》えきれずに笑いだす。こんな場所は北の軍営で慣れていて、朱瞻《しゅせん》基《き》は于謙《うけん》よりも素早く適応した。太子は于謙《うけん》をひとしきり笑うと、ふり返って蘇荊渓《そけいけい》に手を貸し、彼女を無事に渡らせた。

一行が小さな埠頭を離れ、泥道をしばらく歩くと、遠くに小山が見えてきた。闇の中で虎が蹲《うずくま》っているように見える。于謙《うけん》がしばらく眼を凝らしてから口を開いた。

「清涼山か？　ここは石城門なのか？」

「そうだ。ここから西北に歩いて府城を離れ、外城郭《そと》に入れば脱出できる」

「……そういうことか」于謙《うけん》が呟く。

ここ数年、南京に住み、多少なりとも南京城の構造は理解している。留都は均質とは言えない四層に区分されている。最も内側にあるのが宮城、天子の住む場所だ。その外側が皇城、百官が公務をする場所だ。その外側は応天府城、石城門はこの西側に位置する。

城壁を建造した後、洪武爺《や》は雨花台《うかだい》、鍾山《しょうざん》、幕府山がみな城壁の外にあると気がついた。外敵がそこに大砲を据えたら、高みからやすやすと城内に脅威をくわえられる。そこで、府城の外、北は燕子磯《えんしき》、東は鍾山のすそ野、南は雨花台を囲む広大な土地にもう一つ外城郭を築いた。周囲は百八十里、府城周囲の山をすべて囲いこんでいる。

これほどの長い城壁なのだから、府城のように煉瓦で作ることなどできない。その大部分は土を固めただけの城壁だ。とくに西北一帯は長江に面していることもあって水害が激しく、上元門北部に城壁の欠落もあり、直接長江の岸辺に出られた。逃亡者が留都から脱出するには最良の道だった。

だが、問題は今も府城の範囲を出られず、依然として城内にいることだった。

于謙《うけん》はその計画を知っても、呉定縁《ごていえん》が背に担いでいる琴が何のための物か、まったく分からなかった。こんな寂れた場所でそんな雅びな品が役に立つのか？

呉定縁《ごていえん》は歩きながら左右に注意を払っていた。この一帯は西外郭に近く、東地区の繁華とは比べものにならない。道の両側に楼閣や庭園はほとんどなく、掘っ立て小屋と土塀が犇《ひし》めくように建っている。この簡素な家々が計画もなく散らばっていて、ゆがんだ荊《いばら》の生垣で区切ってあるにすぎない。

ここは楊家墳《ようかふん》と呼ばれる場所で、もともと楊《よう》という家の墓があった場所なのだが、南京城が拡張されるとともに取りこまれた。南京に属するとはいえ、今まで于謙《うけん》は足を踏みいれたことさえない。東とはまるで別世界に属し、暗闇の中に生垣でもあるかのように空気さえ異なるように思える。

水時計の二刻ほどを歩いて、呉定縁《ごていえん》は足をとめた。アァ、アァと頭上で声がして、烏《からす》が十数羽、古い槐の木から飛びたち、夜色に消えていく。この時、のこる三人も暗い槐の林に廟《びょう》が立っていることに気づいた。造りは城隍廟《じょうこうびょう》のようだが、とても小さい。

廟はずいぶん手入れをされていない様子で、屋根はまるで獣の死骸《むくろ》のように瓦が剝がれ、扉や窓板はどこに行ったのかも判らず、ただ真っ黒な口が三つ開いているだけだ。その口が夜の冷気を放っている。応天府の門前にある立派な城隍廟と比べたら天地ほどの違いで、むしろ冥府《めいふ》の神、泰山府君《たいざんふくん》の祭廟のようだった。

呉定縁《ごていえん》は廟からほど近い林に平らな場所を探し、緋色の包みを肩から下ろすと、そっと琴を置き、その下にいくつか石を敷いた。そして、朱瞻基《しゅせんき》にうながす。

「おい、大根、ここに来て、琴を弾け」

「いま、何と言った？」朱瞻基《しゅせんき》は耳を疑った。この〝ひごさお〟は于謙《うけん》に綽名をつけただけでなく、わたしまで変な綽名で呼ぶつもりか、まったく信じられぬ。

「ぐずぐずするな。早く弾け。この大根！」

「ここでか？」

「ここでだよ」

まさか幽霊にでも聞かせるのか？　朱瞻基《しゅせんき》は疑念を押しころして訊ねる。

「何を弾くのだ？」

呉定縁《ごていえん》はしばし考えて言った。

「まかせる。鳴りゃいい」

「……」

朱瞻基《しゅせんき》はこんな理不尽な要求を聞いたことがなかった。しかたなく琴の前に座ると琴軫《きんしん》をひねって調律して何度か掻《か》いてみる。すると、たちまちこの琴が非凡な名器だと感じた。弦音《げんおん》は清冽《せいれつ》にして余韻は強く、胴にわずかに共鳴がある。宮中所蔵の品と比べても遜色はない。

呉定縁《ごていえん》が好きにしろと言うのだから、朱瞻基《しゅせんき》はやや考え、右手を春鶯出谷《しゅんおうしゅっこく》、左手を秋鶚臨風《しゅうがくりんふう》の構えにして、〝烏夜啼《うやてい》〟を弾きはじめた。

〝烏夜啼〟は後漢の何宴《かえん》が投獄された時、夜に寒鴉《かんがらす》が鳴くのを聞いた娘が作った曲だ。烏の声を父が帰る吉兆だと思いながら……朱瞻基《しゅせんき》は先刻烏の群れが飛びたつのを見て興《きょう》が起こっただけだが、自分の境遇にも幸運をという願いもあったかも知れない。

この曲は寒鴉を題に取り、旋律は角音《かく》（西洋音階のミ）を中心に羽韻《う》（西洋音階のラ）をぬき、雛を育て、巣を争い、翼を振るい、夜に鳴く姿を描写している。

朱瞻基《しゅせんき》の琴は叔父の張昶《ちょうえい》の流派で、心韻一体を追究している。だから、弾くほどに曲に没頭していった……遠く京城で不予となった父皇、安否不明の母后、立場の知れない兄弟たち、灰と化した大伴《じい》に思いを馳せ、指に力が入ってややもするとわずかに音を外したが、それが一種の強烈な情緒となって流れだし、人、曲、琴の三つが一体となっていく。

いつの間にか、琴を奏する人の眼にも涙が光っている。

そんな曲の意味など、呉定縁《ごていえん》には分からなかったが、とにかく琴の音が響いたので、もう催促はせず、荒れ廟《びょう》の方に視線をもどした。

朱瞻基《しゅせんき》が一曲をもう終えようとする頃、廟に動きがあった。まるで魑魅魍魎《ちみもうりょう》がさっと横切ったようだ。于《う》謙《けん》は驚き、太子に注意をうながそうとするが、呉定縁《ごていえん》にさえぎられた。

「両手をあげて動くな」呉定縁《ごていえん》は厳しい口調で命じた。「ここの主人の猜疑心は病気なみだ」

于謙《うけん》と蘇荊渓《そけいけい》はその姿勢にならうしかなく、まっすぐに高く両手をあげた。

ほどなく、シャッという音が頭上で聞こえた。

曲を弾き終え、朱瞻基《しゅせんき》はいつものように右手で一徴《ちょう》から七徴（徴は音の位置を記す印、一徴は最も右で七徴は琴の中央）までを掻き鳴らし、そっと弦を押さえて長い吐息をついた。その時、左右に生えている四本の槐から四匹の白い蟒蛇《うわばみ》が下りてきた。その体は闇夜でもはっきりと見えた。

あっと蘇荊渓《そけいけい》が一声、呉定縁《ごていえん》に口を塞《ふさ》がれる。

よく見ると、それは蟒蛇《うわばみ》ではなく、四本の白い麻布、まっすぐに樹から垂れている。すぐに布がわずかによじれ、人影が数十も降りてきた。その動作は見事にそろっている。影は地上へ降りると、一行を取り囲む。

「白龍掛《はくりゅうかい》！」

于謙《うけん》が驚きの声をあげた。于謙《うけん》の声はもともと大きいが、この時もまた槐の林をゆらし、枝に帰ったばかりの鳥を驚かせた。

＊＊＊

于謙《うけん》が叫び声をあげた同じ時刻、富楽院三曲ではもっと大きな声が炸裂していた。その声は雷のように大きく、院庁にならべた道州蘭をふるわせた。

「言え！　お前の客、呉定縁《ごていえん》はどこにおる！」

朱卜花《しゅぼくか》は憎々し気に詰問した。その恐ろしく腫れた顔は宝巻の『目連救母《もくれんきゅうぼ》』に描《えが》かれた地獄の悪鬼に酷似している。その大きな手に襟もとをつかまれ、鬼面を鼻先に突きつけられて、紅玉《こうぎょく》は取り乱して首をふった。

朱卜花《しゅぼくか》に浪費するような時間はない。五指を開いて強《したた》かに紅玉《こうぎょく》の顔を張りとばし、床に蹴《け》転がす。

童外婆《どうわいぽ》は傍らで顔を蒼白にしていた。あやしい小悪党だと言っただけなのに、それが何と大逆犯で、禁軍の統領が乗りこんでくる大事《おおごと》になってしまった。狂犬のような勢いの韃靼《だったん》を見ていると、褒美の金はおろか、自分も連座させられるのではないかと心配でならなかった。あの〝瓜づるの抄《しら》べ〟（永楽帝が行った一族連座の罪）に仮《かり》の母も真の母も関係がない。

朱卜花《しゅぼくか》は右脚をあげ、高筒の毛氈《もうせん》靴で紅玉《こうぎょく》の頰を踏みにじった。

「この臭《くさ》い女郎《じょろう》め！　言わぬか！」

童《どう》外婆は思わず止めに入る。

「だ……旦那様、すこし軽くして下され。死にでもしたら教坊司に言いわけが立ちません」罪籍の娘たちはみな教坊司に登録されていて、人命に及ぶ事あらば官府の調べが入る。朱卜花《しゅぼくか》はそれを聞くと、踏みにじる靴にますます力をこめ、紅玉《こうぎょく》の顔から血がにじむ。

紅玉《こうぎょく》は三曲住まいの琴の師匠にすぎない。こんな酷《こっ》刑《けい》には到底耐えられず、指が空中を掻きむしっている。朱卜花《しゅぼくか》は靴をやや浮かせた。「どうだ、言う気になったか？」紅玉《こうぎょく》は身を丸めて痛みに喘いだ。朱卜花《しゅぼくか》がもう一度催促すると、切れ切れの声で答えた。

「あの人たち……定縁《ていえん》は早く南京を出たいと言っていました。ここから浮夜船に乗って西水関に行きました」

朱卜花《しゅぼくか》は冷笑する。

「莫迦にするな。西水関の警戒は厳《げん》にしてある。奴らとて自分から網にかかるはずはあるまい？」

紅玉《こうぎょく》は怯えたように童《どう》外婆の方を見て、そして黙りこむ。

その動作を見て、朱卜花《しゅぼくか》は外婆《わいぽ》を睨んだ。「連れていけ！」勇士営の兵士二人が外婆を院庁から引っぱりだす。紅玉《こうぎょく》は顔をさすりながら言った。

「お母《かあ》さんには古い馴染みがいて、西水関の門吏《もんり》なんです。定縁《ていえん》さんが百五十両の銀子をくれて、あたしからも情けをかけてくれるように頼みました。お母さんも承知してくれたのですが、この事は言うなと……」

朱卜花《しゅぼくか》が童《どう》外婆の部屋を調べさせると、やはり銀鞘《さや》が一つ出てきた。開けてみると、たしかに呉定縁《ごていえん》が昨日錦衣衛から送らせた銀錠《ぎんじょう》だった。

これで朱卜花《しゅぼくか》の怒りが爆発した。

「食わせ者の婆《ばば》あめ、知らぬふりで止めだてまでしおって！」

ただちに童《どう》外婆を連れてこさせた。

童《どう》外婆が部屋に入ってくると、朱卜花《しゅぼくか》は無言で胸に蹴りを二発入れた。外婆は痛みで転げまわる。西水関に昔の馴染みがいるのかと朱卜花《しゅぼくか》が問うと、はいと答えた。さらに呉定縁《ごていえん》の百五十両を受け取ったかと訊くと、姑娘《むすめ》のために受け取ったのですと答えた。そんな言いわけなど朱卜花《しゅぼくか》は聞こうとせず、罪を認めたとして、もう一発殴ると、外婆は息も絶えだえに気絶してしまった。

その時、急使がやって来た。西水関付近の河面を漂っていた烏篷《うほう》船を見つけたとのこと。朱卜花《しゅぼくか》は再度、外婆を蹴りつけると、配下を連れて急ぎ足で出ていく。

床に倒れたまま動かない外婆を見て、紅玉《こうぎょく》は何とか切り抜けたと思った。呉定縁《ごていえん》が出発する前、知恵を授けてくれたのだった。童《どう》外婆の眼つきを見て、裏切りがあるかも知れないと思ったのだろう。母娘《おやこ》の義理を気にかけてくれればそれでいい。もし役人を連れてきたら紅《こう》おばさんは外婆にすべておっ被《かぶ》せて逃げてくれ、と。

童《どう》外婆に西水関の役人をしている昔の馴染みがいたのは本当だし、百五十両を受け取ったのも本当で、それは呉定縁《ごていえん》の計画だったのだが、今やそれが大逆犯逃亡の手助けをした鉄証になった。定縁《ていえん》はいつも綿密に考えているし、ちゃんと奥の手も準備している。今夜はそれで助かった。

この騒ぎで富楽院の牛太郎、下男、姑娘たちが集まってきた。紅玉《こうぎょく》は童《どう》外婆を部屋に運んでおくれと言いつけ、一両銀を出して医者を呼びにやらせる。周囲の者はなんて親孝行なんでしょうと褒めたたえた。紅玉《こうぎょく》が手配を終えて、部屋に帰ろうとすると、ふいに門番の牛太郎二人が騒いでいるのが聞こえてきた。突然、二人が宙に持ちあげられて、十歩外に投げ飛ばされた。

これに紅玉《こうぎょく》が驚いていると、巨漢が一人ゆっくりと歩いてきた。その姿は朱卜花《しゅぼくか》とは違っている。朱卜花《しゅぼくか》の体軀も大きいが、この男は全身が引き締まり、薄い衣《ころも》の下の筋肉は硬そうで、動くとまるで山が移るようだ。額を横切る一文字の傷跡が、まるで頭蓋骨を開かれた跡のように見える。だが、一番奇怪なところは、この傷跡に新しい血痕が擦《こす》りつけてあるところだった。

紅玉《こうぎょく》はたちまち唇をふるわせた。

「梁興甫《りょうこうほ》なのかい？」

梁興甫《りょうこうほ》はぼんやりとした眼で紅玉《こうぎょく》を見て、質問した。

「呉定縁《ごていえん》は？」

紅玉《こうぎょく》は固唾《かたず》をのんだ。あの人たちは西水関に行って、朱卜花《しゅぼくか》が兵隊をつれて追いかけていると答える。だが、それを聞いても梁興甫《りょうこうほ》は出ていかず、両眼でじっと紅玉《こうぎょく》を見つめている。紅玉《こうぎょく》は泰山が圧《の》しかかってくるように感じ、呼吸も苦しくなってきた。

梁興甫《りょうこうほ》は額の血痕をさわりながら、ぼんやりとした口調で言う。

「世人《せじん》憐《あわ》れむべし。火炎地獄にあるが如し。鉄獅子の亡骸《なきがら》は度化《どか》してやった。ただ、あいつも独《ひと》り極楽に行きたくはあるまい。呉定縁《ごていえん》ともども度化して西方浄土に送ってやらねば……あいつはどこに居る？」

この男と呉《ご》家の恩讐《おんしゅう》については紅玉《こうぎょく》も知っていた。

そして、この男の頭が異常なことも。それでも恐怖に耐えて西水関に行ったという嘘をもう一度繰り返して、眼を閉じた。

梁興甫《りょうこうほ》の圧迫は強烈だった。紅玉《こうぎょく》は騙しおおせるとは思えず、この男が怒って手をあげれば、はやく死ねると思っていた。だが、梁興甫《りょうこうほ》は手をあげずに周囲を見回しているだけだった。

「琴の師匠なのに、どうして琴がない？」

「なっ……直しに出しています」紅玉《こうぎょく》は口から蚊の鳴くような声を発した。この声では自分も信じないだろう。

その声は梁興甫《りょうこうほ》にはまるで聞こえていないようだ。手を後ろで組み、院庁を歩き回っている。壁には七、八枚書画が掛けてある。みな恩客の贈ってくれた品だ。梁興甫《りょうこうほ》は一枚の水墨画の前で足をとめた。それは王維《おうい》の〝竹里館〟を描いたもので「独り座す幽篁《ゆうこう》の里《うち》、琴を弾じて復《ま》た長嘯《ちょうしょう》す」という二句から材を取った絵だった。落款《らっかん》は江南のある名家のものだが、傍らに貼った絹条《きぬふだ》に別の名前が書いてある。

「城北白龍掛《はくりゅうかい》の大龍頭《だいりゅうとう》か。琴を聴く耳は盗みの手口と遜色がない」

梁興甫《りょうこうほ》は絹条を引きちぎって手の中で丸めた。その口ぶりは平淡だった。

紅玉《こうぎょく》は床にへたりこんだ。もう一縷《いちる》の望みもない。梁興甫《りょうこうほ》ににらまれると裸にされたも同然で、隠し事などできなかった。しばらく待っても、相手が殴ってくる様子はなかった。そして、顔をあげた時には、もう梁興甫《りょうこうほ》は消えていた。

紅玉《こうぎょく》は腰をぬかしたまま手足が骨まで冷えてくるのを感じていた。頭の中では同じ言葉がぐるぐると回っている。

「定縁《ていえん》、逃げて、逃げて……」

＊＊＊

残念ながら、その叫びは呉定縁《ごていえん》に聞こえていない。

この時、呉定縁《ごていえん》は槐の林に立ち、荒れ廟《びょう》の正門を見ていた。白布《しらぬの》を滑りおりてきた十数人の精悍《せいかん》な男どもが一定の距離をとって退路をふさぎ、じっと一行を見張っている。

ほどなく矍鑠《かくしゃく》とした嗄《しわが》れ声が漆黒の廟から悠々と聞こえてきた。

「紅玉姑娘《こうぎょくクーニャン》の洗月《せんげつ》、琴中の上品と言うべし。先刻の〝烏夜啼〟は気韻《きいん》の妙をつくしておる。物悲しい夜長、あんな琴曲を聴くと心が落ち着くわい」

呉定縁《ごていえん》はそんな言葉に取りあわず、簡単に用件を切り出した。

「老龍頭《ろうりゅうとう》、道を借りて城を出たい」

その〝声〟の主も呉定縁《ごていえん》が風雅《ふうが》を解さぬことを如何《いかん》ともしがたいようだ。

「紅玉《こうぎょく》には情けを受けた借りがあるが、お前のために報いるとは思わなんだ」

呉定縁《ごていえん》は荒れ廟に歩いていき、その影が門内の暗闇に消える。のこる三人は林で警戒心に満ちた眼に囲まれて待つ。

朱瞻基《しゅせんき》は気づまりなので、足をずらして、小声で于《う》謙《けん》に言った。

「先刻、白龍掛《はくりゅうかい》と言っておったが、一体何者なのだ?」

于謙《うけん》は周囲を警戒しながら低い声で、と言っても彼がそう思っている低い声で答えた。

「殿下、白龍掛《はくりゅうかい》とは南京西北で有名な盗社《とうしゃ》でございます」

「盗社だと? 盗賊も社を結ぶのか?」朱瞻基《しゅせんき》にはやや荒唐無稽に思えた。

「南京には様々な勢力が入り乱れ、御上《おかみ》の眼からはとても太平とは言えませぬ。ある種の場所、例えば我らが居ります楊家墳などはちょうど西城兵馬司と北城兵馬司の境界にあたり、どちらの管轄でもなく奸邪《かんじゃ》の蔓延《はびこ》る場所になっております」

「なぜ白龍掛《はくりゅうかい》という名なのだ？」

「この盗賊は白い布を縄《なわ》のように使うのが巧みで、櫓《やぐら》を飛び越え、城壁を走り、壁をのぼって倉に入りこみ、おもに留都の糧倉《りょうそう》から盗みます。だから白龍掛《はくりゅうかい》と申すのでございます」

朱瞻基《しゅせんき》は眼を瞠《みは》って絶句した。この男たちが逞《たくま》しいのは糧倉をあさる仕事で鍛えたからなのだ。「そんなに大っぴらにやっておるのか？　何で応天府は取り締まらん？」

于謙《うけん》が苦笑して首をふる。「官府とて捕らえようとはします。ですが、野火に春風、少なくとも白龍掛《はくりゅうかい》の龍頭《りゅうとう》はこれまで網に落ちたことはありません。殿下、くれぐれも御用心を……」そう言うと、于謙《うけん》は廟のほうに眼を凝らした。

先刻の声が白龍掛《はくりゅうかい》の龍頭《りゅうとう》にちがいない。呉定縁《ごていえん》が彼らの助けを得られるということは、応天府と白龍掛《はくりゅうかい》は以前から気脈を通じていたのだ。こう考えると、朱瞻基《しゅせんき》は激昂した。

「留都の足下で賊がこれほどのさばるとは、今後、庶民は朝廷の権威をどう見る？　京城に帰ったらきっと粛清してくれる！」

二人が声を低くして話していると、呉定縁《ごていえん》が廟から出てきた。後ろに老人を一人連れている。その老人はまるで喪服のような、上から下まで白い麻服を着ていた。白髪は小さな髻《もとどり》に結い、細い両眼はほとんどしわのなかに隠れ、その眼から感情を読み取ることはできない。

「こいつらが城壁をぬけたいんだ」呉定縁《ごていえん》は三人を指さした。老龍頭《ろうりゅうとう》は眼を細めて推し量り、そして笑った。

「やや面白いとりあわせだのう。僧に似て僧に非《あら》ず、官はやはり官、この女子は……よく分からんが、医者ではないか？」

老人の眼力がこれほど鋭いとは、一同みな驚いた。

下馬《げば》の威《い》（役人が馬から下りてすぐに八つ当たりをして部下になめられないようにすること）で機先を制すると、老龍頭《ろうりゅうとう》は呉定縁《ごていえん》の方をふり返った。

「三人の身分は問わん。だが、今夜の南京も太平ではないぞ。出してやりたいところじゃが、紅玉《こうぎょく》の人情でも十分とはいかん」

「白龍掛《はくりゅうかい》の唾《つばき》は釘《くぎ》、言ったことは必ず行うと江湖じゃ言われてるよな」

「いかにも、言ったことは必ず行う。じゃから率直な話もしておかねば」老人は瞼《まぶた》を剝いた。「わしが信《しん》に重きを置かなんだら、途中まで連れていき、そこで大金をぼったくる。じたばたしてもどうしようもないからのう」

呉定縁《ごていえん》に動揺はない。

「何がほしい。金か？　情か？」

老龍頭《ろうりゅうとう》は朱瞻基《しゅせんき》を指さした。

「この小僧にもう一曲所望《しょもう》したい」

白龍掛《はくりゅうかい》の老龍頭《ろうりゅうとう》は琴を愛《め》でること、痴《ち》の域に達し、その噂は南直隷の江湖はみな知るところだ。その要求も不思議ではない。ただ朱瞻基《しゅせんき》は口を曲げ、害虫のごとき賊がこんな場所で風雅を気取り、しかも、太子に琴を弾かせる気か？　身のほどを知らぬ奴と思っているような態度だった。

だが、状況は人より強い。太子も面と向かって拒むほど莫迦ではなかった。頭を切り替えると洗月を膝の前に横たえ、〝忘機〟を弾いた。

この曲は『列子』に典故がある。毎日カモメを相手に戯《たわむ》れていた者がいて、その心には機心《じゃねん》がなかったので、周りにいつもカモメが集まっていた。その父が何羽か捕まえて持ってこいと言うので、ふたたび海辺に行くのだが、鳥を捕まえようとする心があるので、もうカモメは近づいてこなかったという話だ。

朱瞻基《しゅせんき》が一曲を弾き終わると、老龍頭《ろうりゅうとう》は顎鬚をしごいて、いわくありげな口調で言った。「〝忘機〟という曲は恬淡《てんたん》に甘んじ、機《はかりごと》を忘れて争わぬ点が肝要じゃ。じゃが、小僧の音色は宮《きゅう》の音が高く、羽《う》の音が低く、憤懣《ふんまん》の気が弦《いと》の端々にあふれておる。わしへの当てつけにこの曲を選び、嘲笑しておるか？」

朱瞻基《しゅせんき》は驚いた。この老盗は琴の音色に忍ばせた皮肉を聞き取っている。だが、そんな機微など呉定縁《ごていえん》は聞き取れず、太子を急《せ》かした。

「弾くことは弾いた。行けるな？」

老龍頭《ろうりゅうとう》は異存があるように呉定縁《ごていえん》を見たが、指を鳴らした。

「では、行くとするか」

頭《かしら》は手下から三名を選び、何か言いつけて先に行かせた。そして、自分で呉定縁《ごていえん》ら四人を連れ、槐の林から茅屋《ぼうおく》の建ち並ぶ迷宮のような町に入っていく。

年寄りとは言え、老龍頭《ろうりゅうとう》の足は達者そのもの、坂や溝をものともせず、終始一定の速度を保って歩く。後ろからついていく者たちは全神経を集中して、その歩みに合わせねばならない。于謙《うけん》はこの老人が北に向かっていることに気づいて戸惑った。この方向では鍾阜《しょうふ》門《もん》にも金川門《きんせんもん》にも行けない。とすると、行き先は神策《しんさく》門《もん》のように思えるが、それでも東にそれている。これでは脱出する龍江路から遠くなってしまうではないか？

于謙《うけん》は疑念を口に出せなかった。老龍頭《ろうりゅうとう》の歩みが速いので、喘ぎながらついて行くのがやっとで、声を出す余裕などない。

朱瞻基《しゅせんき》に于謙《うけん》のような苦労はない。そもそも体格に恵まれ、この程度の速さは余裕をもってついて行けるので、周囲を見回すこともできた。周りは塗りこめたような暗闇だが、この光景に少々驚いていた。華麗にして堂々たる南京の一角に、こんな打ち捨てられたような場所があるとは知らなかった。崩れた土壁、粗く葺《ふ》いただけの茅《かや》の屋根、周囲には酸っぱいにおいが立ちこめている。溝の中で鼠が足音を聞いて逃げさり、食い散らした肉塊を残していく、あれは死んだ嬰児《えいじ》ではないか……。

「ウッ……」朱瞻基《しゅせんき》の胃から何かがこみあげ、思わず足がにぶる。呉定縁《ごていえん》が足をとめて、太子を支えた。

「気をつけろ。道端をむやみに見るんじゃねえ。貴人のお気に召すような所じゃねえからな」

半時辰ばかりも歩いて、打ち捨てられた地域をぬけ、高い城壁の下に来た。ここの城壁はゆうに六丈の高さがあり、青煉瓦の間につめた灰色の漆喰もしっかりしていて、爪で引っ掻いたくらいで欠《か》けるような代物ではない。ひと眼で府城の城壁だと分かる。

夜色が濃く、どこの城壁なのかまでは判断しがたい。だが、于謙《うけん》には少なくとも一つ確かに分かった事実があった。付近に城門はない。どうやって城門に行けばいいのかも分からない。

老龍頭《ろうりゅうとう》が天を仰ぎ、軽く口笛を吹く。すると、城壁の上から白龍のような布が一本投げ落とされた。長さは正確に測られていて、ちょうど城壁の下で止まる。

見あげると、先に行った三人がどんな手段を使ったのか、白龍を持って城壁に上り、壁を攀《よ》じ登る準備を整えていた。老龍頭《ろうりゅうとう》は布をすこし引き、しっかりしていることを確かめてから、半身に開き、招くような合図をした。闇の中でもやや意地の悪そうな笑顔が見える。

はじめに進みでたのは意外にも蘇荊渓《そけいけい》だった。これから起こる事に怖気《おじけ》づく様子もなく、むしろ試してみたいように見えた。老龍頭《ろうりゅうとう》は布を彼女の腰に巻きつけ、きつく結ぶと、ニッと笑った。

「胆《きも》のすわった豪傑じゃ。わしが三十も若ければ娶《めと》ろうかと思案するところだ」蘇荊渓《そけいけい》は布をつかむと、手首に数回巻きつけた。

「御老を毒殺して財産を巻きあげてから、再嫁《さいか》してもよろしいかしら？」

この言葉に老龍頭《ろうりゅうとう》が驚いていると、蘇荊渓《そけいけい》はもう布をゆっくりと登りだしていた。城壁の上では三人の男たちが一方の端を腰に縛りつけて並んでいる。白龍掛《はくりゅうかい》の名に恥じず、どっしりと腰を落として両手で布を引き、蘇荊渓《そけいけい》を城壁の上に引き上げた。

次は呉定縁《ごていえん》、朱瞻基《しゅせんき》、そして、于謙《うけん》と次々に布を結ばれ、ゆっくりと城壁の上に引き上げられた。朱瞻基《しゅせんき》は高い場所を怖がるところがあり、吊り上げられると顔面が蒼白になった。于謙《うけん》は恐ろしいとは思わなかったが、城壁がこんなに簡単に登られては有事の際に敵軍がこの方法で侵入したらどうするのだ？　と、いらぬ心配事を増やした。

全員が城壁の馳道《ちどう》にのぼると、于謙《うけん》は城壁の外をながめた。外に広がっているのは煙たなびく広々とした水面、夜半から空にかかった雲がやや風に散らされ、夜の帳《とばり》に一条の月光を透かしている。銀色の月光はわずかに水面に映っているが、水は流れず、あたかも巨大な鏡のように静謐《せいひつ》、その鏡には点々と島々が浮かび、まるで天《あま》の川のようだ。

その瞬間、于謙《うけん》は呉定縁《ごていえん》の計画を理解した。

「後湖《こうこ》……そういう事か」于謙《うけん》は呟いた。

留都の北東に大きな湖がある。それを官府では「後《こう》湖《こ》」と言い、民間では「玄武湖《げんぶこ》」とよぶ。その南岸は神策門と太平門の間にある城壁に接しているから、南京の城区に面しているとも言える。水域は広大で、五つの中洲《なかす》があり、黄冊《こうさつ》（家族構成などを記した戸籍だが、財産などがより詳細に記してある）を保管する架閣庫《かかくこ》が十数棟も設置されている。このために朝廷は湖を閉鎖して民が住むことを許さない。湖面は幽深として静かだった。

正陽門を離れる時、すでに呉定縁《ごていえん》は計画していたらしい。ここから脱出するのは確かに妙手だ。そう思って于謙《うけん》はほっと息をついた。白龍掛《はくりゅうかい》の者たちが城外に吊り下げてくれ、無人の後湖をぬければ、府城の領域から脱出できる。

老龍頭《ろうりゅうとう》は興《きょう》を覚えたのか、眼下に後湖を見下ろし、手を掲げて月を仰ぎ見ると、感慨にたえないといった調子で言った。

「皓月空《こうげつ》にかかり、湖面鏡の如し。そうと知っておれば、ここで洗月の〝秋月茅亭を照らす〟を弾かせるべきであったわい」

それを聞いて朱瞻基《しゅせんき》は小声で怨み事を言う。

「やれやれ、鶏鳴狗盗《けいめいくとう》の輩が風雅を語りだすと、まったく際限がないものだな」

意外にも老龍頭《ろうりゅうとう》は耳聡《みみざと》く、うすく笑ってふり返ると、突然腕をひと振り、鉄の鉗子《やっとこ》ように太子の左手をつかんだ。朱瞻基《しゅせんき》は驚いて手を引き抜こうとするが、びくともしない。老龍頭《ろうりゅうとう》は太子の手首を持ち上げた。

「襤褸《ぼろ》の僧服でも富貴は隠しきれぬ。薄い皮に柔らかい肉、親指にたこもない。どこぞの家で錦衣玉食《きんいぎょくしょく》しておったと見える」そう言うと、指でその手を擦《こす》った。

朱瞻基《しゅせんき》はたちまち刀で削《そ》がれるような痛みを感じた。老龍頭《ろうりゅうとう》の手のたこは分厚く堅い。思わず声をあげる。

「すまんのう。わしの手は白龍を攀《よ》じ登って、一つ一つ磨かれたもの。貴人にはちときついとみえる」

呉定縁《ごていえん》と于謙《うけん》が駆けよろうとするが、白龍掛《はくりゅうかい》の壮漢三人に阻まれた。呉定縁《ごていえん》が言う。

「老龍頭《ろうりゅうとう》、もう話はすんだ。こいつらを下に降ろしてくれれば終わりだ」

老龍頭《ろうりゅうとう》は笑った。「先刻、この公子が弾いた〝忘機〟じゃが、あれは心の声じゃ。わしに存念があるようだった」その口ぶりが冷たく変わる。「わしははっきりした性分でな、風雅の事を誰か語るにふさわしく、誰がふさわしくないか、教えてもらおうか」

朱瞻基《しゅせんき》も口に出した以上、胸を張って問い返す。

「汝《なんじ》ら、壁を攀《よ》じ、穴を穿《うが》ち、糧米《りょうまい》を盗む。ただ私利を謀《はか》るのみならず、上は朝廷の綱紀《こうき》を乱し、下は黎民《れいみん》の口腹を煩《わずら》わせ、城北に盤踞《ばんきょ》して横暴をはたらく盗賊にすぎぬ。それが厚かましくも風雅の客を装うだと？笑止千万！」

その憤慨をみて、老龍頭《ろうりゅうとう》は天を仰いで大笑いした。

「小僧、さてはどこぞの邸《やしき》から出てきたばかりか。芝居の台詞《せりふ》でも読みすぎたか？」

朱瞻基《しゅせんき》は怒った。

「この糧食を盗む碩鼠《せきそ》めが（大鼠の意、碩は大の意味）。まだ言いぬけするか？」

「我ら田舎者が『詩経《しきょう》』も読まぬと思うなよ。〝碩鼠、碩鼠、我が黍《きび》を食《は》むなかれ〟（『詩経』魏風）、あの〝碩鼠〟が言うのは我らではない。汝ら貴人のことだ」

老龍頭《ろうりゅうとう》は朱瞻基《しゅせんき》をつかむ手に力をこめ、その顔から笑いがふいに消えた。顔のしわが盛りあがって、今にも咬《か》みつかんばかりだ。その気炎に朱瞻基《しゅせんき》は思わず数歩退《しりぞ》き、背が矢間《やざま》のある壁にぶつかる。

「留都の軍民はみな糧食によって暮らしている。汝らが一石《こく》盗めば、十人以上が飢える。汝らが盗むのは糧米ではない。人の命だ！」朱瞻基《しゅせんき》の怒りもわき上がる。大明の太子から見れば天下は我が家の財産、我が家に入る盗賊をどうして許せよう？

この訓戒を聞いて、老龍頭《ろうりゅうとう》は冷ややかに言った。

「公子はほんに賢いようじゃ。ならば、我ら白龍掛《はくりゅうかい》が毎月取る糧食がいくらで、金陵の役人が毎月上跳《うわは》ねする糧食がいくらか知っておろう？」

朱瞻基《しゅせんき》は戸惑った。無意識に于謙《うけん》と呉定縁《ごていえん》の方を見る。于謙《うけん》は銭糧《せんりょう》に関わっていないから茫然としている。呉定縁《ごていえん》が溜め息をついて言う。

「上跳ねは盗みの十倍は超える。みんな〝帽子を借りて底を取る〟やり口だ」

「〝帽子を借りる〟だと！」

庶務に通じていない朱瞻基《しゅせんき》だが、聞いてすぐに分かった。細かな口実《ぼうし》で帳簿から抜きとる手口だ。南京の多くの官員がひそかに糧米を自分の所に留め、私腹を肥やしているのだ。たとえ白龍掛《はくりゅうかい》が盗んでも、合わない帳簿はぜんぶ彼らのせいにして上跳ねする。

白龍掛《はくりゅうかい》が城中にいられるのは濡れ衣を着せるために、

故意に飼われているからだ。

「貪官蠹賊《どんかんぼうぞく》どもがグルになりおって！　わたくし……いや、朝廷がきっと罰を下すぞ！」

朱瞻基《しゅせんき》の憤怒はつのった。それを老龍頭《ろうりゅうとう》は冷笑する。

「罰は受けている。毎年、我らが応天府に何人送りだしているか知っているか？　五人だ！　官老爺《やくにん》どもの横領のために、一つ自白をくれてやっておる。上跳ねの罪を人命でひきあわせておるのよ。自白があれば帳簿はきれいに釣りあうからのう」

朱瞻基《しゅせんき》は眼を丸くして絶句した。そんな手があるとは思いもしなかった。以前、地方には糧食を盗む役人がいて、帳簿の検分があると糧米を燃やして照合できないようにすると、東宮師傅が言っていた。当時は無茶なことをやるものだと思ったが、ここにさらに巧妙な手口があった。倉庫を燃やしたところで一時の横領を隠せるだけだ。だが、この〝帽子を借りる〟手口は長く横領ができ、払うのは数名の人命だけでいい。

「糧食をかすめ盗るために、人命まで犠牲にしおって……」

「だまれ！」

老龍頭《ろうりゅうとう》は一喝し、朱瞻基《しゅせんき》を城壁のへりに引きずって行き、眼下の真っ暗な一帯を指さした。

「小僧、知った口を叩くな！　城北楊家墳一帯には毎年南直隷の災民《さいみん》や飢民《きみん》が逃げこみ、その数は数千人に膨れあがっておるが、官府は見向きもせん。我ら白龍《はくりゅう》掛《かい》が糧食を盗んで配らなければ、みな飢《う》えて死ぬ。毎年五人の命は白龍掛《はくりゅうかい》が籤《くじ》を引き、みずから願って行くのだ。それもただただ親しき者に命をつなぐ糧《かて》を与えるためじゃ」

朱瞻基《しゅせんき》は呉定縁《ごていえん》の方を見た。それは証言を求めているようだった。呉定縁《ごていえん》は無表情でうなずいた。その顔を見て、朱瞻基《しゅせんき》は口をつぐむ。糧米を盗む悪党どもにこんな複雑な事情があったとは……この者たちは大明《だいみん》律《りつ》を守ることなどまるで眼中にない。だが、大明律も彼らを守ったか？　この時、太子の正気《せいき》がゆらいだ。

「我らとて必死に生きておる。性命《いのち》を差し出して得るものは数石《こく》の糧米にすぎん。大人物の汚職にくらべれば滄海《そうかい》の一粟《ぞく》、我ら白龍掛《はくりゅうかい》を〝碩鼠〟と蔑《さげす》むなら、それは良心なき者の言葉と言わねばならぬ！」そう言うと、老龍頭《ろうりゅうとう》は朱瞻基《しゅせんき》を押さえこみ、うすく笑った。

「わしは人の師となるのが一番好きでな。どうやら公子は世間の苦しみを知らぬようじゃ。楊家墳で少々世間を味わわせてやろう。琴芸《きんげい》の錬磨《れんま》にちょうどよい」

その無茶な要求に于謙《うけん》は驚いた。だが、呉定縁《ごていえん》が眉間にしわをよせてさえぎる。

「それがお前らの掟か？」

老龍頭《ろうりゅうとう》は手をゆるめた。「楊家墳に留まりたくないなら強《し》いたりはせぬ。城壁を下りる時は用心せい」これは明らかな脅迫だった。あの白布がなければ、城壁を下りられないばかりか、来た道にも戻れず、城壁で立ち往生して衛兵に捕らわれるのを待つほかない。

「こんな風に情けに報いるのか？」呉定縁《ごていえん》の語気が不穏なものに変わり、腰の鉄尺にふれる仕草をみせた。老龍頭《ろうりゅうとう》が指を鳴らすと、三人が素早く呉定縁《ごていえん》を取り囲む。

「こういう貴人は表向き聖人君子だが、裏でしておるのは悪徳の暮らしじゃ。わしはずっと知りたかった。血の染みついた汚い米で育った公子が、我らのような下賤の者のために琴を弾くのはどんな経験になるかとな。安心せい！　性命《いのち》は取らん！　数日留めたら城壁を出してやる。掟に合うも合わぬもないわ」

于謙《うけん》は焦《あせ》った。城外に出られるという時になって、老龍頭《ろうりゅうとう》の自尊心に邪魔をされるとは思ってもみなかった。それにしても太子の言葉が悔やまれた。今は一刻も無駄にできない。なぜ、こんな時に白龍掛《はくりゅうかい》と理非曲直を論じねばならなかったのだ？

いま、戦えるのは呉定縁《ごていえん》一人、どう考えても多勢に無勢だ。まして、白龍掛《はくりゅうかい》は大声を出せば神策門の衛兵を動かせる。于謙《うけん》は手の打ちようがなく、絶望的に首をふった。だが、ふと蘇荊渓《そけいけい》の立ち位置が先刻とちがっていることに気がついた。

蘇荊渓《そけいけい》は四、五歩足をずらして、白龍掛《はくりゅうかい》の手下に近づいていた。手下たちは呉定縁《ごていえん》に注意を向けていて、か弱い女子の動きなど気にしていない。于謙《うけん》は彼女が何をしたいのかは分からなかったが、この女子を見くびると大いにしてやられることを知っていた。

音もたてず蘇荊渓《そけいけい》は手下一人に近づき、馬面裙《ばめんくん》の裾を持ちあげると、足を伸ばして白龍の布を踏みつけた。この白い布は人を吊り下げて城壁を上下させられる。その長さは驚くほどだ。一端は三人の腰に縛りつけてあり、もう一端は大蛇の様にとぐろを巻いている。蘇《そ》荊渓《けいけい》は手をゆるめて裾を下ろすと、馬面裙《ばめんくん》で足の動きを隠した。そして、素知らぬ顔で足をつかって布を于《う》謙《けん》の近くにずらしていく。

「于《う》司直、体重はいかほどありますか？」だしぬけに蘇荊渓《そけいけい》は訊ねた。于謙《うけん》は肉屋ではないので、体重など気にかけたこともない。それでも自分の腹を見て、何とか答えた。

「百十斤（一斤は約五〇〇グラムほど）ばかりだろうか？」

蘇荊渓《そけいけい》は眼を閉じてしばらく黙算して、にっこりと笑った。

「十分のはずです」

「何が十分なのだ？」

蘇荊渓《そけいけい》は白龍の布の端を拾いあげ、すばやく于謙《うけん》の腰に二重に巻きつけ、きつく結ぶと言い放った。

「城外に跳びなさい！」

于謙《うけん》は仰天して彼女を見た。それを……やらねばならぬのか？

「説明している時間はありません。太子を救いたいなら唯一の方法です。とにかく、跳べ！」

状況の瞬息万変《しゅんそくばんぺん》なることは于謙《うけん》も理解している。太子を輔佐すると決めたならば、陸秀夫《りくしゅうふ》（南宋の宰相、元軍に囲まれ海中に身を投じて死んだ）となるも望むところ、歯を食いしばって城壁に登ると、城外にむけて渾身の力で跳びだす。たちまち体がふわりと浮いた……

白龍の布は于謙《うけん》に引っぱられ、城壁の下へと落ちていく。手下三人は腰に布を結んだままなので、この突如くわわった力に猛烈に引っぱられ、足もとがふらつく。幸い三人の体重は于謙《うけん》よりはるかに重い。あちこちに引っぱられはしたが、六本の脚が踏んばって、何とか持ちこたえた。于謙《うけん》の体は城壁の半分まで落ちると、空中に吊られてぶらぶらとゆれた。三人と一人の間で微妙な均衡が成立する。

「呉定縁《ごていえん》！」蘇荊渓《そけいけい》が叫ぶ。

呉定縁《ごていえん》も無言で理解し、躊躇なく突進する。三人の男の動作が緩慢になった隙に、その間をすりぬけて鉄尺を一閃、流星のようにふり下ろし、老龍頭《ろうりゅうとう》の手首をしたたかに打ちすえる。老龍頭《ろうりゅうとう》は叫びをあげ、朱瞻基《しゅせんき》をつかんだ手がゆるむ。

「蹴れ！」と呉定縁《ごていえん》が怒鳴る。

朱瞻基《しゅせんき》はこの時、背後の老人を蹴りつけるだけで脱出できただろう。だが、どうしたことか、足を上げようとすると、先刻の悲痛な訴えが頭をよぎり、戸惑いが生じた。こんな風に老人を足蹴《あしげ》にしたら後日の史書にどう書かれる？　民を虐《しいた》げる暴君か？　汚職を許しておく暗君か？　これが自分の〝君たる道〟なのか？

この〝君たる道〟という言葉は、于謙《うけん》に罵られて以来、呪いのように心に残っていた。朱瞻基《しゅせんき》も肝心な時にこんな事を考えてはいけないとは知っていた。だが、心のどこかで抑制がかかって、足が思わず一拍遅れる。

この隙を突いて、老龍頭《ろうりゅうとう》は両腕で太子の喉をがっしりと絞めつける。衰えたりとはいえ、白龍を登って鍛えた腕、鉄の枷《かせ》よりも強固だ。その手をもう一度、呉《ご》定縁《ていえん》が打とうとするが、体勢を整えた三人が老龍頭《ろうりゅうとう》の前に立ちふさがる。

唯一の機会は一念の迷いで瞬時に去った。呉定縁《ごていえん》にも蘇荊渓《そけいけい》にも、もう打つ手はない。空中に吊られた于《う》謙《けん》は自分のことで手一杯だ。

老龍頭《ろうりゅうとう》は何か言おうとしたが、ふいに背後に強烈な圧力を感じた。思わずふり返ると、その瞳孔が急速に縮む。がっしりした黒い人影が馳道《ちどう》の中央に立っている。月下の姿は大仏のように雄壮、額の鮮血からは凶悪さが滲《にじ》みでていた。

「太子を渡してもらおう」

第十章

「病仏敵《びょうぶってき》!」

「梁興甫《りょうこうほ》?」

それぞれの口が異なる名を発する。

「いつ金陵に……」

老龍頭《ろうりゅうとう》の声は途中で掻き消えた。梁興甫《りょうこうほ》の腰に白布が巻かれていることに気づいたからだ。布は半ば血に染まっている。楊家墳の荒れ廟《びょう》で一行の行き先を問い質し、跡を追ってきたのは明白……どのように問い質したかも血痕がすべてを語っていた。

白龍掛《はくりゅうかい》の男一人が腰の布を解き、憤怒にかられて梁《りょう》興甫《こうほ》に突進する。梁興甫《りょうこうほ》が右手をあげて去《い》なすと、男は叫び声をあげて城壁の内側に転げ落ちていった。この高さから落ちれば助かる見込みはない。

それは極めて高度な体術だった。梁興甫《りょうこうほ》の眼には何の変化もない。まるで蠅を一匹叩き落としたとでも言うようだ。残る二人も眦《まなじり》を裂いて、仲間の仇を討とうとする。

「やめよ」と老龍頭《ろうりゅうとう》が一声、歯噛みをしながら続ける。「何をしにきた？」

「太子を渡してもらおう」

梁興甫《りょうこうほ》はもう一度要求をくりかえした。その視線は老龍頭《ろうりゅうとう》が首を絞めている朱瞻基《しゅせんき》にぴたりと据えられている。それを聞いて老龍頭《ろうりゅうとう》は驚き、見逃していたことに気づいた。

この夜半に南京を脱出したいと言う和尚が、じつは大明の太子だったとは。いや、噂では太子は昼の爆発で、火の海に焼け死んだはず。死を免れたとしても宮城でくつろいでいるはずだが？　なぜ和尚に扮《ふん》して城外に逃げる？　そして、なぜ病仏敵《びょうぶってき》が追撃してくる？

……無数の疑問がわいてきた。だが、老龍頭《ろうりゅうとう》は詮索《せんさく》をやめた。朱瞻基《しゅせんき》の首を放すと同時に前に押しやる。

「くれてやる」

白龍掛《はくりゅうかい》が金陵で生きのびているのは、老龍頭《ろうりゅうとう》がいつ牙をむき、いつ尻尾を巻くかを心得ているからだ。

朱瞻基《しゅせんき》は首が楽になったと感じたが、筋骨を伸ばす間もなく、大きな手に右肩を押さえられた。その恐るべき力は山が落ちてきたように半身を押さえつけ、矢傷にも触れているので、痛みで足も上げられない。

老龍頭《ろうりゅうとう》は静かな水面のように落ち着きはらって手をふる。

「引きあげる！」

「ですが、白龍が……」

手下たちが腰に巻いている布には于謙《うけん》がぶら下がっている。「もうよい！」老龍頭《ろうりゅうとう》は蒼ざめた顔で言った。

二人は問い返しもせず、腰の白布を解きにかかり、まるで疫病《やくびょう》神を避けるかのように、頭《かしら》のあとに続こうとした。

「待て！」呉定縁《ごていえん》と蘇荊渓《そけいけい》が同時に叫ぶ。しかし、老《ろう》龍頭《りゅうとう》は聞く耳をもたず、二人が布を外すと、シュルッという音とともに白龍は城壁から滑り落ちていった。遠くで于謙《うけん》が落ちていく叫びが聞こえ、何か音がして静かになった。

「于謙《うけん》！」朱瞻基《しゅせんき》は猛然と前に進もうとしてあがき、声を枯らして叫んだ。広い南京でただ一人、真心から忠義を尽くしてくれた臣下がこんなふうに……死んだ？　それを哀悼する間もなく、梁興甫《りょうこうほ》に押さえつけられ、ただ絶望的に体をふるわせる。

梁興甫《りょうこうほ》はもう太子に注意を払わず、数歩離れて立つ呉定縁《ごていえん》に眼を向けていた。ここに自分が現れてから、呉定縁《ごていえん》はまるで狂犬に出会った猫が全身の毛を逆立てているような様子だった。

「鉄獅子の亡骸《なきがら》は手に入れた。次はお前の番だ」

梁興甫《りょうこうほ》はそう言うと、左手をあげて親指で額の血痕をこする。

呉定縁《ごていえん》は眉を引き攣らせ、突如、雄叫びを発し、狂ったように打ちかかった。その速さは城壁の上に残像を引くほどだ。しかし、梁興甫《りょうこうほ》は狼狽《ろうばい》する様子もなく手を伸ばした。脛骨《けいこつ》をも叩き折る鉄尺が太い腕にしっかりと防がれる。

これに唖然とした呉定縁《ごていえん》だが、すぐに鉄尺をふるい、暴雨のように打ちすえた。梁興甫《りょうこうほ》は左手で太子を押さえながら、右手で打撃に対応し、まだ余裕があるのか、ゆっくりとした口調で話をはじめた。

「富楽院からここまで少し時がかかったが、もう手間をかけさせるな」

鉄尺にこめる力がさらに増し、呉定縁《ごていえん》の眼は血走っていた。だが、どうしても相手の防御を突き破ることができない。梁興甫《りょうこうほ》はそれが気に入らないのか、話を続ける。

「お前の妹、呉玉露《ごぎょくろ》は我が祭壇で庇護《ひご》しておる。今夜、呉《ご》家の恩に一つ報いたぞ」

「梁興甫《りょうこうほ》！　忘恩不義のイヌめ！」

呉定縁《ごていえん》は怒鳴り返してはいるが、鉄尺がだんだん重くなり、ふるうたびに腕が悲鳴をあげた。酒浸《びた》りの生活で体力が足りない。先刻の狂風驟雨《しゅうう》のような攻撃で、体力をすべて消耗してしまい、ついに片膝をついて、喘いだ。

この隙に追撃をしようとはせず、梁興甫《りょうこうほ》は意味深長な表情で言った。

「息子は廃物《はいぶつ》という噂だが、ひそかに鉄獅子が稽古をつけていたか。俺から身を守るためか？」

「へっ！」呉定縁《ごていえん》はもう一度、鉄尺を打ち下ろしたが、梁興甫《りょうこうほ》はやすやすとはじき返した。

「惜しいかな、力が虚《うつ》ろで中気《ちゅうき》も不足、五年も修練を積めば、俺と一戦できたかも知れぬな」

「死ね！」

「なぜそう抗《あらが》う？　人生など皆苦《く》だ。早々に浄土に送ってやるのは呉《ご》家に対する俺の赤誠だぞ」

梁興甫《りょうこうほ》が懇々《こんこん》と諭《さと》しているうちに、呉定縁《ごていえん》の怒りは絶望に覆われていった。実力に差がありすぎる。ゆっくりと手がゆるみ、鉄尺が落ちた。そして、いつものように呉定縁《ごていえん》は項垂《うなだ》れて諦《あきら》めようとした。

その時、鋭い叫びが鼓膜《こまく》を突き刺した。

「呉定縁《ごていえん》、誓いを忘れるな！」

猛然と顔をあげると、梁興甫《りょうこうほ》の手の下であがいている太子と眼が合った。その顔がまた刺すような痛みを引き起こしたが、その強烈な痛みが意気阻喪を吹き払い、呉定縁《ごていえん》の精神をもう一度奮い起こした。

太子の両眼が丸く見開かれ、瞳孔がすばやく左に動き、右に転じた。言うも不思議だが、その動きで瞬時に呉定縁《ごていえん》は朱瞻基《しゅせんき》の意図を理解し、何の躊躇もなく鉄尺を拾いあげると、力一杯に投げつけ、大声で叫んだ。

「大根！」

悪あがきにすぎぬと思っていた梁興甫《りょうこうほ》だが、動きを判断して「おい！」と思わず声を発した。鉄尺は自分に投げつけたのではなく、まっすぐ太子の額に向かってくる。

この一撃は致命的ではないが、昨葉何《さくようか》が名指しで連れてこいと言った太子だ。何か間違いがあってはならない。鉄尺はもはや命中する寸前、右手ではじき返していたら間にあわない。太子を押さえつけている左手で防ぐしかない。

太い指が鉄尺を挟んだ瞬間、太子が叫ぶ。

「今だ！」

猫が伸びをするような姿勢で太子は跳び、馳道に垂れている血に染まった白龍の布の一端をつかむ。それと同時に呉定縁《ごていえん》も身をかがめて突進し、もう一方の端をつかんだ。二人は長年の戦友のように息をぴたりとあわせ、馳道で数回転がると同時に城外に跳んだ。

この布は梁興甫《りょうこうほ》が白龍掛《はくりゅうかい》から奪ったもので、その中段は腰に巻いてある。朱瞻基《しゅせんき》と呉定縁《ごていえん》の二人が捨て身で引っぱったので、梁興甫《りょうこうほ》といえどもまともには立っていられず、城外にむかって数歩よろめく。

こんなとっさの場面でも梁興甫《りょうこうほ》の眼には恐れもなければ驚きもなく、むしろ興奮の表情が見てとれた。この時、梁興甫《りょうこうほ》が足に力をこめていれば、その力で二人の落下の速度を殺《そ》いでしまっただろう。だが、梁興甫《りょうこうほ》は勢いに逆らわずに両手を伸ばし、城外に滑り出るままに任せた。

銀色の乳のような月光のなか、二つの影が高く聳《そび》える城壁の外へ滑りでた。白い布は龍が遊ぶように人影の間を舞い、三本の異なる弧《こ》が城壁の上から広々とした後湖《こうこ》の水面に描かれる。つづいてバシャッという音が三つ続き、水しぶきがあがると、夜の栖《すみか》にやすむ水鳥の群れを驚かす。

この場所は南京府城壁の真北、外側はちょうど後湖の南岸と接している。城壁と水面の間はわずか十数歩の広さだ。先ほど于謙《うけん》が城壁から落ちた時、朱瞻基《しゅせんき》は水に落ちたような音を聞き、とっさにこの高さから跳び下りれば湖水に落ちると判断したのだ。

水に跳びこむのは気持ちのよいものではないが、城壁で敵に制せられているよりましだった。太子は電光石火に打開策を考え、幸い呉定縁《ごていえん》と暗黙の了解が成り立ち、何とか強敵を水中に引きずり落とした。

数えてみれば、この二日で三度目の入水《じゅすい》だ。朱瞻基《しゅせんき》は心中苦笑しながら手足を動かし、一番近い島に泳いでいく。肩の矢傷は蘇荊渓《そけいけい》の処置のおかげでそれほど痛まなかったが、突然水に浸《つ》かったせいで肉を噛んでいる矢尻がまたじくじくと疼《うず》く。

後湖には五つの中洲《なかす》があり、梁洲《りょうしゅう》、菱洲《りょうしゅう》、長洲《ちょうしゅう》（明朝では南の龍引洲《りゅういんしゅう》と北の仙擘洲《せんへきしゅう》に分かれる）、蓮萼洲《れんがくしゅう》、趾洲《ししゅう》と呼ばれる。

太子が落ちた場所から最も近いのは梁洲だった。昔、梁《りょう》の昭明《しょうめい》太子が『文選《もんぜん》』を編んだ時に読書をした地で、梁園故址《りょうえんこし》とも呼ばれている。だが、そんな文学の逸事を考える余裕などなく、朱瞻基《しゅせんき》は必死で水面をかき、石堤《いしづつみ》まで泳ぎつくと、喘ぎながら這いあがり、水をふるい落とした——頭を剃りあげていたのは好都合だった。そうでなければもっと面倒だっただろう。

梁洲には草木が茂り、そう遠くないところに十数の大きな建物が見えた。この建物は幅広の窓に平らな屋根をしていて、東西に向かいあっている。人家とは思えず、普通の倉庫でもない。朱瞻基《しゅせんき》が眼を凝らしていると、いきなり驚き喜ぶ声が聞こえてきた。

「殿下！」

抑えられていたが、それでも普通よりいくぶん大きく響いた。朱瞻基《しゅせんき》も喜ぶ。

「于謙《うけん》？」

朱瞻基《しゅせんき》がふり返ると、近くの高台から人影がひとつ転がり出てきた。于謙《うけん》の髪はざんばらで水草が絡まっている。肌ぬぎになっていて、下半身は濡れた袴《こ》のみ、それもいくつか継《つ》ぎがあたっていた。

于謙《うけん》の身に着けていた大袖《おおそで》の朝服は、水に落ちると水を吸い、重くて耐えられなかった。命をつなぐためには、体面を顧みず、衣服を脱ぎさり、やっと生きながらえたのだ。この野人のような姿を見て、朱瞻基《しゅせんき》は状況も忘れて思わず笑ってしまった。

于謙《うけん》は顔を赤らめたが、萎縮する様子も見せず、すぐに問うた。

「みなは？」

朱瞻基《しゅせんき》が湖面に眼をやる。

「呉定縁《ごていえん》と梁興甫《りょうこうほ》はわたしと共に跳び下りた。蘇《そ》大夫はおそらく城壁に留まっているだろう」

朱瞻基《しゅせんき》が城壁の上をながめやると、そこにはもう誰もいなかった。蘇荊渓《そけいけい》は逃げたのだろう。致し方ない。彼女は他の二人とちがい、朱卜花《しゅぼくか》に復讐するために一行に加わったにすぎない。全滅を目の当たりにして、城壁を跳び下りてくる理由などない。かすかな喪失感を抱きながら太子は水面を見回したが、呉定縁《ごていえん》と梁興《りょうこう》甫《ほ》のいる気配はなかった。

于謙《うけん》が太子に言った。

「梁興甫《りょうこうほ》が死んだとは思えませぬ。まずは黄冊庫《こうさつこ》に身を隠しましょう！」

後湖には五つの島があり、洪武《こうぶ》年間から厳格に封鎖されてきた。島は天下の戸籍黄冊を所蔵するためだけに使われている。これらの黄冊には南北直隷、十三布《ふ》政使司《せいしし》、数百の州県《しゅうけん》の民生資料が記録されている。その量は膨大であり、朝廷は梁洲に十数棟の架閣庫《かかくこ》を建てて、やっと収蔵している。

二人は身を隠す架閣庫を選んだ。梁興甫《りょうこうほ》がイヌのような鼻をもっていても探し出すにはしばらくかかるはずだ。根本問題は解決しないが、時間をかせぐことはできるだろう。

梁洲の収蔵物はすべて冊籍であり、回禄《かいろく》（火の神、火事を指す）を最も恐れる。ゆえに島で火をおこすことは厳禁だ。日頃、管理に責を負う庫夫《こふ》たちは夜になれば付近の龍引洲に帰り、食事をとって休む。だから、この時辰、梁洲は静まりかえっていて、人の気配もない。二人は腰をかがめて見定めた架閣庫に忍びこんだ。

梁洲の黄冊庫は『千字文《せんじもん》』（梁の周興嗣が作った千字の文で重複する字がないので番号がわりに使われる。「天地玄黄」の句で始まり、教育や書道に使われた）の配列になっている。その一棟《ひとむね》は上の横木に〝地字第三号〟と白い灰で書いてあった。木戸に施錠はされていない……内部はすべて戸籍なのだから、そんなものに興味をもつ者がいるわけがないからだ。于謙《うけん》が戸を押すと、微かな黴《かび》の臭いがした。急いで太子を呼びいれ、すばやく戸を閉める。

朱瞻基《しゅせんき》も黄冊庫の名は聞いたことがあったが、その眼で見たのは初めてだ。内部は長方形の広い部屋、柏《かしわ》材《ざい》で作られた棚がきれいに十列並び、一列は天井から床まである書架が十六、書架は八段に分かれ、黄冊が積み上げてあった。すべて長さ一尺三寸、幅一尺二寸の厚紙でできた帳簿だった。書架の間にある通路は一人が立てるだけ、そこに入ると視野はすべて戸籍簿でみたされる。まるで膨大な帳簿が四方八方からのしかかってくるようで、息苦しさを覚えるほどだった。

于謙《うけん》は朱瞻基《しゅせんき》を連れて書庫の奥に歩いていった。防火のために地面に細かい砂がまいてあり、歩くとサラサラと音がした。二人は巨大でがっしりとした書架の間を通り、いくえにも積み上げられた黄冊のむこうに視線を向け、窓に近い死角に腰を下ろした。ここなら梁興甫《りょうこうほ》がこの書庫に入ってきても、棚を回りこまない限り発見されることはない。しかも、地面の細かい砂が侵入者の足音を教えてくれる。

乳白色の月光が広い窓から射しこんでくる。古い帳簿の間からは無数の塵が舞いあがり、ひっそりとした静謐《せいひつ》の感があった。この帳簿の最古の部分は洪武十四年まで遡《さかのぼ》ることができる。于謙《うけん》や朱瞻基《しゅせんき》より年上なのだ。

「あの梁興甫《りょうこうほ》……ああ、病仏敵《びょうぶってき》とも言っていたが、いったい何者なのだ？　なぜ皆が知っている？」

朱瞻基《しゅせんき》はようやく質問する余裕ができた。

于謙《うけん》は髪に絡まった水草を不器用につまみ取りながら、声を低めた。

「金陵でその名を知らぬ者はおりますまい。わたくしも本人に会ったことはありませんでしたが、同僚から聞いていたのです。

梁興甫《りょうこうほ》がどこの人で以前に何をしていたのか、それを知る人はおりません。ですが、永楽十八年の冬、はじめて南京に現れたのは確かです。当時、あの者は聚宝門《しゅうほうもん》で誰かを探している様子だったそうです。ですが、どんな経緯《いきさつ》があったかは知りませぬが、ともかく城門の衛兵と激しい衝突が起こったのです。あの者のやり口は実に凄まじく、衛兵をすべて一人で打ちのめすと、城門に居座り、援軍を出す都度、全滅させました。その後、あの者は大胆にも人の流れを押し通り、一気に南城兵馬司の堂下に突き進みました」

朱瞻基《しゅせんき》は息を吞んだ。何と凄まじい戦力、李元覇《りげんは》（唐の高祖李淵の三男を基に創作された架空の人物。小説では怪力で知られる）の転生ではあるまいか。

「だが、凄まじいと言っても高々一人、守備兵がみな死人になったわけではあるまい？」

于謙《うけん》は溜め息をついた。

「あの永楽十八年ですぞ、殿下。太宗皇帝の遷都で最も重要だった時にあたり、両京の交替に各官署は忙殺されており、そんな余裕などありましたか？」

朱瞻基《しゅせんき》は確かにそうだと思い、于謙《うけん》に続きをうながす。

「南城兵馬司の指揮《しき》は百余名の手練《てだ》れを集め、さらに皇城から弓手《ゆみて》を数隊動員し、やっと押し戻したのです。これほどの多勢で一人を退けたのでは面子はありませんの」于謙《うけん》は思わず嘆息した。「この一戦であの者の名は大いに知られ、南直隷みな神勇《しんゆう》の狂人を知るようになりましたが、結局、南城兵馬司が全力で退けました。しかし、誰もその時には思いませんでした。それが始まりにすぎなかったのだとは……」

朱瞻基《しゅせんき》は息を呑んだ。これほどの悪事を働きながら始まりにすぎないだと？　昔の話を聞いているのに、掌に汗をかいている。

「梁興甫《りょうこうほ》は南城兵馬司から撤退した後も南京を離れませんでした。そして、城南街《じょうなんがい》に消えたのです。守備衙《が》門《もん》が兵をくり出して、何度も捜索をしましたが、収穫もなく帰ってきました。あの者がどこから来て、南京で何をし、どう身を隠したのか、誰もはっきりとは申せません。ですが、それから南京が底なしの恐怖に叩きこまれたのです。夜になると、あの者が現れて事件を起こし、必ず死人が出たのです。官員が街頭で横死《おうし》していたり、大商人の店から出火したり、秦淮に浮かぶ屋形舟が原因も知れずに沈んだり、国子《こくし》監《かん》の学生が集賢門の前に吊るされていたり、夜回りの小隊が全滅することなども度々……大報恩寺の黄金の仏像さえ一夜で壊されました。それから〝病仏敵《びょうぶってき》〟という綽名がついたのです」

朱瞻基《しゅせんき》も仏典には一応通じている。この〝仏敵〟が仏祖の従兄である地婆達多《ディーヴァダッタ》を指すことは知っていた。ディーヴァダッタは仏典の中に出てくる有名な悪人だ。投石で仏祖の足に傷を負わせ、爪に毒を塗って仏祖の足を引っ掻こうとし、さらに狂った象を駆って仏祖を踏み潰そうとした。釈迦牟尼《しゃかむに》に血を流させた古今唯一の仏敵だ。

梁興甫《りょうこうほ》の非道ぶり、〝病仏敵《びょうぶってき》〟という綽名は十分納得できるものだった。

「その時期、庶民や官吏は一晩に何度も脅かされ、夜になれば門を閉じて外出しませんでした。梁興甫《りょうこうほ》一人のために南京中が恐怖と不安に苛《さいな》まれたのです。致し方なく応天府と五軍都督府から、公門の精鋭がそろって出動し、昼夜の別なく捜索し、江湖の者にまで懸賞金を示したのです。そして、やっと朝廷が梁興甫《りょうこうほ》の足取りをつかみ、冶城山《やじょうざん》に追いつめたのですが、その時、付近にあった柏川橋《はくせんきょう》の火薬庫が奇妙な爆発を起こし、兵が混乱している隙に重傷を負った梁興甫《りょうこうほ》は逃げ出して、あの世に……いえ、どこに行ったのかは知られていませんが、少なくとも南京には戻らず、今日に至ります」

朱瞻基《しゅせんき》は黙りこんだ。于謙《うけん》の話を聞くだけで天をも焦がす凶炎を感じることができた。白龍掛《はくりゅうかい》の老龍頭《ろうりゅうとう》が一目散に逃げ出したのもうなずける。いったい誰がこの殺神《さつじん》と対峙して命を長らえるだろう。

于謙《うけん》はつづけた。「わたしは冶城の戦いのことを聞いたのですが、応天府の捕頭が士卒《しそつ》に先んじて梁興甫《りょうこうほ》の顔に傷を負わせたそうです。それは病仏敵《びょうぶってき》が南京を攪乱した時期、はじめて受けた傷でした。いま思えば、その捕頭こそ呉定縁《ごていえん》の父、呉不平《ごふへい》にちがいありません」

「ちっ……」朱瞻基《しゅせんき》が舌打ちをした。梁興甫《りょうこうほ》が現れた時、呉定縁《ごていえん》の反応があれほど奇妙だったのは二人の間に宿怨《しゅくえん》があったというわけか。

だが、先刻、呉定縁《ごていえん》は確かに「忘恩不義のイヌめ」と言っていた。これは不可解だ。呉不平《ごふへい》と梁興甫《りょうこうほ》の関係は単なる仇というほど単純ではないということか？

いまは深く考える時ではなかった。シッと于謙《うけん》が合図する。二人は息をひそめたまま、遠くから聞こえるかすかな音に耳をそばだてた。何か呻き声のようで罵声のようでもある。しかし、間違いないことは呉定縁《ごていえん》の声だということだった。

二人は眼を合わせた。たがいの顔色は酷《ひど》いの一言に尽きた。呉定縁《ごていえん》は運が悪すぎて梁興甫《りょうこうほ》に捕まったのだ。あの〝病仏敵《びょうぶってき》〟という名を冠せられる悪人は、一人で書庫を探しきれないことを知っている。だから、わざと呉定縁《ごていえん》を痛めつけて、太子を引きずり出そうという狙いなのだ。

はっきりした罠だ。梁興甫《りょうこうほ》はそれを隠そうともしていない。

どうする？

太子と一介の捕吏、選択は明白だ。梁興甫《りょうこうほ》が呉定縁《ごていえん》を痛めつけている間に別方向から後湖を離れるのが得策だろう。しかし、朱瞻基《しゅせんき》は唇を一文字に結び、両の拳を握りしめて、またゆるめた。于謙《うけん》も〝大局を重しとなす〟と諫《いさ》めもせず、視線を砂の上にさまよわせた。

遠くから聞こえる罵声は緊張の度合いを高めていた。

朱瞻基《しゅせんき》は決然と立ちあがって掌で強く書架を打った。塵が舞いあがる。

「昨日、あいつは扇骨台《せんこつだい》で我が一命を救ってくれた。一介の小吏にわたくしが忘恩不義を働けば、後の史書はどう書くか？　救わねば！」

その言葉を聞いて、于謙《うけん》は重荷を下ろしたような表情になった。

「殿下、まことに……〝義を取られよ〟」

ほんとうは『孟子』の「生《せい》を舎《す》てて義《ぎ》を取らん」(告子上)と言いたかったが、不吉であるから前半を呑みこんだ。

朱瞻基《しゅせんき》は顔を窓に近づけて、注意深く外を見た。ここの角度から状況は見えないが、声は百歩先の岸から聞こえてくるようだ。于謙《うけん》は一度後湖を見に来たことがあり、その記憶力は人並みはずれているから、砂地に指で梁洲の配置を描いた。呉定縁《ごていえん》が痛めつけられている場所はおそらく湖神廟《こしんびょう》の付近だった。それは梁洲にある黄冊庫以外の唯一の建物だ。

「どうしたらよいか、考えねば……」朱瞻基《しゅせんき》は砂の上の地図を見た。人を救うのは重要だが、ただ死に赴《おもむ》くわけにはいかない。

直面している唯一、そして最大の障害は梁興甫《りょうこうほ》だ。朱瞻基《しゅせんき》がどうにか戦うとしても、あの男の最も恐ろしい点は武術にあるのではなく、万事の動きが静かで漠然としていることにある。まるで巨鯨《きょげい》が迫ってくるように何をしても前進を阻めないという感覚を抱かせる。

于謙《うけん》も窓辺に近づいて観察しようとしたが、ふいに何かが砂の上に落ちて足下でカランという音がした。

それは呉定縁《ごていえん》の家から持ってきた香炉だった。さきほど濡れた官袍《かんぽう》を脱いだ時、腰帯に結び付けておいた。そして、この時、紐がゆるんで落ちたのだった。

拾いあげようとして手を伸ばすと、于謙《うけん》の頭の中に突然一つの考えが閃いた。その考えに自分でも驚く。あわてて首をふり、荒唐無稽な考えを追い払おうとする。あまりにも無謀、朝廷から官に任命されながら、こんな大逆不道を行えるか？　だが……捨て去ろうとするほど考えは頭の中に根を生やし、制することなどできないかのように、勝手に成長していった。まずいと于謙《うけん》が意識した時には、もう完全な計画になっていた。ほかの方法はない。

再三迷って眉間をもみ、于謙《うけん》は太子の耳もとで言った。

「臣に考えがあります。言うべきかどうか……」

二人が身を伏せて小声で相談している頃、梁興甫《りょうこうほ》は湖神廟の前に立ち、架閣庫の方向を凝視していた。その一棟に太子が隠れていることは判っている。その眼には一点の焦りもない。視線をやや上げると、中空にかかる蟾宮《せんぐう》（月のこと。月に棲むというガマガエルの伝説にもとづく）をながめる。

「お前の父と初めて会ったのも、こんな月夜だった」

梁興甫《りょうこうほ》は手を後ろに組んで立っている。呉不平《ごふへい》の事を語る口ぶりはまるで長年の友を追憶しているようだ。

その背後で呉定縁《ごていえん》は旗竿《はたざお》に縛られていた。熱い鮮血が鼻から流れ、顎をすべって地面に滴《したた》っている。見るだに凄惨《せいさん》この上ない。梁興甫《りょうこうほ》は人体の構造を熟知していて、どう痛めつければ最大の効果を発揮するか知っていた。

「クソが！　親父はあの時、眼がおかしくなってお前みたいな狂人を救ったんだ。そうと知っていれば冶城山で殺していた！」呉定縁《ごていえん》は気力だけで罵った。

梁興甫《りょうこうほ》はふり返り、まじめな顔つきで言った。

「鉄獅子は南京でただ一人、仏母《ぶつぼ》の度化《どか》に値する善人だ。だから、俺は真心をこめて、お前たち一家に報いるつもりだ」

そう言うと両手十本の指を合わせて経文《きょうもん》を唱《とな》えはじめる。

「殺すなら早くやれ！」呉定縁《ごていえん》が言う。この男は落ち着いているように見えるが、実はとうに発狂している。この狂人は自分たち一家を殺すことが救いになるのだと自己陶酔にひたっているのだ。

梁興甫《りょうこうほ》は経文を唱え終わると、首をふった。

「定縁《ていえん》、どうして悟れぬ。この世はみな泥沼、火炎地獄だ。逃げ出したいなら胸を憤怒で満たすのだ。お前が自分の怨みを解き放ち、この世に徹底的に絶望し、この世を徹底的に嫌悪した時、はじめて羽化《うか》して神仙となり、浄土《じょうど》をその眼に見る。俺がすることは全てその為《ため》なのだぞ」

この仏教と道教が入りまじった奇談怪論に、呉定縁《ごていえん》は唇を巻いて唾を吐くことしかできなかった。それを梁興甫《りょうこうほ》が避《さ》けようとした時、架閣庫の方向から奇妙な音が聞こえ、注意がいくぶん削《そ》がれた。血のまざった唾が頬に命中する。

ガン、ガン、ガン、ガン、誰かが破《わ》れた銅鑼《どら》を叩いているような音だ。

だが、その音色は銅鑼のように響いてはいない。くらく曇りがちで音質も均一ではない。梁興甫《りょうこうほ》が音のする方向を見ると、架閣庫の間に人影が一つ現れた。太子と同じ背格好だ。影は数歩前に進むと、梁興甫《りょうこうほ》に見られたのを確認して、すぐに架閣庫の中に戻っていく。

〝虎を山から誘いだす〟か。自分が呉定縁《ごていえん》をつかって〝蛇を穴から誘いだす〟のと大差がないほど稚拙で、もはや〝陽謀〟と言っていい。

しかし、梁興甫《りょうこうほ》は一歩踏みだし、そちらに向かって歩いていった。実は時間もない。城壁の騒ぎは勇士営を動かす。大軍がそろって後湖に出動してくれば、太子を生擒《いけど》りにした功が白蓮教のものではなくなってしまう。

それに黄冊庫には帳簿があるだけだ。このわずかの間に何を企もうとも、自分を傷つけられるとは思えない。誰かが隙を突いて鉄獅子の息子を救いに来ることも気にしていなかった。踝《くるぶし》の血脈を止めてある。戒めを解いたところで簡単には歩けない。救おうとすれば逃亡者の負担が増えるだけだ。

梁興甫《りょうこうほ》の歩幅は大きい。常人なら五十歩かかる距離を三十歩で踏破し、架閣庫の前に立った。木戸に鍵はかかっておらず、軽く閉じてあるだけだった。梁興甫《りょうこうほ》はじっと周囲を見つめ、太子が入っていったのがこの架閣庫に間違いなく、まだ脱出してもいないことを確認した。そして、木戸を押して、ほの暗い黄冊の世界に踏みこんだ。

内部は三、四本の弱い光が側面から照らすのみ。だが、梁興甫《りょうこうほ》の眼は鷹か隼《はやぶさ》のように鋭く、この光で十分だった。林のように並ぶ書架を見わたし、累々と積み上げられた黄冊の向こうをのぞきこみながら、奥へと歩いていく。体が巨大だから、狭い通路を通る時、肩がぶつかって書架がゆれた。まるで密林の中をヒグマが食を求めているようだ。

太子の影は梁興甫《りょうこうほ》から遠くない距離に見えていた。書架の間を走り、わざと歩みをゆるめ、まるで見失われることを恐れているようだ。奇妙なことにガンガンと叩く音はやまず、前になり後ろになって響いていた。叩いている者も明らかに走り続けている。

梁興甫《りょうこうほ》はややあきれた。こちらの注意を引き付けるつもりか？　自分がもう来ているのになぜ叩き続ける必要がある？　まさか、集中力をそぐつもりか？　そんな子供だましの曲芸になど興味はない。そして、前方にいる太子だけを見すえる。

太子の影はまだ動いていたが、梁興甫《りょうこうほ》は焦らず追跡した。架閣庫には一つしか出口はない。自分がしっかりと通路を占めていれば、どうやっても太子は出ていくことなどできないのだ。絶対的な力の前では、どんな企みも徹底的に押しつぶされるほかない。

架閣庫の空間は限られていた。この奇妙な追跡もすぐに終わりを迎えた。太子は壁を背にして胸を起伏させていて、もう逃げ道はなかった。梁興甫《りょうこうほ》が急がずに歩みを進めると、足もとの砂がサラサラと音を立てる。袋の鼠との距離は書架四列しかない。

「今だ！」朱瞻基《しゅせんき》が突然叫ぶ。

あのガンガンという音がやみ、低く節のある音が遠くから近づいてくる。梁興甫《りょうこうほ》が眉をひそめてふり返ると、黄冊を満たした書架が一つまた一つ、まるで金山を押し、玉柱を倒すように、前後にぶつかりあって骨牌《こっぱい》のように倒れかかってきた。

この棚は高さがそろえてあって、互いの距離も近い。しかも、庫夫が手を抜くために黄冊の大部分は上層に積んであり、下は比較的空いていたから、頭が重く脚が軽い状態だ。だから、書架を一つ倒せば、一つがまた一つを押し、連鎖的に大倒壊を起こす。

朱瞻基《しゅせんき》が声を発してから書架が倒れてくるまで、わずか数呼吸の間、三つ、四つの大きな書架が梁興甫《りょうこうほ》にむかって倒れてきた時には、もう躱《かわ》そうにも間にあわない。フンと一声、梁興甫《りょうこうほ》は両腕をあげ、大海を押さえつける千斤の水門のように、力ずくで両側の書架を支えようとする。

しかし、それは計算ちがいだった。

梁興甫《りょうこうほ》は武芸に精通しているものの、文字の重量というものに概念がない。それは于謙《うけん》のような読書人だけが知っているものだ。ペラペラに見える紙の冊子でも一つに集まれば重量は驚くべきもので、その威力は到底阻《はば》めるものではない。

四つの書架に挟まれたまま千冊近い黄冊が轟然と倒れてきたのだ。梁興甫《りょうこうほ》の腕が支えたのは一瞬、体ごと地面に押し倒され、雪崩《なだれ》を打つ無数の冊子に埋もれてしまった。木屑《きくず》と塵が舞いあがり、書庫の間を満たす。

朱瞻基《しゅせんき》は前もって位置を計算していて、書架と壁の間にできる小さな三角形の場所に身を隠していた。梁《りょう》興甫《こうほ》が黄冊に埋もれたことを確認すると、急ぎ飛びだしてきて、口と鼻を覆いながら廃墟を歩む。

梁興甫《りょうこうほ》の体の上で二つの大きな書架が交差していた。その二つの書架にはそれぞれさらに二つの書架が重なっている。重なったその四つの書架はさらに外側の書架に一角をさえぎられ、何とも複雑な重なり方となっていた。隙間は散乱した黄冊で埋めつくされ、脱出を図ろうにも入り口から一つ一つ書架を起こしていくのでなければ不可能だ。

ドンと書架の下から音がして、微かな震動が伝わってきた。朱瞻基《しゅせんき》は驚いて飛びのく。そして、この音が頻繁になっていくことに気がついた。梁興甫《りょうこうほ》は書架を押し上げようとしたが、折り重なった書架を持ち上げられないので、拳で柏材の書架を打ち砕く方針に変えたようだ。

この男はたしかに手強い。素手で柏の木材を打ち砕こうとしている。十分な時間を与えたら、本当に脱出するかも知れない。

「惜しいな」朱瞻基《しゅせんき》は廃墟の上に立ち、唇をやや持ち上げた。于謙《うけん》の計略はまだ終わりではないのだ。入り口に向かって言う。

「準備はよいか？」

「今すこし！」于謙《うけん》の声が入り口から聞こえる。同時に手もとでガンガンという音がしている。すぐにあの大声が聞こえてきた。「できました！」

灼熱の光が入り口から明るい弧を描き、梁興甫《りょうこうほ》の体を覆った黄冊の山に落ちた。黄冊はみな麻紙で作られている。日頃からよく日に晒《さら》されて乾燥しているから火種を得るとメラメラと燃えだし、小さな火がたちまち巨大な炎に成長した。

火は朱瞻基《しゅせんき》の痛快そうな、やや歪んだ表情を明るく照らし、于謙《うけん》の興奮し、心を痛めている顔、そして手にしたほとんど破《わ》れそうな銅香炉も映しだした。

これが計略の最も重要な部分だった。

呉《ご》家の銅香炉は朱瞻基《しゅせんき》がひと眼見て粗悪品だと分かったように、地金《じがね》に混ざり物があって、純正な風磨銅《ふうまどう》の香炉ではない。おそらく商人に騙されたのだろう。燃え散らされた質屋に持ちこんだところで番頭がすぐに捨てるにちがいない。だが、この粗悪品も梁洲の黄冊庫では別の使い途《みち》があった。

銅は純粋であるほど簡単に火花が出ない。骨董業ではこれを〝光を斂《おさ》める〟という。逆に言えば、混ざり物が多いほど簡単に火花が出る。于謙《うけん》は朱卜花《しゅぼくか》から得た過城の鉄牌で香炉を叩き続け、星のような火花を叩きだすと、黄冊の封面から綿紙《めんし》を剥いで作った紙縒《こよ》りで火種を得た。

次に于謙《うけん》がしなければならなかったのは、黄冊庫で絶対禁忌に属する……放火だ。

ここには多くの帳簿が積み上がっているから、天が造り地が設《しつら》えた燃料庫になっている。于謙《うけん》の火種がここに落ちると、たちまち天をも焦がす怒炎が立ちあがった。火は烈しく上昇し、広がった。狂ったように舞う赤い苗の中で、黄冊が一冊一冊その角を曲げ、無形の灼熱の牙が紙面を引き裂いていく。燃え散らされた紙片は気流にのって書庫の内部を旋回し、明るい灰燼《かいじん》を形成した。

脱出路は考えてあった。書庫の壁は砂がぬられ、火勢がすぐには延びてこない。朱瞻基《しゅせんき》は壁沿いに素早く入り口に走り、架閣庫を出る時、ふと後ろをふり返った。倒壊した書架の下でまだ打撃音が聞こえていた。梁興甫《りょうこうほ》が死に際のあがきをしている。

たとえ病仏敵《びょうぶってき》の名を持つとも生身の体、祝融《しゅくゆう》の無上の天威に対抗できるはずもない。朱瞻基《しゅせんき》は散乱した黄冊を一冊ひろいあげ、放り投げて火にくべると、身を翻して走った。

于謙《うけん》は書庫の入り口に立っていた。太子が炎の中から飛び出してくると、ただちに迎えにいく。赤々《あかあか》と燃える大火を見ていると、于謙《うけん》の眼頭は熱くなった。

この計画は自分が考え出したものだが、こうなればと願っていたわけでは決してない。黄冊は一冊一冊がみな重要な民政資料であり、それが失われれば、朝廷の政治に偏りが出るのは必定だ。やむを得ず于謙《うけん》はこの書庫を焼いたが、それが帝国の一角の民生を破壊したに等しく、内心の慚愧《ざんき》は眼の前で燃えている炎よりも熱かった。

幸い、今夜は風がない。一つの書庫が燃えても近辺の書庫に及ぶことはあるまい。もし梁洲黄冊庫に延焼が起こって全てが燃え尽きたら、于謙《うけん》はその場で首を掻いて自尽しなければならぬと考えていた。

「逃げるぞ」

茫然と炎をながめている于謙《うけん》の肩を朱瞻基《しゅせんき》が叩く。于謙《うけん》は我に返ると、太子についてその場を離れた。

二人はすぐに湖神廟に駆けつけ、旗竿に縛られている呉定縁《ごていえん》を見つけた。顔じゅう血だらけで全身が激しく震えている。これには于謙《うけん》が反応した。きっと大火の光景を見たせいで癲癇《てんかん》の発作を起こしたのだ。四肢をきつく縛られているから、のた打ちまわる事はできず、喉をひくつかせているだけだ。極度の苦しみが見て取れた。

いそいで呉定縁《ごていえん》の戒めを解くと、地面に横たえた。于謙《うけん》は注意を忘れなかった。

「太子の龍威《りゅうい》は強すぎますので、御控えを」

そう言われて朱瞻基《しゅせんき》は思い出した。自分の顔を見ると呉定縁《ごていえん》は頭痛がするのだ。

「面倒な〝ひごさお〟だ」と呟くと、しぶしぶ遠くに退《さ》がる。

しばらくすると呉定縁《ごていえん》は正常に戻った。気がついて最初に言った言葉は「梁興甫《りょうこうほ》は？」だった。

「燃やした……」まだ燃えている黄冊庫を朱瞻基《しゅせんき》は見た。呉定縁《ごていえん》の眉が跳ねた。まさかこの二人で梁興甫《りょうこうほ》を始末できるとは思いもしなかった。口から流れる涎《よだれ》をぬぐう。

「じゃあ、何でお前ら、早く逃げねえ？」

「火の手が上がれば後湖の巡回がすぐにやってくる。おぬしをここに残しておけば死を待つばかりではないか？」于謙《うけん》が大声で答える。呉定縁《ごていえん》は肩から崩れ落ち、旗竿の台でもがいて、腰の袋から犀角《さいかく》の如意《にょい》を取り出すと于謙《うけん》の方に投げた。

「取引は終わっちゃいねえが、担保は返す。オレはもうボロボロだ。持っていても無駄だ」

「何を言う！」朱瞻基《しゅせんき》は怒った。「お前のような屁たれが死にたがっていると知っておれば、とっくに逃げておる。何でこんな手間などかけるか？」

呉定縁《ごていえん》は顔をあげ、痛みを堪《こら》えながら言った。

「殿下、あんた……いや、あなた様が即位なさった暁《あかつき》には、どうぞ玉露《ぎょくろ》を探すように命じて下さい。あいつが死んでいたら親父のそばに葬ってやって下さい。オレはどうでもかまわねえ……」

〝呉定縁《ごていえん》が初めて太子を尊称で呼んだ〟と于謙《うけん》は内心で思った。

それに朱瞻基《しゅせんき》は冷たい顔で言い放つ。

「わたしはその娘の兄ではない。自分でやれ！」

しかたなく呉定縁《ごていえん》は言った。

「出口はすぐそこだ。西北の水門沿いに歩けば金陵を脱出できる。オレみてえな〝ひごさお〟に構うんじゃねえ」

朱瞻基《しゅせんき》は于謙《うけん》が腰からさげている香炉を奪い取って、地面に叩きつけた。

「ならば、その香炉を食え！　口にした誓いの言葉を呑みこめ！」

その無頼のような口ぶりに、呉定縁《ごていえん》が何か言おうとした時、于謙《うけん》が突然言った。

「誰か来た！」

後湖を巡回していた舢板《はしけ》が梁洲の出火を発見して確認に来たのだ。朱瞻基《しゅせんき》が眼を細めてながめると、船上には白い前掛けを着た痩せた庫夫が二人だけだった。于謙《うけん》に呉定縁《ごていえん》を見ておくように言うと、朱瞻基《しゅせんき》は香炉を衣服に隠し、足を忍ばせて出ていく。

小舟は湖神廟付近の石堤につけられ、庫夫が二人、あわてた表情で舟を下り、書庫に駆けつけようとしていた。その時、朱瞻基《しゅせんき》は物陰《ものかげ》から飛びだし、香炉で二人の後頭部を殴りつけて簡単に気絶させた。

朱瞻基《しゅせんき》は香炉を舟に置くと、すぐさま旗竿に戻った。もう呉定縁《ごていえん》の無駄話にはつきあわず、于謙《うけん》に合図をし、二人で半身ずつ持ちあげて呉定縁《ごていえん》を岸に運ぶ。ドンという音とともに呉定縁《ごていえん》の体を舟の中にほうりこむ。

「お前の安い命一つ、死にたければ死ねばよい。だが、それでは史書に無情不義の名を留めることになる。それはならぬ！」朱瞻基《しゅせんき》は憎々し気に言った。呉定縁《ごていえん》は舟の中で諦めの表情をした。両足が利かないのだから、太子に言われるがままだ。

于謙《うけん》は銭塘の出身だから舟の扱いについては素人ではない。白い前掛けを締めると、息を弾ませて櫓《ろ》を漕ぎ、小舟を駆使してゆっくりと梁洲を迂回する。その時にはもう黄冊庫の火は四つの中洲《なかす》の住民を驚かせていた。たがいに呼び交わして叫び声をあげ、次々に舟に跳び乗ると梁洲に漕ぎよせてくる。暗い湖面に焦げたにおいがただよい、満天に舞う火の粉が盛大な墓祭りを思わせた。

小舟は呉定縁《ごていえん》の指示で、神策門の方向にある水門へひっそりと漕いでいく。

後湖はもともと長江と一本の水路でつながっていた。朝廷は黄冊庫を建てた後で、水位の上昇で書庫が沈むのを防ぐため、神策門付近に水門を作り、水位を調節できるようにした。ということは、この水門さえ通過すれば、その先にもう障害はなく、長江に入れるのだ。

後湖は広いとはいえ、艀板《はしけ》でも目的に近づくことはできた。月光の下、幅三丈余りの水道が曲がりくねって伸びている。そこは水路と湖が接する最も狭いところで、弓型の青黒い石でできた水門が水路を断ち切っていた。両側の壁は高くそびえ、頂上の平たい部分に龍の頭が彫ってあり、たがいに睨《にら》みあっている。

今は五月だが雨水は多くない。だから、水門は関石《せきいし》を五分しか閉めておらず、水面と関石の間に広い空間があった。それを見ると、于謙《うけん》は生きて脱出できると希望を新たにし、心中喜びでいっぱいだった。手にした櫓にも思わず力が入る。

その時、水面に細かな漣《さざなみ》が浮いた。それが一つまた一つとつながっていく。遠くから次々と震動が伝わってきているのだ。この不審な音を朱瞻基《しゅせんき》と呉定縁《ごていえん》も聞き、それぞれに顔をあげた。神策門の方向から騎兵が一隊、こちらにむかって疾駆してくる。塵土を巻きあげる様子から、十数騎はいるようだ。彼らは長蛇の列となって、湖岸の隘路《あいろ》を急進し、まっすぐに神策水門に向かってくる。

呉定縁《ごていえん》の視力は人並み優れている。月光のもとでも先頭の騎兵の顔に白い布がかかっているのを認めた。

「朱卜花《しゅぼくか》！」

于謙《うけん》と朱瞻基《しゅせんき》は身をふるわせ、顔面蒼白になった。梁興甫《りょうこうほ》を始末したばかりなのに、どうしてこう都合よく、この魔物が追ってきたのか……

朱卜花《しゅぼくか》は富楽院を出てから西水関に急行し、童外婆《どうわいぼ》の馴染みを逮捕して一通りぶん殴ってみたものの、何も収穫はなかった。そこへ白龍掛《はくりゅうかい》の者がやってきて、梁興甫《りょうこうほ》と太子と思《おぼ》しき人物が城壁で衝突していると知らせた。朱卜花《しゅぼくか》は白蓮教に一杯食わされたと思い、部隊を率いて城北に向かった。

途中、後湖の水路を逃げているという知らせも届き、後湖で何が起ころうとも神策水門から長江に入るつもりだろうと、経験ゆたかな宿将である朱卜花《しゅぼくか》は直感を働かせた。そして、馬首を神策門にめぐらせ、一路疾駆してきたのだった。

数度にわたる狂奔急転、脱落者も多く、神策門までついてこられたのはわずかに十余騎、だが、傷ついた太子一行を捕らえるにはこの兵力で十分だ。

朱瞻基《しゅせんき》ら三人を乗せた艀板《はしけ》が、もう水門の下へ入ろうかという時、背の高い青馬もちょうど水門左の龍頭台を踏んだ。朱卜花《しゅぼくか》は馬上から首をひねり、小舟がゆっくりと通過しつつある様子を見た。その上にぼんやりとした人影が三つ、その眼が太子の輪郭をとらえる。思わず喜びにふるえ、今にも潰れそうな膿胞《のうほう》がてらてらと光る。

十数時辰の紆余曲折をへて、ついにこの手で太子を始末できる。

朱卜花《しゅぼくか》は手綱をゆるめ、鞍の前部につけた得勝鉤《とくしょうこう》から愛用の西番硬弓を外し、弓袋から雁翎箭《がんれいせん》を一本引き抜いた。水門から舟までわずかに二十歩、この距離で絶対に外すはずはない。朱卜花《しゅぼくか》は顔の痛みに耐えながら、この一件をできるだけ速やかに終わらせることに決めた。

舟の上の人も気づいたようだが、誰も動きはせず、硬直したように座りこんでいる。望みを棄てたか？それもよかろう。落ち着いて狙ぇるというものだ。朱《しゅ》卜花《ぼくか》の手が弓弦にかかった時、だしぬけに女子の声が聞こえてきた。

「朱《しゅ》太監、顔の腫れ物はどうか？」

手にした弓がゆれて、矢が弦《つる》から滑りおちた。思わず見回すと水道の対面、水門右の龍頭台に馬面裙《ばめんくん》姿の女子が一人立っていた。すらりと細い体つきで、寛《ひろ》い額に明るい光がある。長い黒髪はとかれて湖風に靡《なび》き、顔の大半をおおっている。月光に映るその姿はまるで女の幽霊のようだ。

「蘇《そ》……蘇《そ》大夫？」

朱卜花《しゅぼくか》はこんな所で彼女に会うとは思いもよらなかった。

舟の上の三人も驚いた。蘇荊渓《そけいけい》は逃げたと思っていた。まさか彼女が水門まで駆けつけてくるとは、誰も思っていなかった。

蘇荊渓《そけいけい》は髪をかきあげ、笑った。

「時辰を数えていた。太監、そろそろだ。見届けに来た」

「何がそろそろだ？」

「もちろん、お前の命日だ」蘇荊渓《そけいけい》はそう言うと、愉快そうに笑った。「務《つと》めで忙しく、気づいていまい。ずっとお前に与えていた虎狼薬《ころう》は病を重くするもの。いま、陰疽《いんそ》は深く植えられ、内毒《ないどく》は鬱積《うっせき》し、もはや顔を突き破る勢いだ」

朱卜花《しゅぼくか》の眼は生まれつき細いが、この時、蘇荊渓《そけいけい》の話を聞き、生まれて初めて銅鈴のように両眼を見開いた。蘇荊渓《そけいけい》はまだ痛手《いたで》が足りぬと思い、さらに嘲笑《あざわら》った。

「種をあかせば、お前の病はわたしが鵞鳥《がちょう》に仕込んだ毒だ。何カ月もかけて計略にはめていたのだ！ 種はまいた。もちろん結果も見届ける。これで終わりだ」

その言葉にもたしかに毒があるようだった。朱卜花《しゅぼくか》が耳にすると、顔の膿胞がドクドクとふるえだす。幻覚か否かは分からない。だが、激怒が朱卜花《しゅぼくか》の精神を侵食し、もう顔の痛みが真実か、嘘かも区別ができなかった。

「おのれ、なぜだ！」怒号が神策門の両岸に響きわたる。

蘇荊渓《そけいけい》の笑いはすぐに消えて、毒々しい怨念が浮かんだ。

「朱卜花《しゅぼくか》、王姑娘《おうクーニャン》を覚えているか？」

朱卜花《しゅぼくか》は戸惑った。それは誰だ？

蘇荊渓《そけいけい》は冷笑した。

「覚えていないか。どうして覚えていない？ お前たちの心には卑《いや》しい女にすぎぬか！」そう言うと、彼女は何か二文字を口にした。

それを聞いて、朱卜花《しゅぼくか》の顔色が突然変わった。「まさか……」そう言い終わらぬうちに蘇荊渓《そけいけい》の声が風にのって聞こえてくる。

「あの娘《こ》は一番親しかった手帕《しゅはく》の交わり、だから、おまえ前は必ず殺す。それも惨《むご》たらしい死に方でだ。十八層地獄がすべて極楽と思えるほどに！」

蘇荊渓《そけいけい》は平素は冷静沈着だが、このとき吐いた言葉の一つ一つが濃厚な悪意にどっぷりと浸され、ほとんどその毒気は滴《したた》り落ちるようだ。

朱卜花《しゅぼくか》は激昂し、弓で猛然と蘇荊渓《そけいけい》を狙う。まさに弓弦を放して、この極悪女を射殺そうとした時、小さな黒い影が水門をゆく舟から飛んできて、朱卜花《しゅぼくか》の左手に強く当たった。その痛みで矢は逸《そ》れ、シュッという音とともに蘇荊渓《そけいけい》の頬をかすめ、浅い血痕を残した。

カランという音がして黒い影が地面に落ちた。それは昨日、玄津橋で于謙《うけん》に与えた鉄牌だった。危ういところを免《まぬか》れた蘇荊渓《そけいけい》が小舟に眼をやると、やせた竹竿のような影が舟に横たわり、まだ投擲《とうてき》の姿勢をとっていた。

それが誰かを蘇荊渓《そけいけい》は確かめ、その眼に光がよぎったが、すぐに視線を戻した。朱卜花《しゅぼくか》が新たに矢を取っている。だが、自らの憤怒によって万匹の蜂に刺されているように顔の痛みが沸騰して、もはや腕が顫《ふる》えて矢をつがえることもできない。

蘇荊渓《そけいけい》はかつての患者を見つめた。語気は愉快そうだ。

「時が来た。体内の疽毒《そどく》も熟《う》れて落ちる」

朱卜花《しゅぼくか》は意志のすべてで痛みをこらえているので、もはや言い返すこともできず、怒りの眼を向けるのみ。

蘇荊渓《そけいけい》は一歩進み出て大声で言った。

「朱《しゅ》太監、教えてやる。たとえ、お前たちがすべて死んでも終わりではない。あの不当に死んだ名も記《しる》されない霊魂、彼女らに代わってわたしが臨終のささやかな願いをかなえる！　この事を果したら本当の終わりだ」

この言葉が朱卜花《しゅぼくか》の心に突き刺さり、極度の怒りが一瞬で極度の恐怖に振れる。

「で、できるはずが……」

蘇荊渓《そけいけい》は腕を伸ばして小舟を指し、唇を軽く動かした。

「できる！」

その言葉が周囲に響きわたった。

この数ヵ月、疽毒が蓄積する中で政変を画策した巨大な心労、白蓮教との暗闘、太子を一夜追跡した恐慌と憤怒、女医が計画して毒を盛ったという驚愕、さまざまな負の力が朱卜花《しゅぼくか》の体内で発酵し膨張をつづけ、もうはち切れんばかりだった。そして、この言葉に軽く突かれると、ついに爆発した。

黄緑色の液体が数十もある赤い膿胞《のうほう》の尖端から噴き出す。朱卜花《しゅぼくか》の餅のような顔は流れる汗と爛《ただ》れた疽肉《そにく》に変わり、その汚れをふり払おうとすると、口から噴き出る鮮血が顎をべっとりと濡らし、ぎょっとするような斑《まだら》の彩色画となった。朱卜花《しゅぼくか》は馬上で弓をつかもうとあがいたが、巨大な体軀はガクリと平衡を失い、神策水門の頂上から真っ逆さまに水中に落ち、巨大な水しぶきを上げた。

もう疽《はれもの》に苦しむこともあるまい。

この思いもよらぬ出来事に背後にいた勇士営の騎士たちは混乱に陥った。なぜ正面の女子の言葉で指揮官が水に落ちたのか、彼らには分からなかった。騎士の一部には急いで馬を下りて上官を救いに行こうとする者もいたが、別の一部は任務を思い出して舟の上の犯人をながめた。さらに一群は殺人者を捕らえなければならないと考え、蘇荊渓《そけいけい》に向かっていく。

湖の小舟はこの機をとらえて加速し、ほとんど石門を通過しようとしていた。兵は弓で射ようとするが、その時、大音声《だいおんじょう》が湖面に響きわたった。

「太子はここにおわす。反賊、朱卜花《しゅぼくか》は誅《ちゅう》に伏したり！　妄《みだ》りに動く者は元凶と同罪である！」

于謙《うけん》の大声は兵士たちに大きな混乱を引き起こした。

朱卜花《しゅぼくか》が太子を追跡していたことは数人の腹心だけが知っていたが、ほとんどの兵が受けた命は宝船爆破の嫌疑ある奉御を捕らえよというものだった。朱卜花《しゅぼくか》が道を急いだために、身辺を腹心だけで固められず、ここには真相を知らない兵もいた。

そこに突然、太子は舟にいると宣言され、また朱卜《しゅぼく》花《か》が反賊だと言われ、兵士たちはどうしたらよいか分からなくなった。たがいに顔を見あわせて統一行動の能力を完全に失った。朱卜花《しゅぼくか》という骨をなくしては腹心の部下も茫然として為すところを知らない。叱責する者もなく、発令をする者もない。

于謙《うけん》の一言が勇士営を攪乱すると、小舟は飛ぶように石門に入り、後湖を抜けようとする。その時、呉定《ごてい》縁《えん》と朱瞻基《しゅせんき》は眼で合図をし、同時に反対方向に櫓を漕ぎ、舟の速度をゆるめた。

蘇荊渓《そけいけい》は迷わず龍頭から飛び下り、ストンと舟の上に降り立った。月光の下、朱瞻基《しゅせんき》はその顔に淡い涙の痕《あと》を見た。だが、時間がない。慰めの言葉もかけられず、ただ彼女に手をふると櫓を漕ぐことに没頭した。舟の反対側では呉定縁《ごていえん》も力をこめて漕いでいるが、その顔に特別な表情はない。

二本の櫓で飛ぶように水路を突き進み、小舟は神策水門を離れ、勇士営の兵士をふり切った。

十数里も行くと、背後の城壁はほとんど地平線と区別がつかなくなり、追ってくる兵の姿も見えない。天のふちがようやく魚の腹のように白くなり、前方の水路もだんだんに広くなってきた。周囲の景色が暗い白紙に滲《にじ》んだ墨のように浮かびあがる。両岸は草木が茂り、黄褐色の葦《アシ》がゆれる中に、淡い緑の干し草と狗尾《ネコジャ》草《ラシ》が見え、ところどころ紅蓼《オオケタデ》に蔽われている。草の香が濛々たる蒸気とまざって鼻孔をくすぐり、一夜の奮闘で疲労した心に一時の安らぎをあたえた。

朱瞻基《しゅせんき》は肩の傷にさわるので櫓を于謙《うけん》に代わり、舳《へ》先《さき》で前方をながめた。朝日はいまだ現れず、早朝の光は微か、眼の及ぶところ、水路の果ては浩渺《こうびょう》無辺の長江に続いていた。その波濤《はとう》の響き、波のうねりは千軍万馬が雄叫びをあげて東に流れていくようだ。

　この時、太子は確信した。ついに南京を離れたと。

第十一章

　広々とした長江の河面を烏篷《うほう》の河船《かわぶね》が快速で東に向かっていた。流れにのっているから帆をあげたり、櫓を漕いだりする必要もなく、後ろで舵さえ取っていれば波が包んで進めてくれる。

　呉定縁《ごていえん》は船尾で舵を取っていた。その眼はもう遠くなった南京をぼんやりとながめている。その背後で于《う》謙《けん》が舳先《へさき》に畏《かしこ》まって座りこみ、眠りながらも眉間にしわをよせている。篷《とま》の中から朱瞻基《しゅせんき》の規則正しい鼾《いびき》が聞こえ、蘇《そ》荊渓《けいけい》は頬を手で支え、座り姿を気にしながら篷《とま》の端に寄りかかって安らかに眠っている。

　船はゆっくりとゆれ、周囲は静かだ。まるで長江の神が何か巧みな眠りの術をかけているようだ。

一行が乗っていた小舟は湖を巡回する舢板《はしけ》にすぎず、長江の風波には耐えられなかった。そこで紅玉《こうぎょく》がくれた合浦《ごうほ》の真珠を于謙《うけん》が一粒借り、長江沿岸の漁師の家で烏篷《うほう》をかけた河船《かわぶね》と交換し、焦眉の問題を解決できた。紆余曲折をへて、疲れ切った一行は河船が無事に長江に入ると倒れこむように眠ってしまった。

じつは呉定縁《ごていえん》も疲労困憊している。だが、頭が炭火をつめたように悶々と熱く、居ても立っても落ち着かず、疲れていても眠れなかった。

過ぎ去った一昼夜の出来事はもう生涯忘れられない。南京の大事件、二人の神仙の戦いは自分のような虫けらを巻きこんだ。一番面倒を嫌う者が一番複雑な渦に巻きこまれ、その中で父が凄惨な最期《さいご》を遂げ、妹は擒《とりこ》となり、仇敵が現れた。自分がよく知っている世界は粉砕され、もう元に戻ることはない。

今までずっと呉定縁《ごていえん》には悪夢を見ているような強い非現実感があった。いつもの癖で腰の袋にふれ、酒で問題を解決しようとしたが、そこには何もない。昨日の昼頃、正陽門で巨石の下を通った時、名状しがたい感覚があったが、今になって思えばあれは予言だったらしい。

〝来る道も行く道も暗くて先など見えぬのに、あいにく頭上には生と死が一本の縄にかかっている〟

そう考えると、ふいに胸がしめつけられるように苦しくなった。そっと舵を放して立とうする。昨晩、梁《りょう》興甫《こうほ》にふさがれた踝《くるぶし》の血気はすでに通っていたが、疼《うず》くような痛みがまだあり、すこし動くにも歯を食いしばらねばならない。だが、それでもかまわない。

呉定縁《ごていえん》は船尾で何とか立ちあがり、長江の風を深々と吸いこみ、清々《すがすが》しい空気で肺を満たした。頭がややはっきりしてきた。しかし、精神がはっきりしても鬱屈した感情はかえって凝り固まったようだった。それは逃れることも消し去ることもできない。呉定縁《ごていえん》が黙って船尾に佇《たたず》んでいると、その痩せた背の高い影はどちらに靡《なび》くかもわからぬ一本の葦のようだった。

ほかの三人は二時辰あまりのあいだ熟睡し、灼熱の太陽が顔を焼くようになると眼を醒ました。最初に眼を醒ましたのは蘇《そ》荊渓《けいけい》だった。長江の水で顔を洗い、錦の手帕《しゅはく》で丁寧に顔を拭いた。次に眼を醒ましたのは朱瞻基《しゅせんき》で、肩の矢傷が痛みだしたせいだ。

蘇《そ》荊渓《けいけい》が太子の身辺に座り、包帯を解きながら傷口を按摩する。その眼は傷の手当てに専念し、手つきは柔らかで繊細だった。その心地よさに朱瞻基《しゅせんき》は軽い唸り声をあげる。篷《とま》の間から陽光が射しこみ、蘇《そ》荊渓《けいけい》の額に柔和な光を浮かべた。まるで観音《かんのん》の後光のように。この仏のような姿からは昨晩神策門で見せた羅刹のような狂気は想像できない。

最後に眼を醒ましたのは于謙《うけん》だった。這い上がるように身を起こし、最初にしたことは首をまっすぐに伸ばして、長江の光景をながめることだった。この時、小船はすでに長江の中ほどを越えて北岸に向かっていた。この距離からでも岸の景色がはっきりと見えた。緑に潤う坂が起伏し、細かな葉をした水芹《ミズセリ》や棒頭草《ヒエガエリ》が茂って、緑の入り組んだ浅瀬となっている。

水の流れを考えると、すでに長江北岸の儀真《ぎしん》県をすぎたはずだった。

「皆様、御存じですか？　この儀真県の河辺には古い渡し場があり、揚子《ようし》渡《と》と言います。その傍らにかつて隋の煬帝《ようだい》の行宮《あんぐう》があって揚子宮《ようしきゅう》と申しました。儀真から京口までは渡しと宮殿によって名をつけられ、〝揚子江〟と言われております。王摩詰《おうまきつ》（唐の詩人、王維。六九九年～七五九年）、劉《りゅう》夢得《ぼうとく》（唐の詩人、劉禹錫。七七二年～八四二年）、楊誠斎《ようせいさい》（南宋の詩人、楊万里。一一二七年～一二〇六年）、文丞相《ぶんじょうしょう》（南宋末期の宰相、文天祥。一二三六年～一二八三年）にみなよく知られた詩があり……」

于謙《うけん》は滔々《とうとう》と語っているが、ほかの三人は相手にしなかった。誰も返事をしないので、于謙《うけん》はしぶしぶ船底から塩漬けの魚の切り身と生姜《しょうが》をいれた握り飯を取りだし、同行者に配った。呉定縁《ごていえん》に分けようとして相手の両眼が赤いことに気づき、気の毒に思い、そそくさと握り飯を渡した。

「眠れなかったのか？」

「オレが眠っていたら、この船はとっくに魚のエサになってる」

このロぶりが本意ではないと于謙《うけん》にも分かった。

「では、今から少し休むか？」

「頭が痛くて眠れねえよ」

「では、ちょうどよい。少し話をしたい」

呉定縁《ごていえん》は怒りで顔を青黒くしたが、于謙《うけん》はほかの二人を呼びに行った。太子と蘇《そ》荊渓《けいけい》は握り飯を食べおえていた。于謙《うけん》は二人を呼びあつめ、篷《とま》を叩くと話をはじめた。

「『礼記《らいき》』に言われております。〝事は予《あらかじ》めすれば則《すなわ》ち立ち、予《あらかじ》めせざれば則《すなわ》ち廃す〟（『中庸』）。幸い金陵からは脱出できましたが、次はどうやって京城に帰るかです。これは頭の痛い問題ですので、事前によく計画を練ったほうがよろしいかと……太子殿下、何か御考えは？」

朱瞻基《しゅせんき》は「ああ」と一声、両京の間は二千余里あり、どうやってすばやく北上するかは確かに複雑な問題だった。

「我らの中で、そちだけが両京の間を何度も往復しているが、何か考えはあるか？」

于謙《うけん》は直接答えず、半分残してあった握り飯から米粒を数えだした。

「本日が五月十九日（戊子《ぼし》）、明日が二十日（己丑《きちゅう》）……」

于謙《うけん》は一日ごとに握り飯から米を一粒つまみだし、船板に並べていく。十五粒目まで並べて、そこで手をとめた。

「六月三日（辛丑《しんちゅう》）、おのおの方、この日付を御忘れなく。何としても殿下は六月三日に京城に入らねばなりませぬ……最低でも順天府（北京周辺）に入っておかねば。我らに残された時間は十五日しかありません」

「なぜ六月三日でなければならん？」朱瞻基《しゅせんき》が問う。

「臣は礼部で観政《みならい》をした際に典礼の日取りを少々学びました。六月三日は天徳《てんとく》の日にあたり、諸事《しょじ》皆よしの大吉です。簒奪《さんだつ》の徒が帝位に不遜《ふそん》な野心を抱くなら、ここが最も早い即位の吉日です」

それを聞くと、朱瞻基《しゅせんき》は心臓が縮んだように感じた。洪熙《こうき》帝がもう死んでいると于謙《うけん》は仮定している。だが、駆けめぐる感情を抑えこみ、眼の前の問題に集中する。

太子が事の重大さを意識したと感じると、于謙《うけん》は米粒を手で払いのけた。

「ゆえにすべての計《けい》は十五日を限りとします。この日数を越えれば意味はなく……」

于謙《うけん》は続きを言わなかったが、この〝意味はなく〟が何を意味するかは全員が理解した。六月三日が勝負の分かれ目、簒奪者が即位して帝を称すれば、木は舟となってしまい、既成事実となって覆《くつがえ》そうにも困難を極める。半日おそくなるだけで天と地のちがいだ。

朱瞻基《しゅせんき》は黙算して思わず顔色を変えた。南京から京城までの駅路は二千二百三十五里。半月で完走するなら一日に百五十里を行かねばならない。

だが、翻って考えてみた。

「母后の密書は五月十二日に京城を発し、五月十八日に南京に着いておる。六日しか要しておらぬぞ。我らもその道を行けばいいのではないか？」

「殿下はご存じではないかも知れませんが、本朝は馬が足りませぬ。ゆえに公文書を送るには歩行を用います。各所の急逓鋪《きゅうていほ》に少壮の鋪兵《ほへい》がいて、文書を受け取るや疾走し、次まで送ります。このように前後力をつなぎ、次々に伝えるので一昼夜で三百里を行くことができます」

于謙《うけん》の答えを聞いて朱瞻基《しゅせんき》は溜め息をついた。そのような走り方ならもちろん速いだろうが、自分たちにはできない。

「やはり、馬でなければならぬな」と朱瞻基《しゅせんき》は独り言をつぶやく。

于謙《うけん》は首をふった。

「馬はなりません。両京の間には官営の駅路があるとはいえ、途中には山河がいくつもあります。しかも、今は五月、雨のなか、泥濘《でいねい》を行けば速さも出ませぬ」

「大丈夫であろう。何も一昼夜に三百里を行かずとも半分でよいのだ。一昼夜で百五十里でも足りる」

「たとえ駿馬《しゅんめ》でもそのような走らせ方では持ちません」

「馬を換えればよい」

「馬は換えられても人は換えられませぬ。殿下、肩の矢傷をお忘れなく。そもそもそんな狂奔の振動に耐えられませんぞ。京城に着く前に疲労で死ねば、何のために行くのですか？」于謙《うけん》は遠慮なく批判する。

朱瞻基《しゅせんき》の眼は暗く沈んだが、何かを思いつき、また明るく輝いた。

「中都鳳陽《ちゅうとほうよう》へ行けばよい」

鳳陽は洪武《こうぶ》帝の故郷、金陵から長江を渡って西北方向にある。大明開国の後、洪武帝は南京におとらぬ城を建て、ここを副都に定めた。平時には中都留守司八衛一所が駐屯し、その地位は抜きんでている。皇子や宗室が常に鳳陽に駐屯していて、かつて朱瞻基《しゅせんき》も何度か行ったことがあり、熟知していた。

太子が姿を現せば、中都留守司の全面協力が得られて問題は根本的に解決する。

それに于謙《うけん》が淡々と批判をくわえる。

「中都留守が御馬監提督太監と何の違いがありましょうか？」

朱瞻基《しゅせんき》は一瞬、言葉につまった。

腹心と言うなら御馬監提督太監は中都留守より腹心だが、それがどうだ？　朱卜花《しゅぼくか》が金陵で叛乱を起こしている。この両京を貫く大陰謀に中都留守が加わっているかなど、誰にも分からない。太子が鳳陽に姿を現せば留守役が勤王《きんのう》の兵を起こして、上京を護衛してくれるかも知れないが、逆に太子を捕らえて京城に送り、新君に褒美をもらおうとするかも知れない。

　やはり、あの言葉だ。事が帝位の争いならば人心を測ることなどできない。

　太子がまだ幻想を抱いているのではないかと思い、于謙《うけん》は声を張った。

「京城に帰りつく前に途中のいかなる官府も動かせませんぞ。とくに太子の身分を露呈《ろてい》することはできません。白龍魚服《はくりゅうぎょふく》（貴人が庶民のふりをすること。『説苑』正諫）で潜行するのみ」

　朱瞻基《しゅせんき》は我慢できなくなり、怨み事を言った。

「速く行かねばならぬのに一方で身分を隠さねばならぬ。二つの要求が根本的に背馳《はいち》しておる。どうしろと言うのだ？」

　于謙《うけん》は船べりを打って笑った。

「じつは騎馬に拘《こだわ》らなければ、臣によい考えがございます」

「何だ？」

「水路です」

　それを聞いて朱瞻基《しゅせんき》は眼を丸くした。

「船に乗るのか？　遅すぎるだろう？」

「殿下は北方に長くおられたので、船について多く誤解が見られます。短い距離ならば水路は陸路に及びませんが、長い距離ならば陸路は水路に及びませぬ」

　朱瞻基《しゅせんき》は怒った。

「嘘を言うな。運河の船になら乗ったことがある！　一時辰で多くて十数里、間違いない！　たしかに積み荷を運ぶなら陸運より勝っておる。それは知っておる。だが、船足が何で馬より速い？　于謙《うけん》、自分が馬に乗れぬからといって逃げ口上を言うな！」

「臣……決してそのような私心はありません」于謙《うけん》は眼を丸くした。「殿下、どうかよく御考え下さい。駿馬は速いと申しましても中途で脚を休め、汗を拭き、秣《まぐさ》をやり、蹄《ひづめ》を手入れせねばなりません。大雨ともなれば泥道で難渋し、乾いた道では鼠の穴で脚を折るやも知れず、ゆえに穴だらけの道ではゆっくり進み、坂にかかれば引いてやらねばなりません。馬とはきわめて面倒なものです」

いやいやながら朱瞻基《しゅせんき》はこれにうなずいた。従軍の経験から騎兵を動かす面倒は知っている。一頭の軍馬は少なくとも三人の兵で世話をせねばならず、毎日二時辰をこえて走れば、休養を取らねばならない。

「船足は遅いようにみえますが、終始停まらぬことが利点です。たとえ一時辰にわずか十五里でも一昼夜十二時辰行くことができ、これで百八十里となります。くわえて水路は平坦、それほど障害はありません。ゆえに〝百里の内、舟は馬に如《し》かずとも、百里の外、馬は舟に如かず〟です」

そして、于謙《うけん》は天秤《てんびん》の重りを加えた。

「さらに言えば、殿下は船上でゆるりと静養できます。この点では鞍上《あんじょう》で苦痛に耐えるよりはるかに勝《まさ》っております」

蘇荊渓《そけいけい》が横から賛成する。

「于《う》司直の仰ることは間違っておりません。傷の治療という点だけでも乗船は騎馬より勝っているのです」

蘇荊渓《そけいけい》も賛同したのを見て、朱瞻基《しゅせんき》はしぶしぶ水路の利点を認めたが、それでも満足できずに文句を言った。

「わたしが京城から南京まで乗った船は一カ月近くかかったぞ！」

于謙《うけん》は笑った。

「それは殿下が夜に停泊し、山水に遊びながら来られたからです」そして、船の外を指さす。「運河には進《しん》鮮船《せんせん》があります。京城に様々な生鮮を進貢するための船で、運河では〝川上船〟と呼ばれております……いわゆる〝子、川上に在りて曰く、逝《ゆ》く者はかくの如きか！　昼夜を舎《や》めず〟（『論語』子罕）です。この船は積み荷の腐敗を防ぐために昼夜とまらず、水門を通過する際も牌《はい》を掲げれば優先して通行でき、列に並ぶ必要もありません。順風の季節ならば一昼夜で二百里も行き、両京の片道なら十五日のうちに必ず到着いたします！」

行人の職責は各地に赴き、使節として詔《みことのり》を伝えることだ。水陸の移動にかけては本職だった。于謙《うけん》の説明に誰も反論できない。

「水路を行くとして、どう行けばよい？」朱瞻基《しゅせんき》は自分の意見を放棄した。

「臣の意見では、まず揚州の瓜洲渡《かしゅうと》に行きます。運河を船で行くなら、あそこが起点となります。そこですこし金銭を払って進鮮船に乗り、船を管轄する百戸《ひゃくこ》に北上してもらい、天津《てんしん》から馬に乗り換えて京城に入るのです。さすれば、反賊を討伐して大統を継《つ》がれるのに十分に間にあいます！」

最後の一言で、于謙《うけん》は右手で船板を重く打ち、掌についた飯粒をつぶした。

朱瞻基《しゅせんき》は周囲を見回した。「ほかに何か意見はあるか？」この問いに船上は静かになった。太子が意見を求めているだけではなく、態度も求めているのだと、三人には分かっていた。

蘇荊渓《そけいけい》が一歩退《しりぞ》いて、しなやかに頭を下げた。

「わたくしめは後湖で大敵に仇を討ち、深く御恩に感じ入りました。この上はただ殿下を奉《ほう》じて京城にすすみ、御恩に報いようと思います」彼女は神策水門で朱《しゅ》卜花《ぼくか》を憤死させ、朱瞻基《しゅせんき》もそれを目撃した。彼女が同行してくれると聞き、太子も大いに喜んだ。

蘇荊渓《そけいけい》が態度を示したので、船内の六つの眼は呉定《ごてい》縁《えん》の上に集まる。

この騒動が始まってから、呉定縁《ごていえん》は必死に巻きこまれまいとしてきたが、その願いもむなしく、とことんまで関わることになった。于謙《うけん》との約束は太子を南京から脱出させることだった。今、その約束を果たしたのだから、もうここに残る理由はない。

先ほどの議論で呉定縁《ごていえん》は一言も発せず、沈黙を守って我関せずという態度を貫いていた。朱瞻基《しゅせんき》は喉がいつになく起伏して、意外にも自分が緊張していることに気がついた。

〝この卑しい捕吏は南京を脱出したら用済みだ。しかも、わたしの顔を見ると頭が割れるように痛むようだし、このような者を身辺に置いて何か役に立つのか？〟そう朱瞻基《しゅせんき》は自問したが、それで緊張が消えるものではない。だが、自分の身分では先に言葉を出すべきではなかった。幸いにも于謙《うけん》が自分よりじれていたようで、催促を口にした。

「呉定縁《ごていえん》、太子の道中、もう少し護衛を……」

「小杏仁《しょうきょうじん》、お前はほんとにカラスの生まれ変わりだな（烏鴉嘴。不吉なことを言う者のこと）」

もう我慢がならず、呉定縁《ごていえん》は手にしていた握り飯を于謙《うけん》の口に押しこんだ。于謙《うけん》は眼を剝いて、うーうーとしか声がでない。呉定縁《ごていえん》はちらりと太子を見た。やはり頭が痛くなるようで、すぐに視線を避ける。

「オレは南京育ちで南直隷から出たことはねえ。太子の北上じゃ役に立たねえと思う。それに妹を救いに行かねえと……だが、太子殿下の旅が順調に行くことは祈ってる」

無理やりつけ足した最後の言葉はいかにも不器用だ。それを聞いて朱瞻基《しゅせんき》の口からはっきりした言葉が飛びだす。

「よかろう。一度口にした言葉を違《たが》えるわけにはいかん。約束は果たしてもらった。行くも残るも好きにせよ。だが……」朱瞻基《しゅせんき》はあの香炉を足下から拾いあげて、呉定縁《ごていえん》に見せる。「この香炉はお前とわたしが誓いを立てたものだ。これを預けてくれれば道中どんなに励《はげ》まされるだろうか？」

呉定縁《ごていえん》は香炉に眼をやった。表面に自分が正陽門でつけた血痕がかすかに見え、唇をゆがめた。

「家を出発する時、小杏仁が一両銀で買い取ってる。もう、あんたらの物だ」

その事を于謙《うけん》は今まで忘れていた。この守銭奴が銭勘定を忘れるはずがない。口のなかの握り飯を引き抜いて、声をあげようとした時、突然、鼻先に袋がぶつかってきた。あの合浦《ごうほ》の真珠の袋だった。

「ここに真珠が二十三粒ある。船を買うのに一粒使ったからあわせて二十四粒だ。お前らに貸すから路銀《ろぎん》にしな。五百一両といっしょに返すのを覚えとけよ。返す相手がいなくなっていたら……」呉定縁《ごていえん》はやや言葉をつまらせた。「太子に赦免状を書いてもらって、その金で紅《こう》おばさんの身を贖《あがな》ってくれ」

「うっ」と一声、于謙《うけん》は眼頭が熱くなった。真珠の袋をぶつけられたからか、一人で死地に赴く覚悟を感じ取ったからか、理由はよく分からない。朱卜花《しゅぼくか》が死んだとはいえ、金陵には白蓮教が残っている。呉定縁《ごていえん》が単身妹の救出にむかっても死にに行くのと大差がない。

それはまずいと朱瞻基《しゅせんき》も思ったが、もう好きにしてよいと言ってしまったので、引き留めるのも適切ではなかった。

その時、蘇荊渓《そけいけい》が突然口を挟んだ。

「白蓮教が妹さんを連れ去ったのは御父上を脅迫するため、そうでしょう？」

「ああ」呉定縁《ごていえん》が声をつまらせた。

「今その事を言わなくても……」于謙《うけん》が不満を口にする。それを朱瞻基《しゅせんき》が足で蹴って、だまるように合図する。

蘇荊渓《そけいけい》は呉定縁《ごていえん》を見つめて口調をやわらげた。

「昨夜、紅玉《こうぎょく》さんの線をたどって梁興甫《りょうこうほ》が追ってきたということは、あなたが太子を助けていることを白蓮教も知っているのでは？」

彼女の意図がどこにあるか分からないが、呉定縁《ごていえん》はうなずくしかない。

蘇荊渓《そけいけい》は于謙《うけん》の方をふり返った。

「あなたが白蓮教だとします。呉定縁《ごていえん》が太子と別れて金陵に帰ってきたらどうします？」

于謙《うけん》は戸惑った。頭を絞っても考えが浮かばなかったが、何とか答えた。

「あ、呉玉露《ごぎょくろ》はもう用がないので、解放してあげるのでは？」

朱瞻基《しゅせんき》は眼をむいた。この臣下は万事よくやるが、時々年端《としは》もゆかぬ子供のような事を言う。

蘇荊渓《そけいけい》が答えた。「于《う》司直は心根がやさしいので、あの者たちの考えを推し量るのは難しいでしょう。これほど大きな陰謀に呉玉露《ごぎょくろ》は引きこまれたのです。使い途《みち》がなくなれば一刀のもとに殺して憂《うれ》いを断つはず。わたしの未婚の夫、郭芝閔《かくしびん》もそうやって死んだのではありませんか？」

呉定縁《ごていえん》は痛いところを突かれて口もとが引き攣った。その結果は予測していた。金陵に帰ったら、まず妹の亡骸を抱いてやり、白蓮教と刺し違える覚悟だった。

「では、考えてみてください。あなたが金陵に帰らなければ白蓮教はどう思いますか？　呉定縁《ごていえん》が太子を守って北上しているとなれば、呉玉露《ごぎょくろ》という切り札を使う場ができるので、斬ってすてるわけにはいきません」

「その通り！」

朱瞻基《しゅせんき》と于謙《うけん》の眼が同時にきらめいた。この女子は氷雪のように聡明だ。大胆な仮説を聞いていたら知らぬ間に苦境を回避できた。蘇荊渓《そけいけい》の言う通りなら、呉定縁《ごていえん》は太子と北上するだけで、妹の生命を保証しながら誓いにもそむかず、太子を失望させることもない。まことに人心を洞察した卓見だ。

二人は期待をこめて呉定縁《ごていえん》のほうを見たが、相手はまだ何も言わなかった。

「しかも、上京の途中、白蓮教はきっと追ってきます。御父上の仇は太子に同行するだけで討つことができるのです」蘇荊渓《そけいけい》はつけ加えた。「鉄獅子の仇を討ちたくはないのですか？」

呉定縁《ごていえん》は冷ややかに言う。「オレにいられると不都合じゃないのか？」蘇荊渓《そけいけい》は聞こえないふりをして、眼をやや大きく見開く。「わたしが傷を手当てし、あなたが護衛をする。それぞれに役目があります。不都合なんてあるのでしょうか？」

深い意図をこめて呉定縁《ごていえん》は彼女を見つめた。口にこそ出さないが、とっくに見抜いている。昨晩の神策水門の会話を舟で横になりながら聞いていた。この女子が太子の身辺に留まるのは他に目的があるからだ。しかも、オレが疑っていることを蘇荊渓《そけいけい》も気づいている。しかし、彼女はオレを南京に帰るままにさせず、それどころか引き留めた。これは脅威を身辺に置いておくということだ。

一体何を考えている？

朱瞻基《しゅせんき》は二人の謎めいた沈黙の意味が分からず、眉をふるわせて問い質した。

「で、結局、残るのか、帰るのか？」

呉定縁《ごていえん》は黙って于謙《うけん》の手から真珠の袋を取り返すと、自分の懐に押しこんで舵を取るために船尾に行った。

「言っておくぞ、どこに行こうが、仇を討って妹を取り返したら別れる」

これにどう言ったらいいか分からずに于謙《うけん》は太子の方を見た。二人は同時に安堵の息をもらした。

一行が話をしている間に、小船は波の力で二、三十里も進んでいた。于謙《うけん》が首を伸ばしてながめると、遠くに大きな喇叭《らっぱ》状の河口が長江と直角に交わっている。ちょうど書の達人が濃い墨で横画を引き、中央に縦画をそえたようだ。

そこは邗江口《かんこうこう》とよばれ、江北運河と長江の接点だ。二つの水路が交わる水面には大小数十もの帆が林立し、蟻か蜂のように蠢《うごめ》いていた。蘇州や松州《しょう》（上海付近）から来た白糧船、湖広《ここう》（湖北・湖南・広東一帯）から来た鉱貨船、さらに滇黔《てんけん》（雲南・貴州一帯）から来た木材、南海の香料……きわめて混乱しているようでいて、その中に秩序がある。小船はその船列にくわわって左に舵をとって邗江《かんこう》へと入ると、十数里手前に瓜洲《かしゅう》が見えた。

朱瞻基《しゅせんき》は〝ここを知っている！〟と思った。昨日の今時分、宝船が意気揚々と長江に入った場所だ。この付近で賽子龍《さいしりゅう》が最初に逃げだし、三発の花火を見たことまで覚えている。

一日の転変、物は変わらざるとも人は異なる。これから昨日の土地を再び訪れることになるが、すべてが変わってしまった。朱瞻基《しゅせんき》は何気なく天を仰ぎ見た。一片の蒼穹《そうきゅう》が洗ったように青く、世間の禍福《かふく》に動かされず、そこにあった。思わず幽《かす》かな吐息が唇から滑りでた。

＊＊＊

その時、青空を凝視していたのは太子一人ではなかった。

百里離れた後湖の梁洲では十数本の困惑した視線も空をながめていた。空中には無数の灰が柳絮《りゅうじょ》のように舞い、青く染めあげた布のような空に数百の穴をあけている。ゆらめく数本の煙の柱を下にたどっていくと、それが黒く焼け焦げた廃墟から立ちのぼっていることがわかる。

そこはかつて地字三号の黄冊庫だったが、昨晩の大火でその運命を全く変えていた。不幸中の幸いは延焼がなかったことで、周囲の黄冊庫は無事だった。

督工《とくこう》の叱責に十数名の庫夫《こふ》がまた頭を下げ、長い杈《さすまた》で廃墟をかき分けている。昨晩いったい何が起こったのか、彼らにはまったく分からなかった。もっと分からないのは、いったい何でこんな早朝から兵馬が後湖の岸に集まっているのかという事だ。もちろん、外部との面倒には頭を痛める主事がいる。オレたちの仕事はさっさと廃墟を片付け、残り火を始末して延焼をふせぐことだ。

古株の庫夫が折り重なった木材を杈《さすまた》で押しのける

と、灰の山を掻きまわしてしまい、とたんに焦げくさい灰が舞いあがった。庫夫は咳きこみながら灰を払いのけ、作業を続けようとした。すると、下で何かが動いたように思った。

庫夫は身をかがめて、よく見ようとしたが、いきなりバンと廃墟の底から音がして、割れた板が猛然と押し分けられ、巨大な拳が地底から高々と突き出てきた。うぁと叫んで、庫夫は廃墟の上で腰をぬかし、眼を丸くして残骸と砂が左右に滑り落ちていく様《さま》を見ていた。そして、真っ黒な影が立ちあがった。

全身灰で覆われた巨漢だった。眉や髪はない。燃え残った衣服の間から背中と両腕に赤黒い大きな火傷が見える。まるで火の海地獄から這い出てきた悪鬼だ。この巨漢は庫夫たちに眼もくれず、体をふるわせて砂と灰燼《かいじん》をふり落とし、大股で廃墟の上を通りすぎると、まっすぐに後湖に跳びこんで、冷たい湖水に首までつかった。

梁興甫《りょうこうほ》は書架の下に押しこめられ、自力で脱出できないと悟ると、手足で穴を掘った。黄冊庫は防火のために厚く砂が敷かれ、その下が床板だった。拳を鉄槌のようにふり下ろして数回で床板を叩き割ると、その下はたっぷりと水気を含んだ土だった。それをできるだけ掘りだして、体に擦りつけた。これで脱出こそできなかったが、いくぶん火力を防ぐことができた。

この機転と驚くべき忍耐力で、梁興甫《りょうこうほ》は頭上でごうごうと燃える大火に耐えぬいた。そして今、冷たい湖水に立ち、十本の指をあわせて眼を閉じ、何か経文を唱えている。その表情から常人に耐えがたい火傷の激痛が何か甘美な楽しみであるかのように思われた。

なかば経文を唱え終えると、ふいに岸から声が聞こえた。

「やれやれ、病仏敵《びょうぶってき》もやられちゃうことがあるんですね」

梁興甫《りょうこうほ》は姿勢をくずさない。眼をあけなくても昨葉《さくよう》何《か》だと分かった。

「どんな状況だ？」と梁興甫《りょうこうほ》は問うた。

「言っても信じないでしょうが、朱卜花《しゅぼくか》は神策水門で溺死しました。太子は金陵を脱出して長江を北に越えましたよ」

昨葉何《さくようか》は簡単に状況を説明して、繅絲糖瓜《サオスータングア》（糸玉のような形をしたお菓子）を口に押しこみ、ゆっくりと頰ばる。

その咀嚼《そしゃく》音からやや焦りと……疑問を抱えていることが分かる。

綿密に計画した宝船爆破では、太子が助かるはずなどなかったのに、蟋蟀一匹のせいで生きのびた。厳重警備の宮城から逃げられるはずなどなかったのに、一通の密書のために脱出できた。勇士営と白蓮教の二重追跡に反撃する力などないはずなのに、朱卜花《しゅぼくか》は溺死し、梁興甫《りょうこうほ》のような強者《つわもの》が半死のありさま……朱瞻基《しゅせんき》は大運に守られているのかも？

そんな考えは昨葉何《さくようか》をやや困惑させていた。しかし、感慨にひたっている場合ではない。すぐに感情を整理した。

「新しい仕事は太子が京城に着く前に行く手を阻んで、仏母様の計画の邪魔をしないようにすることです」梁《りょう》興甫《こうほ》が何の反応も示さないので、昨葉何《さくようか》はしかたなく続けた。「勇士営の兵士の話ですがね、太子が脱出した時に身辺に三人がいたそうです。一人は于謙《うけん》、もう一人は朱卜花《しゅぼくか》の病を治していた蘇荊渓《そけいけい》という女医、最後の一人は呉定縁《ごていえん》……」

その名は奇妙な効果を引き起こした。

ザワザワと水をかきわけて、梁興甫《りょうこうほ》が岸辺に歩いてくる。裸の体軀が水面からゆっくりと上がってくると、湖水が洗い流した火傷の痕がはっきりと見えた……両脚の後ろ、背中の大半、右腕すべて、左肩と頭の半分、まるで赤黒い妖蛇が踝《くるぶし》から頭まで巻きついたようだ。体軀が動くと妖蛇も躍動し、身をくねらせて頭から脚まで一口に呑みこむかのように思わせる。

岸にあがると梁興甫《りょうこうほ》は淡々と言った。「あいつらが行くのはどの道だ？」

昨葉何《さくようか》が答える。「足取りを計算してみたけれど、一番速く京城に帰るなら一つしかない。揚州府から運河を行くだろうね。もう鳩は飛ばしたし、あちらの〝眼〟に瓜洲《かしゅう》で見張らせる」

梁興甫《りょうこうほ》はうなずき、腕をあげて顔の水滴を払い、出発する準備をはじめる。

「ちょっと待ちなさい」昨葉何《さくようか》がとがめる。「瓜洲《かしゅう》まで追いかけても北上してしまっているかも知れないよ。尻尾を追うより頭で待ち受けるんです。淮安府《わいあんふ》に先回りして、行く手をふさぐ方が得策です」

「お前は？」

「南京でやらなくちゃならない事があるんですよ。後で追いつきます」

梁興甫《りょうこうほ》は怪しむような眼で一瞥した。この期に及んで南京に残る意味があるのか。

昨葉何《さくようか》の両眼に好奇の光がよぎり、へヘッと笑った。

「すこし鉄獅子の息子について調べてみますよ。応天府じゃ、あいつの評判はひどいもので、役立たずのどら息子なんだよ。なのに、太子が東水関から後湖まで逃げた時、あちこちであいつの名が出てくる。これは直感だけど、太子を首尾よく捕まえるなら、あいつをすっかり調べあげておかなくちゃいけないと思うな」

「ああ」

「あの紅玉《こうぎょく》っていう琴の御師匠さんにちょっと訊いてみるかな。富楽院の菓子は悪くないって話だし、ちょっと食べてみたい気もするしね」

「呉《ご》家の兄と妹は俺に残しておけ、極楽も一家そろってこそ、心残りもなかろう」

そう言うと梁興甫《りょうこうほ》は去っていった。

＊＊＊

京口《けいこう》より瓜洲《かしゅう》は一水《いっすい》の間。
鍾山《しょうざん》も只《た》だ隔《へだ》つ数重《すうちょう》の山。
春風又《ま》た緑《みどり》にす江南の岸。
明月何時《いつ》か照《てら》す我《わ》が還《かえ》り。（王安石「船を瓜洲に泊す」）

于《う》謙《けん》は瓜洲の埠頭を歩きながら、王荊公《おうけいこう》の名句をそっと吟《ぎん》じていた。心中は感慨でいっぱいだ。北宋熙寧《きねい》元年（一〇六八年）、翰林《かんりん》学士に就任するために江寧府《こうねいふ》から汴梁《べんりょう》へ行く際、王安石《おうあんせき》はこの詩を作った。于《う》謙《けん》は愛誦《あいしょう》していて、平素から「又た緑にす江南の岸」という句に驚嘆しているが、今日は末尾の句に共鳴するものがある。

自分は一介の行人《こうじん》にすぎないのに、東宮の幕僚となり、この詩と同じように金陵から京城に北上するが、境遇は王安石《おうあんせき》よりはるかに険しく、明月に照らされて金陵に帰還できることなど、まったく想像できない。王荊公《おうけいこう》のような境地にはないが、于《う》謙《けん》は民と社稷《しゃしょく》のために粉骨砕身する覚悟はできていた。まるで……まるで……

ふと前方の倉庫に眼がとまる。人夫たちが鼻を刺すようなにおいの石灰粉《せっかいふん》を大きな木桶でまぜていて、そこに桐油《きりあぶら》を勺子《しゃくし》で注いでいた。船底にぬって浸水をふせぐものだ。

「そう、まるで石灰だ！」于《う》謙《けん》は手を拍《う》った。この比喩は悪くない。たとえ粉骨砕身しようとも、石灰のごとく潔白であろう。こうして文学上の問題を一つ解決して、于《う》謙《けん》は仕事について考えはじめた。

川船で邗江《かんこう》に入ると、もう申時《しんじ》（午後三時ごろ）で、まっすぐ瓜洲に行けなかった。瓜洲は運河の南端だから運河に出入りする船だけが取引や積み替えを許されるが、ほかの雑船《ざっせん》は停泊できない。

そこで一行は邗江西岸の四里鋪《しりほ》に停泊し、客桟《きゃくさん》をみつけて休息した。そして、于《う》謙《けん》は自分が瓜洲で船を探しに行くと申し出たのだった。

運河による輸送、つまり漕運《そううん》は一つの体系をなしている。船は漕運総兵《そうへい》の管轄、水路は河務衙門《かむがもん》、積み荷には脚幇《きゃくほう》（港湾労働者の組合）があり、水門には地棍《じこん》がいる。その背後に塩商《えんしょう》や糧商《りょうしょう》、質屋や両替商の輩……様々な勢力が錯綜していた。太子と蘇荊渓《そけいけい》はもちろん、呉定《ごてい》縁《えん》も応天府を知るだけで、漕運の経験があるのは于謙《うけん》ひとりだ。

于謙《うけん》は出来あいの細葛《さいかつ》の袍《ほう》と布帽子を買うと、書生に扮し、いそいそと瓜洲にやって来た。

瓜洲は邗江の中央に横たわる瓜《うり》みたいな形をした砂洲で、四面が水に面している。まるで天然の関所のような地だ。中央に位置するのは漕運衙門《がもん》と瓜洲千戸の駐屯地、外周は無数の倉庫、埠頭、工房、それに各地から来た大船が立ちより、異常な忙しさである。

四名を乗せる進鮮船《しんせんせん》を瓜洲で探し出したい。この仕事の難しさは何とも言えなかった。要領を知らなければ、直接役所に行くが、法を厳守する船官《せんかん》が融通を利かせることは絶対にない。要領を知っていれば、人脈のある牙人《がじん》（仲介業者）に頼んで船主と引き合わせてもらう。こういう牙人はだいたいみな脚幇《きゃくほう》の者だった。毎日瓜洲で積み荷を運搬しているから、こうした事には独特の強みがある。

その勘所《かんどころ》を行人である于謙《うけん》は熟知していた。意図的に官府に近い牙行《がこう》（仲介業者の店）を避け、この近辺の辺鄙《へんぴ》な倉庫を探していた。

石灰をまぜていた浅黒い肌の人夫たちが、できあった材料を桶につめようとしていると、書生が一人歩いてきて、拱手《きょうしゅ》をした。

「お邪魔いたしますが、綱首《こうしゅ》はおられますか？」

人夫たちは倉庫の中に一声かけた。すると肥った男が欠伸《あくび》をしながら出てきた。油にまみれた上着を引っ掛けて、真っ白な腹の贅肉《ぜいにく》がぶるぶるとふるえている。斜めに于謙《うけん》を見て、口も利かない。于謙《うけん》は咳払いをして問うた。

「兄さん、東の岸の針路はあるか?」

脚幫《きゃくほう》の水夫言葉では「東」は北を指し、「西」は南を指す。「岸」は終点の意味で、「針路」は船の通る道筋のことだ。つまり、京城に便乗できる船はあるかという意味だった。于謙《うけん》は以前、湖広《ここう》に使者に出た時に、この習慣をすこし学んでいた。

肥った男は水夫言葉を聞いて態度がやや丁寧になる。

「あるにはあるがよ、旦那がどうして乗りてえんだ?」

すかさず、于謙《うけん》は言う。

「鵜四羽、首は縛《しば》ってある」

鵜は二本足だから人を指す。首を縛った鵜は魚を食べない。ここでは人の輸送で積み荷なしの意味だ。相手は口をへの字に曲げて五本の指を出し、手をひるがえした。

仲介料は十両。積み荷なしの客からは脚幫《きゃくほう》が積込料を取れないので、仲介料も高めだ。船主にいくら払うかは別の話だ。

于謙《うけん》は値切ろうともせず、腰の袋から真珠を一粒取り出すと相手に手渡した。

「釣りはいらん。できるだけ早い船、今晩出発するのがいい」

相手は真珠を陽に透かしてながめていたが、急に顔色を変えて媚《こ》びてきた。

「お任せ下せえ。旦那、どんな船が見たいですかい?」

「進鮮船だ。早ければ早いほどよい」

相手は慇懃《いんぎん》だった。「ここらの浜にちょうどいいのがいますぜ。あっしらで御仲間三人にひとっ走り、知らせにあがりましょうかい?」

于謙《うけん》は太子の顔をあまり他人に見せたくなかった。

「いや、まずわたしが見に行く」と答えた。

肥った男は于謙《うけん》をつれて倉庫を離れ、丁重に道案内をした。二人は灌木《かんぼく》が茂っている小路を随分歩いた。

だんだん河辺から遠ざかって行く。進鮮船がこんなところに泊るものだろうか？　于謙《うけん》は何かおかしいのではないかと思った。もうしばらく歩くと鼻の曲がるような臭いがしてきた。眼の前は風も通さぬ柳の林、深い溝《みぞ》が掘ってある。溝の底は薄黄色の汚泥になっていて、溝の縁《ふち》には白い結晶が浮いていた。

ここは瓜洲の糞尿を捨てる場所だ。溝を掘るのは硝《しょう》土《ど》（硝酸塩を含む土、肥料に使う）を作るためで、日頃は近づく者などない。于謙《うけん》はそれを見ても自分が騙されたと分からず、溝を避けて通ろうとした。そこに人夫が数人跳びだしてきた。手には長く丈夫な天秤棒を持ち、獰猛《どうもう》に笑いながら半円形に取り巻いてきた。

肥った男は額の汗をぬぐうと、眼をほそめて笑った。

「こんなに遠くまで来て疲れちまったよ。茶代でも貰《もら》わねえと割に合わねえや」

于謙《うけん》は怒った。

「近くに千戸がおるのに不敵にも強盗を働くか？」

「邗江《かんこう》の荒波にゃ、毎年数にも入らねえ土左衛門があがるんだぜ。龍王爺《や》も構っちゃいられねえさ」そう言うと唇を舐めた。この手の仕事に慣れているらしい。

于謙《うけん》は心中焦った。目下の局面で自分がやられるのは重要ではないが、太子の仕事をしくじってしまう。足をずらしながら逃げる方法を考える。肥った男のほうは書生がまだ観念していないと見て、ゲラゲラと笑いながらブヨブヨの手で肩を押さえつける。

そこに人夫たちが棒をふりあげて、于謙《うけん》の頭に打ちおろす。于謙《うけん》は全身をこわばらせ眼を閉じた。

……だが、しばらく待っても棒は落ちてこなかった。恐る恐る眼を開けると大きな手が棒を握りしめていて、人夫はその場で固まっていた。

「呉定縁《ごていえん》？」于謙《うけん》はほっと息をついた。

「〝鶻子《はいたか》が翼をふるうなかれ〟じゃねえが、ちょっと水夫言葉を覚えたくらいで、江湖で立ち回れるとでも思ったか？」呉定縁《ごていえん》は冷たく言いはなつ。

肥った男は横から割りこんできた男を見て戸惑ったが、すぐに人夫たちをけしかけた。一人殺《や》るのも二人ぶっ殺すのも違いなんざぁねえ。だが、呉定縁《ごていえん》が新しい鉄尺をかまえて、冷厳な眼で見まわすと、三人の人夫はその場に凍りついた。

この世には必ず天敵がいる。埠頭で力仕事をする人夫たちは、于謙《うけん》のような読書人を舐めてかかっているが、公差《こうさ》の役人には生まれつきの恐怖感がある。

呉定縁《ごていえん》は速攻速決を好む。相手が怖気《おじけ》づいたと見るや、微塵の迷いもなく機先を制する。影が閃いたと、肥った男が思う間に〝アイヨッ〟と三つの声が同時に発せられ、人夫三人は手を押さえてうずくまっていた。カラカラ、カランと三本の棒が次々に落ちる。肥った男は無意識に逃げなくてはと思ったが、影はもう眼の前にいて、下腹に蹴りを入れてきた。

ボヨンと腹の皮が凹《へこ》んで脚がめりこむ。呉定縁《ごていえん》が念をいれて脚先をずぶりと押しこむと、相手の喉から豚を殺すような悲鳴が漏れ、体ごと地面に倒れた。ゴッッという音をたてて頭が溝の角に当たる。何とか足掻《あが》いて立ちあがろうとするところを、呉定縁《ごていえん》が足裏で押さえつけ踏みにじる。

そこは長年糞尿が沁《し》みこんで分厚い硝土ができていた。肥った男はその中で顔を転がされ、鼻と口いっぱいに硝土をつめこみ、その辛さに涙と鼻水が同時に流れだす。

「お……おだずげ……」肥った男はよく聞き取れない声で許しを請うた。それでも呉定縁《ごていえん》はやめはしない。くり返し何度も足に力をこめる。三人の人夫が次々と跪き、綱首にかわって許しを請うたので、やっと少し力をゆるめ、顔をあげるのを許してやった。

「わたくしめは眼も心も腐っておりやして、九代前の先祖まで女郎でしたから、ついつい旦那の気を引こうとしたんですよお」

肥った男は下品な言葉を自分に浴びせた。この男は経験豊かで自分を卑しめる言葉が相手の殺意を萎えさせると熟知していた。

案の定、呉定縁《ごていえん》はもう手を下さなかったが、低い声で問う。

「何でこいつをぶっ殺そうなんて気を起こした？」

肥った男は急いで答える。

「この旦那は手の皮も柔らかそうで、首筋も白《しれ》え、普通のもんを着ちゃいるが、歩く時も泥水を避《よ》けるし、金持ちの若旦那が身分を隠して逃げるに決まってらあ。使い走りを出そうとすりゃ要らねえって言うし、連れもいねえと踏んだんですよ。それに合浦《ごうほ》の真珠とくりゃ……」

傍らで于謙《うけん》は顔を青くしたり、白くしたり、つまりは全身隙だらけで口を開けばたちまち見破られていたのだった。

呉定縁《ごていえん》は于謙《うけん》を見て言った。

「真珠は盗られたか？」于謙《うけん》は袋を取りだす。「間にあわぬところだった」

呉定縁《ごていえん》は眼を丸くした。「金目のもんはしまっとけ。見せびらかしたら何をされるか分からねえぞ」

于謙《うけん》は顔を真っ赤にして、あわてて袋をしまいこんだ。

呉定縁《ごていえん》は溜め息をついた。世間の経験がないヒヨッコは、まあ仕方ねえ、だが世間の経験があると思っている奴は始末が悪い。結局、小杏仁は官だから、旅をするにも官駅を使う。これまでの旅も順調だったろう。だが、今は逃亡中、それなのに官府のやり方でいけると万里の旅を甘く見ている。呉定縁《ごていえん》は于謙《うけん》の仕事ぶりが気にかかり、こっそり尾行して何とか殺されるところを防いだのだった。

呉定縁《ごていえん》はしゃがみこみ、肥った男の肥った耳を叩《はた》いて冷たく笑った。

「よく言うだろ。〝車夫、船頭、宿屋、荷担ぎに仲介屋〟ってな（悪人が多いと言われる職業）。この五つは罪がなくてもブッ殺されるんだぜ。おめえは一人で荷担ぎと仲介屋の二つだろ。まあ、死んでも文句はねえだろが」

肥った男は唇についた生臭い土をふるわせて許しを請うた。呉定縁《ごていえん》は于謙《うけん》を指して続ける。

「この御方をなめるなよ。朝廷から官に任命されておられるんだぜ。今からおめえを千戸のところに突きだせば、すぐにも斬首だ」

肥った男は顔を土気色にして、ただただ叩頭するばかり。呉定縁《ごていえん》は火が着いたと見るや、足を外した。

「死にたくねえなら話は簡単だ。川上船を手配しろ。これまでの事を帳消しにしてやるばかりか、手間賃も払ってやるぜ」

肥った男は泣き声で言った。

「旦那がた、あっしも銭で何とかしたいところなんですが、実際できないんでさ」

「おめえ、人足の元締めだろ。ちょいと便乗する船も用意できねえか？　そんなはずねえよな、誰が騙されるか」呉定縁《ごていえん》の顔色が変わった。

「ほんとのほんとです」肥った男はあわてて天に誓いを立てた。「旦那は御存じじゃないんでさ。そりゃ、以前は便乗なんざ簡単でしたが、漕務《そうむ》（運河の管轄部門）の陳《ちん》総兵が規則を改めたばかりで、とてもじゃありませんが、できねえんです」

于謙《うけん》が驚く。「どのような規則だ？」

「〝兌運《だうん》の法〟と言うやつで、まだ半月にもならねえんです。江南、湖広、江西から来た民船は全行程を行かず、瓜洲と淮安の倉まで来たら積み荷は江北総《こうほくそう》の二十四衛所に乗せ換えて、官船で京城まで運ぶことにするって具合です。漕運衙門《がもん》は〝民力を体恤〟とか何とか言っておりやした……」

「〝民力を体恤《たいじゅう》〟つまり〝おもいやる〟だ」

ムカムカしながら于謙《うけん》は訂正した。呉定縁《ごていえん》が判らんという顔をしているので、もう少し説明をしなければならなくなった。

運河には従来〝転運《てんうん》の法〟が使われてきた。沿岸の船戸や農戸が抽選で漕役《そうえき》に就き、各地から糧米を徳州《とくしゅう》（山東省済南北西、北京の南）まで運んで衛所に渡して転送する。徭《よう》役《えき》だから官府は金銭を払わないが、その代わりに水夫がある程度品物や客を便乗させることを許し、補償としていた。

しかし、江南から徳州までは距離があり、民の苦しみは相当なものだ。そこで、洪熙《こうき》帝は手を打ち、〝転運の法〟から〝兌運の法〟に改めようとしてきた。民の漕役は江南から瓜洲までとなって、金銭も払われる。積み荷はすべて衛所に運ばれ、官船が京城まで運送する。

この新しい輸送法が肝心な時に実行されたのだ。それは確かに一種の徳政だが、逃亡者一行から言えば時機が悪すぎた。規則が改まれば瓜洲以北を行くのはすべて官船となり、衛所が水も漏らさずに管理し、外部の者が入り込むのは至難の業だ。

「衛所の官船に便乗できぬものだろうか？」于謙《うけん》は納得できなかった。肥った男は冷酷な顔をしている呉定《ごてい》縁《えん》をちらりと見て言った。「官船にだって便乗はできるんですがね、旦那は運河についちゃ、あんまり知らねえんでしょう。今は五月なんで運河の水は六分しかねえ。出発する船そのものが少ねえんですよ。六月をすぎれば麦の収穫も終わって、あちこちで運河に水をいれやす。水が九分を超えりゃ、船もたんと出発しますぜ」

呉定縁《ごていえん》と于謙《うけん》は黙りこんだ。まさに雨漏りに連夜の雨、どうしてこんなに間《ま》が悪いのか。船の出発が少ないということは便乗できる定員も少ないということだ。衛所も十分に船を使えないのに、他の者ならなおさらだ。

「ですがね……」

「何だ？　はやく言え！」呉定縁《ごていえん》が脅す。

肥った男は答えた。「いまのところ、瓜洲から淮安に北上する船は揚州の手にありやす。あいつらは紹介状を土地の豪家にあずけているんでさ」

それを聞いて二人は柳の陰に花が咲いたとばかりに喜んだ。衛所の敷居は高いが、沿岸の豪家に頼れば、都合をつけられるかもしれない。これが平時なら于謙《うけん》は公器を私用する取引など言下に退けただろう。だが、状況が切迫している。内心の煩悶を押し殺す。

「では、進鮮船に乗るにはどの家を訪ねればよいのだ？」

「進鮮船の積み荷はみんな皇家の献上品、並の者が便乗できるもんじゃありやせん。紹介状を出せるのは松《しょう》江《こう》の徐《じょ》家、湖州の何《か》家、海塩《かいえん》の銭《せん》家、会稽《かいけい》の顧《こ》家……」肥った男は立て板に水で四家の名をあげ、突然口をつぐんで何か思い出している。

呉定縁《ごていえん》が容赦なく頭を蹴とばす。「勿体《もったい》ぶるんじゃねえよ！」

肥った男は媚びるように、まず足をどけてくだせえと言い、亀が首を伸ばすように地面に這いつくばると、三人の人夫を呼んだ。

「長老三《ちょうラオサン》（老三は人夫などに対するよびかけ。大将など）！ てめえ、賭場《とば》に入りびたりだろ。今日は虫の日じゃねえか？ 貼り紙は出てたか？」

長《ちょう》老三と呼ばれた男は賭場の一言で、興奮の表情を浮かべた。

「とっくに貼り出してありやす。今晩、場が立つんで遊びに行くつもりでさ」

ヘッと一言、肥った男は罵った。

「てめえって野郎は女房まで負け腐りやがって！」そして、ふりむいて両手を拱《こまね》いた。「旦那がたは日頃から殺生《せっしょう》をしねえから、どうやら現世……えっと、現世《げんせ》福報《ふくほう》があるようだ」

「どういう意味だ？」呉定縁《ごていえん》の声は落ち着いていた。

「ここらの賭場じゃ、ちょうど闘文虫《とうぶんちゅう》の時節でさ。もう貼り紙が出てるなら客が集まってきてやす。揚州の豪家の管事《かんじ》（番頭管理人）がこの道の痴《し》れ者、必ずやって来て、数十貫、百貫も張りやす。あいつの後ろだての家は大きいから、旦那方がうまくやれば奴から紹介状四枚、なんとか手に入れられるかも知れねえ」

于謙《うけん》は大喜びした。「どの家の管事だ？」

ヘヘッと肥った男は笑い、口ぶりにいくぶん畏敬の念がこもる。

「もちろん、言わずと知れた揚州の龍王爺《りゅうおうや》、塩を商《あきな》う徽州汪家《きしゅうおうけ》、当主は汪極《おうきょく》でさ」

第十二章

「汪極《おうきょく》だと？　たしかにそう言ったのか？」

朱瞻基《しゅせんき》は眼を丸くした。その両眼はまるで火縄に点火した銃口ようだ。

「そうです」四里鋪《しりほ》へ帰ってきた于謙《うけん》は事情を簡単に話した。

朱瞻基《しゅせんき》は拳をにぎりしめ、歯を食いしばった。あの火薬を満載した船はあいつが贈ったもので、直接の仇敵と言える。

その時、蘇荊渓《そけいけい》が肌ぬぎの肩を叩いて、柔らかな声で言った。

「殿下、力をこめてはいけません。矢尻が食いこんでしまいます」

朱瞻基《しゅせんき》はあわてて拳をゆるめ、体の力を抜いた。蘇《そ》荊渓《けいけい》が傷口を処置して、湯盆から綿布を一枚取りだし、軽くしぼって何気なく問う。

「汪極《おうきょく》はどうして逃げないのでしょうね？」

よい質問だ。宝船爆発からすでに一昼夜、金陵の動きは揚州にも伝わっているはず、太子が生きていると汪極《おうきょく》が知っていたら、どうしてまだ揚州にいるのか？その家の管事がのんきに賭場に来ている場合だろうか？

それに呉定縁《ごていえん》が答える。

「朱卜花《しゅぼくか》が内情を隠していたのかも知れねえ。汪極《おうきょく》は陰謀の中じゃ、それほど重要な人物じゃねえのさ」

「ならば、あやつめ、わたしが生きておるとも知らず、屋敷で新君から褒賞をもらう夢でも見ておるのか？」

朱瞻基《しゅせんき》はやや興奮していた。

「そうかも知れねえ」

呉定縁《ごていえん》は蘇《そ》荊渓《けいけい》をちらりと見た。その眼には称賛と警戒があった。この女はいつも一言で的を射る。重要な点を見通しているくせに素直に言わず、いつも質問のかたちで相手に悟らせ、自分は背後に隠れている。それは結局、自分を守るためなのか、別に意図するところがあるのか？

少なくとも蘇《そ》荊渓《けいけい》の表情からは何も分からない。

その時、于謙《うけん》が眉にしわをよせて忠告した。

「皆さま、小事に眼を奪われて大事を見失ってはなりません。いま、殿下におかれましては京城に帰還することが最も肝要、仇討《あだう》ちではありませぬ。深入りしてはなりません！」そして、朱瞻基《しゅせんき》に向きなおって言う。「殿下、すこし落ち着かれませ。帝位を奪還すれば詔書一枚で汪《おう》家の生死は定まります。この重要な時にあせってはなりません」

その道理は分かる。朱瞻基《しゅせんき》は腹立たし気に悪態をついただけだった。

于謙《うけん》は続ける。「五月二十日……つまり、明日の寅《いん》初《しょ》（午前三時ごろ）、舟山《しゅうざん》（浙江省寧波に隣接する群島）の進鮮船が荷の積みかえを終え、揚州千戸に護衛された船で北上いたします。我らは何としてもこの船に乗らねばなりません。したがって、今晩、何がなんでも汪《おう》家の紹介状を手に入れねばなりません。皆様は客桟《きゃくさん》で御待ちいただき、わたくしと呉定縁《ごていえん》で賭場に行って参ります」

于謙《うけん》は危うく瓜洲で死にかけている。それが朱瞻基《しゅせんき》には心配だった。

「ついて行かずともよいのか？」

于謙《うけん》が跳びあがって驚く。

「〝千金の子は坐して堂に垂《すい》せず〟（『史記』袁盎伝。大事な者は危険な場所に行かせないの意）。あのような汚《けが》れた場所に殿下が足を運ばれてはなりません。やはり、臣らにお任せ下さるのが上策かと」

于謙《うけん》は嘘をつくのが苦手だから、朱瞻基《しゅせんき》には于謙《うけん》の隠し事が分かった。自分が庶民の生活にうといので、ついて行けば必ずやっかいな事になると思っているのだ。太子はそれがやや不満だった。〝お前こそ殺されるところだったではないか？〟と言ってやりたい。だが、自分の身分では好き勝手に臣下に怒りをぶつけるわけにもいかず、言葉を呑みこむしかなかった。

〝上に立つ者も面倒なものだ〟と、朱瞻基《しゅせんき》はひそかに溜め息をつく。

呉定縁《ごていえん》が于謙《うけん》を戸口に引っぱっていく。

「小杏仁、何か考えはあるのか？　どうやって汪《おう》管事から紹介状を手に入れる気だ？」

それを聞いて于謙《うけん》は戸惑った。何も手だてを考えていないことがひと眼で分かった。

呉定縁《ごていえん》は疲れたように眼頭を押さえた。

「お前、素直にくれると思ってるわけじゃねえよな？」

「えー、これを動かすに利を以《もっ》てし、あるいは、これに暁《さと》すに大義を以てす。やってみて駄目ならば、硝土の溝で脅せばよい……ぜぇ！」于謙《うけん》は懸命に江湖風に凄《すご》みを利かせた。

「白い飯は食えるが、芝居の白口《せりふ》は食えねえんだ！」

呉定縁《ごていえん》は容赦がない。

どんな賭場にも打行《だこう》（用心棒組合）の者がいる。于謙《うけん》と呉定縁《ごていえん》の二人で腕ずく勝負をやるなど不可能だ。腕ずくで紹介状を脅し取ったところで、相手が使いを出して通報したら、船上で逃げられなくなる。

「では、どうすればよい？」

「方法は一つしかない。正々堂々大勝《おおが》ちして紹介状と交換するんだ」

「勝つ？　今晩は何やら闘文虫《とうぶんちゅう》があるらしいが、おぬし、できるのか？」于謙《うけん》の声が思わず数度跳ねあがる。

「おい、お前があんなに威勢がいいから、できると思ってたぞ！」

「幼い頃、牌九《はいきゅう》（カルタを使った数字合わせ）に触れただけで父上に殴られた。そういう遊びができると思うか？」于謙《うけん》はそう言っているうちに、だんだん心配になってきた。


「おぬし、南京では様々な放蕩《ほうとう》をしておったのではないのか？　放蕩息子は博打《ばくち》をするものであろう？」

しかたなく呉定縁《ごていえん》は説明した。たしかに自分は南京では悪名高いが、それは酒と女の話で、いままで博打をしたことがない。第一、人づきあいが苦手だから賭場のような騒がしい場所には行きたくないし、それに銭が大事だから一瞬で百金千金が飛び交うのはとても見ていられない……

于謙《うけん》はあわてた。結局、二人とも相手こそ博打に長《た》けていると思っていた。これは面倒なことになった。やり方も知らない素人《しろうと》二人で玄人《くろうと》から大勝ちすることなど、正月に銭塘の潮がくるより無茶な話だ。

しまいに呉定縁《ごていえん》が地団駄を踏み、声を低めた。

「もうおそい。まず乗りこんでやってみるしかねえ！」

于謙《うけん》は不安だったが、そうするしかなさそうだ……

二人が出かけようとした時、突然背後から朱瞻基《しゅせんき》の声が聞こえた。

「待て、闘文虫と言ったか?」

二人は同時にふり返った。そこには自信と興奮にみちた爛々《らんらん》と輝く眼があった。

＊＊＊

半時辰後である。

賭場の門番は腕組みをしながら、次々に入っていく客を見張っていた。ここは瓜洲で一番名の通った賭場、てら銭はそりゃちょっとは高けえが、治安はきっちりしていて、詐欺や強盗は絶対にねえ。ちょっとでもそんな真似があれば、打行《だこう》の羅漢《らかん》が十数人いるし、俺みたいな門番の眼が光っている。

ちょっと見わたすだけで、門番は客をおおざっぱに見わけることができた。よからぬ考えをもっている連中がいれば、早々に御帰り願おう。申初《しんしょ》(午後三時ごろ)が鳴って、場が開くと早々に戸口に立った。いい気分に酔った衛所の百戸、物珍し気な商人、これは船に乗ってきたんだろう。脚幇《きゃくほう》の元締め連中、近辺の県から来た郷紳《きょうしん》や小役人……ザンバラ髪で塩漬け魚のにおいが染みついたのが数人、おおかた塩の密売人だろう。

見慣れた連中だ。瓜洲は要地で朝廷は酒場や妓楼の建設を許さず、日没後は賭場で遊ぶだけ、あらゆる者が来るが騒ぎを起こさねば眼をつぶる。

むさくるしい密売人たちが賭場に入っていくのを見送って、門番は一瞬眼を疑った。やって来たのは三人、先頭の若い男は丸襟の青い袍《ほう》、錦州の縐《ちぢみ》づくしで、黒白の京靴(厚底の長靴)、歩く姿にゆったりとした気品があり、頭にのせた高麗帽《こうらいぼう》(広いつばの帽子)にだけ、やや怖気《おじけ》が見える。後ろの二人のうち、短い麻の衫《さん》を着た奴は腕を腰のあたりに曲げていて、その姿はいかにも刃物をにぎり慣れていた。もう一人は黒い道袍《どうほう》に縐《ちぢみ》の頭巾、真白な長い髯《ほおひげ》、眼と眉の間に落ち着きがない。

どこかの貴公子が家来《けらい》と先生《せんせい》をつれてきたんじゃ？

門番は思わず二度、三度と見た。そして、貴公子が手に持った蟋蟀を入れた過籠《かろう》（虫の寝床に用いる箱）に眼がとまり、すぐに態度を改めると、特別の簾《れん》を引いて大声で中に知らせる。

「闘客《とうきゃく》が来られた」

三人が平然と簾《れん》をくぐると、そこは広い賭場ではなく、煉瓦で仕切られた小部屋だった。中には四角の卓と円い石の腰かけが置かれ、簡素ではあるが、整然と片づけてある。利口そうな小間使いが熱い茶と干した果物三皿、それに鬆糕《ソンガオ》（うるち米の餡入り菓子）一皿を持ってきて、何か足りないものがありましたら仰ってください、一刻ほどで開始ですと挨拶をした。

部屋に誰もいなくなると、朱瞻基《しゅせんき》は帽子をとり、剃り上げた頭を丸出しにした。僧に扮装するために髪をそり落としたが、こんなところを誰かに見られたら髠《こん》刑《けい》（髪を剃り落とす刑罰）を受けた賊だと思われても仕方がない。

于謙《うけん》はどきどきしながら太子を呼ぶ。「殿下……」

「しっ、わたしのことは洪望《こうぼう》公子と呼べ」朱瞻基《しゅせんき》が眼を丸くしてたしなめる。

それは用意してきた偽名だ。洪《こう》と紅《こう》は同音で紅《こう》は朱《しゅ》と同義、望《ぼう》は瞻《せん》の意味だ。

于謙《うけん》があわてて呼び方を変える。

「公子、このような急就章《きゅうしゅうしょう》（児童用の手習い書のこと）で、大丈夫でしょうか？」

朱瞻基《しゅせんき》は手中の容器を軽くなでた。賭場に入ってから自信が満ちあふれている。

「于司直《うしちょく》、儒経道学《じゅけいどうがく》を論ずればわたくしはそちに及ばぬ。だが、事が闘虫となれば、そちはわたくしに及ばぬぞ」

「ですが、その蟋蟀はあまりに痩せて小さいではありませんか。それに街で真珠四粒も……」

「五粒だ」呉定縁《ごていえん》が横から訂正する。

それを朱瞻基《しゅせんき》は莫迦にしたように笑う。

「少々闘文虫《とうぶんちゅう》の何たるかを教えてやらねばならぬようだな。それだけの値打ちがあるかどうか分かるであろう」そう前置きして、茶碗を取って一口すると、おもむろに続けた。「蟋蟀というものはいつでも闘えるものではない。天の時に応じねばならん。ふつう、虫は六月初めに甲《よろい》をまとい、七月初めに鳴き、闘うようになるのは白露《はくろ》（九月八日ごろ）の後だ。冬に入れば眠るから前後百日の間しか闘えぬ。だから、これを〝秋興〟とも言う」

それを聞いて于謙《うけん》があわてた。「では、五月に闘える虫などいないのでは？」

「急《せ》くな。話はこれからだ」朱瞻基《しゅせんき》は手にした容器を持ち上げる。「蟋蟀には季節があるが、人の賭博心は年中のものだ。まだ成虫がおらぬのに賭博心が疼《うず》いたらどうする？　そこで、ひとつ方法がある。まず嶺南《れいなん》（広東・広西のこと）で虫の卵を取り、温めた盆に土を盛り、卵をいれ、しっかりと綿紙《めんし》で蓋をして北へ運ぶ。道中、毎日紙を水で湿らせ、盆を下から温めねばならん。さすれば、数カ月早く孵化《ふか》させられる。さらに幼虫を菜の葉の上において水をやる。こうして四月、五月には肢《あし》や翅《はね》が生えそろい成虫となる……これぞ、賈似道《かじどう》（一二一三年～七五年、南宋末期の宰相で土地の割譲を元と密約した）より伝わる〝催春養蛩《さいしゅんようきょう》方《ほう》〟だ」

于謙《うけん》と呉定縁《ごていえん》は同時に息を呑んだ。そんな虫なら一匹で数十両の値打ちがあるのも無理はない。

「こうして孵化《ふか》させた虫は時季に反して生まれるもので、身が柔らかくアゴも弱い。闘気は遠く真虫《しんちゅう》に及ばぬ。ゆえに〝文虫〟（文は弱の意）と言う。その用途は白露前の遊びにあるのみ、ないよりましというだけだ」

太子の説明を聞いて、二人はある種の感慨を覚えた。これほど心を尽くして育てるのも、ただただ闘客が六月前に気晴らしをしたいがためだ。実際、その贅沢は行きすぎている。道理で門番が蟋蟀の容器を見ただけで態度を変えたわけだ。五月に生きた蟋蟀を持ってくる客など、ただ者ではないに決まっている。

于謙《うけん》は口ごもりながら質問した。

「そのような事を公子がどうして知っておられるのですか？」

「宮中でたまたま遊んだのだ。〝催春養蛩方〟については書物から探して大伴《じい》に読ませた……南京に連れてきた賽子龍《さいしりゅう》も大伴《じい》がこうして育てたのだが、惜しいことに……」そう言って呉定縁《ごていえん》を睨《にら》みつけたが、相手はそそくさと視線を外した。

于謙《うけん》が真顔になった。

「公子、本日は急な事ゆえ仕方がありませぬ。ですが、そのような費用を際限なく使えば、人心を蝕《むしば》むこともありまする。君主が物を溺愛すれば社稷《しゃしょく》の幸いではありますまい。それに賈似道《かじどう》のごとき奸臣《かんしん》の言葉に耽溺《たんでき》なさるなど、ご自身を隋の煬帝《ようだい》、宋の徽宗《きそう》のように……」

小言を聞きながら朱瞻基《しゅせんき》は無表情で鬆糕《ソンガオ》をほおばった。その時、小間使いが入ってきて開催を告げた。太子は菓子を懐に押しこんだ。

「ゆくぞ！」

賭場は倉庫を改装した広々とした続き部屋だ。大広間には七、八の卓と二十くらいの長椅子が並べられ、卓の上には牌九《はいきゅう》、骰子《さいころ》、双六《すごろく》などが置いてある。だが、いまは誰も遊んでいない。客全員が賭場の中央に注目していた。そこには黒漆《くろうるし》を塗った杉材の大きな円卓が出されていた。この円卓は東に向いた部分だけが欠けていて、ちょうど炊餅《すいへい》（蒸しパン）を齧《かじ》ったような形をしている。

黒衣の賭師《とし》がこのくぼみの中に立ち、円卓の中心には楕円形の闘罐《とうかん》が置いてある。その横には半分枯れた牛筋草《オヒシバ》がある。すでに二人の闘客が位置についていた。それぞれに育てた文虫を容器から誘いだして闘罐に入れる。闘罐の中央は木の柵で区切られていた。

賭師が手で合図をすると、二人の闘客が草を手にし、そっと自分の大将のヒゲをくすぐって闘志を引き出す。何と賭場のすみには歌い女《め》もいた。琵琶《びわ》を弾きながら歌うは、西湖《さいこ》の済顚《さいてん》長老（道済、一一四九年～一二〇九年。南宋杭州の禅僧）の〝促織《そくしょく》（コオロギの別称）を瘞《ほうむ》る、鷓鴣天《しゃこてん》〟だ。

促織兒《こおろぎ》、王彦章《おうげんしょう》よ。鬚は一本短く、一本は長し。
ただ全勝三十六により人みな呼びて王鉄槍となす。
煩悩を休めて悲傷《かな》しむなかれ、世間万物に無常あり。
昨宵、忽《にわか》に厳霜《げんそう》降つるに値《あた》り、よく南柯《なんか》の夢に似る。

歌声が響くなか、周囲の観客は闘虫の品定めをして、少し相談をして、次々に賭けていく。紙幣、銀の小粒、金の簪《かんざし》、真珠などで卓が埋まる——いわゆる〝馬を買う〟だ。賭けが終わると、二匹の蟋蟀の闘志は十分、翅《はね》をこすって鳴いている。

賭師が一声かけると、双方の闘客は一歩さがる。おもむろに賭師が木の柵を外すと、二匹の大将はたちまち相手に突進して、闘罐の中で組みあって戦う。長くかからず、一方の蟋蟀が咬まれて全身に傷を負い、闘罐のふちを逃げまわった。勝った方はヒゲを高々と跳ねあげ、鳴きつづけている。賭師が即座に勝敗を宣言した。勝った闘客は蟋蟀を籠に戻して、しっかりと休めた。負けた方は大損をしたのであろう。蟋蟀を床に投げ捨てると憎々し気に足で踏みつけた。周りで見ていた観客は半分が落胆して首をふり、半分がはしゃいで卓上から金品を持ち帰る。

朱瞻基《しゅせんき》ら三人はこの人混みで三、四回試合を見た。太子は何度か小銭をかけて、なんと全部勝った。宮中で闘虫を嗜《たしな》んだと言っていたが、一度や二度ではないだろうと于謙《うけん》は疑いを禁じえなかった。

数回の勝負を見ると、賭場も熱気を帯びてきた。闘客も観客もみな眼を血走らせ、まるで蟋蟀に取り憑かれたようだ。

呉定縁《ごていえん》は闘虫にまるで興味がなく、周囲の人々を見回していた。そして、突然、ある人物に眼をとめる。

四方平定巾（四角の高帽子）をかぶった老人が輪の中に入ってきて懐の容器を取り出した。この老人の首に赤黒い痣《あざ》がある。錦繍《きんしゅう》の立ち襟で隠してはいたが、呉定縁《ごていえん》は相手の動作の隙に、その痣を見て取ることができた。脚幇《きゃくほう》の綱首の言葉によれば、汪《おう》管事にちがいない。

呉定縁《ごていえん》が朱瞻基《しゅせんき》をつつく。朱瞻基《しゅせんき》がうなずいて前に進む。

老人が過籠《かろう》を賭師の右に置くと、すぐに朱瞻基《しゅせんき》が自分の過籠を左に押しだし、対戦の意志を示す。そして、なんと過籠の隣に袋を投げ出した。袋は紐を解いてあるから、こんなふうに投げ出されると、バラバラと十数粒のきらめく真珠が転がりでた。

この動きに場内が驚いた。闘文虫は釣りあう賭け金が必要で、一方が賭け金を出したら、もう一方は等しい価値の品物を出さねば勝負が成立しない。真珠一袋は紋銀なら数百両は下らない。絶対の自信がなければ誰もこんな賭けをしない。

「在下《それがし》は洪望《こうぼう》と申す。ぜひ閣下と手合わせ願いたい」

朱瞻基《しゅせんき》が言う。

汪《おう》管事は相手がこんな大金を賭けてくるとは思いもよらず、やや不審の表情を浮かべた。しかし、相手の罐のなかを見て安心した。虫はヒゲも枯れて短く、首まわりのくびれも浅く、牙も黒味が弱くてツヤもない。ひと眼で時令《じれい》の病（季節の変わり目の不調）が治りきっていないと判った。この貴公子はカモだ。誰かが駄目にした蟋蟀をつかまされたのに、それが分かっていない。

この容易《たやす》い勝負、受けねば損だ。汪《おう》管事は賭師に言う。

「今日は持ちあわせがないが、お相手の方は賭けたがっておられる御様子じゃ。あとで約束した品を出す。引き延ばしたりはせんから場で保証人になってくれんか」

賭師がうなずく。汪《おう》管事は馴染みの客、賭場も保証人になるのは願うところ、朱瞻基《しゅせんき》にそれでよいかと訊くと、こころよく受け入れた。

汪《おう》管事が賭けにのったと見ると、場の雰囲気は一瞬で最高潮に達した。何百両という勝負などめったに見られるものではない。全員の呼吸が荒くなり、あちこちで騒ぎが起こった。やむを得ず賭師が打行《だこう》の男を呼んで秩序を維持する。

于謙《うけん》の心臓は太鼓を打つように鳴っていた。闘虫は分からないが、自分たちの虫が強そうでないのは分かった。あれは太子が街で買った虫で、しっかり選んだわけでもなければ調教をしたわけでもない。負ければ真珠を取られるのはまだしも、船の紹介という大事が駄目になる。

そんな心配をよそに、朱瞻基《しゅせんき》は自信満々で牛筋草《オヒシバ》を手にし、汪《おう》管事とともに戦闘準備を始めた。草の尖端で蟋蟀のヒゲをくすぐり、闘志を起こさせる。

相手の文虫は黄色い頭に鉄のような首、色は古びた鉄のようで、背には紫の斑点が浮いている。秋興の時期ならば上品には入らないが、文虫ではきわめて少ない勇将にちがいない。それに引きかえ、朱瞻基《しゅせんき》の虫は痩せ、足の爪もまだ硬《かた》くなってはおらず、爬《は》う姿もなよなよとしている。

汪《おう》管事は準備をしながら相手を見た。相手の蟋蟀は精彩がなく、挑発をしても翅《はね》もふらず、ヒゲも垂れたまま、大丈夫だと見て、もう一度安心する。

虫の挑発も十分と見て、賭師は〝開門〟と声をかけ、木の柵をぬきとった。汪《おう》管事の虫は勢いよく突進してきた。だが、四本の牙が触れそうになるや、咬みつかれてもいないのに、汪《おう》管事の虫がいきなり後ろに退いた。まるで何かの邪悪な化け物に出会ったかのようだ。朱瞻基《しゅせんき》の虫がやや元気を出し、相手にむかって爬《は》っていくと、向こうはまた身をかわす。

闘罐の中に不思議な光景が出現した。勇将が攻勢に出ようとすると、弾かれたように退く。弱兵にはそれほど戦意もないのに、勇将のほうが罐の周りをまわって逃げている。観客たちは不思議に思って口々に議論し、汪《おう》管事は顔を紫色にして全くわけが分からないといった様子だ。

たっぷりと線香半分が燃える間、二匹の虫は罐のなかを回って、とうとう動かなくなった。賭師は状態を見て、木片で両者を分け、朱瞻基《しゅせんき》の勾勝《こうしょう》と判定した——戦果はないが、過程から判断して朱瞻基《しゅせんき》のほうがやや勝っている。これを〝勾勝〟という。

観客たちから熱い議論が噴出する。どうやったのかまるで分からない。于謙《うけん》は人混みの中でほっと息をつき、こっそりと太子にどうしたのか訊ねた。

朱瞻基《しゅせんき》は笑った。この虫に勝ち目がないことを知らぬはずもない。だが、事前に野菜の屋台で唐辛子の葉を刻んでもらい、ちょっと蜜を混ぜて虫に塗っておき、刺激性の臭気を発するようにしてあった。この臭気を蟋蟀は一番嫌う。相手がどんなに凶暴な虫でも近よれない。

じつを言えば、これは宮中の宦官が発明した方法だった。彼らは闘虫で太子に勝ってしまうのを恐れ、わざとこの方法で負けていた。何度か勝負をするうちに、朱瞻基《しゅせんき》はおかしいと気づいて真相を白状させたことがある。宮中の秘伝で京城の闘客も知らないのだと言う。まして江南の者に奥義を悟られることなどない。

汪《おう》管事は顔を青黒くして、顎をわなわなと震わせている。負けた数百両は大塩商の管事といえども肉のかたまりをえぐり取られたに等しい。それでも何とか拱手して負けを認めると、すぐに小間使いに紙と筆を取りにいかせ、借用書を書こうとする。

そこに于謙《うけん》が歩みより、筆を取る手を押さえて微笑《ほほえ》む。

「当家《とうけ》の公子は〝虫を以て友を会す〟のみ（『論語』顔淵の「君子は文を以て友を会す」のもじり）、他の事などどうでもよい御仁なのです」

それを聞くと、汪《おう》管事は顔に警戒の色を浮かべた。

「この老いぼれ、徳もなければ能もなく、貴家の眼にとまるものなどありませぬが？」とんでもない要求をしてきたら、むしろ金で片付けた方がいい。

于謙《うけん》は笑った。「公子は京城まで病気の親御《おやご》に会いに行くのですが、あいにく五月の水枯れ、気は急《せ》くともままなりません。御老《ごろう》に一片の孝心をくんでいただければ、川上船に乗る紹介状を頂けませんか。この賭けでは一文《いちもん》もいただきません。紹介状の銀子《ぎんす》も御支払いいたします」

洪熙《こうき》帝は確かに〝不予〟だから〝病気の親御〟という言葉に嘘はない。汪《おう》管事は紹介状と聞いて眉を開いた。他の者には確かに手を焼く願いだが、汪《おう》家には何でもない。

「いつ御出発なさる？」

「明朝の船が一番よいのです」

汪《おう》管事はすこし戸惑った。いかにも急な話だ……しばし考えてから言う。ここでは人目が多いから、長話もなりますまい。ちょうど揚州の埠頭近く、邗江《かんこう》の畔《ほとり》に主人が別邸を持っております。明日の護衛船がどの百戸の当番か訊ねて、この老いぼれが挨拶をしておきましょう。洪公子は別邸に御泊りになり、明朝寅時《いんじ》にそのまま乗船なさるがよろしい、とこんな具合だった。

話がまとまると、朱瞻基《しゅせんき》と汪《おう》管事は闘卓を離れた。すぐにほかの闘客が空席を埋め、博徒たちの叫びのなか、またひと勝負、激戦は言わずもがなだ。

一行は賭場を出て、道中のんびりと話をはじめた。汪《おう》管事が去年手に入れた孝陵の青頭大将軍は揚州で無敵でしたぞと言えば、朱瞻基《しゅせんき》が反論する。いやいや本当の上品は芒碭山《ぼうとうざん》（河南省）に探しに行かねば、かつて漢の高祖が白蛇を斬った場所で、蛇の血が草の間に飛び散ったせいか、あの一帯の闘虫は異常に頑強、ほかの虫が及ぶところではありませんなどと言う。

老人と若者、二人の蟋蟀熱は軽くない。語りだしたら滔々《とうとう》と果てしがなく、まるで世にも稀《まれ》な友のようだ。その後ろから呉定縁《ごていえん》と于謙《うけん》がついていく。前者は服の中で真珠を数えていて、後者は顔に憂いが見えた。太子が蟋蟀に夢中になりすぎるのはよい事ではないように思っていた。

汪《おう》管事は水路を渡るのに便利な自分用の舢板《はしけ》をもっていて、一行がそれに乗ろうという段になり、于謙《うけん》は蘇《そ》荊渓《けいけい》のことを思い出した。まだ客桟《きゃくさん》の近くで薬や器を買いそろえているはずだ。太子と管事の話は興《きょう》がのっている。呉定縁《ごていえん》をちらりと見て、太子の身辺に誰かいなければと思った。ここは自分が一度帰るしかない。于謙《うけん》は太子に事情を説明し、四里鋪《しりほ》に急ぎ戻っていく。他の者は舢板《はしけ》にのり、一路別邸へと行った。

揚州と南京は長江の水をひとつ隔てただけだが、風格はまるでちがう。南京はあくまでも副都だから、道や建物に都の風格があり、どっしりと余裕があるが、躍動感に欠けるきらいがあった。こういう〝天下に威厳を示す〟という雰囲気が揚州にはないぶん、沿岸の風景に闊達《かったつ》なところが多い。

舢板《はしけ》は邗江の両岸をみて進んでいた。両側には富貴《ふうき》の家の別邸が並んでいる。それぞれに趣向を凝らし、庭の植えこみもまったく違う。黄楊《ツゲ》の間に鶏爪槭《イロハモミジ》を植え、黄色の葉に紫の花を配した家もあれば、紫の葉をつける小檗《メギ》の籬《まがき》に樟《クスノキ》をめぐらせた家もある。いっそ木など植えず、桃色の花をつけた繡線菊《シモツケ》や、馬蘭《ハラン》、貫《オオ》衆《ワラビ》などを植えて苗床のようにし、扶芳藤《ツルマサキ》や凌霄《ノウゼンカズラ》をはわせた太湖の石をいくつか置いてある家もあった。

こうした庭はそれぞれに色があり、それぞれに見どころがあり、どこまでも広がっていた。船で行けば両側の木々や花々がつぎつぎに移り変わり、時として妖艶にこびるがごとく、時として清新に俗世を脱したごとく、まったく付和雷同の画一はない。まだ夕日の余光があり、この一片の光景はさらに半透明のほろ酔いのような紅《べに》に染まり、光景に無限の変化をあたえて、応接の暇《いとま》もないほどだ。

汪《おう》管事は舳《へ》先《さき》に立って得意げに言った。

「これはまだ邗江の夕暮れの景色にすぎません。揚州城に入ればさらに素晴らしい。俗に〝腰に十万貫を纏《まと》い、鶴に騎《の》りて揚州に下る〟（南朝梁『殷芸小説』呉蜀人）と言いますな。天下どこに移り住もうと、結局、我らが揚州に居を構えたくなるもの」そう言って、袖から指をだし、遠くの白壁黒瓦《しらかべくろがわら》を指さす。「ごらんなさい。あれは金陵の官員たちの私宅です。十里秦淮の花街でも遊べるものを、みなここで風情を楽しんでおる」

太子はただ静かに聞いていた。何を考えているのか分からない。
七、八里も行き、ゆっくりと邗江の西の岸に近づく。岸には広壮な邸宅があり、敷地は一、二里ばかりも占めている。壁は高く、屋敷は奥深く、破風《はふ》はいくえにもかさなり、珍しい薄墨色の傾斜屋根だ。屋根の両端にある正吻《せいふん》（鬼瓦のような飾り）は口をあけた鼈魚《べつぎょ》（すっぽんのこと）、側面の垂脊《すいせき》には二郎真君《じろうしんくん》（治水神、眉間に第三の眼があり魔物を退治する）と哮天《こうてん》犬《けん》（二郎真君の神獣）がいる。汪極《おうきょく》は徽州の籍だから別邸を故郷のように建てたのだろう。
舳板《はしけ》が岸につくと、すでに辺りは暗くなりはじめていた。汪《おう》管事は二人をつれて側門にまわると後院に入った。呉定縁《ごていえん》は最後に門をくぐったが、片足を踏み入れた途端、嫌な予感がした。

中庭に面した側廊《そくろう》には虎が蹲《うずくま》った形の炉が置いてある。炉には水を張った盆が置かれてあり、火が盛んに燃え、盆ではぐつぐつと銅の円筒が煮てあった。

呉定縁《ごていえん》は思わず眉間にしわをよせた。

これは〝酒烙《しゅらく》〟と言うもので、金陵では〝酒溜子《しゅりゅうし》〟とも言う。大きな屋敷で客をよぶ時、熱湯で銅の酒烙を温めておけば、宴席で酒が冷えても壺に挿すだけで温めることができる。それは便利で風雅なものだ。しかし、手間でもあるので、貴賓が来るときにしか使わない。

酒烙が温めてあるということは、今夜ここで宴席がある。そして、宴席には主人が出席するはずだ。言いかえれば、汪極《おうきょく》がこの屋敷にいる可能性も高い。相手はすでに太子に会っている。もし両者が顔をあわせれば、面倒なことになる。

そうと知っていれば、太子を帰すべきだった。自分と于謙《うけん》で紹介状を取りにくればよかった。しかし、今さら後悔しても間にあわない。呉定縁《ごていえん》は歩を速めて、朱瞻基《しゅせんき》の注意を引こうとした時、だしぬけに前を歩いていた汪《おう》管事がふり返って一喝した。

「捕らえよ!」

どこから出てきたのか、十数人の護院《ごいん》(庭番、邸宅の警備員)が水も漏らさぬとばかりに取り囲む。呉定縁《ごていえん》は状況が急変したとみるや、物も言わずに汪《おう》管事に突進する。多勢に無勢、首領を人質にするのが唯一の打開策だ。

だが、汪《おう》管事は身をすくめると、屋敷は熟知しているとでも言わんばかりに、すばやく垂花門《すいかもん》の後ろに隠れ、数名の護院に守られてしまった。

鉄尺を舞わせ、呉定縁《ごていえん》は何とか二人を倒した。だが、ここの護院はみな手強く、組みつかれた。健闘むなしく呉定縁《ごていえん》と朱瞻基《しゅせんき》は花を彫った石板の上に押さえつけられ、そこで動けなくなった。

朱瞻基《しゅせんき》は顔を起こして怒鳴る。

「おのれ、老いぼれめ、借金を踏み倒し、人まで殺す気か?」

汪《おう》管事は呉定縁《ごていえん》の体をさぐって合浦《ごうほ》の真珠の袋を取り出し、掌で重さを量ると冷たく笑った。

「この腐れ肉の塩漬けども、絹を着て偽の真珠でも使えば、この爺《じじい》の眼をごまかせると思ったか?」

朱瞻基《しゅせんき》と呉定縁《ごていえん》は顔を見合わせた。太子の身分が見破られたと思ったが、汪《おう》管事の口ぶりではそうでもなさそうだ。呉定縁《ごていえん》は何か考えがあるようで、朱瞻基《しゅせんき》を蹴りつける。それで分かったのか、朱瞻基《しゅせんき》も顔を伏せて、もう何も言わなかった。

汪《おう》管事は真珠を懐に押しこむと、わざと大声で護院たちに言った。

「この悪党どもはわしをペテンにかけ、屋敷にまでのり込んで来おった。さだめし、あの盗賊の仲間だろう。いっしょに水牢に放りこんでおけ」そして、やや思案して言いつけた。「あと二人、仲間が来るかもしれん。男と女だ。そいつらも騙して庭に入れたら同じようにするのだぞ。今晩は賓客がおいでになる。騒ぎはならん。しばらくしたら酒と料理を届けさせるからのう」

護院たちから歓声があがると、汪《おう》管事は手にした真珠をなでながら歩み去った。意気阻喪して困惑した二人を護院たちはしっかりと縛りあげ、屋敷の奥へと引きずっていく。

＊＊＊

そんな苦境も知らず、于《う》謙《けん》と蘇《そ》荊《けい》渓《けい》は宿代を払うと、ラバを二頭借り、事前に書き留めておいた別邸の住所に向かっていた。

前をゆくラバには于《う》謙《けん》が乗っていて、鞍《くら》の前には大きな青い包みが置いてある。中身は薬材と誓いの香炉で、これは煎じ薬を作るのに使うそうだ。後ろからついていくのが蘇《そ》荊《けい》渓《けい》、御団子に髪を結ってラバの背で新妻のように顔を伏せている。

実を言えば、于《う》謙《けん》は蘇《そ》荊《けい》渓《けい》を十分に信頼しているわけではない。彼女はずっと太子に取り入ろうとしてきた。万一、太子が惑わされて彼女を後宮にいれると言い出したらどうする？　于《う》謙《けん》の心配はこれだった。だが、この旅では蘇《そ》荊《けい》渓《けい》の医術で矢傷を処置せねばならない。いっそ彼女に太医院の官職を与えるようにと、皇上が太子に進言しようかとも考えた……まさか、太医を娶《めと》るわけにはゆくまい？

だが、先程の一件は、蘇《そ》荊《けい》渓《けい》の事よりも于《う》謙《けん》の頭を悩ませていた。

　太子が闘虫に夢中なのは憂慮すべきことだ。物を玩《もてあそ》べば志を喪う（『尚書』旅獒）、逸楽に耽溺すれば国を誤るものだ。これが長く続けば大明にとってよいことではあるまい。こうした心情を太子の前で話すこともできず、しかたなく蘇荊渓《そけいけい》を相手に話していた。

　蘇荊渓《そけいけい》は後ろで緘黙《かんもく》を通し、まったく興味がない様子にみえる。だが、もし于謙《うけん》が暮色に隠れた顔に少し注意を向ければ、彼女が決して気をそらさず、終始真面目に聞いていることがその眼つきから分かっただろう。これが蘇荊渓《そけいけい》の職業的習慣で、これまでどんな言葉も聞き漏らしたことがない。

　于謙《うけん》はぺちゃくちゃと休みなく話し続ける。

「上が好むものは下では必ずやりすぎるものだ。太子が虫を闘わせるのにあんなに熱心で、事もあろうにあのような商家の番頭と懇《ねんご》ろに話すようでは、民がそれにならって、どんな大きな乱れになるか」

　それに返事をするように、二頭のラバが嘶《いなな》いたが、すぐにラバも黙り、于謙《うけん》の大声だけが小路に響いている。

　突然、蘇荊渓《そけいけい》が話を断ち切る。

「ちょっと待って下さい……賭場を離れると太子と汪《おう》管事は意気投合したのですか？」

「そうなのだ。わたしと経書《けいしょ》の義について、あれだけ語ってくれればいいのだが、市井の徒と闘虫を語っておいでなのだ。漢の文帝は庶民に鬼神を問わなかったそうだが、わたしが見るに……」

「二人はどんなふうに話をしていたのです？」

　于謙《うけん》の記憶力は抜群だ。一言一句鮮《あざ》やかに再現した。

蘇荊渓《そけいけい》はそれを聞いて、小さく眉をひねった。

「その汪《おう》管事には怪しいところがあります」

「え？」

「汪《おう》管事の話し方には仕掛けが隠されていて、素知らぬ顔で鎌をかけ、わたしたちの真の姿を引き出しているのです。太子も気づかぬうちに……」

于謙《うけん》は意表を突かれた。そんなふうに考えたことはなかった。

蘇荊渓《そけいけい》は続ける。

「太子の身辺に闘虫の仲間がいるかとか、過籠《かろう》はふだん誰が管理しているのかとか、これは同行者が何人いて、男か女かと探りを入れていたのです。また、瓜洲は初めてかどうか、送り迎えの車馬があるかと訊いたのは、わたしたちに知人がいるかどうか探りを入れたのです。一番怪しいのは水駅に泊っているのか、民間の旅かという問いです、これはわたしたちが官府と関係があるかを訊き出しているのです」

「紹介状を書くのだから細かなことも問わねばならぬのだろう」于謙《うけん》は意に介さない。

それに蘇荊渓《そけいけい》が首をふった。「わたくしは長く医術を行い、人の性質が隠しきれないことはよく知っています。どの質問も一つなら、それほど怪しむこともないのですが、つながって一つとなると、わたしたちには瓜洲で知り合いもなく、官の庇護もないことがわかります。紹介状を書く人が知る必要があることではありません。まるで、まるで……」

「まるで、賊が手を下す前の確認か？」于謙《うけん》の顔色が沈む。今日、脚幇《きゃくほう》の者に身ぐるみ剝がされて殺されるところだったが、あれも同じような罠だった。

蘇荊渓《そけいけい》はうなずく。

「取り越し苦労ならよいのですが、太子の身分は特別、用心した方がよいと思います」

「呉定縁《ごていえん》がいるから心配ないはずだが」

于謙《うけん》は口では自分を慰めたが、手ではラバを急《せ》かして歩みを速めた。二人が道をぬけると、前方に三本の分かれ道が見えた。右側に捩《よじ》れた枯れ槐が二本立っている。その傍らに石碑が立っていて、隋の煬帝楊広《ようだいようこう》がその手で植えた云々と書いてあった。もちろんでたらめだ。

汪《おう》管事の指示では、槐の道は別邸に行くには必ず通らねばならない道だ。槐を見て右にむかって川沿いに進めば数里で着くはずだった。

于謙《うけん》がすこし停まって方向を見定め、ラバを進めようとした時、突然後ろから車輪が泥を撥ね飛ばす音が聞こえてきた。車夫が遠くから道を譲れと怒鳴っている。

于謙《うけん》がふり返ると、二本轅《ながえ》の馬車が疾駆してくる。馬が牽いているのは彫刻を施した車で、上は笠《かさ》のような屋根で、外は薄い紗《しゃ》で掩《おお》ってあるから、陽《ひ》をさえぎるが風は通す。江北の人が初夏に好む乗り物だ。車輪の轂《こしき》には鉄がかぶせてあるから、走ればガラガラと雷が鳴るようだ。

ラバは訓練を受けている。騎乗している者の命令も待たず、路の端によろうとした。だが、于謙《うけん》は気があせってラバに鞭を入れて、道を渡ろうとした。この一往復でラバに戸惑いが生じ、道の真ん中で胴体を横ざまにした。

車夫はあわてて手綱を引いたが、距離が短すぎて間にあわない。ガシャンという凄まじい音とともに両者がぶつかった。馬はラバより重く、車には勢いがある。この衝撃で馬車はゆれたのみだが、于謙《うけん》とラバは同時に突き飛ばされ、大きな包みも放りだされて、薬材が路上に散らばった。

あわてて蘇荊渓《そけいけい》がラバを跳びおりて駆けよる。馬車は急停止し、車夫が手綱を押さえて大声で罵った。その時、馬車の中から篤実《とくじつ》そうな声が聞こえてきた。

「口をつつしまぬか。人を罵ってはならぬ。早《はよ》う助けにゆくのだ」

蘇荊渓《そけいけい》がしゃがみこんで于謙《うけん》の腕を引いた時、ちょうどその声が聞こえ、肩がわずかにふるえた。彼女が背を伸ばして無情な車夫の向こうに視線をむけると、紗簾《しゃれん》の奥で端座《たんざ》している老人の姿をみとめた。

「郭《かく》伯父さま？」蘇荊渓《そけいけい》が確かめるような声をあげる。

老人の手が紗を引き、東坡巾《とうばきん》をかぶった老人が顔を出す。その顔に驚きがあった。

「荊渓《けいけい》か?」

＊＊＊

ドボン! ドボン!

二つ水音がして呉定縁《ごていえん》と朱瞻基《しゅせんき》は同時に真っ暗な冷たい水の中に落ちた。水は混濁していて、かすかな腐臭も漂っている。二人は両手を後ろ手に縛られているから、息を止めて眼を閉じ、懸命に両脚を動かして平衡をとった。

幸い水は深くない。すぐに足先が底につく。二人は足場を得て体を起こした。窒息する前にやっと水面から頭を出し、大口をあけて喘ぐ。

呉定縁《ごていえん》が立ちあがると水は鳩尾《みぞおち》よりやや下だった。朱瞻基《しゅせんき》の背丈ではおそらく首まで浸《つ》かっているだろう。周囲は一片の暗闇、荒い呼吸音でしか太子の位置を確認できない。

朱瞻基《しゅせんき》も呉定縁《ごていえん》に近づこうとしていた。水をかきわける音が聞こえる。しばらくして二人は背と背をあずけあった。視力が奪われた環境では体に触れていることで、やっとわずかな安心を得られた。

「結局……水牢《みずろう》に放りこんだだけか?」朱瞻基《しゅせんき》は怪しむように疑問を発した。

「じゃ、どうして欲しいんだ?」呉定縁《ごていえん》がぶっきらぼうに答える。

「わたしの身分を知っていたら、こんなけちな真似はしないだろう。どこかの小悪党と間違っておるのだ!」

呉定縁《ごていえん》は冷笑した。「けちな真似か? 水牢の恐ろしさを知らねえんだな」

「水につけておくだけだろう。宮刑《きゅうけい》に比べれば恐ろしいとは言えん」

「三日出られなきゃ、自分で去勢したほうがましかもな」呉定縁《ごていえん》は続ける。「水牢の中じゃずっと立っているしかねえ。腰を曲げたり、座ったりすりゃ水が鼻の穴に入ってくるからな。一日で足りなきゃ三日、三日で足りなきゃ五日、遅かれ早かれ立っていられなくなって、しゃがみこんだら生きながら溺れ死ぬ。死ぬ前にジワジワと苦しみを味わうんだぜ」

朱瞻基《しゅせんき》は驚いて血の気をなくした。せいぜい皮膚がふやけるぐらいだと思っていたのだが、水牢がそれほど恐ろしいものとは思わなかった。

「どうする?」

「静かにしろ」

呉定縁《ごていえん》はもう太子にかまわず、周囲を観察しはじめた。頭上に四角の入り口があり、しっかりと四本格子の鉄柵がかぶさっている。外にはやや光が見えた。罪人はこの入り口から放りこまれるにちがいない。


両手は縛られていて動けないが、水中で思い切り跳ねてみる。呉定縁《ごていえん》の背は高いので、ガンと鉄柵のふちに頭がぶつかった。柵はびくともしない。外から鍵をかけられているようだ。

入り口の封鎖を確認すると、呉定縁《ごていえん》は凹凸のある壁に背中を押しつけた。壁は砕いた石や煉瓦でできていて、隙間に石灰を塗ってあり、ぬるぬるした水苔で覆われている。背中で壁を擦りながら、水中をゆっくりと移動して水牢の形と大きさを測ろうとした。

壁面を折れると先客がいることに気が付いた。三人が壁にもたれ、声もたてずに水中に立っている。その中の一人は明らかに他より水面から露出している位置が高い。

彼らも水牢に二人増えたことに気づいていたが、声もたてていなかった。気の毒に数日は閉じこめられているのだろう。口を開けば体力の浪費になるから、できるだけ面倒を避けているのだ。

呉定縁《ごていえん》は彼らに構わず、暗闇の中で壁を一周すると、考えがまとまった。汪《おう》管事の行動から判断すると、朱《しゅ》瞻基《せんき》の身分を知らず、単純にあの合浦《ごうほ》の真珠を懐にいれたかっただけだろう。この水牢にはすでに数人が入れられている。おそらく盗賊か山賊のたぐいだ。汪《おう》管事は自分たちを盗賊と決めつけ、強引に仲間に仕立てあげ、いっしょくたに官府に裁かせるつもりだ。真珠を取り上げた件はこれできれいさっぱり洗えて、後々の心配もない。

これは役所で〝寄罪〟と言われている。関係のない罪名を被害者に寄せておいて、真犯人といっしょに審理する。真犯人の鉄証がおのずから被害者の鉄証にもなるから、きわめて便利なやり口だった。だが、刑事に詳しくなければ、こんな細かい事はやれない。

呉定縁《ごていえん》は先客と話をしたくなかったので、まず太子の身辺に泳いで戻った。別の出口があったかと太子は訊ねたが、ないと呉定縁《ごていえん》は答えた。周囲の壁は頑丈で、下に放水のための穴があるだけで、それも細くて、水蛇くらいしか通れない。

「どうする？」朱瞻基《しゅせんき》は心配そうに仰ぎ見た。もう時刻はおそく、柵の外も暗くなってきた。明朝出発する進鮮船に間に合うかなど言うもおろか、この水牢で賊として死ぬかも知れないのだ。

宝船の大事故を何とか生きのび、南京での包囲から血路を切り開いてきたが、まさか最後がこんな水牢か？　莫迦らしくてやりきれないと朱瞻基《しゅせんき》は思った。

「オレたちに今できることは何もねえ。待つだけだ。出られるかどうかは外にいる連中が賢いかどうかにかかってる」呉定縁《ごていえん》が呟く。

「于謙《うけん》のことか？」

「いや、小杏仁の忠義は大したものだが、根っからのマヌケだ。オレが言っているのは蘇荊渓《そけいけい》の方だ」呉定《ごてい》縁《えん》の眼に複雑な光が閃いたが、暗闇の中では太子には見えなかった。

「蘇《そ》大夫か？」朱瞻基《しゅせんき》は戸惑う。

「朱卜花《しゅぼくか》を毒殺するなんざ、普通の女子にやれるか？」呉定縁《ごていえん》がすこし言葉を斟酌《しんしゃく》した。「あの女は……磁器のような顔の下に玲瓏《れいろう》の心をもっている。汪《おう》管事のたくらみを察する奴がいるとしたら、あいつしかいない」

「他人を褒めるとは珍しいな」太子は思い出してみた。知り合ってからずっと人を苛立たせる皮肉な言葉と表情を通していて、呉定縁《ごていえん》がこんな風に正面から人を称賛することは初めてだ。そして、心に突然ほんのわずかな警戒が生じた。

「蘇《そ》大夫のことを憎からず思っているのか？」

「オレはあいつがすこし素直になればいいと思ってるだけだ。隠してだてはしねえで」

二人は同時に黙りこみ、水牢に死のような静寂が下りた。しばらくして太子がふいに声を出す。

「呉定縁《ごていえん》、気づいたか？」

「何を？」

「こんなふうに話をするのは初めてだ」

この言葉が突如もたらした感慨に呉定縁《ごていえん》は戸惑った。考えてみればその通りだ。これまであの変な頭痛のせいで、太子をまともに見ることもできず、于謙《うけん》の方を向いてしゃべるか、やむを得ない場合に痛みをこらえて怒鳴っただけだった。こうして暗闇に身を置いてみると、相手の顔が見えないから二人は友のように話せた。

「……ああ、そうだな」呉定縁《ごていえん》は答えた。

再び気まずい沈黙が下りた。二人の身分、学識、趣味、どれも天と地ほどのちがいがある。実際、話すことなど何もなく、脱出計画を相談するくらいのものだが、この水牢では何も計画することなどできず、ただ待つしかない。

水牢の恐ろしい点はここにある。静かで密閉された空間、漆黒の視界と全身を包む冷たい水が五感を奪い、思考が鋭敏になる。二人を待ち受けていたのは痛みでもなければ、疲労でもなく、まずは極度の退屈だった。

実際、朱瞻基《しゅせんき》はこの種の圧力にがまんできず、また口を開いた。

「質問がある。訊いてよいものか分からんが」

「大根、もう訊いてるだろうが」呉定縁《ごていえん》には微塵も敬意がない。

「さきほど、蘇荊渓《そけいけい》がすこし素直になればいいと言っておったが、わたしもお前がそうなればと思う」朱瞻《しゅせん》基《き》が声をかけながら一歩近づいた。「なぜそんなにひねくれている？」

二人が知りあってわずか一日だが、朱瞻基《しゅせんき》はこの〝ひごさお〟について多くを知った。あきらかに非凡な才能をもっているのに、父の背後に隠れて世の嘲笑を甘受し、酒乱で妓楼狂いという悪名を負っている。朱瞻基《しゅせんき》にはそれがなぜだか分からなかった。そんなふうに自分を踏みつけにする者が、はたして他にいるだろうか。

墨色の濃厚な静けさの中、出過ぎた事を問うたのかも知れないと朱瞻基《しゅせんき》は思った。もうこの話題をやめようとした時、呉定縁《ごていえん》の声が暗闇の中で聞こえてきた。その口調にいつもの嘲笑はなく、ただ淡い疲労と哀切があるのみ。

「……小さい頃から一番尊敬していたのは親父だ。南直隷で一番の腕利きの捕快《ほかい》なんだぜ、どんな悪人も親父の雷みてえな手からは逃げられねえ。南京のガキは〝官兵と土匪《どひ》〟という遊びをやるんだが、みんな官兵のことを〝鉄獅子〟って言うんだ。オレはぜったいに土匪はやらなかった。鉄獅子の息子が賊の役なんかできるか？　ぜったいに官兵だった。

だが、ずっと不思議だった。オレは六歳から後の事しか覚えちゃいねえんだ。その前のことはまるで記憶にない。親父と御袋に聞いてみたこともあるが、子供には記憶力がないって言われて、そう信じてた。十二歳のあの年、御袋が玉露《ぎょくろ》を産んで死んじまって、それから親父は後添えを娶《と》ろうとはせず、苦労してオレたち二人を育てた。その頃からオレは捕縛の術を学びはじめて、追跡や検死の術の訓練で、眼や脚をきたえた。いつか親父のように家族や金陵の民を守りたいと思ってた。

永楽十三年、オレは応天府で快班の常役になって、夢への一歩を踏み出した。あの日はうれしくて、桃花《とうか》渡《と》ですこし祝いの酒を飲もうとしたんだ。だが、途中でコソ泥を見つけちまった。百姓のおばさんが野菜を売った銭を盗んだ奴だ。秦淮沿いに五、六里も追いかけて、やっとそいつを逮捕した。縛りあげて護送しようとして顔をあげたら、いきなり親父が富楽院に入っていくところが見えた。

応天府の三班の役人だって、そりゃあ、妓楼遊びはするが、たいてい内橋《ないきょう》か中正街《ちゅうせいがい》に行く。秦淮みたいな高級な所に行けるはずがねえ。それに親父のことはよく分かってる。御袋が死んでからずっと女色を近づけちゃいなかった。世間じゃ笑い話になってたんだ。寡婦が死んだ夫のために独身《ひとりみ》を通すとは言うが、鰥夫《やもめ》が死んだ妻のために節を守るなんて聞いたことがないってな。だから、親父が富楽院に入っていくのを見た時、オレがどんなに驚いたか想像できるだろ。

だが、コソ泥を役所に連行しなくちゃならなかった。その夜、家に帰って水を向けてみても親父は何も言わなかったのさ。好奇心を抑えきれずに、富楽院にちょっと調べに行くと、親父が会っていた姑娘《クーニャン》は紅玉《こうぎょく》という名だった。オレはなんとかして紅玉《こうぎょく》に会えるようにしたんだ。ところが、ひと眼、紅玉《こうぎょく》……いや、紅《こう》おばさんを見た時、全身が呆《ほう》けちまった」

「わたしを見る時のようにひどい頭痛がしたのか？」

朱瞻基《しゅせんき》が問う。

「いや、とても気持ちいいんだ」呉定縁《ごていえん》は眼を細めて思い出を味わっているようだ。「まるで足にお湯を少しずつかけてもらって、足の指の間に湯がしみこんで、全身がぽかぽかと温まるような、最高に腕のいい按摩師に揉んでもらうよりずっと気持ちがいいんだ」

その形容は拙劣だったが、朱瞻基《しゅせんき》にも理解はできた。オレ「紅《こう》おばさんがオレに会う時の反応は変だった。オレを前から知っているみたいなのに、知らんぷりをしていた。それはひと眼で分かったが、口には出さず、時々会いに行っただけだ。別に何もせず、顔をちょっと見て、あの不思議な感覚を味わうためで、やめようにもやめられなかった。オレも不思議に思った。御袋の顔を見てもそんな風に感じたことはないのに、見知らぬ人にこんな親近感があるんだからな。なぜだ？彼女と親父はどんな関係なんだ？　でも、問い質しはしなかった。言ってしまえば、あの感覚がもうなくなってしまうんじゃないかって怖かったんだ。

こんなふうに何度か会っていたんだが、ある時、酔っ払いが一人、紅《こう》おばさんの部屋に乱入してきて、琴がうるさいだのと大声で騒いで、親子を乗せるメスイヌと罵ったんだ——明らかにオレと親父のことだ。オレは怒りを抑えきれず、そいつをぶん殴ろうとして、もみ合いになるうちに蠟燭《ろうそく》を倒しちまって火が回りはじめた。その巨大な火を見て、突然、頭が割れるように痛みだした。まるでバッタが頭の中で跳ね回って咬みついているみたいに……オレは口から泡を吹き、手足が痙攣して床の上でのたうち回った……

ぼんやりと眼が醒めた時には、紅《こう》おばさんの寝台に横になっていて、おばさんと親父が外で話をしていた。二人はオレが眼を醒ましたことに気づかず、遠慮なしに話をしていた。ひとこと聞こえただけだが、その時、紅おばさんが言ったんだ。〝こんなに長くこの子を育ててきたのだから、本当の父親と何の区別もない〟ってな。その時は頭に雷が落ちたみてえだった。分かるだろ。ずっと鉄獅子の息子だということが自慢だったのに、出生を知ってどれほどの衝撃を受けたか。その瞬間、天が落ちてきて、周りの色は消え失せた。オレは親なしだ。どこの誰かも分からない親なしだった……

……」

呉定縁《ごていえん》の口ぶりはその日に戻ったかのようだった。朱瞻基《しゅせんき》もうかつに言葉をかけられなかった。

「……では、生みの親が誰かと訊いておらぬのか」

「訊かないはずねえだろ？　紅《こう》おばさんが部屋に入ってきた時に問い詰めた。だが、聞きちがいだろうの一点張り、それでも何度も問いつめたら、最終的にうなずいて、認めはしたものの、それ以上は頑として言わなかった。もう一度問いつめると、簪《かんざし》をぬいて、それ以上問うたり、親父に漏らせば、自殺すると言ったんだ。本気なのは分かった。だから、胸いっぱいの疑惑を腹に落として、魂が抜けたみたいに親父と家に帰った。

それからオレの生活は変わっちまった。ちょっと火を見るだけで癲癇《てんかん》の発作が起こって、口から泡を吹くし、頭が痛くて自分ではどうしようもない。鉄獅子の衣鉢《いはつ》を継ぐどころか、普通の捕物もできやしねえ。天下広しとはいえ、どこに火を見ただけで病気になる捕快がいる？

どれが一番の痛手だったのか、じつはよく分からねえ。癲癇の方か、それとも親なしの方か？　親父とも話せねえ。養父の関係もなくなってしまう気がして怖かった。オレは酒に溺れるようになった。みながオレを嫌って蔑《さげす》んだよ。オレは堕落した。だから、もういっそ鉄獅子の息子に相応しくねえって思わせた方がよかった。実際、それに耐えきれなくなると、紅おばさんのところに行って、何もしねえど、ただぼうと顔を見る。その時だけちょっと心が休まる。その挙句、妓楼狂いの名まで頂戴したがな。フン、それはしょうがねえ。

オレの性格が変わっちまったのは病気のせいだと親父は思っていた。たくさん医者に診てもらったが、何の効き目もなかった。親父は何度も酒をやめるように叱ったよ。殴られたり、罵られても効き目はねえ。オレは陰からずっと親父を助けて大事件や難事件を解決したが、オレに鉄獅子の栄誉にあずかる資格なんかあるわけがねえだろ。名声は親父に贈ったよ。恩返しだ。全く血のつながりのない人がオレを育ててくれたんだからな……」

　呉定縁《ごていえん》は思い切って話してみたが、なぜこんな事を話したくなったのか、まるで分からなかった。水牢の環境が心のうちを吐露したいという欲望を起こさせたのかも知れない。あるいは、この秘密そのものが長くためこまれて誰かに聞いてもらいたがっていたのかも知れない。だが、相手は大明の皇太子、雲の上をゆく神龍が蟋蟀一匹の境遇など気にかけるはずもない。むしろ身分が違いすぎるから長話ができたとも言える。

　しかし、朱瞻基《しゅせんき》は話を聞き終えても、いつもの鋭い批判を口にしなかった。呉定縁《ごていえん》は自嘲気味に笑った。

たしかにこんな事、他人には理解できっこない。だが、すぐにこの沈黙が何かおかしいと気が付いた。あわてて名前を呼ぶと、朱瞻基《しゅせんき》が水に沈んで、ぶくぶくと泡があがっていた。

　朱瞻基《しゅせんき》は聞き入るうちに足を滑らせてしまったのだ。両手を縛られているから手で支えることもできず、底まで沈んでいくしかない。

　呉定縁《ごていえん》も両手を動かせない。左足を折り曲げ、前にのめった太子の胸にあて、何とか水面から顔を出させる。朱瞻基《しゅせんき》はむせて水を吐き出したが、顔をあげると、はっきりしない声で言った。

「それからどうした？」

「そんな事はいい」もう一度太子を持ち上げることはできそうもない。呉定縁《ごていえん》は視線を水牢の一角にむけた。

　まだ先客の三人がそこに居る。三体の翁仲像《おうちゅうぞう》（秦の巨漢阮翁仲の像、宮殿や墳墓の守り神）のようにじっと壁によりかかっていた。呉定縁《ごていえん》は眼を細めて観察した。そして、太子をしっかり立たせると、まっすぐに真ん中の一人の所に歩いていき、低い声で言った。

「ちょっと貸せ」

相手の眉がピンと跳ねる。喜んでというわけではなさそうだ。だが、呉定縁《ごていえん》は遠慮なく押しのけて、朱瞻基《しゅせんき》に来るように合図をした。太子は何のことだか分からないが、その位置にもたれてみて、やっと理由が判った。

突起がある。壁が長年水に浸されて煉瓦が浮いたのだ。その大きさと高さはちょうど尻をのせられて顔を水面に出していられる。水牢の中では龍椅《りゅうい》（皇帝の椅子）より貴重だ。

三人はこの場所を見つけて順番に腰を掛けていた。呉定縁《ごていえん》は三人の立ち位置が先刻とはちがい、しかも中央の人物の位置が他よりやや高いことに気づき、この秘密を見破った。貴重な場所が奪われると見て、三人も諦められずに顔を歪ませて取り囲む。

だが、三人は長く水に浸かり、疲れ飢えていた。呉《ご》定縁《ていえん》は水に入ったばかりの頑丈そうな男だから、力では敵《かな》わないと見てとったようだ。これを見て呉定縁《ごていえん》もすこし気の毒に思った。

「ちょっと座らせてやってくれ。順番にかわる。お前らに割は食わせねえよ」

呉定縁《ごていえん》は体をひねって、何とか朱瞻基《しゅせんき》の懐からふやけた鬆糕《ソンガオ》を取り出した。それは賭場から何気なく持ってきたものだった。食べ物を見ると、サッと三人の眼の色が変わる。呉定縁《ごていえん》は背を向け、手の中の鬆糕《ソンガオ》を食わせる。

三人にもいくぶん義気が残っていた。一人が一口ずつ取り、多くは取らなかった。食べ物を呑みこむと、やや元気を回復したようで、堰を切ったように話を始めた。

三人は儀《ぎ》真《しん》県月塘《げっとう》郷の船戸《せんこ》で、一歳年かさの一人が謝三発《しゃさんはつ》という名で、もう一人は鄭顯倫《ていりんりん》という名だった。

一番年下の男は鄭顕悌《ていけんてい》という名で、顕倫《けんりん》の従兄だった。

呉定縁《ごていえん》はなぜ水牢に入れられたのか問うてみた。

謝三発《しゃさんはつ》が三人のなかで一番年上だから苦笑しながら答えた。漕法《そうほう》の変更で船戸の暮らしが苦しくなり、三人が村から推挙されて汪極《おうきょく》と談判に来た。話し合いはうまくゆかず、口論になって、汪極《おうきょく》が三人を水匪《すいひ》と罵り、水牢に入れたのだ。

朱瞻基《しゅせんき》は漕法の事が気にかかった。洪熙《こうき》帝が力を入れていたことだからだった。

「漕法を転運《てんうん》から兌運《だうん》に改めたのは聖上が民を思いやっての善政と聞いているが、どうしてお前たちが苦しむことになる？」

鄭顕倫《ていけんりん》は水に思い切り唾を吐いた。「そんな善政なんざ、尻の穴から出たクソだぜ！　皇帝の老いぼれめ、二度も糞《くそ》をひれば臭《く》せえって分かるだろが」

この悪態に朱瞻基《しゅせんき》は顔色を変え、もう少しで立ちあがるところだった。

謝三発《しゃさんはつ》があわてて、その場をおさめる。

「はじめの転運法じゃ、俺たち船戸は籤引《くじび》きで漕役に派遣された。蘇松から徳州まで輸送したよ。往復ではぼ半年くらい、骨が折れる仕事だった。だが、いまの兌運法じゃ蘇松から淮安まで行けばよくなって、淮安にいる軍の旦那に兌《かわ》ってもらえば、家に帰れる。これは徳政だ。だがなぁ……」

「だが、何だ？」朱瞻基《しゅせんき》がうながす。

鄭顕倫《ていけんりん》が割って入る。

「だがなぁ、淮安から徳州までの脚費《きゃくひ》はオレたち船戸が出さねえといけねえんだ！」

これで朱瞻基《しゅせんき》はすぐに理解した。漕役を銭糧《せんりょう》で換算するからだ。つまり、船戸が金を出して衛所の軍戸を雇い、彼らに運送させることになる——それでもただ働きの徭役《ようえき》より合計すれば多くなるはず。彼らがなぜ悲鳴をあげるのか分からない。

「まさか、漕運衙《が》門《もん》の脚費が高すぎるのか？」

謝三発《しゃさんはつ》が答える。「衙門《がもん》の規定じゃ一石《こく》ごとに脚費は一升《しょう》で、高くはない。だが、汪《おう》の旦那のところじゃ、一石ごとに半斗、ざっと五倍も高い。誰が払えるもんか！」

「漕運の脚費は官府の仕事だろう。あの塩商に何の関係がある？」

三人はまるで莫迦を見るように、同情するような眼で朱瞻基《しゅせんき》を見た。鄭顕倫《ていけんりん》が冷たく笑った。

「ひでえ世間知らずだな。揚州じゃ知らねえもんなんていねえぞ。汪《おう》龍王の船を使わなきゃ運河を行くことなんざ、端《はな》っから無理なんだよ！」

三人に口々に罵られて、朱瞻基《しゅせんき》にもやっと分かった。もともとの転運法では官府が全行程の責任を負って漕船を提供していたから、船戸は付いていくだけでよかった。しかし、今の兌運法では蘇松から淮安までの行程で官府が船を提供しない。だから、船戸が自分で方法を考えねばならないのだ。

謝三発《しゃさんはつ》や鄭《てい》氏兄弟のような貧乏人は自分で大きな船など持っていない。だから、五戸十戸と固まって担保を出して船を借りるしかない。だが、使える大船がすべて汪極《おうきょく》の手に握られているから、どんな貸し賃でも払うしかない。その〝一石ごとに半斗〟の足代も一升分だけ官府に収め、残りの四升はすべて船貸しの費用というわけだ。

「汪《おう》の旦那の話じゃ、船を漕運に出すなんて捨てるようなもんで、他の商売で埋まってるから貸し賃をちょっと高くしねえと丸損だってさ。こっちだってそんな足代を払って往復すりゃ、一家で餓えなくちゃならねえ。だから、生きる路を求めたんだ。だが、あいつは取りあわず、才覚があるお前たちなら、わが家の船を借りなくてもいいだろうと、こうだ。だが、四百料の大船はすべて汪《おう》家の手にある。あいつの家から借りないと糧米は運びきれねえんだ」

朱瞻基《しゅせんき》は怒りを燃やしながら聞いていた。

「そんな莫迦な話があるか。官府に訴える人はいないのか？」

「あいつは揚州知府や揚州所指揮使と同じ袴《こ》をはいてるんだぜ。誰が止められる？　四升の足代も、半分は官府や衛所に献上しているんだ」鄭顕倫《ていけんりん》は怒り心頭で吐きすてた。

だまりこんでいた鄭顕悌《ていけんてい》がつけたす。

「そんなの小さな事だよ。脚幇《きゃくほう》の人から聞いたけど、揚州所の漕船が北に運搬する時には汪《おう》家の私塩が全部の船に積みこまれているんだ」

この一言で朱瞻基《しゅせんき》はギョッとして身を震わせた。私塩の密売は重罪だ。しかも、その犯罪を汪極《おうきょく》は官船を使って行っているのだ。船の賃貸をつり上げるよりずっと悪辣だ。

汪極《おうきょく》の貪婪《どんらん》は極まることがなく、年に何十万斤もの官塩があの男のせいで不足しているかも知れないと思うと、太子は腹の虫が収まらなかった。船貸しの費用をつりあげる一方で、衛所を利用して私塩を密売する。双方で利益を貪るとは何という悪辣さ、漕運の改正は民に恵みをもたらすはずだが、その利益はすべて汪《おう》家に独占されている。

「そ、それは……国法を犯しているのではないか？」朱瞻基《しゅせんき》は口ごもった。

「国法なんざ屁だ。ここじゃ揚州城の汪《おう》旦那が法なんだよ！　皇上よりずっと偉いんだよ！」鄭顕倫《ていけんりん》が不平やるかたない様子で罵る。「皇上は遠くの京城で毎日大きな魚を喰ってら、俺たちみたいな小エビのことなんか、気にするはずがねえ！」

朱瞻基《しゅせんき》は弁解をしようとしたが、どう言葉にしたらよいか分からなかった。不満はある。一部の狡猾な者が朝廷の苦心をよそに悪事を行っているせいだ。だが、話を聞いて判ったのは、国と民に恵みをもたらすはずの善政が、如何《いか》にして悪人が利を貪る具に成り下がったかということだった。

いわゆる〝忠臣〟〝良商〟どもが、天子の信任にかくのごとく報いている。道理で汪極《おうきょく》が惜しげもなく宝船を贈ったはずだ。すべて国の基盤を掘りくずして得た財産ではないか。これほどの利を貪りながら、あろうことか賊心を増長し、皇位簒奪にまでに手を染めた。考えれば考えるほど怒りが湧きあがり、朱瞻基《しゅせんき》は全身がブルブルと震えた。できる事なら今すぐに水牢を出て、あの悪党をこの手で切り刻んでやりたい！

感情が激昂し、全身を激しく震わせていると、突然、ガボッという音がした。尻のあたりが軽くなり、太子は煉瓦もろとも沈んだ……

「大根！」呉定縁《ごていえん》が叫んだ。

第十三章

八つの学而灯《がくじとう》が汪府《おうふ》別邸の正門両側に掛かっている。外では汪《おう》管事がやや気忙《きぜわ》しそうに首を伸ばして遠くをながめていた。

ふいに鈴の音が聞こえてきて、管事は声を張った。

「灯《とも》せ！」

周囲の家僕《かぼく》たちがあわてて草に火を点《つ》け、提灯にさしいれると、たちまち八つの翠緑《みどり》の光が灯《とも》り、四本の朱漆《しゅうるし》の柱と〝臨花蔵池〟と書かれた扁額《へんがく》を照らしだす。

この提灯はきわめて薄い竹の皮が貼りあわせてあり、その光は典雅《てんが》にしてひかえめだ。だから、『論語』学《がく》而《じ》篇に子貢《しこう》（孔子の弟子、弁舌がたち、貨殖の才があった）が夫子《ふうし》（孔子のこと）を称賛した〝温・良・恭・倹・譲〟という言葉にちなんで

〝学而灯〟という名がついている。ただ竹の皮で光を通すために職人は新しく柔らかな竹を選び、表皮を薄く剥がさなければならない。分厚くても、千切れても使い物にならない。この提灯一つにどれだけの手間がかかっているか分からない品である。

二本轅《ながえ》の馬車はゆっくりと屋敷の門前にやって来た。いそいそと汪《おう》管事は正門の階段を降り、膝を地面につけると、「鶴山《かくざん》先生に叩頭致します」と述べた。簾《れん》が引かれて青衫《せいさん》を着た老人が馬車から出てきた。年齢は七十をこえているだろう。手に青藤《アオカズラ》の杖《つえ》をもち、長く白い頬髯《ほおひげ》に東坡《とうば》巾《きん》をつけた姿はすこぶる仙風道骨《せんぷうどうこつ》がある。

「待たせて苦労をかけた。道中やや手間取った」老人はひと言詫《わ》びた。

「いえいえ、泰《たい》州（揚州の東、四〇キロメートル）からの御越しこそ難儀でございました。主人が宴席を整えて御待ちしております」汪《おう》管事は満面に笑みをつくり、屋敷の中へ案内する。

老人の表情はやや鬱々としていた。「ああ」と返事はしたが、すぐには歩みださない。すると、馬車から若い女子が出てきた。寛《ひろ》い額、素朴な身なりをしている。傍らにもう一人、腰の曲がった老僕《ろうぼく》もいる。つばの大きな羅《あやぎぬ》の帽子をかぶっているから顔は見えない。

二人は車から降りると鶴山《かくざん》先生の後ろにひかえた。御伴《おとも》を二人も連れてくるとは聞いておらず、汪《おう》管事はすこし驚いた。老僕は置くとしても、女子の立ち居振る舞いは召使いでもなさそうだし、侍妾《ししょう》にも見えない。だが、問うこともできず、二の門を開けるように言いつけ、貴賓を迎え入れる。

この別邸は表向き地味だが、内部はきわめて豪華だ。門を入れば、いくつもの広壮な堂宇《どうう》を二重欄干《らんかん》つきの廊下が結んでいる。木組みはすべて楠《くすのき》を使い、下地の彩色に金を塗り、その上を丹堊《たんあく》（赤に塗った壁土）でおおって彫刻してある。朱色は辰砂《しんしゃ》の細粒、墨色は徽《き》州の墨だ。

堂宇に囲まれた地面はゆるい坂になっていた。上空から敷地を俯瞰《ふかん》できる者がいたら、この別邸の地形が外周から中央にむかって凹《くぼ》み、盆地になっているのに気づいただろう。盆地内部は庭園になっていて珍しい草花が茂り、福建の仏桑花《ハイビスカス》、暹羅《シャム》（国《タイ》）の紅繡球《サンタンカ》、南海の沙羅双樹《さらそうじゅ》も見られた。しかも、これらの名花は気候にあわぬので、季節が過ぎれば枯れてしまうという品だった。ここから主人の奢侈《しゃし》をうかがい知ることができる。

六月に近く、石榴《ザクロ》がちらほらと咲き、茉莉《ジャスミン》は盛りで、棚に這わせた瓜《ウリ》がたわわに実り、その間から蜀葵《クチアオイ》が突きでて、滴るような朱の槿《ムクゲ》の花がのぞき、これらが盆地の地形を巧みに隠している。客人が一歩敷地に入れば、馥郁《ふくいく》たる香りにつつまれ、すっかり俗世を忘れてしまう……この造りが〝臨花蔵池〟という名の由来だった。

「よい庭だが、贅沢すぎるの」鶴山《かくざん》先生はぼんやりと一言感慨を述べた。

「じつを申しますと、御想像よりも手はかかりません」と汪《おう》管事は笑った。「ご覧ください。この花畑には溝がございまして、邗江《かんこう》から直接水を引いております。大雨になれば、盆地の底に排水溝がございまして、人手はまったくかかりません」汪《おう》管事はもっと説明を加えたかったが、鶴山《かくざん》先生の気分がすぐれないようだと気づき、口をつぐんだ。

管事が三人をつれて臨花蔵池の底に下りると、そこに大きな竹軒《ちくけん》があった。華麗な庭と比べると簡素な造りで、梁や戸《と》窓《まど》、椅子や机までみな竹で作られ、入り口付近には白い鶴が数羽放してあった。竹軒の前に立って見回せば、周囲は棚田《たなだ》のような坂、草花にいくえにも囲まれていた。さながら客人を花の蕊《しべ》として取り囲む萼《がく》のようだ。

その時〝臨花蔵池〟という名の真の意味が来客にも分かった。それは池の中に花を蔵《かく》すのではなく、花が蕊《しべ》のなかに人を蔵《かく》すという意味であった。

背の高い中年の男が竹軒から迎えに出て、まず深くお辞儀をした。そして親しみをこめて客の手を取る。

「鶴山兄《かくざんけい》、お久しぶりです。淡泊《たんぱく》を好まれると伺《うかが》いましたので、この竹鶴軒《ちくかくけん》を選びました。山間の清らかな風情を用意したので、俗念に煩《わずら》わされることはありますまい」

鶴山先生は作り笑いを浮かべた。「極甫《きょくほ》、心づかいかたじけなく思う」

この人こそ揚州一の金持ち、汪極《おうきょく》、汪極甫《おうきょくほ》だ。

汪極《おうきょく》と鶴山《かくざん》先生は肩を並べて竹軒に入った。腰の曲がった老僕は外で待ち、女子も部屋に入っていく。これを汪極《おうきょく》が驚き怪しむと、鶴山《かくざん》先生が説明する。

「先日、武夷《ぶい》（福建省の景勝地）の山中より花茶を手に入れたのだ。焙《ほう》ずる必要がなく味も新奇だ。それで極甫《きょくほ》と品評しようと思って携《たずさ》えて参った……だが、この茶はその場で作らねばならぬゆえ、茶婢《ちゃひ》も同伴させたというわけだ」

汪極《おうきょく》は大いに喜び、「それは愉快！」を連発し、この竹軒にも茶具の備えがあると言った。「料理は後にしろ」と管事に言いつけ、まずは座って閑談《かんだん》することにした。茶婢《ちゃひ》は指示も待たず、竹棚から十二先生《せんせい》（十二種の茶道具。擬人化されて姓名がある。茶炉は韋鴻臚など）を見つけ、腰の袋から色とりどりの花弁や根茎を取り出して準備を始めた。

汪《おう》管事は主人の邪魔をしてはならぬと察し、そそくさと竹軒を退《さが》り、老僕がまだ竹軒の外に立っているので、よかれと思い、「厨房で夜食でもどうですか？」と声をかけた。これに「うむ」と頭を下げたきり、老僕は礼も言わない。郭家は書香《しょこう》の門だが、こんな礼儀もわきまえぬ召使いがいるのかと汪《おう》管事は不満に思った。厨房の場所を教えてやると、ふり返りもせずに歩いていく。

二人が離れると、竹軒に静謐《せいひつ》が戻った。線香一本が燃えるほどの時間で、茶婢は茶粉《ちゃふん》をつくった。折よく鉄の茶釜《ちゃがま》も湯気をあげている。茶婢は細心の注意を払って茶粉を茶杯に入れると、湯を注ぎ、茶筅《ちゃせん》でさらさらと点《た》てる。

この時代、宮中から民間まで煎茶《せんちゃ》が流行していたが、典雅な人々は古風を好み、時代おくれの宋の抹茶《まっちゃ》を嗜《たしな》んでいた。この茶婢の所作《しょさ》はまるで行雲流水《こううんりゅうすい》、火や茶器の取り扱いといい、茶の点てかたといい、すべてわずかな遅滞もない。汪極《おうきょく》は思わず感嘆の声をあげた。

茶婢は二杯の茶湯《ちゃとう》を恭しく献じた。汪極《おうきょく》が茶杯を持ち上げると、まず馥郁《ふくいく》たる香りが鼻をくすぐった。眼で見ると茶湯は青白い。極上品の純白より一等劣るといったところか。

すぐに味わわねばどれほど精妙な味かは分からぬと鶴山《かくざん》先生はうながす。汪極《おうきょく》は茶杯を唇にあて、そっと一口すすってみた。

その味は……見た目とは大いに違った。青臭い中に渋味があり、喉には苦味が貼りついた。口に含んでいれば、いずれ甘味が戻ってくるはずだと汪極《おうきょく》は思ったが、戻ってきたのは更なる苦味で、思わず飲み下した。わずかに顔をしかめて茶杯を置こうとすると、鶴山《かくざん》先生がうなずくのが見えた。思い切ってもう一度茶杯をあげ、薬湯《やくとう》のつもりで飲みほした。

「鶴山《かくざん》先生……何といったらよいか、とにかく特別ですな。何と言う茶なのか知りませんが」汪極《おうきょく》は苦笑して袖で口をぬぐった。

「それはな、〝喪子茶〟と言う」鶴山《かくざん》先生は淡々と答える。

「その名は何やら……」そう言いかけて汪極《おうきょく》は突然眼を剝いた。体がおかしい。四肢が麻痺して視界もぼやけ、眩暈《めまい》までしてきた。眼の前では鶴山《かくざん》が獰猛《どうもう》な表情を浮かべている。あの茶婢奴《め》が近づいてきて、脈を押さえた。

「郭純之《かくじゅんし》、貴様……」これが故意だと汪極《おうきょく》は意識した。完全に油断した。まさか淮左《わいさ》に名の聞こえる碩儒《せきじゅ》が招かれた先で主人に毒を盛るとは……

蘇《そ》荊渓《けいけい》は脈拍を取ると、郭純之《かくじゅんし》を見た。

「効き目が出ました。半時辰の間、四肢が麻痺して動けません」

汪極《おうきょく》は動こうとしたが、その言葉の通りだった。大声をあげようとすると、蘇《そ》荊渓《けいけい》が指を伸ばして彼の唇にあてる。

「大声を出せば気血が動き、毒が心脈《しんみゃく》に入ります。そうなれば神仙も救えません」

その真偽を確かめるのを汪極《おうきょく》はあきらめた。ただ低い声で唸るように言う。

「手ぬかりのないように迎えたのに、なぜ俺《おれ》を害そうとするのだ？」

「それはちがいます。伯父様は槐の木まではすっかり宴《うたげ》に行くつもりだったのですから」蘇《そ》荊渓《けいけい》はにっこりと笑い、空になった杯を汪極《おうきょく》の眼の前に置いた。「この近辺には別荘が多く、いろんな草木を育てていますから、御庭を見せていただいて材料を集めたのです。杜鵑《レンゲツツジ》の花弁、夾竹桃《キョウチクトウ》の根茎、紫藤《フジ》の種、それに麦仙翁《ムギセンノウ》も何株か抜いて粉末にしましたので、こちらに参るのが遅れたのです（いずれも植物毒）。急なことで満足な御もてなしもできず、どうぞ御許し下さりませ」

「何故だ、なぜ……」汪極《おうきょく》は郭純之《かくじゅんし》を見つめている。

郭純之《かくじゅんし》は杖で汪極《おうきょく》の鳩尾《みぞおち》を突いた。

「古人も言うておられる。〝同じことを感じようとするならみずから受けてみよ〟とな。極甫《きょくほ》よ、こうしてみずから受けたならば、子を喪《うしな》ったわしの痛みも分かるであろう？　なぜ、わが息子、郭芝閔《かくしびん》を殺した？」

その言葉で汪極《おうきょく》は硬直し、竹軒に再び静寂がおりた。

＊＊＊

ちょうどその頃、竹軒から百歩離れた水牢では、ガボッという音がしていた。

朱瞻基《しゅせんき》の体は猛然と沈み、周囲の四人は驚いて跳びあがった。呉定縁《ごていえん》がブクブクという音をたよりに、また脚で引き起こす。幸い、太子は休んでいたから体力もやや回復し、自分でもがいて何とか立ちあがることができた。

この動きは突出していた煉瓦が崩れたせいだと、彼らにも分かった。

三人の船戸は顔をしかめた。好意でちょっと座らせてやったのに、崩されちまった。これからどうやって休めばいいんだ？

呉定縁《ごていえん》は慰めを言おうともせず、感覚を研ぎすませた。音がおかしい。水牢の中はこれまで静かだったが、ザアザアという音が聞こえてくる。しばらく耳をすましていると、鳩尾《みぞおち》の下あたりだった水位がわずかに上がった。肋骨《ろっこつ》で水位を測っていたから錯覚ではない。

くずれた煉瓦の壁に移動し、壁に背を押しつけてみると音は消えた。体を壁から離すと尻の後ろにたちまち水圧を感じた。

悪態が一言、口からすべり出た。

太子の尻は突出した煉瓦を崩しただけでなく、水牢の壁にも穴をあけたのだ。この水牢は邗江《かんこう》に接していて、壁の向こうはすぐ川だ。ということは、早く穴をふさがなければ、水牢はいずれ邗江の水であふれ、全員が龍神の客人に御招待というわけだった。

浮かない顔で呉定縁《ごていえん》は壁にもたれながら身を沈めてみた。後ろ手に縛られた両手で穴の周辺を触ってみる。壁は米粒を加えて練った灰漿《かいしょう》（モルタル）を使ってはいない。石灰《せっかい》で煉瓦の隙間を埋めただけ、防水にはなるが、強度はずっと低い。ちょっと動かすだけでもう一つ煉瓦がゆるんだ。

呉定縁《ごていえん》は触れるのをやめ、まっすぐに立つと、他の四人に言った。

「いい知らせだ。ここを抜けられるかも知れねえ」

三人の船戸は顔を見あわせた。呉定縁《ごていえん》が瓢箪からどんな薬を売るつもりなのか、まるで分からない。

「今、この壁に穴があいて邗江の水が注《そそ》ぎこんできている。穴は大きくねえから、しばらくは体でふさげる。だが、水の衝撃で周りの煉瓦がゆるんでいるし、水牢は遅かれ早かれ水で溢れるぜ」

「どこがいい知らせなんだ!」鄭顕倫《ていけんりん》が怒った。

「虎に追われなきゃ深い谷は跳びこせねえ。オレたちが煉瓦をどけたら壁穴を通って泳いで出られるんじゃねえか?」

周囲に沈黙がおりた。これぞ〝釜を破って舟を沈む〟(『史記』項羽本紀、背水の陣に同じ)だが、今ここでこの成語の意味を理解できたのは朱瞻基《しゅせんき》だけだった。自分たちで穴を広げるということは戻る道がなくなることを意味する。脱出が間にあうか、さもなくば溺れ死ぬか。

もはや他の選択はない。三人の船戸はすこし相談したが、呉定縁《ごていえん》の計画に同意するしかなかった。

五人の両手は縄で縛られていたから、交替で水中にしゃがみこみ、後ろで縛られた手をつかって煉瓦を動かした。きわめて効率が悪いが、目下実行できる唯一の方法だ。

幸いなことに壁の穴は堅固ではなく、五人が交替で動かすと二倍以上の大きさに広がった。むろん流れこんでくる水量も増える。水位は呉定縁《ごていえん》の胸の三番目の肋骨の下だが、やや背の低い朱瞻基《しゅせんき》は顎をあげて、つま先で立たねばならない。

しばらく続けると、壁の裂け目はイヌが通る穴ほどの大きさになり、無理をすれば人が入れるようになった。船戸の三人は水牢に長く入れられていたせいで体力を消耗していて、大口をあけて喘いでいる。呉定縁《ごていえん》はしばらく泳ぐ力がないと見て、朱瞻基《しゅせんき》を体で押した。

「お前のケツで壊したんだ。さっさと先に行って道を探してこい!」

フンと一声、自分を先に行かせるために、そんな悪態をついたことは朱瞻基《しゅせんき》にも分かっていた。しかし、どうしてそんな言い方をするのだ……

怒りをこらえ、太子は黙って潜《もぐ》った。水中から壁の穴に入っていくが、視界が混濁していて前など見えはしない。力いっぱい進むと、突然ガンと音がして頭がもう一つの壁にぶつかり、眼から火花が飛び散った。あわてて後ろ手で触るが、心中に冷たいものが走る。

二重壁だ。内壁は煉瓦だったが、外壁は石垣で、両者の間には空間がある。こうしておけば囚人が内壁を崩しても、もう一つの外壁にぶつかる。不器用なやり方だが、脱獄を防ぐには有効だ。朱瞻基《しゅせんき》はすぐに戻って水面に顔を出すと、この発見を告げた。船戸たちの顔から血の気が引き、鄭顕倫《ていけんりん》が呉定縁《ごていえん》に悪態をつこうとする。それを弟がさえぎる。

鄭顕悌《ていけんてい》は兄をなだめて、朱瞻基《しゅせんき》に質問した。

「この壁と石垣の間に水はあったかい？」

「むろんだ。たっぷり満ちている。そうでなければ水が入ってくるはずがない」

「間に水があるなら石垣がふさがっていないか、どこかに隙間があるはずだ。見てくる」鄭顕悌《ていけんてい》がそう言うと、鄭顕倫《ていけんりん》が罵った。「莫迦をいうな、お前まで死にたいのか？」謝三発《しゃさんはつ》もいっしょになって引き止めようとする。

生死の瀬戸際で鄭顕悌《ていけんてい》の声が突然高くなる。

「兄貴、謝《しゃ》さん、時間がないんだ！」

それを呉定縁《ごていえん》は冷静な眼で見ていた。鄭顕悌《ていけんてい》は三人の中では一番若いが、頭は二人より切れる。運河の話をした時も二人は船の賃料に文句を言っただけだが、鄭顕悌《ていけんてい》は私塩の積み込みの方を問題にしていた。

だが、今はそれを褒めている場合ではない。呉定縁《ごていえん》が引き止める二人を押しのけてやる。鄭顕悌《ていけんてい》は深く息を吸い込み、猛然と潜っていく。そして、間もなく顔面を蒼白にして浮かびあがってきた。その話によれば、石垣の基礎に隙間があり、押せば穴を広げられるが、一人では無理だから力を合わせなければならないとの事だった。

　水位は急激に上昇している。謝三発《しゃさんはつ》と鄭顕倫《ていけんりん》が嫌《いや》がろうとも、やるしかない。五人は息を吸い込むと、魚の群れのように連なって穴を通過し、内壁と石垣の間に入り、両脚を動かして石垣の隙間に潜ると、後ろ手で石を掘りだした。

　暗闇の中、何も見えはしない。だが、石垣は煉瓦の壁よりも手を抜いてあった。石を形に合わせて積んだだけ、灰漿《かいしょう》も塡《つ》めてはいない。全員で押すと基礎から数個石を動かすことができた。五人の士気は大いに上がり、動作もいくぶん速くなり、たちまち一本の抜け道ができた。

　だが、全員の肺はもう限界で、帰って息を吸わねばならなかった。その時、水中に直立していた石垣がガタガタと震えはじめた。基礎を強く動かされ、邗江の巨大な水圧で積石が崩れはじめたのだ。今にも崩壊しそうだ。

　石垣が崩れたら全員が溺死する。鄭顕倫《ていけんりん》と謝三発《しゃさんはつ》はすぐに戻っていった。鄭顕悌《ていけんてい》も呉定縁《ごていえん》の肩を押して戻るようにうながした。だが、呉定縁《ごていえん》が戻ろうとした時、突然誰かの足が強く自分を蹴った。

　泳いで探ると、太子が抜け道で動けなくなっていた。呉定縁《ごていえん》は引き出すことができないと判断すると、一瞬の躊躇もなく、思い切り蹴りつけ、太子を抜け道に蹴り入れる。つづいて体をぶつけ、もう一度、肩で強く押しこんだ。

　これでやっと太子は抜け道をぬけ、邗江へと出ていった。

　だが、脆弱な石垣の崩壊は早まり、この抜け道はたちまちふさがった。呉定縁《ごていえん》は身を翻して、崩壊の前に水牢に戻った。

　水面に顔を出すと、すぐに背を穴に押しつけて浸水の速度をゆるめる。外からは絶え間なく低い衝突音が聞こえてきた。水圧で石壁が崩壊しているのだ。崩れた石が隙間をふさいでしまった。邗江の水はあいかわらず狂ったように侵入し、もう脱出の見込みはない。

これで本当に窮地に立った。

「オレにゃ、はなっから分かってた！　お前らを信じたせいでもう終わりだ！」鄭顕倫《ていけんりん》は絶望して大声で叫んだ。謝三発《しゃさんはつ》は蒼白な顔で首をふって、阿弥陀仏《あみだぶつ》と無量天尊《りょうてんそん》の名を唱えている。鄭顕悌《ていけんてい》だけが勇気を出して、呉定縁《ごていえん》に言った。

「あの人は一緒じゃないのか？」

呉定縁《ごていえん》は外に蹴りだしたが、後のことは分からないと答えた。鄭顕悌《ていけんてい》はやや元気を出したが、また心配になったようだ。

「あの人とは……仲がいいのか？」

その言葉の意味するところは深刻だった。

今、ただ一つの生きる望みは朱瞻基《しゅせんき》が水面に浮きあがり、屋敷に戻って、鉄柵を開けてくれることだけだ。だが、これには不確かな要素が多すぎる。どうやって戻ってくる？　どうやって護院たちを避けて水牢までたどり着く？　どうやって鍵を手に入れて鉄柵を開ける？　一番重要な事はそのまま逃げてしまわないかだ。だから、鄭顕悌《ていけんてい》はこの質問をしたのだった。

呉定縁《ごていえん》は戸惑った。どう答えたらいいのか分からない。

あいつは太子で、オレは一介の民にすぎない。どう考えても救いに来るはずはない。朱瞻基《しゅせんき》を蹴りだした瞬間は報いなど望んではいなかった。だが、いま鄭顕《ていけん》悌《てい》に問われてみると、やはりわずかな期待があったかも知れないと、自分の心に気づいた。

「あんたたちは一体どんな関係なんだ？」鄭顕悌《ていけんてい》が焦って答えをうながす。

「……友だ」呉定縁《ごていえん》はぼそりと呟いた。

＊＊＊

邗江にとびだした朱瞻基《しゅせんき》は、そんな事など考える余裕はなかった。激流にもみくちゃにされ、眩暈を感じながら、水中できりきり舞いをした。自分はつくづく水と八字が悪い《あいしょう》と思った。船が爆破されて水に落ち、皇城の堀で矢にあたり、後湖に跳びこんで、今は邗江でこんな目に遭っている。

乱流の中、ふいに両手の縄がゆるんだことに気がついた。呉定縁《ごていえん》に蹴りだされた時、鋭利な石に擦《こす》れて縄が切れかけていた。朱瞻基《しゅせんき》は歯を食いしばって両腕に力をこめ、縄を引きちぎる。

腕の自由を取り戻すと、水の流れをさぐった。体力が衰えている時は流れに逆らってはならず、身を任せなければならない。泳ぎは下手ではない。この二日で経験も積んだ。何度か浮き沈みして、流れにのって水面に浮くと、すぐに岸に向かって泳ぐ。

幸か不幸か、たどり着いた岸は夕暮れに艀板《はしけ》がついた別邸の埠頭だった。朱瞻基《しゅせんき》は舟をつなぐ杭にしがみつくと、ずぶ濡れで岸にあがった。顔をあげると別邸の正門に緑に光る八つの学而灯《がくじとう》がつり下げられていて馬車が左につけてある。汪極《おうきょく》の賓客が到着したらしい。

ぼんやりと別邸の傍らから屋敷を離れる路が見えた。誰もいない。これに沿っていけば逃げられるだろう。だが、朱瞻基《しゅせんき》は別邸の側面に向けて走った。水牢がどんな状況になっているか知らないが、もう四人は長くはもたない。急がねば。

朱瞻基《しゅせんき》は先刻入った通用門まで来て、手で押してみた。鍵はかかっていなかった。そっと中に入ると、廊下に護院が背を向けて立っていて、その向かいに老僕がいて、二人は話をしているようだ。

周囲を見回すと、酒烙《しゅらく》が甕《かめ》の中で煮えている。朱瞻《しゅせん》基《き》はずぶ濡れの袖で手を包み、煮えたぎった湯から酒烙を取り出すと、護院の後頭部に思い切り叩きつけた。

酒烙は銅でできた筒だから、短い棍棒にひとしい。この一撃で護院はばったりと倒れた。朱瞻基《しゅせんき》は動きをとめず、老僕にむかって酒烙をふりあげたが、ふいに相手は両手をふった。

「殿下、わたしです！　わたしですよ！」

酒烙が鼻先で止まる。「于謙《うけん》か？」

老僕は帽子をとり、うれしそうな四角い顔が現れる。やはり、于謙《うけん》だ。

「殿下、どうしてそんな恰好を？」

「そち、どうしてそんな恰好を？」

君と臣から同時に声が出た。于謙《うけん》が咳払いをして説明をしようとすると、朱瞻基《しゅせんき》がその手をつかんだ。

「急げ！　水牢だ！」于謙《うけん》は何のことか分からなかったが、呉定縁《ごていえん》が近くにいないということは、何か大事が起こったのだと察した。

護院の衣服をはがし、朱瞻基《しゅせんき》に羽織らせると、二人は水牢へと向かった。朱瞻基《しゅせんき》はぼんやりと連れ去られた時の道順を覚えていて、いくどか坂を回り、水牢のある離れ家にたどり着いた。

そこでは二人の護院が骰子《さいころ》勝負に熱中していた。傍らには汪《おう》管事が届けさせた酒甕《さかがめ》が置いてあり、水牢の鉄柵はその甕《かめ》でふさいであった。

于謙《うけん》が路に迷ったふりをし、階段に足をかけて、厨房の場所を問う。この別邸には御邪魔したことがなく、汪《おう》管事のほかに誰も知らないのですと言う。二人の護院は貴賓の従者と聞くと、怠けてもいられなかった。一人が骰子を置いて案内に立つ。

于謙《うけん》が一人を離れ家の角に連れてくると、身を隠していた朱瞻基《しゅせんき》が躍りでて、酒烙を一閃、その場で打ち倒した。太子は水牢に閉じこめられた四人が気が気でならず、もはや隠れもせず、思い切って大股で庭に出ていった。

離れ家の周囲には燭《しょく》の光があるだけ、同じ服装の者が見えると、護院は勝負の続きをしようぜと声をかけた。朱瞻基《しゅせんき》が十歩の距離に近づくと、やっと相棒ではないと気づいたようだ。あわてて立ちあがって刀を抜こうとした時、朱瞻基《しゅせんき》は酒烙を投げつけた。それが鼻に強く当たって鮮血が飛び散る。

護院は呻き声をあげ、無意識に顔を覆った。そこに于謙《うけん》が進み出て、はずした閂《かんぬき》で脳天を殴りつける。于謙《うけん》は文弱の書生だから、人を殴ったことなどない。手加減など判らず、一回、二回、三回、四回、五回とふり下ろした時、護院はついに眼を回して倒れた。于謙《うけん》は相手の四肢が痙攣しているのを見て、驚いて閂をほうり出した。生まれて初めて他人に手荒なことをしてしまった。

そんな臣下の気持ちなど考えず、朱瞻基《しゅせんき》は鉄柵に突進して酒甕を蹴りつけた。水は今にも溢れそうだ。護院の体をさぐり、鍵の束を取り出し、一つ一つ鍵を試していく。だが、水位が上がってくることが気にかかり、指が震える。思わず大声で呼ぶ。

「于謙《うけん》、やってくれ！」

于謙《うけん》は水牢の状況を知らないので、太子よりずっと落ち着いていた。すぐに正しい鍵を選び出すと鍵穴に差しこみ、鉄柵を開けた。于謙《うけん》が立ちあがって質問をしようとする間もなく、バシャッと音を立てて、朱瞻《しゅせん》基《き》が水に跳びこんでいた。于謙《うけん》は跳びあがって驚く。それは……しなくてはいけないことか？

朱瞻基《しゅせんき》は喘ぎながら、ずぶ濡れの人物を抱えて浮かんできた。何と呉定縁《ごていえん》ではないか。気を失っている。于謙《うけん》が呉定縁《ごていえん》を抱えてふり返ると、太子はもう一度跳びこんでいく。

前後往復、都合四回、太子は水の中から四人を救い出した。呉定縁《ごていえん》の他はみな見知らぬ者だ。この四人はあちこちに横たえられ、死んでいるのか生きているのかも分からない。太子は腰かけに寄りかかって、肺が裂けたかのように喘いでいる。

「……一体何が起こったのですか？」于謙《うけん》にはわけが

分からない。

朱瞻基《しゅせんき》は床にへたりこみ、もはや話す力などなく、ただ于謙《うけん》に何か食べ物を持ってくるように身ぶりで示した。この離れ家にはほとんど人は寄りつかない。于《う》謙《けん》は休ませておいても大丈夫だと判断して、厨房に走った。

汪《おう》管事から厨房に連絡してあったので、于謙《うけん》は思い切り注文した。厨房の夫婦がしかめ面《つら》をしたが、胡麻入りの炊餅《すいへい》を五枚、煮込み肉の大碗《わん》、焼いた里芋を何個か持って帰る。すでに溺れていた者たちは次々に眼を醒ましていた。ただ水に長くつかったせいで精神はまだ完全に回復していない。于謙《うけん》は太子の前に座って炊餅を細く裂いて肉汁につけて渡しながら、「あの三人は誰です？」と訊ねた。

太子は一口啜《すす》りこみ、二、三回かみ砕いて呑みくだすと、やっと答えた。

「儀《ぎ》真《しん》県の船戸だ」

「え？」于謙《うけん》は驚いた。太子が必死に救ったのが貧しい三人の船戸とは。それはすこし……すこしだけ変だった。

なかば嘲《あざけ》るように、太子は于謙《うけん》をちらりと見た。

「〝君を軽しとし、民を貴しとなす〟であろう。昨日、そちが教えてくれた事ではないか？　どうだ？　おかしいか？」

それを聞いて、于謙《うけん》は深く恥じ入った。「殿下……滅相もありません。公子、民に仁《じん》して物を愛《おし》むは徳政を布《し》く行いにございます。ただ、やや危うきに過ぎるかと」

太子は横たわっている者たちを見て、ふいに軽い吐息をついた。

「わたしは民の苦しみの何たるかを知らなかった……こうして救ったのも気休めにすぎぬかも知れぬ」

朱瞻基《しゅせんき》は水牢であった事を于謙《うけん》に話して聞かせた。それを聞いて、于謙《うけん》は冷や汗をかいた。それほど差し迫った事態だったとは。太子が鍵を選べなかったのもうなずける。

「そちはどうしたのだ？」と太子は問う。

于謙《うけん》は蘇荊渓《そけいけい》が汪《おう》管事に抱いた疑念を一通り述べると、朱瞻基《しゅせんき》は称賛をおしまなかった。「呉定縁《ごていえん》は間違っておらなんだ。すべて彼女にかかっていた」于謙《うけん》が続ける。「我らは別邸に行き、機を見て事を起こすつもりでした。ですが、槐の道で図《はか》らずも彼女の未婚の夫、郭芝閔《かくしびん》の父に会いました。淮左《わいさ》の大儒《たいじゅ》、郭純之《かくじゅんし》殿です。御仁《ごじん》は今晩、汪極《おうきょく》の宴《うたげ》に行くために泰州から瓜洲に来ていたのです」

朱瞻基《しゅせんき》は眉をひそめた。そんな都合のよいことがあるのか？

だが、よく考えてみれば、都合がよいのもうなずける。郭芝閔《かくしびん》の〝何曾《かそう》の食万、いまここに見ゆ〟という枕がなければ、汪極《おうきょく》が火薬を満たした宝船を贈ることもなかった。郭《かく》家と汪《おう》家につながりがあるとすれば、郭芝閔《かくしびん》の父が汪極《おうきょく》の客となることも怪しむことではない。

「郭純之《かくじゅんし》殿は自家に嫁ぐ娘に会うとは思いもしなかったようです。ここで何をしていると質問なさり、蘇《そ》大夫は郭芝閔《かくしびん》が南京で横死し、犯人は汪極《おうきょく》だと告げたのです」

「……信じたのか？」

「はじめは信じませんでした。ですが、蘇《そ》大夫がひとわたり話をしました。南京に夫を訪ねたこと、郭芝閔《かくしびん》が不審な死を遂げたこと、夫の仇を討つために調べてみると宝船の事件と関連があること、苦労のすえ、揚州まで追跡して真犯人が汪極《おうきょく》であると突きとめたこと、郭芝閔《かくしびん》は太子謀殺の手掛かりを消すために口を封じられたこと……まるで義婦が夫の仇を討つ芝居のようでした」

朱瞻基《しゅせんき》の心は重かったが、それを聞くと、やや気分が晴れた。

「郭純之殿《かくじゅんし》は息子が太子謀殺事件に巻き込まれたと聞いて、これ以上なく驚かれた御様子でした。車中で細部にわたって何度も問い質し、蘇《そ》大夫の答えが細かな所まで正しく、右春坊司直郎《うしゅんぼうしちょくろう》たるわたくしが証人に立ちましたので、御老《ごろう》も信じたのです。そこで鶴山《かくざん》先生はわたくしと蘇荊渓《そけいけい》を老僕と召使いに扮装させ、ともに汪府に赴き、尋問しようということになったのです」

「だが、三人でどうやって汪極《おうきょく》と闘うのだ？」

「この付近には名士の別荘が多いではありませんか？　蘇《そ》大夫が各家の花園から毒性の草花を採取して、花茶を偽造いたしました。急な事でしたが、鶴山《かくざん》先生のお名前に隠れ、汪極《おうきょく》を騙しおおせたのです」

「成功したのか？」

于謙《うけん》は竹軒の方向をちらりと見た。

「そのはずです。事前に打ち合わせた通り、汪府に入ったら蘇《そ》大夫と郭純之殿《かくじゅんし》は汪極《おうきょく》を尋問し、わたくしは老僕の身分で皆さまの行方を探す手はずでした。先刻、殿下が入ってこられた時、護院にその事を訊ねていたのです」

太子は愉快そうに言った。「忠臣だ。真に忠臣である」于謙《うけん》が顔を赤くして謙遜しようとすると、太子が続けた。「蘇《そ》大夫こそ真に忠臣である。汪極《おうきょく》は彼女と仇の間柄ではないのに、みずから危険を冒してくれた。それも全てわたしのためなのだな……」

于謙《うけん》は黙々と他の者に食べ物を配った。三人の船戸は狼か虎のように炊餅《すいへい》をむさぼり食った。呉定縁《ごていえん》はつまらなそうな顔で耳に入った水を抜いていた。太子が視線を投げているのに気づくと、あわてて眼をそらす。

水牢の暗闇がなければ、呉定縁《ごていえん》は太子の視線を避けるしかなかった。朱瞻基《しゅせんき》はその理由を知っていたが、心に一抹の寂しさが残り、ふいに呼びかけた。

「呉定縁《ごていえん》！」

「ああ」呉定縁《ごていえん》は相変わらず眼をそらしている。

「ありがとう……」

太子が礼を述べたのを聞いても、呉定縁《ごていえん》は無表情で炊餅《すいへい》をほお張っていた。かえって腹を満たした三人の船戸の方が、次々に朱瞻基《しゅせんき》のところに来て礼を述べた。くどくどと感謝を述べようとするのを朱瞻基《しゅせんき》は手をふって制すると、これからは本業にいそしみ、劣悪な郷《きょう》紳《しん》に頼らず、朝廷の恩を頼るがいいと言い聞かせる。

三人はやや奇妙に感じた。この公子はなぜこうも官府の肩をもつのか？　謝三発《しゃさんはつ》が苦笑して言う。

「オレたちは汪極《おうきょく》に眼をつけられたから、もう逃げるしかないんです。家にもいられねえので、金目の物をもって、身内をつれて海の上を漂うしかないでしょう」

朱瞻基《しゅせんき》は眉間にしわをよせた。逃戸《とうこ》となって外洋に逃げれば、十中八九、海賊に身を落とすしかあるまい。大明の太子が命をかけて救った民が大明に仇なす海賊になるなど、こんな莫迦な話があるか？

だが、今、身分を明かさねば何も言えず、助けられはしない。三人が日焼けした顔に苦しみを浮かべているのを見ながら、朱瞻基《しゅせんき》は何も手だてが思い浮かばなかった。

その時、ずっと頭を垂れていた呉定縁《ごていえん》がふいに視線をあげた。何を思いついたのか分からないが、于謙《うけん》をつかまえて質問する。

「小杏仁、おまえと太……いや、公子が入ってきた時、階段を上がったか、それとも下りたか？」

于謙《うけん》はぼんやりと答えた。

「門からここまで、三つ四つほど階段を上ったと思うが、それぞれ五、六段といったところだ。大した上りではなかった」

呉定縁《ごていえん》は身をかがめ、掌で床板を押してみて眼を輝かせた。ややあって顔をあげると、その眼から暴戻《ぼうれい》な光があふれ出す。

「公子、汪府に戻ったからにゃ、もう紹介状が手に入ればいいってわけじゃねえよな？」

「むろんだ。汪《おう》賊の肉を喰《く》らい、皮の上で寝てやりたいくらいだ！」朱瞻基《しゅせんき》は憎々し気に言った。「お前ら三人も海賊に身を落としたいわけじゃねえよな？」

　三人は顔を見合わせて何かつぶやいた。やはり鄭顒《ていけん》悌《てい》が両手を拱《こまね》いて言う。

「汪極《おうきょく》が追ってこなければ、そんな苦しみを味わわずにすみます。ですが、どうやればいいんですか？」

「汪《おう》管事がオレの真珠も取り上げたままだ。返してもらわねえとな」呉定縁《ごていえん》はゆっくりと言った。「あの人殺しの、泥棒の、ぼったくりども、オレに考えがある。悪いようにはしねえ！」

　そう言うと、バンと掌で鉄柵を打ち、ぬれた顔に凶暴な表情を浮かべた。

　だが、この時、彼らの標的が竹軒で驚愕に陥っているとは知らなかった。

＊＊＊

「郭《かく》御史が……死んだ？」

郭純之《かくじゅんし》の杖は汪極《おうきょく》の鳩尾《みぞおち》を突いている。

「しらばくれおって！　荊渓《けいけい》、聞かせてやるがよい！」

蘇荊渓《そけいけい》が進み出る。「五月十七日、太子が揚州に逗留した時、遊覧船の上で宴会をしましたね。夫の戯言《ざれごと》であなたは船を太子に贈ることになった。そうですか？」

　汪極《おうきょく》はうなずいた。衆人環視の事実だ。否定する必要などない。

「五月十八日早朝、太平門内御賜廊《ぎょしろう》で家が倒壊しました。死者はわたしの夫です。応天府の検死では死んだ時には寝台に横たえられ、官袍《かんほう》を着ていました。つまり、まず何者かに殺され、その後、梁に潰されたのです。五月十八日正午、太子の乗った宝船が東水関で奇妙な爆発を起こし、東宮幕僚と南京百官はほとんど被害を免れませんでした」

汪極《おうきょく》の表情には何の動揺もない。それが薬の効き目のためか、何か企《たくら》みがあるのかは判然としない。

「あなたの仕業《しわざ》でなければ、太子の宝船になぜ火薬が積んであったのですか？　夫の一言がなければ、船を贈る名目を作れましたか？　あなたが彼を殺したのは口を封じるためではないのですか？」

蘇《そ》荊渓《けいけい》の言ったことは一つ一つ事実であったが、郭《かく》芝閔《しびん》の死と汪極《おうきょく》が強い繋がりがあることを示すにすぎない。汪極《おうきょく》はこの指摘を聞いて、思わず瞼《まぶた》を剝《む》いた。

「郭《かく》御史は金陵にいたのに俺がどうして殺せる？」

郭純之《かくじゅんし》にとって、この言葉は共犯を裏付けるに等しい。怒りで手に握った杖を取り落としそうになる。

「おのれ！　無君無父のイヌめ！　大胆不敵にもほどがある！　両家代々の誼《よしみ》も顧みず、よくも息子を謀略に引きずりこみおったな！　九族誅殺の大罪だぞ！」

汪極《おうきょく》はうすく笑い、ゆっくりと口を開いた。

「鶴山《かくざん》先生、俺が郭《かく》御史を引きずりこんだんじゃない。あいつが俺を引きずりこんだのだ」

「でたらめを言いおって！　あの真面目な息子がそのような大逆をたくらむか！」

「はっ、あなたの学問には敬服しますがね、家を斉《ととの》えて子を教えるとなると、世辞も出ぬわ。ほかの事はさておき、郭《かく》御史が毎月揚州に何度来ていたかご存じか？　こっそりと何人の〝瘦せ馬〟（貧家の女子を買う人身売買）を囲っていたかも？」

そう言うと汪極《おうきょく》は蘇《そ》荊渓《けいけい》に眼をやる。蘇《そ》荊渓《けいけい》は驚いて身を震わせたが、その瞳に動揺はない。

郭純之《かくじゅんし》は怒った。「でたらめを言うな！　ひと月の俸禄《ほうろく》で養えるわけがあるまい」

「息子が御乱行《ごらんぎょう》でも、憐《あわ》れな親心はまだ君子だと思いたいようだ」汪極《おうきょく》はせせら笑った。「その通り。養えるわけがない。当然やりたい放題をさせてくれる金主《きんしゅ》がいた。実を言えば今回の件はその金主があやつを俺のもとに遣わし、ともに大事を謀《はか》ったまで。郭《かく》御史が口を封じられたのなら、金主が手を下したに決まっている。俺の出番など何処にある？」

「背後の金主とは誰だ？」

汪極《おうきょく》は陰湿にほのめかした。「鶴山《かくざん》先生、たくさん史書を読んでおるのに、想像できぬわけじゃありますまい？　あえて太子に手を下そうとする人物、首謀者はどこかの官や商人ではない。やつらが太子に手を下すことなどできるか？」

まるで耳にした言葉を信じられないように、郭純之《かくじゅんし》の両眼のしわが突然伸びた。汪極《おうきょく》の嘲笑がさらに獰猛になる。

「太子はもう死んだ。十日を出ず、天子崩御《ほうぎょ》の知らせも来る。新君が立つ時、方孝孺《ほうこうじゅ》となるか、解縉《かいしん》となるか、よく考えろ」

「何だと！」

方孝孺《ほうこうじゅ》と解縉《かいしん》はどちらも一代の大儒だ。方孝孺《ほうこうじゅ》は永《えい》楽《らく》帝が簒奪を謀ったとして従わず、一族誅滅となった。解縉《かいしん》は建文帝の翰林待詔《かんりんたいしょう》でありながら永楽帝に帰順して大学士になっている。汪極《おうきょく》がこの二人の名を出したのは剝き出しの威嚇と言ってよい。

郭純之《かくじゅんし》の怒りは頂点に達したが、もう半寸杖を突き入れることができなかった。汪極《おうきょく》の言葉で後先を考えねばならなくなったからだ。愛子《あいし》を失った悲しみは身を切るほどだが、郭《かく》家の長として行動の結果を考えねばならない。

「殺《や》ってみろ。簡単な事だ。だが、後日、郭《かく》家の男たちが腰斬となって死ぬところを思い浮かべるがいい。そして、郭《かく》家の女たちが教坊司で慰み者になる日を思い浮かべるがいい。さあ、考えろ！」

汪極《おうきょく》の四肢は動かないが、口先は得意満々だった。自分の言葉で老人が打ちのめされ、怖気《おじけ》づき、背筋を丸めていく様子をじっとながめる。それは本当に……美しかった！　数十年の間、思う存分商売をしてきたが、一番の楽しみは贅沢でも美女でもない。こんなふうに相手を押しつぶす快感はどんな媚薬《びやく》にもまさるのだ。

老いぼれの学究一人、人の心を玩《もてあそ》ぶことにかけては自分の敵ではない。

カランと音がして郭純之《かくじゅんし》の手から杖が落ちた。老人は胸を押さえてゆっくりと倒れこんだ。蘇荊渓《そけいけい》が顔色を変え、あわてて介抱する。度を越した心痛で胸痺《きょうひ》（狭心症など）を発していた。この部屋に薬はない。蘇荊渓《そけいけい》は郭純之《かくじゅんし》の右腕をもちあげ、郄門《げきもん》（腕の内側。肘と手首の中間にあるツボ）と内関《ないかん》（手首内側のツボ）を按摩して痛みをやわらげることしかできない。

それを見て汪極《おうきょく》は笑い、まだ不足と見て、さらに追い打ちをかける。

「実は今日の宴《うたげ》も老いぼれに言いふくめるためだ。もう選ぶ余地などない。新君につけば息子は大業に殉《じゅん》じた忠臣、あくまで洪熙《こうき》の忠臣であろうとするなら貴様も同罪だ。なんせ息子が太子を粉々《こなごな》に吹き飛ばしちまったんだからなあ……」

そう言うと、ふいに沈黙が降りた。

戸が開いて三人が竹軒に入ってきた。先頭は護院の服を着ていて、剃り上げた頭に何本か水草が貼りついている。その容貌はひどくみすぼらしい。だが、その憤怒にみちた顔は一瞬で汪極《おうきょく》を氷窟《ひょうくつ》に叩き落とした。

「た……太子！」

秦淮《しんわい》の底で蠢《うごめ》いているはずの霊魂が突如眼の前に現れた。四肢が麻痺していなければ汪極《おうきょく》は椅子から跳びあがっただろう。

「誰が粉々になっただと？」朱瞻基《しゅせんき》は二日前に自分の前で卑《いや》しく膝《ひざ》を屈していた商人を見下ろした。その表情は氷のように冷ややかだ。

于謙《うけん》は蘇荊渓《そけいけい》に歩みよって郭純之《かくじゅんし》を助け起こした。二人の眼があったが、蘇荊渓《そけいけい》は首をふった。手の施しようがないという意味だった。あの碩学《せきがく》がこんな死に方をせねばならぬとは……于謙《うけん》は思わず自分の腕を握りしめて嘆息をもらした。郭純之《かくじゅんし》は淮左の大儒、学術の造詣《ぞうけい》は極めて深い。こんな混乱の中で死ぬのは巨大な損失だ。

太子は老儒を顧《かえり》みず、まっすぐに汪極《おうきょく》の前に進んだ。顔には嘲りを浮かべている。

「塩商人とはずいぶんと富貴なものだな。わたしはまだ信じられぬ。この別邸など皇家の園林より立派ではないか」

汪極《おうきょく》の頬が激しく痙攣した。すべての自信が太子の死という一点の上に築かれていた。だが、こうして太子が生きて現れると、海千山千の大商人も表情を作るどころではない。

「まさか……」その声は嗄《しわが》れていた。あれだけの火薬を積んだ船が爆発して太子が生きているなどありえない。

朱瞻基《しゅせんき》は冷笑した。「死ぬはずの者が生きていて言葉もないか？ 南京では朱卜花《しゅぼくか》に夜通し追われ、何とか逃げてきたのだ。そんな大事をなぜ仲間から聞いていない？ やはり、お前は重要ではないらしいな」汪《おう》極《きょく》に対する憎しみはすでに頂点に達していたが、すぐに酷刑《こっけい》を施そうとは思わず、まずは言葉で奸賊《かんぞく》を切り刻んでやらねばならぬ。

だが、意外にもその言葉で汪極《おうきょく》は冷静さを取り戻した。

「殿下、我らがみな血を啜《すす》って盟約を結んだ義兄弟で、肝胆《かんたん》あい照《て》らす仲とでも御思いか？」

朱瞻基《しゅせんき》の眉が跳ねた。自分が何か誤りを犯したようだと気がついた。

「我らの間には信頼などない。関わった一人ひとり、どの勢力も自分がいつでも捨てられる駒にすぎぬことは承知している。そんな幼稚な挑発をするとは、道理で人君らしからぬと言われるわけだ」

最後の言葉が太子の痛いところを突いたと汪極《おうきょく》は見

た。そして、ある計画が心に浮かぶ。

「宮中でさぞや立派な講義を聞き、腐儒《ふじゅ》どもが何か道理を教えてくれると思っているのだろう。言っておくが、天下の事はつかみどころのない虚《むな》しい忠義には頼れんぞ。しっかりした手ごたえのある利こそ、人の心を集めるのだ！　後ろ暗い魂胆を持っていようが、上辺《うわべ》だけとり繕《つくろ》おうが、利さえ一致すれば推し進められない事などない」

そう言っているうちに汪極《おうきょく》の眼から恐怖が消えていき、それに代わったのは虚飾のない狂熱だった。

「利だと？　お前にどんな得がある？」朱瞻基《しゅせんき》は問うた。この疑問は前々からあった。汪極《おうきょく》は運河で富を極めた。この危険で巨大な陰謀に身を投ずる意味はないように思える。

「得だと？　もちろん、遷都の廃止だ」

この答えは朱瞻基《しゅせんき》の意表を突いた。だが、少し考えれば両者の関係は明白だった。京城が南京に戻れば南北の漕運量は激減する。そうなれば汪極《おうきょく》が苦心して経営してきた多くの産業、表の船貸しや裏の私塩密売もすべて無に帰す。

朱瞻基《しゅせんき》は腹が立ち、大声で叱責した。

「お前の家業はすべて国法に背《そむ》くものか、あるいは民を食い物にしたもの、本来懲《こ》らしめられて当然だ。それを被害者面《づら》か？」

汪極《おうきょく》は唇の端に冷たい嘲りを浮かべた。

「太子のくせに、その程度の見識しかないなら即位せぬがいい。凡庸《ぼんよう》な君主が一人増えるだけだ」

朱瞻基《しゅせんき》の心に炎が燃え上がり、思いっきり汪極《おうきょく》を平手打ちする。力が入りすぎて相手は体ごと後ろにのけぞった。汪極《おうきょく》は口から血を流したが、顔に浮かべた嘲りはますます濃くなった。

「太子殿下、南北漕運で毎年官がどれだけの糧米を運んでいると思う？　五百万石《ごく》だ！　この五百万石を京城に運ぶのにどれだけの船を造り、どれだけ水夫を雇っている？　運河ではどれだけ脚幇《きゃくほう》、閘工《こうこう》（落差調節の水門を運用する労働者）、繂夫《けんふ》（船曳きの労働者）を雇う？　どれだけ水次倉《すいじそう》（運河に面した糧米倉）を建てる？　各州各県から調達や護送にどれだけの徭役《ようえき》を動員している？　朝廷が毎年運河の浚渫《しゅんせつ》費、治水費、軽齎銀《けいせいぎん》（難所航行の特別手当）をどれだけ支出している？」

朱瞻基《しゅせんき》は痛みを払い落とすように手をふった。この塩商人がなぜ巨額の金銭の話をしているのか、その意図が分からなかった。

「運河の節々《ふしぶし》には金銀が流れ、どれだけの者がそれにすがって生きているか分かるか？　お前たち朱《しゅ》家が金陵に帰れば漕運は必ず廃《すた》れる。これらの者はどう思う？」汪極《おうきょく》は舌を動かすほど興奮の度をくわえた。「殿下を殺そうとしているのが俺だけだと思うか？　人の財を断つのは父母を殺すも同じ。俺がいなくなろうと、李極も王極も出てくるぞ……遷都を口にする者は誰だろうと運河の敵だ！」

朱瞻基《しゅせんき》の重い平手打ちが当たる。

「何を言うか！　漕運の費用は莫大、民も重い負担に堪《た》えかねている。南都に移って漕運をやめれば、上は朝廷を利して下は万民に恵《めぐ》むのだ。群臣の朝議で利弊《りへい》は明らかにしておるわ！　これによって父皇《ふこう》は心を決められた。皇帝の御考えをお前のごとき木喰い虫が評するか？」

「大義は大義、利は利、二つを混同している。やはり器ではないな」汪極《おうきょく》は笑った。「国家の費用も民の安全も俺のような塩商に関わるのではないか？　誰かが俺の饅頭《マントウ》を取り上げるなら皇天老子《こうてんろうし》（老子を神格化した道教の神）だろうが取り戻す。俺だけではない。全運河がいまや巨大な鼉龍《だりゅう》（長江にすむワニ）、それに触れる者は誰であろうと必ず咬み裂き、死ぬまでやめぬ……これこそ天下の至理！　宮廷育ちの太子に理解できるか？」

朱瞻基《しゅせんき》の顔色は蒼白になり、蘇荊渓《そけいけい》が以前に言っていたことを思い出した。南京の官員が遷都に恐れおののき、それが間接的に朱卜花《しゅぼくか》の権力奪取をもたらしたのだ。なるほど運河には暗流が動いている。

東水関のあの爆発は賊の悪意から出たものではなく、簒奪者の野心から出たものでもない。遷都の議が巻き起こした無数の暗流が合わさった必然的結果だった。その背後にいる者は遷都の議を利用し、すべての反対者を同じ船に乗せている。

「お前の父は本物の莫迦だ！　なにが都を遷《うつ》し、漕運を廃《や》めるだ！　なにが民力を思いやるだ！　まるで話にならん。笑止千万！　節約すれば銭がどこからか出てくるとでも思うか。村の行商でも知っておるわ！　銭とは水のごとし、ただ流れてのみ活きるもの。運河が廃されれば南北は断絶し、たちまち天下は淀んだ淵《ふち》となる。あのデブの薄鈍《うすのろ》はそんな後先も分からんのか？」

汪極《おうきょく》はつけあがって、皇帝を直接罵った。

于謙《うけん》は太子が動揺していると見て、急いで駆けより、低い声で言う。

「殿下、反賊に惑わされてはなりません！　故意にやっているのです」

朱瞻基《しゅせんき》はまだ茫然としている。于謙《うけん》は思い切って前に出て大声で叱りつける。

「もう逃げ道はない。誰が首謀者か言え。さすれば許しが得られるかもしれぬぞ！」

汪極《おうきょく》は突然顔をあげて獰猛に笑った。「太子はいずれ死ぬ。知る必要などない！」

そう言うと、汪極《おうきょく》は猛然と後ろ向きに倒れ、椅子ごと床に転がった。そして、竹軒の中にカチッという音が響き、突如床に真っ黒な穴が出現した。まずいと思い、呉定縁《ごていえん》が突進するが、一歩遅かった。汪極《おうきょく》は穴に転がり込み、その背後で鉄柵がはじけるように閉まり、しっかりと穴をふさぐ。

呉定縁《ごていえん》は鉄柵を引いてみたが、内側から太い鉄の閂《かんぬき》がかかっていた。床板をぜんぶ剝がさなければ外側から開くことはできない。

　これは〝秘閣〟と呼ばれ、民間では〝寄命〟と呼ばれる。江南の大家で流行している緊急用の部屋だ。盗賊が押し入ってきて役人を呼ぼうにも間に合わない場合、主人はとりあえず家族や財産といっしょに秘閣に入る。内側はバネ仕掛けで鍵がかかり、外に銅鈴がつながっていて警報が鳴るようにしてある。通常の刃物ではこじ開けることはできないから、強盗は逃げ去るしかない。

　汪極《おうきょく》は揚州の塩商、屋敷に寄命を備えていてもおかしくない。蘇《そ》荊渓《けいけい》の毒にあたり、四肢が麻痺していたから故意に郭純之《かくじゅんし》と太子の怒りを引き出すことにしたのだ。どちらかが激昂して殴れば、倒れざまに隠してある仕掛けにふれて、床の秘閣を開くことができる。

　朱瞻基《しゅせんき》はこの土壇場で相手が逆転の一手を隠しているとは思わなかった。彼も鉄柵に突進して両脚で踏みつけたり蹴飛ばしたりはしたが、ビクともしない。汪《おう》極《きょく》の声が鉄柵の隙間から聞こえてくる。

「無駄だ！　殿下、この秘閣は鉄と銅を鋳込んで作ってある。開けられるものか！」

「お前もその亀の甲羅から出られぬぞ！」朱瞻基《しゅせんき》が怒鳴り返す。

「長く待つ必要はない」汪極《おうきょく》は得意満々だった。「鉄門が閉まれば、正庁の銅鈴が鳴る。それでわが家の護院がやってくれば、お前たちはみな死ぬ！　朱卜花《しゅぼくか》が南京で仕留め損ねたお前を、俺が揚州で仕留める！」

　だが、汪極《おうきょく》はふいに口をつぐんだ。期待していた驚愕と絶望が聞こえてこない。鉄柵を通して見ると、あの呉定縁《ごていえん》という名の背の高い男が憐憫《れんびん》にみちた眼で自分をながめている。長年人を見てきた経験から、あれは死人を見る眼だと汪極《おうきょく》は思った。

「来世でも陰謀をたくらむ気なら、暦を調べてからにしろ」呉定縁《ごていえん》は指を立てて横にふった。「今日は土葬には不吉だとよ」

その言葉が終わらぬうちに、竹軒の外から怪しい音が聞こえてきた。低く轟々と、遠くで陣太鼓を叩いているような、巨獣が力をためて低く唸っているような音だ。その音は連綿とつづき、竹軒を取り囲んだ。外にいた白い鶴が清んだ軽い鳴き声をたて、バサッと羽ばたく音が聞こえる。何か危機を察知したらしい。竹軒にいた者たちも引きあげたようだった。

まもなく汪極《おうきょく》にもはっきりと聞こえてきた。水の音、正確に言えば、邗江の水が迸《ほとばし》る音だ。その音は聞き慣れていた。朝まだき、邗江の岸に立って運河をながめる。水音が響くほどに流れは豊かで、流れが豊かなほど自分の金櫃《かねびつ》に銀が入ってくる。

その妙《たえ》なる調べが無常の足音と化して遠くから迫ってきた。

数呼吸の間で、しぶきを立てる水が盆地の周囲からわき起こった。水の性は下るを善とす。邗江の水は〝臨花蔵池〟という盆地に猛虎のような本性を発揮し、咆哮をあげて下る。巨大な水流は最も残虐な盗賊だった。行く手の草花をなぎ倒し、竹軒を叩き壊し、そして、床下の秘閣にも狂ったように流れこんだ。

汪極《おうきょく》は懸命に頭上の鉄柵を開けようとしたが、毒のせいで四肢が重い。堅固この上ない秘閣は今や呪いの棺桶と化した。最後の絶望的な叫びを発する間もなく、室内は水に満たされた……

朱瞻基《しゅせんき》、呉定縁《ごていえん》たちは池の周囲の高い場所に登った。眼の前で激流があっという間に蔵池を埋め、小さな円い湖となった。湖面には無残に乱れ散った花弁がいっぱいに浮き、二羽の白い鶴が天空を旋回して、ゆっくりと湖面に降りてきた。まるで葬《とむら》いの祭童のようだ。

こうして一代の塩商人は自家の寄命に死した。たとえここにいる者が汪極《おうきょく》に深い憎しみを抱いていたとしても、水底《みなそこ》の惨状を思えば、一抹の悲しみを禁じえなかった。

水は蔵池をみたした後も広がりつづけた。汪《おう》家別邸は瞬く間に一面の沢となる。呉定縁《ごていえん》たちが立つ坂の上にわずかに乾いた土が残るのみ、見わたす限り水に没した。

遠くから舢板《はしけ》が飛ぶように近づいてきた。謝三発《しゃさんはつ》と鄭《てい》氏兄弟が力いっぱい棹《さお》さしている。体は弱っているとはいえ、そこは経験のある船戸だ。舢板《はしけ》を水跳蚤《みじんこ》のように操り、坂の近くに漕ぎよせた。

「遅えじゃねえか？　亀でも登ってきちまう」呉定縁《ごていえん》が不満そうに言う。

三人の船戸は次々に頭をさげて詫びたが、興奮の表情は隠しきれない。大敵が去って逃戸とならずにすんだ。ちょっと罵られようが、そんな事は何でもない。謝三発《しゃさんはつ》が急ぎ舟に乗るようにうながす。朱瞻基《しゅせんき》が袍《ほう》の裾をめくりあげ、舢板《はしけ》を踏み、呉定縁《ごていえん》をふり返って笑いかけた。

「呉定縁《ごていえん》、お前はまるで〝水淹《えん》七軍〟の関雲長（『三国演義』第七十四回、関羽が魏の于禁らを水攻めで破った戦い）だ！」

芝居の事は呉定縁《ごていえん》には分からない。太子が褒めているのか、貶《けな》しているのか分からないので、顔をそむけて水流を観察しているふりを装った。

この奇妙な洪水を起こしたのは、たしかに呉定縁《ごていえん》の功だ。

朱瞻基《しゅせんき》によって水牢から救い出された後、呉定縁《ごていえん》は奇妙な事に気づいた。蹴倒された甕から酒が別邸の方向に流れていたのだ。水牢は屋敷の低いところに作られるものだから、酒は水牢に流れるはずなのに、実際は反対だった。

そして、于謙《うけん》に質問し、別邸から水牢まで階段を上らねばならないことを知った。言い換えれば、別邸は水牢よりも低いのだ。水牢と邗江の水位が同じなら別邸は邗江の水面より低いことになる。

于謙《うけん》の記憶力は優れている。汪《おう》管事が〝臨花蔵池〟を紹介した言葉を一字一句、呉定縁《ごていえん》に伝えた。それで呉定縁《ごていえん》は別邸の奇妙な配置が〝臨花蔵池〟を造るための地形だと知った。別邸の位置が低いからこそ、邗江から直接に水を引け、溝によって〝花が蔵《かく》す池〟の貴重な草花に灌漑《かんがい》できる。

もちろん水の侵入をふせぐために邗江沿いに堤防を築いてはいる。だが、別邸を破壊しようとする者にとって、これは障害ではない。

呉定縁《ごていえん》が朱瞻基《しゅせんき》と于謙《うけん》を連れて竹軒に行くと同時に、三人の船戸たちは煉瓦と石組みの二層壁を徹底的に壊した。こうすれば堤防で堰き止められている邗江の水が勢いよく別邸に流れこむ。そうしておいて、三人は埠頭に走り、艀板《はしけ》を解いて彼らのもとに漕ぎよせてきたのだ。

全員が舟に乗ると、艀板《はしけ》は高い場所を目指した。別邸の大部分が水にのまれ、わずかに高い堂宇が屋根を見せているだけ、遠くからみれば、まるで孤島のようだ。水中に人影が見えた。服の色から見て護院たちにちがいない。

憐れな精鋭は鈴の音を聞き、主人を救いに竹軒へ向かったのだが、第一波になぎ倒されたのだ。浮き上がった者はまだ幸運だったが、不運な者は臨花蔵池の底に引きずりこまれ、主人に殉葬された。

「あれを！」于謙《うけん》が突然叫ぶ。

数丈先で半分突き出た柱を抱えている者がいた。朱《しゅ》瞻基《せんき》がその方向を見ると〝仇にはよく出会うもの〟と言う通り、まさしく汪《おう》管事だった。朱瞻基《しゅせんき》は鄭《てい》氏兄弟に艀板《はしけ》を近づけさせ、舳先《へさき》に座って眼を細めた。

「汪《おう》管事、ここで文虫でも取っておるのか？」

そんな冗談にかまう余裕などなく、汪《おう》管事は助けてくれと連呼した。朱瞻基《しゅせんき》は相手の懐を指し、そして自分を指した。汪《おう》管事はすぐに察し、何とか真珠の袋を取り出して、呉定縁《ごていえん》に渡してくれと言った。汪《おう》管事は今晩ずっと忙しく部屋に帰る時間もなかったから、真珠はずっと懐にいれてあったのだった。ひとめぐりして品物が持ち主にかえる。

鼻水と涙を流している汪《おう》管事の顔をながめていると、朱瞻基《しゅせんき》は報復の興が失せてしまった。汪《おう》管事には舟の端につかまることを許したが、乗ることは許さなかった。苦しい目にあうのも仕方がない。太子は受け取った真珠の袋を呉定縁《ごていえん》に放り投げる。

「数えてみよ。一粒でも足りなければこやつを蹴り落とす」

呉定縁《ごていえん》は受け取って、一回数えて懐におさめた。

蘇荊渓《そけいけい》は身をかがめて、郭純之《かくじゅんし》の襟もとを整えていた。淮左の大儒は船に横たえられ、もう息をしていない。于謙《うけん》の痛惜はやまなかった。大家をなくしたことは国家的損失で残念でならない。蘇荊渓《そけいけい》は遺体をじっと見つめ、言葉もないようだ。于謙《うけん》が慰めの言葉をかけようとすると、ふいに蘇荊渓《そけいけい》が立ちあがった。その表情は平静だった。

「郭《かく》伯父さまにとって良い事と言えなくもありません」

于謙《うけん》は絶句した。

その言葉はすこしも間違っていない。郭芝閔《かくしびん》が太子謀殺に関与したのだから、太子が即位すれば郭家が幸せな日々を過ごせるとは思えない。郭純之《かくじゅんし》の死は息子の贖罪《しょくざい》に等しく、少なくとも一族が連座することはないだろう。だが……その反応は冷淡すぎるのではないか？　とにかく蘇荊渓《そけいけい》は郭《かく》家に嫁ぐはずだったのだから。三日のうちに未婚の夫と未来の父が相次いで死んだのに、まるで路行く人について話すようではないか。

于謙《うけん》が問おうとすると、呉定縁《ごていえん》が真珠の袋を投げつけてきた。

「真珠を数えてくれ、他のやつには頼めない」

于謙《うけん》はしぶしぶ袋を開けて一粒ずつ数えだした。呉《ご》定縁《ていえん》は身をかがめて郭純之《かくじゅんし》の遺体を船尾に運んだ。于謙《うけん》が真珠を数えなおして顔をあげると、蘇荊渓《そけいけい》がまだ開封されていない信書を自分に差し出しているのが見えた。

「それは何だ？」

「伯父さまの懐にありました。京城から送られたばかりのようです」

于謙《うけん》はやや戸惑った。

「私信であるし、家族に渡すのが筋であろう。どうしてわたしに？」

「朝廷や学問の事はわたくしが口を挟むことではありません。けれど、伯父さまはこれから宴にゆくと言うのに、何故この手紙を持っていらしたのでしょう？　汪極《おうきょく》に見せるつもりだったのでしょうか？　于《う》司直は官界に精通していますから、旅の途中で見ていただきたいのです」

太子の味方について、京城の情勢はずっと霧の中だった。朝廷で一体何が起こったのか？　張《ちょう》皇后の密書のほかには何も伝わっていない。この手紙を郭純之《かくじゅんし》が身に帯びて汪極《おうきょく》に会いに来たということは、何か京城の事件と関わりがあるのかも知れない。

于謙《うけん》はじっと蘇荊渓《そけいけい》を見ながら手紙を受け取った。

封皮《ふうひ》に二行の墨字が書いてある。

鶴山《かくざん》先生　敬啓
譙郡《しょうぐん》　張泉《ちょうせん》

筆先は力強く、顔真卿《がんしんけい》（七〇九年～七八五年、唐の書家）風の行書だった。

譙郡《しょうぐん》の張泉《ちょうせん》とは誰だろうかと考えていると、艀板《はしけ》が少しゆれて岸に着いた。于《う》謙《けん》は手紙を袖に入れ、一同について舟を下りた。手紙の内容についてはしばらく置いておこう。目下、それより重要な問題があった。

「公子、どうやって進鮮船をさがしますか？」

汪極《おうきょく》を倒したのは痛快な事ではあったが、紹介状の可能性は断たれた。進鮮船はあと一時辰あまりで出発する。この深夜にどこで推薦状など手に入れられるだろう？

朱瞻基《しゅせんき》は眉をひそめて、船尾につかまっている汪《おう》管事を見た。そして、この男に乗船させるように取り計らせるのはどうだ？　と言ってみた。だが、呉定縁《ごていえん》が即座に退けた。汪《おう》家の別邸が沈んだことは夜明け前に瓜洲に知れわたる。そんな時に都合よく汪《おう》管事の計らいで乗船すれば、衛所が必ず疑いを持つ。危険が増すだけだ。

「ですが、あの船に乗らなければ間に合いません」

于謙《うけん》は焦ってうろうろと歩きまわり、まるで頭が腫れあがりそうな様子だった。

その時、意外な声が聞こえた。

「京城に行きたいのかい？」

全員が顔をあげた。声の主は鄭顕悌《ていけんてい》だった。鄭顕倫《ていけんりん》が弟の袖を引く。

「あの人たちの話に口を挟むんじゃねえってば！」

呉定縁《ごていえん》の視線がそれをたしなめる。

「弟はお前より頭が切れる。意見を聞かせてくれ」

あの小さな洪水で鄭顕倫《ていけんりん》は呉定縁《ごていえん》に遠慮していたから、びっくりして首をすくめる。

「どうすればオレたちが京城に行けるか知ってるのか？」

「この時辰に出港できるのは京城に直接入る進鮮船だけだ」鄭顕悌《ていけんてい》はまじめに答えた。

呉定縁《ごていえん》が小さくうなずく。水牢の中で見たが、この若者は面白い。二人のマヌケとは違う。于謙《うけん》がたまらず質問する。

「では、われらを船まで送る方法があるのか？」

「それはないけど……」

「では、われらを京城まで送れるか？」

鄭顕悌《ていけんてい》は恥ずかしそうに頭を掻いた。

「京城は遠すぎてオレたちじゃ送れない。だけど、公子を淮安まで送ることはできる。オレたちは毎年何度か淮安に行くし、その道なら慣れてるよ。そこで北へ行く船を探しても遅くないだろ」

于謙《うけん》の眼が輝く。悪くない方策だ。だが、すぐにその眼が暗くなった。

「お前たちのような貧しい船戸が一体どこから船を持ってくるのだ？」

鄭顕悌《ていけんてい》が答える。「そりゃ、何百料の漕船は持っちゃいないけど、烏篷《うほう》つきの泥鰌《どじょう》船なら何艘かある。四人なら十分だ」

「だが、民戸の小船で運河を行けるのか？」于謙《うけん》が憂慮を口にした。現在、運河の水は十分な量ではなく、官船ですら多くは出発できない。漕運衙門《がもん》が民船の使用を許すだろうか？

へヘッと鄭顕悌《ていけんてい》が笑った。「知らないだろうけど、瓜洲から淮安清口《せいこう》までは〝湖漕〟って言われてるんだ。運河沿いに江都の邵伯湖《しょうはくこ》、泰州の張良湖《ちょうりょうこ》、甓社湖《へきしゃこ》、その北に界首湖《かいしゅこ》、氾光湖《はんこうこ》、宝応湖《ほうおうこ》なんかがある。湖面は広いし、水路が縦横につながっているから巡検だって捕まえられっこない。それに品物を積まずに人を乗せるだけなら喫水《きっすい》も深くないし、浅瀬から湖を突っ切れる。私塩の水路を行けば二日の内にきっと淮安に着ける」

堂々とした物言いだった。十分に慣れていることが窺《うかが》える。于謙《うけん》はそれを聞いて大いに喜んだ。だが、同時にこのような違法手段を喜んでいいものかとも後ろめたさを感じた。朱瞻基《しゅせんき》はそんな事をあれこれ考えずに手を叩いた。

「それはよい、よいぞ！」

鄭顕悌《ていけんてい》は片膝をついて拳を手で包んだ。

「オレたちは公子に性命《いのち》を救われ、逃戸の苦しみからも免《まぬか》れました。これは大きな恩です。金龍《きんりゅう》四大王の罰《ばち》があたらないように、船乗りは恩に必ず報いるんです」

金龍四大王とは運河の神だ。その名が出ると、謝三《しゃさん》発《はつ》と鄭顕倫《ていけんりん》もいっしょに跪いて感謝を述べる。〝よい、よい〟と朱瞻基《しゅせんき》は連呼したが、顔にかすかに現れた得意は隠しきれなかった。後世の史書に賢君と忠民の逸話として書き入れられることだろう。

この光景を見て、呉定縁《ごていえん》はフンと軽く鼻で笑った。

鄭顕梯《ていけんてい》の小僧はきっと何かを察したらしい。だから、あれほどに熱心になったのだろうと思った。だが、早く出発できるなら小僧の思惑などどうでもよかった。

思惑といえばと考えて、呉定縁《ごていえん》は浅瀬に置かれた艀板《はしけ》を見た。蘇荊渓《そけいけい》が郭純之《かくじゅんし》の遺体を見守っていて一言もしゃべらない。近づいて舟のそばに立つ。

「遺体を下ろすのを手伝う」

「だいじょうぶです。この舟に置いてゆきます。出発前に郭《かく》家に手紙を届けてくれるように誰かにたのみます。あの人たちが棺《ひつぎ》に納めて下さるでしょう」蘇荊渓《そけいけい》は淡々と言った。

「辛《つら》そうじゃないんだな？」

蘇荊渓《そけいけい》は悪戯《いたずら》っぽく呉定縁《ごていえん》を見た。

「先刻は于謙《うけん》のやつが余計なことを言うのを止めてやったくせに、今度は自分がそうするのですか？　〝茶の熱さは自分で分かる。お前はあちこちで人の打ち明け話を聞くのか、一体どんな了見だ？〟ですよ」

それは宗伯巷で呉定縁《ごていえん》が蘇荊渓《そけいけい》に言った言葉だった。この時、蘇荊渓《そけいけい》は一字も違《たが》えずに投げ返した。呉定縁《ごていえん》は気まずくなって鼻をこする。この女と話すといつも風上に立てない。

二人はそうして水辺に立ちながら、ふつりと黙りこんだ。ゆるりと夜風が吹いてきて、薄い雲を吹き散らしていく。そして、邗江の夜空に壮麗な銀河があらわれた。無数の星々が高くかかり、きらきらと輝いて仏法の荘厳円融《そうごんえんゆう》のごとく、道教の精微純澈《せいびじゅんてつ》のごとく、人を素直にさせる雰囲気を醸して大地の上を覆った。

呉定縁《ごていえん》は星空を仰いで、ふいに口を開いた。

「お前が言ったことを覚えてる。心に隠している事は酒を飲んでも解決できない。杯《さかずき》を挙げて愁いを澆《そそ》げば、愁《うれ》う能《あた》わず……」

「〝杯を挙げて愁《うれい》を消せば、愁《うれい》は更に愁う〟……李白ですよ」

蘇荊渓《そけいけい》は思わず口を掩《おお》って笑い、笑いながら訂正した。

「そうだな……だが、素直に人に向かい合うと、本当に心の重荷が軽くなるもんだな。今日オレは水牢で太子に心の内を言ってみた。だから、一言、お前に礼を言っておくよ」

「ほら、それが素直さの良いところです……少しは気分がよくなったでしょ？」

呉定縁《ごていえん》は苦笑した。「後の事は知ってるだろ。そんな事に構《かま》っちゃいられなかった」そして、ふと黙りこみ、そしてまた続けた。「だが、少しは気分がよくなった」

蘇荊渓《そけいけい》は肩を叩いて励《はげ》ました。「万事はじめこそ難しいのです。心の内を分かち合おうという気持ちさえあれば、それが第一歩です」

「じゃ、お前はどうだ？」

蘇荊渓《そけいけい》の動作が一瞬引き攣り、顔をそむけた。月光がその輪郭をいくぶん柔らかく縁《ふち》どっている。「わたくしが何か？」

呉定縁《ごていえん》が溜め息をつき、もう遠回しに言うのをやめた。

「気づいていないと思うなよ。ずっとオレたちを操《あやつ》ろうとしてるだろ。何を考えている？」

この逃亡者たちの中で蘇荊渓《そけいけい》はずっと控え目だった。呉定縁《ごていえん》は逃亡の過程を思い出してみて、それが苦心して作り出した仮の姿だと考えていた。彼女は肝心な時に一言を発し、顔色も変えずに三人を導き、自分は背後に隠れて無関係な者のように振る舞っている。これに朱瞻基《しゅせんき》と于謙《うけん》はほとんど気づいていない。呉定縁《ごていえん》ですら注意しなければ自分を操る細い糸に気づくのは困難だった。

「さすが金陵で難事件を解決していただけはあります。眼光松明《たいまつ》の如しですね」

「話をそらすな！」呉定縁《ごていえん》は冷たい顔で言う。

「今まであなたたちを害したことがありましたか？」

蘇荊渓《そけいけい》が問い返す。

「それはない。だが、将来もないとは限らない」

「では、わたくしもあの香炉に誓いを立てましょうか?」

「金陵じゃ、〝心、誠あれば神像を拝み、心、雑なれば泥を拝む〟って言うぜ。お前の心に誠がなければ何を拝んでもみんな泥だ。誓いを立てても意味はねえ」

呉定縁《ごていえん》はふいに黙りこむ。「未婚の夫が死んだと聞いた時も、未来の父親の死を見た時も、ちょっと驚いただけのお前が、神策水門で王姑娘《おうクーニャン》のことを口にした時は心が乱れていたな。それほど感情を抑えることが巧みなのに、なぜあんな失態を見せた? 王《おう》姑娘はいったい誰だ?」

意外にも蘇荊渓《そけいけい》の顔に一瞬動揺が走った。しとやかな表情に亀裂が走り、朱卜花《しゅぼくか》を前にした時のような怨念がその顔に浮かぶ。彼女はゆっくりと舢板《はしけ》から立ちあがり、夜空を見上げた。星の光が双眸《そうぼう》に映り、その冷たく清んだ湖底から、奥深い眼光を引きだす。

彼女がまた狂気を発するのではないかと思い、呉定《ごてい》縁《えん》は手を腰にかけて身構えた。だが、蘇荊渓《そけいけい》は深く息を吸って奇妙な質問を発した。

「教えてください。なぜ、あなたは太子を守るのですか?」

「親父の仇を討ち、妹を救うためだ。知っているだろ」呉定縁《ごていえん》は怪訝《けげん》に思った。

蘇荊渓《そけいけい》が答える。「わたしも同じです、ある人の仇を討つために京城に行くのです」

蘇荊渓《そけいけい》がすこし距離を取った。視線がゆっくりと天空から降りてきて、北のほの暗い地平線に向けられる。その眼には鋭い光があり、悲しみがあり、悲しみゆえに生まれる強靭《きょうじん》さがあった。呉定縁《ごていえん》は動揺した。その眼光から一種の力、自分が久しく切望しながらあと少しの所で触れられない力を感じた。

呉定縁《ごていえん》の肩から思わず力が抜けた。蘇荊渓《そけいけい》の眼には一片の偽りもない。彼女が言ったことはすべて本当なのだと思った。

「わたくしに私心があると疑っているのですね。その通りです。太子や于《う》司直に告げても怨みません」蘇荊《そけい》渓《けい》はきっぱりと言った。「けれど、あなたにならば理解できる。すべてを失った後で復讐が何を意味するか、あなたにだけは理解できる。わたしたちは同じ道を行く者です」

その一言は重い分銅のように呉定縁《ごていえん》の胸を叩いた。蘇荊渓《そけいけい》が微かに笑った。だが、その笑顔にはどこか深い疲労があった。「汪《おう》家の水牢のような状況になれば、あなたとわたくしの間にも素直になれる時が来るかも知れません。けれど、それは今ではありません」

彼女の双眸は北を見つめていた。遥かな夜色は墨色に山河を霞《かす》ませている。呉定縁《ごていえん》は彼女に何が見えるのか、あるいは何を見たがっているのか知らない。だが、もう問おうとはしなかった。

「ずっとお前を見ている」呉定縁《ごていえん》は真面目な顔で言った。

第十四章

洪熙《こうき》元年、五月二十一日（庚寅《こういん》）。

ちょうど午後の未時《みじ》、日光が一番強い時刻だが、あいにく空には薄い雲もない。熱は遮られることなく降りそそぎ、運河は明るく照らしだされて眼に痛いほど、まるで坩堝《るつぼ》から熔《と》けでた鉄のように前方に伸びている。

ねばりつくような湿気が小船の周囲から立ち上り、黒い篷《とま》の間から船内に入りこんで乗客の肌にへばりつき、まるで糊《のり》にひたした竹簾紙《ちくれんし》のように、息をするのも動くのも億劫《おっくう》にする。船はもう淮安府の境界に入ったと言うから、本来なら南京よりも涼しくていいはずだった。

この蒸し暑さの理由は天候のせいだけとも言えず、

大いに人のせいでもあった。

もしここで乗客が姿をさらして舳先《へさき》に立ち遠くをながめたら、運河の風景が大きく変わった事に気づいただろう。瓜洲から宝応《ほうおう》県までは両岸に木々が茂り、堤に柳が並んで日陰を作り、岸に葦《アシ》や茭《コモ》や菹草《エビモ》が生えて、様々な色あいの緑は気分をなごませてくれた。

だが、今、運河の両岸には一点の緑もない。

見わたす限り、黄土《おうど》色と暗褐色と灰色だ。黄土色は延々と続く土を突き固めた資材置き場と造船所、暗褐色は鱗《うろこ》のように連なる工房、灰色は工房の上空をただよう煙だ。船が進むにつれて、無数の船大工たちが蟻のように出てきて、巨大な竜骨によじ登り、金槌《かなづち》や鑿《のみ》や斧をふるい、ガンガン、カンカンと道具を使う音が聞こえてくる。河面は鼻を刺す桐油《きりあぶら》や石灰のにおいで満ちていた。

この煙と炎の光景で、乗客の口が渇き、その胸に火が燃えるように感ずるのも無理はなかった。


「公子、この辺は船渠《せんきょ》が張り出しているから水路の中央を行くしかないですが、時々大きな船を避けなくちゃいけないんで、速度がすこし落ちます」

笠をかぶった鄭顕悌《ていけんてい》は長棹《ながさお》を操りながら、篷《とま》の中に言った。

朱瞻基《しゅせんき》がしぶしぶ顔を出し、岸をながめる。

「どうしてこんなに造船所が多いのだ？」

鄭顕悌《ていけんてい》が答える。「淮安のこのあたりには清江督造《せいこうとくぞう》船廠《せんしょう》があって、南直隷、浙江、湖広、江西《こうせい》の船をぜんぶ造ってます。船をこさえたら運河に出して衛所に漕《こ》いで行くんです。だけど、今見ているのは浙江工廠《こうしょう》の一部で、中都《ちゅうと》や南直隷の工廠はもっと北の清江県にあります」

ここも十分熱気に満ちているのに、どうやら小さな工房にすぎぬらしい。ならば淮安全体の造船所はどれほど壮観なものであろうか？　朱瞻基《しゅせんき》はそう考えて、急に頼もしく思えた。つまり、国力の隆盛を示しているのだ。

呉定縁《ごていえん》は景色になど興味がない。

「どこに向かってる？」

鄭顒悌《ていけんてい》は答える。「宝応県の瓦店舗《がてんぽ》を通りすぎたところだから、もう十里か二十里も行けば石家蕩《せきかとう》さ。その先はダメだね。票牌《ひょうはい》がない船は巡検につかまる」

「そこで船を下りるんだな？」

「石家蕩《せきかとう》のそばに堀があるから、曲がって運河を出て、堀沿いに東北に進めば六里路《ろくりろ》に出る。そこからは岸にあがって歩かなくちゃいけないな」誤解がないように鄭顒悌《ていけんてい》はつけたした。「官道じゃないけど、大きな道が淮安城に通じているよ。二十数里ってところだ」

「それでよい。苦労をかけた」朱瞻基《しゅせんき》は相手の顔を見上げた。鄭顒悌《ていけんてい》は操船で忙しい中、両手を組んでお辞儀をした。兄の鄭顒倫《ていけんりん》が隣で口を曲げて櫂《かい》を漕いでいる。呉定縁《ごていえん》はすこし迷って二人に真珠一粒を渡そうとした。鄭顒倫《ていけんりん》が受け取ろうとすると、鄭顒悌《ていけんてい》があわてて眼配せをして、恩人から船賃《ふなちん》は受け取れないと言った。

鄭顒悌《ていけんてい》は朱瞻基《しゅせんき》の身分に疑念を抱き、品物をもらうより未来の富貴に賭けたのだ。呉定縁《ごていえん》はそれを聞いて真珠を引っこめた。どうせ恩賞は朱瞻基《しゅせんき》が出す。自分の財布から出す必要などない。

実際、この兄弟の苦労は相当なものだった。二人は瓜洲で太子たち四人を自分の烏篷船《うほうせん》に乗せると一路北上した。二十日の早朝に出発し、昼夜の別なく泰州と宝応にまたがる十数の湖をぬけ、二十一日の午後には淮安県の県境に到達したのだ。二日で三百里近くを行ったのだから、通常の騎馬よりずっと速い。

もう一時辰、小船は行き、見すてられた草場に停泊した。この草場は百戸衛所の休息地だったが、衛所が移転して苫草《とまくさ》を修繕する人もなく荒れ放題になり、密売人や流民の休憩所になっている。

一行が船から下り、鄭《てい》氏兄弟に別れを告げようとすると、于謙《うけん》がだしぬけに叫んだ。

「あ、いや、二人とも暫《しば》し待ってくれぬか」

この一言で、朱瞻基《しゅせんき》と呉定縁《ごていえん》はこの大声がずっと、珍しく静かなものだったと思い出した。くどくどと諫《かん》言《げん》もせず、古典を引いて地名の由来などを紹介することもせず、平素とちがって烏篷《うほう》の中でぼんやりと何か思案しているようだった。

于謙《うけん》は二人を船で待たせておいて、太子の前に歩みよった。

「あの船戸の前では口に出せませんでしたが、殿下と御相談したいことがございます」

そう言うと、懐から一通の手紙を取り出して朱瞻基《しゅせんき》に差し出した。

朱瞻基《しゅせんき》は怪訝《けげん》そうな顔で手紙を受け取ると、封皮に〝譙郡張泉《しょうぐんちょうせん》〟の四字を見つけて顔色が変わった。

ほかの者は知らぬ事だが、太子はこの〝譙郡張泉〟を知っている。譙郡は永城《えいじょう》（河北省商丘市）のことで、母である張《ちょう》皇后の故郷だ。張《ちょう》皇后には二人の兄がいて、それぞれ彭《ほう》城伯の張昶《ちょうえい》と恵安《けいあん》伯の張　升《ちょうしょう》だ。この他に幼い頃から同じ家で育てられた一族の弟がいて、その人物が張泉《ちょうせん》だった。

この母方の叔父は直系ではないから爵位もなく、京城で気ままに暮らしている。張泉《ちょうせん》は文武に秀《ひい》で、絵画や書、楽器や音楽に通じ、騎射と狩猟を好み、くわえて見映えもよいので、様々な人物と親しく付きあっていた。京城では名士とされ、〝張侯《ちょりこう》〟と呼ばれる。この遊びに通じた叔父を太子も好きで、二人の関係はよかった。

張泉《ちょうせん》と淮左《わいさ》の大儒に手紙の往来があるのは奇妙だが、この時期にこの取り合わせは何か仔細《しさい》がありそうだった。

陽射しが強いので朱瞻基《しゅせんき》は手紙を持って草ぶきの小屋に入った。見すてられた竈《かまど》の上に腰を下ろすと手紙を開く。中には薄い短箋《たんせん》が一枚きり、折り目が何重にもついている。文字は美しい顔真卿《がんしんけい》風の書体で、確かに張侯《ちょう》の手だ。内容は通常の挨拶のほかに、『左伝《さでん》』（『春秋左氏伝』、魯の歴史書『春秋』の解説書、経書の一つ）の経義《けいぎ》についてだ。張泉《ちょうせん》は郭純之《かくじゅんし》に「鄭伯《ていはく》、段《だん》に鄢《えん》に克《か》つ」の「克《か》つ」の意味について教えを請うていた。そして、南京に行き、儲《ちょ》東《とう》という古い友人を訪れて欲しいという依頼をしている。

朱瞻基《しゅせんき》は何度も読み返してみたが、この手紙に何も見つけられなかった。手紙を日にかざしてみたが、透かし文字もない。

「日付をご覧ください」と、于謙《うけん》が言った。

朱瞻基《しゅせんき》は顔を傾けて、落款《らっかん》の日付を確認すると五月十二日だった。

「ん？」

太子も奇妙な点に気づいた。五月十一日に洪熙《こうき》帝が不予となったのだ。張泉《ちょうせん》は外戚だから忙しいはず、なのにどうして暢気《のんき》に経学《けいがく》など論じている？

于謙《うけん》には答えが分かっているようだが、臣下として口に出しにくいらしい。そして、于謙《うけん》が言いにくい事といえば、あの一件……張《ちょう》皇后の密書に捺《お》してあった〝親親之宝〟が思い出される。そして、張泉《ちょうせん》の手紙に言及されているのは「鄭伯《ていはく》、段《だん》に鄢《えん》に克《か》つ」……鄭《てい》の荘公《そうこう》の弟、共叔段《きょうしゅくだん》が君位に野心を抱き、兄によって鄢《えん》という土地で討たれた春秋時代の故事である。

この二つは暗合していて、結論は呼べば出てくるようなものだ。すべての首謀者は越王《えつおう》でなければ襄憲王《じょうけんおう》だ！

「だが……張泉《ちょうせん》はなぜこれを郭純之《かくじゅんし》に？　郭純之《かくじゅんし》がなぜまた汪極《おうきょく》に見せようとした？」朱瞻基《しゅせんき》は口が乾いてくるような気がした。

「殿下、よくお考えください。張泉《ちょうせん》殿は京城で閑居しております。宮中で異変があれば自由に動ける唯一の御方でありましょう。臣、みだりに憶測を逞《たくま》しゅうするわけではございませんが、張侯《ちょう》は宮中に穏やかならざるものを感じ、巧妙な隠語で手紙をしたため、郭純《かくじゅん》之《し》殿から汪極《おうきょく》を通して殿下に警告を発しようとしたのではありませんか。ご覧下さい。文中で南京の友人〝儲東《ちょとう》〟を訪れるように言っておりますが、この名前を分解すれば、儲君《ちょくん》と東宮《とうぐう》（どちらも太子のこと）の意味ではありますまいか？」

やや持って回っているが、それは朱瞻基《しゅせんき》にも理解できた。張泉《ちょうせん》と郭純之《かくじゅんし》はずっと連絡を取りあっていて、郭純之《かくじゅんし》と汪極《おうきょく》の家は代々交際があった。汪極《おうきょく》は揚州の大商人だから太子が逗留する時には必ず宴席でもてなす。張泉《ちょうせん》が太子に知らせようとするなら一番速い方法だろう。

まさか汪極《おうきょく》も陰謀に関与していようとは、張泉《ちょうせん》も思いもよらなかったようだ。

朱瞻基《しゅせんき》が溜め息をついた。「叔父上がわたしのためを思ってくれたのが分かった。だが、これに一体何の意味がある？」

于謙《うけん》は笑った。「手紙の内容は重要ではありません。手紙の隅を御覧下さい」

「ん？」

朱瞻基《しゅせんき》がもう一度眼を凝《こ》らすと、右上の隅に何か染《し》みのようなものを見つけた。形や色から見て、鳩の糞と蠟《ろう》が混ざったもののようだ。

「鳩で送ったのか？」朱瞻基《しゅせんき》の表情が動いた。

「そうです。便箋の折り方を見ると、通常の合掌折りではなく、蛇腹折りです。鳩の脚につけた筒に入れて蠟で封をしたためでしょう。この手紙は張《ちょう》侯が鳩をつかって郭純之《かくじゅんし》殿に送ったものです」

太子は闘虫のみならず、鳩にも心得があった。そして、強く于謙《うけん》の肩をつかんだ。

「鳩が来たなら必ず帰る。叔父上の鳩が郭《かく》家に来たなら、今も郭《かく》家には京城に帰る鳩がいるはず！　手紙を書いて郭《かく》家に届ければ叔父上に連絡がとれるぞ」

太子はやや愁眉をひらき、目尻に熱いものがこみあげてきた。

これまで京城の動向はまったく不明だった。父皇は生きているのか？　母后は囚《とら》われているのか？　二人の藩王がどんな手段を取っているのか？　重臣たちは一体何をしているのか？　とにかく何も分からず、ほとんど眼を閉ざしたまま京城へ突き進み、泥水の中をあがいている。

張泉《ちょうせん》に会えれば叔父から直接状況を聞くことができる。帝位の争いにわずかな情報の差が生死を決めることが往々にしてある。昔、李建成《りけんせい》と李元吉《りげんきつ》が参内《さんだい》した時、この二人は玄武門の守備隊長常何《じょうか》が李世民《りせいみん》に買収されていることを知らず、むざむざ殺されてしまった。これが歴史の鑑だ。（唐の「玄武門の変」六二六年のこと）

朱瞻基《しゅせんき》は宝船事件から一連の重い打撃を受け、孤立無援で心が折れそうだった。だが、やっと親類に連絡できる機会がめぐってきた。まさに日照りに恵みの雨、身内の者に会えるという感動は于謙《うけん》、呉定縁《ごていえん》、蘇荊渓《そけいけい》の三人では決して代わりにならない。

「殿下には張侯《ちょう》にだけ分かる符牒《ふちょう》をいただき、鄭《てい》氏兄弟に泰州の郭《かく》家に届けてもらいましょう」于謙《うけん》は蘇荊《そけい》渓《けい》を見た。「蘇《そ》大夫も目印を預けてください。郭《かく》家に鳩を出していただけるように」

蘇荊渓《そけいけい》は名目上、郭《かく》家の若奥様だ。その頼みならば郭《かく》家も聞いてくれるにちがいない。彼女は軽くうなずく。

もう我慢ができず、朱瞻基《しゅせんき》が問う。「叔父上とどこで会えばよい？」

于謙《うけん》にはすでに計画があった。

「計算してみたのですが、我らが今日淮安から出発し、明日鄭《てい》氏兄弟が泰州に着いて鳩が放されると、三日で京城に着くはず。ということは、我らが淮安から北上して四日後に張《ちょう》侯が南下を始めます。双方の旅程を考えると、臨清《りんせい》（山東省）で会うのがよろしいと存じます。あそこは会通河《かいつうが》の北端で、運河においても重要な地です。会う約束をなさるなら双方に便利かと」

「わかった！　叔父上とは臨清《りんせい》で会おう！」

朱瞻基《しゅせんき》は興奮して竈《かまど》の上からとび下りた。そして符牒を示し、于謙《うけん》がそれを紙に書き入れた。蘇荊渓《そけいけい》も目印を出し、これらをすべて鄭《てい》氏兄弟に渡した。

鄭《てい》氏兄弟は密書の内容など知らず、手紙を丁寧に預かると、一同に別れを告げ、船を漕《こ》いで泰州へと去っていった。そして、三人は荷物を持ちあげ、心が軽くなった太子の後について、淮安城へ向かった。

船が着いた岸は老槐浦《ろうかいほ》と呼ばれる場所で、淮安城からおよそ二十数里、広いといっていいラバ道が通じている。だが、この炎天下、徒歩で行くのはたいへんな苦労だった。三里余りも歩くと、もう四人はうっすらと汗をかいた。

呉定縁《ごていえん》は黄土についた轍《わだち》が密集していることに気がついた。おそらく付近に集落がある。そこで、木陰で休もうと言った。案の定、しばらくすると一台の牛車がゆっくりと通りかかった。からし菜、白菜、ひゆ菜などを満載している。車に乗っているのは淮安に行く野菜売りだった。

少し銭を出すと野菜売りは四人を車に乗せてくれた。牛車は揺れながらゆったりと進むものだから、于謙《うけん》のお喋りがまた始まった。くどくどと淮安の地形を説明している。

「淮安という土地は〝天下の中〟と呼ばれております。北は黄河に淮河《わいが》、南は長江に通じ、西は汝州《じょしゅう》に連なり、東は海州《かいしゅう》から東海に入ることができます。したがって、ここは江淮《こうわい》の要津《ようしん》、運河の喉元と言ってよいでしょう。朝廷の六部《りくぶ》がわざわざ淮安府を直接管轄する地にしていることから見ても、その地位は高く……」

「そんな事より、どうやって船に乗る？」朱瞻基《しゅせんき》が遠慮なく話の腰を折る。

「淮安は瓜洲よりずっと簡単でしょう。あの地には商人が集まり、民船も多いのです。清口《せいこう》に行き、できるだけ速い進鮮船に乗るだけです」于謙《うけん》にはもう成算があるようだ。

「もう騒動は起こらぬであろうな？」太子はまだ瓜洲のことを覚えていた。

于謙《うけん》は背後をふり返った。南京も揚州も遥かな天辺に消えていた。朱卜花《しゅぼくか》、梁興甫《りょうこうほ》、そして汪極《おうきょく》も死んだ。身分を隠していれば面倒が起こるということは想像しにくい。

「殿下、御安心を。次はきっと順調にまいります！」

于謙《うけん》は自信たっぷりに答え、呉定縁《ごていえん》の真似をして拳を握りしめた。

突然、長い腕が伸びてきて、于謙《うけん》の頭から帽子を乱暴にひったくった。于謙《うけん》が眼を丸くして怒ろうとすると、呉定縁《ごていえん》はもう帽子を顔の上にかぶせて、野菜の山の中で鼾《いびき》をかいていた。

于謙《うけん》はくやしそうに太子を見たが、そっとしておけと太子は手をふった。舟で呉定縁《ごていえん》は一睡もしていない。鄭《てい》氏兄弟に警戒を解かず、舟の進む方向を監視していたのだった。やっと少し緊張が解けたのだろう。

于謙《うけん》が呟く。「何で一言くらい言わぬのであろう。帽子くらい貸してやるのに。告《つ》げずして取る……」（「豈に盗にあらずや」と続く）

この于謙《うけん》のお喋りに嫌気がさし、太子は鼻をつまんで野菜の山の向こうに這っていき、すこしゴツゴツしているが、静かな場所に落ち着いた。それを見ながら蘇荊渓《そけいけい》が笑い、少しは日射しが防げますと、手帕《しゅはく》を取り出して于謙《うけん》に渡した。

一時辰ほどで牛車は淮南城の南門に着いた。五月二十一日の申時《しんじ》（午後三時ごろ）だった。

じつは淮安には二つの城《まち》がある。ひとつは旧城《きゅうじょう》と言われ、唐の時代からある楚州城で、城北は淮河に隣接している。元代《げんだい》になると、旧城の損傷が激しく、修繕も容易ではなかったので、西北に一里ほど行った場所に新城《しんじょう》を建設した。新城は斜めに淮河に隣接して清江浦《ほ》まで続く。

牛車が着いたのは旧城の射陽門《しゃようもん》だった。やや遠い新城を囲む青煉瓦の巍々《ぎぎ》たる城壁と比べれば、旧城の煉瓦や土壁は見すぼらしく、見張り櫓《やぐら》の黒瓦《くろがわら》さえあちこち抜け落ち、門の上に烏《からす》の巣らしきものも見えた。

城門はボロだが、街には活気があった。城内に入ると、まず四丈の幅がある石畳が出迎え、路面には長短不ぞろいの青灰色の細い石板が敷きつめられ、鵞卵石《がらんせき》で隙間をうめてある。旧城の路にはこんな話がある。淮安の商人は旅に行くたびに石板を一枚持ち帰って自分の門前に敷く。これが長い間に〝狐の腋皮《わきがわ》も皮衣になる〟という諺どおり、立派な道になったのだ、と。もちろん、この伝説を信じることなどできないが、淮安の繁栄の一端を知ることができるだろう。

石畳を行く車馬は絶えることなく、道行く人々は肩をふれあい、踵《かかと》を接するようなあり様で、眼の前を通りすぎる人々は湖州の絹でなければ、蜀の綿を着ていて、南北の客商が多いように見える。路の両側は南京にならった廊鋪《ろうほ》で、一列ずつ両替や質屋、酒場や食べ物の屋台、陶器や雑貨などに分かれ、欲しい物は何でもあった。だが、どれも大口の商売ではなく、路行く人を楽しませる小さな店だ。そんな店の旗や看板が連なって、店員があらゆる手段で呼びこみをしている。

これも淮安城の大きな特色だ。新城は地勢が開けているので倉も広々とし、大口の商売が行われる。そこで商談を終えると旧城でくつろぐのだ。老舗《しにせ》や昔からの住民はみなここに居を構え、歴史の長さは新城の比ではない。だから、こんな言葉がある。

〝新城で商機をつかみ、旧城で交情をつかむ〟

四人は通りを歩き、小さな直隷州の旧城から南京や揚州、それに杭州《こうしゅう》の雰囲気を感じとった。すべて運河が運んできた風情だ。

ふいに、朱瞻基《しゅせんき》は汪極《おうきょく》が言っていたことを思い出した。運河の利が百万の民に恵みをもたらす。遷都をすれば、このにぎやかな光景は見られなくなるだろう。

俯《うつむ》いて利害を思案していると、思わずグゥと腹が鳴った。考えてみれば南京を出てから、まともに座って食事をしていない。

となりで蘇荊渓《そけいけい》が聞こえぬふりを装い、言った。

「わたくしもすこしお腹がすきました。ご飯をすこし頂きましょう」

外で食事をするのはやや人目につくのではないかと于謙《うけん》は思ったが、朱瞻基《しゅせんき》に先を越された。

「よし、まずは腹ごしらえをしてからだ！」

于謙《うけん》は呉定縁《ごていえん》と小声で相談し、まず呉定縁《ごていえん》が質屋で真珠を銀と宝鈔《ほうしょう》に換え、支払いに便利なように換金してくることにした。ほかの者は店を探して足を休める。

どこで食べるのかも大きな問題だ。于謙《うけん》と蘇荊渓《そけいけい》は太子の後ろについていくが、朱瞻基《しゅせんき》はいろいろと看板を見て回り、目移りがして決められない。

于謙《うけん》は笑った。「淮安は南北の境界ですから料理も様々にまじりあっております。米もあれば麺もあり、魚も羊もございます。殿下、御好きな味を選べますぞ」

そう聞いて、朱瞻基《しゅせんき》は路に立てられた旗に火焼《おやき》、餃子、蒜《ニンニク》麺、禿禿麻食《トウトウマージュ》（猫耳麺）などが割に多いと気づいた。みな北方の料理だ。江南の料理は繊細とはいえ、そこは京城育ち、本当に腹が減った時は麺でなければ物足りない。

「ならば……蒜《ニンニク》麺を食べるぞ！」

朱瞻基《しゅせんき》は心を決めた。これは京城の夏に流行する料理なのだが、口がニンニク臭くては体面が悪いので宮中ではほとんど食べられない。

そこで一行はわりに清潔な店に入った。店構えは大きくはなく、卓《たく》が七、八並んでいるだけだが、装飾に味があった。壁を白く塗って詩が一首書いてある。

家は枚皐《ばいこう》旧宅の辺《ほとり》に在り、
竹軒《ちくけん》　晴れて楚坡《そは》と連なる。
芰荷《きか》の香《か》は繞《めぐ》る垂鞭の袖、

楊柳《ようりゅう》　風は横《よこ》たわる弄笛の船。
城は十洲煙島の路を碍《さえぎ》り、
寺は千頃《けい》夕陽の川に臨《のぞ》む。
憐《あわれ》むべし　時節　帰去に堪えんや、
花落ち　猿啼《な》いて又一年。（枚皋は前漢の詩人で淮安の人。枚乗の庶子）

すなわち晩唐《ばんとう》の名家、趙承佑《ちょうしょうゆう》（趙嘏、八〇六年頃～八五三年頃）「山陽を憶《おも》う」だ。于謙《うけん》は一読して賛嘆を禁じえなかった。車を引き粥《かゆ》を売る輩にしてこの品位、淮安は何と文教の厚い土地柄だろうか。

太子は腹が鳴っているから、詩を鑑賞するような気分ではなく、もう富羅　蒜《ニンニク》麺を三人分、それに氷を砕いた酸梅湯《さんばいとう》、禿禿麻食を一皿注文していた。

すぐに店員が大きな碗を三つ持ってきて、ゴトッと卓に置いた。熱々の真っ白な細麺が冷水でしめてあり、うねうねと碗の中で渦巻いている。卓には小さな広口の壺が置いてあり、その中に褐色のニンニク汁がいっぱい入っていた。客が好みに合わせてかけるようにしてある。

この汁に入っているのはニンニクだけではない。塩、生姜《しょうが》、白ネギ、煎《い》り胡麻、花椒《ホワジャオ》等が入っている。南方の客も多いから店がわざわざ水芹《みずせり》の賽《さい》の目も散らしている。朱瞻基《しゅせんき》はもう腹がへってたまらず、杓子《しゃくし》でたっぷりと汁をかけ、ごま油と黒酢《くろず》もくわえ、箸でちょっとかき混ぜると、風が雲を吹き払うように食べはじめた。

于謙《うけん》はにおいを嗅ぎ、何口か食べてはみたが、箸を置いた。蘇荊渓《そけいけい》は主人を呼び、勝手に軟兜長魚《ルアンドウチャンユ》を注文し、我関せずと小さな口で食べている。

つるつると朱瞻基《しゅせんき》は一碗を食べてしまい、于謙《うけん》の分を引きよせると、もう一碗を空にした。于謙《うけん》は危うくその場に跪くほど驚いた。これこそ正真正銘〝食を推しやり、衣を解く〟忠臣ではないか。だが、どこか変だ……太子は于謙《うけん》の分を食べおわると、蘇荊渓《そけいけい》の碗の中で黒光りしている魚を見て、思わず生唾をのむ。

「それは何だ？」

蘇荊渓《そけいけい》は口をほそめて笑った。

「淮安で一番有名な料理は〝鱔《ウナギ》の全席〟です。タウナギで一席の料理が作れるのです。この軟兜長魚は筆の軸ほどのタウナギの背肉を強火で炒めたもので、手早くできるのですが、香ばしく、また柔らかさも残っている料理なのです」

　そう言うと、空になった碗に半分ほど取り分ける。朱瞻基《しゅせんき》も遠慮しなかった。箸でつまんでみると、タウナギはやわらかく両側が垂れ下がり、なるほど兜《かぶと》のような形だ。それを口に入れてみると、滑《なめ》らかなること無比、まるで自分から口に入ってきたようだ。嚙んでみると、油の香りがあふれ出し、歯の間と舌の根にひろがって、一瞬で全身が愉楽にひたされる。

　じつは、南京に行く道中でも淮安の官員から招待を受け、山海の珍味を食べてはいたが、これほど美味《うま》いとは思わなかった。どんな美食も〝空腹〟という調味料には及ばない。こうして食べてみると、まさに神仙となって天に昇る思いだ。

　そうしているうちに、呉定縁《ごていえん》が帰ってきた。まず食卓にならんだ皿をながめて、誰がくせえ蒜《ニンニク》麺なんぞ注文したんだと悪態をつく。聞きずてならんと、朱瞻《しゅせん》基《き》が顔色を変えて言い返そうとしたが、口から先に飽嗝《げっぷ》が出た。これに呉定縁《ごていえん》がたまらず睨《にら》みかえすが、それでまた頭が痛くなった。

　二人は同席しなかった。呉定縁《ごていえん》は近くの卓に座ると餃子を注文し、碗に頭をつっこんで夢中で食べはじめる。

　于謙《うけん》は呉定縁《ごていえん》の向かいに座り、両替がどれだけになったかと問うてみた。呉定縁《ごていえん》は激昂して卓を叩いた。淮安の商人はみんなボッタクリだぜ、真珠十粒が質屋でたった百両、二十両五個の銀錠と二百貫の宝鈔だぜ。呉定縁《ごていえん》は文句を並べたてた。質屋の番頭が腹黒だの、価格が安すぎて銀の質も悪いだの、こんな時でもなけりゃ、さんざんゴネてやらないと気がすまないだの。

「まったく巡銖《じゅんしゅ》も必ず争う悪党の巣窟だ」

「〝錙《し》銖《しゅ》（わずかな銭のこと）も必ず争う〟です」蘇《そ》荊渓《けいけい》が顔をあげて訂正し、すぐに顔を伏せた。

　于《う》謙《けん》が余計な騒ぎを起こしてはならぬと叱ると、呉《ご》定縁《ていえん》は口を曲げ、この損は帳面につけておいて、京城で返してもらうからなと言った。それを聞いて、于《う》謙《けん》は黙って太子の卓に戻り、残りの麺をすすった。窮酸《けちくささ》にあてられて、麺にもほとんど酢がいらぬほどだ（酸、つまり「すっぱい」には「けちくさい」の意がある）。

　まもなく全員が満腹になった。朱瞻基《しゅせんき》は腹をさすって飽嗝《げっぷ》をたびたび出した。満腹になった後はすぐに歩かないほうがいい。そこで、酸梅湯《さんばいとう》を飲んで涼みながら、あれこれと話をし、この貴重な時間を満喫した。

　いろいろと話すうちに運河の話になるのはやむを得ない。朱瞻基《しゅせんき》がいつ船を探しに行くのかと問うと、于《う》謙《けん》が答えた。

「淮安は他とはちがいます。船が決まれば半夜ほど待ってもいいので急ぐことはありません」そう言うと于《う》謙《けん》は笑った。「公子は運がよろしいですぞ。十数年前なら運河は淮安を越えるのが大変な面倒だったのですから」

「それはどういうことだ？」

　于《う》謙《けん》は箸《はし》を二本取りあげ、卓の上に丁字型に並べた。

「ご覧ください。横が淮河《わいが》、縦が運河です。両者が交差する場所は〝末口《まっこう》〟と言われ、今の淮安旧城の北で〝北辰堰《ほくしんえん》〟とも言います」

　そう言いながら、縦においた箸をやや高くあげる。

「淮安旧城付近は淮河よりやや土地が高く、これによって二つの面倒が起こります。一つは運河に淮河から水を引けず、水不足をもたらし、輸送に支障をきたすこと。もう一つは運河が高く淮河が低いので、末口から船が淮河に入る場合に落差が大きく、きわめて転覆しやすいこと。この問題を解決するために、宋人《そうひと》が運河を西に逸《そ》らして淮河と平行にしました。これが〝里運河〟で、その中に五つの車船壩《しゃせんは》を作りました」

于謙《うけん》は三本目の箸を取りあげ、横に置いた箸の下に置いた。それは平行に近いがやや傾き、左の尖端は横において箸と接している。骨製の箸置きもいくつか取って、順番に箸の間に置いていく。

「これを堰埭《えんたい》と言い、それぞれに水門があって水量を調節いたします。里運河には全部で五つの堰埭があり、仁、義、礼、智、信と名前がついています。この五つの壩《つつみ》は東から西に運河を分割しております。例えば船が仁の段に至ると、役所が義の段の水を仁の段に移して水を溜《た》めます。義の段に入れば仁の段と礼の段から水を調達してくるのです。このようにして一段ずつ調節して互いに水を借りながら貯水をして運航できるようにしたのです」

于謙《うけん》の人差し指がゆっくりと三番目の箸を西へすべり淮河の箸と交わるところで停まった。「しかも、この五つの高さはだんだんと低くなるようにしてあります。船が淮陰《わいいん》の清口に着く頃には水位が淮河と等しくなり、何ら危険はありません。この五つの壩《つつみ》が建設されてから末口はすこしずつ廃《すた》れ、みな里運河《りうんが》から淮水に入るようになりました」

朱瞻基《しゅせんき》は卓上に並んだ三本の箸を見て大いに感心したが、少し考えて質問した。

「しかし、堰埭《えんたい》はみな水面より高いのであろう？　貯水に便利であろうが、船はどうやって行くのだ？」

于謙《うけん》は賛嘆した。「公子、そこに思い至るのはよく御考えになっている証拠です。永楽十三年以前は運河を行く船が淮河を行く場合、まず五つの壩《つつみ》の前で貨物を下ろしました。貨物は車馬で陸路を通って清口に行き、空の船が船曳《ふなひ》き人夫によって壩《つつみ》に入ったのです。五つの壩《つつみ》がみな草や泥で覆ってあるのは船底を傷つけぬためです。空船《から》が一つ一つ壩《つつみ》を通って、清口に到着すると新たに積み荷を乗せて淮河に入りました」

「うーん」と朱瞻基《しゅせんき》は声をもらした。危険は減ったが、大変な手間ではないか。一艘の船が淮河に入るのに、これほど多くの時間と人力を使うのか。毎年、数千艘が淮安を通過するが、途方もない出費だ。しかもそれがすべて朝廷の負担なのだ。朱瞻基《しゅせんき》は続きをうながす。

「それでどうなった？」

「このような転運はたしかに莫大な浪費です。そこで永楽十三年、漕運《そううん》総兵官陳瑄《ちんせん》が新たな方法を考え、新しい堀を建造することにしたのです。それが清江浦です。清江浦は旧城の南から斜めに西に向かい、新城の西北を迂回して清口につながっております。この運河が引いているのは洪沢湖《こうたくこ》の水ですから堰埭《えんたい》による調節はいりません。これ以後、運河を行く船は宝応から北上して清江浦に沿って淮河に入るようになりました。陸路転運の労が省かれ、船曳きの労もなくなりました……

……これがなければ京城への遷都も相当遅れたはずです」

于謙《うけん》は四本目の箸を置いた。縦に置いた箸の中段から西北方向に斜めに置かれ、横に置いた箸の端と交わる。これで淮安周辺の水系がすべて卓上に示された。

朱瞻基《しゅせんき》はそれを聞いて小さくうなずいた。陳瑄《ちんせん》の名は聞いたことがあった。永楽帝が勅命で封《ほう》じた平江伯《へいこうはく》だ。祖父は人を見る眼があったのだなと感心する。

「陳《ちん》総兵は淮安に今も鎮座しておられます。それは清《せい》江督造船廠《こうとくぞうせんしょう》を建設した功績と、この清江浦を開削した功績のためです」于謙《うけん》は髯《ほおひげ》をなでて感慨にひたる。

「ちょっと待て……」朱瞻基《しゅせんき》は突然気づいた。「平江《へいこう》伯《はく》は淮安にいるのか？」

「そうです。あの御仁の漕運総兵衙門《そううんそうへいがもん》が新城にあります」

「ならば、ちょっと訪ねてみれば……」朱瞻基《しゅせんき》が恐る恐る言う。

于謙《うけん》は眉間に深いしわをよせた。「殿……いや、公子、申し上げたではないですか？ 僥倖《ぎょうこう》を頼らず、官を当てにしてはならないと！」

朱瞻基《しゅせんき》は怒って言い訳をした。「何もわたしが直接出向くとは言っておらん。お前たちの誰かがちょっと探りをいれるのだ。万一、陰謀に加担していないなら助力が得られるかも知れぬではないか？」

太子の身分でありながら、官府を避けて旅を続けるのは、じつに息がつまるものだ。誰か買収されていない官員がいれば苦労の大半がなくなると朱瞻基《しゅせんき》が思うのも無理はない。とくに陳瑄《ちんせん》が陰謀に加担していなければ水路の旅は順調に進む。

「陳瑄《ちんせん》殿が何をしたか、公子はお忘れですか？」于謙《うけん》は厳しく指摘した。それを聞くと朱瞻基《しゅせんき》は声も出ない。

建文帝が皇位に在った時、陳瑄《ちんせん》は京城（南京）の江防《こうぼう》水師《すいし》の総領だった。だが、燕王《えんおう》の軍が瓜洲を渡るや、陳瑄《ちんせん》は水軍を率いて朱棣《しゅてい》に寝返った。このために長江の防衛線は瓦解し、金陵は開城を迫られたのだ。永楽帝はその功績で平江伯に封じたのだが、于謙《うけん》の言いたいことははっきりしている。かつて主人にそむいて敵に寝返ったのだから、二度目がないとは言えない。試してみる機会など皆無なのだ。

朱瞻基《しゅせんき》は大いに不満だったが、かと言って何も反論できない。しぶしぶ酸梅湯《さんばいとう》の残り数滴を飲みほす。

その時、呉定縁《ごていえん》が外を見ながら「そろそろ行くぞ」と催促した。一同は立ちあがって勘定を払い、大通りへと出ていく。

店内では一同議論に夢中で、店の厨房《ちゅうぼう》に神龕《かみだな》があることに気づいた者はいなかった。その中には白い蓮花の上に弥勒仏《みろくぶつ》が鎮座していた。

すでに夜に近く、提灯が出され、旧城はにぎわっている。楽器の音と罰杯《ばっはい》を飲ませる声があちこちから聞こえる。上品や豪華という点では揚州に劣るが、市井《しせい》の活気ではいくぶんまさっている。淮安城の大通りは狭く、小さな路地がたくさんあった。十数歩も歩けば分かれ道があり、まるで複雑な迷宮のようだ。これに一同は戸惑ったが、やっと古い城区を抜けて西門から城外に出た。

于謙《うけん》の考えでは、まず新城で宿を見つけて蘇荊渓《そけいけい》に太子の矢傷を按摩してもらい、自分と呉定縁《ごていえん》で船を探すつもりだ。運河の仲介業者は新城にあるだろうし、船が清江浦に着いていても順調に通過できるわけではない。その間にはいくつもの水門があって順番を待たねばならないのだ。だから、船を決めても急いで乗船する必要はなく、のんびりと乗船予定の船が水門を通過するのを待てばよい。

淮安の旧城と新城の間は二里ほどの細長い荒れ地だった。旧城は繁華《にぎやか》で新城は端正、この間の往来もきわめて頻繁だ。当然、新旧二城に挟まれた土地はみなが奪いあうような便利な土地のはずなのに、不思議な事に荒れ果てていて、貧しい民の小屋さえ一つもない。ただ平らな土の道が二つの城門をつないでいる。

路の南には小さな廟《びょう》が建っていた。廟といっても大きな厨子《ずし》に近く、立派な切妻もなければ鐘《かね》もない。ただ庇《ひさし》の反りかえった祭殿があり、四角い門に二つの窓がつき、祭殿の前に一つ燭台があるだけ、脂《あぶら》が燭台の下に垂れているところを見ると、香燭《こうしょく》の供え物は絶えていないようだ。

「この廟は何故こうも奇妙なのだ？」と朱瞻基《しゅせんき》が問うと、于謙《うけん》が説明した。ここに祭られているのは金龍四大王です。この神はもともと謝緒《しゃしょ》という読書人で、兄弟の四番目でした。言い伝えでは元が宋の臨安《りんあん》を陥落させた時、憤慨《ふんがい》して水に身を投げて死にました。その後、洪武帝が元と呂梁洪《りょりょうこう》（江蘇省徐州付近）で戦った時、謝緒《しゃしょ》が突然現れて大いに元軍を破りました。そこで、洪武帝は彼を金龍四大王に封《ほう》じて、黄河の福主、運河の神としたのです。運河の沿岸にはみなこの廟があります。

朱瞻基《しゅせんき》は不思議に思った。「浙江に身を投げた人がどうして呂梁洪《りょりょうこう》まで駆けつけて顕聖《けんせい》するのだ？　それにこの廟はちょっとひどいのではないか？」

「殿下はご存じないかも知れませんが、淮安城には大きな金龍四大王の廟《びょう》が三つ四つもございます。この小さな廟は四大王の〝歇廟《けつびょう》〟と言われております」

「歇廟《けつびょう》だと？」

于謙《うけん》は各地の風土人情について調べたことがあるようだった。

「淮安の言い伝えでは、洪武爺《こうぶや》が謝緒《しゃしょ》を運河の神として封じた時、淮安の新旧両城の間の土地を封邑《ほうゆう》として与えたのです。しかし、金龍四大王は運河をめぐるのに忙しく、まれに帰ってくるだけで長くは住みません。だから、ここの人は歇廟を作るだけなのです。ちょっと脚を歇《やす》めて行ってしまうのですから、立派な廟は要らないというわけです」

「人も長く住まなきゃ、ちゃんとした家は建ててやらねえ。この神仙は適当に扱っておくのがちょうどいいんだな」呉定縁《ごていえん》が口を歪める。蘇荊渓《そけいけい》も割って入った。

「それはまだいい方ですよ。河南《かなん》のある地方では日照りがあると龍王の像を廟から引っぱりだして打《ぶ》つのですよ。雨が降ったらやめてあげるそうです」

「わが朝代の風習はおおむね信心深いとは言えませぬ。むしろ神仏と取引をしているように見受けられます。願いをかなえてくれたから金の像を作る、あるいは事がうまくいかなかったら門を打ち破って泥を投げつける。民の心がどのようになるかは、やはり聖賢の教えによるものなのですなぁ」

この展開で急に話は面白くなくなり、呉定縁《ごていえん》と蘇荊《そけい》渓《けい》は口を閉じた。

そんな議論を聞きながら朱瞻基《しゅせんき》は廟の中をのぞきこんだ。金龍四大王が一体どんな姿をしているのか、見たくなったのだ。だが、暗くてはっきりと見えない。ぼんやりと廟の中央に大きな黒い影が見えただけだ。それはまっすぐ立ち、ほとんど天井を突き破るような大きさだった。謝緒《しゃしょ》がこれほど立派な体格とは思わず、たしかに運河の神の風格があると感心した。

だが、見れば見るほど、この神仙を知っているような気がしてきた。とくに体つきや気配がどこかで見たことがある。その時、于謙《うけん》が呼びかけたので、朱瞻基《しゅせんき》がそちらに気を取られたが、思わずもう一度ふり返ると、黒い影が動いた。

「顕聖《けんせい》か？」太子は眼をこすって足をとめた。

次の瞬間、顔にかすかな風圧を感じ、側面から襲ってきた得体の知れぬ力でよろめいた。衝撃から立ち直ると、先刻まで立っていた地面に真っ黒いものが見えた。

弩《いしゆみ》の矢だ。矢は呉定縁《ごていえん》を地面に釘付けにしている。

「病仏敵《びょうぶってき》！」于謙《うけん》の驚愕《きょうがく》がひびく。

氷のように冷たい戦慄が朱瞻基《しゅせんき》の足もとから這いあがってきた。四肢と五臓六腑が恐怖に鷲づかみにされる。梁興甫《りょうこうほ》？……あやつは金陵の後湖で死んだはずではないか？

太子の疑問に答えるように、黒い影は廟の陰《かげ》からゆっくりと出てきた。やはり梁興甫《りょうこうほ》だ。だが、以前とはちがう。凶悪な紅蓮《ぐれん》の蟒《うわばみ》がその体軀《たいく》を這い上がって人を喰らおうと身構えている。この金陵の悪夢は地獄から蘇り、さらに恐怖を増していた。

その体軀《たいく》とくらべると四大王の歇廟《りつびょう》が貧弱に見えた。梁興甫《りょうこうほ》は一歩一歩門から歩み出てきた。足を踏みだすたびに、周囲の空気がいくぶん凝固し、息がつまるように感じる。その手に無骨な腰開弩《ようかいど》をつかんでいた。この弩は大の男が腰の力でやっと引けるほどの重さだ。それなのに梁興甫《りょうこうほ》は軽々と手に持っている。

太子は驚愕して、その場に立ちつくし、両脚を震わせた。間近にいた蘇荊渓《そけいけい》が一番先に反応して呟く。

「白蓮教……」

白蓮教は掃討されたとはいえ、まだ大量の信徒が各地に潜伏している。彼らは南京で破壊を行う能力があるのだから、淮安のような要地に当然耳目《じもく》を配していてもおかしくない。一行は淮安に着いたことで油断していた。おそらく城内に入るや見張りに知られ、淮安に来ていた梁興甫《りょうこうほ》に報告が行ったのだろう。

今は考えている時ではない。逃げるのだ！　しかし彼らの最大の戦力はすでに射《い》られている。蘇荊渓《そけいけい》がいそいで診察しようとすると、シャッという音がして呉《ご》定縁《ていえん》が立ちあがった。左の袴《こ》が長く裂けた。

矢は布地を貫き、脚をかすめて地面に突き刺さった。呉定縁《ごていえん》は矢を抜いていては間にあわぬと見て、袴《こ》を引き裂いて何とか立ちあがった。しかし、蘇荊渓《そけいけい》が見るところ、呉定縁《ごていえん》の息づかいは変調をきたし、額には汗の滴《しずく》が滲《にじ》み、指先が震えている……これは恐怖、呉定《ごてい》縁《えん》の恐怖は太子より軽いとは言えない。

この時、梁興甫《りょうこうほ》は五十歩足らずのところにいた。于《う》謙《けん》が怒鳴る。

「街から一里もないぞ。官軍が恐ろしくないか？」

これに梁興甫《りょうこうほ》は表情も変えず、于謙《うけん》は自分の声が虚しく消えていくのを感じ、息をのむ。

于謙《うけん》は絶望的に左右を見た。城楼《じょうろう》が見えない。いつの間にか河面から霧が発生し、岸にたちこめていた。ここで何が起ころうと官軍から見えはしない。さらにやっかいなことに新旧両方の城門に人が集まっていた。言うまでもなく淮安に潜伏している白蓮教徒だ。梁興《りょうこう》甫《ほ》が存分に手腕をふるえるように、あえて近づかず、遠巻きに退路をふさいでいる。

「どうする？」于謙《うけん》は呉定縁《ごていえん》に叫んだ。突如局面が悪化した。それもこれ以上ないほど最悪だ。三方から囲まれて、戦える味方は捕快《ほかい》が一人しかいない。

呉定縁《ごていえん》は地面に刺さった矢を見て首をふった。梁興《りょうこう》甫《ほ》は太子を狙って弩を発射している。つまり、敵はもう太子を生かしておくつもりはなく、死体さえあればいいと考えているのだ。もう太子の性命《いのち》を盾に脅すことはできない。梁興甫《りょうこうほ》の接近を阻止する唯一の解決法がなくなった。

于謙《うけん》は眼の前が暗くなったが、無理やりに震える脚を動かして太子の前に立ちふさがった。頭の中には『出師《すいし》の表』の一節が浮かぶ。

〝此《こ》れ悉《ことごと》く貞良死節の臣なり〟

その時、ふいに背後の太子から奇妙な質問が飛びだした。

「于謙《うけん》、あの図では新城が西北、旧城が東南であったな？」

「え？」于謙《うけん》は太子が今なぜそんなことを問うのか分からない。

「五つの壩《つつみ》の運河が二つの城の北辺にそって斜めに下っているなら、この中間地の北を通っているはずだ」

太子は落ち着いた声で言った。過度の恐怖で、かえって冷静になったようだ。于謙《うけん》が箸を並べてつくった淮安の水文図が徐々に眼前の景色に重なる。

この言葉で于謙《うけん》と呉定縁《ごていえん》は同時に悟った。

四大王の歇廟《けつびょう》は路の南にあり、梁興甫《りょうこうほ》がそこにいる。東と西の両側は白蓮教徒に封鎖されている。ならば、北に走れば里運河に逃げられる。ちょうど五つのうち信字の壩《つつみ》のあたりのはずだ。清江浦が開通してから里運河は使われなくなり、五つの壩《つつみ》は人気《ひとけ》がないはず。逃げこむなら良い選択にちがいない——太子には地理に対して鋭い感覚があるようだ。

しかし、それも大ざっぱな推測にすぎない。北は真っ暗で濃い霧の中、それになぜ白蓮教徒がその方向を封鎖していないのか、そこがどんな状態なのか。危険が四方にひそむ霧の中で絶体絶命の窮地に陥るかも知れない。

呉定縁《ごていえん》の反応が一番速かった。鉄尺を思い切り地面に突き入れると、力をふりしぼって梁興甫《りょうこうほ》にむかって土砂《どしゃ》を舞い上げる。この動きで巨人の接近を阻むことなど不可能だが、両眼をわずかに細めさせることに成功した。

「大根、走れ！」呉定縁《ごていえん》が吼える。

ともに窮地を切りぬけてきて、一行には暗黙の了解が成り立っていた。呉定縁《ごていえん》の声を聞くと、全員が狂ったように北に駆けだす。呉定縁《ごていえん》と太子は心を通じあい、一人は西北、一人は東北、それぞれに分かれて走った。

白蓮教が梁興甫《りょうこうほ》にあたえた仕事は太子を捕らえて殺すことだ。そして、梁興甫《りょうこうほ》の個人的使命は呉定縁《ごていえん》を父のところに送ることだ。この二つの標的が分かれて逃げれば、難しい選択をせざるを得ない。

あの梁興甫《りょうこうほ》もこの選択に数呼吸の間は迷う。そうすれば四匹の鼠は数丈の距離を走り、霧の中に隠れられる。梁興甫《りょうこうほ》は首を少しかしげて弩を放りだすと東北に走った。

この状況では太子は捕快《ほかい》を救えないが、捕快は太子を守らざるを得ない。とすれば朱瞻基《しゅせんき》を追えば、呉定《ごてい》縁《えん》が救援に来ないはずはないのだ。

道の両端をふさいでいた白蓮教徒たちも集結しつつあった。彼らはこの殺神《さっしん》に協力するようにと仏母から命じられていた。だが、教徒たちは訓練など受けたことのない普通の民だ。何の意図もなく次々に霧の中に入っていく。

霧の中を疾走するのは危険をともなった。地面の凹凸は置くとしても、万一、樹木や岩にぶつかれば、頭が割れて血が流れるかもしれない。さらに恐ろしいのは進路がいつ中断されて岸になっているか判断できないことだった。この困惑と不安は逃亡者の速度に影響をあたえずにはいない。

呉定縁《ごていえん》は眼を見開き、懸命に灰色の霧の中を走った。すこし走ると速度をゆるめて耳をそばだてる。梁興甫《りょうこうほ》は不倶戴天の敵、仇怨は海のように深い。呉定縁《ごていえん》も逃げ回るつもりはなく、何とかしてこの環境を利用して反撃しようと考えていた。

だが、呉定縁《ごていえん》は失望した。背後から足音が聞こえない。梁興甫《りょうこうほ》が太子を追ったのは明らかだった。周囲を取り巻く霧が悪意にみちた顔となって話しかける。

「救うか救わざるか、今度はお前が選ぶ番だ」

呉定縁《ごていえん》は頰の肉を嚙んで東北に走った。走りに走ると前方にぼんやりした人影が見えた。蘇荊渓《そけいけい》だった。一人で北に小走りで進んでいたが、その動作は慎重だった。于謙《うけん》は近くにいない。

蘇荊渓《そけいけい》に駆けより、呉定縁《ごていえん》は太子を見なかったかと問う。蘇荊渓《そけいけい》が首をふる。霧の中に入った途端、于謙《うけん》とはぐれ、誰にも会っていない。だから、まず北へ行ってみようと決めたのだった。

呉定縁《ごていえん》が急いで言う。

「お前には自分の事情があるから逃げろ。今夜は凶悪だ。お前の性命《いのち》まで守れねえ！」

ふいに蘇荊渓《そけいけい》が笑った。「他人への思いやりを正直に表現することを学んだようですね。とてもよいことですよ」そして言葉を切り、口調を変えた。「あなたは太子を守ればよいのでしょうが、わたくしにもけじめがあるのです」

「お前……」

蘇荊渓《そけいけい》の手腕が見事なことは呉定縁《ごていえん》も知っている。だが、それは十分な準備があってのことだ。こんな霧の中の乱戦で、医術が天に通じていようと役には立たない。

その時、東北の方向から怒声が聞こえてきた。「好きにしろ」と呉定縁《ごていえん》は言い置くしかない。声のした方向に駆けていく。

百歩ほども走ると、土砂を突き固めた堤《つつみ》に行く手を阻まれた。行き止まりだった。里運河の岸にちがいない。呉定縁《ごていえん》が堤の上に駆けあがると、霧の中に朽ちた枯木《かれき》が眼に飛びこんできた。枝がだらりと垂れさがり、まるで骸骨が懸命にあがいているようだ。その近くに大きな人影があって、すでに誰かの喉をつかんでいた。半分空中につり上げられた様子は枯木と一対になり、奇怪な絵となっている。

朱瞻基《しゅせんき》は運が悪かった。運河の岸まで逃げたのに、そこで梁興甫《りょうこうほ》に捕まったのだ。

呉定縁《ごていえん》は鉄尺を梁興甫《りょうこうほ》に向かって投げつけた。投擲の方向を正確に測り、鉄尺はまっすぐに眼を狙った。梁興甫《りょうこうほ》が片手をあげて鉄尺をはじく。その隙に背で猛然と体当たりにいく。

だが、梁興甫《りょうこうほ》からまだ十歩も距離があるのに、バキッという音が聞こえた。それは枯木にぶつかった音だ。梁興甫《りょうこうほ》が首をひねると、呉定縁《ごていえん》がなかば倒れこみ、それによって枯木が幽霊の爪のような根を見せながら倒れていくのが見えた。

梁興甫《りょうこうほ》は手もとに注意をもどし、太子の息の根を止めにかかった。倒木でできた穴は窯《かま》で割れる磁器のように、亀裂をのばしていく。ほんの数瞬で亀裂は梁興甫《りょうこうほ》の足もとに伸びた。

以前、呉定縁《ごていえん》は応天府で奇妙な事件を扱ったことがあった。横渓河《おうけいが》を補修していた人夫が里長《りちょう》(十戸の長)を殺害し、一晩かけて死体を砂堤《さてい》に埋めた事件だ。だが、誰かが工部主事の顔色をうかがって手抜き工事をして、質の劣る河砂を使ったので、建設後にひび割れを生じて死体が露呈した。

呉定縁《ごていえん》は堤に登る時、すぐに土面にひびが走っているのに気がついた。あの横渓河の堤のように土質が劣悪で、固めかたも手を抜いてあった。しかも、堤の上には樹木まで生えている。木の根は固めた土の強度を弱めているはず、だから急場しのぎでも何とか樹を倒せば、根が地面からぬける力を利用し、この一帯に亀裂を作れる。

亀裂は梁興甫《りょうこうほ》の足もとまですばやく広がって、土面が崩壊をはじめた。梁興甫《りょうこうほ》は朱瞻基《しゅせんき》をつかんでいる手をいくぶんゆるめ、堤を跳び下りようとする。そこに呉定縁《ごていえん》が跳びついて太子の両脚を抱えこんだ。

梁興甫《りょうこうほ》は片手で太子をつかんでいた。その腕力は驚くべきものだが、そこに呉定縁《ごていえん》の重さが加わっては支えきれない。ふんと一声、梁興甫《りょうこうほ》はもう一方の手で〝ひごさお〟をつかみにいく。そこに数十粒の真珠といくつかの銀錠《ぎんじょう》が空を切って飛んできて、瞼《まぶた》に命中した。それは呉定縁《ごていえん》が虎の子の財をつかった反撃だった。梁興甫《りょうこうほ》は両眼を銀錠と真珠に打たれ、激痛で手の力をゆるめる。

だが、この肝心な時に亀裂の拡大が止まった。土の性質は気まぐれで裂ける方向は予測できない。梁興甫《りょうこうほ》は足もとがやや安定すると再度手に力をこめ、呉定縁《ごていえん》の喉を締めつける。もう身に着けた物はすべて投げてしまい、為すすべもなかった。

梁興甫《りょうこうほ》は片手に太子をつかみ、もう一方の手に私敵をつかみ、軍神さながら堤の上に仁王立ちした。全身の筋肉が引きしまり、あと十数呼吸で二つの仕事を終えられる。

「世は火獄《かごく》の如く、有生《うしょう》はみな苦なり」

梁興甫《りょうこうほ》は呟いた。この時、背後からばらばらと音がした。女子が一人、堤を登ってくる。髪は乱れて呼吸は荒く、こんな状況に不慣れなのが見て取れた。太子を診察していた女医だ。朱卜花《しゅぼくか》の死にも関与しているらしいが、この程度の脅威は物の数ではない。吹けば倒れる。何かおかしな事ができるはずもない。

蘇荊渓《そけいけい》は頂上まで登ると、前のめりになるのでもなく、命乞いもせず、ただ額にかかった髪をかき上げて、顔をふせた。

この女には何もできぬ。そう思って梁興甫《りょうこうほ》は手に力をこめ、経《きょう》を唱えはじめた。呉定縁《ごていえん》と朱瞻基《しゅせんき》の眼球がとびだして、呻きが漏れた。四本の脚は虚しく空を蹴る。まさに戦いに敗れた五月の文虫のようだ。

遠くから乱れた足音が近づいてきた。白蓮教徒たちも追いかけてきたようだ。教徒たちは堤の下まで押しかけてくると口々に喚《わめ》いて、堤を登りはじめる。

その時、蘇荊渓《そけいけい》が顔をあげ、艶《あで》やかな笑《え》みをむけた。この笑顔は数日前、神策水門で一度見せたことがある。それを見たのは朱卜花《しゅぼくか》のみで、梁興甫《りょりこうほ》はその意味を知らない。

「病仏敵《びょうぶってき》、ずっと知りたかった。どのような経験をすれば、お前のような人間ができあがるのかとな」蘇荊渓《そけいけい》は相手の反応などかまわず、興味津々だった。「お前は呉《ご》一家を浄土に送ることに執着している。どんな理由で恩人一族を滅ぼそうとしている？」

梁興甫《りょうこうほ》は蘇荊渓《そけいけい》を見た。今まで昨葉何《さくようか》もふくめて、正面切ってその問いを投げかけた者はいない。この娘に臆面もなく問われると、怒りと同時に興味もかきたてられた。

「念仏を唱えているな。殺人の前に経を唱える者には三種類の人間がいる。賊になりきれず凶行の時に良心を押さえつけたい者が、まず一つ。経典を間違えて理解し、心から自分の行いを大功徳《だいくどく》だと思っている篤信の者が、もう一つ。そして三番目は……」

梁興甫《りょうこうほ》の両手はあい変わらず二人を扼《やく》しているが、その眼は蘇荊渓《そけいけい》の勿体ぶった話に魅入られていた。蘇荊渓《そけいけい》は自分の頭を軽く叩いた。「三番目は心病の者、肉体が健康でも病が元神《げんしん》、百節《ひゃくせつ》、髄海《ずいかい》にあり、瘋癲《ふうてん》や痴癔《ちい》（ヒステリー症状）はみなここから出る」

梁興甫《りょうこうほ》は相手を凝視した。つまり遠まわしに自分を頭のおかしなやつだと罵っているのか？

蘇荊渓《そけいけい》は軽く溜め息をついた。

「じつは何でもないことだ。わたしたちはそれぞれに心の病をもっている。この堤のように丈夫に見えても軽く力をこめるだけで……」そう言うと、蘇荊渓《そけいけい》は左足で地面を踏みつけた。亀裂が冬眠から醒《さ》めた蛇のように、再度鎌首をもたげる。

蘇荊渓《そけいけい》が話をしたのは梁興甫《りょうこうほ》の注意をそらしておき、ひそかに亀裂の形を測るためだった。亀裂の分岐している部分は土面を安定させる力が弱く、枝分かれが多いほどに安定させる力も分散している。蘇荊渓《そけいけい》がしなければならなかったことは、枝分かれが最も多い一点に行き、そこを踏みつけることだった。

この堤は呉定縁《ごていえん》に一度掘り返されたばかりで脆弱《ぜいじゃく》な

平衡を保っているにすぎない。そして、蘇荊渓《そけいけい》が再度踏んだ一点は四両で千斤を動かし、この平衡を完全に崩壊させた。

びっしりと走った亀裂は一瞬で堤全体に拡大した。まるで騎兵が散りぢりになった敗軍に斬りこんでいくように、兵卒が悲鳴をあげる中、鉄騎が追い散らし、陣は一瞬で驚くべき潰走となった。低い地鳴りをともなって、巨大な土石がたがいに離れ、衝突する。そこにもはや構造は存在しなかった。

堤の上にいた全員が足場をなくし、土石流の敗軍に巻きこまれ、里運河の中に引きずり込まれていく……

＊＊＊

于謙《うけん》は自分が道に迷ったと気づいたが、すぐに正しい方向を見つけた。

南京からここまでずっと一種の困惑があった。あの応接の暇《いとま》もない危機の連続で、呉定縁《ごていえん》は勇気や智謀を発揮して、絶望的な状況で血路を開いた。蘇荊渓《そけいけい》は薬と毒の扱いに巧みで、薬で太子を治療し、毒で強敵を倒した。だが、自分は一体何をした？　ただ文書や駅路を読み解き、ちょっとした働きをしただけだ。本当に敵に対抗するとなると、自分の貢献はきわめて限られている。

とくに瓜洲の経験で自分の能力について大きな疑いを持つようになった。汪《おう》家の別邸に駆けつけた時も蘇《そ》荊渓《けいけい》が異常に気づかなければ、四人とも水牢で死んでいたかもしれない。

誰も自分を責める者はいない。だが、自分自身がこの失態を不甲斐ないと思っていた。

科挙の会元として誇りと意地がある。たとえ官途につまずいても自分にはこの時代を経営して世を救い、社稷を助ける力があると信じていた。だが、わずか三日の経験で深く自尊心は傷ついた。自分にどんな貢献ができる？　自分の価値はどこにある？　于謙《うけん》は絶えず自分に問うていた。

あれこれと喋り、余計な事もしてきたが、つまり、太子を直接助けるよりも自分が役に立てることを力いっぱいに証明する方がいい。

于謙《うけん》は霧の中に身を置いていた。どうすればよい？　まともに考えれば、できるだけ速《すみ》やかに太子の傍らに行くことが先決だ。しかし、自分の戦闘力では行ったところで死ぬだけだ。〝貞良死節〟の名声は得られるだろうが、それでは太子に対し、社稷に対し、微塵も役には立たない。それは別の意味の売名行為だ。そんな〝忠臣〟になど、なってたまるか！

では、何をすべきか？　あるいは、自分が最も得意な事は何か？

于謙《うけん》は霧の中で足をとめ、すこし戸惑ったが、毅然《きぜん》と方向を変え、西に走った。この時、戦いから逃げだすのかと咎める人があったとしても、その通りだと認めただろう。この企てが成功しさえすれば誤解されることなどどうでもいい。成功しなければ死後の名声など何になる？

霧は濃い。白蓮教徒たちは北の方向に気を取られ、異なる方角に走る人影に注意をむける者などいない。于謙《うけん》は一気に新城の東門に走った。幸いにも衛兵は城門に鍵をかけてはいなかった。すばやく門楼をぬけ、衛兵に問うと、まっすぐに新城の漕運総兵衙門《がもん》に向かう。

漕運総兵は南北漕運を管轄し、天下の運河、十二万水軍の駐屯、沿岸九省の官吏、水門、堤防、工廠、港などの事務を総領し、その権柄《けんぺい》は通常の布政使よりずっと大きい。だから、淮安新城の漕運総兵衙門《がもん》は遠慮なく府中央である風水の宝地に位置していた。名だかい鎮淮楼《ちんわいろう》と同じ軸線に位置している。

この衙門《がもん》は目立つから間違える事などありえない。門前には獬豸《かいち》が一対、両側に四つの旗亭《きてい》と二つの鼓亭《こてい》、それに二十八の馬留めが列をなし、五間もある大門には漆に金で〝総制漕運之堂〟と書かれた扁額《へんがく》が掛かり、まさに威風堂々とした佇まいだ。

だが、于謙《うけん》は総兵衙門《がもん》に行こうとはしなかった。夜間は宿直だけで、そこに行っても意味はない。行くべきは隣の門、刑部の淮安分司だ。

この分司は名義上刑部の統括だが、実際は漕運総兵に属し、主に運河に関する刑事案件を処理する。運河は昼夜休まないので分司も推官《すいかん》が一人、夜間に宿直をしている。于謙《うけん》は分司の門前まで走り、門外の牌坊《はいぼう》に〝利渉済漕《りしょうせいそう》〟の四字を見て、自分が過《あやま》たずに到着したことを悟った。中に入ろうとすると衛兵がさえぎる。

「運河で奸党《かんとう》が乱をなしている。官に報じねばならぬ！」于謙《うけん》は訴えた。

夜間は官の文書を処理するだけ、民の訴えは明日まで待てと衛兵が言う。これに于謙《うけん》は大声で吼える。

「悪党に昼夜の別があるか？」

その声は大きすぎた。すぐに院内から推官が驚いて出てきて、不機嫌な顔で叱りつけた。「御役所の前で喧嘩《けんか》とは何者だ？」そして、推官の眼が大きく見開かれた。

「于《う》……于《う》廷益《ていえき》ではないか？」

一瞬、于謙《うけん》は感動して泣きそうになった。旅の途中、太子は自分を「于謙《うけん》」と呼び、蘇《そ》刑渓《けいけい》は「于司直《うしちょく》」と呼ぶ。これはまだしも、呉定縁《ごていえん》は憎らしいことに「小杏仁《しょうきょうじん》」と呼ぶことに決めている。ここに自分をまだ字《あざな》で呼ぶ人がいるとは、世界はまだ正常だった。

感動が去ると、于謙《うけん》はこの推官の姿を見て、大いに喜んだ。なんと科挙の同年《どうねん》ではないか。それも同じ三甲の列で、名を方篤《ほうとく》と言う。于謙《うけん》が行人司に配属になった時、方篤《ほうとく》は刑部で観政をしていた。あれから数年が過ぎ、淮安で漕運推官になっていたのだ。

方篤はいそいで于謙《うけん》を招き入れ、淮安に何か公務があるのかと問うた。于謙《うけん》は気が急いてならない。「誠《せい》行《こう》よ、今、賊が新城と旧城の間の地に集結し、ひそかに悪事を働こうとしている。その意図を侮《あなど》ることはできん。どうか、兵を出して弾圧してくれぬか。さもないと大惨事になる」

総兵御門の隣には永安営があり、指揮を待つ二隊があった。出動してくれれば、梁興甫《りょうこうほ》がいかに強大でも捕らえることができるだろう。

方篤《ほうとく》はそれを聞いて驚き、仔細を問うた。于謙《うけん》は太子の身分に触れないようにしながら暴動を起こすという噂を酒場で聞いたから官に知らせにきたのだと言った。于謙《うけん》は嘘をつくのが巧みとは言えず、細部を組み立てることもできない。だから、「そう聞いた」とか「それによれば」とか「たまたま痕跡を見つけた」などと、曖昧《あいまい》なことを言うしかなかった。

方篤《ほうとく》は于謙《うけん》の話を聞き、大笑いした。「廷益《ていえき》、そんな事を気にするとは、君は少しも変わっておらんようだ。ここ淮安の民は大げさなのだ。毎日酔っぱらって気炎を吐く者がいるが、真面目に取りあう必要などないぞ」

于謙《うけん》はあわてた。「万一、今度の騒乱が冗談ではなかったらどうする？　百回に一回でも手を打たねば大乱《たいらん》になるかも知れないではないか！　だめなら陳《ちん》総兵に通報してはくれないか？」

方篤《ほうとく》は首をふった。「陳《ちん》総兵はこのところ淮安にはいない。北で黄河の治水を監督して居られる。ここに居たところで、そんな小事を報告することはできん。衙門《がもん》の庶民が数人、酒席でホラを吹いたからと言って、我らが逮捕に向かっていたら他の仕事ができない」

于謙《うけん》は火が付いたように焦って、再三同じことをくり返したが、方篤《ほうとく》の態度はだんだん冷淡になり、ついに袖を払って言った。

「于廷益《うていえき》よ、淮安を通ったから旧交を温めたいというのなら小生も歓迎する。だが、以前のように些細な事で変な命令を出させるつもりなら、本官も公務がある身ゆえ、これ以上つきあう事はできん。悪《あ》しからず思ってくれ」

于謙《うけん》は気まずくなり、いっそ太子の身分を明かしてしまいたいという強烈な衝動に駆られた。しかし、再三考えてやはり我慢することにした。方篤《ほうとく》はその表情を見て、きつい言い方をしたと反省したのか、軽く溜め息をついた。

「実を言えば、いまは大事で忙しくてな。そんな小事にかまっていられないのだ」

「大事とは、何かあるのか？」于謙《うけん》は戸惑った。

「ふん！　この数年、黄河が淮河に浸水して、砂泥で清江浦がふさがっておる。ゆえに六月の放水の前に河道を清めねばならん。河道を閉鎖して作業するとなると、船は里運河を行くしかなくなる。里運河を行くとなれば五つの壩《つつみ》を通過させねばならぬし、車馬の輸送も手配せねば……どうだ、仕事は牛毛《ぎゅうもう》より多し。よそ事にかまっている余裕があるか？」

最近、清江浦が砂泥でふさがり、つかわれなくなっていた里運河を再度つかわねばならなくなったことが、于謙《うけん》にもわかった。まずいと思った。ほかの三人は闕《けっ》廟《びょう》から里運河のある北に逃げたのだ。

「本来なら春の初めにしておかねばならぬが、朝廷は漕運をやめて遷都すると言っておって、この件についでは手をつけかねていた。今でもやめるのか、やめぬのか、はっきりした話はないが、漕運はせかされている。部下に準備をさせる時間などあるか？」方篤《ほうとく》は鬱憤がたまっているようだった。

于謙《うけん》が話をさえぎった。「ということは、いま、五つの壩《つつみ》には大勢人がいるのか？」

「そうだ。漕船の運搬のために民夫が船曳きに来ている。なあ、老兄も知らぬわけではあるまい。ちょうど夏の収穫の時期、誰がただ働きなどする？　淮安府が何度も命令を出し、やっと付近の数県から千人余りを徴用したのだぞ」方篤《ほうとく》の苦労話は終わらない。「人手が足りないと、漕運衙門《がもん》も酷使することになり、一日二班の交代制を取っている。ここ数日は船曳き人夫の疲労が極限に達し、その者たちの妻らが暴動を起こした。一日に四、五回も逮捕して、判決用紙が不足するありさまで……」

方篤《ほうとく》はまだ言い足りないようだったが、于謙《うけん》の内心は長江か海かと思うほどに揺れ動いていた。五つの壩《つつみ》に大勢の人がいれば太子が露見する危険も大きい。ここで何か行動を取らなければ危険が増すばかりだ。ここまで来たら一度危険を冒すしかなさそうだ。

「誠行よ、君には打ち明けるが……」于謙《うけん》は口を開いた。「その集団は白蓮教徒だ！」

「そうか。だが、老兄も心配しすぎだ。白蓮教と言ってもいくつもある。仏母を拝む者もいれば、弥勒を拝む者もあり、金禅宗もいれば、浄空派もいるのだ。民はみな白蓮教と言っているが、一概に括《くく》れんぞ」

「その数人が言っていたのは、まさに仏母を拝む者だ。そうでなければ、わたしも通報にくるわけがあるまい？」

それを聞いて方篤《ほうとく》の顔色が変わった。

「仏母」という言葉は大明官界では絶対禁忌だ。永楽十八年、山東の蒲台《ほだい》県で唐賽児《とうさいじ》という農婦が「白蓮仏母」と名乗り、数万の信徒を集めて蜂起し、十数県に横行した。朝廷は前後数回大軍を派遣して討伐を試み、やっと鎮圧したのだ。それでも唐賽児《とうさいじ》は捕らえられていない。

これ以後、各地の州県から時折、知らせが伝わって来るようになった。ある土地に仏母が現れたと聞くと、地方官は大敵に臨むように準備をする。淮安は山東の南に位置しているから、白蓮教の信仰が民間に盛んだ。仏母が現れたのなら、容易ならざることになるかも知れなかった。

「廷益《ていえき》、それは本当か？」

「わたしの言葉に少しでも虚言があれば、甘んじて法の裁きを受けよう」

方篤《ほうとく》は手を後ろに組んで庁内を数周した。道理から言えば邪教を鎮圧するのは淮安府の所管だが、淮安の産業はほとんど運河に関わる。仏母が何か企んでいるとしたら漕運総兵衙門《がもん》にも影響が及び、刑部分司が先頭に立って事に当たることになる。

事後に尻を拭くより、未然に防ぐに如《し》かず。方篤《ほうとく》も任務にかけては勇敢だ。卓をひと拍《う》ち、于謙《うけん》に言った。

「永安営に兵を出させよう。廷益《ていえき》も来てくれ！」

于謙《うけん》は方篤《ほうとく》の後について分司を出た。胸は高鳴り、気が気ではない。永安営が五壩《ごは》に駆けつければ、白蓮教の勢力を打ち破ることができるだろうが、その影響は太子にも及ぶ。この一手は危険だが、指さねばならぬ一手だ。その結果がどうなるか、于謙《うけん》には皆目分からなかった。

「皇天の庇護あれ、太子が平安無事であれ」

于謙《うけん》は心中ひそかに祈った。

＊＊＊

高い所から墜落する時、一瞬の間に無数の考えが脳裏をよぎるそうだ。だが、朱瞻基《しゅせんき》に他の考えはなく、苦笑を一つ漏らしただけだった。

これで何度、水に落ちたことになる？

朱《しゅ》家の皇帝たちでこれほど不運に見舞われ、ついには水に落ちて一生を終えた者などいたか？

だが、よい事もある。もう喉が痛まず、呼吸もできる。自分を絞めつけていた巨大な手はついに離れた。

ドン！

激痛が朱瞻基《しゅせんき》の思索を断ち切り、背が堅く乾いた地面にぶつかった事を驚きとともに感じた。それは水底に落ちる感覚ではないが、経験がある感覚だった。

太子は半身を起こして周囲を見回すと、自分が船上にいることに気がついた。背にぶつかったのは甲板の前部だった。人の字の形をした帆柱、四角い舷側の輪郭、標準的な四百料の船にちがいない。朱瞻基《しゅせんき》は体をゆすって立ちあがり、出現した光景に眼を瞠《みは》り、呆気にとられた。

この船は運河の中で平らに浮いているのではなく、弓型にそった長い壩《つつみ》の中腹を登っていた。船の前半分は最初の帆柱を高くあげ、後ろ半分の船尾は運河の水の下にあり、全体は斜めに傾いている。まるで岸にあがった摩伽羅《マカラ》（インド神話の巨大魚）のようだ。

この巨獣の両舷には八本の太い竹綱がかかっていた。竹綱は四組に分かれ、それぞれ堤の両側にすえられた四本の将軍柱につながっている。柱には竹綱をつなぐ角材が固定され、下に石の軸受けを置き、軸受けに立つ巨木には八本の閂《かんぬき》が挿してある。このようにして四つの巨大な巻き上げ機ができていた。

一台の巻き上げ機に対して、十数人が閂を押している。がらがらという音とともに巻き上げ機は回転し、複雑な滑車や鉤、歯車を通して力を八本の太い綱に伝え、この船をゆっくりと上に動かしている。

運河両側の河底には、ボロボロの服を着た船曳き人夫が数百人もいた。一人一人が肩に綱をかけ、巻き上げ機にあわせて力を出している。曳き綱は蜘蛛の巣のように密で、しっかりと船の両舷につながり、弛《たる》んでいる綱は一本もない。これほどの重量の船が人力で水面を離れ、堤の頂上に登っていくのだ。

数十の灯籠《とうろう》が川岸に高く掲げられ、この光景をややはっきりと見せていた。巨獣は霧の中、徐々に暗い水面から浮かびあがり、縦横に張りめぐらされた綱とあいまって、壮大な一枚の画面となっていた。危険の中にいることも忘れ、朱瞻基《しゅせんき》はその光景に見とれた。于《う》謙《けん》から船曳きの事を聞いて新鮮に思ったが、この眼で見ると、それがどういうものかはっきりと分かった。

だが、朱瞻基《しゅせんき》にゆっくり鑑賞する余裕などなかった。

梁興甫《りょうこうほ》も同じ甲板に落ちているのだ。

船曳きの時、船夫もふくめて貨物を全て下ろして船を空にすると于《う》謙《けん》は言っていた。ということは、この空の船には彼ら四人しかいないはず、朱瞻基《しゅせんき》が顔をあげると呉定縁《ごていえん》が傾斜した船尾に立っているのが見えた。あの悪夢のような巨大な影と格闘している。

巻き上げ機と船曳き人夫たちは礼字《れいじ》の壩《つつみ》より低いところにいて、作業に没頭しているから、船上に四人が増えたことなど気づいていない。〝ひごさお〟は戦力では梁興甫《りょうこうほ》に及ばないものの、船が休みなく移動しているので、甲板もこれにつられて傾斜し、梁興甫《りょうこうほ》の動きも掣肘《せいちゅう》を受けていた。

朱瞻基《しゅせんき》は左右をうかがい、帆柱の基部に誰かが差しておいた短い斧をみつけた。その斧を抜いて呉定縁《ごていえん》を救援に行こうとすると、ふいにその動作がとまった。

蘇荊渓《そけいけい》が鎧板《よろいいた》に倒れている。寛《ひろ》い額から鮮血が流れ、生死も定かではない。彼女は堤が崩壊した時、その中心にいて、運悪く頭を打ったようだ。朱瞻基《しゅせんき》は蘇荊渓《そけいけい》を助け起こし、このまま蘇荊渓《そけいけい》を救うべきか、呉定縁《ごていえん》を救援に向かうべきかと迷った。

蘇荊渓《そけいけい》はどうにか眼を開け、奇妙なしぐさで何かを呟いた。朱瞻基《しゅせんき》が顔を近づけると、その声をやっと聞き取れた。

「持ち替えて……」

右肩には矢傷がある。だが、気が急《せ》いて慣れた右手で斧を持っていた。蘇荊渓《そけいけい》は持ち手を替え、傷の悪化をふせぐように言っていたのだった。こんな時にも自分の身を案じてくれるのか、その瞬間、朱瞻基《しゅせんき》は感極まって、大声を出した。

「必ず戻る！」

そう言うと、蘇荊渓《そけいけい》に帆柱を抱えさせ、朱瞻基《しゅせんき》は持ち手を替えて斧をさげると、梁興甫《りょうこうほ》に突進していく。まず元凶を誅《ちゅう》さねば、誰も生きのびることなどできぬ。

船尾にはふだん船夫が休む部屋があった。その屋根は平らだ。呉定縁《ごていえん》は梁興甫《りょうこうほ》とその狭い場所に立って必死に闘っている。そして、朱瞻基《しゅせんき》が突然戦闘に加わると、呉定縁《ごていえん》の劣勢がくつがえることはないものの、梁《りょう》興甫《こうほ》を多少煩わせた。

船は堤を曳かれていくのだから、平坦な場所を登るのではない。巻き上げ機にしろ、船曳き人夫にしろ、力が足りない瞬間あり、滑らかに船を曳くことなど不可能だった。ある程度行けば、いったん休んで綱を調整し、また曳く。

これが格闘を滑稽な様相にした。三人は傾いた船室の屋根に立ち、振り落とされぬように平衡を保たねばならない。船が停まった時にすばやく数手を交わし、船が動き出すと後退して転倒をふせぐ。

この断続的な格闘は二匹の追いつめられた鼠に猫に抵抗する力を与えた。

だが、抵抗は有利を意味しない。梁興甫《りょうこうほ》は表情も変えず、一手一手、二人の狂ったような攻撃をふせぎながら、時に口角をわずかにあげて、窮鼠の反抗を楽しんでいる。呉定縁《ごていえん》の容赦のない攻撃も、朱瞻基《しゅせんき》の型破りな攻撃も幼稚すぎる。致命的結果を先のばしにする以上に何の意味もない。

呉定縁《ごていえん》の拳骨がまた襲いかかる。今度の角度はやや奇妙で左腋《わき》の窪《くぼ》あたりから上に突きあげてきた。梁興《りょうこう》甫《ほ》は掌を横にしてその進路を阻む。同時に朱瞻基《しゅせんき》の斧が別方向からふり下ろされる。東を指して西を撃つか！　梁興甫《りょうこうほ》は背後に眼があるように肩と首をひねって筋肉で斧の柄を押さえこむ。斧はわずかに皮を破っただけで、深く食いこむことはなかった。

梁興甫《りょうこうほ》が反撃に出ようとすると、船にまた激しい振動が走り、傾斜がまたきつくなった。両脚に力をこめて体を前傾させ、ふり落とされるのを防ぐ。呉定縁《ごていえん》と朱瞻基《しゅせんき》はこの隙にすばやく跳び去った。

船が再度移動を始めると、梁興甫《りょうこうほ》は突然上半身の服を解き、引き締まった筋肉と恐るべき火傷をむきだしにし、これに二人が戸惑った隙に石弾のように体当たりにいく。

この動作は泰山が裂け、岩が空を穿《うが》つがごとく、刹那の間に朱瞻基《しゅせんき》にぶち当たった。

太子は破城槌に打たれたように口から血を噴きだし、五臓六腑は一瞬で位置を変え、斧は手から飛んだ。梁《りょう》興甫《こうほ》はやすやすと太子を捕らえ、ふたたび首を絞めあげる。

これまで船が動くたびに梁興甫《りょうこうほ》は故意に攻撃をゆるめ、自分が平衡をとることに気を取られていると、二人に錯覚をさせていた。この繰り返しに警戒が下がったところを撃破したのだった。

呉定縁《ごていえん》は怒りに駆られて突進するが、梁興甫《りょうこうほ》に片足で蹴り飛ばされる。

「拒むな、足掻《あが》くな、有生《うしょう》は皆苦なり。さっさと解脱《げだつ》するがよい」

「解脱などクソだ！」

呉定縁《ごていえん》が吼えて立ちあがり、再度蹴りを出す。だが、その狙いは梁興甫《りょうこうほ》の鳩尾《みぞおち》ではなく、朱瞻基《しゅせんき》だった。

また、その手か？　梁興甫《りょうこうほ》は滑稽に思った。魏を囲んで趙を救う（『史記』孫子呉起列伝、戦闘中の敵の本拠を突くこと）も悪くないが、三度も続けるとは甘く見られたものだ。そして、無意識に鋭い反撃を準備する。

だが、呉定縁《ごていえん》の右脚が接近してくると梁興甫《りょうこうほ》は戸惑った。まさか本当に朱瞻基《しゅせんき》を蹴るつもりか？　この距離ではどんな反応も間に合わない。ただ、拳を呉定縁《ごていえん》に叩きこむことしかできない。

そして、二つの事が同時に起こった。

呉定縁《ごていえん》が太子を強く蹴り、梁興甫《りょうこうほ》の手から解き放つと、太子を体ごと船外に飛ばした。同時に梁興甫《りょうこうほ》の拳骨が呉定縁《ごていえん》の顔面をとらえた。呉定縁《ごていえん》は呻き声をもらして甲板に転げ落ちる。

朱瞻基《しゅせんき》は船から蹴りだされ、礼宇《れいう》の壩《つつみ》の頂上に落ちた。堤は弓なりにそりかえっていて表面は草や泥に蔽われているから、そこで停まるはずもない。斜面に沿い、東の堤の底に転がり落ちていく。

梁興甫《りょうこうほ》は太子の影が消えても大して焦らなかった。この里運河は封鎖されている。まず呉定縁《ごていえん》をなぶり殺しにしてから甕《かめ》の中の鼈《すっぽん》をとらえても遅くはない。

だが、呉定縁《ごていえん》に視線を投げた時、相手が斧をふりあげているのに気づいた。まさに朱瞻基《しゅせんき》が落としたものだ。

だが、呉定縁《ごていえん》は斧を持ちながらも梁興甫《りょうこうほ》に向かって行かず、舷側から斧を思いっきり投げすてた。そして、梁興甫《りょうこうほ》の方をふり返り、血だらけの顔で大声で笑った。

その笑い声の中、叫び声が船底からあがる。つづいて船が激しく前後にゆれた。空中からブッブッと綱の切れる音が聞こえる。龍骨が巨大な悲鳴をあげるなか、船はあらぬ方向に傾く。

梁興甫《りょうこうほ》は船外をながめて、やっと何が起こったのかを知った。

この船は礼字《れいじ》の壩《つつみ》の頂上に引き上げられ、困難な場所をちょうど越えたばかりだった。だが、まだ渇水期だから堤の頂上は水面から距離がある。船を次の水面に直接押せば悪くすると骨組みがバラバラになるかも知れない。だから、巻き上げ機は綱の角度を変えて、船を曳く方向から吊るす方向に変更し、船体を慎重に下ろしているところだった。

この肝心な時に呉定縁《ごていえん》が斧を投げこんだ。それは右側の将軍柱の下に設置された巻き上げ機に当たった。閂を押していた人夫は驚いて腰をぬかし、巻き上げ機が力を失い、二本の綱がゆるんだ。船の平衡を保つために、八本の綱が違う角度から等しい力をくわえていたのに、二本が突然ゆるむと、それでもう船の巨大な重量を支えられず、数本の綱が次々に断裂して外れた。

綱の支えがなくなり、制御を失った船は堤の頂上から西に傾いた坂を滑り、押しとどめることなど不可能な力で水面に落ちていく。

この一瞬で船上にいた全員は、体がふわりと軽くなったと感じた。それは断崖から跳び下りる時にしか味わえない感覚だった。呉定縁《ごていえん》は傾斜した甲板でよろめきながら、傷ついた蘇《そ》荊渓《けいけい》の体を抱えこんで横ざまに転がる。

次の瞬間、黄褐色の船が暗い水面に突っこみ、巨大な船体が深々と水中に突き刺さった。周囲の水は高速で押しのけられ、数丈の水しぶきがあがる。運河はこの壮大な場面に怯えるように次々と波を立てる。まるで運河の神が身を震わせるように。

船は相当頑丈に造ってあったらしい。これほどの衝撃でもバラバラにならず、浮き沈みをくり返し、船首を傷つけただけで主な部分は浮き上がってきた。しかし、落下の強い衝撃で、船は波を蹴立てて運河をあらぬ方向に突進していく。

その方向に乾船渠《かんせんきょ》があった。ふだんは緊急に船の修理をおこなう作業場だ。磁器の店に乱入した狂牛のように、船は入り口の水門を粉砕し、十数の足場と梯子を押しつぶし、積み上げた無数の資材をなぎ倒した。舷側は船渠の側面に擦れて鋭い悲鳴をあげ、船渠の底に引いた二本の軌道も麺のようにねじ曲がった。

ズンと音を立て、船は船渠奥の石壁にぶつかった。船首と壁面が同時に崩壊し、破片が飛散し、濃密な粉塵が船渠のすべてを蔽《おお》っていく……

***

朱瞻基《しゅせんき》は頭を下に礼字《れいじ》の壩《つつみ》の斜面を滑り落ちていた。重みを失った恐怖の中、無意識に何かをつかもうとする。だが、堤には分厚い苔が生やしてあった。船曳きの摩擦を減らすためにわざわざ植えてあるものだ。滑りやすいことこの上ないが、つかむことなどできるものではない。

幸いにも墜落は長くは続かなかった。すぐに体ごと軟らかいものに突っこんだ……水ではない。水よりもさらに濃密で粘りがあり、かすかに土臭い。それが鼻の穴、耳の穴、口の中にまで狂ったように侵入してくる。

太子は眼を閉じて息をとめ、必死にあがいた。混乱の中、両手が硬い木枠にふれる。それを躊躇なくつかんで体を支え起こす。これでやっと身にまとわりつく粘着質のものから脱出できた。朱瞻基《しゅせんき》は立ちあがってしばらく喘ぎ、自分が落ちたところが分水渠《ぶんすいきょ》の木槽であることに気づいた。これは水を分け砂を阻むために設置しているもので、泥が分厚く積もっているから衝撃をやわらげるには最高の場所だった。

だが、天より恩顧を受ける大明の皇太子としては喜ばしくない。頭から脚先まで汚泥にまみれ、両眼をのぞいて顔じゅうに泥がべったりと貼りついた姿はかなりひどい。ともかく、身を清めるより状況を理解することの方が先決だ。呉定縁《ごていえん》が自分を蹴り飛ばしたことまでは覚えている。その後に何が起こったのか、まるで分からない。

「とにかく頂上に上ってみよう……」

朱瞻基《しゅせんき》はそう考えて、礼字《れいじ》の壩《つつみ》を見上げて木槽から跳び下りた。河から水を掬《すく》い、口をすすぐと、唾液のまざった泥を吐く。そして、おもむろに堀の中に踏みだした。

この泥道には襤褸《ぼろ》切れ、朽ちた籠《かご》、腐った蓆《むしろ》などが散乱し、無数の足跡がついていた。大小の足跡は乱れているようだが、みな同じ方向に向かっている。しかも一つの例外もなく裸足で、深く沈みこんでいた。まるで大勢が同じ方向に困難な旅をしているようだ。

船曳きの道だ。

あの壮観……一隻の船が堤を越えるために大量の人夫が両側で牽引していた。この道は船曳き人夫が歩いた道にちがいない。

朱瞻基《しゅせんき》はよろよろと進み、ふいに足もとのボロに眼をとめた。思わずめくって見て驚いた。人がひとり身を丸めていた。皮膚は真っ黒で骨は柴のように細く、頭と腰を汚れた布で包んでいるだけ、痩せさらばえた顔からは年齢も判断できない。

　この男は地面に横になって動かなかった。両眼は半ば閉じて瞳は混濁して光がない。頬を軽く叩いてみても反応がなかった。鼻に手をかざして、息をしているか探ると、すでに事切れていた。おそらく死んだ直後だ。朱瞻基《しゅせんき》はあわてて手を引っこめる。

　周囲の状況から、この人夫は極度の疲労のすえ、倒れたのだと判断できた。仲間たちも船曳きを停められず、置き去りにし、ほんの間に合わせに蓆《むしろ》で覆っただけなのだ。憐れにもこんな汚泥の中に身を縮め、性命《いのち》が散っていくのを待つしかなかったのだろう。朱瞻基《しゅせんき》の心に憐憫と怒りが湧きあがってきた。船曳きの孔目《こうもく》（監督官）は何をしている？　医者はどこにおる？　朝廷は毎年多額の費用を支出しているのに、一体どこに使っている？

　その時、バタバタと足音が聞こえてきた。巡回の兵がこちらに走ってくる。この道に隠れられるような場所はなく、逃げ出したところで捕まるに決まっている。太子は死者に眼をやって眉をひそめたが、きわめて不本意な方法を思いついた。

　すぐに肌脱ぎになり、衣服と靴を丸めて水に放りこむ。そして、世を去ったばかりの死者に手を合わせると、死者の頭と腰の布を解き、自分に巻きつけた。この作業を終えると間もなく、兵がやってきた。

「動くな！　何をしている」先頭の隊長が詰問する。

　喋りすぎると身分が知られると思い、驚いて口の利けない振りを装い、ただ足もとの死体を指さした。

　小隊長がボロをめくると訝《いぶか》しげに顔をあげた。朱瞻《しゅせん》基《き》は声を抑えて、はっきりしない声で言った。

「劉《りゅう》さんが病気になったから里長が世話しろと言った」

隊長が鼻息を確かめる。「世話など要らん。こいつはもう死んだ！」

朱瞻基《しゅせんき》は執拗に繰りかえす。「里長が世話しろと言った」

隊長は眼を細めて相手を観察した。顔、首、脚まですべて泥だらけ、頭に布を巻いていて、一本の髪もない。最後の点で疑心も消えた。

船曳き人夫はほとんど髪を剃り上げて、白い布を巻いている。大量の汗をかくので蚤《のみ》がわくからだ。江淮には〝剃刀屋が見るのは念仏か船曳きだけでいい〟という冗談がある。剃刀をつかう床屋は和尚か船曳き人夫についていけば商売に困ることはないという意味だ。朱瞻基《しゅせんき》は和尚に扮装するために剃髪をしていたが、それが図らずもこの窮地を救ってくれた。

「こんなところで怠けおって！　何か事故があったらしい。さっさと仕事に戻らんか！」

隊長は鞭で大明の皇太子を跳びあがらせた。尻が焼かれたように痛い。反抗しようとすると、また鞭を見せたので黙って耐え忍び、従順な態度を見せるしかなかった。

隊長は手下に死体を運ぶように言いつけ、怠けていた人夫を自分で護送することにした。朱瞻基《しゅせんき》は時々尻をさすりながら大人しく歩いた。船曳きの道に沿って進むと、間もなく人夫の大隊が見えた。

半身の男たちが三百人あまり、河岸に集まっている。壮観だった。空気には濃厚な酸っぱい汗のにおいが満ちている。だが、男たちは仕事をしていなかった。綱は地面に放り出され、全員が運河の方向をながめていた。

船が落ちて船渠に突進し、将軍柱が一本引き倒されたのだ。この事故の規模は大きく、船の転送が一旦停まって、船曳きも中断されていた。

隊長もこれほど大きい事故とは思っていなかった様子で、もう朱瞻基《しゅせんき》にかまっていられなかった。自分で組に帰れと、尻を蹴飛ばすと、部隊を率いて前方へ駆けていく。

そんな大事故なら付近の兵が次々に駆けつけてくるはずだ。考えもなく逃げだせば疑われる。まずは人夫たちにまざって休憩の時に逃げる機会をさぐった方がいい。

そう計画が決まると、朱瞻基《しゅせんき》は人が多い場所を選び、素知らぬ顔で人夫の大群に入っていった。もう雨粒が井戸に入ったように見分けなどつかない。

人混みに入ると、はっきりとした柳笛の音が聞こえてきた。この笛で人夫たちも見物をやめ、次々と笛の方向へと移動していく。目立ってはいけないと思い、朱瞻基《しゅせんき》も人の流れに押されるまま、河岸の大きな楊樹《ようじゅ》の下にやってきた。

楊樹の下には六個の大きな木桶が置いてあった。三つの木桶に雑穀の窩頭《ウオトウ》（円錐型の蒸しパン）が盛られ、一つには肉の汁物、二つの木桶には河エビを入れた青菜だった。

料理はまだ湯気をあげている。唾を呑みこむ音があちこちから起こった。

夜勤の人夫の夜食だ。朱瞻基《しゅせんき》はもう腹いっぱい食べていたから、取りにいく必要はないと思って数歩後退した。すると、隣にいた黒い影が妙な動きをし、気づいた時には手に一本棒を握らされていた。長くはなく外側の樹皮も取っていなかったが、尖端を焼いて硬く尖らせてある。武器のようだ。

これで何を？　驚いて周囲を見回すと、自分だけではなかった。知らぬ間に相当数の男たちが短い棒を握っていた。いくつもの黒い影が人混みに隠れて、こっそりと棒を配っているが、はっきり見分けることなどできない。

朱瞻基《しゅせんき》は胸騒ぎを覚えたが、この短い棒は持っておいて損はないと思った。

その時、容貌魁偉《かいい》な黒衣の男が楊樹の下に歩いてきた。手には水に浸した牛皮の鞭を持ち、それを振り回してパンパンと音を響かせている。この男は于謙《うけん》にも勝るとも劣らぬ大声を出し、その声は三百人の人夫にもはっきりと聞こえた。

「貴様ら、イヌやロバみたいな賊どもが、この薛《せつ》様にあんなマネしやがって、どうやら死にてえらしいなあ?」

この雷のような声で罵倒が続き、朱瞻基《しゅせんき》にも何となく事情が分かった。この〝薛《せつ》様〟が船曳き三百人の監督だ。そして、船が運搬中に脱落し、船渠に衝突して大事故を起こしたから、怒り狂っているらしい。

言うまでもなく、この事故は船上の闘いで引き起こされたにちがいない。呉定縁《ごていえん》、蘇荊渓《そけいけい》が無事に逃げられたのか、梁興甫《りょうこうほ》がどうなったのかも分からない……朱瞻基《しゅせんき》は岸に見にいこうかと思ったが、今は動けなかった。棒をしっかりと握りしめるしかない。

薛孔目《せつこうもく》（孔目は現場監督のこと）の罵倒の中、人夫の群れから誰かが立ちあがった。それは五十過ぎの背の低い男だったが、体についた筋肉は立派だった。

「薛孔目《せつこうもく》、脱落事故で俺たちを疑うのはおかしいぞ。東南の巻き上げ機で斧が見つかったんだ。どこからか飛んできて、閂をぶち割ったんだ」

そう言って、その人夫は両手であの斧を掲げた。

薛孔目《せつこうもく》は一瞬戸惑ったが、カッと濃い痰をその人夫の額に吐きかけた。

「あぁ? なんだと! 俺様を莫迦にする気か? そんな斧なんざ、どっかから持ってきたんだろうが? 貴様のおっ母《かあ》を巻き上げ機でいたぶられてえのか?」

このとんでもない悪罵《あくば》に、男たちの間でざわめきが広がる。

「貴様らのようなカスどもはずっと朝廷に不満を持ってやがる。わざと糧米の運送を邪魔したんだろうが!」薛孔目《せつこうもく》の怒りは収まらない。「おい、数えてみろ。今日、何隻曳いた?」鞭をふるって強《したた》かに老人夫の肩を引っ叩く。

その人夫は痛みで一瞬震えたが、答える声に震えはなかった。

「薛孔目《せっこうもく》、俺たちの組は昼からずっと休憩なしだ。衙《が》門《もん》は六時辰に二回飯が出るって約束していたぞ。一人に饅頭《マントウ》二個と野菜と肉が一碗ずつだ。だが、二回が一回にへらされて、いまやっと飯だ。一体どこから力が出るんだ？」

薛孔目《せっこうもく》は獰猛に笑った。「そんなにこの肉が食いたいなら……」そう言いながら、木桶を蹴倒す。褐色の肉汁は流れて、河砂に吸い込まれた。「ああ」と人夫たちから叫びが漏れ、思わず前に体がのめりこむ。

「クソ共が、これでも食え！　船を脱落させた賊を差しだせねえと、明日は仕事を一時辰追加してやるからな！」

老人夫は毅然と体を起こした。

「薛孔目《せっこうもく》、俺たちは罪人じゃない。賦役に応じた良民だぞ！　朝廷にも規定があるだろ！　お前にそんな勝手ができるのか？」

薛孔目《せっこうもく》が憎らし気に言い返す。「孔十八《こうじゅうはち》、落ちぶれ軍人の分際で、何様のつもりだ！　貴様が淮安府に来てから、帳簿を調べろだの、食費が少ねえだの、ろくな事を言わねえ！」

孔十八《こうじゅうはち》は胸を張った。「俺は仲間にかわって不平を鳴らしているだけだ。衙《が》門《もん》が船曳きの仕事をこんなにきつくして、食費まで撥《は》ねられたんじゃ、どうやって生きろって言うんだ？　病気になっても治療もなく、死人も埋葬されない。これじゃ酷《ひど》すぎるぞ！」

「ひでえだと？　ひでえのはお前の頭だ！」薛孔目《せっこうもく》は老人夫の顔を長い鞭で打とうとするが、孔十八《こうじゅうはち》の手のほうが速く、斧を一閃、シャッという音とともに鞭を両断する。

「てめえ……叛乱を起こす気か！」薛孔目《せっこうもく》は怒りを抑えきれない。

「叛乱じゃない！　話があるだけだ」孔十八《こうじゅうはち》は落ち着

いた声で言った。そして、背後をふり返った。「俺たちみんなから話があるぞ」人夫の群れが林のように密集して鋭い棒を立てた。薛孔目《せつこうもく》は両眼を丸くして、口を開こうとした瞬間、孔十八《こうじゅうはち》が斧の柄を一閃、こめかみを殴りつける。薛孔目《せつこうもく》はばったりと倒れた。

薛孔目《せつこうもく》の背後には兵士たちが立っていたが、孔目《こうもく》が倒れると一瞬取り乱した。薛孔目《せつこうもく》は地面から立ちあがると、慌てふためいて本陣に駆け戻る。孔十八《こうじゅうはち》の指笛で数十人の棒を持った人夫たちが一斉に突進する。彼らは走りながら大声で叫んだ。

「薛《せつ》賊が我を殺す！　薛《せつ》賊が我を殺す！」

人夫たちは日頃水路の中で惨《みじ》めにいたぶられてきたが、この掛け声を聞いた瞬間、鬱積した感情が一気に爆発した。誰もが眼を血走らせ、声を合わせた。無数の裸足が肉汁の染みこんだ泥を踏み、羽音をたてる蜂の群れと化し、楊樹の下の衛兵たちを刺しに向かった。

朱瞻基《しゅせんき》はこの場から離れようとしたが、騒ぎの中心に近すぎた。怒《いか》りに震える群れに包まれて前進するしかない。しかも、手には短い棒を持っているので何が何だか分からぬうちに最前線に押しだされた。

衛兵たちも反応して次々に軍刀をぬき、この泥脚《どろあし》どもに深刻な教訓をくれてやろうと身構える。朱瞻基《しゅせんき》はこの陣形を見て、躊躇は禁物だと覚悟を決めた。後ろの群れに踏み殺されなければ、前の兵に斬り殺される。この棒で力の限り前を刺すしかない。

呻きがあがって、棒の尖端が相手の肩に血の花を咲かせる。これと同時に朱瞻基《しゅせんき》の傍らから数多くの棒が突き出され、正面から雪のように輝く刃《やいば》が何本もふり下ろされた。肉体と肉体がぶつかる音、骨が折れる音、武器と武器が打ち合う音、それに力の限りの叫びと呻きが重なって礼字壩《れいじは》に響きわたる。運河の河畔は一瞬にして戦場となった。

昔、辺境の将から聞いたことがあった。戦場という場所には独特な雰囲気があるものだと。その中に身を置くと〝自分〟という意識が否応なく消え失せ、何もかも忘れてしまう。まるで大波の水滴、暴風に舞う砂塵のように、軍鼓と旗と号令に操られる傀儡《くぐつ》のように何も感じることなく殺し、それが気絶するか力尽きるまで続くのだ。

　朱瞻基《しゅせんき》は今ちょうどそんな状態だった。怒号と血のにおいは催眠のように自らの身分を忘れさせた。最初の激突はやむを得ないものだったが、それから後は怒りの感情が伴い、短い棒を風車のように舞わせた。逃避行の中で抱えてきた鬱屈を、今やっと解放することができた。

　身体能力も経験も太子ははるかに人夫たちに抜きんでていた。しかも、この衛兵の戦闘力など梁興甫《りょうこうほ》と比べれば物の数ではない。朱瞻基《しゅせんき》が先駆けとなり、人夫たちはまるで相手などいないように陣を突破し、古い槐の下に殺到した。朱瞻基《しゅせんき》は薛孔目《せつこうもく》の後ろ姿を認めると、嫌悪感がこみあげて、刺さずにはいられなかった。


相手は地面に倒れた。

　爽快だった。背後をふり返ると、孔十八《こうじゅうはち》も防衛線を突破し、こちらに向かってくる。

　この老人の戦いは他と違っていた。人夫たちはただ血気にまかせて棒をふりまわしているだけだが、彼は極めて冷静で、簡単には手を出さず、敵の弱点を観察してから手を下す。だから、棒を突き刺すたびに確実に兵が一人倒れる。これは本当の老兵だけが持つ風格だと朱瞻基《しゅせんき》は知っていた。最少の力で一人ずつ敵を倒していくのだ。

　孔十八《こうじゅうはち》たちが槐《エンジュ》の下に殺到してくると、薛孔目《せつこうもく》が起き上がろうとしていた。そこに彼の棒が襲いかかり昏倒させる。

　老人と若者が視線を交わして互いを称《たた》えあった。二人がふり返ると明らかに人夫たちが優勢だった。衛兵たちは装備にすぐれていたが、皮肉なことに連携が訓練されてはいなかった。人夫たちは昼夜とともに綱を引いているから、力を合わせるのに今さら言葉などいらない。武器を手にすれば、そのまま精鋭部隊だ。

「もう一度行くぞ！」孔十八《こうじゅうはち》は無駄口を叩かなかった。朱瞻基《しゅせんき》は身分を露呈しないように言葉も返さず、ただ苦笑してついていく。堂々たる大明の皇太子が淮安の船曳き人夫の後について暴動に加わるとは、何とも皮肉な運《めぐ》り合わせだ。

老人と若者は再び戦闘に突入した。背後から衛兵たちに圧力をかける。水時計の一刻にも満たぬ間に、人夫たちは全面的優勢を確保した。薛孔目《せっこうもく》以下三十数名の衛兵、役人たちは全員打ち倒され、重傷者は昏倒して眼を醒まさず、軽傷者は鼻を青くして顔を腫らしている。

孔十八《こうじゅうはち》は大局が定まったと見て、人夫たちを楊樹の下に呼び集めて、数人を選ぶと五つの桶から食糧を分配させた。人夫たちはとっくに飢えていたから、誰もが自分の分け前を受け取ると、地面に座ってがつがつと食べはじめる。

朱瞻基《しゅせんき》は飢えておらず、興奮状態から冷めて、これには何か仔細がありそうだと考えていた。尖端を尖らせた棒、一斉に叫んだ掛け声、進退の合図となる指笛、この暴動はおそらく時間をかけて計画されている。ただ、なぜよりにもよって今晩なのか？

孔十八《こうじゅうはち》という男は相当な人物だった。格闘も見事だが、場面の抑制にも手腕を発揮した。この暴動は一見して激しい戦闘のようだったが、実際には一人の人命も損なっていない。彼らが叫んだ怒号も、ただ「薛賊《せつぞく》が我を殺す、薛《せつ》賊が我を殺す」と言っただけで、寸毫もつけこまれるところがない。

あの無名の死体と薛孔目《せっこうもく》の態度を眼にして、朱瞻基《しゅせんき》は人夫たちがなぜ憤慨して反抗したのかを理解できた。ただ、これからどうするつもりなのかと気になった。朝廷が一番恐れているのはこういう制御できない暴動だ。朱瞻基《しゅせんき》もこれに似た事件の奏上を読んだことがあるが、大臣たちの意見は理由の如何《いかん》を問わず、強力に弾圧するという点で珍しく一致していた。悪例を一つ許せば、狡猾な民の反抗が後を絶たなくなる。

孔十八《こうじゅうはち》が饅頭《マントウ》をいくつかつかんで朱瞻基《しゅせんき》の隣に座った。

「知らない顔だが、どこの里甲《りこう》の者だ？」

朱瞻基《しゅせんき》はあいまいに他所《よそ》から徴発されて来たと答えた。淮安の里運河には五つの壩《は》があり、人夫たちはよく組み換えをさせられて他所に回されてくるから、見知らぬ顔がいるのはよくある事だった。

孔十八《こうじゅうはち》もそれ以上深く聞こうともせず、肩を叩いた。

「さっきの戦いはよかったぞ。何て名だ？」

「ああ……洪望《こうぼう》だ」と朱瞻基《しゅせんき》は答える。

「そんなにいい腕を官府に折らせるのは惜しいな」孔《こう》十八《じゅうはち》は饅頭を一つ渡しながら言った。「洪《こう》老弟、これを食べたら棒を始末して、自分の壩《は》に戻れ。誰かに訊かれても何も言うんじゃないぞ」

朱瞻基《しゅせんき》は戸惑った。「じゃ、次はどうするつもりだ？」孔十八《こうじゅうはち》は両脚を開いて、毛深い脚の間を掻いて、その手でまた饅頭をつかんで言った。

「俺一人で自首する」

「え？　徒党を嘯《よ》んで乱を起こすつもりはないのか？」

「おい」と孔十八《こうじゅうはち》は言った。この言葉は普通の庶民が使えるものではない。朱瞻基《しゅせんき》の顔色が変わり、口をかたく結んだ。幸い、孔十八《こうじゅうはち》はそれを追及せず、ハッハッハと笑った。

「このマヌケめ、俺たちが本当に謀反なんぞ起こすと思うか？」

「じゃあ、こんなに暴れたのは何のつもりだ？」朱瞻《しゅせん》基《き》は思わず訊ねた。

孔十八《こうじゅうはち》は大口をあけて、饅頭を半分かじった。

「洪《こう》老弟は知らんだろうが、俺たち数百人でちょっと騒いでみただけだ。翅《はね》つきの帽子をかぶった役人なんざ何でもない。俺たち全員を捕まえたら船曳きはどうなる？　あいつらは面子が大事だし、事件になるのも嫌がる。だから、ひと暴れして、こっちから自白をくれてやるんだよ——俺が衙門《がもん》に自首すれば、やつらの面子も立つ。主犯が罪に服せば、あとは追及はしねえってところだ。少なくとも食費についちゃ、もう撥《は》ねる奴もいなくなって同郷の者にも多少生きる道ができるってもんだ」

この人はやはりどこか違うと朱瞻基《しゅせんき》は思った。謀略があり、見識もあり、それに責任感もある。思わず相手の両眼を見た。顔はしわだらけだが、双眸には清んだ光があり、両頬には大小あわせて十以上の傷があった。細長いものは矢がかすった傷だろう。幅が広いものは白刃がつけた傷らしい。

相当な老兵にちがいない。太子はそう思った。

孔十八《こうじゅうはち》は二、三口で饅頭を食べおえ、チッと舌打ちして如何《いか》にもくやしそうに言った。

「火加減をしくじったな。本当なら陳《ちん》総兵が帰る前日に暴動を起こせば、あいつらも半日しか時間がないから談判がずっと楽だったんだが……船にあんな事件が起こっちまうとは、やはり人算《じんさん》は天算《てんさん》に如《し》かずか」

この時、朱瞻基《しゅせんき》ははっと悟った。この暴動の計画は確かに前々から練られていたが、本来は今日ではなかったのだ。しかし、船の意外な脱落事故で計画の前に暴発したのだった。

太子はこの暴動がいかにも巧妙な時期に起こったように思った。どうして自分たち一行が淮安に到着した夜に発生したのかと。だが、今考えてみると、偶然の一致などではなく、必然の結果だった。薛孔目《せつこうもく》は長年船曳きの食費を撥《は》ねていて、人夫たちには積年の恨みがあった。両者は遅かれ早かれ衝突するはずだった。自分たちと梁興甫《りょうこうほ》の戦闘がこの矛盾を激しくしただけだ。

「自首すれば首を斬られないか？」朱瞻基《しゅせんき》は自分が意外にも老人の身を案じていることに気がついた。

「へへ、安心しろ。あっちの人命は取っちゃいないんだ。こっちも死罪にはならねえ。せいぜい罰杖を数十ってところだ。初めてってわけでもねえしな」孔十八《こうじゅうはち》は何でもない事のように答えた。「俺は白蓮仏母の座下で香を焼いている。兄弟たちの助けがあるから大事にはならない」

朱瞻基《しゅせんき》は肩をすくめた。この老人は白蓮教徒だった。孔十八《こうじゅうはち》は太子の表情など気にせず面白そうに続ける。

「仏母って聞いたことがあるか？」

「仏爺《ほとけ》なら聞いたことがあるぞ」朱瞻基《しゅせんき》は眼をそらして答えた。

孔十八《こうじゅうはち》は笑った。「仏爺もいるが、仏母だっている。白蓮仏母は仏爺よりも賢い。あの人は霊山で修行を終えて白蓮の花になって東土に飛んできて顕聖したんだ。三災をしりぞけ、八難をのぞいて、世を救うためにわざわざやって来たんだ」

「芝居みたいだ。どうせ子供だましの大道芸だろう」

朱瞻基《しゅせんき》は思わず反論した。孔十八《こうじゅうはち》は大声で罵るだろう、それを口実に離れればいいと思っていた。だが、老人はそれを聞いて笑っただけだった。

「来世の福報だの、白蓮顕聖だの、俺もこの眼で見ちゃいねえさ。だが、蓮花壇《れんげだん》に焼香して仏母の前で叩頭すれば、もう兄弟姉妹なんだ。生きている時はたがいに面倒を見るし、死んだら少なくとも壇が棺桶を買って香を焼いてくれ、風水のいい所に埋葬してくれる。蓆《むしろ》をかぶせられたきり、野良犬やカラスに喰われるような目にはあわねえ。どうだ、誰だって仲間になりたいと思うだろう？」

朱瞻基《しゅせんき》は返す言葉もなかった。白蓮教は詐術《さじゅつ》で愚民を騙しているのだと思ってきたが、庶民が先を争って帰依するのは、こんなささやかな願いのためだとは思いもしなかった。だが、眼の前の人夫たちが置かれた境遇で全力を尽くして生き抜いているのを見れば、白蓮教がなぜ人を惹きつけるのかを理解することは難しくない。

「どうだ、兄弟。俺の壇に来て、焼香しないか？　こう見えても壇祝《だんしゅく》（祝は男性祈禱者ハフリのこと）なんだ」そう言って、孔十八《こうじゅうはち》は胸を叩いた。

朱瞻基《しゅせんき》は気まずくなって手をふって拒もうとしたが、ふいに気づいて、問う。

「梁興甫《りょうこうほ》を知っているか？」

「誰だそれは？」孔十八《こうじゅうはち》は理由《わけ》が分からぬといった顔をしている。

朱瞻基《しゅせんき》はひそかに安心した。予想どおりだった。白蓮教の体制はゆるやかで、各地の香壇は仏母を拝むということを除けば、それぞれの壇祝が自分の裁量で運営しているらしい。城内の信徒は梁興甫《りょうこうほ》に協力していたが、船曳きの信徒は自分たちで暴動を起こしただけで相互に連絡はないのだった。

これは国家にとって良いことだ。もし仏母がすべての香壇を手足のごとく、将兵のごとく使えれば、それは朝廷にとって頭痛の種になるだろう。

朱瞻基《しゅせんき》が断ろうとした時、突然、相手が声を立てるなという動作をした。そして、耳を地面につけて何かを聞いている。

「何か近づいてくる。まさか永安営か？」

「何だ。それは？」

「陳《ちん》総兵直属の運河防衛正規軍で、軍紀の整った精鋭ぞろいだ。こんな騒動であいつらが動くはずは……しかも来るのが速すぎる。おかしい。おかしいぞ」孔十《こうじゅう》八《はち》は何か呟き、またじっと聞き耳を立て、その顔色が思わず変わった。遠くから微かにガチャガチャと鉄甲の音がする。武装を整えていることは明らかで、勢いが激しい。

河辺の人夫たちも不安を感じはじめ、指導者に眼をむけた。孔十八《こうじゅうはち》は大声で言った。

「あわてるな。言ってある通りに棒を河に捨て、自分の里甲に戻れ！」

人夫たちがその声に応《こた》えて四散していく。孔十八《こうじゅうはち》は朱瞻基《しゅせんき》がその場で呆けているのを見て、猛然と押し出した。「何している？　さっさと帰れ！」

朱瞻基《しゅせんき》はすぐに手に握っていた棒を捨てると河辺にむかって走った。

孔十八《こうじゅうはち》は薛孔目《せっこうもく》を昏倒させた斧を持って、両手を高く挙げた。遠くから大挙して押しよせてくる影にむかって大声で叫んでいる。

「俺一人でやった。方《ほう》推官のところへ連れていけ……」

その言葉が終わらぬうちに、筒袖の紅《べに》の綿入れを着た営兵が数人突撃してきて、孔十八《こうじゅうはち》を地面に押し倒した。同時に大勢の営兵がその傍らをかすめ、人夫たちの群れに走り込む。一隊は逃げ出したばかりの朱瞻基《しゅせんき》に追いつくと、地面に引き倒し、硬い靴底で体を踏みつけた。

「白蓮教徒を逃がすな！」永安営兵士数十人が同時に怒号した。

第十五章

眼をあけると、呉定縁《ごていえん》は奇妙な籠《かご》の中にいた。籠の形は不規則で、肋骨《ろっこつ》のような褐色の木材が数十本、竹林のように縦横に交錯し、きわめて小さな空間を作っている。

先刻の強烈な衝突で、呉定縁《ごていえん》の頭の中ではまだウォンウォンと音が鳴っていた。その眩暈《めまい》がするような音に耐え、何とか木材を動かそうと試みたが、びくともしない。顔を伏せると横たわっている体が見えた。蘇《そ》荊渓《けいけい》は眼を閉じていた。額から一条《ひとすじ》の鮮血が白い頬にぎょっとするような赤い痕跡をのこしながら、ゆっくりと滑りおりている。

呉定縁《ごていえん》は何とか記憶を整理して、寸前の出来事を思い出した。

この船は運河に落ち、強烈な勢いで付近の船渠《せんきょ》に楔《くさび》のように突き刺さった。船は水門、浮き槽《そう》、吊り下げ機などを破壊し、まっすぐに埠頭の匠作坊《しょうさくぼう》に突入した。そこには加工中だった舵棹《かじさお》の楡《にれ》材、帆柱の杉《すぎ》材、細長い肋板《ろくばん》などが並んでいたが、この衝撃でバラバラに飛び散った。

呉定縁《ごていえん》と蘇荊渓《そけいけい》が船から跳び降りた時、二人はこの飛び散った木材に偶然に埋もれたのだ。幸いにも細長い形状の木材がたがいに交差したせいで、二人の体は圧迫されなかった。しかし、重すぎて人の力では到底動かすことなどできず、まるで蟋蟀の籠《かご》に生きながら閉じこめられたようなものだった。

外は静かだ。梁興甫《りょうこうほ》がどうなったのかは判らない。だが、呉定縁《ごていえん》はあの凶神《きょうしん》にかまっていられなかった。蘇荊渓《そけいけい》の鼻に手を当ててみると呼吸が弱い。捕吏の呉《ご》定縁《ていえん》には多少なりとも救急術の心得はあった。腕を枕にして彼女の首を支え、人中《じんちゅう》（鼻の下の溝の部分）の経穴を押した。

十数回も押すと、かすかな声が蘇荊渓《そけいけい》の唇からもれた。

「衝撃による朦朧《もうろう》です。気は閉じていませんから、人《じん》中《ちゅう》を押しても役に立ちません。わたしの言うとおりにするのです……」

こんな状況でも蘇荊渓《そけいけい》は冷静だった。彼女は眼を閉じたまま次々と指示を出した。どれも簡潔明瞭な指示だった。その言葉通りに呉定縁《ごていえん》は処置を行った。肌に触れねばならない処置もあり、礼法の上では障りがあったが、指示を出す者は弱っていて、指示を聴く者も集中していた。寒さも手伝い、二人に甘美な感情が生じることはなかった。

蘇荊渓《そけいけい》の指示は巧みで、呉定縁《ごていえん》の措置も確かだった。しばらくして彼女はやや元気を取り戻した。蘇荊渓《そけいけい》が腰に下げていた袋から、呉定縁《ごていえん》は止血用の粉末を取り出した。本来、太子のための予備だが、その薬をひとつまみ額に塗り、袖を裂いて巻きつける。

蘇荊渓《そけいけい》が頭に受けた傷は重かったが、現状ではこんな処置で保たせるしかない。

「ここは寒すぎます。もっと温めた方がよいでしょう」蘇荊渓《そけいけい》は半身を呉定縁《ごていえん》の肩にもたせかけ、息を切らせながら言った。呉定縁《ごていえん》は外袍《うわぎ》を脱いで彼女にかけてやる。「人の体は火のようなもの、わたくしを強く抱くのです」蘇荊渓《そけいけい》の口調は平静で、まるで患者に処方を出す時のようだ。呉定縁《ごていえん》はやや戸惑い、両手で彼女を包むと、懐に抱きしめた。ぴとっと胸に額《おでこ》があたる。

富楽院に通って男の歓《よろこ》びも女の愛も見慣れてはいたが、一人の女子とこれほど近くより添ったことはない。むしろ、蘇荊渓《そけいけい》の方が胸の音を聞く余裕があった。

「心《しん》がやや強く打っています……よい事です。血流が速いほど温まります」そう言うと懐の中で身を丸めて二人の間にあった隙間をうめた。

暗がりの中、かすかな薬の香りが呉定縁《ごていえん》の鼻につき、全身がこわばって筋肉のひとつも動かせない。南京で知り合って以来、凶暴な南京の捕吏に罵られ、蹴られ、縛られた蘇荊渓《そけいけい》は子猫のように身を縮めていた。この様子を見ていると可笑《おか》しさがこみあげてきた。蘇荊渓《そけいけい》は相手の身体がこわばっているのを感じると、わざと話をそらした。

「太子は逃げられたのですか」

「船が落ちる前に蹴り落とした。梁興甫《りょうこうほ》の手に落ちるよりましだ。小杏仁が拾ってくれるといいが」

「あの太子様は少しも貴人の風格がありませんね。せっかちで、すぐに癇癪《かんしゃく》を起こすし、感情の起伏は江湖の者より大きいほどです」

「棺桶にも脂粉《おしろい》を入れるぜ……死んでも面子を気にする奴だ」呉定縁《ごていえん》が皮肉に補う。

どうせどこにも行けはしない。より添いながら、二人は太子の性格をあげつらった。ここにいない者の悪口が話の種となり、二人の雰囲気はゆっくりとやわらぎ、自然な姿勢へと変わっていく。

「気づいていないかも知れませんが、皇帝にふさわしくないと言われると太子は過剰に反応します。ああやって人を驚かせるのは心の恐怖と無力感を隠すためなのでしょう。普段からあまり自信のない証拠です」蘇《そ》荊渓《けいけい》の職業病だった。「ふしぎです。大明の皇太子に一番欠けるはずがないものなのに……」

「他人の眼を気にするのは何か失《な》くしたくないもんがあるんだろう」呉定縁《ごていえん》は簡単に評価をした。

「それは太子ばかりではありません」

籠の空気がやや凝固し、呉定縁《ごていえん》はひそかに後悔した。この女は他人の言葉から真意を推測することに長けている。自分の心も見透かされているかも知れない。

「オレはあいつとは違う……」

「どう違うのです？」蘇《そ》荊渓《けいけい》は呉定縁《ごていえん》の体がこわばるのを感じて、思わず笑った。「緊張する必要はありません。話をしているだけです。ここから動けないなら意識をはっきりさせておくためにも少し話をしましょう。話してください。もう瓜洲の水牢で太子に心中を吐露したのでしょう？」

呉定縁《ごていえん》はうなずいた。太子があんな取るに足らぬ事を覚えているとは思わなかったが。

「まだ心中を打ち明けた感覚を覚えていますか？　重荷を下ろして根骨《けんこつ》（足の甲の骨）がすこし軽くなったように感じませんでしたか？」蘇《そ》荊渓《けいけい》の口調は身内の者のようにやわらかで、その問いを呉定縁《ごていえん》は拒めなかった。

「だが……」

「人に正直になれば、心の愁いはなくなります。悩みというものは凡人の心の愁いから出るものです。それが何であっても酒に逃げるよりはよいのです」蘇《そ》荊渓《けいけい》はそう言うと周囲を見回し、ふいに笑った。「まだ覚えていますか？　汪《おう》家の水牢のような状況になったら、わたしたちの間も少し素直になるかも知れないと言ったこと、こんなに早くその通りになるとは思いませんでしたが」

　暗がりの中、身動きもままならず、水がないだけで水牢と選ぶところはない。蘇荊渓《そけいけい》は呉定縁《ごていえん》がまだ緊張していると感じた。

「どうやら天意のようです。たがいに打ち明けあえば、どちらにも損はないでしょう」

　この言葉は呉定縁《ごていえん》にとって意外だった。あの日、瓜洲の水辺で王姑娘《おうクーニャン》のことを問うと、蘇荊渓《そけいけい》は答えを避けた。だが、話す気になったようだ。呉定縁《ごていえん》は躊躇して軽く溜め息をついた。「分かった……」

　呉定縁《ごていえん》が口を開こうとすると、すこし待って下さいと蘇荊渓《そけいけい》は言った。そして、右胸の肋骨に耳を当てる。

「人の骨は声を伝えることができるのです。右胸は心臓の鼓動がないので、はっきり聞き取れます」

　呉定縁《ごていえん》は戸惑いながら腕を伸ばし、手を彼女の肩にそっと置き、抱きかかえるような姿勢を取ると、もう一度〝ひごさお〟になった過去を話した。

　低い声は煙と化して滅茶苦茶に破壊された船渠《せんきょ》の中をめぐった。竹の足場の間をただよい、桐油《きりあぶら》の器をかすめ、篷《とま》と渡し板の間をすりぬけた。ようやく衝突の粉塵《ふんじん》も落ち着いてきて、呉定縁《ごていえん》は一気呵成に話し、蘇荊渓《そけいけい》は終始耳を傾けた。呉定縁《ごていえん》が話しおえても彼女は傾聴の姿勢をとったままで、思うところがあるようだった。呉定縁《ごていえん》が咳払いをすると、蘇荊渓《そけいけい》は顔をあげた。

「どんな感じですか？」

　呉定縁《ごていえん》は胸中の濁った気を吐き出した。たしかに肩が軽くなったように思った。蘇荊渓《そけいけい》がそっと笑う。

「ほんとうに頑固な人ですね。一人きりで自分をだめにするほど踏みつけにするなんて」

「かも知れない」呉定縁《ごていえん》は苦笑して頭を掻《か》いた。「お袋にも言われた。牛で牽いても動かないくらい強情者で、こうと決めたら一本道を暗くなるまで歩くってさ。

誰だか知らないが、親父ゆずりなのかも知れない」

「おかしいと思っていたのです。あなたの行動は南京からずっと受け身です。すべて他人が求めた行動で、自分から求めたものではありませんでした。わたしの故郷、蘇州では〝船の針路が定まらぬうちは四方が逆風〟と言うのです。自分が何者かを知らず、自分がほんとうに何をしたいかも知らないのですから、何をしてもぼんやりした状態から抜けだせません」

「オレだって知りたい！」いきなり呉定縁《ごていえん》の感情が高ぶった。「だが、癲癇《てんかん》持ちなんだ。それで一体何ができる？」

「その病《やまい》にはきっと理由があります……」医術のことになると蘇荊渓《そけいけい》の表情が真剣さを帯びてきた。「癇《かん》の病《やまい》は風《ふう》・驚《きょう》・痰《たん》・食《しょく》・虚《きょ》・虫《ちゅう》などに分かれます。あなたのように火を見たら病になるというのは驚癇《きょうかん》の症状にちがいありませんが、きっと何か恐ろしい目にあって、病根を植えつけられたのです」

「だが、あんなことが起こる前に病気などなかった」

蘇荊渓《そけいけい》は首をふった。「そうとは限りません。驚癇《きょうかん》の病根は様々で、一端が知られているだけです。以前聞いた病状ではこんなものもありました。ある患者が幼い頃、雷雨の日に田で蛇を見て気絶してしまったのですが、気がついた時には何も覚えていませんでした。その後、普通に暮らし、雷や蛇を見ても症状は出ませんでした。ですが、患者が四十になった年、もう一度雷雨の日に家の梁《はり》で蛇を見ると、驚癇の発作を起こしました。それからは雷や蛇に出会うと症状が出るようになったのです」

「そうだとすると、オレの驚癇は火と出生の謎が一緒になって起こるようになったのか？　それとも子供の頃からある病根なのか？」

「わかりません。ただ、あなたの内心に深い恐怖が隠れていて、それに自分でも気づいていないように思います。あなたのすべての行動はお酒を飲むにしろ、驚痫にしろ、すべてその恐怖から逃れるためなのでしょう」

「莫迦な。どうして覚えていないものを怖がる」呉定《ごてい》縁《えん》は顎をなでながら納得できないと言いたげな表情で、そう言った。

「恐怖の細部を忘れているのかも知れませんが、絶対にその感覚を忘れることはありません。よく考えてみてください。お酒を飲んでいる時は気分がいいのですか？　それとも一晩中魘《うな》されないために飲むのですか？」

この鋭い質問に呉定縁《ごていえん》は絶句した。蘇《そ》荊渓《けいけい》は彼の眼を見つめて言った。

「病を隠して医者を嫌うのはよくありません。あなたの病はもう一度その恐怖に立ち向かい、それを打ち破った時に根治するでしょう……いったい何を恐れているのです？　外にいる病仏敵《びょうぶってき》ですか？」

呉定縁《ごていえん》の顔色が変わった。「そんなはずない！　オレじゃあいつに勝てない。それにオレが恐れている者はあいつだけじゃない！」

「呉《ご》家と病仏敵《びょうぶってき》の間は単なる仇というだけではないのではありませんか？」

堤の上で梁興甫《りょうこうほ》が呉定縁《ごていえん》を殺そうとしていた時、その顔に浮かべていたのは復讐の快感ではなく、かすかな慰めと感激の表情だった。それに蘇《そ》荊渓《けいけい》は気づいていた。このはっきりと異なる行動と感情が、病仏敵《びょうぶってき》という個人に同時に現れていることに強い関心を持った。太子が言ったことを蘇《そ》荊渓《けいけい》も聞いていたが、呉定縁《ごていえん》が梁興甫《りょうこうほ》を「忘恩不義」と罵ったのは二人の間に深い因縁があることを示していた。

呉定縁《ごていえん》はどうにもならないといった様子で首をふる。蘇《そ》荊渓《けいけい》は秘密を打ち明けるように導こうかと思った。だが、この大難《たいなん》の中、偶然にできた狭い空間が秘密を口にする勇気をあたえたようだ。

「永楽十八年の冬だ。梁興甫《りょうこうほ》が金陵城に押しいってきて、南城兵馬司《なんじょうへいばし》で暴れまわり、城内に潜伏して、周囲を攪乱《かくらん》し、仏敵の名をほしいままにした。応天府《おうてんふ》は頭を痛めた末、親父に命令を出して、半月の間に捕らえるように言いわたしたんだ。親父は差役を動員して、江湖の手練れも招いたが、誰も梁興甫《りょうこうほ》を捕らえることはできなかった。

あの時、オレは命令に不服だったが、ひそかに調べてもいた。官府のやり方とはちがう。犯行地点を観察して、地図の上で何か規則がないか探っていたんだ。地面を歩けば跡がのこるし、息をすればにおいがのこる。あいつも人の子だから何かをのこすはずだ。そして、オレはついに発見した。事件の現場近くに必ず井戸があったんだ。金陵は戦乱がたびたびあったから包囲された時に水不足にならないように井戸があちこちに分布していて、互いにつながっている。誰もそんな事を覚えちゃいねえが、あいつは覚えていて、井戸を使って移動をしていたんだ。道理で官兵が捕らえられないはずだった。

すぐにこの発見を親父に伝えて、おびきだす計略も立てた。親父は大喜びで、すぐに人を手配し、三日後、あいつを冶城山《やじょうざん》に包囲した。親父が士卒を率いて、あいつの顔に傷をつけた。だが、あいつがくたばる寸前、柏川橋《はくせんきょう》の火薬庫が突然爆発して、城内が狂乱に陥り、その隙に梁興甫《りょうこうほ》は重傷を負ったまま逃げた。

運がいい奴だと、その時は思った。だが、調べてみると火薬庫の爆発は仔細がありそうだった。しかも、手掛かりがすべて親父につながっていた。オレは親父を尾行した。親父は清涼山《せいりょうざん》の寺に梁興甫《りょうこうほ》を匿《かくま》っていた。驚いて親父に問い質したよ。すると、江湖で暮らしていた時から梁興甫《りょうこうほ》とは旧知だと親父は言った。だから、大きな危険を冒して一命を助けたんだ。梁興甫《りょうこうほ》は傷が癒《い》えると去っていった」

「御父上はおそらく本当のことを言っていません」蘇《そ》荊渓《けいけい》が評する。

「ああ、オレにもそれは分かった。だが、親父も言おうとしないし、オレも問うのが面倒になり、金をせびって酒を飲む回数が増えただけだ」呉定縁《ごていえん》は低い溜め息をついた。

「梁興甫《りょうこうほ》が去る時、我が家の大恩に報いると言っていた。まさか、恩を仇で返すとは思わなかったがな。だから、あいつは一心に恩人一家を殺そうとしている」

「もしかして……〝怨みを以て徳に報いる〟のではなく、あなた方一家を解脱《げだつ》昇天させるのが最高の報恩だと心から信じているのかも知れません」

「莫迦な！」

「わたしは梁興甫《りょうこうほ》のような病人を何人か知っています。彼らには自分の道理があって、その中に溺れています。ひどく自分の道理に執着するので、世の人からは気がおかしいとみなされるのです」

「もういい。やめよう。話すと気が滅入る！」呉定縁《ごていえん》はかぶりをふった。

「お前の番だ」

蘇荊渓《そけいけい》は首を傾けて額を胸につけたままだった。その声は普段の冷静で優しい響きではなく、湖州絹《ぎぬ》の面紗《ヴェール》を払いのけたように正直な響きがあった。

「わたしには手帕《しゅはく》の交わりがいたんです。王錦湖《おうきんこ》という名です。蘇州の長洲《ちょうしゅう》の出身で、とても聡明な人でした。わたしと彼女は同じ先生のもとで岐黄《ぎこう》の術（岐伯と黄帝、医術のこと）を習っていて、そこで知りあったのです。姉妹も同然です。錦湖《きんこ》は天分がわたしよりずっと勝《まさ》っていて、いつの日か義姁《ぎしゃく》（前漢の武帝の頃の女医）や鮑姑《ほうこ》（晋の女医、夫は『抱朴子』を書いた葛洪）や張小娘子《ちょうしょうじょうし》（宋代の女医、外科術を行ったとされる）のようになる人だと思いました。わたしたち二人は世間のひどい偏見のせいで、女子の医者がただでさえ少ないのに、さらに少なくしていると嘆いていました。礼法《れいほう》の制約があって女子の多くが男の医者から診察法や治療法を学ぶことができず、せっかくの才が虚《むな》しく散っていくのを本当に口惜しく思っていたんです。入学した年の乞《きっ》巧節《こうせつ》（七月七日）、わたしと錦湖《きんこ》は明月の下で誓いを立てました。いつの日か、学問が成ったら、蘇杭一帯に女子医館を開き、二人が座館になろうって。学生を受け入れながら、治療を施して人を救い、江南の女子がもう病で苦しむことのないように教えようと。

残念なことですが、彼女の家では医道は雑学にすぎず、夫を支えて子を教えるのが女子の正道《せいどう》と考えていました。そして、永楽二十年、遠い京城の名家に嫁いで行った……それだけだったら、まだよかった。蘇州と京城は運河でつながっているし、時々手紙で思いの丈を書いていました。錦湖《きんこ》はわたし一人でも女子医館を開き、あの娘《こ》が憧れていた生活をしてほしいと励《はげ》ましてくれた。その手紙の行間から京城の暮らしが苦悶に満ちていることが感じ取れたのに、力になれず、せっせと手紙を送ることしかできなかった。〝雲樹の思い〟を一時でも忘れられればと願って」

「〝雲樹の思い〟って何だ？」呉定縁《ごていえん》が思わず口をはさむ。

「〝渭北《いほく》　春天《しゅんてん》の樹《き》、江東《こうとう》　日暮《にちぼ》の雲《くも》〟……杜甫《とほ》の『春日李白《りはく》を憶《おも》う』です」

呉定縁《ごていえん》が詩文をあまり読まないことを蘇荊渓《そけいけい》は知っていたから笑って補う。「友と別れる思いを形容した言葉です」呉定縁《ごていえん》は「そうか」と一言、理解したのか判然としない。

「ですが、一年前、どれだけ手紙を書いても海に石を投げこむように返事が来なくなったんです。彼女という人が丸ごと消え失せてしまった。心配になって王家《おうけ》に直接出向いても答えはなかった。京城に行く人に頼んでも返事は来なかった。だから、自分で調べようと決めたんです。そして、永楽二十二年に死んだとわかりました。夫の家で、一番立派で、一番残忍な手段で、死んだんです。不条理と恐怖を感じながら死にました。その時のわたしの気持ちを想像できますか？　まるで心臓を切り開かれ、砒霜《ひそう》と鉤吻《こうふん》を注ぎ入れ、全身の経《けい》脈《みゃく》に流したようだった」

そう言うと、蘇《そ》荊渓《けいけい》の声は枯れ、細い体がやや折れまがった。まるでその猛毒が今もその体を侵《おか》しているかのようだ。呉《ご》定縁《ていえん》はもう一度しっかりと彼女を抱きしめ、彼女の痙攣《けいれん》を押さえつける。

「謀殺に関わった者はたくさんいます。全員の名前も知っています。もう死んだ者も、まだ生きている者もいる。けれど、遠く離れた蘇州にいる女子に何ができます？　錦湖《きんこ》のために独墅湖《どくしょこ》（蘇州南部の湖）の畔《ほとり》に衣冠だけの塚《つか》をつくり、季節ごとに祭って来世は良家に生まれてくることを願うだけ……

わたしも自分がゆっくりと傷の痛みから癒えたと思っていました。けれど、知らせを聞いたのです。錦湖《きんこ》を殺した犯人の一人、朱卜花《しゅぼくか》が大手をふって南京に来ると……その夜、夢に錦湖《きんこ》を見ました。暗くせまい幽《ゆう》冥《めい》に浮かび、あの娘の体は一本の細い糸で吊るされていた。顔は真っ青で瞳は真っ白でした。十本の指は汚れた血にぬれていました。そして、言ったんです。人の魂魄は陽世《このよ》の人の思いが糸となって繋がっている間は無間《むげん》地獄《じごく》に落ちずにすむ。世界じゅうでわたしだけが今も彼女のことを覚えていて、気にかけている。彼女の魂魄を繋ぎとめているたった一本の細い糸だと。

そう言うと錦湖《きんこ》の体はゆれはじめ、泣き、怨み、呻き、叫び、死ぬ前の恐怖をもう一度わたしに見せた。その姿は何度も夢に現れ、その度に心の門を突き破って、沸騰した毒液を全身に注ぎこんだ……復讐しなければと思った。そうしなければ彼女は地獄に堕ちたままです」

そう言うと蘇《そ》荊渓《けいけい》はふいに自嘲した。「そんな眼で見ないで。わたしも医者です。もちろん錦湖《きんこ》とは関わりがないことは分かっています。昼に思いを凝らし、夜に夢で逢おうとする内心の気が行き場を失い、夢の中で錦湖《きんこ》の姿をとったにすぎません。これは心の病ですが、癒す必要などありません。心の毒のままで十分なのです……後の事はあなたが知っている通りです」

呉定縁《ごていえん》は喉が渇きを覚え、唇を動かした。きっと復讐だろうとは思っていたが、これほど熾烈《しれつ》な決意とは予想だにしなかった。

「わたしは錦湖《きんこ》を殺した犯人を一人ずつ殺そうと決めたんです。だから、自分から太子に同行して、京城に行くと言いました。忠君のためでも報国のためでもありません。ただ取るに足らない理由のため、世間の眼には取るに足らない一人の女性のためです」

蘇荊渓《そけいけい》は疲れたようにそう言い、この話で精神を消耗して呉定縁《ごていえん》の懐にぐったりとよりかかった。

「友のためにそこまでできるのは……立派なことだ」

「わたしがこの世でただ一人、心を通わせ、魂魄を通じあった友です。彼女のためなら何でもしたい。あなたには分からないかも知れませんが」

「いや、オレにも分かる。それは命のつきあいだ」

呉定縁《ごていえん》が蘇荊渓《そけいけい》を見る眼つきはもはや変化していた。それは驚き、憐れみ、畏敬をふくんで憧れすら帯びていた。か弱い女子が友のためにそこまでできるのか、これを聞けば男子も恥じいるにちがいない。

「幗幗《かくかく》も鬚眉《しゅび》に譲らずだな」呉定縁《ごていえん》は妓楼で聞いた穆《ぼく》桂英《けいえい》『楊家将演義』に登場する女将軍の形容を思い出した。

「巾幗《きんかく》（女性の髪を包む布）も鬚眉《しゅび》（男子）に譲らずです」ぷっと吹きだして蘇荊渓《そけいけい》が笑い、雰囲気がなごむ。二人が秘密を交換すると、互いの関係も緊張したものではなくなっていた。

しばらくして、ガラッという音が聞こえた。何かが引き倒された音のようだ。そしてまた、同じ音が響きわたる。暗闇の中、野獣のようなものが近づいてくる。二人の体に震えが走る。

ほかの可能性はほとんどない。

なぜ今まで手間取ったのかは分からないが、梁興甫《りょうこうほ》が近づいてくる。二人は籠に囚《とら》われていて逃げることもできず、戦うこともできない。ただ袋の鼠で待つしかない。呉定縁《ごていえん》はもう一度木材を押してみたが、びくともしなかった。逃げ隠れできない袋小路だ。黄冊庫のような幸運はもう期待できない。

呉定縁《ごていえん》が溜め息をつき、胸に伏している蘇荊渓《そけいけい》に眼をやって、一瞬たじろいだ。

蘇荊渓《そけいけい》は額に傷を受けただけではなかった。その右《みぎ》腿《あし》も船尾に使う太い梁にしっかりと挟まれ、粉砕されてはいないようだが、動かすことがままならない。蘇《そ》荊渓《けいけい》が処置を指示した時、深刻な脚の傷については一言も触れなかった。自分から呉定縁《ごていえん》の懐によりかかってきたのも視線をそらして気づかれないようにするためだった。

なぜ、そこまでする？

驚きとともに二人の間で交わした会話が頭の中を通りすぎ、はっと気がついた。

蘇荊渓《そけいけい》は病例に興味があると言っていたが、それは見せかけにすぎない。真の目的は呉定縁《ごていえん》の話を聞くことではなく、復讐の大計を呉定縁《ごていえん》に伝えることだったのだ。

右腿が圧迫されて、この女は自分が船渠から脱出できないと悟った。だが、呉定縁《ごていえん》には生きて脱出し、太子のもとに帰る可能性がある。ならば、この話を太子にするにちがいない。そして太子が即位すれば王錦湖《おうきんこ》の夫が調べられる……つまり、たとえ自分が死んでも復讐がつづく。これは彼女が一人で考えた苦心の計画だ！

彼女は激痛に耐え、短い時間で一連の構想を組み立てた。まるで、まるで……呉定縁《ごていえん》は蘇荊渓《そけいけい》をどう形容したらよいか知らなかった。

蘇荊渓《そけいけい》は相手が自分の右腿を見つめていることに気がつくと、力なく笑った。

「ごまかせないことは分かっていました……でも、嘘はついていません。わたしの言ったことはすべて真実です。仇さえ討てれば生死など……」

蘇荊渓《そけいけい》は彼の胸に手をついて体を支えると、懐から離れて力なく地面に滑りおりた。

その姿を見て呉定縁《ごていえん》は苦笑した。

「時々お前を羨《うらや》ましくなる。仇を前にして死んでもいいと言えるのがな。オレの仇は眼の前にいるのに、どうしたらいいのか分からない」

そう言いながら呉定縁《ごていえん》は自分の袍《ほう》をもう一枚脱ぐと、そっと蘇荊渓《そけいけい》の体をおおった。そして、籠のすきまから手を伸ばし、付近の破片を拾い集めて彼女の上に散らした。蘇荊渓《そけいけい》は聡明だから意図を悟って、偽装されるまま体を動かすことはなかった。

あの音がだんだん近づいてくる。それにつれて呉定《ごてい》縁《えん》の動作も速くなり、間もなく蘇荊渓《そけいけい》は木片におおわれて灯《ともしび》を近づけないかぎり発見できなくなった。

「さっき言ったが、オレと太子はちがう。あいつは誰かの評価を気にしている。きっと何か失くしたくないものがあるからだ。だが、オレには何もない。オレ自身もふくめてだ」呉定縁《ごていえん》は籠の中で立ちあがって胸を張った。「お前がまた太子に会えたら、すぐに京城に出発しろ。オレにかまうな」

蘇荊渓《そけいけい》はこれを聞いて驚いたが、地面に伏したまま動けなかった。

しばらくして、巨大な体軀《たいく》が暗闇に浮かび上がった。梁興甫《りょうこうほ》の肩、背、太い腕に無数の木片や竹が突き刺さり、頭の半分は褐色の漆《うるし》に濡れていた。数本の鉄鎖が体に巻きついていて、足を踏みだすたびにジャラジャラと音をたてている。

どうやら梁興甫《りょうこうほ》は面倒な場所にふり落とされたらしいが、その苦境からも脱出したようだ。

そのすべての苦労は報われた。梁興甫《りょうこうほ》が追い求めた標的は小さな空間に閉じこめられ、ただ捕らえられるのを待っていた。きっと仏母の助けにちがいない。

梁興甫《りょうこうほ》は籠の前に立ち、一言も発せず呉定縁《ごていえん》を見つめ、少しでも多くこの甘美な時間を味わおうとした。呉定縁《ごていえん》がその額に唾を吐くと、それが合図だったかのように手を伸ばして、板材を握りしめた。

呉定縁《ごていえん》がどうやっても動かせなかった巨大な材木が梁興甫《りょうこうほ》の怪力によってやすやすと持ちあがった。平衡を失い、籠はガラガラと音をたてて解体していく。梁《りょ》興甫《うこうほ》の手が伸びてきて腕をつかみ、むりやりに引っぱりだす。呉定縁《ごていえん》は何も抵抗をしなかった。それは無意味だ。ただ一つ怨みをこめた眼で梁興甫《りょうこうほ》をにらみ、相手の注意をひきつけた。梁興甫《りょうこうほ》が籠の中を調べないように。

籠から脱出できないが、深く隠すことが蘇荊渓《そけいけい》を守る唯一の方法だった。この策略は一見簡単に見えるが、一人が犠牲になってこそ実現できる。

梁興甫《りょうこうほ》は鎖を外して呉定縁《ごていえん》をがんじがらめに縛った。そして、肩の上に担ぎあげて、船渠の外に出ていく。もはや幸運はないと呉定縁《ごていえん》は悟ったが、最後に背後を一瞥した。

「わずかな希望ってのは、失うものがある奴らに残しておかねえとな……」

そうつぶやくと、眼を閉じて最後の瞬間を待った。

＊＊＊

この時、礼字《れいじ》の壩《つつみ》の対岸では混乱が収束に向かっていた。永安営《えいあんえい》の弾圧で三百数名の船曳き人夫は大人しく地面にしゃがんで両手を頭の後ろに組んでいた。ぶちのめされて顔を腫らした官吏たちも樹の下で簡単な手当てを受けている。

「廷益《ていえき》、借りが出来た！　宋風楼《そうふうろう》で鱸《すずき》の羹《あつもの》をおごらせてくれ！」

方篤《ほうとく》は于謙《うけん》に深く頭を下げた。その声には感激と今頃になって出てきた震えがあった。白蓮教の残党が大胆にも五つの壩《つつみ》で暴動を起こしたのだ。于謙《うけん》が出兵を一貫して主張しなければ、水運は中断され、当直の官員として処分されたかも知れない。

于謙《うけん》はあわてて方篤《ほうとく》を助け起こし、「同年の誼《よしみ》ではないか、遠慮はいらぬ」と口では言いながら、内心で苦笑していた。

白蓮教の名で方篤《ほうとく》を脅かし、永安営の兵で梁興甫《りょうこうほ》に対処するはずだった。しかし、まさか嘘が真になるとは思わなかった。なんと本当に白蓮教徒が暴動を画策していたのだ。と言うわけで、方篤《ほうとく》の心配は解決したが、于謙《うけん》の目的は達成していない。

于謙《うけん》は河岸を見渡した。真っ黒な一角はすべて肌《はだ》ぬぎの人夫たちだ。太子の姿は見えない。呉定縁《ごていえん》と蘇荊《そけい》渓《けい》も行方が知れず、大敵の梁興甫《りょうこうほ》も消えている。どう考えてもよい兆候ではない……于謙《うけん》は不安を抑えつけ、方篤《ほうとく》に言った。

「白蓮教徒は狡猾、甘く見てはならぬ。この壩《つつみ》を隈《くま》なく捜索する必要がある」

方篤《ほうとく》はうなずいた。

「たしかに廷益《ていえき》の言う通りだ。対岸に人をやる。賊は一人も逃さぬ！」

于謙《うけん》はやや躊躇して言った。

「疑わしい人物を見つけたら声をかけてくれ。その方がわたしも安心できる」

方篤《ほうとく》の前で太子の身分を明かすわけにはいかないが、一方で永安営に捜索させねばならない。だから、話をするにも言葉を選ばねばならず、ひどく気を使った。だが、方篤《ほうとく》は二つ返事で承知してくれた。そして、方《ほう》篤《とく》はふり返った。その顔色がいきなり沈む。

薛孔目《せつこうもく》は眼を醒ますや槐の下に駆けつけてきて謝罪した。方篤《ほうとく》は一言も発せず、この男を思い切り蹴り転がした。かつての儒学の徒は運河で長く仕事をするうちに、江湖の荒々しい気風に染まっていた。

「この蛆《うじ》虫が！　食費を五割も上《うわ》はねするとは！　陳《ちん》

総兵の眼を盗めるとでも思ったか！」

方篤《ほうとく》は痛罵した。彼とて末端の役人が清廉《せいれん》でないことは知っていたが、ここまで腐っているとは予想外だった。船曳きは賦役の中で一番きつい仕事だ。そして壩《つつみ》を越えるのは船曳きの中でも一番きつい。油や葷菜《くんさい》（ニンニクやニラなどのスタミナがつく野菜）がなければ力が出ないのだから、人夫たちの食費は常に不足がないようにせねばならない。それを大胆にも五割も上はねするとは、水運を故意に妨害するようなものではないか。

薛孔目《せっこうもく》はあわてて弁解した。食費は上はねしたのではなく、輸送が間にあわぬので、経費の埋めあわせに取り分けておいたまでで、陳《ちん》総兵の御苦労を減らすためでございます。船が転落したのは管理の手落ちではなく、白蓮教の残党が故意に騒乱を起こしたためでございますと言った。

この小役人は漕務《そうむ》衙門《がもん》に代々取り入っていて複雑な人脈を持っている。方篤《ほうとく》も自分のような中央派遣官がむやみに罰せられないことを知っていた。薛孔目《せっこうもく》が金銭を出して過ちを償いたいと言い、また事故を起こした白蓮教徒を引き渡すと言うので、上官の面倒はきれいに始末できるわけで、それ以上厳しくはできなかった。

幸いにも死人は出ず、城内に影響はなく、弾圧も間にあった。方篤《ほうとく》はこの程度でよかろうと思い、これ以上責任を追及しないことにした。

「ならば功績で罪過をつぐなう機会を与える。人夫に紛れこんだ白蓮教徒を探し出し、刑部分司の獄に送致せよ。よいか！　一人も逃がしてはならぬが、一人も誤って捕まえてはならぬ」方篤《ほうとく》がわざわざ言いそえたのは、代表を数人捕らえよと言う意味だ。全員を捕まえたら一体誰が仕事をする？

それを聞いて薛孔目《せっこうもく》は大喜びした。汚職役人が民を圧迫して暴動を誘発した場合、首を斬られても文句は言えない。だが、方篤《ほうとく》はその暴動を白蓮教の残党による策動だとしたのだから自分の罪はそれほど重くならない。

方篤《ほうとく》はそのように申しわたすと、于謙《うけん》と話をするために戻った。

薛孔目《せっこうもく》はニヤニヤと笑って提灯をさげると、座りこんだ人夫の中に入っていき、一人ひとり顔を確かめていく。そして、すぐに孔十八《こうじゅうはち》の前にやって来た。

「おい、老いぼれ、さっきはずいぶん威勢がよかったな。え？　あの威勢はどうした？」孔十八《こうじゅうはち》は唾を吐いたが、薛孔目《せっこうもく》はそれを避《よ》けて腹を殴りつけた。老人は苦痛に身を丸め、食べたばかりの饅頭《マントウ》を吐きだした。

「こいつが首領だ！」薛孔目《せっこうもく》は怒鳴ると、永安営の兵士がただちに孔十八《こうじゅうはち》を引きずりだす。そして、朱瞻基《しゅせんき》に眼をとめると、どうも先頭を切って突撃してきた一人のように思った。そして、指さした。「こいつもだ！」

薛孔目《せっこうもく》はさらに八人の人夫を次々に選びだした。全員日頃から眼の中の棘のように思っていた反抗的な人夫だった。永安営の兵士は彼らに縄を打ち、後ろ手に一列につないで刑部分司に送致する。

一列に引かれていく罪人たちはみな項垂《うなだ》れて落胆し、よろよろと槐の樹の前を通り、新城へと歩いていく。

于謙《うけん》は樹の下に立ってぼんやりとながめていた。白蓮教を深く憎んでいたので、とにかく数人を捕らえたのは良いことだと思った。だが、ふと罪人の列によく見知っている姿があるような気がした。残念ながら夜色が深く、付近に人が多すぎたこともあって、チラリと眼に入っただけでよく見えなかった。

于謙《うけん》はもう一度眼を向けると、突然耳もとで方篤《ほうとく》の声がした。

「廷益《ていえき》、誰かを探しているようだが」于謙《うけん》は注意をそちらに向けた。その間も罪人の列は前に進んで、暗闇の中に消えてしまった。

その時、前方の永安営から知らせが来た。破壊された船渠に入ったところ、そこで平民の女子を見つけたとのことだった。木材の下敷きになっていて額と脚に傷を負っているとのことだった。

「蘇《そ》大夫か？」

知らせを聞いて于謙《うけん》は思わず叫んでいた。

「知り合いか？」方篤《ほうとく》が好奇の眼で于謙《うけん》を見る。

「淮安まで同行してきた友人だ」

「君の友人がどうしてそんな場所にいる？」方篤《ほうとく》は訝《いぶか》しげに問う。

船曳きの時、乗船者はいないはず。しかも、女子が一人、夜中にどうやって船に乗ったのか？　于謙《うけん》は首をふった。理由は分からないが、彼女に訊けば分かると答えた。于謙《うけん》は自分が嘘をつけないことを自覚していた。ならばいっそ面倒を蘇荊渓《そけいけい》に押しつけた方がよい。彼女なら一瞬で辻褄《つじつま》のあう話を考えるだろう。

すぐに永安営の兵が蘇荊渓《そけいけい》を槐の下に連れてきた。于《う》謙《けん》が駆けつけて小声で質問する。蘇荊渓《そけいけい》は疲労の色を隠せなかったものの、精神の働きは冴えていて、起こった事を的確に話した。呉定縁《ごていえん》が梁興甫《りょうこうほ》に拉致されたところまで聞くと、彼女の口ぶりに動揺が見られることに于謙《うけん》は気づいた。まるで精神の堅い殻からひとすじの感情が漏れでたように。

だが、于謙《うけん》はその感情に配慮してはいられなかった。

「と言うことは、太子は船から落ちたのか？」

「そうです」

「詳しい位置は？」

「礼字壩《れいじは》の頂上から反対方向に落ちました」蘇荊渓《そけいけい》が腕をあげて、その方向を指さす。

于謙《うけん》はすぐに裾をまくり上げると、走った。一息に運河の傍らまで走ると、船曳き道に沿って探す。路面のあちこちに足跡や屑が散らかっていた。于謙《うけん》は遠くに人影が横たわっているのに気がつき、胸騒ぎがして狂ったように駆けつけた。その影は人夫の死体だった。やせ細った体にまだ臭気を発する篷《とま》がかけられていた。

于謙《うけん》は安堵と同時に失望を覚えた。そして顔をあげると礼字壩《れいじは》はすぐそこだった。もし太子が落ちたのなら、この付近のはず。彼は思い切って泥の上に這いつくばり、提灯で照らした。ここに付いている人夫の足跡は前が深く後ろが浅い。彼らは前傾姿勢で縄を曳くからこうなる。だが、その中にいくつか平たく浅い足跡があった。人夫の足跡ではないと、ひと眼で判る。

その奇妙な足跡をたどると、付近の分水渠に続いていた。泥が人の形にくぼみ、上から誰かが落ちてきたようだ。もうひと頑張り、周囲を探すと堀の中から丸めた袍《ほう》と靴を見つけた。太子のものだ。間違いない。

なぜ脱ぐ必要があった？

荒唐無稽な考えが、まるで白馬が窓を横切るように、心をかすめる。于謙《うけん》は猛然と身を起こし、遠くでひしめいている裸の人夫たちを見つめた。

＊＊＊

ガシャンという音がして、柵《さく》が重々しく閉ざされた。

牢に押しこめられたのは白蓮教残党とされた人夫たち十人だ。永安営の兵によって刑部分司に送致されると、彼らはこの牢獄に放りこまれたのだった。今夜、官府は水運の復旧を優先するから、この十人をどう処理するかは復旧がすんでからのことだろう。

牢獄は縦横二十数歩ほど、小さくはないが、十人も詰めこまれると、やはり狭かった。地面には葦《アシ》の破れた蓆《むしろ》が敷かれている。部屋の隅には苔《こけ》が敷いてあり、そこが小便をする場所だ。内部は暗く湿っていたが、においは全体としてマシな方だった。牢門には雲型をした鋳鉄《ちゅうてつ》の大きな錠前がかかり、黒光りしていて重そうだった。金槌でも叩き壊せそうもない。

獄卒が行ってしまうと、人夫たちは孔十八《こうじゅうはち》の周囲に集まってきた。薛孔目《せっこうもく》に一通りぶん殴られ、この老人は支えられるようにして、やっとここまで歩いてきた。そして、牢に入るやいなや、壁にもたれかかった。受けた傷は浅くない。

「みんな覚えておいてくれ……」孔十八《こうじゅうはち》の声は弱々しいが、威厳がある。「推官《すいかん》に尋問されたら俺に罪をかぶせろ。騙されて脅迫されたと言うんだ。香壇《こうだん》のことを訊かれたら香を焼いたこともないし、仏母を拝んだこともない、全部、壇祝《だんしゅく》に騙されたと言うんだぞ」

「だがよ、仏母様が気を悪くなさるんじゃあるめえか……」人夫が一人尻込みするように言った。

「何言ってる。俺たち貧乏人は生きぬくことだけ考えりゃいい。仏母様は慈悲深いから気にはなされねえ。いいか、俺の言ったように言うんだぞ！」

だが、周囲に集まった者たちは顔を見あわせて、いかにも気が進まないようだった。仲間に泥水をかける事は良心が咎《とが》めた……もっと言えば、そんな供述をすれば孔十八《こうじゅうはち》が死刑になるに決まっているではないか……

孔十八《こうじゅうはち》は眼をむいて、大声で怒鳴る。

「なぜ迷う？　万一の事があれば生き残った者で家族の面倒を見る。事を起こす前に約束した事だ。俺は一人身の老いぼれ、死んだ方がさっぱりする。残された家族をお前たちが負担しなくてもいいんだ。安いもんだろ！」

朱瞻基《しゅせんき》はずっと冷静な眼で傍観していた。孔十八《こうじゅうはち》の言う通りかも知れないと思った。彼らが暴動を起こした目的は薛孔目《せっこうもく》の横領をやめさせ、人夫たちが十分に食えるようにするためだ。今、十人が牢獄に入るという代償を払って目的を達したのだから、たとえ孔十八《こうじゅうはち》が殺されても〝安い〟ものなのだ。

ふいに白龍掛《はくりゅうかい》のことを思い出した。あの者たちも毎年数人を官府に差しだし、糧米を盗む目こぼしを得て、楊家墳《ようかふん》の流民千余名を養っていた。彼らのやり方と孔《こう》十八《じゅうはち》の言っていることが重なる。底辺の民が交換に差しだせるものは人命だけで、それも見方によれば〝安い〟と言える。

孔十八《こうじゅうはち》の声がもう一度響いた。

「洪望《こうぼう》兄弟、こっちに来てくれ。言っておきたいことがある」

何だろうかと朱瞻基《しゅせんき》は思ったが、それでも彼のそばに近づいた。

白蓮教には恨みがあるが、朱瞻基《しゅせんき》は自分が連座することになった老信徒をどうしても憎めなかった。朱瞻《しゅせん》基《き》がそばに来ると、孔十八《こうじゅうはち》はしげしげと相手を見た。

「あんたは普通のもんじゃねえ」

一瞬、朱瞻基《しゅせんき》の全身に緊張が走った。どう答えたらいいか分からない。

孔十八《こうじゅうはち》が笑った。「そう驚くな。戸も閉まっているし、誰も立ち聞きしちゃいない。あんたが何者か調べたわけじゃないが、一言訊いておきたい。俺の香壇《こうだん》を継いでくれねえか?」

「え?」太子は奇妙な声を出した。

「たぶん俺はここから出られねえ。だが、外でやっている香壇は世話をしてくれる者がいないとダメなんだ」孔十八《こうじゅうはち》は仲間たちを見回した。「ここに居るのはみんな同郷の気のいい奴らだが、徭役《ようえき》でもなければ村から十里も離れたこともねえ。見識なんてもんは端《はな》っから持っちゃいないから、香壇の世話をするのは無理だ。だが、あんたは言うことが違う。きっといろんな書物を読んで、いろんな場所に行ったことがあるんだろ。あんたが壇祝《だんしゅく》をしてくれたら俺も心残りはない」

莫迦な! 何を言っているか判っているのか? 大明の皇太子に白蓮教で壇祝をやれと言っているんだぞ。

「何者か知らないのに香壇が心配じゃないのか?」朱《しゅ》瞻基《せんき》は遠まわしに何とか断る理由をさがした。

孔十八《こうじゅうはち》は軽く笑った。「家財《かざい》や廟《びょう》のことじゃない。心配せにゃならん品物など、何もありはしねえ。焼香にやって来るのは十里八村の貧しい民だ。婆さんが多いな。お喋りで頑固だが、信心は一番篤《あつ》い。自分の食べる物を一口切りつめてでも香壇に持ってくる。それに子供だ。経《きょう》も唱えねえで、供え物をくすねることしか頭にねえが、お父《とう》やお母《かあ》は毎日野良《のら》仕事だ。かまってやれる者《もん》がいねえ。香壇が見ていてやらにゃ、川で溺れ死ぬか、その辺の草木の実でも食って毒で死ぬか、井戸にでも落ちて死ぬか、そんなところだ。あの山猿どもはまるで魔星《ませい》の下凡《げぼん》（『水滸伝』の豪傑のこと）でな……」

話すほどに孔十八《こうじゅうはち》の話はとめどがなくなり、表情は穏やかになっていった。その様子は説得する風でもなく、昔の思い出話にゆっくりと変わっていった。彼は自分の香壇を熟知していた。一つ一つの出来事や一人ひとりを数えあげ、これまでにあった事を面白おかしく話した。周囲の人夫たちのうち、若い者はすすり泣きをはじめ、老いた者の面持ちは沈んでいった。

これは托孤《たくこ》（死ぬ前に孤児をたのむこと）だ。

「本当の事を言えば、仏母の神通力《じんつうりき》なんぞ見たこともない。だが、こんな小さな香壇でも互いに面倒を見れば、作柄《さくがら》が悪い時でも生きぬける。俺が死ぬのは今さら惜しいことでも何でもないが、たった一つの気がかりは壇祝をそれなりの人に伝えることだ。香が絶えても別にかまわない……俺はここで死ぬが、お前たちはこの曳き場で生きていかなくちゃならない。そうだろ？」

孔十八《こうじゅうはち》の声はだんだん小さくなっていた。長く話して疲労が極みに達したようだ。周りの人夫たちは跪いて泣きはじめた。日頃から壇祝の恩を受け、心から従ってきたが、突然にこんな言葉を聞いて、もう涙をこらえられなかった。

この情景を見ていて、朱瞻基《しゅせんき》にも激しくこみあげて来るものがあった。自分の本当の身分を明かしてしまいたいという強烈な衝動に駆られた。自分が太子だと口に出せば、孔十八《こうじゅうはち》は生きられ、全員が放免される。彼らは何も間違っていない。ただ必死に生きようとしただけだ。それがどうしてこんな苦難を強いられる？

だが、どうしても言葉が出ない。理智が于謙《うけん》の姿となって危険すぎると頭の中で何度も諫《いさ》めている……朱《しゅ》瞻基《せんき》はその衝動を抑えこみ、足を踏み鳴らして大声で言った。

「俺が皇上なら、こんな下らない漕運などやめて、船曳きの苦労をなくす！」

牢獄の人夫たちもそれを聞き、その通りだと同意した。一同は朱瞻基《しゅせんき》の怒りを眼にして溜飲を下げた。漕運がなくなれば官府が徭役《ようえき》を徴発することもなくなり、安心して畑仕事ができるのだ。

だが、孔十八《こうじゅうはち》だけは同意せず、朱瞻基《しゅせんき》を見る眼が鋭くなる。

「お前たちはもういい。洪望《こうぼう》兄弟とサシで話す」孔十《こうじゅう》八《はち》は言った。

人夫たちは二人が香壇の引き継ぎをやるのだと思い、牢獄の中のそれぞれの場所に散った。孔十八《こうじゅうはち》は腰の袋から布を取り出し、傍らの水盆にひたすと、それで顔を拭くようにと言った。

朱瞻基《しゅせんき》の顔に貼りついた泥は乾いて硬い殻となっていて不快だった。布を受け取ると、顔を拭きながら話す。「せっかくだが、香壇を継ぐことはできない。ほかに賢者を選んでくれ」

孔十八《こうじゅうはち》は相手を見つめて、話題を変えた。

「この老いぼれがこれまで何をしていたか、もう知っているんじゃねえのか？」

「兵だろう？」

「ふっ、隼《はやぶさ》みたいに鋭いな」孔十八《こうじゅうはち》は称賛すると、続けた。「俺は淮安近辺の軍戸の出だ。若い頃は従軍して燕藩《えんはん》に行った。その後は興和千戸《こうわせんこ》で夜不収《やふしゅう》をしていた」

朱瞻基《しゅせんき》の瞳孔が収縮した。〝夜不収〟は偵察騎兵の尖兵だ。しかも、興和千戸は大明と韃靼《だったん》の接する辺境地帯、永楽帝による数度の北征《ほくせい》もすべてここから出征している。興和で夜不収をしていた者なら精鋭中の精鋭のはずだった。

これで暴動があれほど水際立っていたのも首肯《しゅこう》できる。韃靼の精鋭とわたりあった者なら中原の運河で何を恐れることがあろう。

「戦闘で負傷して出撃できなくなったんだ。軍は教頭をやるようにと引き留めてくれたんだが、年も食ったし、やっぱり故郷《ふるさと》に帰りたかった。だから、軍籍をぬけて淮安府に帰ってきた」

その後の事について孔十八《こうじゅうはち》は言わなかったが、朱瞻《しゅせん》基《き》には推測できた。大半は不本意な事だったにちがいない。そうでなければ、船曳きに徴発されることはあるまい。だが、今なぜその話を？

「長く辺境でいろんな事を見てきたが、そんな事は郷里の者に話したことはない。言ったところで分からないからな。だが、あんたになら分かるだろう。さっきあんたが言った事は間違っている。運河の弊害は水蚊子《あめんぼ》の数より多いが、だからと言って南北の漕運をやめればどうなる？　人なら噎《む》せて飯が食えなくなるところだ」

朱瞻基《しゅせんき》は一瞬、自分が朝議の場に戻ったような気がした。洪熙《こうき》帝が遷都を考えた主な原因は京城の物資がすべて江南に支えられていることで、毎年の漕運の費用が莫大な額にのぼることだった。南京に遷都をすれば輸送費用が大半節約できるのだ。

汪極《おうきょく》は遷都に反対だった。それは彼が運河で巨額の利益を手にしていたからだった。だが、この老兵は漕務に苦しめられ、今も死にかけているのになぜだ？

「どこが間違っている？」太子は問うた。

「俺は辺境に何年もいて、草原の勢力が雑草みたいに盛衰をくりかえす様を見てきた。北元の烏薩哈爾《ウスハル》大ハーン（モンゴル帝国第十七代ハーン、トグス・テムル、天元帝のこと。一三八八年死亡）は死んだが、まだ韃靼《タタール》もいれば、瓦剌《オイラト》も兀良哈《ウリヤンハイ》もいる。阿魯台《アルクタイ》を征伐したら馬哈木《マフムード》が出て、馬哈木《マフムード》を討つと阿魯台《アルクタイ》が叛乱を起こす。こんな風にずっと北辺の患《わずら》いは終わらない。奴らはまるで草原の狼のように、こちらが強い時には遠くに隠れていて、弱くなれば襲いかかって血肉を咬《か》みちぎる」

孔十八《こうじゅうはち》の口ぶりは先刻までとはまるで違い、朔北《さくほく》の風のように厳しい。

「俺は単純な兵士だから朝廷の政治は分からない。だが、一つだけ分かることがある。今は北の辺境の背後に京城があって皇上が居る。だから、糧米や馬草《まぐさ》、兵器や甲冑も必要なだけ手に入るし、長城も造営して、やつらを威嚇できる。だが、皇上が南京に帰ればどうなる？」

朱瞻基《しゅせんき》は答えた。「皇帝が南に遷《うつ》っても将軍か藩王が駐留して昔のようにすればいい」

孔十八《こうじゅうはち》は首をふった。「駄目だ。たとえ徐達《じょたつ》や常遇春《じょうぐうしゅん》を探してきても駄目だ。永楽爺《えいらくや》がどうして錦繍《しゅう》の江南に居らず、京城を草原に近い北平に遷したと思う？　そこに京城を置いてこそ辺境の将兵の心の支えになるからだ。皇上自ら国門を守ってこそ、運河で物資を北の辺境に送ることができる」

朱瞻基《しゅせんき》ははっとさせられた。その角度から問題を考えたことはなかった。

「天下の力は天子と国都に向かって流れる。都が遷《うつ》れば漕運は必ず停まる。漕運が停まれば辺境の事業は支えを失い、必ず弛《たる》みきる。そして、朝廷が南京で繁華に酔っている間に北の狼たちが群れをなして餌食《えじき》を求めに来る。そうなればもう辺境に寧日《ねいじつ》はない……永楽爺はあなたにそう言わなかったか？」

「皇爺《こうや》はもちろんそう言っていたが、父皇にも考えがあって……」太子はそう言いかけて、舌と歯が突然とまった。氷のように冷たいものが心臓に湧きあがってきて、心脈から四肢に拡がり、体ごとその場に凍りついた。

「ああ、やはりそうでしたか」

孔十八《こうじゅうはち》は真剣な眼差しをピタリと据え、腕を曲げて朱瞻基《しゅせんき》に軍中の大礼を行った。

「周囲の眼があるので、属下《それがし》、全礼を尽くせませぬ。ご容赦を、太子殿下」

太子の手足は冷たくなった。相手が国策に関する話題を持ち出してきたのは自分の身分を探るためだった。この話題を熟知していたから、かえって警戒をゆるめて馬脚をあらわしてしまった。

「なぜ……」

「殿下が永楽爺の北辺掃討に御伴《おとも》をなされた時、興和千戸が騎兵一隊を派遣し、あなたの兵営を守らせました。わたしもその中の一人です」孔十八《こうじゅうはち》は誇らしげに言った。

「夜不収《やふしゅう》の眼力は蜂の刺すがごとし。太子の相貌、体つき、すべて心に焼きつけてあります。永遠に忘れることはありません。先刻、御尊顔と御振る舞いを拝見するに、何やら見たことがあるように思いましたので、少々探りをいれました。どうか御許しを」

布で自分の顔を拭かせたのも顔を確認するためだったか。朱瞻基《しゅせんき》は今この場所で夜不収に向かいあっていた……たとえ、退役した夜不収であろうと、その眼をごまかすことなどできるはずもない。

孔十八《こうじゅうはち》は笑った。「それがしもむちゃなことを申しました。よりにもよってあなた様を香壇に引き入れるとは。どうもまだ頭に馬乳酒《ばにゅうしゅ》がつまっておるような次第で……」

朱瞻基《しゅせんき》は苦笑した。孔十八《こうじゅうはち》は相手を確認すると声を低めた。

「殿下が微服《おしのび》でここに居られるのは何やら事情があると御見受けします。いえ、話して下さらずともかまいません。ですが、すこし質問があります。殿下、どうかお答え下さい」

「何だ」太子は歯の隙間から短く言った。

「殿下が我らの中にまぎれこみ、この監獄に入ったのは不測の事、そうではありませんか？」

「そうだ」朱瞻基《しゅせんき》は頭を抱えた。

「それがしが脱出をお助けできます。ただ一つだけ願いが……わたしも朝廷が白蓮を許さぬことは知っております。ですが、わが香壇の信徒はこれまで大それた悪事をしたことはありません。どうか罪を御赦《ゆる》し下さい。彼らはただ生きたいだけです」

こんな時に自分の赦免《しゃめん》ではなく信徒の心配か、朱瞻《しゅせん》基《き》はやや不満な口調で言った。

「わたしが身分を明かせば牢獄から出られ、一命を救うこともできるが？」

「身分を明かせるなら、とうにそうしておられるはず。なぜそうなさらぬのですか？」

太子は口を閉じて黙りこんだ。この老兵の前では隠しだてはできないようだ。孔十八《こうじゅうはち》は懐から銅の蓮花《れんげ》を取り出した。八枚の花弁が三層、すこぶる精緻な品だった。

「これは仲間の証《あかし》、どの香壇にも必ず一つあります。殿下が脱出されたら、これで仲間の助けを得られます」

朱瞻基《しゅせんき》は黙って蓮花を受け取ったが、心中は不本意だった。陳瑄《ちんせん》の衙門《がもん》に行けば、すべての問題は一刀のもとに解決する。しかし、于謙《うけん》が身分を明かさぬことに固執するので、こんな羽目に陥ったのだ。

孔十八《こうじゅうはち》は笑って、尻を浮かして蓆《むしろ》をめくりあげると、黒々とした穴がぬっと現れた。ちょうど一人が通りぬけられる大きさだ。朱瞻基《しゅせんき》は驚いた。ここは刑部分司の監獄だ。なぜこんな大きな抜け道がある？　そして、この人夫たちはなぜそれを知っている？

「淮安に来てから、みなで順番に規則違反をやり、ここで懲戒を受けておりました。牢獄に入った者たちで少しずつ穴を掘りすすめ、抜け道を作ったのです」

「初めから計画していたのか？」

「役人は悪辣《あくらつ》ですから備えあれば憂いなしです」

朱瞻基《しゅせんき》はしばし言葉も出なかった。この老いた夜不収は恐るべき男だ。幸いにもこの男の関心は自分の香壇の者を守ることにしかないが、もし本気で叛乱を起こしたら淮安城がひっくり返るような騒乱になるだろう。

「抜け穴があるのになぜ逃げない？」

「みな所帯持ちです。どこに逃げられますか？　殿下に知ってほしいのですが、民というものはいつも半分ばかりは希望を持っていて無茶はしないものなのです……この抜け道は万策つきた人のために残してあります」

太子は孔十八《こうじゅうはち》の話に言外の意味があるようだと思ったが、今はそれを考えていられなかった。銅蓮花をしまいこみ、右手を挙げる。

「我、朱瞻基《しゅせんき》は天に誓う……」半分まで言うと、孔十《こうじゅう》八《はち》が太子の右手を押し下げた。

「殿下は貴い御体、我らのために誓って下さるなど勿体ない。わたしは老いぼれた一兵にすぎず、殿下は太子です。誰もが自分が誰かを知り、自分の為すべき事を知れば天下は太平となりましょう」

「だが……」

朱瞻基《しゅせんき》は感動し、孔十八《こうじゅうはち》は手を放した。

「それがしが薛孔目《せっこうもく》を殴り倒した時、混乱の中で逃げられたはず、なぜに我らと共に進んで下さったのですか？」

「見過ごしにできるか。あんな奴は死ねばいい！」

孔十八《こうじゅうはち》は天井を仰いで大笑いし、抜け道を使えるように体をずらした。

「じつを言うと、それがしが御救いする理由は御身分のためではござらん。殿下のあの痛快な一撃のためですぞ」

朱瞻基《しゅせんき》は彼をひと眼見て、もう迷いもなく抜け道に近づく。

他の人夫たちも集まってきて、牢獄の外から見えぬように穴の周囲を隠す。一人として羨《うらや》ましそうな顔をせず、自分も逃げたいという顔を見せる者もない。

孔十八《こうじゅうはち》の統率は見事だ。京城の兵営で要職に就かせたら、どんな部隊を調練するか分からない。太子はひそかに感嘆して、身をかがめて抜け穴に入った。

すぐに蓆《むしろ》がかぶせられ、数人をその上に座らせて両脚で押さえた。尻の下で動きがなくなると、孔十八《こうじゅうはち》は長々と息を吐きだした。その風霜に耐えた顔にわずかな感慨と驚きがあった。

北でも多くを経験したが、これほど奇妙なことはなかった。

しばらくして、監獄の外から慌ただしい足音が聞こえてきた。孔十八《こうじゅうはち》は眉をひそめた。刑部分司がどうしてこうも早く来る？　一番鶏《どり》の後で審理を開くはずだ。今時分ここにやって来るのはいったい誰だ？

先頭は分司推官の方篤《ほうとく》だった。その隣に四角い顔の男がいる。服装から言えば書生だが、気質から言えば官員だ。その男は一人で先に立ち、柵の前まで来ると、頭をつっこんで内部をのぞきこもうとした。方篤《ほうとく》が手をあげて合図すると、提灯がいくつか掲げられ、牢獄が昼のように照らされる。

「廷益《ていえき》、探している者はいたか？」方篤《ほうとく》が問う。

于謙《うけん》は囚人の顔を一人ずつ確認し、失望して溜め息をもらした。太子が人夫の中に紛れているかも知れないと考えると、すぐに方篤《ほうとく》に頼んで運河にいた数百人の人夫を一人ひとり調べたが、残念ながら収穫はなかった。そして、永安営が捕らえた十人の首魁の中にいるのかも知れないと思い、分司の牢獄を調べさせてくれと申し入れたのだ。

方篤《ほうとく》は気が進まなかったが、于謙《うけん》に人情を欠いてはならぬので、しかたなくこの狂奔に付きあっていた。

于謙《うけん》が目当ての者を見つけられずに落胆している様子を見て、慰めるように言った。

「ここにもいないのなら、もう帰ろうではないか。後ほど淮安府の輔佐役に一筆したためておくから城内で探せばよい」

于謙《うけん》は不満だったが、そうするしかなかった。そして、身をひるがえして去ろうとすると、同行していた薛孔目《せっこうもく》が声をあげ、牢に近づいて人数を数えた。

「九人しかいないぞ?」

＊＊＊

淮安城のすぐ北に鉢池山《はっちさん》がある。曲がりくねって凹んだ輪郭で、鉢のような形をしているので、この名がある。言い伝えでは王子喬《おうしきょう》（周の霊王の頃の仙人）が煉丹《れんたん》をした場所とされ、道家《どうか》の七十二福地にも入っている。だが、鉢池山にある道家の衣鉢と言えば何やらごちゃごちゃした無名の乾元道院《けんげんどういん》があるだけで、林を隔てた景会寺《けいえじ》の方が淮東《わいとう》の名刹《めいさつ》として名高く、香の煙も盛んだった。

乾元道院と景会寺は鉢池山の両側に建っている。そこから二本の尾根が蛇のように下り、南の麓《ふもと》で交わる。この地形は兀突《ごつとつ》とした断崖で、桃の樹が密に茂っていた。淮安の人はここを望江頭《ぼうこうとう》と呼ぶ。坂の下がすぐ運河だからだ。

呉定縁《ごていえん》は四肢を松材の枠に縛られていた。まるで俎板《まないた》の魚だ。梁興甫《りょうこうほ》は念入りに結び目を確かめると、数歩下がって一幅の絵でも見るように鑑賞した。

呉定縁《ごていえん》は眼を閉じて何も語らない。もはや何を言おうとも思わず、死を待つのみ。

地面に三本の香を立て、梁興甫《りょうこうほ》は短く経文《きょうもん》を唱えた。そしてゆっくりと顔をあげ、呉定縁《ごていえん》を見た。その火傷におおわれた恐るべき顔には眉のあたりに慈悲の表情が浮かび、悔悟《かいご》した金剛力士のようだ。

「定縁《ていえん》、呉《ご》家には大恩がある。ついにその恩に報いられるな」

呉定縁《ごていえん》が返事をしなくても梁興甫《りょうこうほ》は怒《いか》らない。腰から得度《とくど》に用いる剃刀をぬく。それは丁寧に磨いてあり、月光の下で冷たい光を放った。

「これからこの解脱刀《げだつとう》でお前の肉をゆっくりと切り刻む。人の肉にはこの世の毒が染みこんで五蘊《ごうん》を侵しているのだ。それが諸法煩悩《しょほうぼんのう》の因《いん》、生死の苦を招く集諦《じったい》だ。俺がお前の肉を切り刻めば大解脱《だいげだつ》が得られ、極楽《ごくらく》世界にいけるのだ。これぞ無上屍陀密法《むじょうしだみっほう》だ」

梁興甫《りょうこうほ》は出鱈目《でたらめ》な教説をつぶやき、刀を呉定縁《ごていえん》の右手の甲にあてた。その冷たさに、思わず呉定縁《ごていえん》は身震いがでた。

「痛かろうな、俺を恨むがいい。屍陀密法《しだみっほう》の要諦《ようてい》は極度の痛みと苦しみによって体に染みこんだ憤怒《ふんぬ》と怨嗟《えんさ》の毒を追いだし、血肉とともに捨て去り、心置きなく法界《ほっかい》に飛翔するにある。常人になぜ輪廻《りんね》の苦しみがあるか判るか？　まさに肉体を捨てられず、憤怒の毒が清められぬからだ。惜しいことに、お前の父、鉄獅子には屍陀密法を施してやれなかった。それは報いとして受け入れよう。ゆえに俺はその恩を息子に返す。我が苦心、極楽世界に往生すればわかる」

こう話している梁興甫《りょうこうほ》の表情には微塵も獰猛さはなく、真剣そのもの、心からそう思っていることが分かる。呉定縁《ごていえん》の心は灰のように何も感じなくなってはいたが、思わず口角が引き攣《つ》るのを抑えられなかった。蘇荊渓《そけいけい》が推察したように病仏敵《びょうぶってき》は完全に狂っている。

「昔、わが心智は塵埃《じんあい》におおわれ、善縁《ぜんえん》を逃していたが、尊長《そんちょう》に出会って肉身をもって道を証し、屍陀密法によって解脱がかなうことを悟った。お前が尊長に会ったら俺に代わって恙《つつが》なきか問うてくれ」

梁興甫《りょうこうほ》は呟いている。尊長が誰なのかと呉定縁《ごていえん》は問う気になれず、両眼を閉じて死を待った。ただ心の抑制が利かず、歯が軽く鳴って、心中の恐怖を露呈した。梁興甫《りょうこうほ》はまた『要行捨身経《ようぎょうしゃしんきょう》』（死後に鳥獣に肉体を喜捨することを説く中国成立の経典）を唱え、刃を呉定縁《ごていえん》の手の甲にピタリと当て、まさに切り刻《きざ》もうとする。

その時、桃林から女の声がした。

「梁《りょう》護法、やめなさい！」

刃《やいば》がかすかに顫《ふる》える。梁興甫《りょうこうほ》と呉定縁《ごていえん》は同時に声のした方向を見た。すらりと背の高い女子が桃の枝を払って入ってきた。その手には半分になった油桃《あぶらもも》をつまみ、くちゃくちゃと咀嚼し、甘い香りが漂う。

呉定縁《ごていえん》はその女を知らないが、梁興甫《りょうこうほ》は冷たく言った。

「昨葉何《さくようか》、予定より早いぞ」

「そうですかね？　危うく間にあわない所でしたよ」

昨葉何《さくようか》はまた桃を一口かじると、残りを放り投げ、絹の手帕《しゅはく》で手を拭いた。

「その人、しばらくは殺しちゃ駄目です」

「何？」梁興甫《りょうこうほ》は太子の居場所を訊かれると思っていたが、彼女が呉定縁《ごていえん》に関心を持つとは意外だった。

「金陵でちょっと調べたら、面白い事が聞けたんです……」昨葉何《さくようか》はにっこりと笑って、呉定縁《ごていえん》に近づき、よく観察した。そして、興味ぶかそうに手を伸ばして、呉定縁《ごていえん》の鼻先をなでる。

「この人は済南《せいなん》に連れていかなくちゃなりません」

死を覚悟していた呉定縁《ごていえん》はかっと眼を見開いた。この女は金陵で何を聞きだした？　なぜ自分を殺さずに済南に連れていく？

梁興甫《りょうこうほ》は手に剃刀《かみそり》を握りしめて無表情で言った。

「いま屍陀密法を施しているところだ。中断はできん」

こんな世迷言に昨葉何《さくようか》は慣れていて、鼻を鳴らした。

「中断できなくても中断してもらいますよ。この人は仏母様のところに送らなければなりません。仏母様の窮地を救う機縁になるでしょうから」

その機縁を昨葉何《さくようか》は詳しく言おうとはしなかった。梁興甫《りょうこうほ》は眉根をよせた。結局、屍陀密法を授けたのは白蓮仏母だ。その機縁と言われれば邪魔をするわけにはいかない。

「ならば、しばらく捕らえておく。淮安で太子を捕らえて、お前とともに済南に行っても遅くはあるまい」

梁興甫《りょうこうほ》が淡々と言った。

昨葉何《さくようか》はさっと表情を変えた。

「あ……それ、太子の事ですけど、もう心配しなくてもよくなりましたよ」

「捕らえたのか？」

「いいえ、他に任せました」

梁興甫《りょうこうほ》が昨葉何《さくようか》の視線の先にある桃林を見た。ゆったりと歩いてきたのは顔の浅黒い男だった。顎の下に硬そうな鬚《ひげ》をたくわえ、丸々と肥っている。突きでた腹が緑羅《りょくら》の袍《ほう》を突き破りそうだが、玉《ぎょく》をはめた束帯《そくたい》で何とか留めている。

この肥った男は山を登って息があがっていた。金塗りの扇子を取り出し、襟を開いてバサバサと煽《あお》いでいる。昨葉何《さくようか》が指さして言う。

「北のあの御方《おかた》の使者で、狻猊公子《さんげいこうし》と言うんです」その名を言うと、昨葉何《さくようか》は思わずにやりと笑った。

龍には九人の息子がいて、五番目の息子は狻猊《さんげい》というが、この肥満体が〝狻猊《さんげい》〟という名とは何とも大きな落差だった。

呉定縁《ごていえん》は縛られたまま「北のあの御方」という言葉に思わず耳をそばだてた。

これまでずっと、白蓮教や朱卜花《しゅぼくか》のような駒が前面に出てきたが、策謀をめぐらせている指し手は幕の後ろに隠れていた。今、その幕の一角がめくれ、指し手がついに姿を現したのだ。

狻猊《さんげい》公子の服装は普通だったが、腰の袋をさげている玉帯は宗室の品だった。宗室に使われる男が来たということは〝あの御方〟の身分もおのずから分かるというものだ。于謙《うけん》の推測した通りだろう。

公子は呉定縁《ごていえん》をちらりと見ると視線を外し、バサッと金の扇子を閉じると、ニタニタと笑った。

「われらの貴人が仏母と約束した通り、南北で同時に事を起こしたのだ。北の事はほぼ終わったが、南京はあれほど綿密に計画しておきながら、太子をとり逃がし、朱卜花《しゅぼくか》まで死ぬとは……白蓮教も名ばかりだな」

その言葉は何気ないものだったが、昨葉何《さくようか》は深刻な事態を読み取った。今回の失態はあの貴人と白蓮教の盟約を危うくしている。信頼を失えば白蓮教はおそらく……存亡の危機に陥《おちい》ると言っても過言ではない。

昨葉何《さくようか》の柳眉が跳《は》ね、弁解を口にしようとすると、狻猊《さんげい》公子のほうが扇子の要《かなめ》で彼女の顎を持ち上げた。

「だが、それもわが貴人の過ちだ。家の大事に外の者を関わらせたところで、心を尽くすはずがあるまい？　もうお前たちは要らん。わたしが責任をもって事にあたる。小娘は安心しておれ」

油ぎった顔が昨葉何《さくようか》に近づいてきて、その鼻の穴がふくらむ。彼女の体から立ちのぼる芳香を鼻孔いっぱいに嗅いでいるようだ。昨葉何《さくようか》は動揺を見せず、傍らの樹から桃を一つもぎ取ると、相手の口に思いきり押しこんだ。この動作は親しみの表れのように見えるが、じつは顔の接近を防ぐためだった。

「油断は禁物ですよ。太子の傍らには輔佐がいます。今も北に向かっているかも知れません」

狻猊《さんげい》公子は笑い、桃を手に取ると、望江頭が見える断崖に歩みより、うねうねとくねる人造の大河を見下ろした。

「同じく水に生まれる物とはいえ、龍と蛇は同じではあるまい？　お前らごとき鼠の眼では真龍の考えなど推し量れぬ。運河の北には徐州《じょしゅう》もあれば、済寧《せいねい》も臨清《りんせい》も滄州《そうしゅう》もある。太子が千里運河にいる以上、わが掌から は逃げられぬぞ」

そう言って、ぶくぶくと肥った掌を下に向け、五本の大根のような指で肉の籠を作る。

狻猊《さんげい》公子の言葉が誇張ではないと昨葉何《さくようか》には分かった。あの貴人の身分は高く、何を考えているのかは推し量れない。朱卜花《しゅぼくか》でさえ関与せずにはいられなかったのだから、官府に極めて大きな影響力を持っているのは確かだ。運河にその影響力を発揮すれば、呉定縁《ごていえん》を失った太子など長く逃げることすら難しい。

「けれど、中原は広いですよ。運河を行かなかったら？」昨葉何《さくようか》の美しい眼がくるりと動く。

はっはっはっと狻猊《さんげい》公子はまた笑い、金扇子を軽く振った。「〝生年《せいねん》は百に満《み》たざるに常に千歳《せんざい》の憂《うれ》いを懐《いだ》く、昼は短くして夜の長きに苦しめば、何ぞ燭《しょく》を秉《と》りて遊ばざる……仙人王子喬《おうしきょう》、与《とも》に期《き》を等しくすべきことは難《かた》し〟（『文選』巻二十九、古詩十九首、其十五）……ここはまさに王子喬が丹薬を煉《ね》った古跡だぞ。仙人の居た場所におりながら、どうしてそんな俗心を捨てられぬ？」

「答えになっていません」

ニッと狻猊《さんげい》は笑った。「では、陸路でゆっくりと日をかければよい。少なくとも来月初めには京城に着けまい。その時には大局は定まっておる。どうだ？　わしといっしょに喪家の犬に会いに行きたくはないか？」

昨葉何《さくようか》は聞こえなかった振りを装い、両手を拱《こまね》いた。

「公子に成算がおありでしたら、旗を揚げるや勝利なさるでしょう。前もって御祝いさせて頂きます」

「で、品は？」

狻猊《さんげい》公子の手が伸びてきた。昨葉何《さくようか》は長く息を吐いた。この巨漢は莫迦ではない。懐から太子が南京で落とした玉佩《ぎょくはい》を取り出して手わたす。

仕事の連絡が終わると、昨葉何《さくようか》は梁興甫《りょうこうほ》の方を振り向いて言った。

「夜が明けたら、ここの香壇に早馬《はやうま》を手配させて出発しますよ。済南《せいなん》に帰って仏母様に復命するんです」

梁興甫《りょうこうほ》は呉定縁《ごていえん》を木枠から解き放ち、肩の上に担ぎあげて麓《ふもと》に歩きだした。

狻猊《さんげい》公子は玉佩を玩《もてあそ》んでいる。朱瞻基《しゅせんき》の行方を気にしてはいたが、この捕吏《ほり》の運命になど微塵も関心がない。

昨葉何《さくようか》のたおやかな後ろ姿が山道に消えていくのを

見ながら、狻猊《さんげい》公子は意味深な舌打ちをした。

「あの女子と同参双修《どうさんそうしゅう》の法（男女の交合で内丹を煉る修行法）を極めたいものだ。今度、仏母に申し渡しておかんとな。白蓮教は今回の事で役に立たなかったのだから、償《つぐな》ってもらうのも当然だ」

後ろ襟に扇子を挿し、彼はもう一度あの白い練り絹のような運河を見下ろした。礼字《れいじ》の壩《つつみ》の付近にだけ灯りがあり、人夫が蟻のように群れ、日が昇る前に航行ができるように全力で事故の処理をしていた。運河には漕船が長い列をなしている。まるで辛抱づよい黒い蟒蛇《うわばみ》がそこにひそんでいるようだ。

「皇兄よ、どうして朱允炆《しゅいんぶん》を見習って、さっさと天命を認めてくれぬ？」

狻猊《さんげい》公子は長い溜め息をついた。その手には咋葉何《さくようか》が渡した玉佩《ぎょくはい》がしっかりと握られていた。

＊＊＊

「ここだ！」

永安営の兵士数十名が集まってきて、井戸の傍らの土壁の下に穴を見つけた。この穴は藤の蔓《つる》で隠してあって、よく見ないと発見できなかった。

方篤《ほうとく》は額に青筋を立てて、穴を見つめていた。罪人どもがつけあがって、事もあろうにこっそりと牢獄から抜け穴を掘っていた。いったい刑部分司を何だと思っている？　好きなように出入りできる盛り場か？　看守たちもまったく気づかず、薛孔目《せつこうもく》が一人少ないと気づかなければ、この事件がいつ判明したか知れたものではないのも腹立たしかった。

穴の周囲にははっきりとした手足の痕跡が残っていた。犯人はもう穴から抜けでて逃げ去っていた。だが、方《ほう》篤《とく》には解《げ》せぬことがあった。十人も犯人がいて逃げたのは一人、なぜいっしょに逃げなかった？　残りの九人は異口同音に国法を敬《うやま》って逃げませんでしたなどと言っているが、本当にそうか。

方篤《ほうとく》は兵士に命じて穴を埋めさせ、青石の板でしっかりと蓋をした。そして、腹の虫が収まらぬまま于謙《うけん》に言った。

「廷益《ていえき》、淮安で人を探したいなら他の者が便宜を図ってくれるように一筆したためよう」そう言うと、軽く欠伸《あくび》をした。

もう付き合えぬという意味だ。

于謙《うけん》の憂悶はつのった。すでに人夫を全員調べたが、最後の一人がまだ逃げている。その犯人が太子かどうかなど分かるはずもない。永安営の兵士が手分けをしても探し出せないなら、自分一人なら言うまでもない。

〝こうなったら、もう方篤《ほうとく》に真実を言おうか？〟この考えが于謙《うけん》の脳裏に跳《と》びこんできた。〝方篤《ほうとく》の言動を見るかぎり、九割がた叛乱には関与していない。真実を話しても大丈夫だろう……〟。だが、于謙《うけん》は奥歯を嚙みしめて、この考えをひねり潰した。

太子の身分を絶対に露呈しないこと、これは自分が定めた原則だ。どうして自分で自分の顔をつぶせる？方篤《ほうとく》は九割がた叛乱に関与していないかも知れない。だが、万一、残る一割だったら？　太子の身は天下の重みを背負っている。絶対に冒険はできない。わずかの可能性であっても駄目なのだ。

方篤《ほうとく》が遠まわしに暇乞《いとまご》いをしたので、于謙《うけん》も引きとめられなかった。別れの挨拶をすませると、于謙《うけん》はまず蘇荊渓《そけいけい》を探した。あの女子は智謀に優れているから良い方法を知っているかも知れない。

刑部分司は蘇荊渓《そけいけい》の供述を取り終わっていた。于謙《うけん》の予想に違《たが》わず、蘇荊渓《そけいけい》は辻褄《つじつま》のあう話を作り上げて、自分がなぜ船の上にいたのかを説明し、誰にも疑いを持たれていなかった。于謙《うけん》が目下の状況を話すと、蘇《そ》荊渓《けいけい》はしばし沈思黙考して首をふった。

「今のところ、方法はありません。太子の幸運を祈るしか……ですが……」

「何だ？」

「それほど大きな抜け穴なのに十人の犯人が一人だけを逃がしたのは、なにか理由がありそうです。その逃げた犯人の身分が特殊で、他の囚人から庇護《ひご》を得られたのでは？　もしや太子が……」

「それはない！」于謙《うけん》は断固否定した。「牢獄にいたのはすべて暴動をくわだてた白蓮教徒、どうして太子を庇《かば》うのだ？」

　白蓮教は両京の陰謀の実行犯で、真凶《しんきょう》の手先だ。太子とは海のように深い仇敵と言ってもいい。彼らが太子を庇《かば》うなど、イタチがニワトリに正月の挨拶をするより莫迦な話だ。

　蘇荊渓《そけいけい》が軽く溜め息をついた。「呉定縁《ごていえん》がいてくれたら、何か考えてくれるのでしょうが……」于謙《うけん》の顎が引きしまった。昨晩からずっと太子を探していたが、〝ひごさお〟の行方を気にしていなかったことが悔《く》やまれた。この時、二人は思案につまり、あの捕吏のことを思い出した。

　あの口の悪さと皮肉を浮かべた顔……だが、いつも絶体絶命の危機に一縷《いちる》の希望を見出してくれた。彼がここにいれば、どうするだろう？

　于謙《うけん》は落ち着いて〝ひごさお〟の考え方を模倣《まね》ようとした。頭の中にある決まり事をすべて抛《ほう》りだし、もっとも正道《せいどう》から離れ、もっとも道に叛《そむ》く考えをめぐらす。いつでも于謙《うけん》が堪《たま》らず叱り飛ばしたくなるようなやり方が呉定縁《ごていえん》のやり方だった。

　しばらく思いをめぐらせ、于謙《うけん》はかっと眼を見開き、柄にもないことを言った。

「我らが太子を探せないなら、太子に我らを探させるしかない」

　そして、于謙《うけん》は自分の計画を話した。冷静沈着な蘇《そ》荊渓《けいけい》も思わず〝それでいいの？〟というような表情を浮かべる。

＊＊＊

　五月二十二日（辛卯《しんぼう》）早朝、分厚い鉛色の雲が空に貼りついて、風はそよとも吹かない。だが、淮安の新旧二城はにぎやかだった。とくに運河と河下《かわしも》大通りが交差する西湖嘴《さいこし》は異常な繁盛ぶりだ。ここは埠頭と貨物置場、それに二城の内外に隣接しているから、日の出前から車馬の往来が盛んで水も通さぬほどだ。旅の客が塵埃を舞いあげ、それが上空をただよう。
　その西湖嘴《さいこし》の一番にぎやかな牌坊《はいぼう》に、書生風の人物が小さな方卓《ほうたく》をすえて端座《たんざ》していた。そばには侍女が一人立っている。卓上には文房四宝（筆墨硯紙のこと）をならべてはいるが、どれも粗悪な品だ。傍らに大きな旗を立て、こう書いてある。

洪望《こうぼう》学士が程文《ていぶん》（科挙の解答に使われる文章の形式）の要訣《ようけつ》を親しく伝授、その場で添削、京城に保ち行けば登科甲に連なる。

　その墨も新しく、まだ乾いてもいない。路行く人でやや字が読める者は思わず二度見た。この洪望《こうぼう》というのは誰だ？　自分がちょっと添削すれば状元《じょうげん》（科挙の首席合格者）になれると、ずいぶんな大口だが、それなら自分で科挙を受ければいいだろう？　当の書生を見ると、顔つきは至って真面目で、表情にやや恥じらいがあり、どう見ても狂士ではない。
　度肝をぬく文句は議論を巻き起こした。大明で科挙が開かれて以来、かつて文章の技を街頭で売る人などあった験《ためし》がない。読書人が数人やって来て、探りを入れてみたが、洪望《こうぼう》と自称する書生は果たしてなかなかの水準だった。旗にあんな変な文句を書かずに経書を引用すればもっと説得力があっただろう。むろん、「斯文《しぶん》（文化、儒学のこと）を汚《けが》しおって」と面罵《めんば》する者もあったが、書生は顔を赤らめながらも頑《がん》として逃げださない。

その結果、一人が十人に伝え、十人が百人に伝え、字を読めぬ物売りまでが、石を金に変えるという文章の名手を見ようと集まってきた。午前も中頃になる短い間に于謙《うけん》はちょっとした銭を稼いでいた。それを苦笑しながら蘇荊渓《そけいけい》にしまってもらうと、心中哀嘆《あいたん》を禁じえなかった。これこそ〝琴を焚きつけに鶴を煮る〟だ。しかし、これも自分が考えた方法だ。涙をのんで耐えるしかない。

太子の偽名は洪望《こうぼう》、ならば〝洪望〟が淮安で屋台を出し、また〝京城に保ち行く〟と聞けば、こちらが誰かは自《おの》ずから判るだろう。

もうすぐ正午という時、于謙《うけん》はすでに十数の商売をして、口が乾いて顔中に汗をかいていたが、依然その場を離れなかった。空を見上げて、蘇荊渓《そけいけい》に井戸の水を持ってきてもらおうかと思っていると、ふいに袖が沈む。

顔を伏せると、七、八歳の童子が袖を引いていた。無邪気にからかっているのだろう。銅銭を一枚出して追い払おうとした。すると、童子が首をふり、家で教えてほしいという人がいると言った。于謙《うけん》はその頭をなでた。

「ここを離れられないのだ。その人人《たいじん》に直接来てもらってはくれぬか」

「うちの大人《たいじん》は洪望《こうぼう》先生が来なければダメだと言った。行ったら磨《す》りたての小杏仁《しょうきょうじん》が食べられるよ」と童子が答える。

〝小杏仁〟の三文字を聞くと于謙《うけん》はピンときた。周囲の野次馬から慨嘆《がいたん》の声があがる中、于謙《うけん》と蘇荊渓《そけいけい》はその童子について西湖嘴《さいこし》を離れた。

童子は二人を連れて街を歩いて巷をぬけ、すぐに低いあばら家が建てこんだ巷にやって来た。ここは淮安新城が西に拡大した場所で、区切りはできているものの、まだ城壁には囲まれていない。だから、名目上は城内になるが、外の村と違いはなかった。ここに住んでいる者は清江廠《しょう》の工匠《こうしょう》か、淮安付近の佃戸《でんこ》だ。

于謙《うけん》と蘇《そ》荊渓《けいけい》は童子に連れられて、簡素な住まいに入った。その途端、しまったと思った。堂の中央に弥《み》勒仏《ろくぶつ》が鎮座し、弥勒仏の下には白蓮花、周囲に数十の長明灯《ちょうめいとう》が炎をゆらめかせ、竈《かまど》には三本の線香が立っている。数人の老婆が跪いて頭を下げ、何かブツブツと唱えている。

「白蓮教！」

罠《わな》だと意識して、于謙《うけん》は思わず叫びをあげる。蘇《そ》荊《けい》渓《けい》はすばやく銅の釵《かんざし》をぬき、童子を懐に抱えた。これに驚き、童子がワァワァと大声で泣きだした。老婆たちがそれを聞いて次々に立ちあがったが、于謙《うけん》の眼に射すくめられた。

この老婆のほかに待ち伏せがいるはず、何をするつもりだ？　于謙《うけん》の頭に疑惑が走ると、突然、堂の後ろから誰かが出てきた。麻の短い衫《さん》を着て、その衫《さん》には白蓮の縫い取りがある。だが、その顔は太子でなければ……いったい誰だ？

于謙《うけん》は様々な思いが胸にこみ上げてきて、太子が奇異な衣装を着ていることにもかまわず、進み出て叩頭しようとした。それに朱瞻基《しゅせんき》が眼をむいて声を出すなと合図を送る。だが、感動のあまり于謙《うけん》はそれに気づかず、ひれ伏そうとしていた。幸い蘇《そ》荊渓《けいけい》が童子を離して、釵《かんざし》で于謙《うけん》の腕をちょんと刺したので、于謙《うけん》は我《われ》に返った。

朱瞻基《しゅせんき》は童子を慰めてやり、二人を連れて奥の間《ま》に入った。そして、戸や窓をしっかりと閉めてから、これまでのことを話した。

朱瞻基《しゅせんき》は抜け穴から逃げた後、孔十八《こうじゅうはち》の指示にしたがい、彼の管理する香壇にやって来た。銅蓮花を見せると香壇の人々はただちに賓客として扱ってくれた。

白蓮教の香壇の管理はきわめてゆるく、弥勒を拝《おが》む人がいて、十数人の香衆《こうしゅう》を集めるだけで一つの壇《だん》を作ることができる。ここの香壇は南京で白蓮教が起こした大事件など全く知らず、ただ斎《ものいみ》をして肉食を断ち、仏を礼拝しているだけ、太子に疑念など抱かなかった。朱瞻基《しゅせんき》はここで気分よく体を清め、すこし腹を満たした。

いそぎ于謙《うけん》と連絡をとるため、香壇の火工《かこう》（雑役夫）に聞き取りに出てもらい、そうするうちに洪望《こうぼう》先生が街頭で何やら〝京城に保ち行く〟という奇聞を耳にし、童子に伝言《ことづて》をさせたのだった。

于謙《うけん》は揉《も》み手をして、喜色満々だった。

「ともあれ、殿下を探しあてることができたのは天与の僥倖《ぎょうこう》でございました。方篤《ほうとく》に壩《つつみ》を越えた早船を準備してもらい、できるだけ早く出発しましょう」

「呉定縁《ごていえん》は？」太子は二人の背後をちらりと見た。

部屋の空気が一瞬で重くなった。呉定縁《ごていえん》が梁興甫《りょうこうほ》に連れ去られたことを蘇荊渓《そけいけい》が一通り話すと、太子はいきなり立ちあがった。

「病仏敵《びょうぶってき》は彼をどこに連れ去った？」

蘇荊渓《そけいけい》は首をふった。朱瞻基《しゅせんき》は濃い眉をぎゅっと寄せて、于謙《うけん》を見た。

「その方《ほう》という姓の推官と知りあいなのだな？　その者に淮安一帯を捜査してもらうことはできぬか？　梁《りょう》興甫《こうほ》は大悪党だ」

于謙《うけん》も首をふった。「刑部分司に捜索をさせれば、必ず殿下の御身分に話が及びます。危険は冒せませぬ」

バンと太子は掌で重く卓を打つ。

「見殺しにする気か！　梁興甫《りょうこうほ》と呉定縁《ごていえん》の家は宿敵だぞ。宿敵の手中に落ちたら生きる道があるか？　どうだ！」

于謙《うけん》は顔を伏せたまま、意見を曲げなかった。

「呉定縁《ごていえん》の遭難、臣とて五臓が痛みます。ですが、目下、時がありません。殿下が身分を隠して京城に赴《おもむ》くのが最も肝要です。さもないと、奸悪の輩が帝を称して民は塗炭の苦しみを受けます。一家一人の苦しみでは済みませぬぞ」

于謙《うけん》の言っていることは少しも間違っていなかった。だが、朱瞻基《しゅせんき》の胸に暗い炎が燃えあがり、いきなり丸い腰かけを力まかせに蹴り飛ばす。

「隠れろ！　隠れろ！　隠れろ！　もうたくさんだ。どうしてわたしが身分を隠さねばならぬ！　この運河の役人がすべて叛賊《ほんぞく》か？　于謙《うけん》、お前一人が忠臣だとでも言うつもりか！」

「殿下、申し上げたではございませんか？　賭けはできぬと、もし一人でもいれば……」于謙《うけん》はあえて苦言を呈さねばならなかったが、蘇荊渓《そけいけい》に遮《さえぎ》られた。

太子の衝動的な性格を蘇荊渓《そけいけい》は見ぬいていた。今ここで道理を説いても火に油を注ぐだけだった。蘇荊渓《そけいけい》は于謙《うけん》を抑えつつ、朱瞻基《しゅせんき》に柔らかな声で言った。

「殿下、どうか御怒りをしずめて下さい。呉定縁《ごていえん》は擒《とりこ》となって連れていかれる時、わたくしに言い残したのです。自分に構わずに京城に帰るようにと……」

朱瞻基《しゅせんき》はまだ怒っていた。「構うなだと？　京城に着くまでに骨になっているではないか！」

蘇荊渓《そけいけい》は軽く溜め息をつくと、呉定縁《ごていえん》の出生、呉家《ご》と病仏敵《びょうぶってき》の恩讐を二人に話した。太子は水牢で前半を聞いていたが、于謙《うけん》は初めてだった。話を聞き終わると、二人は驚きに震えた。まさか〝ひごさお〟にそのような事情があったとは思いもよらなかった。

「彼の行ったこと、過ごした暮らし、すべて無言のうちに自分を踏みつけにし、自分を滅ぼすことでした。おそらく早くから死ぬ気だったのでしょう」蘇荊渓《そけいけい》の声にわずかな感情の高ぶりがあったが、口調は抑制が効いていた。「けれど、今回はちがいます。あの人は失うものがない者は死んでもかまわないと言いました。これは日頃の自暴自棄と同じに聞こえます。ですが、わたくしは長年医術を行い、あれが嘘だと分かります。あの人は自分で選んだのです。それは大切なものがあったからです……殿下、どうか察してあげて下さい」

からんと香炉が于謙《うけん》の懐から落ち、太子の足もとに転がった。朱瞻基《しゅせんき》がそれを拾いあげて手の中でさする……まだ血がついている。そして、肩を落として胸の怒りを無理やりに押さえこんで、朱瞻基《しゅせんき》は言った。

「……いつ出発する？」

于謙《うけん》が顔をあげて喜んだが、すぐに顔を伏せて言った。

「ただちに方篤《ほうとく》と連絡をとります」そう言うと、于謙《うけん》は逃げるように香壇を離れた。朱瞻基《しゅせんき》は椅子に座りなおした。気が沈んでいた。呉定縁《ごていえん》を見殺しにした疚《やま》しさが石のようにずっしりと心を圧する。

蘇荊渓《そけいけい》はこの機をとらえ、いそいで朱瞻基《しゅせんき》の矢傷を処置した。この数日、太子は奮戦につぐ奮戦だったが、傷口の癒合《ゆごう》は悪くなかった。だが、死の矢尻が肉を突き破って出てくる頃なので、油断はできない。

処置が半分ほど終わると、突然、ドンドンと門を叩く音が聞こえてきた。すると、香壇の管事が入ってきて、笑いながら言った。

「客人、ちょっと銀子をお借りできませんか。急な入り用ができちまって」

孔十八《こうじゅうはち》の香壇に財産などないことを太子は知っていた。貧乏人が互いに面倒を見ているだけなのだ。急な入り用となれば、おそらく誰かが死んだか、病気になったのだろう。朱瞻基《しゅせんき》は気前よく手をふって、于謙《うけん》が午前にかせいだ十数貫の宝鈔と銀の小粒を渡した。管事は恩を謝す。

「金ができたら必ずお返しします」

返さずともよいと太子は伝え、ついでにどんな入り用なのだと問うた。

「功徳銭《くどくせん》です」そして説明をくわえる。「上壇《じょうだん》の護法《ごほう》様が仕事をする時、仏母様が法旨《ほうし》を下《くだ》して、各地の香壇に力添えをするようにと仰るんです。人を出すか、銭を出すかなんですが、こういう御役目は功徳が積めるんです。だから、功徳銭と言うんです」

「最近、護法が淮安に来たのか？」

「昨日来ました。法旨も下っています。淮安の信徒は四大王の歇廟《けつびょう》に行きましたが、必要なのは男手《おとこで》でした。ここは年寄りに子供、それに病人しかいないもんだから、誰も出せなかったんです。今日は功徳銭を出すようにとの事なんで、断るわけにもいかないんですよ」

朱瞻基《しゅせんき》は不審に思い、管事に言った。「護法にはどんな用事があって、功徳銭が要るのか、壇老《だんろう》に訊いてくれぬか。もし機縁があれば、わたしの方でもう少し御助けしてもよい」

管事は喜んで、銭を捧げ持って聞きに行った。

部屋には二人だけが残った。蘇荊渓《そけいけい》は注意深く傷口を按摩し、一言も発しなかったが、この娘が氷雪のような聡明さで、先程の話から何やら勘づいていると朱《しゅ》瞻基《せんき》には判っていた。だが、蘇荊渓《そけいけい》が何かを口に出すとも思わなかった。彼女はいつも自分の心を最もよく理解してくれるのだから。

そう考えると、朱瞻基《しゅせんき》の心に温かい思いが生じてきた。彼女の繊細な指がもう一度肩の傷の前を押さえた時、太子は思わずそれを握った。その指先は滑らかだった。心に漣《さざなみ》が立つ。だが、蘇荊渓《そけいけい》の手はいかなる停頓《ていとん》もなく、傷口の周囲をそっと撫で、すぐに移動した。朱瞻基《しゅせんき》は手を空《くう》に浮かせ、やや気まずい思いをしたが、その勢いのまま呉定縁《ごていえん》にならって拳を握って突きだした。

半時辰もたたず、于謙《うけん》は駆け戻ってきた。

「船を手配しました。好都合の進鮮船《しんせんせん》です。午後に出港して京城に発ちます」于謙《うけん》の顔はまだ赤い。方篤《ほうとく》と相当やりあい、何とか紹介状を手に入れたのだろう。

太子と蘇荊渓《そけいけい》は簡単に荷物をまとめ、于謙《うけん》の後について急ぎ離れることにした。香壇を出る前、管事が息を切らせて追いかけてきて、太子の耳もとで何かを伝えた。「そうか」と一言、朱瞻基《しゅせんき》は何ら面《おもて》に出さず、于謙《うけん》に命じて管事にすこし宝鈔を渡した。

老婆たちが経を唱えるなかを出発し、三人は西湖嘴《さいこし》にもどり、淮安河の車馬が行き交う路に沿って運河を越え、清江口まで来た。

清江口は淮安運河における枢軸だ。この一帯にはほとんど樹木の緑がなく、河岸には商店、工房、大小の埠頭が鱗《うろこ》か櫛《くし》の歯のように並んでいた。船がここまで来れば、船曳きで壩《は》を越すか、清江浦の新運河を行くかを問わず、みなここで新たに積み下ろしをして、淮河に入る。

昨晩の事故はまだ大きな影響を及ぼしてはいないようだ。ラバや牛に牽《ひ》かれた、色や大きさの様々な車が四方から集まり、小さな渦を巻いている。短い羽織を着た荷担ぎたちが次々と車にとび乗り、船主の呼び声の中、それぞれの貨物を下ろし、船へ積みこむために担ぎ上げたり、吊り上げたりしている。甲板の船夫たちも駆けまわり、役人に怒鳴られながら船を操り、踏板を置く。隣の船に悪罵《あくば》を浴びせるのも忘れない。

昨日までの朱瞻基《しゅせんき》なら、この喧騒に眼を回していた。だが今はこの粗野な喧騒が背後に隠している秩序のようなものを見て取ることができた。その規律は見わけ難いが、しっかりと物事の循環を駆動している。それは眼の前に見える河の流れのように、泥とともに濁流となり、終始意気揚々と東に向かって流れ去る。

一行は最前列の栈橋《さんばし》で進鮮船を見つけた。舳先《へさき》に高々と杏黄《きょうこう》の旗牌《きはい》を立てている。「内府《ないふ》の進鮮《しんせん》を奉《ほう》ず、回避せよ」これは運河最高の通行権を意味する。

于謙《うけん》が方篤《ほうとく》の紹介状を船頭に手渡し、額の汗を拭《ぬぐ》って心配そうに問うた。

「この天候で出発は遅れますかな？」

船頭は胸を叩いた。

「すぐに大雨になるが、五月はもともと水が少ない。雨が降るなら好都合、船足も捗《はかど》る」

これを聞いて于謙《うけん》は喜んだ。顔をあげると、太子が蘇《そ》荊渓《けいけい》に付き添われて船室に入っていくところが見えた。

　五月二十二日午時、進鮮船は定刻どおりに清江口を出航した。最後の淮陰《わいいん》水門から広々とした淮河《わいが》の主流に入り、ここで帆を揚げて一路西へ向かう。

　果たして船頭の言葉通り、進鮮船が淮河に入った途端、天が暗くなった。雲がたちまち墨のように凝《こ》り、大粒の雨が甲板を叩き、水の輪が滲む。すぐに雨粒が連なって平らなかけらとなり、雨のかけらが集まって幕となる。無数の幕が天穹《てんきゅう》から垂れると、船に乗っている人々を、はるかにかすむ波うつ水沢《すいたく》に閉じこめた。

　ほとんどの者が船室で雨を避けたが、舳先に人影がひとつ佇み、この雨につつまれ、言い知れぬ困惑の中にあるようであった。


（Ⅱ巻に続く）

訳者あとがき

現代中国の〝文学鬼才〟馬《ば》伯《はく》庸《よう》氏の長篇小説、『両京十五日Ⅰ　凶兆』をお届けいたします。明代初期を舞台に喜怒哀楽愛憎にあふれる物語が十五日間で濃密かつ高速に展開する一大歴史エンターテインメントです。

本作の史実と虚構の関係については、著者による「物語の周辺について」（Ⅱ巻収録）で詳しく説明されていますので、ここでは著者と作品周辺のことがらについて簡単に紹介をして、作品をより深く楽しむ助けになればと思います。

一、著者紹介

馬伯庸氏は、一九八〇年に中華人民共和国の内モンゴル自治区赤峰市に生まれ、上海に学び、ニュージーランドに留学、帰国後、二〇〇五年から外資系電気機器メーカーに十年間勤務するかたわら、作品を発表しはじめました（『草原動物園』二〇一七年、作者紹介）。二〇二二年までに『三国機密』や『長安十二時辰』など書籍になったもので筆者が確認できたものだけでも十六作以上の長篇作品、二冊の短篇集、二冊の随筆集などを発表し、このほかにブログなどでも作品を公開しています（例えば、大恵和実訳「南方に嘉蘇あり」）。

文学賞の受賞は複数回あります。これまでの受賞を年度順に紹介すると、二〇〇六年、中国銀河賞読者投票賞（「沈黙都市」）を受賞、二〇一〇年、茅台杯人民文学賞散文賞（「風雨『洛神賦』」）を受賞、二〇一一年、朱自清散文賞（「宛城驚変」「風雨『洛神賦』」「破案『孔雀東南飛』」）を受賞、二〇二一年、茅盾新人賞を受賞しています。

映像化された作品も複数あり、現在進行形で増えています。

本作『両京十五日』は二〇二二年十一月に舞台劇となり、ロングランとなっています。二〇二三年十月から二〇二四年一月まで予定をみるだけでも、中国十七カ所で公演が予定されています。このほかに連続ドラマ化も進行中のようです。

以上、とにかく馬伯庸氏は大人気作家なのです。もちろん、これは現在までの作品とその広がりにすぎず、これからも多くの作品を生み出してくれるでしょう。

二、日本との関わり、作品翻訳状況

現代の作家は様々な文化の影響を受けているものだと思いますが、馬伯庸氏の創作には日本の文芸作品や映像作品と深い関わりがあります。氏は一九九八年から田中芳樹『銀河英雄伝説』の中国国内同人ウェブサイトで活発に投稿をしていました。また、日本の歴史小説も好きなようで、二〇一九年十二月のインタビューでは「司馬遼太郎を基礎とし、ジョージ・R・R・マーティンの方向に伸ばしていくだろう」と述べています（創事記「馬伯庸、ネット文学時代に幸いにも残った非典型作家」）。現実を冷静にとらえる司馬文学を基礎にすえ、『ゲーム・オブ・スローンズ』（「氷と炎の歌」）で知られるマーティンの幻想文学の方向へ踏み出すという意味だと思います。中国では馬伯庸氏は「〝歴史可能性小説〞の探索に力をいれている」と評価されています（『長安的荔枝』、著者紹介）。

近作の『長安的荔枝』（「長安のライチ」、二〇二二年）の「あとがき」に、馬伯庸氏は次のように書いています。

二〇二〇年、コロナ禍の期間、日本映画をいくつか見た。『決算！忠臣蔵』、『引っ越し大名！』、『超高速参勤交代』、『殿、利息でござる！』、その共通する特徴は末端の事務職の視点から歴史事件をつぶさに見るもので、わたしの最近数年の考えと図らずも一致した。

日本ではこれまでに短篇ＳＦが三篇翻訳されています。

・「沈黙都市」（中原尚哉訳、ケン・リュウ編『折りたたみ北京』早川書房、二〇一八年、文庫版二〇一九年）

・「始皇帝の休日」（中原尚哉訳、ケン・リュウ編『月の光　現代中国SFアンソロジー』早川書房、二〇二〇年、文庫版『金色昔日』、二〇二二年）

・「南方に嘉蘇あり」（大恵和実訳、大恵和実編訳『移動迷宮』中央公論社、二〇二一年）

本作『両京十五日』は馬伯庸氏の長篇小説を日本ではじめて紹介することになります。

三、本作のテーマ――天と人

本書のキーワードの一つである「天」と「人」について簡単に紹介したいと思います。

『春秋左氏伝』という書物に「天道は遠く、人道は迩《ちか》し、及ぶところに非ざるなり」という言葉があります（昭公十八年、紀元前五二八年）。鄭《てい》の国で天文を見て火災の発生を予言した人がいて、火災を避けるためにお祓《はら》いをしようとする意見に、子産という政治家が述べた言葉です。

ずっと時代はくだって、清末の章炳麟《しょうへいりん》（一八六九－一九三六）は二十世紀初めの社会進化論などを批判した人ですが、「狡知ある者が必ず愚かな者をだますことができ、強者が必ず弱者をいじめることができるのが、自然規則である。自然規則に従えば、人道は行きづまってしまう。それ故、人為規則が自然規則の弊害を正すことによってはじめて、民衆は生存できるのである」と書いています（「四惑論」一九〇八年、『章炳麟集』岩波文庫、四〇二頁）。

この二つの言葉は（史料の成立時期など難しい問題もありますが）二千四百年も隔たっています。しかし、同じ問題を考えているように思います。つまり、それは天道、大きな自然や個人をこえた仕組みが及ぼす運命のなかで、小さな人間が自分と仲間の生きる道をどのように打ち立てるかという問題なのではないでしょうか。

本作では朱瞻基《しゅせんき》が「天道は公平ではないが、人の心は棄てぬ」と言っています。これは上記の二つの引用のように長い中国の歴史のなかで、いつも問題になってきたことでした。そして、天と人の関係は中国の文化や政治に限定されるローカルな問題ではなく、いまや環境問題やパンデミックなどでグローバルに問われていると思います。中国ＳＦの批評でもいわれることですが、現代中国の作家は人類規模の問題を考えているところがあります。本作は時代小説ですから、中国の伝統文化が細かに描写されていますが、作品のテーマそのものは国境を越え現代に生きる個人を勇気づけるものがあると思います。本作の主人公たちもそれぞれに厳しい運命の中で、自分の生き方を模索し、生き方を見出します。

四、本作の翻訳について

ケン・リュウ氏は、唐代の長安を舞台にアメリカのドラマのようなスリラーを書いたり、ジャンヌ・ダルクを主人公にした武侠ものを書いたりする馬伯庸氏の作風について、「適切な文化的文脈を押さえた読者にはとてつもなく面白」いが、「翻訳版の読者には注を山ほど付けなければほぼ意味不明だろう」（『金色昔日』四九六頁）と述べています。

また、大恵和実氏は「南方に嘉蘇あり」について「全てに訳注をつけたら、あまりに煩瑣になるため、本書では最低限の語釈を除き、詳細な訳注はあえてつけなかった」（『移動迷宮』三〇六頁）としています。

これら先達が言うように、訳注をどこまでつけるかという点は本作でも問題になりました。結論を言うと、必要な訳注は通読の邪魔にならない程度に割注でつけるという方針です。本作はミステリの一面があり、謎が解かれていくという筋立てでもあるため、とくに注意すべきなのは余計な注をつけてネタバレをしてはならないということです。

しかし、馬伯庸氏はけっして難解な作家ではなく、とてもサービス精神が旺盛な作家だと、翻訳をしていて気づきました。見慣れない言葉や詩も後ろで説明がある場合が少なくありません。たとえば「義舎」という施設が明代にどういう役割をしていたのかということは作中の解説があります。こうした部分は〝ああ、そうなんだ〟と分かった時の快感があると思います。このカタルシスを邪魔してはいけないと考え、注釈を省いた部分もあります。そもそも原文には訳注はないのです。

馬伯庸氏のサービス精神の表れとして本作の描写があります。第一章にみえる爆破のスローモーションや足のクローズアップは映像的で、街並みやファッションや食べ物の描写は細かなところが書き込まれ、まるで六百年前の街を旅するようです。つまり、〝体験型〟の小説となっていると思います。作品は読む人がいて、はじめてそこで完成し、共有されて発展するものではないでしょうか。ぜひ、読み進めて作品を〝体験〟するなかで発見を楽しんでいただき、誰かと語りあっていただければいいなと思います。

翻訳の分担は序、第一章から第十五章までが齊藤、第十六章から二十二章までが泊、第二十三章から第三十章までが齊藤、尾声（エピローグ）と「物語の周辺について」を泊が担当し、とくに詩文については泊がチェックをしました。全体は齊藤が統一しましたので、遺漏は齊藤の責任です。

古典の引用には、金谷治訳注『論語』（岩波文庫、一九六三年）、川合康三編訳『曹操・曹丕・曹植詩文選』（岩波文庫、二〇二二年）など、多くの訳注を参照いたしました。

早川書房編集部の方々には大変なご苦労をおかけしました。ここに記して感謝を申し上げます。

五、関連書籍について

日本には『両京十五日』の前日譚にあたる小説があります。幸田露伴『運命』（一九一九年）です。本作の作中人物も登場します。この作品はリライトされたバージョンもあり、幸田露伴・田中芳樹

『運命　二人の皇帝』（講談社文庫、二〇〇五年）もどうぞ。永楽帝を中心とした歴史背景をもっと詳しく知りたい方は、寺田隆信『永楽帝』（中公文庫、一九九七年）、寺田隆信『世界航海史上の先駆者　鄭和』（清水書院、二〇一七年）、荷見守義『永楽帝　明朝第二の創業者』（山川出版社、世界史リブレット人、二〇一六年）、上田信『中国の歴史9　海と帝国』（講談社、二〇二一年、二〇〇五年初版）などを手に取ってみてください。きっと作品世界がひろがるはずです。また、宇月原晴明『廃帝綺譚』（中央公論社、二〇一〇年）など、鄭和の航海を描いた小説もあり、コミックスでは星野之宣『海帝』（小学館、二〇二一年）も本作と同じ時代を描いています。

最後に一つ、本作の味わいが増すかも知れない歴史の話をひとつ。本作の主人公の一人、于謙《うけん》は〝十五日〟の後も史実で活躍をします。

一四三五年、宣徳帝（朱瞻基）が即位十年目に亡くなると、わずか九歳で正統帝（朱瞻基《しゅせんき》の長子、朱祁鎮《しゅきちん》）が即位するのですが、宦官王振の専断をまねき、一四四九年、オイラトのエセンに破れ、正統帝は捕虜になります。いわゆる「土木の変」です。この時、于謙《うけん》はエセンに包囲された北京で、南へ宮廷を遷す意見もあるなか、断固北京防衛を主張して景泰帝（朱瞻基《しゅせんき》の次子、朱祁鈺《しゅきぎょく》）を立てます。エセンは正統帝を取引に利用しようとしましたが、役に立たないので正統帝は送還されて北京で上皇として隠居したのです。しかし、一四五七年、「奪門の変」で正統帝が復位して天順帝となります。つまり、正統帝は二度皇帝になりました。この政変で于謙《うけん》は謀反の罪で捕えられ、処刑されて遺体を市に棄てられました。北京の人は街を守った于謙《うけん》の冤罪を悲しんで深く悼んだそうです（『世界歴史

大系　中国史4』山川出版社、一九九九年、五〇頁）。

　于謙《うけん》の最期は悲しいですが、本作で大声を出して太子を助け、疎《うと》まれる活躍はいかにも〝ありそうな〟輝いていた日々に思えます。朱瞻基《しゅせんき》、于謙《うけん》、呉定縁《ごていえん》、蘇荊渓《そけいけい》ら四人は『両京十五日Ⅱ　天命』でも大活躍します。Ⅱ巻もどうぞお楽しみに。

HAYAKAWA POCKET MYSTERY BOOKS No. 2000

齊《さい》 藤《とう》 正《まさ》 高《たか》

愛知大学中日大辞典編纂所研究員,
愛知大学・岐阜大学など非常勤講師,
翻訳家
訳書
『円　劉慈欣短篇集』劉 慈欣（共訳／早川書房刊）

泊《とまり》　功《こう》

函館工業高等専門学校一般系教授,
翻訳家
訳書
『円　劉慈欣短篇集』劉 慈欣（共訳／早川書房刊）

この本の型は、縦18.4センチ、横10.6センチのポケット・ブック判です。

〔両京十五日《りょうきょうじゅうごにち》 I　凶兆《きょうちょう》〕

2024年2月10日印刷　　2024年2月15日発行

著　者	馬　伯　庸
訳　者	齊藤正高・泊　功
発行者	早　川　浩
印刷所	星野精版印刷株式会社
表紙印刷	株式会社文化カラー印刷
製本所	株式会社明光社

発行所 株式会社 **早川書房**
東京都千代田区神田多町2－2
電話　03-3252-3111
振替　00160-3-47799
https://www.hayakawa-online.co.jp

（乱丁・落丁本は小社制作部宛お送り下さい
送料小社負担にてお取りかえいたします）

ISBN978-4-15-002000-2 C0297
Printed and bound in Japan

ハヤカワ・ミステリ〈話題作〉

1993
木曜殺人クラブ　逸れた銃弾
リチャード・オスマン
羽田詩津子訳
詐欺事件を調査していたキャスターが不可解な事故で死んだ。〈木曜殺人クラブ〉は、事故の裏に何かあると直感し調査を始めるが……。

1994
郊外の探偵たち
ファビアン・ニシーザ
田村義進訳
元FBIで第五子を妊娠中のアンドレアが幼馴染のケニーとともに、インド人青年殺人事件の調査を行う、オフビート・ミステリの傑作

1995
渇きの地
クリス・ハマー
山中朝晶訳
オーストラリア内陸の町で起きた乱射事件。犯人の牧師はなぜ事件を起こしたのか。ジャーナリストのマーティンが辿り着いた真実とは

1996
夜間旅行者
ユン・ゴウン
カン・バンファ訳
被災地を巡るダークツアーを企画するヨナはひき逃げ事件を目撃してしまったことで恐ろしい陰謀に加担することになる。CWA賞受賞作

1997
黒い錠剤　スウェーデン国家警察ファイル
パスカル・エングマン
清水由貴子・下倉亮一訳
ストックホルムで、女性の刺殺体が発見された。警察は交際相手の男を追うが警部ヴァネッサの元にアリバイを証言する女性が現れる